# STATE OF RETRIBUTION – DIE MACHT UNSERER LIEBE

## FIRST FAMILY, BAND 9

## MARIE FORCE

# UNTITLED

State of Retribution – Die Macht unserer Liebe
First Family, Band 9
Marie Force
Deutsch von: Oliver Hoffmann

## ÜBER DAS BUCH

Mitten bei dem traditionellen Ostereierrollen auf dem Südrasen des Weißen Hauses wird die First Family in aller Eile von Secret-Service-Agenten in Sicherheit gebracht. Während sich First Lady Samantha Cappuano hauptsächlich Sorgen um ihre Kinder macht, mobilisiert Präsident Nick Cappuano sein Team, um mehr über die Bedrohung zu erfahren, die einen so dramatischen Eingriff erfordert hat.

Sams Leute beim Metropolitan Police Department sind unterdessen mit Ermittlungen in drei Mordfällen beschäftigt, bei denen die Opfer ohne ersichtlichen Grund erschlagen wurden. Nach und nach führen die Hinweise zu einer schockierenden Erkenntnis, und es ist an Sam, die Puzzleteile zusammenzusetzen, bevor es zu spät ist. Dabei ist es in keiner Weise hilfreich, dass sie nun zu ihrem Schutz von einer viel größeren Gruppe von Secret-Service-Agenten begleitet wird.

Wieder einmal steht die First Family vor einer Reihe schwieriger Herausforderungen, die zu einer explosiven Konfrontation führen, die alles verändern könnte. Doch wie immer trägt Sam und Nick die Macht ihrer Liebe durch alle Schwierigkeiten.

Impressum

Originaltitel: State of Retribution © 2025 HTJB, Inc.

Copyright für die deutsche Übersetzung: State of Retribution – Die Macht unserer Liebe © 2025 Oliver Hoffmann

Lektorat: Ute-Christine Geiler, Birte Lilienthal, Agentur Libelli GmbH

Deutsche Erstausgabe



Cover: Kirstina Brinton

Buchdesign und Satz: E-book Formatting Fairies

# KAPITEL 1

US-Präsident Nick Cappuano und First Lady Samantha Holland Cappuano wurden von mehreren Mitarbeitern des Secret Service hastig durch eine Tür im Erdgeschoss und in einen Bereich des Weißen Hauses geführt, in dem Sam bisher noch nicht gewesen war. Die Männer, die so ernst waren wie nie zuvor, gaben Codes ein.

„Was ist los, Brant?", fragte Nick seinen leitenden Personenschützer John Brantley junior.

„Ich weiß es nicht genau. Wir haben auf jeden Fall den Befehl erhalten, Sie und die First Lady an einen sicheren Ort zu bringen, also tun wir das."

„Was ist mit den Kindern?", erkundigte sich Sam, während sie zu einem Aufzug gedrängt wurden. „Meine Schwestern …"

„Sind direkt hinter uns", antwortete Vernon Rogers, ihr eigener oberster Bodyguard.

„Wo denn? Ich sehe niemanden."

„Weitergehen", forderte Vernon sie auf. „Ich versichere Ihnen, sie sind in guten Händen."

Sam vertraute ihm und den anderen Agenten voll und ganz. Doch welche terroristische Bedrohung auch immer zum jährlichen Ostereierrollen auf dem Südrasen des Weißen Hauses vorlag, die Beamten verhielten sich, wie sie es bisher nur ein Mal erlebt hatte – in Dewey Beach, als jemand sie und Nick mit Tomaten beworfen hatte.

Der Aufzug fuhr sie mehrere Stockwerke nach unten in einen Bereich, von dessen Existenz Sam nichts geahnt hatte.

„Warst du schon mal hier unten?", fragte sie Nick.

„Ein Mal, als man mir den Weg gezeigt hat, für den Fall, dass ich jemals allein herfinden muss."

Sam überlegte, wo in diesem Fall seine Leibwächter sein würden, aber wahrscheinlich wollte sie die Antwort auf diese Frage gar nicht hören. Sie war vor Angst ganz krank und schwitzte vor Nervosität, weil sie nicht wusste, wann ihre Kinder zu ihnen stoßen würden.

„Es hat sich falsch angefühlt, die Kinder nicht mitzunehmen", sagte Nick.

„Man hat uns nicht wirklich die Wahl gelassen."

„Trotzdem ..."

„Ja, ich weiß."

Er legte einen Arm um sie und ging mit ihr zu einer Couch, während die Agenten sich zu den im Raum befindlichen Telefonen mit den sicheren Leitungen begaben. „Setz dich. Ich schau mal, ob ich dir etwas Wasser oder was anderes zu trinken holen kann."

„Nein, ich will nur meine Kinder und meine Schwestern und ihre Kinder und die anderen bei mir haben." Alle, die sie liebten, waren mit ihnen bei der Veranstaltung gewesen. Jetzt waren sie und Nick zwar in Sicherheit, doch es blieb weiter völlig unklar, was mit ihren Hunderten von Gästen war.

Nick stand bei seinen Personenschützern, und seine sichtliche Anspannung half Sam nicht dabei, ruhiger zu werden. Wo war der Rest seines Teams? Warum waren sie nicht hier bei ihm, um herauszufinden, was genau passiert war und was sie dagegen unternehmen konnten?

Ein paar Minuten verstrichen, dann hielt sie es nicht mehr aus. Sie erhob sich und stellte sich zu ihm. „Wo sind meine Kinder und die anderen?", fragte sie.

„Das überprüfen wir gerade, Ma'am", sagte Brant mit ernster Miene.

„Sie wissen es nicht?" Sam war kurz davor, zu schreien, und es war ihr egal, wer es hörte.

Vernon legte ihr eine Hand auf den Arm, was sie ein wenig besänftigte. „Wir versuchen herauszukriegen, was eigentlich los ist. Die Kinder sind bei ihren Bodyguards, die sie beschützen werden."

„Ich will sie hierhaben."

„Das verstehe ich."

„Wirklich?" Sie blinzelte Tränen weg. „Ich will meine Kinder hierhaben. Auf der Stelle."

Vernon aktivierte ein Funksprechgerät. „Die First Lady will die Kinder unverzüglich bei sich haben, over."

„Fügen Sie hinzu, dass auch der POTUS sie dahaben will", ergänzte Nick.

„POTUS und FLOTUS bitten darum. Over."

Vernon lauschte eine Minute lang. „Die Kinder sind nicht befugt, sich in diesem Raum aufzuhalten. Das ist das Problem."

„Ich erteile ihnen und dem Rest unserer Familie hiermit die Erlaubnis." Nicks Tonfall ließ keinen Spielraum für Verhandlungen. „Mit sofortiger Wirkung."

Wenn sie nicht solche Angst gehabt hätte, hätte Sam das unglaublich sexy gefunden.

Vernon drückte den Sprechknopf. „Der POTUS genehmigt den sofortigen Zutritt, over." Nach einer kurzen Pause sagte er: „Sie kommen runter."

Sams Knie drohten nachzugeben, und ihr Magen rebellierte. Sie konzentrierte sich auf ihre Atmung.

Als hätte er gespürt, dass sie Unterstützung brauchte, schlang Nick einen Arm um sie.

Sie schmiegte sich an ihn. „Vielen Dank."

„Tut mir leid."

„Das ist ganz sicher nicht deine Schuld – und auch nicht ihre", antwortete sie. Sie meinte ihre persönlichen Secret-Service-Leute. „Weißt du, was passiert ist?"

„Offenbar sind Drohnen in die Flugverbotszone der National Capital Region eingedrungen, also in den gesperrten Luftraum innerhalb von fünfzig Kilometern um den DCA."

Dieser Code bezeichnete den Ronald Reagan Washington National Airport.

„Unbemannte Fluggeräte wie Drohnen dürfen ohne Genehmigung der Bundesluftfahrtbehörde in einem Umkreis von fünfundzwanzig Kilometern um den Flughafen gar nicht in der Luft sein. Aber jetzt hat ein Dutzend Drohnen den inneren Ring durchbrochen, vermutlich auf dem Weg zum Weißen Haus."

Sam wurde der Mund ganz trocken, während er ihr das erzählte. „Mit welchem Ziel?", fragte sie leise.

„Die Behörden versuchen gerade, den Drohnentyp und die Absicht hinter dem Vorfall zu ermitteln. Die Drohnen sind von Militärflugzeugen abgeschossen worden, die von der Joint Base Andrews gestartet sind. Wir haben ein Team ausgeschickt, um sie zu bergen, damit wir feststellen können, wer sie entsandt hat und warum."

Er zögerte, nur eine Sekunde, doch sie bemerkte es.

„Was noch?"

„Das ist alles."

„Sag mir die Wahrheit."

„Samantha …"

„Ich will es wissen."

Nick seufzte. „Die Behörden stufen es als potenzielles Attentat ein."

Zum Glück stand er direkt neben ihr und konnte sie auffangen, als ihr die Knie wegknickten. Er führte sie zu einem Stuhl in der Nähe. „Atmen, Samantha. Es geht allen gut. Was auch immer passiert ist, die Flugabwehr hat es vereitelt. Alles hat wie geplant funktioniert."

Sie konzentrierte sich auf den Klang seiner Stimme, während sie versuchte, Luft in ihre unkooperative Lunge zu zwingen. Ihre Brust fühlte sich an, als wäre sie in einer Schraubzwinge gefangen, die sie mit jeder Sekunde fester zusammenpresste.

Jemand hatte Drohnen losgeschickt, um ihren Mann zu ermorden.

„Sam, rede mit mir."

„Wo sind unsere Kinder?"

„Sie sind hierher unterwegs. Wir dürfen ihnen nicht noch mehr Angst einjagen, als sie vermutlich ohnehin schon haben."

Das reichte aus, um sie aus dem seltsamen Zustand zu holen, in den sie nach dem schrecklichen Wort „Attentat" geraten war. Sie atmete mehrmals tief durch und kämpfte gegen die Panik an, die sie noch eine ganze Weile begleiten würde. Dass jemand so weit gegangen war, Waffen auszusenden, die gegen sie gerichtet waren … Das war der Stoff, aus dem Albträume waren.

Die Tür öffnete sich, und Scotty schob die Zwillinge vor sich in den Raum.

Sie rannten zu ihr und Nick, und sie schlossen sie sofort in ihre Arme.

Aubrey weinte, während sie sich an Sam klammerte.

Scotty streichelte Alden beruhigend über den Rücken, während der sich an Nick presste. Der Vierzehnjährige hatte einen angespannten Gesichtsausdruck. Das bedeutete, dass er Gerüchte darüber gehört hatte, was passiert war – und was hätte passieren *können*.

Sam streckte ihm eine Hand hin, und er nahm sie und drückte sie.

„Alles ist gut, Leute", beruhigte Nick sie.

In diesem Moment öffnete sich die Tür erneut, und Elijah, der ältere Bruder der Zwillinge, und seine Frau Candace sowie Sams Schwestern und deren Kinder kamen herein.

Sam hob Aubrey hoch, während sie aufstand, um die Neuankömmlinge zu begrüßen. Ihre Knie waren noch immer leicht weich.

Tracy und Sams andere Schwester Angela umarmten sie und Aubrey.

„So ein Spaß", meinte Tracy mit ihrem typischen Sarkasmus.

„Es tut mir so leid, Leute", wandte sich Nick an die Familie. „Ich finde es schrecklich, dass so ein Mist unsere schöne gemeinsame Zeit stört."

„Schon gut, Onkel Nick", entgegnete ihre Nichte Abby. „Ich hab meine Eier behalten dürfen, also war es trotzdem cool."

Freut mich, das zu hören, Süße." Nick zwang sich um des Kindes willen zu einem Lächeln.

Eli trat zu Sam, die allmählich feststellte, wie schwer das kleine Mädchen mittlerweile geworden war, und nahm ihr Aubrey ab. Ihre Kleinen wurden so schnell groß, ein Gedanke, der Sam wehmütig stimmte. Sie wollte, dass sie für immer jung und unschuldig blieben und niemals Worte wie „Attentat" oder „Terrorangriff" verstehen würden.

Sam drehte sich zu Scotty und zog ihn an sich. „Alles okay?"

„Solange es euch gut geht, geht's mir auch gut."

„Habt ihr irgendwo die Familie meines Vaters gesehen?", fragte Nick Tracy und Angela.

„Man hat sie zu ihrem Auto begleitet, und sie durften zusammen mit den meisten anderen Gästen das Gelände verlassen", antwortete Angela.

„Dann ist es ja gut", sagte Nick erleichtert.

Brant trat zu ihm. „Mr President, bitte folgen Sie mir ins Lagezentrum. Die anderen können in die Residenz zurückkehren, doch wir bitten die gesamte Familie, vorerst im Haus zu bleiben."

„Ich muss zur Arbeit", protestierte Sam.

„Das ist heute leider nicht möglich, Ma'am", erwiderte Brant. „Wir brauchen alle verfügbaren Ressourcen hier, bis wir mehr Informationen haben."

Sam mochte es nicht, wenn man ihr erklärte, dass sie etwas nicht tun könne, aber sie wollte den Secret-Service-Beamten ihre Arbeit nicht noch schwerer machen, als sie ohnehin schon war. Außerdem wollte und musste sie nach diesem Schock bei ihren Kindern sein.

„Sorry." Nick küsste sie auf die Wange. „Ich komme so schnell wie möglich nach."

„Ist schon gut. Mach dein Ding."

Nachdem Nick den Schutzraum verlassen hatte, begleiteten die Agenten Sam und die anderen mit dem Fahrstuhl, der direkt in den Flur ihrer Wohnung führte, ins zweite Obergeschoss. Dort traten sie aus dem Aufzug wie Überlebende einer Zombie-Apokalypse, ein Gedanke, der Sam unter anderen Umständen ein Lachen über ihre eigene Theatralik entlockt hätte.

Jetzt konnte sie daran nichts witzig finden.

Sie begaben sich in den Wintergarten im dritten

Obergeschoss, der ihr Lieblingsplatz war. Die Zwillinge kletterten auf Sams Schoß, und sie schlang die Arme um sie, während Scotty sich neben sie setzte. Plötzlich war sie dankbar dafür, dass sie nicht zur Arbeit musste, solange sie ihr so nah sein wollten. Sie war noch relativ neu in der Rolle der Mutter und begriff erst langsam, dass sie nach den Ereignissen dieses Tages nirgendwo anders sein konnte als bei ihren Kindern.

Sie schämte sich dafür, dass sie überhaupt zum Hauptquartier hatte fahren wollen, aber der Impuls war einfach fest in ihr verankert. Als ihr Handy klingelte, zog sie es um die Zwillinge herum aus ihrer Jackentasche. Sie war nicht überrascht, als sie den Namen ihres Partners Detective Freddie Cruz auf dem Display sah.

„Hey.“

„Selber hey. Alles klar?“

„Ging mir schon besser. Was hast du gehört?“

„Ich weiß nicht, ob ich dir das sagen soll.“

„Mir ist durchaus klar, was allem Anschein nach das Ziel des Anschlags war.“ Als Eli den Zwillingen zuwinkte, mit ihm nach nebenan zu kommen, ließ Sam sie los. Sie war froh, ungestört mit ihrem besten Freund reden zu können, weil die Kleinen im anderen Zimmer waren und nicht hörten, was sie besprachen.

„Es ist unglaublich.“

„Gott sei Dank hat abwehrtechnisch alles genau so funktioniert, wie es sollte.“

„Auf jeden Fall. Trotzdem …“

„Ja, ich verstehe dich.“

„Was kann ich für dich tun?“

„Halt die Stellung. Der Secret Service hat uns angewiesen, hierzubleiben. Sag das auch Gonzo.“ Sie meinte ihren Sergeant Tommy „Gonzo“ Gonzales.

„In Ordnung.“

„Ist sonst irgendwas los?“

„Ein Mord im Südosten der Stadt. Wir sind dran. Keine Sorge.“ Da sie das Osterwochenende über freihatte, hatte vermutlich Gonzo den Anruf erhalten.

„Was? Ich und mir Sorgen machen?“

„Ich kann mir echt nicht vorstellen, wie du dich fühlen musst."

„Mir ist schon klar, dass das zum Job gehört und so, doch wenn es dein eigener Mann ist …"

„Es tut mir so leid. Das ist empörend."

„Uns allen geht es gut. Wir versuchen, Ruhe zu bewahren und uns auf die Kinder zu konzentrieren. Echt schade, dass das, was ein schöner Tag werden sollte, jetzt komplett im Eimer ist."

„Es läuft überall in den Nachrichten."

„Verwenden die das A-Wort?"

„Alle. Sie haben nationale Sicherheitsexperten zu Gast, die über die verschiedenen Konsequenzen reden und darüber, wer es getan haben könnte. Sie nennen einige der berüchtigtsten Terrorgruppen, aber bisher hat sich noch niemand dazu bekannt."

Der Gedanke, dass die ganze Welt über das vereitelte Attentat auf den Präsidenten der USA sprach und spekulierte, der zufällig auch Sams Ehemann war, war beängstigend. „Ich schau es mir später an. Melde dich, wenn es was zum neuen Fall gibt, ja?"

„Na klar. Lass dich nicht unterkriegen."

„Ich bemüh mich. Bis dann."

Sam legte auf und seufzte tief.

„Was ist das A-Wort?", wollte Scotty wissen.

*Verdammt.*

„Ich dachte, du unterhältst dich mit Tracy."

„Hab ich, allerdings bin ich multitaskingfähig."

Sam lachte und fühlte sich sofort besser, wie so oft in seiner Gegenwart. „Nichts, worüber man sich Sorgen machen müsste."

„Doch. Sag es mir."

„Was hast du denn gehört?"

„Dass Drohnen irgendwo waren, wo sie nicht sein sollten, und dass die Behörden diesen Vorfall als eine Art möglichen Angriff behandeln."

„Richtig."

„Also steht das A für ‚Angriff'?"

Sam wollte ihn gerne anlügen, um ihn zu schützen, aber fünf Minuten an seinem Handy würden die Wahrheit ans Licht bringen. Dann sollte er es lieber von ihr erfahren. „In diesem Fall steht das A für ‚Attentat.‘" Sie und Scotty hatten den Ausdruck bei Nicks Amtsantritt zum Unwort erklärt.

„Die wollten Dad umbringen?"

„Wir wissen es noch nicht sicher, doch davon muss man wohl ausgehen."

Er starrte durch das große Fenster auf die Stadt, die sie ihr Zuhause nannten.

„Was denkst du?"

„In Zeiten wie diesen ist es besser, nicht zu denken."

Lächelnd legte Sam einen Arm um ihn und küsste ihn auf den Scheitel. „Ich liebe dich so sehr. Du bist genau das, was ich jetzt brauche. Danke."

„Du und Dad, ihr seid genau das, was ich immer brauche. Danke *dafür*."

„Eure Eltern zu sein, ist die größte Freude und Ehre unseres Lebens."

# KAPITEL 2

Die Berichte schienen unglaublich zu sein. Es waren vierzehn Drohnen geborgen worden, ausgerüstet mit halb automatischen Waffen. Hätten die unbemannten Fluggeräte die strengen Sicherheitsvorkehrungen überwunden, hätten Dutzende Menschen getötet werden können, die sich zu der fröhlichen Osterveranstaltung auf dem Gelände des Weißen Hauses eingefunden hatten. Alle, die Nick liebte, hätten bei diesem Versuch, sein Leben zu beenden, sterben können.

Bisher hatte sich niemand zu dem Anschlag bekannt, und die Ermittlungen hatten gerade erst begonnen. Nicks Secret-Service-Team arbeitete fieberhaft daran, Daten zu sammeln und die Herkunft der Drohnen zu ermitteln.

Von seinem Platz am Kopfende des Tisches aus musterte Nick die anderen. Da waren Teresa Howard, die Nationale Sicherheitsberaterin, die noch aus Präsident Nelsons Stab stammte, und Verteidigungsminister Tobias Jennings, ebenfalls eine Übernahme. Nick mochte sie, vertraute ihnen und hatte vor, sie auch weiterhin in ihren Ämtern zu belassen.

Außerdem war Admiral Forrest Malin anwesend, der neue Vorsitzende der Vereinigten Generalstabschefs, der Nachfolger von General Michael Wilson, der zusammen mit seinen Kollegen Nick – und die Verfassung – so eklatant verraten hatte.

Des Weiteren saß Grace Crowley am Tisch, die amtierende

Leiterin der National Intelligence Agency, deren dauerhafte Ernennung durch den Senat noch ausstand. Sie gehörte zu den Personen, die der pensionierte Senator Graham O'Connor, Nicks väterlicher Freund und Mentor, empfohlen hatte.

Nick war aktuell mit dem Aufbau seines eigenen Teams befasst, das sich hauptsächlich aus Grahams umfangreichem Netzwerk an Kontakten und vertrauenswürdigen Verbündeten speiste.

Vizepräsidentin Gretchen Henderson, die Nick als seine Nachfolgerin in der Position ausgewählt hatte, die durch seinen Aufstieg ins höchste Amt des Staates frei geworden war, stellte genau die richtigen Fragen und forderte von ihren Leuten schnelles Handeln. Sie und ihre Kinder im Teenageralter hatten sich während des Eierrollens auf dem Südrasen aufgehalten, und sie war sichtlich erschüttert von den Ereignissen und dem Wissen darum, was hätte passieren können.

Auch Stunden nachdem man sie in aller Eile fortgebracht hatte, blieb weiter unklar, woher die Drohnen stammten. Im fensterlosen Lagezentrum und unter dem grellen Licht der Neonröhren verlor man leicht das Zeitgefühl.

„An den ersten beiden, die unsere Leute untersucht haben, hat man keine besonderen Erkennungsmerkmale gefunden", erläuterte FBI-Direktorin Leslie Monroe. Nelson hatte sie nach der Ermordung des vorherigen Direktors Troy Hamilton für eine Amtszeit von zehn Jahren ernannt. „Keine der Komponenten trägt Markennamen oder Seriennummern. Möglicherweise selbst gebaut."

„Immer noch kein Bekennerschreiben?", fragte Secret-Service-Direktor Ambrose Pierce.

„Bisher nicht", bestätigte Crowley. „Wir haben weder in Gesprächen noch irgendwo anders Hinweise darauf gefunden, dass so etwas geplant war. Das wäre normalerweise der Fall, wenn eine bekannte Terroristengruppe dahinterstünde."

Sie drehten sich im Kreis, und Nick hatte genug. Als er sich erhob, taten es ihm alle anderen nach. „Okay, ich geh hoch", teilte er seinem Stabschef Terry O'Connor mit. „Halt mich auf dem Laufenden."

„Jawohl, Sir."

Er verließ den Raum frustriert, angewidert und beunruhigt. Alle Systeme zum Schutz Washingtons hatten an diesem Tag funktioniert und Schlimmeres verhindert, aber die Ereignisse waren eine erschreckende Erinnerung an die vielen Gewaltdrohungen gegen die Regierung. Als Präsident war er das Hauptziel, doch ein Anschlag mit unzähligen Opfern direkt auf dem Rasen des Weißen Hauses hätte den gewünschten Effekt gehabt, selbst wenn er nicht zu den Opfern gehört hätte: Chaos zu verursachen.

Die Vorstellung, dass ein Mitglied seiner Familie hätte sterben können, machte ihn krank. Scotty, Aubrey, Alden, Elijah, seine kleinen Brüder, Sams Nichten und Neffen und viele andere Verwandte und enge Freunde, die ihm und Sam am Herzen lagen, waren an diesem Tag seinetwegen in großer Gefahr gewesen.

Und das nur, weil er das höchste Staatsamt innehatte. Weil er nach den Regeln der Verfassung dorthin gelangt war, statt es in einer Wahl zu erringen. Weil er der jüngste US-Präsident aller Zeiten war. Weil manche Menschen mit seiner Art, das Amt auszuüben, nicht einverstanden waren.

Wer konnte schon ahnen, was jemanden dazu motivierte, mit halb automatischen Waffen bestückte Drohnen in den Luftraum über Washington zu steuern?

Mit Brant an seiner Seite stieg er die Treppe zu den privaten Wohnräumen der Präsidentenfamilie hinauf. Er freute sich darauf, Sam zu sehen, und hoffte, die Kinder ins Bett bringen zu können, falls sie noch wach waren.

„Vielen Dank für alles. Bitte richten Sie auch den anderen Personenschützern meinen Dank aus. Wir wissen zu schätzen, was Sie für unsere Sicherheit leisten."

„Ich werde es weitergeben, Sir. Wir sind alle dankbar, dass niemand verletzt wurde und wir den Anschlag vereiteln konnten."

„Auf jeden Fall. Trotzdem habe ich kein gutes Gefühl dabei."

„Ich auch nicht, Sir. Es ist, gelinde ausgedrückt, besorgnis-erregend."

„Können Sie mir sagen, ob für Sam und die Kinder morgen alles normal läuft?"

„Ich werde das in Erfahrung bringen und Sie anrufen, sobald ich die entsprechenden Informationen habe."

„Danach gehen Sie heim, und ruhen Sie sich aus. Ich habe das Gefühl, uns stehen hier einige lange Tage bevor."

„Jawohl, Sir. Bis morgen."

Sie trennten sich oben an der Treppe, wo Melinda, eine weitere Personenschützerin aus Nicks Team, bereitstand, um die Bewachung zu übernehmen.

„Guten Abend, Mr President."

„Hallo, Melinda."

„Bleiben Sie heute Abend zu Hause, Sir?"

„Ja."

„Sehr gut. Danke. Schönen Abend noch."

Als ob das nach diesem Tag möglich wäre. „Den wünsche ich Ihnen auch." Während er den mit rotem Teppich ausgelegten Flur zu seinem „Zuhause" entlangschritt, lockerte er sich die Krawatte und öffnete den Kragenknopf seines Hemdes. Er war vorhin kurz hergekommen, um die legere Freizeitkleidung, die er beim Eierrollen getragen hatte, gegen Hemd und Anzug einzutauschen, damit er sich im Presseraum zu den Ereignissen des Tages äußern konnte und dabei wie der Präsident aussah und nicht wie ein Vater, der mit seinen eigenen und Hunderten anderen Kindern eine Veranstaltung genossen hatte, bis eine terroristische Bedrohung alles beendet hatte.

Dies hätte eigentlich einer der seltenen unbeschwerten Tage sein sollen, an denen er Familie und Freunde sowie die Öffentlichkeit bei einer jährlichen Veranstaltung unterhalten konnte, die allen Spaß machte. Sogar unbeschwerte Tage waren hier zum Kotzen. In den knapp fünf Monaten, seit er Präsident geworden war, hatte Nick hart daran gearbeitet, positiv und optimistisch zu bleiben, selbst angesichts endloser Herausforderungen, unerbittlicher Kontrolle und unbegründeter Anschuldigungen, deren Entkräftung Zeit und Energie kostete.

Aber das hier war … demoralisierend.

Er schaute nach den Zwillingen, die schon in ihrem gemeinsamen Bett schliefen. Irgendwann würden sie sich dafür entscheiden, in getrennten Zimmern zu schlafen, doch momentan waren sie noch nicht so weit, und niemand wollte sie zwingen, nachdem sie ihre Eltern auf so tragische Weise verloren hatten.

In Scottys Zimmer brannte noch Licht. Nick klopfte, steckte den Kopf hinein und sagte: „Ich bin's. Dad."

Das Lächeln seines Sohnes war nach diesem Tag Balsam für seine Seele. „Hey. Wie geht's?", fragte Scotty.

Nick zuckte die Achseln. „Bisher gibt's nichts Neues. Mein Team ist dran. Mach dir keine Sorgen."

„Was?" Scotty klang täuschend unbeschwert. „Ich soll mir Sorgen machen, nur weil jemand versucht, meinen Vater mit Drohnen auszuschalten? Bisher hatte ich lediglich Angst vor ganz normalen Schusswaffen. Ich war ja so was von naiv."

Nick setzte sich auf Scottys Bettkante und kraulte Skippy, ihre Hündin, hinter den Ohren, was die mit einem zufriedenen Schnaufen belohnte. „Ich will nicht, dass du dich darüber aufregst, dass mir etwas passieren könnte. Wie wir heute gesehen haben, bin ich bestens geschützt."

„Die haben sich echt nicht mit halben Sachen aufgehalten."

„Nein, haben sie nicht. Heute hat außerdem vieles andere gut geklappt, zum Beispiel die Abfangjäger, die sofort gestartet sind, um die unerlaubten Flugobjekte in der Schutzzone über Washington abzuschießen."

„Hätten die auch Flugzeuge mit Menschen an Bord abge-schossen?"

Mit vierzehn war er zu alt für Lügen und Ausflüchte. „Ja. Alle Piloten wissen, dass sie Washington ohne vorherige Genehmigung nicht überfliegen dürfen. Also würde das Militär Jets ausschicken, um herauszufinden, was die Eindringlinge vorhaben, und sie im Zweifelsfall auch abschießen, was zum Glück noch nie passiert ist."

„Ich kann mir nicht vorstellen, das tun zu müssen, selbst wenn es Terroristen wären."

„Geht mir genauso. Doch ich will nicht, dass du die ganze Nacht wach liegst und grübelst, hörst du?"

„Werd ich nicht. Ich bin hundemüde."

Nick beugte sich vor, um Scotty zu umarmen. „Dass du hier

bist, innerhalb der gleichen vier Wänden wie ich – auch wenn es das verdammte Weiße Haus ist –, erleichtert mir das alles."

„Es ist schön, zu wissen, dass du die meiste Zeit unten bist, selbst wenn du dich manchmal wohin begibst, wo ich nicht hindarf."

Nach dem anstrengenden Tag hielten sie sich etwas länger als sonst umschlungen. „Hab dich lieb, Kumpel."

„Dito, Dad. Ich hoffe, du kannst schlafen."

„Ich werd's zumindest versuchen. Vergiss nicht, Skippy noch mal rauszulassen."

„Das lässt sie mich nicht vergessen."

Nick hauchte Skippy einen Kuss auf den Kopf. „Braves Mädchen." Er hätte schwören können, dass die Hündin ihn anlächelte, was er erwiderte. „Schlaft gut, ihr beiden."

„Ihr auch."

„Bis morgen."

„Vielleicht sollte ich morgen lieber noch daheimbleiben. Nur für den Fall, dass es wieder Ärger gibt."

„Netter Versuch, aber du musst zurück in die Schule. Du hast heute schon gefehlt, Mr Achtklässler."

„Und dafür werde ich morgen ganz sicher büßen müssen."

Nick verließ Scottys Zimmer lachend. Er hatte den besten Sohn der Welt und würde sich mit jedem anlegen, der etwas anderes behauptete.

In ihrer Suite hatte Sam sich auf der Couch zusammengerollt, sah fern und wartete auf ihn. Als er hereinkam, setzte sie sich auf, strich sich den Pferdeschwanz glatt und klopfte auf den Platz neben sich.

Er ließ sich bei ihr nieder und legte einen Arm um sie.

Sam schmiegte sich an ihn und atmete seinen Duft ein. „Wie geht's dir?", erkundigte sie sich.

„Nach fünf Minuten mit Scotty schon deutlich besser."

„Ja, er hat diese Wirkung auf Menschen."

„Er wollte morgen zu Hause bleiben, nur für den Fall, dass es mehr Ärger gibt."

Sam schnaubte belustigt. „Das hätte ich in seinem Alter auch probiert. Allerdings hat auf meine Familie niemand Drohnen angesetzt."

„Ich mach mir Sorgen, dass die Kinder alle traumatisiert sind."

„Denen geht es gut. Eli und ich haben heute Abend sehr viel Zeit mit den dreien verbracht und alles getan, um sie zu beruhigen. Die Zwillinge haben es bereits verarbeitet. Scotty braucht noch etwas."

„Ist Eli schon wieder zur Uni aufgebrochen?" Ihr erwachsener Adoptivsohn war im dritten Jahr in Princeton und hatte das Osterwochenende bei ihnen verbracht.

„Vor etwa einer Stunde."

Sein Personenschützer Nate, der mit Sams Nichte Brooke zusammen war, und sein Team würden Eli sicher nach New Jersey zurückbringen. „Ich bin froh, dass er eine Eskorte hat und wir beruhigt sein können, solange er im Auto unterwegs ist."

„Das dachte ich auch, als sie aufgebrochen sind." Sie fuhr ihm mit den Fingern durchs Haar, was er mit einem wohligen Seufzen quittierte – ganz ähnlich wie Skippy. „Was weißt du über den Stand der Ermittlungen?"

„An den Drohnen waren keine Kennzeichen, mit denen man sie identifizieren könnte. Keine Markennamen, keine Seriennummern. Sie waren mit halb automatischen Waffen bestückt."

„Oh Gott."

„Ja."

„Also sind sie nicht zurückverfolgbar."

„Vielleicht nicht. Es gab außerdem kein Bekennerschreiben, was ungewöhnlich ist."

„Beunruhigend."

„Leider ja. Aber ich will nicht mehr darüber sprechen. Wie war es hier? Erzähl mir etwas Nettes und Lustiges, was die Kleinen gesagt oder getan haben."

„Aubrey ist immer noch ganz fasziniert von Hühnern und Eiern und rätselt darüber, warum man kein Küken bekommt, wenn man ein Ei isst. Sie ist sich nicht sicher, ob wir überhaupt eins von beidem essen sollten, bis sie eine Antwort darauf gefunden hat. Eli hat sie mit der Frage, was zuerst da war, das Huhn oder das Ei, in den Wahnsinn getrieben, wozu alle eine Meinung hatten."

„Wie schade, dass ich das verpasst habe."

„Es war sehr unterhaltsam, wie fast alles mit den Kindern."

„Womit haben wir uns die Zeit vertrieben, ehe wir diese Kinder hatten, die uns auf Trab halten?"

„Wir hatten deutlich mehr Sex."

Er lachte laut. Sie schaffte es immer, ihn aus seiner niedergedrückten Stimmung zu reißen. „Das stimmt, obwohl wir in dieser Hinsicht eigentlich nicht klagen können."

„Ja, es läuft gut. Glaubst du, du kannst heute Nacht schlafen?"

„Ich werd es jedenfalls versuchen." Schlaf war für ihn selbst in Nächten, nachdem kein potenzieller Mordanschlag auf ihn verübt worden war, ein Problem. Heute würde er wahrscheinlich keinen finden, doch er würde sich zu ihr legen, sie festhalten und den besonderen Trost genießen, den ihre Nähe ihm schenkte.

Sie machten sich bettfertig und trafen sich in ihrem Kingsize-Bett. Sie scherzten immer, dass sie eigentlich nur ein Einzelbett benötigten, weil sie so wenig Platz brauchten. Als sie warm, duftend und weich in seinen Armen lag, konnte er nach dem stressigen Tag endlich mal richtig durchatmen.

„Warum hab ich eigentlich den Eindruck, dass in dem Augenblick, in dem wir eine Sache erledigt haben, etwas auftaucht, das uns daran erinnert, dass wir uns nicht zu behaglich einrichten dürfen?", fragte er.

„Man könnte erwidern, dass es das Leben ist, das wir uns mit zwei Jobs ausgesucht haben, die keinen Feierabend kennen."

„Das hätten wir uns tatsächlich besser überlegen müssen. Was würdest du tun, wenn du noch mal von vorne anfangen könntest?"

„Verdammt, ich weiß es nicht. Ich kann ja sonst nichts."

Spöttisch meinte er: „Ach, komm schon. Das stimmt nicht."

„Doch, wirklich. An vielen Tagen fühlt es sich eher wie eine Berufung als wie ein Beruf an. Was wäre deine Alternative?"

„Geschichtslehrer an einer Highschool. Ich glaube, das hätte mir gut gefallen."

„Alles ist besser als das hier."

Er lächelte. „Das stimmt auf jeden Fall."

„Ich will in einer Situation wie dieser eigentlich nicht über mich reden, aber bitte sag mir, dass ich morgen zur Arbeit gehen kann. Wir haben einen neuen Mordfall, und am Nachmittag soll ich an einer Besprechung teilnehmen, bei der die neuen Beweise im Fall Stahl vorgestellt werden."

„Hältst du das für eine gute Idee?"

„Wahrscheinlich nicht, doch die Besprechung ist für alle leitenden Beamten verpflichtend, und ich weigere mich, eine Sonderbehandlung zu verlangen."

„Samantha …"

„Keine Sorge. Solange ich zur Arbeit kann, ist alles in Ordnung."

„Ich warte auf eine Bestätigung von Brant, dass ihr morgen alles wie gewohnt machen könnt, du und die Kinder. Er hat versprochen, sich unverzüglich zu melden, sobald er was hört."

„Ich hoffe, dass es klappt."

„Das hoffe ich auch. Es tut mir leid, dass sie dich heute zu Hause festgehalten haben."

„Es war besser so. Die Kinder haben mich gebraucht. Ich hätte sie ungern allein gelassen."

„Ich hab mich schrecklich gefühlt, weil ich nicht bei euch sein konnte."

„Wir haben das verstanden."

„Trotzdem … Ich wollte unbedingt bei euch sein."

„Das wissen wir." Sie legte ihm eine Hand an die Wange und zog ihn sanft zu sich, um ihn zu küssen. „Mir ist klar, dass dies nach einer ganzen Reihe schrecklicher Vorkommnisse eine weitere furchtbare Situation ist, aber du wirst damit genauso gut umgehen wie mit den anderen. Ich glaube an dich. Wir alle tun das."

Weil ihre Lippen warm, weich und süß waren, hielt er seine an ihre gepresst, atmete ihren Duft ein und schwelgte in dem Trost, den sie ihm gab.

Lange Zeit küssten sie einander, seine Lippen glitten über ihre, mehr nicht, ohne mehr zu fordern. Sie wollten einfach nur

der Erleichterung darüber Ausdruck verleihen, dass alle nach
einem beängstigenden Tag in Sicherheit waren. Keiner von
beiden konnte den Gedanken verdrängen, dass sie jederzeit
auseinandergerissen werden konnten, da ihre beiden Jobs Risiken
bargen, die durchaus tödlich enden konnten. Wenn sie zu viel
über diese Möglichkeit nachdachten, würden sie ihren Alltag
nicht mehr bewältigen können.

Die Ereignisse des Tages hatten ihnen wieder einmal vor
Augen geführt, wie schnell sich alles ändern konnte.

„Die Vorstellung, dass dir jemand etwas antun will …“ Ihre
Stimme war tränenerstickt. „Es raubt mir die Luft zum Atmen.“

Er wischte ihr die Tränen weg. „Ich bin hier und gehe
nirgendwohin.“

Obwohl er genau das sagte, was sie hören wollte, waren sich
beide schmerzlich bewusst, dass solche Versprechungen bloß
hohle Worte waren. Ja, er war von erstklassigen
Sicherheitskräften und Geheimdienstmitarbeitern umgeben, die
an diesem Tag alle wie vorgesehen funktioniert hatten – und es
hoffentlich auch in Zukunft tun würden –, aber das änderte
nichts an der Tatsache, dass er in jeder Sekunde seines Lebens in
Gefahr war. Es war nervenaufreibend, zu wissen: Wenn jemand
ihn unbedingt töten wollte, war nur ein einziger Fehler der für
seine Sicherheit Verantwortlichen nötig, damit die Attentäter ihr
Ziel erreichten.

Es gab keine Garantien.

Sie schlang die Arme um ihn und hielt ihn fest. „Das alles ist
unerträglich.“

„Willkommen in meiner Welt, Schatz. Jedes Mal, wenn du zur
Tür hinausgehst, habe ich Angst, dass du vielleicht nicht
zurückkommst.“

„Mit Vernon und Jimmy an meiner Seite, die auf mich aufpassen, bin ich sicherer denn je.“

„Trotzdem …“

Sie schlang die Arme fester um ihn. „Ja, ich weiß. Es ist eine
fürchterliche Art, zu leben. Es gibt Tage, an denen ich gar nicht
weiter darüber nachdenke, und dann passiert so was und macht

mir wieder bewusst, dass du wegen deiner Stellung ständig eine Zielscheibe auf dem Rücken hast. Wenn mir etwas passieren würde, läge das wenigstens daran, dass ich jemanden verhaftet hätte oder so. Du erledigst einfach einen Job, den irgendwer eben tun muss."

„Wir sollten das Thema wechseln, damit wir heute Nacht wenigstens etwas Schlaf finden."

Das Telefon auf seinem Nachttisch klingelte. Er ließ sie los, um Brants Anruf entgegenzunehmen.

„Mr President, nach Rücksprache mit Direktor Pierce und den Sicherheitsbeauftragten für Ihre Gattin und die Kinder haben wir beschlossen, dass der morgige Tag wie üblich ablaufen kann."

„Danke."

„Bis morgen früh, Sir."

„Ja, bis dann." Er legte auf. „Hast du das gehört?"

„Das ist großartig. Es wird uns guttun, wieder zur Normalität zurückzukehren."

„Der Meinung bin ich auch."

Sie strich ihm über das Haar und streichelte sein Gesicht. „Glaubst du, du kannst ein bisschen schlafen?"

„Du hast Teile von mir geweckt, die nicht das geringste Interesse an Schlaf haben."

„Welche sind das genau?"

Nick presste seine Erektion an ihren Bauch.

„Oh, ich verstehe. Was könnte man denn da wohl tun?"

„Da gäbe es mehrere Möglichkeiten."

„Welche bevorzugst du?"

„Egal, solange du dabei bist."

„Auf jeden Fall." Sie fuhr ihm mit ihrer warmen Hand über Brust und Bauch, um schließlich seine Erektion zu umfassen.

Schnell zogen sich die Schrecken des Tages in die entlegensten Winkel seines Bewusstseins zurück. Er würde sie später verarbeiten. Im Augenblick hatte er weitaus Besseres zu tun, als sich zu fragen, wer vorgehabt hatte, ihn und viele andere zu töten, und ob sie es wieder versuchen würden.

Sie redete gern über seine Superkräfte sie betreffend, doch das hier war unbestreitbar ihre. Mit einer Berührung konnte sie die Sorgen verbannen, die am nächsten Morgen wieder auf ihn warten würden. Eine Weile konnte er sich in der Liebe seines Lebens verlieren und alles andere vergessen. An vielen Tagen sorgten sie und die Kinder für die einzige Atempause, die er von der endlosen Plackerei seines stressigen Jobs hatte.

Er schob eine Hand unter ihr T-Shirt und sehnte sich nach dem Gefühl ihrer seidigen Haut unter seinen Fingerspitzen. Innerhalb von Sekunden hatte sie das Shirt abgestreift, während er seine Lippen auf ihre presste und sie ihn so heiß küsste, dass ihm schwindelig wurde und er fast in ihrer Hand kam.

„Gemeinsam", brachte er hervor, während er sich auf sie legte. Er merkte, dass er sie überraschte, als er plötzlich von „schnell und wild" zu „langsam und sinnlich" wechselte, ihren Hals küsste, ehe er sich ausführlich ihren Brustspitzen widmete. Sie wurde von Sekunde zu Sekunde ungeduldiger und versuchte, die Dinge zu beschleunigen.

Das bestärkte ihn nur in seinem Vorsatz, sich alle Zeit der Welt zu lassen. Seine Sam war der ungeduldigste Mensch auf dem Planeten, und es war sein Ziel, ihr in Momenten wie diesen die Vorteile des Wartens vor Augen zu führen.

„Du bist gemein, und ich hatte schon einen so schweren Tag."

Amüsiert sah er von ihrem Bauch zu ihr auf. „Inwiefern bin ich gemein?"

Sie warf ihm einen bösen Blick zu. „Du weißt genau, was du mit mir machst."

„Ich liebe meine Frau und verwöhne sie mit allem, was ich habe, weil sie einen schweren Tag hatte." Ehe sie etwas erwidern konnte, schob er ihr die Beine auseinander und berührte sie mit seiner Zunge, entlockte ihr einen überraschten Seufzer, der ihn fast zum Lachen brachte, weil sie so schnell ihre Meinung geändert hatte.

Er gab alles – mit Zunge, Lippen, Fingern –, bis sie vor Lust stöhnte, brachte sie bis kurz vor den Orgasmus, ehe er sich zurückzog und von vorne begann. Das trug ihm ein frustriertes Stöhnen ein, das sich schnell in etwas ganz anderes verwandelte, als er zwei Finger tief in sie schob, sie genau an der richtigen Stelle reizte, während er an ihrer Klitoris saugte.

Mehr war nicht nötig. Ihre inneren Muskeln zogen sich um ihn zusammen, als er sich in sie stieß, und sie kam.

Als sie endlich die Augen öffnete, sah sie, dass er sie mit einem Ausdruck anschaute, den sie nur als selbstgefällig bezeichnen konnte, während er ganz still in ihr verharrte.

„Hi", sagte er.

„Wie geht's dir so?"

Er bewegte die Hüften, um ihre Frage zu beantworten, und ließ sie spüren, dass bisher bloß einer von ihnen den Höhepunkt erreicht hatte.

Sie fuhr ihm mit den Fingern den Rücken hinunter bis zu seinem Hintern und zog ihn noch tiefer in sich, während sie ihm die Beine um die Hüften schlang.

Er mochte wissen, was sie antörnte, aber sie wusste ebenso, wie sie sich revanchieren konnte.

Er senkte den Kopf, um sie sanft und zärtlich zu küssen, bevor er das Tempo wieder steigerte. Erneut überraschte er sie, als er ihr mit seinen Fingern einen weiteren Höhepunkt bescherte, ehe er ihr folgte.

„So viele schmutzige Tricks", keuchte sie, während er sich auf ihr ausruhte.

„Du liebst meine schmutzigen Tricks."

„Aus irgendeinem seltsamen Grund tue ich das tatsächlich."

„Könnte es daran liegen, dass du davon abgehst wie eine Rakete?"

Er zog sich aus ihr zurück und legte den Kopf auf ihre Brust.

Sie lachte und schlang die Arme um ihn. „Das könnte möglicherweise etwas damit zu tun haben."

„Dachte ich mir."

„Du bist ganz schön selbstherrlich."

„Ich glaube, das hab ich mir verdient."

„Mhm." Sie hielt ihn fest, während sie laut gähnte. „Glaubst du, du kannst jetzt schlafen?"

„Ich werd's versuchen."

Sie streichelte sanft seinen Rücken. „Entspann dich, und lass alles los. Ich bin da."

Nick schloss die Augen und bemühte sich, an Dinge zu denken, die ihn nicht die ganze Nacht wach halten würden. Stattdessen konzentrierte er sich auf den betörenden Duft von Vanille und Lavendel, der seine Frau umgab, und schlief langsam ein.

# KAPITEL 3

Am nächsten Morgen waren die Kinder allesamt schlecht drauf, weshalb das Anziehen und das Frühstück endlos dauerten. Nick hatte an einer zeitigen Sicherheitsbesprechung teilnehmen müssen und konnte deshalb nicht wie sonst mit ihnen zusammen essen. Zweifellos würde dies kein normaler Tag im Büro für ihn werden.

Als die Zwillinge mit ihren Bodyguards aufbrachen, wäre Sam am liebsten wieder ins Bett gekrochen. Aber das war keine Option, da in der Gerichtsmedizin eine neue Leiche wartete und an diesem Nachmittag die Untersuchung im Massenmordfall Stahl beginnen würde. Irgendwann diese Woche musste sie noch Zeit für ein Treffen mit der stellvertretenden Staatsanwältin Faith Miller finden und ihre Aussage bei der Vorverhandlung gegen Harlan Peckham besprechen, der des Mordes an Bundesstaatsanwalt Tom Forrester und des versuchten Mordes an FBI-Agent Avery Hill angeklagt war.

Außerdem würden sie die letzten Vorbereitungen für den Prozess gegen Christopher Nelson, den in Ungnade gefallenen Sohn des ehemaligen Präsidenten, erörtern, der in einer Woche beginnen sollte. Er hatte einen mörderischen Amoklauf gestartet, um Nick, den beliebten Vizepräsidenten seines Vaters, aus dem Rampenlicht zu drängen und seine eigenen politischen Ambitionen zu verwirklichen. Unter anderem hatte er Sams Ex-

Mann Peter Gibson ermorden lassen. Dieser Prozess lastete schwer auf ihr – und auf Nick –, da sie befürchteten, dass dadurch die schreckliche Geschichte wieder ins Medieninteresse rücken und alles, was mit dem Fall zu tun hatte, erneut hochkochen würde.

Nicks glorreiche Tage mit steigenden Umfragewerten schienen sehr lange her zu sein, jetzt, wo er Präsident war und sich ununterbrochen Angriffen ausgesetzt sah, die sich auf alles erstreckten, von seinem Charakter über seine Jugend bis hin zu der Tatsache, dass er nicht durch eine Wahl ins Amt gelangt war.

Der Tag hatte kaum begonnen, und Sam war bereits erschöpft. Sie hatte einen Albtraum gehabt, in dem Menschen mit Pistolen und allen möglichen anderen Waffen, darunter eine Armbrust, hinter ihr und Nick her gewesen waren. Um drei Uhr morgens war sie schweißgebadet aus dem Tiefschlaf hochgeschreckt.

„Alles okay?", fragte Scotty, der gerade seinen Teller in die Spülmaschine räumte.

„Ja, schon … Ich verarbeite das nur alles noch."

„Da bist du nicht die Einzige."

„Alles in Ordnung bei dir?"

„Ich versuche klarzukommen, allerdings hab ich Probleme mit der Vorstellung, dass Menschen meinen Eltern etwas antun wollen, nur weil sie ihren Beruf ausüben."

„Als dein Vater und ich darüber nachgedacht haben, dich in unser Leben aufzunehmen, haben wir auch darüber gesprochen, ob es fair ist, dir das zuzumuten."

„Ich bereue es nicht, euch als meine Eltern gewählt zu haben, also mach dir deswegen keine Sorgen."

„Es ist schön, das zu hören, aber ich hoffe, du weißt, dass wir dir den Ärger gerne erspart hätten."

„Das Leben mit euch ist ein bisschen Ärger wert. Außer der Knutscherei und so. Davon könnte ich definitiv weniger gebrauchen."

Sam umarmte ihn lachend. „Tut mir leid, Kumpel. Das wird sich leider nicht so schnell ändern. Dein Vater ist ein hervorragender Küsser."

Scotty verzog das Gesicht. „Musstest du das jetzt sagen?"

„Es ist die reine Wahrheit. Geh dir die Zähne putzen, damit du keinen Mundgeruch hast, wenn du dich zufällig doch mal dafür entscheidest, ein Mädchen zu küssen."

„Igitt! Das ist extrem unhygienisch."

„Mein Sohn, ich kann es kaum erwarten, dass du deine Meinung zu diesem Thema änderst. Was jetzt jeden Tag passieren müsste."

„Wenn du meinst."

Scotty verschwand, um sich die Zähne zu putzen und seinen Rucksack zu holen. Als er zurückkam, wartete Sam schon darauf, ihn zu umarmen, ehe er mit seinen Personenschützern loszog. „Schönen Tag! Ich hab dich lieb."

Er erwiderte die Umarmung etwas fester als sonst. „Ich dich auch. Und ich wünsche dir ebenfalls einen schönen Tag."

„Ich werde mein Möglichstes tun."

„Dann bis später."

Während sie duschte und sich anzog, dachte Sam an Scotty und daran, wie schön es war, ihn zu einem charmanten jungen Mann heranwachsen zu sehen. Ihn zu sich zu nehmen, obwohl sie gerade erst frisch verheiratet gewesen waren, war das Beste, was sie und Nick je getan hatten. Auch wenn der Zeitpunkt nicht ideal gewesen war, bereuten sie nichts, sondern liebten ihn von ganzem Herzen. Leid tat ihr lediglich, dass sie ihn nicht früher kennengelernt hatten. In vier Jahren würde er aufs College gehen. Der Gedanke machte sie zutiefst traurig.

Zum Glück würden sie nach Scottys Weggang noch die Zwillinge haben, die sie auf Trab hielten.

Das erinnerte sie daran, dass ihr Freund, der Anwalt Andy Simone, ihr am Vortag eine SMS geschickt hatte, um sie über den aktuellen Stand der Pläne zu ihrer Adoption von Alden, Aubrey und Elijah zu informieren. Zwar war Eli bereits volljährig, aber sie hofften, dass sie damit allen zukünftigen Störmanövern der Großeltern mütterlicherseits, der Tante und des Onkels einen Riegel vorschieben konnten. Die Verwandten der drei wollten vor allem an das Geld kommen, das der milliardenschwere Vater seinen Kindern hinterlassen hatte.

*Hallo*, hatte Andy geschrieben. *Ich wollte euch auf den neuesten*

*Stand bringen. Wir haben den ganzen Papierkram für die Adoption in die Wege geleitet. Da Elijah der gesetzliche Vormund der Zwillinge ist, sollte das alles ziemlich unkompliziert sein. Es ist allein seine Zustimmung erforderlich, und er hat alle anfänglichen Formalitäten erledigt. Ich halte euch auf dem Laufenden und teile euch den Termin mit, zu dem die Adoption offiziell wird. Wenn ihr Fragen habt, lasst es mich wissen!*

Sam antwortete: *Hey, entschuldige, dass ich mich erst jetzt zurückmelde. Wie du sicher gehört hast, war hier gestern ziemlich was los. Spaß in Tüten! Danke für die Info. Wir werden alle besser schlafen, wenn das endlich über die Bühne ist. Vielen Dank für deine Hilfe!*

Dann leitete sie Andys Nachricht an den sicheren BlackBerry weiter, über den sie mit Nick und Eli kommunizierte. Eli hatte beschlossen, sich zusammen mit seinen Geschwistern adoptieren zu lassen, damit sie alle zur selben Familie gehörten.

Als sie die Schublade ihres Nachttischs aufschloss, in der sie ihre Dienstwaffe, die Handschellen und andere Dinge aufbewahrte, die sie für die Arbeit brauchte, hatte sie das Gefühl, irgendwie neben sich zu stehen, obwohl sie einfach ihre tägliche Routine abspulte. Aber heute war nichts normal. Über allem schwebten die bedrückende Realität der Ereignisse des Vortags und die Erkenntnis, wie knapp sie einer Katastrophe entronnen waren.

Während sie nach unten lief, wo Vernon und Jimmy schon auf sie warteten, spürte sie die Last auf ihren Schultern und hoffte, sie beiseiteschieben zu können, um sich nach einem langen Wochenende mit ihrer Familie wieder auf die Arbeit zu konzentrieren.

„Guten Morgen", begrüßte Vernon sie.

„Morgen."

Harold, einer der Usher, hielt Sam ihren Mantel hin.

„Vielen Dank, Harold."

„Gern, Ma'am. Schönen Tag noch."

„Den wünsche ich Ihnen auch."

„Jeder Tag im Weißen Haus ist ein guter Tag, Ma'am. Nun ja, manche sind zugegebenermaßen besser als andere."

Darüber musste Sam lachen. „Stimmt."

Vernon hielt ihr die Tür zum Rücksitz des SUVs auf. „Wie geht es Ihnen?"

„Bestens. Gibt's was Neues?"

„Nicht viel. Die Ermittlungen laufen. Bla, bla, bla."

Er schloss die Tür hinter ihr und glitt auf den Fahrersitz.

Auf dem Weg zum Hauptquartier erhielt sie eine SMS von Andy. *Ich konnte es kaum glauben, als ich es in den Nachrichten gesehen habe. Gott sei Dank seid ihr wohlauf – und alle anderen auch.*

*Ja, danke. Trotzdem ist es beängstigend – und das ist noch vorsichtig ausgedrückt.*

„Was können Sie mir über das erzählen, was Sie nicht erzählen dürfen?", fragte sie Vernon und Jimmy.

„Es gibt nichts wirklich Neues", antwortete Vernon. „Wir wissen immer noch nicht mehr darüber, wer diese Drohnen geschickt hat."

„Das beruhigt mich nicht gerade."

„Wir sind auch ziemlich nervös."

„Das glaube ich gern. Vielen Dank für Ihr schnelles Handeln gestern. Wenn ich wegen der Kinder sauer gewirkt habe: Ich hatte Angst."

„Schon gut. Wir verstehen das", erklärte Vernon. „Ich würde meine Kinder in einer solchen Situation ebenfalls um mich haben wollen."

„Ich kann es nicht fassen, wie ich manchmal ihretwegen reagiere."

„Sie sind Mutter. Das tun Mütter nun mal."

„Es ist immer noch ungewohnt, wenn ich daran denke, dass ich Mutter von dreieinhalb Kindern bin." Eli bezeichneten sie im Scherz als halbes Kind, da er bereits erwachsen gewesen war, als er in ihr Leben getreten war, doch sie liebten auch ihn wie einen Sohn.

„Bei Ihnen ist das alles etwas anders gelaufen, aber diese Gefühle sind universell."

„Ja, das stimmt."

„Ich mach mir manchmal Sorgen, dass ich keine emotionale Bindung zu dem Baby aufbauen kann", warf Jimmy ein. Seine Frau Liz erwartete gerade ihr erstes Kind.

„So ging es mir vor der Geburt meiner Ältesten auch", gestand Vernon. „Was, wenn das Baby auf die Welt kommt und mir völlig egal ist? Doch ich verrat dir was: In dem Augenblick, in dem du ein Kind, das zu dir gehört, zum ersten Mal siehst, ist alles da."

Sam gefiel, wie er das sagte – *ein Kind, das zu dir gehört*. „Genau so war es bei mir auch. Nach einer Stunde mit Scotty wusste ich, dass mir selbst eine Million Stunden mit ihm nicht reichen würden. Bei den Zwillingen war es genauso."

„Du hast ein großes, liebevolles Herz, Jimmy", fügte Vernon hinzu. „Du wirst ein wunderbarer Vater sein."

„Von dir bedeutet mir das sehr viel. Deine Kinder vergöttern dich."

„Das sollten sie besser auch, sonst versohl ich ihnen den Hintern."

„Haha." Sam lachte. „Als ob Sie Ihre Kinder je schlagen würden."

„Ich hab Glück mit meinen tollen Töchtern", erwiderte Vernon. „Genau wie Sie mit Ihren Kindern, Sam. Du und Liz, ihr werdet großartige Eltern sein, Jimmy. Daran habe ich keinerlei Zweifel. Warte, bis du in dieses kleine Gesichtchen schaust, dieses winzige Wesen, das in allem auf dich angewiesen ist … Selbst wenn es dann irgendwann kein Baby mehr ist, ist es ein Gefühl, das sich mit keinem anderen vergleichen lässt."

„Das stimmt", bestätigte Sam. „Dazu kommt, dass sie einen trotz aller Fehler lieb haben – und in meinem Fall sind das viele, *viele* Fehler."

„Sie wissen, wie sehr Sie sie lieben, Sam", meinte Vernon. „Das zeigen Sie ihnen jeden Tag, indem Sie ihnen ein großartiges Vorbild als berufstätige Mutter sind, die viele Anforderungen unter einen Hut bringt, und das problemlos."

„Von wegen problemlos. Wenn Sie mich fragen, gibt es da jede Menge Probleme."

„Nicht für sie. Sie sehen eine Mutter, die alles im Griff hat und die Bösen zur Strecke bringt."

„Genau", fügte Jimmy hinzu. „Ihre Kids haben die coolste Mutter der Welt, und das ist ihnen auch klar."

„Werden Sie für diese Therapiesitzungen extra bezahlt?"

„Nein", entgegnete Vernon lachend. „Die sind kostenlos, weil wir Sie mögen."

„Ach, Sie Schmeichler."

„Also, zurück zum Geschäft." Vernon blickte Sam im Rückspiegel in die Augen. „Wie Sie sich sicher denken können, sind heute alle nervös. Sie wollen, dass jemand mit Ihnen ins Hauptquartier kommt."

„Wer soll denn dort was planen?"

„Bis klar ist, wer diese Drohnen geschickt hat, verdoppeln wir unsere Sicherheitsvorkehrungen."

Sam gefiel die Vorstellung nicht, dass Secret-Service-Mitarbeiter im Hauptquartier herumschwirrten. Aber sie wollte ihnen keine zusätzlichen Schwierigkeiten bereiten, da sie schon genug zu bewältigen hatten. „Was auch immer Sie tun müssen. Ich weiß, dass Sie sich diskret verhalten werden."

„Wir werden uns Mühe geben."

„Wer von Ihnen kommt zum Schnuppertag mit rein?"

„Vernon", antwortete Jimmy. „Ich darf im Auto bleiben."

„Schwer zu entscheiden, was langweiliger ist", erklärte Sam.

„Am Ende des Tages vergleichen wir unsere Notizen und entscheiden, wer gewonnen hat", scherzte Vernon.

Sam grinste. „Viel Spaß."

Am Hauptquartier hielt Vernon ihr die Hintertür auf und folgte ihr durch den Eingang der Gerichtsmedizin.

„Ich sage Lindsey jeden Morgen Hallo. Müssen Sie da mit rein?"

„Nein, ich warte hier draußen."

Sam trat durch die automatischen Glastüren in die Leichenhalle, in der die leitende Gerichtsmedizinerin Dr. Lindsey McNamara Dienst hatte. „Morgen."

„Hey, wie läuft's?"

„Alles prima. Nach dem Wahnsinn von gestern hab ich jetzt nicht mehr nur außerhalb des Gebäudes einen Schatten, sondern auch hier drinnen."

„Na super. Die sind jetzt bestimmt doppelt wachsam."

„Ja, und es ist immer noch unklar, wer die Drohnen überhaupt geschickt hat."

„Meine Güte! Das ist verrückt – und beängstigend." Lindsey schauderte. „Wenn ich daran denke, dass all die Menschen, die ich liebe, mit so etwas rechnen müssen ..."

Lindseys Hochzeit mit Nicks Stabschef Terry O'Connor war für Juli geplant.

„Gott sei Dank hat der Secret Service schnell reagiert. Soweit ich gehört habe, hatten sie den Rasen innerhalb weniger Minuten geräumt, was bei einer so großen Veranstaltung sicher nicht leicht war."

„Bestimmt haben sie für solche Ereignisse zusätzliches Personal und sind intensiv geschult worden."

„Garantiert. Wir sind dankbar, dass alles so gelaufen ist, wie es sollte. Wie war Ostern bei dir?"

„Schön. Wir haben morgens meine Schwestern und Nichten gesehen und sind dann zur Farm rausgefahren, wo wir mit Terrys Familie zu Abend gegessen haben. Ein entspannter Tag. Wie war's in Camp David?"

„Auch entspannend und lustig. Die Kinder hatten viel Spaß bei der Eiersuche, die die Mitarbeiter dort für sie organisiert hatten."

„War es schwer für dich, dort zu sein?"

Der Mann von Sams Schwester Angela war Anfang Februar während eines Besuchs in Camp David ums Leben gekommen. „Zuerst schon", gab Sam zu. „Ich hab mich extra von der Hütte ferngehalten, in der Spencer an der Überdosis Fentanyl gestorben ist."

„Nachvollziehbar."

„Nick ist so gerne in Camp David, dass ich mich ihm zuliebe zusammenreiße, trotzdem wird dieser Ort für mich zukünftig immer von einer dunklen Wolke überschattet sein."

„Natürlich. Es fällt mir immer noch schwer, zu glauben, dass das überhaupt passiert ist."

„Uns auch. Wir hatten ja gar keine Ahnung, dass er abhängig war oder sich überhaupt verletzt hatte. Es war so ein Schock."

Sam und der Rest ihrer Familie waren fassungslos gewesen, als sie erfahren hatten, dass Spencer seit einer Rückenverletzung in eine Schmerzmittelabhängigkeit gerutscht war. Nachdem seine Ärzte die Medikamente abgesetzt hatten, hatte er sie sich auf der Straße besorgt, bloß leider Tabletten erhalten, die mit einer giftigen Substanz gestreckt worden waren. Sam und ihr Team hatten den Dealer der verschnittenen Arznei aufgespürt, an der bereits zahlreiche weitere Menschen gestorben waren. Der Täter und seine Komplizen warteten nun auf ihr Gerichtsverfahren.

„Wie geht es Angela und den Kindern?"

„Sie kommen klar. Ich weiß allerdings nicht, wie sie das alles mit einem neuen Baby schaffen soll." Eine GoFundMe-Kampagne, die Freddie für Angela ins Leben gerufen und die Nick über seine zahlreichen Social-Media-Kanäle geteilt hatte, half ihrer Schwester vorerst, sich und ihre Kinder finanziell über Wasser zu halten.

„Ihr werdet sie alle unterstützen, und sie wird es schaffen."

„Ja, das wird sie wohl. Na ja, ich sollte mich jetzt an die Arbeit machen, nachdem ich mein viertägiges Wochenende viel zu sehr genossen habe."

„*Zu viel* gibt's in diesem Fall gar nicht."

„Ich hab gehört, wir haben einen neuen Fall."

„Ja, Todesursache war ein Schlag auf den Hinterkopf. Ich liefere euch bald weitere Informationen."

„Danke, und ‚Willkommen zurück' an mich. Meine Belohnung ist eine frische Leiche in der Gerichtsmedizin."

Lindsey lächelte. „Wir wollen ja nicht, dass du dich zu bequem einrichtest."

„Das geht hier gar nicht. Bis später."

„Schönen Tag noch."

„Den wünsch ich dir auch, Doc."

Sam trat zu Vernon, der im Flur gewartet hatte. „Ich muss Sie was fragen."

„Schießen Sie los."

„Wie viele zusätzliche Beamte waren gestern bei unserer Veranstaltung im Einsatz?"

„Wir hatten knapp tausend Leute vor Ort, dazu noch Hunderte von anderen Behörden und Unterstützung durch das MPD."

„Wow."

„Das ist normal bei hochkarätigen öffentlichen Veranstaltungen wie dieser."

„Selbst als jemand, der unter Personenschutz steht, finde ich es erstaunlich, dass man so eine massive Präsenz gar nicht bemerkt."

„Genau das ist das Ziel. Wir wollen den Besuchern den Spaß nicht verderben, aber es sollen alle sicher sein. Das erfordert im Vorfeld natürlich einiges an Organisation und Planung."

„Vielen Dank, und bitte richten Sie das allen anderen ebenfalls aus. Wir sind für Ihre Bemühungen um unsere Sicherheit wirklich dankbar, auch wenn wir das vermutlich nicht oft genug zum Ausdruck bringen."

„Ich werde es weitergeben. Das wird die Kolleginnen und Kollegen freuen."

„Wie dicht müssen Sie heute an mir dran sein?"

„Ich muss Sie ständig im Blick haben."

„Gut, dass es hier Glaswände gibt." An ihr Team gewandt, das sich im Großraumbüro versammelt hatte, sagte sie: „Guten Morgen, Leute. Lasst mir fünf Minuten, dann treffen wir uns im Besprechungsraum."

„Willkommen zurück, Lieutenant", antwortete Detective Cameron Green. „Wir haben dich vermisst."

„Ich euch auch. Nicht."

# KAPITEL 4

Die anderen lachten, während Sam in ihr Büro ging, um ihre Jacke aufzuhängen und ihren Rechner hochzufahren. Dabei spürte sie den vertrauten Adrenalinstoß, der sie immer durchfuhr, wenn sie hier war und mit ihren Leuten die Arbeit erledigte, die sie liebte. Trotz der Härte des Jobs hatte sie nie die Nase voll davon oder war es leid. Vielleicht lag das daran, dass sie nicht nur den Job selbst, sondern auch die Menschen liebte, die sie bei dieser schweren Aufgabe unterstützten, und wusste, dass das wiederum auf Gegenseitigkeit beruhte. Dadurch wurden selbst die furchtbarsten Tage irgendwie erträglich.

Obwohl sie sich oft fragte, was ihre Kollegen davon hielten, die First Lady in ihrer Mitte zu haben, hatte sie bisher kaum negative Reaktionen erlebt und beschlossen, dass keine Nachrichten in dieser Hinsicht gute Nachrichten waren. Die Menschen, die ihr wichtig waren, wie ihre engsten Kollegen, unterstützten sie, und das war alles, was für sie zählte.

Sam verließ ihr Büro und begab sich zum Besprechungsraum. Sie merkte, dass Vernon ihr folgte, doch sie konzentrierte sich einfach weiter auf ihre Arbeit. Die Anforderungen ihres Jobs waren heftig und hielten sie an den meisten Tagen so in Atem, dass sie sich keine Gedanken darüber machen konnte, was andere gerade taten. Vernon hatte versprochen, ihr nicht in die Quere zu kommen, und darauf vertraute sie.

„Ich hoffe, alle, die nicht hier vor Ort sein mussten, hatten ein schönes Wochenende und frohe Ostern. Wer informiert mich über den neuen Fall?"

„Ich." Gonzo drückte die Leertaste seines Laptops, um das Bild einer schwarzen Frau mit kurzen grauen Haaren und einem herzlichen Lächeln auf dem großen Monitor vorne im Raum aufzurufen. „Lorraine Sweeny war zweiundsechzig Jahre alt und Krankenschwester im Green Acres Nursing Home in Northeast, einem einkommensschwachen Viertel. Am Samstag hatte sie von drei bis elf Uhr Dienst. Sie ist auf dem Heimweg von der Metro überfallen worden. Als ihr Ehemann bemerkte, dass sich ihr Handy nicht mehr bewegt hat, hat er sich auf die Suche nach ihr begeben und ihren Leichnam gefunden."

Sam zuckte innerlich zusammen, als sie an den armen Mann dachte und daran, wie entsetzlich das für ihn gewesen sein musste. „Sind wir sicher, dass er nichts damit zu tun hatte?"

„Er war völlig fertig", antwortete Detective Neveah Charles. „Wir mussten ihn in die Notaufnahme bringen lassen."

Sam nickte. „Was war die Todesursache?"

„Stumpfe Gewalteinwirkung auf den Hinterkopf. Es gab keinerlei Abwehrverletzungen, der Schlag hat sie völlig unvorbereitet getroffen", erklärte Green.

„War sie ein Zufallsopfer?"

„Schwer zu sagen. Wir recherchieren und halten nach jemandem Ausschau, der ein Motiv gehabt haben könnte. Bislang haben wir aber nichts herausgefunden, außer dass sie eine freundliche, mitfühlende Frau war, die sich für ihre Patienten, ihre Familie und ihre Kirche engagiert hat. Soweit wir es wissen, ging sie zur Arbeit, kam nach Hause, verbrachte Zeit mit Freunden und Familie und besuchte den Gottesdienst – und das jeden Sonntag. Sie hatte fünf kleine Enkel, die sie sehr geliebt hat."

Sams empfand Mitleid für diese Menschen, die sie nie kennengelernt hatte.

„Vor zwanzig Minuten gab es ein weiteres Todesopfer", ergänzte Gonzo. „Nate Andrews, sechsunddreißig, weiß, verheiratet, Vater von zwei Kindern, der als Analyst im

Arbeitsministerium beschäftigt war. Er war am späten Sonntagabend in Adams Morgan joggen, als auch er von hinten mit einem unbekannten Gegenstand niedergeschlagen wurde. Er wurde ins George Washington University Hospital eingeliefert und war dort auf der Intensivstation, wo er heute Morgen gestorben ist."

Allmählich wünschte Sam sich fast, der Secret Service hätte ihr die Fahrt ins Hauptquartier untersagt.

„Wir haben gestern mit den Ermittlungen begonnen, da der Vorfall dem Angriff auf Sweeny ähnelt", übernahm Green wieder. „Aber wie bei ihr finden wir hier ebenfalls kein Motiv für die Tat. Wir haben allerdings auch gerade erst mit der Untersuchung angefangen."

„Es gibt noch einen weiteren Fall", fügte Gonzo hinzu. „Die zweiundzwanzigjährige Alexa Prescott, Studentin an der Marymount University in Arlington, war Kellnerin in einem Restaurant an der 14th Street. Sie war heute Morgen nach ihrer Nachtschicht auf dem Weg zur Bushaltestelle, als jemand sie von hinten niederschlug. Sie ist direkt am Tatort verstorben."

„Gibt es Aufzeichnungen von Überwachungskameras im Umfeld der Tatorte?"

„Archies Team kümmert sich darum. Aktuell ist er selbst noch mit einer Privatangelegenheit beschäftigt."

Sam musste sich unbedingt bei ihrem Freund melden, der sich um eine Frau kümmerte, die ihm viel bedeutete und die entführt, misshandelt und sexuell missbraucht worden war, sich jedoch an nichts erinnern konnte.

„Was ist mit einer Warnung an die Öffentlichkeit?", fragte Sam ihren Sergeant.

„Captain Malone sitzt mit der Abteilung für Öffentlichkeitsarbeit daran und wird in Kürze was herausgeben. Wir sollen aber die Presse informieren."

„Das mach ich, und dann möchte ich mit den Familien der Opfer sprechen", erklärte Sam und stand auf.

„Wir haben am Wochenende schon mit allen geredet", teilte ihr Gonzo mit.

„Danke. Ich möchte trotzdem gerne mit ihnen in Kontakt

treten, damit sie wissen, dass ich hier bin und mich zusammen mit meinem fähigen Team darum bemühe, ihnen Antworten zu liefern."

„Alles klar." Gonzo reichte ihr die Berichte zu den drei Fällen.

„Vielen Dank für die hervorragende Arbeit am Wochenende. Wenn jemand ein Gespräch mit Dr. Trulo führen möchte, nur zu." Sie hatte gelernt, ihren Leuten nahezulegen, bei Bedarf die Hilfe des Polizeipsychologen in Anspruch zu nehmen, statt zuzulassen, dass sich der Stress aufstaute.

„Ja, Ma'am" war noch zu hören, während ihre Leute bereits den Raum verließen.

Freddie blieb zurück. „Wie geht es dir?"

„Es wird besser sein, wenn wir mehr Informationen darüber haben, wer Drohnen mit halb automatischen Waffen an Bord geschickt hat, um unsere Veranstaltung zu stören."

„Ihr habt keine Ahnung?"

„Bisher nicht. Es scheint sich um selbst gebaute Geräte ohne rückverfolgbare Komponenten zu handeln."

„Wow."

„Alle Bundesermittlungsbehörden arbeiten mit Hochdruck an dem Fall, also werde ich mich auf unsere drei Opfer konzentrieren."

Freddie warf einen Blick zu Vernon, der vor dem Besprechungsraum stand. „Deine Leibwächter sind jetzt hier drin."

„Einstweilen. Vorsicht ist die Mutter der Porzellankiste."

„Tut mir leid, dass ihr euch mit diesem Wahnsinn herumärgern müsst."

„Das gehört wohl zur Stellenbeschreibung, dafür haben wir jetzt Butler und eine schicke Wohnung."

„Sorry, doch ich kann keine Witze darüber reißen, dass jemand versucht hat, meine besten Freunde umzubringen."

„Wir reißen ja gar keine Witze darüber. Wir versuchen lediglich, nicht die Nerven zu verlieren und unsere Arbeit zu erledigen. Das erwarte ich jetzt auch von dir. Du musst mir helfen, nicht die Nerven zu verlieren. Kannst du das?"

„Ich kann's versuchen."

Sie legte ihm eine Hand auf die Brust. „Ich weiß, du bist aufgebracht, und zwar, weil du uns aufrichtig gernhast, und wir mögen dich natürlich ebenfalls. Aber ich muss weitermachen. Nur so schaff ich das alles überhaupt. Verstehst du das?"

„Ja, und ich bin da, wenn du mich brauchst. Wie immer."

„Das ist ein großer Trost, glaub mir. Jetzt muss ich erst mal die Pressekonferenz hinter mich bringen und ein paar andere Dinge in die Wege leiten, dann fahren wir zu den Familien, ja?"

„Klingt gut. Bis auf den Teil mit dem Besuch bei den Hinterbliebenen."

Sam lächelte verständnisvoll. Diesen Teil des Jobs hassten sie beide.

„Sag Bescheid, wenn ich was tun kann."

„Werd ich."

Sie begab sich wieder in ihr Büro und vertiefte sich in die Berichte über die Ereignisse vom Wochenende. Sie waren voller schmerzlicher Details, wie beispielsweise, dass Lorraine Sweeny wenige Wochen vor ihrer Pensionierung gestanden und dass Nate Andrews' Frau kürzlich ihr zweites Kind zur Welt gebracht hatte. Im letzten Bericht erfuhr sie außerdem, dass Alexa Prescott in Pflegefamilien aufgewachsen war und sich ihr Studium nur dank eines Vollstipendiums hatte leisten können.

Sam notierte sich diese Details, damit sie sie bei ihrem Gespräch mit den Medienvertretern zur Hand hatte.

Jake Malone erschien an der Tür. „Willkommen zurück. Wie ist die Lage?"

„Ging mir nie besser, und Ihnen?"

„Dito ... Und Nick?"

„Er kommt damit klar. *Wir* kommen damit klar. Was sollen wir auch sonst tun?"

„Nichts, schätze ich. Ich hab gehört, Sie machen die Pressekonferenz."

„Sobald ich mich auf den neuesten Stand gebracht habe."

„Die Meute ist schon ganz ungeduldig, wahrscheinlich weil es draußen so kalt ist."

„Was ist bloß mit dem Wetter los? Gestern waren es noch einundzwanzig Grad, und heute sind es vier."

„Mutter Natur ist launisch, wie stets im Frühling."

„Vermutlich. Was halten Sie von diesen willkürlichen Attacken?", fragte sie.

„Ich weiß nicht, was ich davon halten soll. Die Überwachungskameras von den Orten, an denen die Angriffe stattfanden, sind keine große Hilfe, weil die Lichtverhältnisse überall schlecht waren."

„Das werde ich bei der Pressekonferenz erwähnen."

Er reichte ihr ein Blatt Papier. „Ein paar Punkte, die ich mit der Abteilung für Öffentlichkeitsarbeit formuliert habe."

Sie sah ihn misstrauisch an. „Dabei brauchen Sie doch sonst auch keine Hilfe."

„Ab und zu muss ich ihnen das Gefühl geben, nützlich zu sein."

Sams lautes Lachen klang selbst in ihren eigenen Ohren ziemlich unelegant. „Geben Sie mir fünf Minuten dafür, alles noch mal durchzugehen, dann stelle ich mich der Presse. Danach fahren Cruz und ich zu den Familien."

„Sie müssen das nicht tun, Sam."

„Das ist mir bewusst. Aber ich tue es trotzdem, weil ich hier die Chefin bin und es hilfreich für die Hinterbliebenen ist, zu sehen, dass ich mich für ihre Fälle engagiere und sie mir wichtig sind."

„Sie werden Ihr Engagement zu schätzen wissen."

„Auch wenn sie es nicht tun, ich bin jetzt mit diesen Fällen befasst, und ich bleibe dran, bis wir Antworten haben."

„Dann lasse ich Sie allein, doch vergessen Sie bitte nicht, dass ich mit Ihnen, Nick und Ihrer Familie fühle. Das tun wir alle."

„Danke, dass Sie das sagen, Cap. Das ist sehr nett."

„Na dann, weitermachen." Er winkte ihr zu und entfernte sich.

Sam freute es, dass er sich zuerst nach dem Stand der Ermittlungen erkundigt hatte, bevor er seine Sorge um sie und Nick zum Ausdruck gebracht hatte, da er wusste, wie sehr sie es hasste, im Mittelpunkt zu stehen, besonders bei der Arbeit. Wenn sie darüber nachdachte, was für eine Ablenkung sie in letzter Zeit gewesen war oder wie manche ihrer Kollegen wahrscheinlich hinter ihrem Rücken über sie herzogen, wäre sie nicht mehr in der Lage, ihren Job zu erledigen. Drei trauernde Familien brauchten sie in Bestform, also kniete sie sich rein, bis sie sich gut auf die Pressekonferenz vorbereitet fühlte.

Sie nahm ihre Notizen mit und begab sich zum Haupteingang. Die Pressevertreter versammelten sich das ganze Jahr über bei jedem Wetter vor den Türen des Polizeigebäudes und warteten auf Neuigkeiten. Der überdurchschnittlich großen Menge nach zu urteilen, wollten sie mehr als nur Informationen über ihre neuen Fälle. Sam stand einen Moment lang wie erstarrt da und versuchte, die Kraft zu finden, durch die Türen zu treten, um sich ihnen zu stellen – und ihre Fragen zu den Ereignissen des Vortags abzuwehren.

Chief Joe Farnsworth gesellte sich zu ihr. „Morgen."

„Guten Morgen, Chief."

„Ich würde fragen, wie es dir geht, aber ...."

Sam lächelte den Mann an, den sie seit Kindertagen Onkel Joe nannte, da er der beste Freund ihres Vaters gewesen war. „Großartig."

„Ich habe gehört, du übernimmst die Pressekonferenz."

„Richtig."

„Ich hab mir gedacht, du brauchst vielleicht Hilfe, um die Idioten in die Schranken zu weisen, die dich nach gestern fragen werden."

„Angesichts des Andrangs da draußen muss ich damit wohl rechnen. Wollen wir?"

„Nach dir, meine Liebe."

„Ist es seltsam, dass mir das jetzt deutlich bedrohlicher vorkommt als vor der ganzen Sache gestern?"

„Überhaupt nicht. Das ist absolut verständlich, und es gibt andere, die für dich einspringen könnten."

„Nein", sagte Sam entschieden. „Ich muss und will das übernehmen, sonst werden sich diejenigen, die es auf uns abgesehen haben, darüber freuen, dass sie mich aus dem Job gedrängt haben. Diese Genugtuung gönne ich ihnen nicht."

„Ich bin stolz auf dich", flüsterte der Chief. „Er wäre es auch."

„Bring mich nicht zum Weinen, bevor ich mich den Hyänen stelle."

„Entschuldige. Weitermachen."

Mit ihm – und Vernon – an ihrer Seite fühlte sie sich etwas besser, als sie vor die Reportermassen trat, die nach Informationen verlangten, sobald sie die Türschwelle überschritten hatten. Wie immer wartete Sam ruhig an dem steinernen Pult und starrte auf einen Punkt in der Ferne, bis sie aufhörten, sie mit Fragen zu bombardieren. Sie entdeckte Jimmy und zwei weitere Personenschützer, die sie kannte, aber nicht sofort namentlich einordnen konnte, die sich am Rand der Versammlung hielten. Vernon war direkt hinter ihr.

Bei den Journalisten setzte sich langsam die Erkenntnis durch, dass sie nichts erfahren würden, wenn sie nicht endlich den Mund hielten. Sam fand es lustig, dass sie diese Lektion jedes Mal aufs Neue lernen mussten.

„Am Samstagabend gegen dreiundzwanzig Uhr dreißig fuhr die zweiundsechzigjährige Lorraine Sweeny nach ihrer Arbeit als Krankenschwester im Green Acres Nursing Home mit der Metro nach Hause. Auf dem Weg durch einen schlecht ausgeleuchteten Bereich wurde sie angegriffen und erhielt einen tödlichen Schlag auf den Hinterkopf. Nachdem sie nicht zur gewohnten Zeit nach Hause kam, überprüfte ihr Mann ihren Standort auf seinem Handy, sah, dass sie an einer Stelle verharrte, und ging sie suchen. Als er sie fand, war sie bereits tot. Lorraine war Mutter von vier Kindern, Großmutter von fünf Enkeln und stand kurz vor ihrer Pensionierung.“

„Was wissen Sie über die Ermittlungen zu den Drohnen, die gestern das Ostereierrollen so jäh beendet haben?“

Sam warf dem Journalisten, der die Frage gestellt hatte, einen Blick zu, von dem sie hoffte, dass er *seine* Eier ins Rollen brachte. „Ich informiere hier heute über drei Morde, die sich in den letzten Tagen zugetragen haben. Wenn Sie wegen anderer Informationen hier sind, muss ich Sie enttäuschen. Am Sonntagabend wurde der sechsunddreißigjährige Nate Andrews, Analyst im Arbeitsministerium, beim Joggen in Adams Morgan ebenfalls von hinten mit einem unbekannten Gegenstand niedergeschlagen. Er wurde zwar noch auf die Intensivstation des GW gebracht, ist dort allerdings heute Morgen seinen schweren Kopfverletzungen erlegen. Er hinterlässt eine Frau und zwei

Kinder, eins davon ein wenige Wochen alter Säugling. In den frühen Morgenstunden wurde dann die zweiundzwanzigjährige Studentin Alexa Prescott auf dem Heimweg nach ihrer Schicht als Kellnerin in einem Restaurant an der 14th Street ebenfalls von hinten angegriffen und am Kopf getroffen. Sie starb noch am Tatort. Alexa wuchs in Pflegefamilien auf und besuchte dank eines Stipendiums die Marymount University. Die Polizei bittet die Öffentlichkeit um Hinweise zu diesen tödlichen Angriffen." Sam nannte zweimal die Telefonnummer der Hotline. „Außerdem warnen wir die Bürger, dass sie nachts besonders wachsam sein sollen, speziell in Gegenden mit wenig Straßenlaternen. Ich werde jetzt einige Ihrer Fragen zu diesem Fall – und ausschließlich dazu – beantworten."

Sie nickte einer brünetten TV-Journalistin zu. Sam erkannte sie nicht als eine der Stammreporterinnen. „Ist es für Sie als Frau des Präsidenten sicher, jetzt außerhalb des Weißen Hauses zu sein?"

„Nächste Frage." Sie wies auf Darren Tabor, ihren Bekannten vom *Washington Star*, in der Hoffnung, dass er sich an die Regeln halten würde.

„Gibt es an den Orten, an denen die Morde stattfanden, Überwachungskameras?"

„Unser IT-Team sichtet alle Aufzeichnungen, aber wie erwähnt fanden die Angriffe in schlecht ausgeleuchteten Bereichen statt. Das hat der Täter bewusst so eingerichtet, damit die Angriffe nicht durch Kameras erfasst wurden. Solange der Mörder nicht gefasst ist, sollten Bürger und Besucher der Stadt nach Einbruch der Dunkelheit im Freien besonders auf der Hut sein."

„Betrachten Sie die Fälle als miteinander verbunden?", fragte ein anderer Journalist.

„Aufgrund der Ähnlichkeiten bei der Vorgehensweise ist es sehr wahrscheinlich. Bis wir weitere Informationen haben, ist das unsere Arbeitshypothese. So, das ist für den Moment alles. Wir werden Sie auf dem Laufenden halten."

„Haben Sie Angst, Sam?", fragte Darren.

Sie hielt inne und drehte sich zu ihm um. „Nein. Ich bin

wütend darüber, dass jemand eine Veranstaltung mit Familien und Kindern bedroht hat, und dankbar, dass so viele Menschen und Systeme eine Tragödie verhindert haben."

Damit schritt sie davon, wobei sie nicht entscheiden konnte, ob sie eher verärgert oder resigniert war.

„Sie können einfach nicht anders", sagte Chief Farnsworth.

„Sie sollten sich mehr Mühe geben, die Regeln einzuhalten."

„Wo wäre dann der Spaß für sie?"

Sie hoffte, ihr finsterer Blick sagte alles.

„Die Leute sind besorgt. Ich denke, das ist bei so einem Vorfall zu erwarten."

„Ich wünschte, die würden diese Fragen an die Pressestelle des Weißen Hauses richten, statt von mir zu verlangen, dass ich für Nick oder seine Regierung spreche. Gibt es jemanden, der dafür weniger geeignet ist als ich?"

„War das eine rhetorische Frage?"

Sie lächelte. „Danke. Das hab ich gebraucht."

„Was hältst du von diesem neuen Fall?"

„Ich hab noch keine Meinung. Doch wenn ich eine hätte, wäre sie wahrscheinlich von Zorn geprägt. Eine Krankenschwester kurz vor der Rente, ein junger Vater, eine Studentin, die neben dem College kellnert. Es macht mich wütend, dass sie offenbar grundlos in unserer Stadt getötet wurden. Meine erste Aufgabe ist es, nach Verbindungen zwischen den Opfern zu suchen, auch wenn ich nicht wirklich glaube, dass wir welche finden werden."

„Trotzdem müssen wir dem nachgehen, und sei es, um es ausschließen zu können."

„Genau das ist der Plan."

„Dann lass ich dich mal arbeiten. Melde dich, wenn du etwas brauchst."

„In Ordnung. Danke dir."

„Nichts zu danken, Kleines."

So sprach er nur dann mit ihr, wenn niemand sonst in der Nähe war, und wenn er sie „Kleines" nannte, fühlte sie sich geliebt und unterstützt, wie es allein er und Malone fertigbrachten, seit ihr Vater gestorben war. Neulich hatten sie ihr mitgeteilt, dass sie ihren Ruhestand verschieben wollten, um in ihrer Nähe zu sein, solange Nick Präsident war. Beide hatten ihr versichert, das hätte Skip als ihr bester Freund so gewollt. Als sie das gehört hatte, hatte sie geweint.

Bald würde jener schreckliche Tag im Oktober, an dem Skip nicht mehr aufgewacht war, ein halbes Jahr her sein. Auf dem Weg zum Großraumbüro versuchte Sam die Niedergeschlagenheit abzuschütteln, die sie stets überkam, wenn sie an jenen Morgen in der Ninth Street dachte. Aber manche Erinnerungen blieben für immer, und sosehr sie diese auch verdrängen wollte, würde sie es für den Rest ihres Lebens nicht vergessen.

„Wie ist es gelaufen?", wollte Freddie von ihr wissen.

„Alles in allem okay. Es waren viele Leute da, und nur wenige Fragen haben mich geärgert. Hast du die Adressen der Opfer?"

„Ja."

„Na dann los."

Nachdem sie sich auf dem Rücksitz des Secret-Service-SUVs eingerichtet hatten, drehte Sam sich um und sah durch die Heckscheibe einen zweiten SUV, der ihnen folgte, sowie die zusätzlichen Personenschützer, die sie bei der Pressekonferenz bemerkt hatte.

„Das sind mehr als zwei, Vernon."

„Wir hoffen, dass das nur kurz nötig sein wird."

Sam schloss die Augen, lehnte den Kopf gegen den Sitz und atmete tief durch. Das Letzte, was sie bei der Arbeit wollte oder brauchte, war eine massive Secret-Service-Eskorte. Sie hatte einen Weg gefunden, mit ihren beiden Agenten zurechtzukommen, und mochte sie mittlerweile so gern, dass es ihr sogar gefiel, jeden Tag Zeit mit ihnen zu verbringen. Doch eine Eskorte aus mehreren Fahrzeugen und zusätzlichen Agenten war schwieriger, auch wenn sie wusste, dass sie ihrer Sicherheit dienten.

„Alles in Ordnung?", flüsterte Freddie.

„Geht so. Gerade als ich dachte, es könnte nicht noch komplizierter werden …"

„Ja, nicht wahr?"

„Ich sorg ohnehin schon für so viel Ablenkung, und jetzt noch das."

„Du lenkst niemanden ab, oder zumindest niemanden, der wichtig wäre."

„Das musstest du jetzt sagen."

„Nein. Ich würde es dir nicht verschweigen, wenn es anders wäre, ist es aber nicht."

„Du würdest es gar nicht mitkriegen, wenn jemand so denkt."

„Doch, klar. Es gibt genug, die sich darüber freuen würden, mir das unter die Nase zu reiben."

„Das kann wohl sein."

„Es gibt keine derartige Stimmung. Die meisten sind wahrscheinlich froh, dass es dich gibt, weil sie sich so nicht um das kümmern müssen, was du übernimmst."

Sam lachte leise. „Richtig. Wer würde diesen Job schon wollen?"

„Darum reißt sich niemand – verzweifelte Familien zu Hause aufsuchen und sie mitten in ihrer Trauer mit bohrenden Fragen belästigen."

„Falls du dich das fragst: Mir macht das auch keinen Spaß."

„Glaub mir, das weiß ich. Aber du tust es, weil irgendjemand es tun muss, und das ist unglaublich von dir."

„Von *uns*. Von unserem gesamten Team. Wir alle sind unglaublich. Genau wie die Sondereinheit für Sexualdelikte erledigen wir einen Job, der die meisten Leute, die gerne über uns herziehen, heillos überfordern würde."

„Ganz genau."

„Hast du zufällig was von Archie gehört?"

„Nur dass er seinen Urlaub verlängert hat."

Sam holte ihr Handy raus und wählte kurz entschlossen die Nummer ihres engen Freundes und Kollegen. Sie schaltete den Lautsprecher ein, damit Freddie mithören konnte.

„Hey", meldete sich Archie. „Ich wollte dich heute auch anrufen, um zu hören, wie die Lage bei euch ist."

„So weit gut. Cruz hört übrigens mit. Wie geht es dir und deiner Freundin?"

„Sie hat noch Schmerzen, aber sie schlägt sich tapfer. Ich denke, es ist Glück im Unglück, dass sie sich nicht erinnern kann, was passiert ist."

Ein Kribbeln lief Sam über den Rücken. „Sie hat einen Schlag auf den Hinterkopf erhalten, oder?"

„Ja, und daraufhin das Bewusstsein verloren. Deshalb erinnert sie sich wohl auch an nichts mehr."

„Wir haben drei neue Opfer in der Leichenhalle, die alle ebenfalls einen Schlag auf den Hinterkopf bekommen haben."

„Glaubst du, die Fälle hängen zusammen?"

„Möglicherweise schon."

„Verflucht. Was hast du vor?"

„Ich bin auf dem Weg zu den Familien der Opfer. Wenn du denkst, das wäre möglich, würde ich gerne mit Harlowe sprechen."

„Das muss sie entscheiden. Als wir uns kennengelernt haben, habe ich erwähnt, dass ich mit dir zusammenarbeite, und sie war total begeistert. Sie ist ein Fan von dir."

„Na toll", erwiderte Sam schicksalsergeben.

Archie lachte. „War mir klar, dass du das sagen würdest ... Ich geb dir Bescheid, wenn sie bereit für ein Gespräch ist."

„Wie hältst du dich?"

„Ich bin ein Nervenbündel, und so kenne ich mich nicht. Finde ich schon schwierig."

„Weißt du, woran das liegt?"

„Bitte klär mich auf."

„Daran, dass sie dir wichtig ist. Endlich ist dir jemand so wichtig, dass du tatsächlich emotional wirst."

„Wenn sich das so anfühlt, verzichte ich lieber."

Sam lächelte. „Du kriegst leider den schwierigen Teil zuerst. Ich verspreche dir, das Warten lohnt sich."

„Wenn du das sagst."

„Ja, das sage ich. Und ich bin schließlich weltweit als Expertin für dieses Thema bekannt."

Archie und Freddie stöhnten gleichzeitig auf, was Sam erneut zum Lachen brachte.

„Was denn? Bin ich Teil einer epischen Ehe, um die mich die ganze Welt beneidet, oder nicht?"

„Meine Güte", seufzte Freddie. „Jetzt fängt sie auch noch an, ihren eigenen Hype zu glauben."

Archie brach in lautes Gelächter aus. „Ich fürchte, das tut sie schon länger."

„Hey, ich spreche nur die Wahrheit aus. Ich kenne die Liebe, Männer, und glaubt mir, unser Archie befindet sich auf dem Weg ins Glück. Ich habe es bei meinem Freund Cruz hier erlebt, und Mann, war *das* ein Chaos.“

Freddie warf ihr einen finsteren Blick zu. „Halt bloß den Mund.“

„Du wurdest angeschossen, und zwar kurz nach dem ersten Mal, dass du …“

Freddies Hand über ihrem Mund unterbrach sie, ehe sie den Satz beenden konnte.

Sie drehte den Kopf, um sich zu befreien. „Es war total chaotisch. Glaub mir, Archie. Da erwarte ich Besseres von dir.“

„Ich werde mein Bestes tun, um dich stolz zu machen, oh weise Frau.“

„Ach, ich bin jetzt schon stolz darauf, wie du dich für sie einsetzt. Das wird ihr auf lange Sicht viel bedeuten.“

„Danke. Ich tu mein Bestes.“

„Melde dich, wenn du Hilfe brauchst. Dann schick ich dir Freddie vorbei.“

„Haha“, erwiderte der. „Aber im Ernst: Ich bin natürlich für dich da, mein Freund.“

„Das ist echt nett von euch. Danke. Haltet mich über eure Ermittlungen auf dem Laufenden.“

„Du hörst von uns.“

Sam klappte ihr Handy zu. „Was sagt man dazu? Ein weiterer meiner Jungs wird erwachsen.“

„Du hast eine viel zu große Klappe.“

„Das solltest du unter ‚Dinge, die man besser nicht gegenüber seiner Chefin äußern sollte‘ ablegen.“

Vom Vordersitz ertönte unterdrücktes Gelächter.

„Man wird ja wohl noch die Wahrheit sagen dürfen. Und nur weil du etwas über mich weißt, heißt das nicht, dass du es anderen Leuten erzählen darfst.“

„Sie wurden echt angeschossen, Freddie?“, fragte Jimmy.

„Ja, wirklich. Los, fragen Sie ihn, wie das passiert ist. Es ist eine gute Story. Eine meiner Lieblingsgeschichten, natürlich nur, weil er nicht gestorben ist.“

Freddie warf ihr einen bitterbösen Blick zu. „Das ist ewig her und ganz bestimmt keine gute Story."

„Finde ich schon. Ich erzähle sie Ihnen irgendwann, wenn er nicht dabei ist."

„Nein, wirst du nicht!"

Sam lachte Tränen. Nach der Furcht und Panik des Vortags war das Lachen Balsam für ihre Seele. Das Normale, das Geflachse, die Scherze, der Alltag – all das machte mit Freddie an ihrer Seite viel mehr Spaß und hatte etwas Tröstliches.

„Wenn du es ihnen erzählst, werde ich das erfahren."

„Nein."

„Doch."

„Kinder, benehmt euch", schaltete sich Vernon von vorn ein und grinste Sam im Rückspiegel an.

„Wo bleibt denn da der Spaß?", fragte Sam.

„Sie liebt es einfach, mich in den Wahnsinn zu treiben. Ich wette, ich könnte die Polizei wegen Mobbings am Arbeitsplatz verklagen."

„Damit würdest du aber mit Anlauf auf die Fresse fliegen."

„Dabei bist du doch diejenige von uns beiden, die regelmäßig auf der Fresse landet."

Sam grinste. „Der war nicht schlecht. Gut gekontert, junger Padawan."

Sie hielten vor dem Haus der Sweenys in Southeast und setzten sofort professionelle Mienen auf.

Vernon folgte Sam zur Eingangstür des Reihenhauses mit Backsteinfassade. Als sie darauf zusteuerten, kam eine Frau mit einem großen, abgedeckten Tablett auf sie zu.

„Warten Sie!" Vernon trat ihr in den Weg.

„Kann ich Ihnen das abnehmen?", erbot sich Jimmy.

„Oh, danke", antwortete sie. „Das wäre nett." Sie reichte ihm das Tablett und schüttelte sich die Arme aus. „Ich wollte der Familie etwas zu essen rüberbringen. Wir sind seit zweiundzwanzig Jahren Nachbarn. Ich kann nicht glauben, dass jemand Lorraine etwas angetan hat. Sie war immer so lieb und freundlich."

Gerührt von der Betroffenheit der Nachbarin, klopfte Sam an.

Die sanften braunen Augen der jungen Frau, die kurz darauf die Tür öffnete, waren rot und geschwollen.

Sam zeigte ihr ihre Dienstmarke. „Lieutenant Holland vom MPD. Das ist mein Partner Detective Cruz. Wir würden gerne mit Familie Sweeny sprechen."

Der Frau liefen sofort wieder Tränen über die Wangen. „Meine Mutter hätte sich sehr über Ihren Besuch gefreut. Ich wünschte, sie hätte Sie noch kennenlernen können."

„Das wünschte ich auch."

„Kommen Sie herein."

Sam deutete auf die Frau, die neben den beiden Agenten stand. „Ihre Nachbarin wollte Ihnen etwas zu essen vorbeibringen."

„Oh, hallo, Mrs Diaz. Danke."

Jimmy trug das Tablett zur Tür.

„Wie geht es deinem Vater, Celeste?"

„Nicht gut."

„Grüß ihn von uns."

„Mach ich. Danke, dass Sie da waren – und für das Essen."

Mrs Diaz warf ihr unter Tränen einen Kuss zu. „Ich werde deine Ma jeden Tag vermissen."

„Ich auch."

Sam und Freddie folgten Celeste ins Haus, wo sie das Tablett abstellte. „Bitte schreib Mrs Diaz auf die Liste für die Dankeskarten", sagte sie zu einer älteren Frau, die an einem Tisch saß.

Die Frau hob den Blick, entdeckte Sam und schnappte nach Luft. „Oh mein Gott, steht da wirklich die First Lady der USA in der Küche meiner Schwester?"

Sam lächelte leicht. „Ich bin auch die Polizistin, die herausfinden will, wer Ihre Schwester getötet hat, Ma'am. Es tut mir sehr leid, dass wir uns unter diesen Umständen kennenlernen."

Die Frau erhob sich und umarmte Sam.

Sie spürte, wie Vernon hinter ihr sich anspannte, doch zum Glück griff er nicht ein.

„Lassen Sie uns ins Wohnzimmer gehen", bat Celeste.

Sie traten beiseite, um sie vorzulassen.

„Dürfen wir Ihnen etwas anbieten?", fragte Celeste.

„Nein, danke", lehnte Sam ab. „Ich möchte Ihnen zunächst ein weiteres Mal das Beileid unserer gesamten Abteilung zum Tod Ihrer Mutter aussprechen."

„Wissen Sie schon, wer es war?"

„Leider nicht, aber wir arbeiten daran. Normalerweise ist das Gespräch mit den Familienangehörigen einer der ersten Schritte."

„Hoffentlich nicht, weil Sie glauben, wir hätten etwas damit zu tun."

„Nein, auch wenn Familienangehörige zuweilen in Mordfälle verwickelt sind. Aber wir sind nicht hier, weil wir jemanden verdächtigen, sondern um mehr über Ihre Mutter zu erfahren: ihren Tagesablauf, eventuelle Probleme, die sie mit jemandem hatte. Solche Dinge."

Die Frau aus der Küche setzte sich neben ihre Nichte und nahm ihre Hand.

„Beginnen wir mit Ihren vollständigen Namen", sagte Sam, Notizbuch und Stift in der Hand.

„Ich heiße Celeste Sweeny. Das ist meine Tante Doris Matthews." Celeste rieb sich mit einem Taschentuch die Tränen weg. „Tut mir leid, doch wir stehen immer noch unter Schock, auch wenn wir schon ein paar Tage Zeit hatten, es zu verarbeiten."

„Das ist ganz normal", versicherte ihr Sam. „Und es tut uns leid, dass wir Sie in dieser schweren Zeit überhaupt belästigen müssen."

„Kein Problem", entgegnete Doris. „Wir möchten ja, dass Sie herausfinden, wer Lorraine umgebracht hat."

„Sie haben angegeben, Ihre Mutter sei auf dem Heimweg vom Pflegeheim Green Acres gewesen."

„Ja. Sie hat da am Wochenende von fünfzehn bis dreiundzwanzig Uhr gearbeitet. Ma meinte immer, sie sei in ihrer Jugend genug ausgegangen, deshalb übernehme sie jetzt diese Schichten, damit die jüngeren Krankenschwestern freihaben."

Doris Matthews lachte leise. „Wir haben in unserer Jugend ohne Ende gefeiert, aber das haben wir lange hinter uns gelassen. Jetzt reicht uns ein ruhiger Abend zu Hause."

Sie wurde plötzlich still, als ihr wieder einfiel, dass sie mit ihrer Schwester nie wieder einen ruhigen Abend zu Hause verbringen würde.

Celeste reichte ihrer Tante ein Taschentuch.

Ein großer Mann mit grauem Haar und breiten Schultern erschien in der Tür. Seine Miene drückte Kummer und Erschöpfung aus. „Ich habe gehört, die First Lady ist zu Besuch. Meine Lorraine würde es mir nie verzeihen, wenn ich Sie nicht gebührend in unserem Haus willkommen heißen würde."

„Das ist mein Vater Walter Sweeny", stellte Celeste ihn vor.

Sam erhob sich, um ihm die Hand zu geben. „Mein Beileid."

„Vielen Dank."

„Das ist mein Partner Detective Cruz."

Auch Freddie stand auf, um dem Mann ebenfalls die Hand zu schütteln.

Walter setzte sich. „Es ist immer noch schwer zu glauben, wissen Sie? Wer könnte Lorraine umbringen wollen? Sie hat nie jemandem etwas zuleide getan, sondern immer nur versucht, anderen zu helfen – bei der Arbeit und auch in ihrer Freizeit."

„Oft ergeben solche Dinge keinen Sinn", erwiderte Sam. „Celeste hat uns erzählt, dass Lorraine am Wochenende gearbeitet hat, damit die jüngeren Schwestern freihaben konnten."

„Sie mochte diese Schichten", antwortete Walter. „Da war es weniger hektisch. Die Bewohner hatten zu dieser Tageszeit nicht so viel Besuch, und sie konnte ihre Arbeit ohne Unterbrechungen erledigen. Sie sagte, sie hätte so mehr Zeit für die Bewohner als unter der Woche, wenn viel mehr los war. Außerdem hatten die jüngeren Schwestern dann, wie Celeste schon erwähnt hat, diese Abende frei." Er machte eine Pause, ehe er hinzufügte: „Ende Juni hätte sie in Rente gehen können, und wir wollten reisen und uns ein bisschen in der Welt umschauen. Ich weiß noch nicht, was ich jetzt tun werde."

„Ich fahre mit dir, Daddy. Wir werden uns alles anschauen, was du willst."

„Danke, Schatz, doch du hast dein eigenes Leben. Du musst nicht den Babysitter für mich spielen."

„Ich will aber bei dir sein."

„Wir reden später darüber."

„Hatte Lorraine Probleme mit irgendjemandem?", fragte Sam, obwohl sie die Antwort zu kennen glaubte.

„Nein", entgegnete Walter mit Nachdruck. „Meine Frau hat Ärger gemieden wie die Pest. Sie hatte einen Bruder, der früher immer wieder in Schwierigkeiten geraten ist. Er ist im Knast gestorben."

„Unser kleiner Bruder Raymond", ergänzte Doris traurig. „Er hat uns bis zu seinem Tod immer wieder das Herz gebrochen."

Walter fuhr fort: „Lorraine sagte immer, sie habe für diesen Jungen ihren gesamten Vorrat an Herzschmerz und Drama aufgebraucht. Deshalb hat sie alles getan, um sich jetzt aus Konflikten herauszuhalten."

„Haben Sie noch weitere Kinder?", fragte Freddie.

„Zwei Söhne, die nicht in Washington leben", erzählte Walter. „Sie sind gestern eingeflogen und haben Zimmer in einem Hotel in der Nähe. Unsere andere Tochter wohnt hier in der Stadt, ist jedoch gerade kurz nach Hause gefahren, um sich um ihre Kinder zu kümmern."

Sam notierte, dass es insgesamt vier erwachsene Kinder gab. „Am Wochenende haben sich andere Angriffe nach ähnlichem Muster ereignet, bei denen zwei weitere Personen gestorben sind, und möglicherweise haben wir ein viertes Opfer, das überlebt hat", erklärte sie. „Wir stehen noch am Anfang unserer Ermittlungen, aber es ist sehr wahrscheinlich, dass es sich um willkürliche Attacken auf Menschen handelt, die schlicht zur falschen Zeit am falschen Ort gewesen sind."

„Warum tut jemand so etwas?", wollte Celeste wissen.

„Wenn wir die Antwort auf diese Frage hätten, wären wir arbeitslos, was uns allerdings ganz recht wäre."

„Wie können Sie diese Arbeit Tag für Tag machen?", erkundigte sich Doris. „Ständig mit dem Leid der verzweifelten Angehörigen umgehen?"

Sam blickte Freddie an. „Jemand muss es tun, und wir sehen das wohl so: Wer, wenn nicht wir? Ist das nachvollziehbar?"

„Nein", gestand Doris mit einem kleinen Lächeln. „Doch wir sind Ihnen dankbar, dass Sie sich für unsere Sicherheit einsetzen."

„Tut mir leid, dass wir Lorraine nicht beschützen konnten."

„Sie können nicht überall sein", entgegnete Walter. „Lorraine hätte nicht gewollt, dass Sie sich wegen etwas schuldig fühlen, wofür Sie nichts können. Sie würde sagen, das sei nur nutzlose Energieverschwendung."

Celeste schmunzelte. „Stimmt, das würde sie."

Sam legte ihre Visitenkarte auf den Couchtisch. „Wenn Ihnen etwas einfällt, das relevant sein könnte – eine Auseinandersetzung mit einem Lieferanten, ein Streit mit dem Postboten, was auch immer –, kontaktieren Sie mich bitte jederzeit."

Doris nahm die Karte und betrachtete sie. „Da steht Ihre Handynummer drauf. Können Sie die einfach so herausgeben?"

„Das ist Teil meines Berufs."

„Rufen Leute Sie dann nicht wegen Ihres anderen Jobs an?"

„Bisher nicht, aber wenn Sie möchten, können Sie das gerne tun."

„Ach, das würde ich nicht."

„Trotzdem könnten Sie es, wenn es nötig wäre. Außerdem gibt es im MPD-Hauptquartier eine Trauergruppe für Angehörige der Opfer von Gewaltverbrechen, die Ihnen vielleicht helfen kann, wenn Sie dafür bereit sind."

„Davon habe ich gelesen", meinte Walter. „Ich hätte nie gedacht, dass ich die mal brauchen würde."

„Melden Sie sich, wenn Sie die Unterstützung in Anspruch nehmen möchten. Dann gebe ich Ihnen alle weiteren Informationen."

Freddie notierte sich die Namen und Telefonnummern der Anwesenden. Danach standen sie auf, um sich zu verabschieden.

Die ganze Familie begleitete sie zur Tür.

„Vielen Dank für Ihre Freundlichkeit und Ihr Einfühlungsvermögen. Inmitten dieser dunklen Zeit war es eine Freude, Sie kennenzulernen" waren Celestes Abschiedsworte.

„Es tut mir sehr leid, dass es unter diesen Umständen passieren musste. Ich halte Sie über den Stand der Ermittlungen auf dem Laufenden."

„Danke für alles", erwiderte Walter.

„Ich wünschte, ich könnte sagen, es war mir ein Vergnügen …"

Als er ihr die Andeutung eines Lächelns schenkte, fühlte sich das wie ein Sieg an.

Vernon eskortierte sie zum SUV, wo Jimmy ihr die Tür aufhielt.

Auf dem Weg nach Adams Morgan, wo sie als Nächstes die Familie Andrews besuchen wollte, warf Vernon Sam im Rückspiegel einen Blick zu. „Das war ehrlich gut, Sam."

„Was?"

„Ich bin ja gewöhnlich nicht bei diesem Teil Ihrer Arbeit dabei, da wir normalerweise draußen warten. Aber Ihr behutsamer Umgang mit dieser Familie … Das war eine Meisterleistung in Sachen Freundlichkeit und Mitgefühl."

„Oh Mann, jetzt rühren Sie mich zu Tränen."

„Ich spreche nur aus, was ich sehe."

„Du hast wirklich ein Händchen für den Umgang mit den Hinterbliebenen", bestätigte Freddie.

„Ach, heißt das, du bist nicht mehr sauer auf mich, weil ich deine Geheimnisse ausplaudern wollte?"

„Doch, ich bin immer noch sauer auf dich, weil du die Klappe nicht halten kannst."

„Frechheit! Haben Sie beide das gehört und können es bestätigen, wenn ich die Beschwerde verfasse?"

„Oh, bitte", sagte Freddie verächtlich. „Wer übernimmt denn alle Schreiben für dich?"

„Mein junger Padawan ist heute außer Rand und Band." Sam schenkte Freddie ein zufriedenes Lächeln. Er machte definitiv Fortschritte und steuerte unter ihrer Führung geradewegs auf den Untergang zu.

Trotz ihrem Herumgealbere empfand sie tiefes Mitgefühl für Lorraines Familie, die nun den langen Weg der Trauer vor sich hatte, noch mal erschwert durch den Umstand, dass sie ihre Angehörige durch ein Gewaltverbrechen verloren hatten.

Ständiger Kontakt mit den Strafverfolgungsbehörden, ein oder mehrere Gerichtsverfahren, Urteile, Berufungen … Vorausgesetzt, man fand Lorraines Mörder. Wenn die Polizei keinen Täter ermitteln konnte, mussten die Familien der Opfer für den Rest ihres Lebens mit der Frage nach dem Warum leben.

Die Suche nach der Antwort auf diese Frage motivierte Sam und ihr Team, so hart dafür zu arbeiten, damit sie zumindest erfuhren, wer ihnen ihre Angehörigen genommen hatte und aus welchem Grund. Aber manchmal konnten sie das selbst nach einer Verhaftung nicht liefern.

„Gibt es neue Entwicklungen bei den Ermittlungen über die Drohnen?", fragte Sam.

„Ich habe nichts gehört", erwiderte Vernon.

„Informieren Sie mich sofort, wenn Sie etwas erfahren."

„Natürlich."

Während sie also für die Opfer und deren Familien nach der Antwort auf das Warum suchte, hoffte Sam wirklich, dass sie selbst irgendwann erfahren würden, warum jemand bewaffnete Drohnen mit dem Ziel, ein Massaker anzurichten, zum Weißen Haus gesandt hatte.

Nicks morgendliche Sicherheitsbesprechung dauerte heute doppelt so lange wie sonst. Die Teams des Secret Service, anderer nationaler Sicherheits- und Strafverfolgungsbehörden und des Verteidigungsministeriums gingen die Ereignisse des Vortags bis ins kleinste Detail durch und informierten ihn über den aktuellen Stand, der allerdings nicht viel Neues hergab. So langweilig es war, ihnen bei der Diskussion über alle Aspekte zuzuhören, es war immer noch besser, als einem Bericht über ein Massaker lauschen zu müssen. Dem Himmel sei Dank, dass sie das verhindert hatten, wenn auch viel zu knapp.

Der Gedanke an all die in ihrer Festtagskleidung hübsch herausgeputzten Kinder, die beinahe einem Terroranschlag zum Opfer gefallen wären, machte ihn krank. Ganz zu schweigen von seiner eigenen Familie, seinen Freunden, seinen Mitarbeitern … Sam, Scotty, die Zwillinge, Eli … sein Vater, seine Stiefmutter, seine Brüder … Sams Schwestern, ihre Nichten und Neffen.

Auch nur einen von ihnen zu verlieren, war undenkbar. Das Wissen, dass sie seinetwegen in Gefahr gewesen waren, quälte ihn.

„Mr President?"

Nick schreckte aus seinen düsteren Gedanken auf und bemerkte, dass die Nationale Sicherheitsberaterin Teresa Howard mit ihm sprach. „Entschuldigung. Könnten Sie das bitte wiederholen?"

„Ich habe gefragt, ob Sie das Thema zurückstellen möchten, bis wir weitere Informationen haben."

„Ja. Das ist vermutlich am besten. Ich danke Ihnen."

Nachdem alle anderen das Lagezentrum verlassen hatten, setzte sich Terry O'Connor neben Nick ans Kopfende des Tisches.

„Alles okay?"

„Wir sind kein bisschen schlauer als gestern. Wie kann das sein?"

„Die besten Leute der Welt sind an dem Fall dran."

„Das war jemand, der weiß, wie man seine Spuren verwischt und im Verborgenen bleibt."

„So sieht es aus, aber die Regierung verfügt über enorme Ressourcen. Wir müssen den Behörden einfach Zeit geben, ihre Arbeit zu tun."

„Hoffen wir, dass der oder die Täter in der Zwischenzeit nicht wieder zuschlagen."

„Derek ist auf dem Weg, um uns über einen Erdrutsch und Hochwasser in Juneau zu informieren, bei denen mit vielen Opfern zu rechnen ist, darunter Schüler und Lehrpersonal einer Grundschule."

Nick seufzte nur tief.

Kurz darauf erschien sein stellvertretender Stabschef Derek Kavanaugh mit zwei Mitarbeitern, die Bilder aus dem verwüsteten Gebiet auf die Leinwand vorne im Raum projizierten.

„Oh Gott", stöhnte Nick, als er den betroffenen Bereich zum ersten Mal sah.

„Wir sind in Kontakt mit dem Gouverneur von Alaska", erklärte Derek. „Er hat die Nationalgarde zur Unterstützung der Such- und Rettungsmaßnahmen aktiviert. Die Küstenwache ist vor Ort, und wir entsenden Militär zur Mitwirkung an den Bergungsarbeiten. Minister Jennings steht im Austausch mit allen Behörden, um so viel Hilfspersonal wie möglich dorthin zu bringen und Lebensmittel sowie Notunterkünfte bereitzustellen."

„Was ist mit der nationalen Koordinierungsstelle für Katastrophenhilfe?", fragte Terry.

„Sie mobilisiert von ihrem Büro in Seattle aus gerade alles, was möglich ist. Laut dem Gouverneur ist durch eine Kombination aus einem besonders schneereichen Winter und einem ungewöhnlich milden Frühjahr die Schneedecke zu schnell geschmolzen, was Überschwemmungen und die Schlammlawine ausgelöst hat. Es ist alles so schnell passiert, dass keine Zeit für eine Evakuierung geblieben ist. Allein in dem Schulgebäude ist mit Hunderten Vermissten und Todesfällen zu rechnen."

Dereks Team hatte Lokalnachrichten aus der Region eingeschaltet. Auf dem Bildschirm waren panische Eltern zu sehen, die vor einer im Schlamm versunkenen Grundschule nach ihren Kindern schrien, während Feuerwehrleute und andere Helfer verzweifelt versuchten, diese zu befreien.

„Du musst vor die Presse treten", informierte Terry Nick, und an Derek gewandt fügte er hinzu: „Trevor und seine Mannschaft sollen eine Stellungnahme vorbereiten."

„Schon in Arbeit", sagte Derek und ging mit seinen Leuten zur Tür. „Gib uns ein paar Minuten." Damit verließen er und sein Team den Raum.

Nick starrte auf die Bilder aus Juneau. Er verspürte tiefes Mitleid mit den Eltern und Familien der Personen, die in der Schule und den nahe gelegenen Häusern und Geschäften eingeschlossen waren.

„Mr President", riss ihn Terry aus seinen Gedanken.

Nick schaute ihn an.

„Du musst nach oben, eine Erklärung abgeben."

„Okay. Gut."

Aufrichtige Anteilnahme und Einfühlungsvermögen waren angeblich die beiden wichtigsten Eigenschaften für einen Anführer, und Nick hatte auf jeden Fall mehr als genug von beidem für die Familien, die mit der sich in Alaska abspielenden Tragödie zu kämpfen hatten. Die Art und Weise, wie Naturkatastrophen aus dem Nichts zuschlugen ... Die Menschen ahnten nichts von dem drohenden Unheil, bis es zu spät war und sie verschüttet, gestrandet oder am Boden zerstört waren ... Und es war seine Aufgabe, auf jeden einzelnen von ihnen einzugehen, Trost, Hilfe und Unterstützung zu bieten, auch wenn das für die Eltern, die womöglich ihre geliebten Kinder verloren hatten, keine Rolle spielte.

Als sie mit dem Fahrstuhl zum West Wing hinauffuhren, empfand Nick eine tiefe innere Leere, und seine Beine fühlten sich wie aus Holz an, während er mechanisch einen Fuß vor den anderen setzte, atmete, überlegte und alles verarbeitete.

Sein Kommunikationschef Trevor Donnelly und seine Pressesprecherin Christina Billings-Gonzales warteten bereits im Oval Office auf ihn.

„Guten Morgen, Mr President", begrüßte ihn Trevor. „Wir haben eine Erklärung zu den Ereignissen in Alaska vorbereitet."

„Morgen." Nick setzte sich an den Resolute Desk, um den Text zu überfliegen, in dem die Details der Situation sowie die Reaktionen der Bundes-, Staats- und Lokalbehörden beschrieben waren. „Danke für die rasche Arbeit."

„Gern. Wir dachten, du möchtest vielleicht noch ein paar persönliche Gedanken hinzufügen. Sollen wir die Presse darüber informieren, dass du in fünfzehn Minuten eine Erklärung abgibst?"

„Ja, bitte."

Als sie wieder allein im Zimmer waren, blickte Nick Terry an. „Na, hast du Spaß?"

„Unglaublichen Spaß."

Julie, eine der Verwaltungsangestellten, rief über das Schreibtischtelefon an. „Mr President, Lieutenant Commander Rodriguez möchte Sie sprechen."

Als Nick Juans Namen hörte, hellte sich seine Laune sofort auf. „Schicken Sie ihn rein."

Nick stand auf, um seinen Militärattaché zu empfangen, der bis vor Kurzem als ermordet gegolten hatte. Das war so geplant worden, damit niemand mitbekam, dass er bei Ermittlungen gegen den früheren Generalstab mit dem Naval Criminal Investigative Service zusammenarbeitete.

Juan betrat das Büro in Uniform und mit einem breiten Lächeln.

Nick ging seinem Freund und Berater entgegen und umarmte ihn. „Ich habe mich selten so gefreut, jemanden hier zu empfangen."

„Das ist sicher nicht ganz wahr, Mr President."

„In diesem Fall stimmt es." Nick hielt den jungen Mann um Armeslänge auf Abstand und betrachtete ihn genauer. Abgesehen davon, dass er etwas abgespannt wirkte, merkte man ihm nichts mehr an. „Alles so weit in Ordnung?"

„Ja. Es ist schön, wieder bei der Arbeit zu sein."

„Es ist schön, dass Sie wieder da sind." Nick ließ seine Arme sinken. „Im Übrigen wäre ich Ihnen wirklich dankbar, wenn Sie mir das nicht noch einmal antäten."

Juan grinste. „Ich werd mir Mühe geben, Sir."

„Ich weiß, dass Sie überhaupt nur wegen Ihrer Loyalität mir gegenüber in diese Situation geraten sind, und das werde ich niemals vergessen, Commander."

„Danke. Ich bin dazu erzogen worden, das Richtige zu tun, und bereue nichts."

„Ehrgefühl ist in manchen Kreisen aus der Mode gekommen. Doch es ist eine Eigenschaft, die ich bei den Menschen suche, die mir nahestehen. Ich hoffe, man hat Sie meiner Anweisung folgend vollständig für den Dienst freigegeben."

„Jawohl, Sir, seit heute bin ich wieder im Dienst."

„Das freut mich."

„Entschuldigen Sie, Mr President", warf Terry ein. „Die Presse wartet."

„Die Pflicht ruft. Bitte melden Sie sich später noch mal. Wir müssen ein paar wichtige Punkte besprechen, wie beispielsweise die Play-offs der Caps und das Frühjahrstraining der Feds."

Juan grinste. „Jawohl, Mr President. Ich schau am Ende meiner Schicht vorbei."

Nick schüttelte ihm die Hand. „Nochmals vielen Dank, dass Sie nicht tot sind."

Juan lachte und antwortete: „Immer gern, Sir."

„Sehr gut."

Während er zusammen mit Terry zum Besprechungsraum unterwegs war, bemerkte Nick: „Ich frag mich, welchen Raum

Alaska in dem Pressebriefing einnehmen wird und welchen die Drohnen."

„Vermutlich fifty-fifty."

„Was nicht okay ist. Es sollte sich ausschließlich um Alaska drehen."

„Es geht nie nur um ein Thema, oder?"

„Stimmt auch wieder." Im Weißen Haus passierte tagtäglich alles auf einmal. Gerade wenn man glaubte, alles einigermaßen unter Kontrolle zu haben, kam etwas Neues dazu. Zum Beispiel eine gewaltige Schlammlawine.

Als Nick das Podium betrat, wurde es still im Raum. „Heute Morgen gegen acht Uhr Alaska-Zeit kam es in Juneau zu einer Überschwemmung und einer Schlammlawine, die die dortige Valley Elementary School verwüstet haben. Die Schule liegt im Stadtteil Mendenhall Valley, hat dreihundertfünfundzwanzig Schüler und beschäftigt dreiundzwanzig Lehrer und weiteres Personal. Neben der Schule sind bei der Naturkatastrophe auch mehrere andere Gebäude, Geschäfte und Wohnhäuser in der Umgebung beschädigt oder zerstört worden. Wir befinden uns noch in einer frühen Phase der Ermittlung zum gesamten Ausmaß der Katastrophe. Selbstverständlich arbeiten wir mit den staatlichen und lokalen Behörden daran, festzustellen, wie viele Menschen sich zum Zeitpunkt des Vorfalls in den einzelnen Gebäuden aufgehalten haben. Der Gouverneur von Alaska hat die Nationalgarde zur Unterstützung der Such- und Rettungsmaßnahmen eingesetzt und Hilfe bei zahlreichen Bundesbehörden angefordert, darunter der Küstenwache, und bei Militärangehörigen, die in nahe gelegenen Stützpunkten stationiert sind. Die nationale Koordinierungsstelle für Katastrophenhilfe und andere relevante Behörden sind mit ihren Mitarbeitern bereits vor Ort. Ich habe alle Beteiligten angewiesen, sämtliche Ressourcen der Bundesregierung für diese Bemühungen zur Verfügung zu stellen. Obwohl noch keine gesicherten Erkenntnisse zu den Ursachen des Vorfalls vorliegen, wird vermutet, dass überdurchschnittlich starke Schneefälle, gefolgt von einem ungewöhnlich warmen Frühling, zu dieser Naturkatastrophe geführt haben. Ich muss nicht erwähnen, dass sich in Juneau herzzerreißende Szenen abspielen, und unsere Gedanken sind bei den Familien der in der Schule eingeschlossenen Menschen sowie der gesamten Stadt. Sie haben nun die Gelegenheit für Fragen."

„Mr President, was wissen Sie über die Drohnen von gestern?"

„Ich habe keine neuen Informationen zu diesem Thema, außer dass derzeit umfangreiche Ermittlungen auf lokaler und bundesstaatlicher Ebene stattfinden."

„Mr President, behandeln die Behörden den Drohnenvorfall als Attentatsversuch?"

„Das ist alles für den Augenblick. Wir halten Sie über die Ereignisse in Juneau auf dem Laufenden."

„Mr President!"

Während er hinausging, kam es Nick vor, als würde jeder in dem überfüllten Pressekonferenzraum nach ihm rufen. Wahrscheinlich war dem auch so.

„Keine Frage zu den über dreihundert Kindern, die diese Schlammlawine in ihrer Schule lebendig begraben hat", sagte er angewidert.

„Um fair zu sein, der Mordversuch an einem amtierenden US-Präsidenten ist eine wichtige Nachricht, Sir."

„Klar, aber im Moment erscheint mir die Tatsache, dass dreihundertfünfundzwanzig Kinder lebendig unter Schlamm und Trümmern verschüttet sein könnten, wichtiger."

Er kehrte ins Oval Office zurück, um sich mit der sich ausweitenden Krise auseinanderzusetzen. Angst erfasste ihn. Als Vater kleiner Kinder wünschte er sich, er könnte selbst nach Juneau fahren und einen sinnvollen Beitrag leisten, ohne die Aufmerksamkeit der gesamten Welt auf sich zu ziehen.

Am Haus von Nate Andrews in Adams Morgan öffnete Freddie und Sam eine junge blonde Frau, die die verweinten Augen weit aufriss, als sie Sam auf der Treppe des Backsteinhauses stehen sah.

Sam zeigte ihr ihre Dienstmarke, und Freddie zückte seine

ebenfalls. „Ich bin Lieutenant Holland. Das ist mein Partner, Detective Cruz."

„Ja, ich kenne Sie."

„Uns ist klar, dass dies ein ungünstiger Moment ist, doch wir würden gern mit der Familie von Mr Andrews sprechen."

„Die Polizei war schon hier. Wir … wir haben denen alles gesagt, was wir wissen."

„Ich habe noch ein paar zusätzliche Fragen. Darf ich mit Mrs Andrews sprechen?"

Die Frau schüttelte den Kopf. „Sie ist in sehr schlechter Verfassung."

„Wir würden nicht darum bitten, wenn es nicht notwendig wäre. Wir wollen die Person finden, die Nate Andrews getötet hat."

Die junge Frau schluckte einen Schluchzer hinunter, der sie zu überraschen schien, und blinzelte sich Tränen weg. „Er war mein großer Bruder. Mein Held."

„Unser aufrichtiges Beileid."

Die Frau trat einen Schritt zurück. „Kommen Sie herein."

„Wie ist Ihr Name?", fragte Sam.

„Ich bin Jenna Andrews."

„Tut mir leid, dass wir uns unter diesen Umständen kennenlernen müssen."

„Mir auch. Normalerweise wäre ich total begeistert, aber im Moment bin ich innerlich wie betäubt."

Jenna führte Sam und Freddie ins Wohnzimmer. Von nebenan drangen leise Stimmen zu ihnen. „Ich gucke mal, ob sich Emily in der Lage fühlt, mit Ihnen zu reden."

„Sagen Sie ihr, dass wir sie nicht stören würden, wenn es nicht unbedingt nötig wäre."

Jenna nickte und ging.

Sam setzte sich auf die Couch. Auf dem Tisch stand das Hochzeitsfoto eines jungen, hübschen Paares, das sich an seinem glücklichsten Tag strahlend ansah. Daneben befand sich ein gerahmtes Foto der beiden mit einem kleinen Mädchen mit blonden Locken und einem Baby.

Wie schrecklich, dass dieses Familienglück so brutal zerstört worden war.

Die Frau von den Fotos kam in Begleitung eines älteren Paares ins Zimmer. Die beiden stützten sie an je einem Arm, als würde sie umfallen, wenn sie sie losließen. Alle drei nahmen auf einem Sofa Platz.

„Mein Name ist Ryan Goodman. Das sind meine Frau Susan und unsere Tochter Emily Andrews, Nates Frau", sagte der Mann.

„Unser herzliches Beileid."

Emily weinte leise, als hätte sie Angst, einen Laut von sich zu geben, weil sie dann anfangen könnte zu schreien und vielleicht nicht mehr aufhören würde.

„Es ist unfassbar, dass jemand Nate umgebracht hat", bemerkte Goodman. „Er hätte Ihnen buchstäblich sein letztes Hemd gegeben. Das hab ich selbst mal miterlebt, als er einem Obdachlosen seinen Pullover geschenkt hat, weil der Mann fror." Er schüttelte den Kopf. „Wie konnte ihm jemand so etwas antun?"

„Ich wünschte, ich hätte die Antworten, die Sie suchen. Doch ich versichere Ihnen, wir tun, was wir können, um den Täter zu finden. Ist Ihnen bekannt, ob Nate Probleme mit jemandem hatte? Bei der Arbeit oder privat?"

„Nein", erwiderte Susan. „Alle haben Nate geliebt. Er hatte viele Freunde und war beruflich sehr erfolgreich."

„Ist es möglich, dass jemand unter seinen Kollegen ihm diesen Aufstieg nicht gegönnt hat?"

„Ich ... ich weiß es nicht", gestand Susan.

Emily schüttelte den Kopf und hielt den Blick gesenkt. „Er war mit all seinen Kollegen befreundet. Sie haben ihn geschätzt."

„Gab es Konflikte mit Nachbarn oder Verwandten?"

„Nichts dergleichen", antwortete Emily. „Wir haben eher zurückgezogen gelebt. Mit zwei kleinen Kindern ..." Ihre Stimme brach, und sie schluchzte. „Wie soll es denn jetzt mit uns weitergehen? Was soll ich bloß tun?"

Ihre Eltern weinten mit ihr und umarmten ihre Tochter.

Sam legte ihre Visitenkarte auf den Tisch. „Wenn Ihnen irgendetwas einfällt, das von Bedeutung sein könnte – selbst wenn es Ihnen noch so unwichtig erscheint –, rufen Sie mich bitte an. Auch dann, wenn Sie sich nicht sicher sind, ob es überhaupt von Belang ist."

„Das werden wir", versprach Ryan.

„Können Sie mir Ihre Kontaktdaten geben, damit ich Sie auf dem Laufenden halten kann?" Sie schrieb die Nummer auf, die er ihr nannte, und stand auf. „Bitte bleiben Sie sitzen. Wir finden allein raus."

Draußen atmete Sam die frische, kühle Frühlingsluft tief ein, und in ihren Augen brannten Tränen. „Ich hasse solche Fälle. Normale, nette Menschen, die einfach ihr Leben leben und niemandem etwas zuleide tun und die dann irgendjemand grundlos ermordet."

„Du hasst auch Fälle, in denen jemand Menschen mit Grund ermordet."

„Das stimmt. Lass uns den Besuch bei der Familie des letzten Opfers hinter uns bringen und dann herausfinden, wer zum Teufel das getan hat."

„Laut unseren Unterlagen hatte Alexa Prescott keine Familie."

„Es muss doch irgendjemanden geben, der um sie trauert. Fahren wir zu ihrer Adresse und schauen, ob jemand da ist."

„Das ist drüben in Arlington."

„Wo sonst?"

# KAPITEL 7

Wie ihr Vater hatte Sam eine Abneigung dagegen, Washington zu verlassen, aber in letzter Zeit kam das dennoch immer häufiger vor. „Was ist los im Weißen Haus?", erkundigte sie sich auf dem Weg nach Arlington bei Freddie. Er holte sein iPhone heraus. „Gibt es etwas Neues?"

„In Juneau wurde eine Grundschule bei einem Erdrutsch verschüttet."

Sam warf ihm einen geschockten Blick zu und wagte kaum zu fragen: „Gibt es Überlebende?"

„Dazu liegen bisher keine Informationen vor. Die Suche und die Bergungsaktion laufen."

„Oh mein Gott."

„Nick hat gerade eine Erklärung abgegeben. Möchtest du sie dir anschauen?"

„Ja, bitte."

Freddie rief sie auf und reichte ihr sein Smartphone.

Sam fummelte frustriert daran herum, weil sie wieder nicht wusste, welche Tasten sie betätigen musste.

Freddie griff danach und drückte für sie auf den Wiedergabeknopf.

„Vielen Dank." Während sie verfolgte, wie Nick die erschütternden Neuigkeiten über die Tragödie in Juneau verkündete, empfand sie tiefes Mitgefühl mit ihm. Dann konfrontierten die

Journalisten ihn auch noch mit Fragen zu den Drohnen … Sie konnte sehen, wie nebensächlich ihm der Vorfall im Vergleich zu der Naturkatastrophe erschien.

Sie gab Freddie das iPhone zurück. „Warum sind die Medien manchmal so schrecklich?"

„Es ist nun mal keine Kleinigkeit, dass jemand bewaffnete Drohnen in Richtung Weißes Haus gesteuert hat."

„Ja, doch es ist auch keine Kleinigkeit, dass möglicherweise mehr als dreihundert Kinder tot sind."

„Natürlich."

„Dann müssen wir wohl demnächst nach Alaska."

„Könnte sein."

„Ich bete, dass das Ganze mit einem Wunder endet und nicht als entsetzliche Tragödie."

„Das hoffe ich auch inständig."

„Aber du glaubst es nicht, oder?"

„Alles ist möglich, doch es sieht nicht gut aus."

Sam konnte nicht zulassen, dass sie zu viel darüber nachdachte, was diese Eltern und Angehörigen durchmachten, sonst wäre sie nicht mehr funktionsfähig. Früher hätte sie solche Nachrichten als traurig und tragisch empfunden. Aber seit sie selbst Mutter war, lösten solche Geschichten eine ganz andere Art von Verzweiflung in ihr aus, weil sie sich unwillkürlich vorstellte, dass ihren eigenen Kindern so etwas passierte.

Ein paar Minuten später erreichten sie das Haus in Arlington, in dem Alexa Prescott gewohnt hatte.

„Geben Sie uns eine Minute", sagte Vernon, bevor er und Jimmy aus dem Auto stiegen.

Sam seufzte unwillig. „Was glauben die denn, wer mir hier auflauert?"

„Wäre es möglich, dass der Verantwortliche hinter den Drohnen ahnt, wie du reagieren wirst, wenn Menschen in deiner Stadt ermordet werden?"

Sie warf ihm einen entsetzten Blick zu. „Hör auf, so vernünftige Argumente vorzubringen. Das regt mich auf."

Freddie lächelte. „Alles klar. Dann eben keine Vernunft."

„Du glaubst doch nicht wirklich, dass dieser Fall etwas mit den Drohnen zu tun hat, oder?"

„Nein, aber der Secret Service muss so vorgehen, als wäre das eine Option."

„Das weiß ich, trotzdem muss ich es nicht gut finden."

„An deiner Stelle würde mir dieser ganze Scheißdreck auch nicht gefallen."

Sam rang nach Luft. „Du hast gerade *ein Schimpfwort* benutzt, junger Freddie!"

„Nun, gibt es ein besseres Wort dafür, dass jemand versucht hat, bewaffnete Drohnen auf eine Veranstaltung mit lauter Kindern loszulassen?"

„‚Scheißdreck' ist schon mal ein guter Anfang."

„Es macht mich einfach so wütend, dass die Leute euch so scheiße behandeln."

„Das waren zwei Schimpfwörter in zwei Minuten."

„Technisch betrachtet war es das gleiche Wort wie beim ersten Mal."

Sie lächelte. „Okay, das lasse ich gelten."

„Dieser Umgang mit euch stört mich, schließlich hat Nick nur das getan, was die Verfassung für den Fall vorsieht, dass der gewählte Präsident stirbt."

„Das liegt in der Natur des Amtes begründet. Die Leute verfolgen alles, was wir tun, ganz genau. Das ist der Hauptgrund, warum ich so froh war, als er, bevor Nelson gestorben ist, erklärt hat, dass er nicht kandidieren würde. Mir war klar, dass es enorm schwierig für mich sein würde, zu sehen, wie die Leute ihn fertig-machen, einfach weil er Präsident ist. Doch zu ahnen, dass das passieren würde, und es tatsächlich zu erleben, sind zwei völlig verschiedene Dinge."

„Ich kann mir nicht mal ansatzweise vorstellen, wie das für euch sein muss."

„Es ist schlimm, aber Nick steht meist darüber und erledigt einfach seinen Job. Ich hingegen koche vor Wut über die Dinge, die die Leute sagen oder tun. Jemand wollte meinen Mann *umbringen* – ganz zu schweigen von mir, unseren Kindern und fast allen Menschen, die wir kennen. Das ist schwer zu verkraften."

„Du solltest dir über diese Abscheulichkeit nicht den Kopf zerbrechen. Zum Glück ist alles so gelaufen, wie es sollte, und die Drohnen wurden rechtzeitig gestoppt."

„Das ist doch nur der Anfang. Aufzudecken, wer sie geschickt hat, wird extrem schwierig sein. Nach meinen Informationen gab es keine Hinweise an den Drohnen, keine identifizierbaren Bauteile oder Komponenten, die man zurückverfolgen könnte."

„Ich möchte nicht in der Haut der Täter stecken, wenn die Bundesstrafverfolgungsbehörden ihnen mit ihrer ganzen Machtfülle auf den Fersen sind."

„Es ist gut möglich, dass sie sie nie fassen. Diese Leute haben sich große Mühe gegeben, um dafür zu sorgen, dass es keine Hinweise auf sie gibt."

„Kriminellen unterlaufen oft genug Fehler. Hoffen wir, dass es auch in diesem Fall so ist."

Vernon kam zum SUV zurück und öffnete die hintere Tür. „Alles sicher."

Sam hätte am liebsten geantwortet: *Das hätte ich Ihnen auch sagen können*, verzichtete aber darauf, denn er tat nur seine Arbeit, zu ihrem Schutz. „Danke."

„Tut mir leid. Ich weiß, dass es nervt."

„Schon gut."

Sie betraten das Gebäude, stiegen die Treppe zum zweiten Stock hinauf und klopften an die Tür des Apartments mit der Nummer 305. Als ihnen geöffnet wurde, starrte eine junge Frau mit dunklen Haaren und Augen Sam an, als sähe sie einen Geist. Oder die First Lady.

Sam zeigte ihr ihre Dienstmarke. „Lieutenant Holland, MPD, und das ist mein Partner, Detective Cruz. Waren Sie Alexa Prescotts Mitbewohnerin?"

„Ja, das bin ich. War ich, meine ich." Die Frau blinzelte Tränen weg. „Sorry, ich bin es nicht gewohnt, in der Vergangenheitsform über sie zu sprechen. Sie war doch eben noch hier …"

„Dürfen wir kurz reinkommen?"

„Äh, klar."

Während Vernon im Flur wartete, trat die Frau zurück, um sie in eine Wohnung zu lassen, wie Sam sie gerne gehabt hätte, als sie als Single in der Stadt gelebt hatte. Sie war sauber, modern und hatte große Fenster, durch die viel Tageslicht hereinströmte. Überall gab es bunte Kissen und Kunstwerke, die einen schönen Kontrast zu den beigen Wänden und Möbeln bildeten. Jemand hatte hier eindeutig ein Auge für Design.

„Ihre Wohnung ist sehr hübsch", bemerkte Sam.

„Das war alles Alexa. Sie wollte Innenarchitektin werden und war auf dem besten Weg dazu." Die junge Frau ließ sich in einen gepolsterten orangefarbenen Sessel sinken. „Sie war so unglaublich begabt."

„Das sieht man. Wie heißen Sie?"

„Oh, Entschuldigung. Brianna Weaver."

„Tut uns leid, dass wir uns unter diesen Umständen kennenlernen müssen."

„Ich kann nicht glauben, dass die First Lady hier ist. Alexa wäre total ausgerastet. Sie war in Ihren Mann verknallt."

Sam grinste. „Nachvollziehbar."

„Sie hat immer gesagt, Sie seien die glücklichste Frau der USA."

„Das bin ich tatsächlich." Obwohl Sam es normalerweise hasste, bei der Arbeit darüber zu sprechen, dass sie die First Lady war, schien das Thema Brianna ein wenig aufzumuntern. „Es tut mir leid, dass Sie sie auf diese Weise verloren haben."

„Es ergibt keinen Sinn. Sie konnte keiner Fliege etwas zuleide tun. Alexa war extrem fleißig, sie ist zur Arbeit und zur Uni gegangen und dann sofort nach Hause gekommen."

„Wo hat sie studiert?"

„Marymount, hier in Arlington. Dort gibt es einen Designstudiengang, sie hatte ein Stipendium. Wenn sie nicht für die Uni lernen musste, hat sie jede Schicht im Restaurant angenommen, die sie kriegen konnte. Sie hat dort gejobbt, weil sie mit Kellnern gutes Geld verdienen konnte. Deshalb ist sie extra in die Stadt gefahren. Ich hab sie immer damit geneckt, dass sie nur Arbeit und keine Freizeit kennt, aber sie hat stets erwidert, dass sie ja kein Sicherheitsnetz hat, das sie auffängt, wenn sie fällt."

Brianna blickte sie mit großen, traurigen Augen an. „Ich hab sie so bewundert. Das haben wir alle."

Die junge Frau griff nach einer gerahmten Fotografie und reichte sie Sam. „Das sind wir alle mit ihr an ihrem Geburtstag letztes Jahr."

Die attraktive, dunkelhaarige Alexa stand inmitten einer Gruppe lächelnder junger Frauen.

„Sie hat immer gesagt, wir seien die Familie, die sie nie hatte." Brianna wischte sich die Tränen weg. „Ich weiß nicht, was wir ohne sie tun sollen. Sie war der Kleister, der uns alle zusammengehalten hat. Wir … haben eine Spendenaktion gestartet, um die Beerdigungskosten zu decken."

Sam hielt Brianna ihr Notizbuch hin. „Schreiben Sie mir den Link auf, damit wir ihn veröffentlichen können."

„Das würden Sie tun?"

„Klar. Notieren Sie bitte auch Ihren Namen und Ihre Nummer, damit ich Sie auf dem Laufenden halten kann."

Brianna tat es und reichte Sam das Buch zurück.

„Hatte Alexa Probleme mit jemandem in ihrem Leben?"

„Nicht dass ich wüsste, und sie hätte garantiert mit mir darüber gesprochen."

„Hatte sie einen Freund?"

„Sie hatte keine Zeit für Männer, zumindest hat sie das immer behauptet. Wir haben sie deswegen aufgezogen und gesagt, sie würde noch als Jungfrau sterben." Sie unterdrückte ein Schluchzen. „Ich hasse es, dass wir das gesagt haben, denn genau das ist jetzt ja passiert."

„Was geschehen ist, ist furchtbar. Trotzdem glaube ich nicht, dass Ihre Freundin wollte, dass Sie sich wegen Ihrer Scherze schlecht fühlen. Auf dem Foto sieht man deutlich, dass sie Sie alle sehr gemocht hat."

„Wir sie auch."

Sam gab Brianna ihre Visitenkarte. „Wenn Sie sich an etwas erinnern, das wichtig sein könnte, egal wie belanglos es Ihnen erscheint, rufen Sie mich bitte an. Und richten Sie das auch Alexas anderen Freundinnen aus. Man weiß nie, was in einem Fall wie diesem zum Durchbruch führen kann."

„Ich habe in den Nachrichten gesehen, dass zwei weitere Menschen auf die gleiche Weise gestorben sind."

„Richtig."

„Stehen die Morde in einem Zusammenhang?"

„Wir gehen davon aus, können allerdings bisher nichts Genaueres sagen."

„Gibt es jemanden, der bei Ihnen bleiben kann?", fragte Freddie.

„Meine Freundinnen waren hier, doch ich hab sie gebeten, mich für den Moment allein zu lassen. Sie kommen später wieder, und meine Eltern fliegen von Kalifornien her. Sie haben Alexa ebenfalls sehr gemocht. Sie war so was wie ein Ehrenmitglied unserer Familie."

„Wir wollen Sie nicht länger aufhalten, aber melden Sie sich bitte, wenn wir etwas für Sie tun können oder wenn Ihnen noch etwas einfällt, das wir wissen sollten."

Brianna begleitete sie zur Tür. „Danke, dass Sie vorbeigekommen sind. Ich kann mir vorstellen, dass Sie unheimlich viel zu tun haben. Es bedeutet mir sehr viel, dass Sie hier waren."

Und genau das war der Grund, weshalb Sam diese Besuche übernahm, so schwer sie auch waren.

Sie reichte der jungen Frau die Hand. „Alexa ist jetzt mein Fall, und ich werde nicht eher ruhen, als bis wir den Täter gefasst und seiner gerechten Strafe zugeführt haben."

Überwältigt nickte Brianna, drückte Sam die Hand und ließ sie los.

Auf der Treppe nach unten rangen in Sam Wut und Empörung für Alexa und ihre Freundinnen. „Ich will rausfinden, wer das war, und zwar verdammt noch mal sofort."

„Geht mir genauso."

„Frag mal in der IT-Abteilung nach, was mit den Überwachungsaufnahmen aus dem Umfeld der Tatorte ist. Sergeant Walters ist Archies Vertretung."

Freddie holte sein iPhone heraus und tätigte den Anruf.

Morde waren immer furchtbar, doch die schlimmsten waren die willkürlichen, bei denen jemand zum Spaß oder weshalb auch immer irgendwelche Menschen tötete, die einfach nur ihr Leben lebten.

Zudem beschlich Sam das ungute Gefühl, dass die Person oder die Personen, die für die Taten verantwortlich waren, noch lange nicht fertig waren.

∿

Auf dem Rückweg in die Stadt rief Sam Malone an, während Freddie mit Walters telefonierte.

„Wie läuft es?", erkundigte sich der Captain.

„Gespräche mit den Hinterbliebenen sind immer quälend. Ich möchte eine Erklärung an die Öffentlichkeit richten, dass man nachts schlecht beleuchtete Gegenden meiden soll, bis wir den Täter festgenommen haben."

„Das haben wir bereits verlautbaren lassen."

„Dann tun wir es noch mal. Und veröffentlichen es in den sozialen Medien. Verbreiten es überall. Sorgen für Berichterstattung, wo es nur geht. Tun, was wir können, um Alarm zu schlagen. Ich möchte außerdem die GoFundMe-Kampagne bekannt machen, die Alexa Prescotts Freundinnen gestartet haben, um die Beerdigungskosten zu decken, da sie keine Familie hatte. Cruz schickt Ihnen den Link."

„Okay, ich kümmere mich darum. Alles in Ordnung bei Ihnen?"

„Ich bin wütend. Diese Leute haben nichts Unrechtes getan, und jetzt sind sie tot."

„Das verstehe ich, es ist ja auch schrecklich. Kommen Sie zum Stahl-Meeting um drei?"

„Das hab ich zumindest vor."

„Vielleicht ist es besser, wenn Sie nicht teilnehmen, angesichts Ihrer Vorgeschichte mit ihm und allem."

„Wenn ich irgendetwas tun kann, um für die anderen Opfer Gerechtigkeit zu erreichen, dann möchte ich es zumindest versuchen."

„Ich verstehe, warum Sie so denken. Es ist nur … Es ist vielleicht nicht gut für Sie."

„Das weiß ich", seufzte sie. „Ich will trotzdem dabei sein."

„Ihre Entscheidung, aber Sie können jederzeit gehen, wenn es Ihnen zu viel wird."

„Alles klar. Danke, Cap, dass Sie sich so um mich sorgen."

„Immer doch. Wir sehen uns, wenn Sie wieder hier sind. Ach ja, Jesse Best hat nach Ihnen gefragt. Er lässt Ihnen ausrichten, Sie sollen sich bei ihm melden, wenn Sie Zeit haben."

„Hat er einen Grund genannt?"

„Leider nein."

„Alles klar. Gut. Dann bis bald."

„Hat wer einen Grund genannt?", fragte Freddie.

„Jesse Best."

„Was der wohl wollte?"

„Ich hab keine Ahnung. Was hat Sergeant Walters gesagt?"

„Sie sichten die Aufnahmen, haben bislang aber nichts Verwertbares."

„Es wäre schön, wenn wir wenigstens ein Mal etwas Brauchbares von den Kameras bekämen, die wir überall installiert haben."

„Ja, oder?"

„Könntest du die GoFundMe-Infos für Alexa mit ein paar Hintergrundinformationen an Roni schicken und sie bitten, sie auf meinen First-Lady-Accounts zu posten?"

„Darfst du das denn?"

„Mir doch egal. Ich mach's einfach."

„Na gut, wird erledigt."

„Dann ruf ich jetzt mal Jesse Best an." Sam klappte ihr Handy auf und suchte die Nummer von dem U.S. Marshal, mit dem sie oft zusammenarbeitete. „Hey", sagte sie, als er abnahm. „Ich hab gehört, Sie haben nach mir gefragt. Was liegt an?"

„Sie müssen mir einen Gefallen tun."

Best redete nie um den heißen Brei herum. „Um was geht es denn?"

„Ich habe hier einen alten Fall, bei dem ein zweites Paar Augen nützlich sein könnte. Nach allem, was man hört, hatten Sie in letzter Zeit Glück mit alten Fällen, und da dachte ich, Sie würden vielleicht einen Blick darauf werfen. Nebenbei."

Sam hatte eigentlich keine Zeit für so etwas, aber für ihn würde sie sie sich nehmen. „Klar. Bringen Sie mir die Akte vorbei, ich werde sie zu Hause durchschauen, wenn das in Ordnung ist."

„Wie Sie wollen. Danke."

Ehe sie sich verabschieden konnte, hatte er schon aufgelegt. Sie tat das Gleiche.

„Was wollte er?", fragte Freddie.

„Dass ich mir einen ungeklärten Fall ansehe."

„Das ist merkwürdig, oder? Obwohl ihm so viele Ressourcen zur Verfügung stehen, benötigt er deine Hilfe?"

Sam zuckte die Achseln. „Wenn man die Beste braucht, wendet man sich an die Beste."

Freddie stöhnte auf. „Oh Gott. Den Spruch hab ich provoziert, oder?"

Sam, Vernon und Jimmy lachten laut.

„Typischer Anfängerfehler." Sam tätschelte Freddie den Arm. „Das kommt vor."

Er verzog das Gesicht und schüttelte ihre Hand ab. „Wirst du es nie leid, dir selbst zuzuhören?"

„Nein. Ich finde alles, was ich sage und tue, extrem interessant."

„Irgendwie hab ich es noch schlimmer gemacht", meinte Freddie.

„Von einem jungen Padawan zum anderen", warf Jimmy ein. „Hören Sie auf, solange Sie die Nase vorn haben."

„Das hat er nie", konterte Sam. „Das ist ja das Problem."

„Kann ich einen neuen Partner haben?", fragte Freddie. „Das würde all meine Probleme auf einen Schlag lösen."

„Ach was. Mit einer anderen Partnerin würdest du dich zu Tode langweilen."

„Wenn du meinst."

„Die Wahrheit tut weh, junger Padawan."

„Mit dir rede ich nicht mehr."

„Tust du doch."

Er drehte das Gesicht zum Beifahrerfenster.

Sam lächelte. „Früher oder später knickst du ein. Du *liebst* mich nämlich."

Da sie Freddie zum Schweigen gebracht hatte, nutzte sie die Gelegenheit, um Nick über den sicheren BlackBerry eine SMS zu schicken, in der sie sich erkundigte, wie es ihm nach den Nachrichten aus Alaska ging. Da er nicht antwortete, vermutete sie, dass er wieder in einer Besprechung war.

Sie schrieb ihrer Mutter, um sich zu vergewissern, dass diese sich nach der Schule um die Kinder kümmern würde. Brenda sprang für Sams Stiefmutter Celia ein, die mit ihren Schwestern auf Reisen war.

*Ich bin gerade bei euch eingetroffen,* erwiderte Brenda. *Es ist immer noch komisch, dass ich einfach so im Weißen Haus vorbeischauen kann, wenn ich meine Enkelkinder besuchen will. Ha, ha. Mach dir keine Sorgen. Wir sehen uns, wenn du heimkommst.*

*Es ist immer noch ein komisches Gefühl, dort zu leben! Vielen Dank für deine Hilfe. Ich weiß das sehr zu schätzen.*

*Immer gern. Ich genieße jede Minute mit den Kindern.*

Sam war froh, dass sie sich nach zwanzig Jahren mit ihrer Mutter ausgesöhnt hatte, nachdem sie sich nach der Scheidung ihrer Eltern zerstritten hatten. Sie hatte sich komplett hinter ihren Vater gestellt und nie zurückgeschaut, aber sie hatte inzwischen verstanden, dass jede Geschichte zwei Seiten hat, und als sie die Version ihrer Mutter gehört hatte, war ihr klar geworden, dass sie in einigen Dingen unrecht gehabt hatte.

Im Hauptquartier angekommen, kehrten sie ins Großraumbüro zurück, wo der Rest ihres Teams fleißig ermittelte.

„Gibt's etwas Neues, Leute?", fragte Sam.

Gonzo antwortete für alle. „Wir haben die Finanzen, das Privatleben, die Arbeit und die Schulzeit aller drei Opfer durchforstet, doch nichts gefunden. Aktuell sind wir noch mit den sozialen Netzwerken beschäftigt, aber auch da ist bisher nichts Interessantes aufgetaucht."

„Ich habe mit Walters aus der IT gesprochen, die Überwachungskameras haben nichts Brauchbares geliefert", meinte Freddie und fuhr sich frustriert durchs Haar.

„Habt ihr bei den Hinterbliebenen irgendwas erfahren?", fragte Detective Matt O'Brien.

„Nichts Verwertbares", entgegnete Sam.

„Wie geht es jetzt weiter, Lieutenant?", erkundigte sich Detective Charles.

Sam hatte keine Ahnung, was sie darauf erwidern sollte. „Schaut alles noch mal von vorne durch. Überprüft die Berichte, die Autopsie-Ergebnisse, die Aussagen der Familien, einfach alles."

„Jawohl, Ma'am", sagte Charles, wie immer bereit, sich voll reinzuknien.

Sam arbeitete gern mit ihr zusammen und war davon überzeugt, dass sie eine große Zukunft vor sich hatte.

Sam begab sich in ihr Büro, setzte sich an den Schreibtisch und dachte über die nächsten Schritte nach. Kaum hatte sie einmal tief durchgeatmet, stand schon Jesse Best vor ihr. Der Chef der Hauptstadt-Fahndungsgruppe der U.S. Marshals schloss die Tür. Mit seinen fast zwei Metern Größe war er eine imposante Erscheinung, und er lächelte nur sehr selten.

„Entschuldigen Sie die Störung."

„Kein Problem. Was kann ich für Sie tun?"

Er reichte ihr eine bestimmt fünfzehn Zentimeter dicke Akte.

Sam schaute ihn an. Für den Bruchteil einer Sekunde erhaschte sie eine Verzweiflung in seinem Blick, wie sie sie nie zuvor an ihm bemerkt hatte, doch der Ausdruck verschwand so schnell, wie er gekommen war. „Wonach genau soll ich suchen?"

„Nach allem, was ich übersehen habe. Ich habe diese Akte schon so oft durchgearbeitet, dass ich betriebsblind bin."

„Können Sie mir die wichtigsten Punkte oder die entscheidenden Probleme nennen, falls es welche gibt?"

Best ließ sich auf einem der Besucherstühle nieder. „Es geht um meine Schwester Jordan. Sie verschwand, als ich elf war und sie sieben. Seitdem suche ich nach ihr, finde aber keine Spur. Es ist, als hätte sie sich in Luft aufgelöst, was sie natürlich nicht getan hat. Bevor Sie es sagen: Mir ist klar, dass sie wahrscheinlich schon lange tot ist. Trotzdem möchte ich wissen, wer dafür verantwortlich ist."

Seine Worte waren von Qual durchdrungen.

„Selbstverständlich."

„Ich sollte aufgeben und mit meinem Leben weitermachen, doch wie zum Teufel soll das funktionieren?"

„Das können Sie nicht. Völlig unmöglich. Ich würde es auch nicht können."

„Ich habe gehofft, dass Sie es verstehen würden." Er senkte den Blick und sah sie dann wieder an. „Ich habe in dieser Sache noch nie jemanden um Hilfe gebeten."

„Warum also jetzt?"

„Weil ich nicht mehr weiterweiß. Ich habe alles versucht, und nichts hat irgendwohin geführt. Deswegen wende ich mich jetzt an die beste Ermittlerin, mit der ich je zusammengearbeitet habe. Aber kein Druck."

Sam lächelte. „Natürlich nicht."

„Das ist mein Ernst. Ich erwarte nicht, dass Sie einen Hasen aus dem Hut zaubern. Doch ich brauche eine zweite Meinung."

„Ich fühle mich geehrt, dass Ihre Wahl auf mich gefallen ist, und werde nichts unversucht lassen."

„Daran hege ich keinerlei Zweifel. Es tut mir leid, dass ich Ihnen noch mehr Arbeit aufhalse."

„Kein Problem. Einem Freund helfe ich immer gern. Und Sie sind mir Ihrerseits ja wahrlich schon oft genug beigesprungen."

„Das ist mein Job, hierbei hingegen handelt es sich um etwas Persönliches."

„Egal. Ich schulde Ihnen eine Million Gefallen, die ich Ihnen nie werde zurückzahlen können."

„Das müssen Sie auch gar nicht."

„In dem Punkt werden wir uns wohl nicht einig werden."

Sein linker Mundwinkel verzog sich zu einem kaum wahrnehmbaren Lächeln, als er aufstand. „Danke für Ihre Zeit."

„Das ist nicht die einzige Kopie der Akte, oder?"

Er senkte den Kopf. „Für was halten Sie mich? Ein Greenhorn?"

Sam lächelte. „Ich melde mich."

Er nickte und wandte sich zur Tür.

„Jesse."

Er drehte sich noch einmal um und hob eine Augenbraue.

„Das mit Ihrer Schwester tut mir für Sie und Ihre Familie sehr leid."

„Mir auch."

Um drei Uhr überließ Sam ihr Team den weiteren Ermittlungen und ging in den Konferenzraum des Chiefs, um an der Besprechung zum Thema Stahl teilzunehmen. Im Laufe des Tages hatte sie mit wachsendem Unbehagen und Übelkeit zu kämpfen gehabt, was in direktem Zusammenhang mit dieser Besprechung stand.

Das Letzte, was sie wollte, war, ein weiteres Mal über Leonard Stahl zu diskutieren, der zweimal versucht hatte, sie zu töten. Man hatte ihr angeboten, dem Termin fernzubleiben, aber da alle anderen leitenden Beamten anwesend sein würden, würde sie es auch sein.

Dieses Meeting würde für alle Beteiligten verstörend und beunruhigend sein, da war sie kein Sonderfall. Captain Malone und der Leiter der Spurensicherung, Lieutenant Max Haggerty, der die Bergung der in Stahls Haus begrabenen Leichen koordiniert hatte, übernahmen den Vorsitz.

Man hatte alle Abteilungsleiter um Teilnahme gebeten, ebenso wie Chief Farnsworth und Deputy Chief Jeannie McBride, die Sam mit einem warmen Lächeln begrüßte.

Sam vermisste die Zusammenarbeit mit ihrer Freundin, war jedoch gleichzeitig stolz darauf, Jeannie in der Position zu sehen, die einst ihr eigener Vater innegehabt hatte. Skip Holland hätte es sehr begrüßt, dass Jeannie stellvertretende Polizeichefin geworden war, auch wenn einige Beamte die Beförderung unvermindert ablehnten. Nicht wenige stießen sich daran, dass Jeannie dabei zwei Ränge übersprungen hatte. Aber da die Bürgermeisterin sie sich in dem Amt gewünscht hatte, konnten die Neider nicht viel tun.

Während die anderen eintrafen, klappte Sam ihr Handy auf und fand eine Nachricht von Jeannie vor. *Ist es eine gute Idee, dass du hier bist?*

*Alles klar bei mir, doch danke der Nachfrage.*

Die stellvertretende Staatsanwältin Faith Miller hastete in den Raum. „Entschuldigen Sie bitte die Verspätung."

„Sie sind nicht zu spät dran", sagte Malone. „Wir fangen gerade erst an." Er begab sich ans Kopfende des Tisches. „Ehe wir uns mit der Tagesordnung befassen, möchte ich Sie über einige aktuelle Angelegenheiten informieren, zu denen Ihre Beamten möglicherweise Fragen stellen werden. Zunächst zu den neuen Anklagen gegen den früheren Sergeant Ramsey. Aufgrund seines Verhaltens bei der Beerdigung von Tom Forrester ist er wegen Ruhestörung und Störung einer offiziellen Veranstaltung ange-klagt. Dies kommt zu den bereits anhängigen Anklagen wegen versuchten Mordes an Bundesagenten und einer Bundesbeamtin hinzu."

Ramsey hatte mit seinem Auto den SUV des Secret Service gerammt, in dem Sam gesessen hatte. Dadurch hatte sie erfahren, dass sie als First Lady als Bundesbeamtin galt. Wer hätte das gedacht?

„Die Leiterin der Rechtsabteilung der Polizei, Jessica Townsend, hat sich bezüglich der Anzeige wegen widerrechtli-cher Tötung, die Ramsey im Zusammenhang mit der Erschießung seines Sohnes durch Officer Offenbach eingereicht hat, mit dessen Anwalt getroffen. Mrs Townsend hat Ramseys Anwalt einen detaillierten Bericht über den Vorfall vorgelegt, der zu den tödlichen Schüssen auf Shane Ramsey geführt hat. Sie hat den Anwalt des Klägers ermutigt, seinen Mandanten zur Rücknahme der Anzeige zu bewegen, da sie vor Gericht mit an Sicherheit grenzender Wahrscheinlichkeit scheitern werden.

Im Gegensatz dazu schreitet Eric Davies' Klage mit unge-wohnter Geschwindigkeit voran, dank unseres werten ehema-ligen Kollegen Stahl, der einem Unschuldigen eine Vergewaltigung untergeschoben und ihn damit für sechzehn Jahre hinter Gitter gebracht hat. Wie Sie wissen, haben wir die Leiche von Tiffany Jones in Stahls Haus gefunden. Jones war die

Frau, die Stahl benutzt hatte, um die Anschuldigungen gegen Davies zu erfinden, der eine Beschwerde über Stahls Verhalten bei einer routinemäßigen Verkehrskontrolle eingereicht hatte. Mrs Townsend geht davon aus, dass Mr Davies den Prozess gewinnen wird und die Versicherung der Polizei eine erhebliche Zahlung wird leisten müssen, die Mr Davies, da sind wir uns wohl alle einig, unbedingt zusteht."

Dr. Anthony Trulo, Polizeipsychiater und Sams Freund, kam in den Raum und setzte sich. Er warf Sam einen freundlichen Blick zu, der ihr verriet, dass er während dieses Treffens ein Auge auf sie haben würde.

Während Malone die neusten Erkenntnisse zu den Opfern in Stahls Haus referierte, dachte Sam über den Schaden nach, den ein einziger Mann so vielen Menschen, der gesamten Polizei und deren Ruf zugefügt hatte. Es würde Jahre dauern, bis die Folgen seiner Taten vollständig verarbeitet sein würden. Was Sam nie begreifen würde, war, wie jemand seine Hand heben, den Eid schwören konnte, zu schützen und zu dienen, und dann seine Position missbrauchen konnte, um Verbrechen zu verüben, anstatt für Recht und Ordnung zu sorgen. Als Tochter eines loyalen Beamten, die jetzt selbst versuchte, eine gute Polizistin zu sein, konnte sie eine solche Verdorbenheit nicht fassen.

Den schockierten und angewidert wirkenden Mienen vieler ihrer Kollegen nach zu urteilen, war sie damit nicht allein. Es war ein Affront gegen alle, die so hart arbeiteten und sich bemühten, alles richtig zu machen. Natürlich unterlief jedem mal ein Fehler, aber das geschah ganz sicher nicht absichtlich.

Auf der Leinwand vorn im Raum sah sie Bilder der Opfer, während Malone ihre Namen, ihr Alter und Daten zu ihrem Leben vortrug, etwa woher sie stammten und wer seit ihrem Verschwinden nach ihnen gesucht hatte. Sam war besonders traurig über die beiden, die niemand als vermisst gemeldet hatte. Man hatte sie anhand der DNA von Familienangehörigen identifiziert, die im System der Polizei gespeichert gewesen waren.

Insgesamt zählte Malone zweiundzwanzig junge Frauen auf, die Leonard Stahl während einer mehr als zehnjährigen

Mordserie getötet hatte, wobei er durchgängig sein Gehalt von der Stadt Washington bezogen hatte.

Sam brannte Galle in der Kehle, sodass sie wiederholt schlucken musste, um sich nicht zu übergeben. Als sie an die vier Frauen dachte, die hinter einer Betonwand eingemauert einen grausamen Tod gestorben waren, wurde ihr eiskalt. Sie erinnerte sich daran, wie Stahl sie selbst mit Klingendraht umwickelt und mit Benzin übergossen hatte, dann gedroht hatte, ein Streichholz zu entzünden.

Im einen Moment rang sie mit den furchtbarsten Erinnerungen ihres Lebens, im nächsten befand sie sich in einem anderen Raum, umringt von Menschen, die sie besorgt anschauten. Was zur Hölle …?

„Sam", sagte Dr. Trulo. „Sehen Sie mich an. Können Sie sprechen?"

„Was ist passiert?"

„Du bist in Ohnmacht gefallen." Jeannie drückte Sam eine kalte Kompresse auf die Stirn, was sich wunderbar anfühlte. „Tief durchatmen."

Vernon stand hinter Chief Farnsworth und Captain Malone, die Stirn besorgt gerunzelt.

*Verfluchter Mist.* Sie war vor allen Anwesenden zusammengebrochen.

„Tut mir leid, mir geht es gut." Sie versuchte sich aufzurichten, aber mehrere Hände drückten sie zurück auf den Boden. „Lassen Sie mich aufstehen! Ich sage doch, mir geht es gut."

„Wir schicken Sie nach Hause", verfügte Malone.

„Kommt nicht infrage. Ich habe drei Leichen in der Gerichtsmedizin und jede Menge zu erledigen."

„Das können Sie auch morgen noch machen", erklärte Farnsworth.

„Ich weigere mich, das Polizeigebäude zu verlassen." Sie schob Jeannie und die kalte Kompresse sanft beiseite und stand auf. Sofort war ihr furchtbar schwindlig, und sie musste einen Moment warten. „Tut mir leid, dass ich so einen Aufruhr verursacht habe. Aber jetzt wieder an die Arbeit."

Als sie auf dem Weg aus dem Raum war, kam Freddie sichtlich beunruhigt über den Flur angerannt.

„Alles in Ordnung bei dir? Ich hab gehört, du bist umgekippt."

„Ja, alles gut. Wir sollten uns wieder mit unserem Fall beschäftigen." Für sie war das Stahl-Meeting gelaufen, auch wenn die anderen es fortsetzen würden.

„Was ist denn passiert?"

„Es war so furchtbar heiß da drin."

„Das war alles?"

„Ja."

„Ich hab dir doch gesagt, du sollst da nicht hingehen."

„Freddie … bitte. Es ist lieb, dass du dich um mich sorgst, aber ich bin gerade vor einem Raum voller Männer umgekippt, die mich vorher schon vor allem für eine zusätzliche Belastung der Behörde gehalten haben. Können wir bitte nicht weiter darüber sprechen?"

„Ja, klar. Entschuldigung."

„Schon gut. Tut mir leid, dass ich dich beunruhigt habe."

„Das war nicht das erste Mal und wird auch nicht das letzte Mal gewesen sein. Man hat es hier echt nicht leicht."

Während sie lachte, empfand sie riesige Dankbarkeit für ihren besten Freund, ihren Partner, den Bruder ihres Herzens.

Im Hauptquartier verbreiteten sich Neuigkeiten wie ein Lauffeuer, besonders wenn es jemanden in ihrer Position betraf. Ehe der Rest ihres Teams sich besorgt um sie scharen konnte, hob sie die Hände. „Alles in Ordnung, Leute. Hier gibt es nichts zu sehen. Weitermachen."

An Freddie gewandt fügte sie hinzu: „Ich möchte Archie anrufen und fragen, ob wir mit seiner Freundin reden können. Sie könnte der Schlüssel zu dieser ganzen Sache sein."

„Ich weiß, du willst das nicht hören, nur … bist du dir sicher, dass du nicht nach Hause fahren solltest?"

„Ganz sicher. Ich telefoniere jetzt mit Archie, und hoffentlich können wir noch heute zu ihnen." Sie verschwand in ihrem Büro, schloss die Tür, ließ sich auf ihren Schreibtischstuhl fallen und atmete tief durch, in der Hoffnung, dass sich das Schwindelgefühl legen würde.

Es klopfte. Bevor sie den Besucher wegschicken konnte, trat Dr. Trulo ein.

„Es ist alles in Ordnung. Ich habe zu tun. Gehen Sie weg."

„Ist das eine Art, einen Freund zu begrüßen?"

„Ich mag dieses ganze Getue um meine Person nicht. Mir war heiß, jetzt ist es wieder besser. Alles gut."

„Warum sind Sie dann so blass und zittern?"

„Ich brauche lediglich einen Schluck Wasser." Sie nahm eine der halb leeren Flaschen von ihrem Schreibtisch und trank sie in einem Zug aus. „Schon viel besser."

„Sam."

„Ja?"

„Hören Sie auf damit."

„Womit?"

„Es sollte allen klar sein, dass es nicht die Raumtemperatur war, die Ihnen den Boden unter den Füßen weggezogen hat."

„Tut mir leid, dass ich für solche Aufregung gesorgt habe. Die anderen hatten recht, als sie gesagt haben, ich sollte besser nicht an dem Meeting teilnehmen. Doch Sie wissen ja, wie sehr ich es hasse, wenn man mich wie etwas Besonderes oder auch nur anders als alle anderen behandelt."

„In diesem Fall sind Sie die einzige Abteilungsleiterin, die Stahl umzubringen versucht hat. Zwei Mal."

„Das ist ein alter Hut."

„Wird es für Sie je wirklich ein alter Hut sein?"

Sam atmete tief durch und zwang sich, dem Mann gegenüber freundlich zu bleiben, der ihr stets ein guter Freund gewesen war. Er war einer der Hauptgründe, warum sie nach allem, was Stahl ihr angetan hatte, überhaupt noch ihrer Arbeit nachgehen konnte. „Ich schätze Sie mehr, als Sie sich vorstellen können, Doc, aber das Letzte, was ich jetzt brauche, ist eine Psychoanalyse. Ich war überhitzt. Jetzt ist alles wieder gut, und ich möchte weiterarbeiten."

Er konnte Ausflüchte von Weitem riechen, und auch auf diese hier fiel er nicht rein.

Zum Glück verzichtete er darauf, sie weiter zu bedrängen,

und sagte stattdessen: „Sie wissen, wo Sie mich finden, falls Sie reden wollen."

„Es beruhigt mich sehr, dass Sie in der Nähe sind."

Trulo schenkte ihr ein herzliches Lächeln. „Dann überlasse ich Sie wieder Ihren Aufgaben."

„Danke für Ihre Fürsorge."

„Gern geschehen."

Nachdem er weg war, holte Sam ihren BlackBerry heraus, um Nick eine SMS zu schreiben. *Weil wir eine Abmachung haben: Ich war in einer Besprechung über die neuen Anklagen gegen Stahl und bin umgekippt. War verdammt heiß da drin. Jetzt geht es mir wieder gut, ich bin in meinem Büro und arbeite. Kein Grund zur Sorge. Was ist bei dir los?*

Diese SMS zu verschicken, widersprach ihrem Grundprinzip: schlechte oder schwierige Dinge beiseitezuschieben und die Zähne zusammenzubeißen. Doch ihr Mann mochte es nicht, wenn er irgendwas, was ihr passiert war, über die Gerüchteküche erfuhr. Und dass das geschehen würde, war mehr als wahrscheinlich, da Gonzos Frau Christina als Nicks Pressesprecherin tätig war.

Der BlackBerry klingelte. Ein Anruf von Nick. „Ja, Liebster?"

„Ist sicher alles in Ordnung?"

„Ganz sicher."

„Sam … Sag mir die Wahrheit."

„Ich schwöre es. Mir geht es gut. Es war komisch, aber jetzt ist es vorbei. Ich bin wieder an meinem Schreibtisch. Was gibt's bei dir?"

„Wir haben keine neuen Erkenntnisse zu den Drohnen und sind ansonsten mit den Folgen des Erdrutsches in Alaska beschäftigt. Die Hoffnung auf Überlebende schwindet rapide."

Sie war dankbar, dass er nicht weiter zu ihrem Ohnmachtsanfall nachfragte. „Oh nein!"

„Doch, leider. Es ist furchtbar. So viele Kinder, ganz zu schweigen von den Lehrern und Mitarbeitern sowie anderen Menschen in der Umgebung. Wir haben alle hingeschickt, die helfen können. Jetzt heißt es warten."

„Ich kann mir gar nicht vorstellen, was die armen Eltern

durchmachen. Einige von ihnen haben vermutlich sogar mehrere Kinder in der Schule."

„Genau das haben wir auch gerade gesagt."

„Musst du hin?"

„Irgendwann schon, aber nicht jetzt. Im Moment würde ich nur stören."

„Es tut mir leid, dass du dich schon wieder mit so etwas Furchtbarem herumschlagen musst."

„Das gehört zum Job, sagt man mir zumindest. Mir geht es gut, solange es dir gut geht."

„Hier ist alles okay. Ich komme heim, sobald ich kann."

„Ich kann es kaum erwarten, dich im Arm zu halten."

„Ich dich umgekehrt auch, Liebster. Bis nachher."

„Pass gut auf meine Frau auf. Ich liebe sie mehr als alles andere auf der Welt."

„Ich geb mir Mühe. Ich lieb dich noch mehr, und diesen Wettstreit hab ich schon gewonnen, also versuch es gar nicht erst."

Nick lachte, wie sie es sich erhofft hatte. „Wir setzen diese Diskussion später fort."

„Immer gern."

Sam hasste es, das Gespräch mit ihm zu beenden, dem einzigen Menschen, mit dem sie wirklich reden wollte. Nun ja, mit ihm und den Kindern. Sie bekam nie genug von ihnen, doch bevor sie zu ihnen nach Hause konnte, hatte sie hier noch einiges zu erledigen. Nachdem sie Archies Handynummer gefunden hatte, rief sie ihn an.

„Alles okay? Ich hab gehört, du bist umgekippt."

*Oh, bitte.* „Ja, alles bestens. Wie geht es deiner Freundin?"

„Etwas besser."

„Das freut mich. Hör mal … Ich frage das nur extrem ungern, aber wir treten in diesem Fall auf der Stelle. Gibt es eine Möglichkeit, dass wir heute mit ihr reden? Wenn es derselbe Täter war, ist sie die Einzige, die überlebt hat."

„Ich habe auch schon darüber nachgedacht, doch bei ihr war es anders. Nachdem er sie auf den Hinterkopf geschlagen hat, hat er sie unter Drogen gesetzt und sexuell missbraucht. Bei den anderen Opfern, von denen ich gelesen habe, gab es weder Drogen noch eine Vergewaltigung."

„Das stimmt, trotzdem würde ich gerne mit ihr sprechen, wenn es irgendwie möglich ist. Du weißt, was manchmal passiert. Vielleicht erinnert sie sich an ein Detail, das zur Aufklärung beitragen könnte."

„Sie ist sehr schwach und fragil, Sam. Ich bin mir nicht sicher, ob es richtig wäre, ihr das zuzumuten."

„Ich würde nicht darum bitten, wenn ich nicht das dringende Gefühl hätte, dass wir schnell handeln müssen, bevor er wieder zuschlägt."

„Ich frag sie mal, ob sie dazu bereit ist."

„Danke."

„Ich melde mich." Damit legte er auf.

Sam hatte ein schlechtes Gewissen, weil sie ihn – und seine Freundin – in einer so schwierigen Zeit unter Druck setzte. Doch solange sie diesen Killer nicht gefasst hatten, waren weitere Menschen in Gefahr.

# KAPITEL 9

Leise klopfte Archie an die Tür seines sonst selten genutzten Gästezimmers, in dem sich Harlowe ausruhte.

„Herein."

Ihre Stimme klang etwas kräftiger, was ihn hoffen ließ, dass sie sich allmählich von der Tortur erholte. Er trat ein und sah sofort, dass sie weiter so weiß wie das Laken war. Ihr kastanienbraunes Haar umrahmte ihr trotz der Hämatome immer noch auffallend attraktives Gesicht wie eine Flammenkrone.

„Wie fühlst du dich?", fragte er.

„Etwas besser."

„Das freut mich. Möchtest du vielleicht eine Kleinigkeit essen?"

„Ich hab tatsächlich ein bisschen Hunger."

„Das sind doch mal gute Nachrichten." Es hatte ihn beunruhigt, dass sie so wenig zu sich genommen hatte, seit sie hier bei ihm war. Es war fast Zeit fürs Abendessen, aber er glaubte nicht, dass sie eine richtige Mahlzeit vertragen würde. „Was möchtest du? Ich könnte Rührei und Toast oder Haferschleim machen. Erdnussbutter-Toast wäre auch möglich. Ich hab außerdem Suppe und Cracker."

„Eier und Toast klingen super."

„Kommt sofort."

„Kann ich duschen?"

„Natürlich. Fühl dich ganz wie zu Hause."

„Du bist sehr freundlich. Ich wünschte, ich könnte mich erinnern, dich schon mal getroffen zu haben … Nun ja … Ich glaube, es ist besser, dass fast alles weg ist, was in der letzten Woche passiert ist."

„Apropos … Wir haben auf der Arbeit einen fantastischen Psychiater. Ich bin sicher, er würde vorbeischauen, um mal mit dir zu reden, wenn du meinst, dass es hilfreich sein könnte."

„Ich wüsste nicht, worüber ich mit ihm reden sollte."

„Der Erinnerungsverlust ist ebenso traumatisch wie die körperlichen Verletzungen. Dr. Trulo ist super."

„Warum sollte er sich um mich kümmern? Ich arbeite schließlich nicht bei der Polizei."

„Er würde es tun, wenn ich ihn darum bitte."

„Warum engagierst du dich so?"

Archie zuckte die Achseln. Diese Frage stellte er sich selbst schon seit Tagen. „Ist einfach so. Wir hatten eine schöne Zeit zusammen, ehe das passiert ist. Ich will, dass du wieder auf die Beine kommst und dich vollständig erholst."

Ihr scheues Lächeln berührte ihn in Bereichen, von denen er nicht geahnt hatte, dass sie überhaupt existierten. Er hatte die gleiche Reaktion auf sie gehabt, als sie einander zum ersten Mal begegnet waren, und jedes Mal, wenn er sie seitdem gesehen hatte, sogar als sie in der Klinik gelegen hatte.

„Danke für alles. Ich weiß nicht, was ich ohne dich täte."

„Ich helf dir gerne. Was immer ich tun kann, sag es einfach."

„Musst du nicht zur Arbeit?"

„Ich hab mir ein paar Tage freigenommen, was ich sonst nie tue. Deshalb hab ich auch jede Menge Resturlaub."

„Es ist sehr nett von dir, dass du deinen Urlaub für mich opferst."

„Ach, nicht der Rede wert. Wie wäre es, wenn du duschen gehst, während ich dir Frühstück mache?"

„Das wäre super."

„Möchtest du Kaffee?"

„Sehr gerne."

„Okay. Soll ich dir beim Aufstehen helfen?"

„Ist vielleicht besser."

Archie trat näher und bot ihr den Arm an, als sie sich aufsetzte und wegen der Prellungen an den Rippen und am Bauch das Gesicht verzog. Sie trug eins seiner D.-C.-Federals-T-Shirts und eine seiner Jogginghosen, die ihr viel zu groß waren. Er musste ihr unbedingt passende Kleidung besorgen.

Als sie schließlich auf der Bettkante saß und ihre Füße auf dem Boden standen, wartete sie einen Moment und strich sich die Haare aus dem Gesicht. „Entschuldige, dass ich mich wie eine Neunzigjährige bewege."

„Dafür musst du dich doch nicht entschuldigen! Du erholst dich gerade von schmerzhaften Verletzungen. Lass dir Zeit."

Sie ergriff seinen Arm und erhob sich langsam. Dabei zuckte sie zusammen, und Tränen traten ihr in die Augen. „Das ist echt furchtbar."

„Das ist es, aber es geht dir schon viel besser als gestern."

„Wenn du das sagst."

„Ja, tu ich."

Sie hielt sich an seinem Arm fest, und er führte sie ins Badezimmer.

„Ich hol dir was anderes zum Anziehen. Du brauchst was, das dir passt."

Er hatte ihre gemeinsamen Freunde Joe und Deb kontaktiert, um Deb zu fragen, ob sie wusste, wo Harlowe wohnte. Deb hatte das verneint, allerdings erklärt, sie vermute, dass es eine Kurzzeitmiete oder ein Hotel für Langzeitaufenthalte sei, da Harlowes Tätigkeit im Vertrieb sie nur kurzfristig in die Hauptstadt geführt hatte. Erica versuchte, ihren genauen Wohnort zu ermitteln. Als man sie gefunden hatte, hatte sie ihr Handy nicht bei sich gehabt.

Im Krankenhaus, nachdem Harlowe beschlossen hatte, ihm zu vertrauen, hatte sie Archie gebeten, für sie mit den Ärzten zu reden, da sie es nicht ertrug, die Einzelheiten dessen zu erfahren, was ihr angetan worden war. Archie hatte mit ihr noch nicht darüber gesprochen, ebenso wenig wie darüber, dass die Ärzte festgestellt hatten, dass der Täter sie vergewaltigt hatte.

Andererseits war er sich ziemlich sicher, dass ihr das aufgrund ihrer Verletzungen klar sein musste.

„Es tut mir leid, dass ich dir so zur Last falle."

„Du fällst mir doch nicht zur Last! Ehrenwort. Ich bin froh, dir helfen zu können."

Ihre Augen füllten sich wieder mit Tränen, was ihn beunruhigte. Er wollte sie in die Arme schließen und ihr versprechen, dass er sich um sie kümmern würde, solange sie das zuließ. Was hoffentlich lange der Fall sein würde.

Aber Archie hatte Angst, sie zu verschrecken, also widerstand er dem Drang, sie an sich zu drücken.

„Brauchst du sonst noch was?" Er legte Handtücher für sie raus und vergewisserte sich, dass Shampoo und Duschgel bereitstanden.

„Nein, danke. Ich komme klar."

„Ruf mich, wenn was ist."

„In Ordnung."

Er war unsicher, ob er sie sich selbst überlassen konnte, doch es kam ihm auch nicht richtig vor, ihr Hilfe beim Duschen anzubieten. Hoffentlich schaffte sie es allein.

In der Küche schenkte er sich eine weitere Tasse Kaffee ein. Der Kopf schwirrte ihm von Fragen und Sorgen. Und dann war da noch dieser viel zu ausgeprägte Beschützerinstinkt für eine Frau, die er eigentlich gar nicht kannte – was ihn zutiefst beunruhigte. Archie hatte mehr Fragen als Antworten, was sie betraf, aber mit jeder Stunde, die verstrich, wurden seine Gefühle für sie intensiver.

Im Schlafzimmer suchte er ihr ein sauberes T-Shirt heraus und eine Jogginghose mit Kordelzug, sodass sie sie in der Taille enger ziehen konnte. Als er die Dusche hörte, öffnete er die Badezimmertür, um die Kleidung auf den Waschtisch zu legen.

Zwanzig Minuten später, als Archie gerade das Essen fertig hatte, trat Harlowe in die Küche.

In seinen viel zu großen Klamotten sah sie aus wie eine verzagte Elfe.

Er bot ihr seinen Arm an und brachte sie langsam zu dem kleinen Tisch. „Ich hol dir ein Kissen. Warte."

Im Wohnzimmer griff er nach einem der Kissen, die seine Mutter ihm beim Einzug in die Wohnung aufgedrängt hatte, und ging damit in die Küche.

„Danke", sagte sie, als sie sich langsam auf den nun gepolsterten Holzstuhl setzte.

Sein ganzer Körper und seine ganze Seele schmerzten, als er sie dabei beobachtete. Am liebsten hätte er die Person umgebracht, die dafür verantwortlich war. Selbst nach mehr als fünfzehn Jahren bei der Polizei war er immer noch wütend und traurig über die Verderbtheit, die ihm bei seiner Arbeit und auch sonst begegnete.

Archie füllte ihnen beiden Rührei auf und stellte Kaffee, Milch, Zucker und Süßstoff auf den Tisch, da er nicht wusste, wie sie ihren Kaffee am liebsten mochte. Gott sei Dank gab es Lieferdienste, sonst hätte er ihr nur Bier, Trockenfleisch und Müsliriegel anbieten können.

„Kannst du so spät am Tag noch Kaffee trinken?"

„Ich denke schon, doch wir werden ja rausfinden, ob er mich wach hält. Dein Rührei riecht köstlich."

„Eins von drei Gerichten, die ich aus dem Effeff beherrsche."

„Was sind die anderen beiden?"

„Spaghettisoße und Burger vom Grill."

„Na ja, beides kann man kaum vermasseln."

Lächelnd erwiderte er: „Genau deswegen. Kochst du gern?"

Sie dachte einen Moment darüber nach. „Ich glaube schon." Ein Ausdruck von Angst huschte durch ihre ausdrucksstarken braunen Augen. „Was mach ich, wenn ich mich nicht mehr an solche Dinge erinnern kann, die ich früher konnte oder die ein wichtiger Teil von mir waren?"

Sie hatte nicht nur die Entführung und den Überfall an sich, sondern auch fast alles von ihrem Leben vor dem Vorfall vergessen.

„Ich bin sicher, dass dir das irgendwann wieder einfallen wird."

„Aber dann wahrscheinlich zusammen mit den schlimmen Dingen."

„Kann sein."

Sie biss ein Stück Toast ab und trank einen Schluck schwarzen Kaffee. „Vielleicht wäre es also besser, wenn es nicht passiert."

„Hast du denn irgendeine Ahnung, was geschehen ist?" Er stellte die Frage so behutsam wie möglich und wünschte sich, er müsste es gar nicht tun.

„Auch wenn ich Angst davor habe, hab ich mich sehr bemüht, mich an irgendetwas zu erinnern. Doch vor dem Krankenhaus ist da einfach nichts."

„Du hattest mir erzählt, dass du Vertriebsmitarbeiterin bei einer Lebensmittelfirma bist."

Harlowe runzelte die Stirn.

*Sie ist bezaubernd*, dachte er, *selbst wenn sie durcheinander und aufgewühlt ist.* Die wenigen Male, dass er sie vor ihrem Verschwinden gesehen hatte, hatte er sie charmant, liebenswert und sexy gefunden, auch wenn sie sich bezüglich der Details ihres Lebens etwas geheimnisvoll gegeben hatte. Er hatte damals gespürt, dass sie etwas auslieẞ, aber er hatte es für unangemessen gehalten, sofort nachzuhaken.

„Eine meiner Kolleginnen würde dich gerne zu dem Vorfall befragen", sagte er zögerlich.

„Das habe ich doch schon alles mit der Polizei besprochen. Ich kann mich an praktisch nichts mehr erinnern."

„Vielleicht wäre es gut, wenn sie Dr. Trulo, den Psychiater, mitbrächte."

„Ich bin bereit, alles zu tun, um bei den Ermittlungen zu helfen. Ich möchte mehr als jeder andere wissen, was passiert ist. Aber ich möchte dich nicht enttäuschen."

Ihr schüchterner Blick traf ihn mitten ins Herz. Er legte eine Hand auf ihre und versicherte ihr: „Du könntest mich niemals enttäuschen."

„Doch."

„Mach dir darüber keine Gedanken. Ich finde dich toll, und das schon seit dem Tag, an dem wir uns getroffen haben."

„Erzähl mir davon."

„Wir waren auf einer Party in Georgetown, bei meinem Freund Joe. Du kennst seine Frau Deb vom Yoga. Joe und ich spielen zusammen Softball. Du hast gesagt, du bist als Vertriebsmitarbeiterin bei einer landesweiten Lebensmittelkette tätig, die Supermärkte und Restaurants beliefert."

Archies Handy klingelte. Es war Erica Lucas. Er zeigte Harlowe die Anruferanzeige und nahm das Gespräch über Lautsprecher an. „Hey, Erica. Wir hören dich beide. Was gibt's?"

„Langsam tut sich was in Harlowes Fall. Ihre Eltern haben bei der Polizei angerufen und um eine Überprüfung gebeten, da sie seit einigen Tagen weder auf SMS noch auf Anrufe reagiert. Sie leben bei Pittsburgh, wo Harlowe aufgewachsen ist. Ihren Aussagen zufolge ist sie für ein halbes Jahr in Washington und wohnt in einem Hotel. Sie haben mir eine Adresse in der Nähe der Columbia Road gegeben. Die Eltern fliegen heute hierher."

Bei dem Gedanken, dass Harlowes Eltern herkommen und sich um sie kümmern würden, wurde ihm das Herz schwer.

„Archie?"

„Ich bin noch dran. Sie hat mir gesagt, sie habe hier das College besucht und wäre danach hängen geblieben, aber die Eltern behaupten, sie sei nur für ein halbes Jahr hier. Das passt irgendwie nicht zusammen."

„Das können wir sie ja fragen."

„Kannst du mir den Namen des Hotels geben, in dem sie gewohnt hat? Ich würde gerne ein paar Klamotten für sie holen."

„Das erledige ich."

„Bist du sicher?"

„Ja, klar. Ich fahre da heute hin und erkläre dem Management die Situation. Vielleicht werden die bei dir anrufen, damit sie bestätigt, dass ich die Erlaubnis habe, ihr Zimmer zu betreten."

„Das ist kein Problem."

Während er mit Erica redete, verzehrte Harlowe ihr Frühstück und trank ihren Kaffee, lauschte jedoch interessiert dem Gespräch. Als Erica erwähnte, dass sie in ihr Zimmer gehen wollte, nickte sie.

„Hat Sam dir erzählt, dass sie einen Zusammenhang zwischen ihren drei neuen Opfern und Harlowes Fall sieht?"

„Ja."

„Okay, ich wollte mich nur vergewissern, dass du auf dem

Laufenden bist. Ich fahre jetzt zum Hotel und bringe ihr gleich eine Tasche vorbei."

„Vielen Dank, Erica."

„Ja", meldete sich Harlowe. „Auch von mir vielen Dank."

„Gern. Bis gleich."

Archie beendete das Telefonat und stand auf, um Kaffee nachzuschenken. „Sagt dir Pittsburgh in Pennsylvania irgendwas?"

Harlowe runzelte die Stirn, während sie darüber nachdachte. „Ja, aber die Details sind verschwommen. Ich weiß, dass ich dort zur Schule gegangen bin und Freunde hatte, doch das ist lange her. Erinnerungen jüngeren Datums hab ich nicht."

„Das ist normal. Die kommen sicher mit der Zeit wieder. Wie findest du es, dass deine Eltern herfliegen?"

Ihre Augen füllten sich erneut mit Tränen. „Irgendwie gefällt es mir nicht. Was ist nur mit mir los? Es sind schließlich meine Eltern."

„Du bist auf den Kopf geschlagen worden und hast ein schweres Trauma erlitten. Es ist gut möglich, dass der Gedächtnisverlust eine Schutzreaktion deines Gehirns ist."

„Aber wovor?"

„Vor dem, was dir passiert ist."

„Ich verstehe das nicht …"

Archie hatte selbst Fragen. Als er versucht hatte, sie online zu finden, hatte er keinerlei Hinweise auf eine Harlowe St. John gefunden, die mit einem der großen Lebensmittelkonzerne in Verbindung stand. Es gab keine Social-Media-Profile oder sonstigen Informationen über die Frau, die er kennengelernt hatte.

Das ließ ihn daran zweifeln, dass sie ihm bei ihrer ersten Begegnung die Wahrheit gesagt hatte. Er hatte Erica nicht fragen wollen, wie ihre Eltern sie genannt hatten, während Harlowe zuhörte, doch er würde sich bei der ersten sich bietenden Gelegenheit danach erkundigen.

Er hoffte, mit ihren Eltern sprechen zu können, um weitere Puzzleteile zusammenzufügen.

Während sie auf Erica warteten, schrieb Archie Sam eine SMS. *Harlowe ist einverstanden, dich zu treffen, aber sie hat noch mal bestä-*

*tigt, dass sie sich an nichts weiter erinnern kann als das, was sie bereits berichtet hat.*

*Wenn es für dich okay ist, würde ich mich trotzdem gerne mit ihr unterhalten.*

*Wir sind zu Hause. Lucas hatte mit den Eltern Kontakt, und sie sind auf dem Weg von Pittsburgh hierher. Sie fährt gleich zu Harlowes Hotel, um ein paar Sachen zu holen.*

*Schön zu hören, dass es Fortschritte gibt. Wir müssen dringend in Erfahrung bringen, wer sie ist und woher sie stammt.*

*Glaubst du, Trulo wäre bereit, mit ihr zu reden?*

*Das tut er bestimmt gern. Ich werde sehen, ob er Zeit hat. Dann machen wir uns auf den Weg.*

Archie antwortete mit einem Daumen-hoch-Emoji. „Meine Freunde Sam und Freddie kommen demnächst, um dich zu befragen, vielleicht sogar zusammen mit unserem Polizeipsychiater Dr. Trulo, einem wunderbaren Menschen. Interessanter Fakt: Sam ist nicht nur die Leiterin unserer Mordkommission, sondern auch die First Lady."

„Sam Cappuano."

Er drehte sich erstaunt zu ihr um. „Du weißt, wie sie heißt?"

Harlowe nickte. „Warum auch immer, ich erinnere mich an sie und ihren Ehemann, den Präsidenten, der sehr attraktiv ist. Und dass du mir erzählt hast, sie sei eine Kollegin von dir." Sie wirkte glücklich und zugleich besorgt. „Bedeutet das, mein Gedächtnis kehrt zurück? Wie kann es sein, dass ich mich an sie erinnere, aber nicht daran, warum ich ein seltsames Gefühl gegenüber meinen Eltern habe, oder an irgendwas anderes aus der letzten Zeit?"

„Das Gehirn ist kompliziert. Es ist schwer zu sagen, warum einiges noch da ist, der Rest jedoch nicht."

„Keine Erinnerung an sein Leben zu haben, ist sehr seltsam."

„Sicher, aber jetzt ist erst mal wichtig, dass du dich ausruhst und entspannst und dir Zeit dafür lässt, dich zu erholen."

„Es fällt mir schwer, an etwas anderes zu denken."

„Ich weiß, Süße. Nur je mehr du dich anstrengst, desto länger kann es dauern, bis alles wieder normal ist."

„Wie wird Normalität nach alldem sein?"

„Das kann ich dir nicht sagen, doch ich bin sicher, dass du es herausfinden wirst. Einen Tag nach dem anderen.“

Sie runzelte wieder die Stirn. „Dieser Spruch. ‚Einen Tag nach dem anderen‘. Woher kommt der?“

„Ich bin nicht sicher, woher er ursprünglich stammt, aber er ist ein wiederkehrendes Thema bei den Anonymen Alkoholikern.“

„Genau. Ich hab mal jemanden gekannt, der bei den AA war. Ich weiß nur nicht mehr, wer.“

Er brachte ihre Teller zur Spüle. „Deine Erinnerungen sind noch da, und sie werden zurückkehren, wenn du dafür bereit bist.“

„Glaubst du das wirklich?“

„Ich kann es natürlich nicht mit Sicherheit sagen, hoffe es allerdings, auch wenn ich dir die schmerzlichen Teile davon lieber ersparen würde.“

Sie sah ihn gespannt an. „Warum möchtest du mich so unbedingt beschützen?“

„Keine Ahnung. Ist einfach so.“

„Du hast erzählt, dass wir uns noch nicht lange gekannt haben, als ich verschwunden bin.“

„Das ist korrekt.“

„Trotzdem empfindest du so.“

Er zuckte die Achseln. „Der Funke ist sofort übergesprungen. Ich hatte mich darauf gefreut, dich besser kennenzulernen, und dann warst du plötzlich weg. Zuerst dachte ich, du hättest dich vielleicht doch gegen mich entschieden, aber ich konnte nicht glauben, dass das der Fall war. Also bin ich zu meiner Freundin Sam gegangen ...“

„Der Frau des Präsidenten?“

„Ja, ich hab sie gebeten, mir bei der Suche nach dir zu helfen. Ich war mir nicht sicher, ob du untergetaucht warst oder was los war. Sie hat dann gemeint, Erica habe eine Jane Doe. So nennen wir Opfer von Straftaten ohne Ausweispapiere, die sich nicht an ihren Namen erinnern können. Sie hat mich ins GW gebracht, damit ich dich identifiziere.“

„Tut mir leid, dass du dir Sorgen gemacht hast. Dass ich sie dir bereitet habe.“

„Ich bin nur froh, dass man dich lebend gefunden hat, auch wenn ich mir wünschte, dir wäre das alles nie passiert."

„Du bist sehr lieb." Nach einer Pause fügte sie schüchtern hinzu: „Und sehr attraktiv, doch das weißt du sicher selbst."

Archie spürte, wie er rot wurde. Mein Gott, sie sorgte dafür, dass er *rot* wurde? Was zum Teufel war los mit ihm? „Oh, äh, danke."

„Ich wollte dich nicht in Verlegenheit bringen."

„Hast du nicht. Zumindest nicht sehr."

Sie lächelte, und sein Herz vollführte einen seltsamen kleinen Satz, bei dem ihm der Atem stockte.

„Nach unserer ersten Begegnung konnte ich an nichts anderes mehr denken als daran, wie hübsch, witzig, klug und nett du warst. Ich konnte es kaum erwarten, dich wiederzusehen."

Ehe sie darauf etwas erwidern konnte, klingelte sein Handy. Eine unbekannte Nummer aus einem anderen Bundesstaat. „Archelotta."

„Man … man hat uns gebeten, uns bei Ihnen zu melden, wenn wir mit unserer Tochter sprechen wollen", sagte eine Männerstimme. „Hier ist George Prior, Harlowes Vater. Ist sie … Können Sie sie ans Telefon holen?"

„Bleiben Sie bitte einen Augenblick dran." Er hielt das Handy zur Seite, während er Harlowe erklärte: „Das ist dein Vater. Willst du mit ihm reden?"

„Ich … denke schon. Danke."

Archie reichte ihr das Handy.

„Hallo? Ja, ich bin's."

Er hörte, wie sie ihrem Vater erzählte, dass es ihr etwas besser gehe und dass sich ihr Freund Archie seit ihrer Entlassung aus dem Krankenhaus um sie gekümmert habe. Dann kam ihre Mutter ans Telefon, und Harlowe schien verschlossener zu werden.

„Ich weiß nicht, was geschehen ist. Amnesie." Nach einer langen Pause antwortete sie: „Gut. Bis dann."

Sie beendete das Telefonat und schaute ihn mit großen, tränenerfüllten Augen an. „Ich hab ihre Stimmen erkannt, aber warum freu ich mich nicht darauf, sie zu sehen?"

Archie verspürte einen Anflug von Besorgnis und fragte sich unwillkürlich, ob die Leute am Telefon wirklich ihre Eltern gewesen waren oder vielleicht diejenigen, die ihr wehgetan hatten. „Falls es einen Grund gibt, Angst vor ihnen zu haben … Es werden zwei Polizisten im Raum sein, wenn du sie triffst."

„Das beruhigt mich."

„Wir passen auf dich auf. Keine Sorge." Er half ihr auf und setzte sie mit einer Decke auf die Couch. „Soll ich den Fernseher einschalten?"

„Nein, danke."

„Ich räume kurz auf. Ruf mich, wenn du etwas brauchst."

Er begab sich in die Küche und griff nach seinem Handy, um Erica eine SMS zu schreiben. *Harlowe hat Angst, ihre Eltern zu sehen, jedoch keine Erklärung, warum. Ich lasse niemanden in ihre Nähe, es sei denn, die betreffende Person kann beweisen, dass sie mit ihr verwandt ist.*

*Okay. Ich kümmere mich darum.*

*Danke.*

Ihm war klar, dass er Erica und Sam nicht sagen musste, dass sie mit Harlowe behutsam sein mussten. Sie waren die Besten in ihrem Fach, und er vertraute ihnen. Aber wenn es nach ihm ginge, würde niemand Harlowe nahe kommen, ehe er nicht wusste, was zum Teufel ihr genau passiert war.

Sam suchte Dr. Trulo auf, der gerade einen Imbiss zu Mittag aß und dabei etwas in einer Fremdsprache hörte. Sie klopfte an seine Tür. „Entschuldigen Sie bitte die Störung."

Trulo drückte auf „Pause" und wirkte etwas beschämt. „Ich versuche, vor unserer Reise nächstes Jahr Italienisch zu lernen."

„Cool. Wie läuft's?"

„Nicht gut, aber ich beiße mich durch."

„Warum fällt es manchen so leicht, sich fremde Sprachen anzueignen, während andere sich so abquälen?"

„Das ist eins der großen Geheimnisse der Menschheit."

„Spanisch hat mich auf der Highschool und am College fast

gekillt. Ich wollte es wirklich lernen, doch ich hab es einfach nicht geschafft."

„So geht es mir mit Italienisch." Er wischte sich den Mund mit einer Papierserviette ab. „Aber Sie sind sicher nicht hier, um über Dinge zu reden, in denen wir schlecht sind."

Sam lächelte. „Nein, allerdings riecht das, was auch immer Sie da essen, unglaublich gut. Wenn Sie das zubereitet haben, sind Sie zumindest nicht schlecht im Kochen."

„Das kann ich nicht für mich in Anspruch nehmen. Meine liebe Gattin hat am Wochenende Auberginen Parmigiana gekocht. Zum Sterben gut."

„Da krieg ich Hunger, und ich mag Auberginen nicht mal besonders."

„Sie schickt Ihnen eine Portion zum Probieren. Ich wette, wenn Sie das erst mal probiert haben, werden Sie Auberginen lieben."

„Der Herausforderung stelle ich mich gerne. Könnten Sie mich begleiten, wenn Sie aufgegessen haben, um eine potenzielle Zeugin zu befragen, die eine schwere Zeit hinter sich hat?" Sam berichtete ihm von Harlowe und von Archies Verwicklung in die Sache. „Es besteht eine geringe Möglichkeit, dass die Attacke auf sie mit meinen drei neuen Fällen in Verbindung steht."

„Klar, kann ich machen. Geben Sie mir zehn Minuten."

„Großartig. Wir treffen uns am Ausgang bei der Gerichtsmedizin."

„Bis gleich."

Sam kehrte ins Großraumbüro zurück, um ihre Jacke und ein tragbares Funkgerät zu holen. „Cruz, wir müssen los."

„Wohin wollt ihr?", fragte Gonzo.

„Wir treffen ein mögliches viertes Opfer, das überlebt hat, sich jedoch an nichts erinnern kann."

„Alles klar."

Zu Gonzo und den anderen sagte sie: „Haltet mich über alle neuen Entwicklungen auf dem Laufenden."

„Okay."

Sam wollte gerade gehen, drehte sich aber noch einmal zu ihrem Sergeant um. „Ich hoffe, dass ich im Laufe der Woche mal in die Ninth Street fahren kann, um ein paar Dinge für die neuen Bewohner vorzubereiten."

„Danke. Wir können es kaum erwarten, dort einzuziehen."

„Es wäre ja Blödsinn, das Haus die nächsten Jahre leer stehen zu lassen."

„Das ist ein enormes Upgrade für uns. Wir wissen das sehr zu schätzen."

„Ich freu mich, dass ich euch das ermöglichen kann." Als Sam mit Freddie auf dem Weg zum Ausgang an der Gerichtsmedizin war, musste sie plötzlich daran denken, dass es wohl an der Zeit war, die Rampe zu entfernen, die Nick vor ihrem Haus hatte anbauen lassen, damit ihr Vater mit seinem Rollstuhl zu ihnen kommen konnte. Der Gedanke, diese Rampe und alles, wofür sie stand – insbesondere, wie Nick ihr Zuhause für ihren Vater zugänglich gemacht hatte –, abzumontieren, traf sie gänzlich unvorbereitet.

Sie dachte an den Tag, als sie bei ihrer Heimkehr von der Arbeit die Eingangsstufen in Trümmern vorgefunden hatte. Da sie vermutete, dass jemand eine Bombe gezündet hatte, hatte sie die Sprengstoff-Spezialeinheit gerufen. Und dann hatte sie erfahren, dass Nick ihren Nachbarn, einen Bauunternehmer, damit beauftragt hatte, die Rampe zu errichten. Das war lustig, rührend und peinlich zugleich gewesen.

Diese Erinnerungen erschütterten sie tief.

Die Rampe jetzt demontieren zu lassen, ebenso wie die bei ihrem Vater, würde ein weiterer Beweis dafür sein, dass Skip wirklich für immer fort war. Nicht dass sie noch mehr Beweise für seine Abwesenheit gebraucht hätte. Sie spürte den Verlust jeden Tag und fragte sich, wie Angela den doppelten Schlag ertrug, ihren Vater und dann wenige Monate später ihren Mann zu verlieren, während sie zudem mit ihrem dritten Kind schwanger war.

Wie schaffte sie das? Sam hatte keine Ahnung, doch irgendwie biss Angela sich durch, kümmerte sich um ihre Kinder und bereitete sich auf die Geburt des nächsten vor.

Später würde Sam Nick bitten, den Nachbarn aus der Ninth Street, der die Rampe an ihrem Haus errichtet hatte, zu kontaktieren, um in Vorbereitung auf die neuen Mieter beide Rampen abzubauen.

„Alles in Ordnung?", fragte Freddie, als sie sich der Gerichtsmedizin näherten, wo Dr. Trulo bereits stand.

„Ja, alles klar."

„Ich freu mich schon darauf, in einem SUV des Secret Service mitzufahren", vertraute ihnen Dr. Trulo lächelnd an.

„Hier jagt ein Highlight das nächste." Draußen stellte sie dem Psychiater Jimmy vor. „Der Doktor ist ganz aufgeregt wegen seines ersten Abenteuers mit dem Secret Service."

„Wir werden versuchen, es nicht zu unvergesslich zu machen", versprach Vernon.

Sam lächelte. „Die Aufgabe der beiden Herren ist es, dafür zu sorgen, dass Fahrten für mich langweilige Routine sind."

„Ich verstehe und stimme dem zu", meinte Trulo. „Wir wollen unsere Lieblings-Leiterin der Mordkommission jederzeit in Sicherheit wissen."

Sie berichtete Vernon, wohin sie fahren würden und warum.

„Besteht die Chance, dass die Leute, die sie entführt haben, herausgefunden haben, wo sie ist?", erkundigte sich Vernon.

„Archie war sicher vorsichtig."

„Wir müssen eine vollständige Durchsuchung durchführen, ehe Sie hineingehen."

„Okay", stimmte sie zu und fand sich damit ab, dass dies mal wieder viel länger dauern würde, als es vor Nicks Präsidentschaft der Fall gewesen wäre.

„Hast du gehört, Cruz?", fragte Sam unterwegs. „Ich bin der Liebling des guten Doktors."

Freddie verdrehte genervt die Augen. „War das wirklich nötig, Dr. Trulo? Wir anderen müssen uns tagtäglich von morgens bis abends mit ihr herumschlagen, und jetzt auch noch das."

Trulo lachte. „Sorry, aber es ist nur die Wahrheit."

Sam bedachte Freddie mit einem selbstgefälligen Grinsen. „Es ist stets eine Freude, in meiner Gesellschaft zu sein."

„Ja, klar."

„Frag Vernon und Jimmy. Die stimmen mir sicher zu."

„Die werde ich ganz bestimmt nicht fragen. Sie werden schließlich dafür bezahlt, dir zuzustimmen."

„Hey, jetzt mal langsam", mischte sich Vernon ein. „Das steht nicht in meiner Stellenbeschreibung."

Das alberne Geplänkel half Sam, sich wieder zu fassen, nachdem ihre Gedanken eine so traurige Wendung genommen hatten.

„Wie geht es Ihnen nach dem Chaos gestern?", fragte Trulo.

„Ich komme klar. Ist es seltsam, dass ich mich langsam an derlei gewöhne?"

„Ja. Sie sollten sich nicht an ein solches Maß an Angst gewöhnen müssen."

„Niemand sollte das", ergänzte Freddie.

Sam nutzte die Zeit im Auto, um Trulo über das zu informieren, was Harlowe passiert war.

„Es ist nett von Lieutenant Archelotta, dass er sich so für sie einsetzt."

„Er scheint ziemlich verliebt in sie zu sein."

„Das freut mich für ihn, doch das macht es nicht einfacher."

„Wird Harlowe ihr Gedächtnis zurückerlangen?"

„Schwer zu sagen. Retrograde Amnesie kann eine posttraumatische Reaktion auf eine Hirnverletzung sein. Oft ist sie nur vorübergehend, aber es gibt Fälle, in denen die Erinnerungen an das Erlebte nie zurückkehren. Das kann sowohl ein Segen als auch ein Fluch sein."

„Ich kann mir beides sehr gut vorstellen."

Sams Handy klingelte. Da der Name von Roni Connolly, ihrer Kommunikationschefin im Weißen Haus, auf dem Display stand, nahm sie den Anruf an. „Na, wie läuft's?"

„Das wollte ich dich auch gerade fragen. Wie fühlst du dich, Sam?"

„Gut, solange es allen anderen gut geht. Das ist die Hauptsache."

„Das ist echt nicht zu fassen. Bei einer Veranstaltung für *Kinder*!"

„Der beste Zeitpunkt, um maximales Entsetzen zu erzeugen, vermute ich mal. Was gibt es Neues aus Alaska?"

„Die Rettungskräfte dringen langsam zur Schule vor. Sie geben die Hoffnung nicht auf, da das Gebäude selbst offenbar größtenteils intakt ist."

„Das sind ja ausnahmsweise mal gute Nachrichten."

„Auf jeden Fall. Ansonsten wollte ich dich daran erinnern, dass wir für diesen Samstag ein Fotoshooting mit dir und den Kindern geplant haben."

Das hatte Sam völlig vergessen. Bei dem Gedanken, sich einen halben Tag lang fotografieren zu lassen, um ihrem Team neues Material für die sozialen Medien der First Lady zu liefern, hätte sie am liebsten laut aufgestöhnt. „Richtig."

„Du bist begeistert. Das kann ich hören."

„Und wie."

„Friseur und Make-up um neun Uhr. Lilia und ich haben uns gefragt, ob wir uns die Freiheit nehmen dürfen, mit Marcus deine Garderobe abzustimmen." Marcus war Sams Lieblingsdesigner.

„Ja, bitte. Ich habe keine Zeit, darüber nachzudenken, und mit eurer sowie Davidas und Gingers Hilfe werde ich zumindest ordentlich aussehen." Ihre Friseurin und ihre Visagistin waren erstklassig.

„Wir haben uns schon gedacht, dass du das sagst. Kendra wird ebenfalls da sein, um dir die Nägel zu machen."

„Großartig."

„Dein Sarkasmus ist mir nicht entgangen."

„Entschuldige, du erledigst ja nur deine Arbeit."

„Wir wissen, wie du tickst, und würden dich nicht anders haben wollen."

An die Männer im SUV gewandt meinte Sam: „Roni findet mich auch ganz bezaubernd, falls sich jemand das gefragt hat."

„Haben wir nicht", antwortete Freddie.

Roni lachte. „Will ich wissen, was da gerade bei euch los ist?"

„Der übliche Unsinn, außerdem drei neue Morde und eine schwere Körperverletzung. Ansonsten ein weiterer Tag im Paradies."

„Ich weiß nicht, wie du das schaffst."

„Irgendwer muss sich ja damit befassen. Warum also nicht wir?"

„Dann will ich dich nicht weiter aufhalten. Ich maile dir einen Zeitplan für Samstag. Schau ihn dir mal an, wenn es passt."

„Da ich das bestimmt vergesse, leg mir bitte eine Kopie in die Wohnung."

„Klar, gern."

„Entschuldige, dass ich so schwierig bin."

„Ist überhaupt kein Problem. Bis dann."

„Vielen Dank für alles."

„Gern."

„Na klar." Sam klappte ihr Handy zu. „Dieses Wochenende ist ein Fotoshooting mit den Kindern."

„Das macht sicher Spaß", bemerkte Trulo.

„Dafür muss man sich frisieren und schminken *und* sich die Nägel lackieren. Das macht so was von keinen Spaß."

„Die meisten Frauen würden Ihnen da vermutlich widersprechen", wandte Trulo ein.

„Ich bin aber nicht ,die meisten Frauen'."

Über Freddies beredtes Schnauben mussten alle im SUV lachen. „Und, was halten Sie bisher von meinem Wanderzirkus, Doc?"

„Das ist das Lustigste, was ich diese Woche erlebt habe."

„Sie müssen eindeutig mehr unter Leute", erklärte Sam.

„Stimmt. Vielleicht können Sie mich ja häufiger mal mitnehmen."

„Wann immer Sie wollen."

„Vielleicht komm ich darauf zurück. Hier draußen, wo was los ist, ist das Leben viel interessanter."

„Das sagt er jetzt", brummte Freddie. „Warten wir mal ab, wie er redet, wenn *wirklich* etwas los ist."

„Hoffen wir, dass das nicht passiert", warf Vernon so streng ein, dass wieder alle lachen mussten.

„Ich wollte Celia übrigens längst kontaktieren und fragen, ob sie sich jetzt überlegt hat, wie sie dazu steht, ihr Haus zu vermieten", wechselte Freddie das Thema. „Ich will sie damit nicht nerven, doch wir müssen uns bald entscheiden. Unser Mietvertrag läuft im Juni aus."

„Oh, Mist, ich wollte dir gestern erzählen, dass Celia mir geschrieben hat, sie sei einverstanden, solange ihr da einzieht."

„Echt? Wie toll. Richte ihr aus, wir werden uns vorbildlich um das Haus kümmern. Hat sie gesagt, wie viel Miete sie dafür haben will?"

„Was ihr im Augenblick zahlt, reicht ihr. Tut mir leid, dass ich vergessen habe, dir gleich Bescheid zu geben."

„Das ist zu wenig, und entschuldige dich bitte nicht. Du hattest eben viel um die Ohren."

„Einem geschenkten Gaul schaut man nicht ins Maul, insbesondere wenn es um Miete geht, Detective", warf Trulo ein.

„Ich will sie nicht über den Tisch ziehen."

„Tust du nicht", beruhigte ihn Sam. „Celia freut sich, dass jemand, den wir kennen und mögen, dort wohnen wird."

„Das ist toll. Ich kann es kaum erwarten, Elin die frohe Botschaft zu überbringen. Sie wird sich freuen wie ein Schneekönig."

„Ich bin froh, dass das euch beide so glücklich macht."

„Wir sind total begeistert."

„Die Rampen kommen noch weg, bevor ihr einzieht, du und Gonzo."

„Kein Stress."

„Es wird langsam Zeit." Sam sah, wie Freddie und Trulo einen Blick wechselten. „Ich bin so weit. Macht euch keine Sorgen."

„Der Gedanke daran bricht mir das Herz", gestand Freddie.

„Mir auch, doch Skip kommt nicht zurück, und wir benötigen die Rampen nicht mehr. Vielleicht können wir sie einer Familie spenden, die sie braucht. Das würde meinem Vater gefallen."

„Ich kann mich mal umhören, wenn das hilft", erbot sich Trulo.

„Gern. Vielen Dank."

„Ich sage dann Bescheid."

„Das ist nett von Ihnen. Der Gedanke, bedürftigen Familien zu helfen, erleichtert es mir etwas, den Auftrag zum Abbau zu erteilen."

„Leicht wird das ohnehin nicht", erwiderte Dr. Trulo. „Aber ich hoffe, wenn es so weit ist, erinnern Sie sich daran, wie Sie und Ihre Familie es Ihrem Vater ermöglicht haben, ein Stück Freiheit zu genießen, das er ohne diese Rampen nicht gehabt hätte."

„Stimmt. Ich habe es immer geliebt, wenn er uns in seinem Rollstuhl besucht hat." Sam hatte Tränen in den Augen. „Ich wünschte, er könnte das jetzt noch tun. Er wäre garantiert überall im Weißen Haus unterwegs."

„Er ist immer bei euch." Auch Freddies Stimme klang belegt. Er hatte Skip beinahe genauso sehr geliebt, wie Sam es getan hatte. „Das würde er sich um keinen Preis der Welt entgehen lassen. Außerdem denkt er wahrscheinlich, dass er selbst im Jenseits der Boss ist und ein Auge auf euch haben muss."

Sam nahm das Taschentuch, das Dr. Trulo ihr reichte, und

wischte sich die Tränen ab, während sie bei der Erinnerung an die Führungsqualitäten ihres Vaters lächelte, die selbst unter seiner furchtbaren Verletzung nicht gelitten hatten. „Zweifellos. Er hat es geliebt, mich herumzukommandieren."

„Ja, das war seine Lieblingsbeschäftigung", bestätigte Freddie. „Das und uns bei unseren Fällen zu unterstützen. Ich vermisse seinen klugen Rat. Er hat uns immer auf Ideen gebracht, auf die wir ohne ihn nie gekommen wären."

„Weißt du noch, wie er uns gesagt hat, wir sollen bei der Sache mit der Autobombe Peter überprüfen?"

„Na sicher! Den hatten wir damals nicht mal ansatzweise auf dem Schirm."

„Er war einer der Besten", pflichtete ihnen Trulo bei. „Die Kollegen haben ihn bewundert, und er fehlt uns allen."

„Es ist schön, das zu hören. Ich kann nicht glauben, dass er jetzt schon fast sechs Monate tot ist."

„Das erste Jahr ist immer besonders schwierig", erklärte Trulo. „Und wenn man bedenkt, was Sie im letzten Jahr durchgemacht haben …"

„Es fühlt sich jetzt schon ewig lang an, und wir haben gerade erst April", meinte Sam.

Ein paar Minuten später hielten sie vor dem Haus, in dem Archies Wohnung lag. Vernon bat sie zu warten, während er, Jimmy und andere Secret-Service-Mitarbeiter, die er als Verstärkung angefordert hatte, eine kurze Durchsuchung durchführten.

Trulo beobachtete das Treiben durch das Autofenster. „Schon interessant, Personenschützern bei der Arbeit zuzusehen."

„Ja. Und ich weiß wirklich zu schätzen, was sie tun, um mich und meine Familie zu schützen. Ich finde es nur schade, dass es nötig ist."

„Es ist eine große Veränderung für Sie, doch leider ist es die Realität, in der wir leben."

„Ich hasse diese Realität."

„Geht mir genauso."

„Mit gefällt die Vorstellung nicht, dass das für den Rest unseres Lebens so sein soll, aber zumindest sind die Leute vom

Secret Service durchweg tolle Menschen, von denen wir inzwischen viele zu unseren Freunden zählen."

„Stimmt."

„Vernon und Jimmy sind aufgrund der vielen Zeit, die wir zusammen verbringen, für mich mittlerweile wie Familienmitglieder."

„Das freut mich."

„Sie sind meine Agenten und meine Therapeuten zugleich."

„Hey, Sie wollen mich doch nicht ersetzen, oder?"

„Niemand könnte Sie ersetzen, Doc."

„Puh."

Vernon kehrte fünfzehn Minuten nach ihrem Eintreffen zum Fahrzeug zurück. „Alles gesichert. Hier entlang bitte."

„Danke, Vernon."

Sam, Freddie und Trulo folgten Vernon ins Haus, während Jimmy beim Wagen blieb. Mehrere andere Agenten postierten sich vor dem Gebäude.

„Wird es jetzt immer so sein?", fragte Sam Vernon.

„Vorübergehend, bis wir mehr darüber wissen, wer und was hinter den Drohnen steckt."

Sam war klar, sie hatte Glück, dass man sie nicht gänzlich aus dem Verkehr gezogen hatte. Trotzdem erschienen ihr die außerplanmäßigen Sicherheitsvorkehrungen übertrieben. Niemand wusste im Voraus, wo sie sich an einem bestimmten Tag zu einer bestimmten Uhrzeit aufhalten würde, daher war die Wahrscheinlichkeit, dass man ihr bei der Arbeit auflauern würde, sehr gering. Zumindest ihrer Ansicht nach. Wer wusste schon, was die anderen wussten, aber sie nicht?

Vermutlich war es besser, dass sie nicht über jede Kleinigkeit bei den verschiedenen Maßnahmen des Secret Service informiert war, sonst bekäme sie nachts kein mehr Auge zu.

Archie wohnte im ersten Stock eines gepflegten und recht neuen Gebäudes, das gut zu ihm passte – zumindest Sams Meinung nach.

Sie klopfte an.

Archie öffnete die Tür. Er sah müde und vielleicht ein wenig gestresst aus.

„Immer hereinspaziert. Willkommen in meiner bescheidenen Hütte."

„Entschuldige die Störung in dieser schwierigen Zeit", sagte Sam, während sie ihm in einen hellen, modern eingerichteten Raum folgten. Vernon und Jimmy blieben vor der Tür.

„Kein Problem. Harlowe versteht, dass du nur helfen willst." Archie schüttelte Dr. Trulo die Hand. „Danke, dass Sie ebenfalls da sind. Das ist wirklich mehr, als ich erwarten konnte."

„Ich tu, was ich kann."

„Hier entlang bitte." Archie führte Dr. Trulo, Sam und Freddie ins Wohnzimmer, wo Harlowe in eine Decke gehüllt auf der Couch saß.

Sam bemerkte, dass sich die Hämatome in Harlowes hübschem Gesicht seit ihrem Besuch im Krankenhaus dunkelviolett verfärbt hatten.

Die junge Frau betrachtete sie beklommen.

„Harlowe, das sind Lieutenant Holland, Detective Cruz und Dr. Trulo."

„Danke, dass Sie sich die Mühe gemacht haben, hier herauszufahren. Archie sagt, Sie gehörten zu den Guten."

Sie nahmen ihr gegenüber Platz.

„Das sagt er auch über Sie", antwortete Sam. „Es tut uns furchtbar leid, dass Ihnen das in unserer Stadt passiert ist."

„Vielen Dank." Harlowe faltete die Hände und löste sie dann sofort wieder, als wüsste sie nicht, was sie damit anfangen sollte. „Ich glaube, vorher war ich glücklich hier, doch das ist nur eine Vermutung."

„Das warst du", erklärte Archie. „Du hattest nette Freunde gefunden und hattest Spaß an deiner Arbeit und deinen Yoga-Kursen."

„Ich wünschte nur, ich könnte mich daran erinnern."

„Ihr Körper würde sich zweifellos an das Yoga erinnern", warf Dr. Trulo ein. „Wenn Sie sich dazu in der Lage fühlen."

„Werde ich mein Gedächtnis jemals zurückerhalten?"

„Das kann ich ohne genauere Kenntnis der medizinischen Befunde nicht wirklich beurteilen, aber bei traumatischen

Hirnverletzungen ist das nicht unwahrscheinlich. Ich weiß, Sie hatten eine Gehirnerschütterung."

Harlowe nickte und verzog dann das Gesicht. „Mein Kopf schmerzt bei schnellen Bewegungen immer noch."

„Das ist in so einem Fall normal. Mit fortschreitender Heilung wird das besser, und das mit den Lücken auch."

„Doch eine Garantie gibt es nicht?"

„Nein, aber ein dauerhaft anhaltender Verlust ist extrem selten."

„Ich fürchte mich vor dem, woran ich mich dann erinnern könnte."

„Was ist das Letzte, was Sie noch wissen?", fragte Sam.

Harlowe dachte nach. „Ich glaube, ich war mit meiner Freundin vom Yoga zusammen." Ihre Miene hellte sich auf, als ihr etwas Neues einfiel. „Ich hatte beschlossen, zu Fuß nach Hause zu gehen, weil es die erste Nacht war, in der die Temperatur nicht unter null gesunken ist." Sie hielt inne, runzelte die Stirn und bemühte sich, mehr aus den Tiefen ihres Verstandes zutage zu fördern. „Danach ist alles weg, bis ich in der Klinik aufgewacht bin."

„Wo genau wurden Sie getroffen?", erkundigte sich Sam.

Harlowe deutete auf eine Stelle an ihrem Hinterkopf. „Hier."

Sam sah Freddie an. „Erinnern Sie sich, wo Sie zu Abend gegessen haben?"

„Ich … weiß nicht mehr, wie das Restaurant hieß."

„Vielleicht können da Joe und Deb weiterhelfen", schlug Archie vor. „Ich spiele Softball mit ihm, und seine Frau ist Harlowes Freundin vom Yoga. Wir haben uns auf einer Party bei den beiden zu Hause kennengelernt."

„Könntest du sie dazu mal kontaktieren?", bat Sam.

„Ich schicke ihm sofort eine Textnachricht."

„Wäre es möglich, dass wir mit seiner Frau persönlich sprechen?" Sam spürte das Kribbeln, das normalerweise einen möglichen Durchbruch in einem verwirrenden Fall ankündigte.

„Auch das werde ich sie fragen."

„Ist es okay, wenn wir mit ihr reden, Harlowe?"

„Alles, was helfen kann, rauszufinden, wer mich angegriffen und entführt hat, ist mir recht."

„Sie waren uns eine große Hilfe. Danke, dass Sie sich bereit erklärt haben, sich mit uns zu treffen."

„Ich wünschte, ich könnte Ihnen mehr erzählen, aber ich bin irgendwie auch froh, dass ich mich an die schlimmen Sachen nicht erinnern kann."

„Das verstehe ich." Sam hatte selbst Dinge erlebt, die sie gerne vergessen würde. „Sie machen das toll, und bei Archie sind Sie in den besten Händen. Er ist einer von den Guten."

„Das war mir schon klar, trotzdem danke für die Bestätigung."

„Soll ich noch ein bisschen bleiben?", fragte Trulo. „Sie haben sehr viel zu verarbeiten, da könnte es hilfreich sein, mit einem Psychologen zu sprechen."

„Das wäre schön. Wenn Sie die Zeit haben."

„Die Zeit nehme ich mir."

Harlowe blinzelte sich Tränen weg. „Sie sind alle so nett zu einer Frau, die Sie nicht mal kennen."

„Ich kenne dich", warf Archie ein, „und das sind meine Freunde. Keine Sorge."

„Kommen Sie allein zurück zum Hauptquartier, Doc?"

„Ich nehm nachher die Metro oder ruf mir ein Uber. Kein Problem."

„Wir sehen uns dann dort."

Archie wandte sich an Sam. „Joe hat mir geschrieben, seine Frau sei heute im Homeoffice, und ihr könnt gern vorbeischauen. Sie wollen helfen, wenn sie können. Ich schick dir die Adresse per SMS."

„Danke. Sag Bescheid, wenn wir euch sonst noch irgendwie unterstützen können."

„Schnappt den- oder diejenigen, die ihr das angetan haben." Seine Miene war so grimmig wie nie zuvor. „Das ist das, was wir brauchen."

Sam drückte beruhigend seinen Arm. „Wir sind dran, Archie."

Ihr Kollege senkte die Stimme, sodass nur sie ihn hören konnte. „Bist du sicher, dass es dir gut geht?"

„Ja, alles in Ordnung. Es war bloß höllisch heiß da drin."

Außer mit einer hochgezogenen Braue kommentierte er das nicht.

„Mach dir keine Sorgen."

„Ich hab gehört, dass sie eine ganze Reihe neuer Anklagepunkte einreichen wollen und Faith Miller beabsichtigt, jeden einzelnen davon zu verfolgen", meinte Archie.

„Ja, das habe ich gerüchteweise auch gehört."

„Sehr gut. Diese Familien verdienen Gerechtigkeit für ihre Angehörigen."

„Da stimme ich dir vollumfänglich zu."

„Was hörst du über die neue Bundesstaatsanwältin?", fragte Archie.

„Catherine McDermott, ehemalige Generalstaatsanwältin von Oregon. Angeblich eine unerbittliche, streng nach Vorschrift handelnde Frau."

„Na großartig. Der Senat muss sie noch bestätigen, oder?"

„Ja, doch das wird wohl glattlaufen."

„Werden wir sehen."

„Bitte mich nicht, da irgendwie Einfluss zu nehmen, denn das kommt nicht infrage, selbst wenn es möglich wäre."

„Das würde ich niemals tun."

„Weiß ich. Tut mir leid, Archie. Ich bin nur genervt wegen solcher Berührungspunkte."

Archie hob beide Brauen und lächelte.

„Ich meine natürlich bei der Arbeit. Sonst finde ich jeglichen Berührungspunkt zwischen Nick und mir toll."

Archie hielt sich die Ohren zu. „So genau wollte ich das gar nicht wissen."

Lächelnd ging Sam zur Tür. „Danke noch mal für deine Hilfe. Wir halten dich natürlich auf dem Laufenden." Sie blieb stehen und drehte sich noch einmal zu ihm um. „Ich hoffe, du passt in dieser Situation gut auf dein Herz auf."

„Ich versuche es zumindest."

„Und, klappt es?"

„Nicht besonders gut. Oder großartig. Kommt ganz auf die Perspektive an."

„Harlowe wird dir nie vergessen, dass du dich so für sie eingesetzt hast.“

„Ich hab ein bisschen Angst vor dem, woran sie sich irgendwann erinnern wird.“

„Verständlich. Melde dich bei mir, wenn ich etwas für dich tun kann.“

„Danke. Echt nett, dass du vorbeigekommen bist. Sag Bescheid, wie es mit Deb läuft.“

„Werd ich.“

# KAPITEL 11

Kurz nachdem Sam gegangen war, meldete sich Erica Lucas bei Archie, um ihm mitzuteilen, dass sie Harlowes Ein-Zimmer-Apartment in einem Hotel in der Nähe des Yoga-Studios ausfindig gemacht hatte. „Der Geschäftsführer möchte allerdings eine Bestätigung von ihr, dass ich ihr Zimmer betreten darf."

„Ich hole sie ans Telefon", sagte Archie.

Er begab sich ins Wohnzimmer, wo sich Harlowe nach ihrem Gespräch mit Trulo auf der Couch ausruhte. „Erica ist jetzt in deinem Hotel, braucht aber deine Erlaubnis, damit sie dir Sachen holen kann."

Harlowe nahm das Handy von ihm entgegen. „Hallo?" Sie hörte Erica zu und sprach kurz mit dem Geschäftsführer, bevor sie Archie das Handy zurückreichte.

„Ich komme gleich mit einer Tasche für sie bei dir vorbei", unterrichtete ihn Erica.

Archie zog sich in die Küche zurück und senkte die Stimme. „Harlowe fühlt sich hier sicher. Bitte erklär ihren Eltern klipp und klar, dass sie unter keinen Umständen hier weggehen wird."

„Ich werde ihnen sagen, dass sie nicht darauf bestehen sollen. Zumindest nicht sofort."

„Vielen Dank."

„Nichts zu danken."

„Gibt es schon neue Erkenntnisse aus dem

Spurensicherungsset, das nach der Vergewaltigung benutzt wurde?"

„Noch nichts, obwohl ich um eine beschleunigte Bearbeitung gebeten habe."

„Danke."

„Das ist doch selbstverständlich, Archie. Wir tun, was wir können – für euch beide."

„Das bedeutet mir sehr viel."

„Ich bin in etwa einer Stunde bei euch."

„Bis dann."

Archie steckte das Handy ein und kehrte ins Wohnzimmer zurück, um Harlowe zu fragen, ob sie etwas brauchte.

„Nein, danke. Alles okay bei mir."

„Wie fühlst du dich?"

„Etwas besser seit dem leckeren Frühstück, das du mir vorgesetzt hast."

Archie merkte, dass sie die Stirn runzelte, als bereitete ihr etwas Sorgen. „Was geht dir durch den Kopf?"

„Haha, nicht viel."

Archie lächelte, erleichtert, dass sie einen Scherz machte. „Unglückliche Formulierung."

„Ich begreife nicht, wieso ich Wörter und Situationen verstehe, zum Beispiel, dass du Polizist bist, genau wie Erica und deine Freundin Sam. Mir ist klar, was das bedeutet. Ich wusste auch, dass ich sagen sollte, dein Essen war lecker. Warum weiß ich solche Dinge, aber nicht, wo ich gewohnt habe oder warum ich sauer auf meine Eltern bin oder irgendetwas über das, was mir passiert ist?"

Er setzte sich auf den Couchtisch und hielt ihr eine Hand hin, weil er wollte, dass jeder körperliche Kontakt zwischen ihnen zu ihren Bedingungen erfolgte.

Sie ergriff sie, und bei der Berührung empfand er das gleiche überwältigende Gefühl von Richtigkeit, das er von Anfang an bei ihr verspürt hatte.

„Das hab ich auch schon bei anderen Menschen gesehen, die eine schwere Kopfverletzung erlitten hatten. Während das Gehirn heilt, herrscht heilloses Durcheinander. Nichts ergibt einen Sinn."

„Das trifft es ziemlich gut."

„Ich verstehe, es ist schwer, geduldig zu sein, doch dein Hirn hat seinen eigenen Zeitplan, und es bringt nichts, etwas erzwingen zu wollen."

„Es ist lieb von dir, dein Leben zurückzustellen, um für mich da zu sein."

„Das mach ich gern."

Harlowe verschränkte ihre Finger mit seinen. „Warum fühlt sich das so … besonders an? Das ist das einzige Wort, das mir dazu einfällt, auch wenn ich nicht genau weiß, worauf ich das stütze."

„Das zwischen uns war von Anfang an etwas ganz Besonderes. Wir haben uns auf Anhieb super verstanden. Nach dem ersten Abend konnte ich es kaum erwarten, dich wiederzutreffen. Ich hab sogar zum ersten Mal seit Ewigkeiten pünktlich um fünf Feierabend gemacht. Drei Tage hintereinander."

Ihr Lächeln ließ ihre hübschen Augen strahlen. Sie sah mehr als je zuvor seit dem Überfall wie die Frau aus, die er damals kennengelernt hatte. „Ich wünschte, ich könnte mich daran erinnern."

„Du wolltest, dass ich dir einige meiner Lieblingsorte in Washington zeige. Am ersten Abend haben wir einen langen Spaziergang im Rock Creek Park unternommen und dann Tacos gegessen und Bier getrunken. Ich habe dich damit aufgezogen, dass du ein Biermädchen bist, und du hast gesagt, das wärst du schon immer gewesen. Du hast mir erzählt, wie du als Kind am Bierglas deines Opas genippt hast. Am zweiten Abend haben wir zusammen in meinem Fitnessstudio trainiert, uns anschließend was zu essen geholt und es hierher mitgenommen."

„Augenblick. Ich war schon mal in deiner Wohnung?"

„Ja, ein Mal, ein paar Tage bevor du nicht mehr auf meine Nachrichten reagiert hast."

„Haben wir … Du weißt schon …"

„Nein, aber wir wollten. Wir haben uns viel geküsst. Du hast gesagt, wir sollten uns das fürs nächste Mal aufheben."

„Was haben wir bei diesem dritten Date gemacht?"

„Wir waren im Old Ebbitt Grill, einer Institution in

Washington, und dann sind wir in eine Bar mit Livemusik gegangen. Dort war es uns beiden zu laut, daher sind wir nicht lange geblieben. Du hattest am nächsten Morgen einen Termin, also hast du dir ein Uber gerufen, um heimzufahren. Am Freitagabend warst du mit Deb zum Yoga verabredet, und für Samstag hatten wir Karten für ein Spiel der Caps, doch dann hab ich nichts mehr von dir gehört, was mich ziemlich aus der Bahn geworfen hat. Ich hatte Angst, du würdest mich ghosten."

„Das würde ich nie tun!"

„Du scheinst dir da sehr sicher zu sein."

Harlowe dachte kurz darüber nach. „Vielleicht hat mir das irgendwann mal jemand angetan, aber ich bin mir nicht sicher. Irgendwie weiß ich nur, dass das nicht meine Art ist."

„Das glaube ich auch nicht. Als ich nichts von dir gehört hab, hab ich mir Sorgen gemacht, wollte jedoch nicht überreagieren, für den Fall, dass du es dir einfach anders überlegt hättest."

„Tut mir leid, dass du dich gesorgt hast."

Archie zuckte die Achseln. „Das liegt in meiner Natur. Fünfzehn Jahre als Polizist haben dazu geführt, dass ich erst mal das Schlimmste annehme."

„In diesem Fall war deine Sorge ja leider berechtigt."

„Ich hatte das starke Gefühl, dass etwas nicht stimmt, aber ich wollte nicht, dass du denkst, du hättest dich mit einem Psychopathen eingelassen, also habe ich Deb nicht sofort kontaktiert. Hätte ich es doch nur getan."

„Albern, oder? Die Dinge, über die man sich den Kopf zerbricht, wenn eine Beziehung noch neu ist und man einander gerade kennenlernt."

„Ja. Ich neige dazu, alles zu zerdenken, was auch an meinem Job liegt. Die letzte Frau, mit der ich zusammen war, sagte, ich sei ihr zu viel. Das konnte ich nicht vergessen, und deshalb hab ich nicht gleich meine Kollegen alarmiert, als du nicht mehr geantwortet hast. Ich dachte, ich hätte kein Recht, so zu reagieren. Zumindest noch nicht."

„Bitte gib dir nicht die Schuld an etwas, das andere getan haben. Ich mach das ja auch nicht."

Es klopfte. „Das wird Erica sein." Er ließ ihre Hand los und stand auf, aufgewühlt von ihrer Nähe, ihrer Freundlichkeit, ihrer Schönheit und ihrem Mut. Es fühlte sich an, als würde jede Minute, die er mit ihr verbrachte, sein Leben für immer verändern. Wollte er das? Wenn es bedeutete, dass sie ein Teil davon sein würde, vielleicht schon.

Er öffnete die Tür, und wirklich stand Erica davor, die eine Stofftasche hochhielt. „Klamotten und Toilettenartikel."

„Danke. Sie wird sich freuen, endlich ihre eigenen Sachen zu haben."

„Gern geschehen."

„Komm ruhig rein."

Er führte Erica ins Wohnzimmer, wo Harlowe sie lächelnd begrüßte. „Vielen Dank für Ihre Hilfe, Erica."

„Wie gesagt, gern geschehen. Sie sehen heute schon viel besser aus."

„Ich fühl mich auch besser. Wenn ich mich doch nur an alles erinnern könnte!"

„Das wird noch." Erica setzte sich auf einen Stuhl Harlowe gegenüber. „Archie hat ja sicher schon erzählt, dass Ihre Eltern heute anreisen?"

„Ja."

„Ich hole sie vom Flughafen ab. Darf ich offen mit ihnen darüber sprechen, was sie erwartet, wenn sie Sie treffen?"

„Ich … ich denke schon. Mir ist nur so, als hätte es Spannungen zwischen uns gegeben, aber ich weiß es nicht genau. Es ist alles wie ausgelöscht."

„Jedenfalls habe ich die beiden gründlich überprüft." Erica holte mehrere Blätter aus einer Mappe, die sie mitgebracht hatte. „Es gab Fotos von Ihnen auf ihren Social-Media-Accounts, die ich mal mitgebracht habe."

Archie hatte Mitleid mit Harlowe, wie sie da die Ausdrucke durchblätterte und nach Hinweisen darauf suchte, wer sie war und woher sie stammte. „Kommt dir irgendwas davon bekannt vor?", fragte er nach einigen Minuten der Stille.

„Ja. Ich erinnere mich an sie, doch nicht daran, was in jüngster Zeit zwischen uns vorgefallen ist."

„Das ist in Ordnung", tröstete Archie sie. „Seit deiner

Kopfverletzung ist gerade mal eine Woche vergangen. Das braucht seine Zeit."

„Wie viel Zeit?", fragte sie mit Tränen in den Augen.

„Es dauert so lange, wie es dauert", entgegnete er sanft. „Mir ist klar, das ist unbefriedigend, aber es ist das Beste, was ich dir bieten kann."

Harlowe wischte sich die Tränen weg. „Ich weiß. Es ist nicht deine Schuld und auch nicht die von Erica. Sorry, dass ich so empfindlich bin."

„Das wäre jeder nach so einer Tortur wie der, die hinter Ihnen liegt", stellte Erica fest. „Sie müssen sich nicht entschuldigen."

„Meine Eltern verstehen vielleicht nicht, was mit mir los ist."

„Ich werde ihnen erklären, dass Ihre Erinnerung durch die Verletzung beeinträchtigt ist, und sie bitten, Sie nicht zu drängen. Würde das helfen?"

Harlowe nickte. „Vielen Dank."

„Mach ich doch gerne."

„Noch was …"

„Ja?"

„Meine Eltern werden mich ja vermutlich mit nach Hause nehmen wollen, um sich dort um mich zu kümmern. Aber ich will hier nicht weg. Ich möchte bei Archie bleiben. Ich vertraue ihm."

Seine Gefühle schlugen wie eine Welle über ihm zusammen, als ihm schlagartig klar wurde, dass er für diese Frau töten würde, wenn es sein müsste. Er hoffte natürlich, dass es nicht dazu kommen würde, doch wenn …

„Wir werden nicht zulassen, dass hier irgendwas gegen Ihren Willen geschieht", versprach Erica. „Es ist allein Ihre Entscheidung. Was Sie möchten, gilt, okay?"

„Vielen Dank für Ihr Verständnis."

„Wenn Sie irgendetwas brauchen, müssen Sie es nur sagen. Wir sind jederzeit für Sie da."

„Das ist furchtbar nett. Sie kennen mich ja gar nicht … aber Sie sind so freundlich zu mir."

„Wir sind für Sie da, jetzt und auch in Zukunft. Wir wollen

Ihnen durch diese Zeit helfen und Sie so schnell wie möglich wieder in Ihr normales Leben zurückbringen."

„Danke."

Erica erhob sich. „Sobald Ihre Eltern gelandet sind, komme ich mit ihnen her. Ihr Flieger landet um fünf Uhr am Reagan National Airport."

„In Ordnung. Bis dann", erwiderte Harlowe.

„Ich bring dich noch raus", sagte Archie zu Erica.

An der Tür drehte sich Erica zu ihm um. „Wie geht es dir?"

Archie rieb sich den Nacken, wo sich seine Anspannung zu sammeln schien. „Gut, solange es ihr gut geht. Wie läuft's bei der Arbeit?"

„Mach dir darüber keine Gedanken. Pass du auf dich und deine Freundin auf. Dein überaus kompetentes Team kümmert sich um den Rest."

„Noch mal vielen Dank für alles."

„Gern geschehen, wirklich." Erica schaute über seine Schulter in Richtung Wohnzimmer. „Ihr zwei … bedeutet einander viel, oder?"

„Ich weiß nicht, was genau zwischen uns ist, nur dass sie mir wichtig ist."

„Das bist du ihr auch. Unübersehbar."

„Meinst du?"

Erica lachte. „Ja, meine ich. Sie will lieber bei dir bleiben, als mit ihren Eltern nach Hause zu fliegen, weil du ihr ein Gefühl der Sicherheit vermittelst. Das ist sehr gut. Weiter so. Das wird ihr wichtig sein, wenn sie auf diese schwere Zeit zurückblickt."

„Warten wir's ab."

„Das werden wir wohl müssen. Ich finde es nur megaspannend, zu beobachten, wie sich das entwickelt."

„Beschrei es bitte nicht. Das ist eine total seltsame Situation, in der wir uns da befinden."

„Ist klar, und ich will das auch keinesfalls runterspielen."

„Weiß ich. Aber du hast recht. Zwischen uns ist definitiv was. Das war schon vor dem Überfall auf sie so, und es ist immer noch da. Jedenfalls von meiner Seite aus."

„Immer schön vorsichtig, okay?"

„Klar."

„Ich schreib dir eine SMS, wenn ich mit den Eltern unterwegs bin."

„Du sagst ihnen, dass sie auf jeden Fall hierbleiben will?"

„Mach ich."

„Danke."

„Gern, Kumpel."

Er schloss die Tür ab und ging zurück, um nach Harlowe zu sehen. Sie war eingeschlafen. Während er eine leichte Decke über sie breitete, wünschte er sich, er könnte sich neben sie legen, sie in die Arme schließen und ihr versprechen, dass alles gut werden würde. Doch da sie für so etwas noch nicht bereit war, setzte er sich auf den Sessel ihr gegenüber und versuchte, sich auszuruhen und auf das vorzubereiten, was als Nächstes kam.

# KAPITEL 12

Sam und Freddie befanden sich im SUV auf dem Weg nach Georgetown, als Sams BlackBerry vibrierte. Sie holte ihn aus ihrer Tasche und las die SMS von Nick.

*Der Secret Service will morgen früh kurz mit uns reden, Babe. Hast du Zeit?*

*Haben sie einen Grund genannt?*, wollte Sam wissen.

*Bisher nicht.*

*Wann?*

*Wann würde es dir denn passen?*

*Können wir das machen, sobald die Kinder zur Schule unterwegs sind, damit ich einigermaßen früh zur Arbeit komme?*

*Ich werde es einrichten. Danke. Wie läuft dein Tag bisher?*

*Er läuft. Ich habe über die Rampen in der Ninth Street nachgedacht und darüber, dass wir sie jetzt, wo wir neue Mieter haben, entfernen lassen sollten. Hast du noch die Nummer von dem Typen, der sie damals errichtet hat?*

*Ja. Ich kontaktiere ihn. Du hast bestimmt gemischte Gefühle, was ihren Abbau betrifft, oder?*

*Sehr, doch Dr. Trulo wird jemanden finden, der sie gebrauchen kann, dadurch ist es etwas leichter.*

*Ich wünschte, ich könnte dich jetzt umarmen. Er fehlt mir so sehr. Ich kann mir nicht vorstellen, wie schwer das für dich sein muss.*

*Skip hat jede Art von Verschwendung gehasst. Er hätte gewollt, dass jemand diese Rampen benutzt, und das tröstet mich. Gibt es was Neues aus Alaska?*

*Ja, und vielleicht sogar Grund zu Optimismus. Das Schulgebäude scheint die Schlammlawine unbeschadet überstanden zu haben. Es besteht also Hoffnung, dass wir Überlebende finden. Bei den Drohnen dagegen tut sich bislang nichts.*

*Das mit Alaska ist ja wirklich erfreulich. Aber wie kann es weiter keine neuen Erkenntnisse zu den Drohnen geben?*

*Keine Ahnung. Wir nutzen alle Ressourcen, um mehr herauszufinden. Jemand hat sich offenbar große Mühe gegeben, damit er nicht gefunden wird.*

*Also werden wir vielleicht nie erfahren, wer dahintersteckt?*

*Möglich.*

*Diese Antwort gefällt mir nicht.*

*Mir auch nicht. Bist du zum Abendessen zu Hause?*

*Hab ich zumindest vor.*

*Prima, bis später. Ich liebe dich, Sam.*

*Ich dich auch.*

„Vernon, warum will der Secret Service uns morgen früh sprechen?", fragte Sam, nachdem sie den BlackBerry weggesteckt hatte.

„Ich habe keine Ahnung."

„Haben Sie denn zumindest eine Vermutung?"

„Vielleicht gibt es neue Informationen zu den Sicherheitsvorkehrungen nach dem Vorfall am Montag, doch das ist reine Spekulation, also erzählen Sie's nicht weiter."

„Was im SUV passiert, bleibt im SUV", sagte Sam und erntete ein ironisches Grinsen von Vernon.

„Exakt."

Sam wollte nicht darüber nachgrübeln, warum der Secret Service um ein Treffen gebeten hatte, aber das flaue Gefühl in ihrem Magen würde sich nicht legen, bis sie wusste, worum es ging. Sie machte sich keine Illusionen über die Gefahren, denen ihr Mann und ihre Familie ausgesetzt waren, doch wenn sie zu viel darüber nachdachte, würde sie verrückt werden.

Der Vorfall am Montag war eine weitere Erinnerung daran, dass es da draußen Menschen gab, wahrscheinlich sogar nicht wenige, die Nick lieber tot sehen würden, als ihn einfach in Ruhe die Regierungsgeschäfte führen zu lassen.

Sam nutzte die Gelegenheit, um ihren Schwestern, ihrem Schwager, ihrer Stiefmutter und ihrer ältesten Nichte Brooke eine SMS zu schicken und ihnen mitzuteilen, dass sie und Nick die Rampen in der Ninth Street entfernen lassen würden, bevor die neuen Bewohner in die beiden Häuser einzogen.

*Dr. Trulo versucht, jemanden zu finden, der die Rampen gebrauchen kann, was Dad gefallen würde. Ich wollte euch jedenfalls Bescheid geben, damit ihr nicht schockiert seid, wenn ihr in die Ninth Street kommt und die Rampen weg sind.*

*Danke, dass du das geregelt hast,* antwortete Celia. *Ich weiß das zu schätzen, und du hast recht. Dein Vater würde wollen, dass jemand sie kriegt, der sie benötigt, sich aber vielleicht keine leisten kann.*

*Uff,* schrieb Tracy. *Ein weiterer Tiefschlag – doch du hast recht. Es ist höchste Zeit. Danke, dass ihr das für uns geregelt habt, Sam (und Nick).*

Sam dachte daran, wie begeistert ihr Vater gewesen war, als er mithilfe der Rampen endlich allein zu ihnen gelangen konnte. Nick hatte das organisiert, und die regelmäßigen Besuche ihres Vaters waren in einer ansonsten schwierigen Situation zu einer Quelle der Freude geworden.

Das Klingeln ihres Handys riss sie aus den schmerzlichen Erinnerungen. Sie setzte sich etwas aufrechter hin, als sie den Namen der Schule der Zwillinge auf dem Display las. Sie müssten jetzt eigentlich zu Hause sein.

„Sam Cappuano."

Freddie warf ihr einen neugierigen Blick zu, weil sie bei der Arbeit ihren Ehenamen verwendet hatte.

„Mrs Cappuano, entschuldigen Sie die Störung. Hier spricht Beatrice Reeve, die Direktorin der Northwest Academy."

„Hallo, Mrs Reeve. Ist alles in Ordnung?"

„Ja, den Kindern geht es gut, aber wir sind etwas besorgt wegen Aubrey. Seit dem Vorfall im Weißen Haus ist sie in sich gekehrt und ängstlich. Wir wollten Sie darüber informieren, dass sie Bedenken hinsichtlich Ihrer Sicherheit und der des Präsidenten geäußert hat."

Sams wurde bei dem Gedanken, dass ihre kleine Tochter Angst hatte, das Herz schwer. „Oh nein! Das tut mir leid. Kann sie zu Alden, wenn sie sich aufregt? Die beiden trösten sich gegenseitig sehr."

„Das wissen wir, und wir haben ihn heute zu ihr in die Klasse gebracht, was ihr offenbar gutgetan hat."

„Vielen Dank."

„Vielleicht würde ein Gespräch zu Hause helfen, darüber, wie gut Sie beide geschützt sind."

„Das werden wir auf jeden Fall tun. Danke, dass Sie mich davon in Kenntnis gesetzt haben. Die armen Kinder haben so viel durchgemacht. Ich möchte mir gar nicht ausmalen, dass sie Angst haben, so etwas könnte sich wiederholen."

„Es ist nur natürlich, dass sie beunruhigt sind. Ich glaube, das wären sie unabhängig davon, wer sich nach dem sinnlosen Mord an ihren Eltern um sie kümmert."

Das mochte stimmen, doch Sam wusste, dass ihre Kinder wegen ihres und Nicks Berufen nur noch mehr zu befürchten hatten. „Wir werden mit ihnen reden und uns mit ihrer Therapeutin besprechen. Ich bin für den Hinweis sehr dankbar."

„Wir bleiben in Kontakt?"

„Auf jeden Fall. Vielen Dank noch mal für Ihren Anruf."

„Alles in Ordnung?", fragte Freddie, nachdem sie das Handy weggesteckt hatte.

Sie erzählte ihm, was los war.

„Oh Mann! Die arme Kleine."

„Manchmal frage ich mich, ob es richtig war, sie bei uns aufzunehmen."

„Warum?"

„Vermutlich wären sie besser bei Adoptiveltern aufgehoben, die nicht von Bedrohungen und Sicherheitsvorkehrungen und allem, was dazugehört, umgeben sind."

„Nein. Den beiden geht es bei dir, Nick und Scotty besser als irgendwo sonst. Ihr liebt sie. Das spüren sie, und das brauchen sie mehr als alles andere."

„Ich stimme Freddie zu", sagte Vernon vom Beifahrersitz.

„Uneingeschränkt", meldete sich auch Jimmy.

„Ich liebe die beiden Kleinen so sehr. Wir alle tun das. Aber ich hasse den Gedanken, dass das Leben mit uns ihr ohnehin schon beträchtliches Trauma noch vergrößert."

„Sie waren doch bei einer Kindertherapeutin in Behandlung, oder?", fragte Freddie.

„Ja, monatelang, nach dem Tod ihrer Eltern. Wir waren uns einig, dass wir die Termine reduzieren konnten, weil sie der Meinung war, dass sie sich gut eingelebt hatten und psychisch stabiler sind."

„Vielleicht wäre es angezeigt, noch einmal mit ihr zu sprechen", schlug Vernon vor.

„Auf jeden Fall. Und ich muss Nick und Eli informieren." Sie holte ihren BlackBerry heraus, um den beiden eine SMS zu schicken.

Nick antwortete nur wenige Minuten später.

*Das tut mir leid.*

*Mir auch.*

*Geht mir genauso,* schrieb Eli. *Ich wollte euch übrigens gerade Bescheid geben, dass ich heute Morgen von Andy gehört habe und er die Adoptionsunterlagen zur Prüfung für uns bereithat.*

*Das sind tolle Neuigkeiten,* meinte Nick.

Sam war von der Idee, die Kinder zu adoptieren, begeistert, aber nach den Ereignissen vom Montag und den Neuigkeiten aus der Schule hoffte sie, dass sie damit auch wirklich das Richtige für die Kleinen taten.

Sie schrieb schnell eine SMS an die Therapeutin der Zwillinge, um sie über die neuesten Entwicklungen zu unterrichten und nachzufragen, wie sie am besten mit der Situation umgehen sollte. Rebecca meldete sich üblicherweise schnell zurück und wusste immer Rat. Sam schrieb auch ihrer Mutter und Shelby, um ihnen mitzuteilen, dass Aubrey einen schweren Tag hatte und vielleicht etwas zusätzliche Zuwendung brauchte. Sie wünschte sich verzweifelt, sie könnte sofort zu ihr nach Hause fahren, doch sie konnte keinen Feierabend machen, solange noch so viel zu tun war.

*Wir kümmern uns darum,* antwortete Shelby wenige Minuten später.

*Auf jeden Fall*, bestätigte Brenda.

*Vielen Dank euch beiden.*

Als der SUV vor dem Haus in Georgetown anhielt, in dem Joe und Deb lebten, musste Sam ihr persönliches Problem zurückstellen, nachdem Vernon, Jimmy und die anderen Secret-Service-Leute ihre Überprüfung abgeschlossen und erklärt hatten, das Gebäude sei für sie bereit. Es störte Sam nach wie vor ungemein, dass andere für ihre Sicherheit sorgen mussten. Sie rief sich dann jedes Mal ins Gedächtnis, dass sie das alles Nick zuliebe auf sich nahm.

Die Verzögerung zehrte an ihren Nerven, weil so viel zu tun war. „Ich koste zu viel Zeit", sagte sie zu Freddie.

„Wie bitte? Nein!"

„Wir haben mehr als dreißig Minuten daran verschwendet, abzuwarten, ob irgendwelche Gebäude für mich sicher sind."

„Das wissen nur wir beide, und ich werde ganz bestimmt nichts davon nach außen tragen. Mach dir keine Sorgen über Dinge, die letztlich keine Rolle spielen."

„Wenn jemand anders wie die Prinzessin auf der Erbse in einem gepanzerten SUV vor einem Gebäude sitzen und darauf warten würde, mit einer potenziellen Zeugin zu sprechen, würden wir uns auch beschweren."

„Aber denk mal darüber nach, wie viel du zu unseren Ermittlungen beiträgst. Zum Beispiel sind wir nur hier, um mit dieser Frau zu reden, weil du die richtigen Fragen gestellt hast."

„Du wärst irgendwann auch hier gelandet."

„Mir wäre es nicht eingefallen, Harlowe nach ihrer letzten Erinnerung zu fragen."

„Doch."

„Ich hab mich damit beschäftigt, weshalb sie in Washington ist, woher sie stammt, wo sie hier wohnt. Solche Dinge. Ich bin nicht darauf gekommen, sie zu ihrer letzten Erinnerung zu befragen. Das war deine Idee."

„Das ist sehr nett von dir, aber es ärgert mich trotzdem, dass wir so viel Zeit verplempern, während wir drei Tote in der Leichenhalle haben und eine traumatisierte junge Frau, die vielleicht unser viertes Opfer ist oder auch nicht."

„Reg dich nicht wegen Sachen auf, die du nicht beeinflussen kannst, Sam. Das spielt letztendlich überhaupt keine Rolle. Wir arbeiten an dem Fall und machen unseren Job, selbst wenn es etwas länger dauert als sonst. Das ist doch kein Drama."

„Danke, Freddie."

„Gern geschehen – und jetzt hör auf damit."

Sam lachte und merkte, dass es ihr etwas besser ging.

Vernon kehrte zum SUV zurück, öffnete die hintere Tür und bedeutete ihnen, auszusteigen.

Sie fuhren mit dem Aufzug zur Wohnung des Paares im zweiten Obergeschoss, wo zwei Sam unbekannte Agenten vor der offenen Tür standen.

„Hallo, ich bin Joe. Bitte kommen Sie rein." Der Mann war groß, schlank und attraktiv, mit sandbraunem Haar und braunen Augen.

„Das sind mein Partner Detective Cruz und der Secret-Service-Mitarbeiter Vernon Rogers", sagte Sam, als Vernon ihr und Freddie ins Haus folgte. „Entschuldigen Sie das Tamtam."

„Schon okay. Es geschieht nicht jeden Tag, dass die First Lady vorbeischaut."

Sie zeigte ihm formell ihre Dienstmarke. „Ich bin als Ermittlerin der Polizei hier."

„Klar. Deb ist sehr daran interessiert, Ihnen behilflich zu sein. Wir können nicht fassen, was Harlowe widerfahren ist. Es ist furchtbar. Deb ist gerade in einem Call. Darf ich Ihnen in der Zwischenzeit etwas zu trinken anbieten?"

„Ein Glas Wasser wäre super."

„Für Sie auch?", fragte er Freddie.

„Ja, danke."

Joe servierte ihnen die Getränke am Küchentresen, wo sie sich auf Barhocker gesetzt hatten.

„Seit wann kennt Deb Harlowe?", fragte Sam, die keine weitere Zeit verschwenden wollte.

„Seit ein paar Monaten. Sie haben sich an einem Samstagmorgen in einem Yoga-Kurs kennengelernt und waren danach zusammen Kaffee trinken. Seitdem war sie ein paarmal mit anderen Freunden zum Abendessen bei uns und auf einer

Party, bei der sie meinem Kumpel Archie begegnet ist. Sie kennen ihn ja."

„Ja." *Besser, als du dir vorstellen kannst.*

Eine attraktive junge Frau mit hellbrauner Haut und braunen Augen kam eilig in den Raum. Sie war geschminkt und trug eine eierschalenfarbene Seidenbluse zu einer Jogginghose. Ihr dunkles Haar hatte sie mit einer Spange nach hinten gesteckt. „Tut mir leid, dass ich keine Zeit hatte, mich umzuziehen. Ich bin Deb Martland. Es ist mir eine große Ehre, Sie bei uns begrüßen zu dürfen."

Sam schüttelte Deb die Hand. „Mir gefällt Ihr Outfit. Ich wünschte, ich könnte das auch bei der Arbeit tragen."

„Das ist der Homeoffice-Vokuhila – oben Business, unten Freizeit", erklärte Deb.

Sam lächelte. „Verstehe."

„Homeoffice ist toll, außer wenn uns die First Lady besucht."

Sam zeigte Deb ihre Dienstmarke. „Ich bin im Augenblick nur Polizistin und auf der Suche nach Informationen über Ihr Treffen mit Harlowe, bevor sie verschwunden ist."

„Setzen wir uns da rüber, wo wir es bequemer haben."

Sam und Freddie nahmen ihre Wassergläser mit zu einer gemütlichen Sitzecke mit weichen weißen Couches und einem weißen Flokati, die in ihrer Familie in zehn Sekunden ein einziges Chaos gewesen wäre.

„Sie haben Harlowe vor ihrem Verschwinden als Letzte gesehen, richtig?"

„Ich denke schon. Wir sind am Freitagabend nach dem Yoga was trinken gegangen."

„Wo?"

„In einem Taco-Restaurant in Adams Morgan, in der Straße, in der sich das Yoga-Studio befindet."

„Wo hat Harlowe gewohnt?"

„Sie hatte ein Apartment in einem Hotel unweit des Studios, sodass sie den Weg zu Fuß zurücklegen konnte, was ihr sehr gefallen hat."

„Wie wollte sie vom Restaurant nach Hause kommen?"

„Sie meinte, sie wolle laufen, weil das Wetter so schön sei. Ich fand das okay, weil es ja in der Nähe war."

„Was können Sie uns über ihren Job mitteilen?"

„Harlowe arbeitet für Premier Foods aus Chicago. Sie war hier, um die Präsenz des Unternehmens in Washington zu stärken und sich mit Vertretern von Restaurants, Lebensmittelgeschäften und anderen Einzelhändlern zu treffen."

Sam machte sich Notizen, während sie Deb zuhörte. „Wie lange wollte sie noch in der Stadt bleiben?"

„Das weiß ich nicht genau. Sie meinte, so lange wie nötig, um so viel Marktabdeckung wie möglich zu erreichen. Ich hatte den Eindruck, dass es eine Erleichterung für sie war, von zu Hause weg zu sein. Sie hat mir jedoch nicht gesagt, warum."

„Hat ihr die Arbeit denn gefallen?"

„Sie hat den Job geliebt, besonders die Messen, bei denen es um Essen und Probierhäppchen ging. Sie scherzte, sie habe Yoga dringend nötig, als Ausgleich für ihre Karriere in der Lebensmittelbranche."

„Hat sie mit Ihnen darüber gesprochen, was war, bevor sie nach Washington gekommen ist?"

Deb überlegte kurz. „Sie hat einen Abschluss von der American University und war nach dem College kurz verheiratet, mehr weiß ich nicht. Ich hab mich sehr gefreut, als sie sich über uns mit Joes Freund Archie angefreundet hat."

„Erzählen Sie mir davon. War es ein Blind Date?"

„Nicht direkt. Wir hatten an einem Samstagabend Freunde zu Besuch. Die beiden waren ebenfalls eingeladen. Wir haben sie einander vorgestellt, und dann hat es irgendwie „Zoom" gemacht. Sie haben Nummern ausgetauscht, und ich glaube, sie haben ein paarmal was zusammen unternommen, bevor sie verschwunden ist."

„Wie haben Sie erfahren, dass Harlowe weg war?"

„Nachdem wir am Freitag nach dem Yoga zusammen aus gewesen waren, hat Archie Joe am Sonntag eine SMS geschrieben, um zu fragen, ob ich etwas von ihr gehört hätte. Er sagte, es fühle sich seltsam an, überhaupt danach zu fragen, weil die Sache mit ihnen noch so neu war, aber sie hatten regelmäßig miteinander Kontakt gehabt, und seit Freitag habe er nichts mehr von ihr gehört, und seine SMS blieben unbeantwortet."

Sam schrieb sich den Zeitpunkt auf. Sie konnte Archies Sorge gut nachempfinden. Als Polizist musste ihm klar gewesen sein, dass etwas nicht stimmte, selbst bei einer relativ neuen Freundin. Eine jähe Änderung der Gewohnheiten oder des Verhaltens war in einer solchen Situation fast immer ein Alarmsignal.

„Haben Sie etwas von ihr gehört?"

„Nicht, seit wir uns am Freitagabend getrennt haben. Das war allerdings nichts Ungewöhnliches. Ich hatte nicht damit gerechnet, sie vor dem Yoga am Montag wiederzusehen, denn ich hatte ihr gesagt, dass ich den Samstagskurs, den wir manchmal besucht haben, ausfallen lassen würde, weil ich mir eine Zerrung zugezogen hatte."

„Können Sie uns zeigen, wo Sie sich von ihr verabschiedet haben?"

Sie blickte zu ihrem Mann, der die Achseln zuckte.

„Klar, wenn es hilft."

„Würde es. Können Sie gerade eine Pause machen?"

„Ich geb im Büro Bescheid, dass ich kurz weg bin, und ziehe mich rasch um."

„Vielen Dank."

„Gern. Es ist mir wichtig, herauszufinden, was mit meiner Freundin passiert ist."

Nachdem sie den Raum verlassen hatte, wandte sich Sam an Freddie. „Sagst du Vernon Bescheid, dass wir nach Adams Morgan fahren?" Vernon wartete an der Haustür auf sie.

„Klar."

Deb war in unter fünf Minuten zurück, was Sam sehr schätzte.

„Möchten Sie ebenfalls mitkommen?", fragte Sam ihren Mann.

„Wenn es nicht stört."

„Von mir aus gerne. Alle Freunde von Archie sind auch meine Freunde ..."

„Er spricht in den höchsten Tönen von Ihnen."

„Das freut mich. Er ist ein ausgezeichneter Polizist."

„Das sagt er umgekehrt auch über Sie."

Sie verließen die Wohnung und fuhren in Begleitung von Vernon mit dem Aufzug ins Erdgeschoss, wo Jimmy wartete. „Joe, Deb, das ist Jimmy McFarland vom Secret Service."

„Freut mich", erwiderte Joe. „Sie machen einen guten Job."

„Danke", antwortete Jimmy, während er ihnen die Autotür aufhielt.

„Wohin fahren wir?", fragte Sam Deb.

„Power Yoga in der Columbia Road Northwest, die Hausnummer ist irgendwo um 1700."

„Verstanden", bestätigte Vernon.

„Das ist so cool", meinte Joe unterwegs.

„Nur dank Vernon und Jimmy", sagte Sam.

„Ist es komisch, ständig mit einer Eskorte unterwegs zu sein?", erkundigte sich Joe.

„Da ich selbst Polizeibeamtin bin, halte ich es zwar eigentlich für unnötig, aber ich habe eingesehen, dass es witzlos ist, Widerstand zu leisten. Vernon und Jimmy sind toll. Mittlerweile verstehen wir uns prima, und dank ihrer Anwesenheit kann ich meiner Aufgabe nachgehen, ohne groß über meine Sicherheit nachdenken zu müssen."

„Außerdem können wir einiges an Arbeit erledigen, wenn jemand anders fährt", fügte Freddie hinzu.

„Das stimmt", pflichtete ihm Sam bei.

„Es tut uns leid, was beim Eierrollen passiert ist", wechselte Deb das Thema. „Die Nachrichten dazu haben sich schrecklich angehört."

„Das war es auch, vor allem weil wir kurz von unseren Kindern getrennt waren."

„Weiß man schon mehr über die Hintermänner?", fragte Joe.

„Ich hab bisher nichts Neues gehört."

„Meine Freundinnen und ich finden es wirklich toll, dass Sie immer noch arbeiten, obwohl Sie jetzt die First Lady sind." Das kam wieder von Deb. „Harlowe denkt auch so. Sie hat mir erzählt, sie sei ein Fan von Ihnen und Ihrem Mann. Das verbindet uns."

„Vielen Dank. Ich liebe meinen Job und würde ihn nicht aufgeben wollen."

„Joe soll eines Tages auch Präsident werden, damit ich First Lady sein kann und *nicht* arbeiten muss", erklärte Deb mit einem Grinsen.

„Träum weiter", entgegnete Joe.

„Spielverderber", beschwerte sich Deb.

Sam lächelte. „Glauben Sie mir, es ist nicht so amüsant, wie es aussehen mag." Kaum hatte sie die Worte ausgesprochen, befürchtete sie, zu viel gesagt zu haben. „Bitte behalten Sie diese Äußerung von mir für sich. Ich möchte nicht den Eindruck erwecken, ich würde mich über das Privileg beschweren, im Weißen Haus zu leben."

„Keine Sorge", versicherte Joe. „Das werden wir nicht ausplaudern. Außerdem ist uns durchaus klar, dass es nicht so viel Spaß macht, wie es von außen betrachtet vielleicht scheint. Ich kann mir nicht vorstellen, so viel Verantwortung zu tragen und dabei ständig unter Beobachtung zu stehen."

„Das ist nicht immer leicht", bestätigte Sam.

„Ich drücke Ihrem Mann die Daumen. Er ist offensichtlich ein aufrechter und anständiger Mensch."

„Danke. Er bemüht sich stets, das Richtige zu tun, und die Regierungsgeschäfte und seine täglichen Pflichten sind ihm dabei wichtiger als seine Wiederwahl."

„Also wird er bei der nächsten Wahl nicht wieder kandidieren?"

„Er meint, er habe es nicht vor, doch endgültig entschieden ist das noch nicht. Und auch das ist keine für die Öffentlichkeit bestimmte Information."

„Ist klar", erwiderte Deb. „Wir werden kein Wort über das verlauten lassen, was Sie gesagt haben."

„Wir haben die Regel, dass alles, was im SUV passiert, auch im SUV bleibt", meldete sich Freddie zu Wort.

„Wir freuen uns unglaublich und fühlen uns sehr geehrt, dass wir persönlich mit Ihnen zu tun haben", bemerkte Joe.

„Warten Sie, bis Sie sie näher kennenlernen", warf Freddie ein. Alle lachten.

„Freddie ist nicht lustig. Das ist eine weitere Regel."

Zehn Minuten später hielten sie vor dem Power-Yoga-Studio in der Columbia Road. Wie immer bat Vernon um einen Moment, um die Umgebung zu sichern, ehe sie ausstiegen.

„Das ist der nervige Teil", beklagte sich Sam, während sie beobachtete, wie die Personenschützer alles für sie klarmachten, was sie im Übrigen für überflüssig hielt. Doch ihre Meinung interessierte ja niemanden.

„Sicher ist sicher, denke ich", meinte Joe.

*Natürlich*, hätte Sam gern gesagt, *aber diese Verzögerungen sind frustrierend für jemanden, der an einem Tag mehr zu bewältigen hat, als ein durchschnittlicher Mensch in einer Woche erledigen kann.*

Vernon beeilte sich wie immer nach Kräften und war innerhalb von zehn Minuten wieder beim SUV. „Wir können rein."

„Danke."

Sie verließen den SUV und schlossen zum Schutz gegen den kalten Wind ihre Jacken.

„Da ist das Yoga-Studio", erklärte Deb. „Wir sind danach zwei Blocks in diese Richtung gelaufen, zu einem Taco-Laden, den wir mögen."

„Zeigen Sie mir bitte den Weg dorthin." Sam schaute sich nach Kameras um und wies Freddie an: „Schick Walters eine Nachricht, und frag ihn, was wir hier in der Gegend haben. Lass ihn die Aufnahmen von dem fraglichen Freitagabend überprüfen."

Während er das tat, gingen Sam, Deb und Joe die zwei Blocks zu dem in Violett- und Rottönen gestrichenen Restaurant.

„Wir haben darüber gescherzt, dass wir trainieren und es dann mit Tacos und Bier ruinieren", erzählte Deb. „Jedes Mal haben wir diesen Witz gemacht. Harlowe liebt die Chicken-Nachos hier. Sie behauptet, sie sei geradezu süchtig danach."

„Wo haben Sie sie zuletzt gesehen?"

„Genau hier." Deb zeigte auf den Bordstein vor dem Taco-Restaurant. „Ich hatte mir ein Uber gerufen, doch sie wollte unbedingt zu Fuß nach Hause. Ich hab erwidert, dass wir uns am Montag zum Yoga wiedersehen, und sie hat mir ein schönes Wochenende gewünscht."

„War noch jemand dabei, oder waren Sie allein?"

„Nur wir beide. Unsere anderen Freundinnen hatten noch etwas vor und sind gleich nach dem Unterricht aufgebrochen."

„Können Sie mir zeigen, wo Harlowe wohnt?"

„Ich war bisher nie bei ihr. Sie hat immer gesagt, es sei nur ein paar Blocks entfernt. Ich hab sie noch extra gefragt, ob ich sie nicht im Uber mitnehmen und da rauslassen soll, aber sie wollte unbedingt laufen, weil das Wetter so schön war."

„Das hilft uns sehr weiter. Wenn Sie möchten, kann ich Ihnen einen Streifenwagen rufen, der Sie nach Hause bringt."

„Nein, nicht nötig. Wir nehmen uns einfach ein Uber."

Sam schüttelte ihnen die Hand und gab Deb ihre Visitenkarte. „Wenn Ihnen noch etwas einfällt, das von Belang sein könnte, rufen Sie mich bitte an."

„Es war spannend, Sie kennenzulernen. Ich bin froh, dass Sie auch aus der Nähe so cool sind, wie Sie im Fernsehen wirken."

„Das ist sehr nett von Ihnen. Machen Sie's gut."

Als sie sich entfernten, wandte sich Sam an Freddie: „Hast du das gehört? Ich bin aus der Nähe so cool, wie ich im Fernsehen wirke."

„Warum war ich mir nur so sicher, dass das das Erste sein würde, was du sagst?"

„Ich wollte mich bloß vergewissern, dass du es auch mitbekommen hast."

„Was jetzt?"

„Hast du Harlowes Adresse?"

„Klar."

„Kannst du sie in dein Handy eingeben und uns dorthin navigieren?“

„Auf jeden Fall.“

„Dann los.“

„Jawohl, Ma'am.“

„Wie lautet der Plan?“, erkundigte sich Vernon.

„Wir gehen zu Fuß zu Harlowes Apartmenthotel. Das ist angeblich nur ein paar Blocks von hier entfernt.“

Sie konnte an seiner Miene ablesen, dass er mit sich rang, bevor er schließlich erklärte: „Wir würden Sie lieber fahren.“

„Ich möchte den Weg zu Fuß zurücklegen, damit ich nichts übersehe.“

Er konnte darauf bestehen und sie zwingen, in den Wagen zu steigen und sich chauffieren zu lassen, wenn er wollte. Wenn sie sich wehrte, würde er das seinen Vorgesetzten mitteilen, und schließlich würde es in Form einer Meldung über ihre mangelnde Kooperationsbereitschaft bei Nick landen. Das war das Letzte, was sie wollte, daher wartete sie gespannt auf Vernons Entscheidung.

„Ich hol noch ein paar Leute zusätzlich als Eskorte dazu. Geben Sie mir zwei Minuten.“

Diese zwei Minuten waren ein akzeptabler Preis dafür, den Frieden zu wahren.

Jimmy blieb bei ihnen, während Vernon zum SUV lief, um Verstärkung anzufordern.

„Ich warte darauf, dass dir der Kopf explodiert“, flüsterte Freddie, damit Jimmy es nicht hörte.

„Der steht ganz schön unter Druck, aber andererseits machen die beiden nur ihren Job. Ich will meinen Frust nicht an ihnen auslassen, verstehst du?“

„Ja.“

„Sorry, dass es auch dich ausbremst.“

„Ich bin auf deiner Seite, Sam. Du gibst das Tempo vor, und ich tue, was du mir sagst.“

„Genau, gewürzt mit einer ordentlichen Portion Widerworte und Sarkasmus.“

„Das habe ich von der Meisterin persönlich gelernt.“

Aus Vernons zwei Minuten wurden fünf.

„Ich erdulde das, weil Nick mich darum gebeten hat, selbst wenn es mir manchmal schwerfällt, die Contenance zu wahren und nicht mitten in Adams Morgan einen Schreikrampf zu bekommen."

Freddie blickte zu einer kleinen Ansammlung von Leuten mit Smartphones, die die First Lady bei der Arbeit entdeckt hatten. „Lass das besser, es sei denn, du willst heute Abend prominent in den Nachrichten auftauchen."

Sam kehrte den Mobiltelefonen den Rücken zu. „Es wird immer schwieriger für mich, meinem Beruf nachzugehen."

„Wegen des Vorfalls mit den Drohnen ist es momentan besonders schlimm. Das wird nicht so bleiben."

„Doch was, wenn es deswegen von nun an immer so bleibt? Der Leiter des Secret Service hat uns für morgen zu einer Besprechung gebeten. Was für eine neue Hölle wird das für mich und Nick bedeuten?"

„Das einzige Ziel des Secret Service ist es, dich und die Kinder zu beschützen. Was immer passiert, vergiss das nicht."

„Das sage ich mir tausendmal am Tag, aber in Momenten wie diesem hilft das auch nicht."

In dieser Sekunde ertönte ein lauter Knall.

Ehe Sam reagieren konnte, warf sich Jimmy auf sie und riss sie um.

Freddie landete neben ihnen auf dem Asphalt.

„Was zum Teufel …?", fragte Sam. Wegen Jimmys Gewicht klang ihre Stimme gedämpft.

Etwas Warmes, Nasses breitete sich über ihren Hals aus.

Sie hörte ein gurgelndes Geräusch über sich.

Dann war plötzlich Vernon mit anderen Personenschützern da. Jemand rief: „Agent getroffen!"

*Nein. Nein. Nein.*

Hände packten Jimmy und hoben ihn von ihr runter.

Vernon und eine Beamtin zogen Sam auf die Beine und rannten mit ihr zum SUV. „Jimmy …"

„Es sind Leute bei ihm. Jetzt müssen wir Sie hier wegschaffen."

„Kommt nicht infrage! Erst, wenn wir wissen, was mit ihm los ist!"

„Man wird uns Bescheid geben. Sind Sie verletzt, Sam?"

„Ich glaube nicht." Sie würde vermutlich blaue Flecken von dem harten Aufprall haben, doch das zählte in ihren Augen nicht.

Vernon schlug die Autotür zu, setzte sich hinters Steuer, und die Personenschützerin nahm hastig auf dem Beifahrersitz Platz. Vernon schaltete Blaulicht und Sirene ein, machte eine Kehrtwende und gab Vollgas.

„Was ist mit Freddie?"

„Er ist bei Jimmy und den anderen geblieben. Cruz geht es gut."

„Ist Jimmy … Ist es schlimm?"

„Unklar."

Er klang angespannt und gestresst wie nie zuvor.

„Wohin bringen Sie mich?"

„Ins Weiße Haus."

„Bitte fahren Sie mich zurück zum Hauptquartier. Ich bin im Dienst und muss zuerst noch meine Schicht beenden."

„Ich habe Befehle."

„Die habe ich auch, Vernon. Bringen Sie mich zum Hauptquartier, sonst lassen sie mich nie wieder aus diesem goldenen Käfig raus, und das wissen Sie. Es geschieht auf meinen expliziten Wunsch hin, und ich trage die Verantwortung."

Die junge Agentin auf dem Beifahrersitz, Jimmys Platz, reichte Sam eine Packung Feuchttücher. „Sie haben Blut im Gesicht."

Mit zitternden Händen nahm Sam ihr die Tücher ab und wischte sich damit eine erschreckende Menge Blut ab.

Jimmys Ehefrau erwartete im Juni ihr erstes Kind.

Das durfte nicht wahr sein.

Jemand hatte auf sie geschossen und Jimmy getroffen.

Das würde alles verändern.

Die würden sie nie wieder arbeiten lassen. Der Gedanke daran machte diese furchtbare Situation noch schlimmer. Sie bemerkte erleichtert, dass sie zum Hauptquartier unterwegs waren und nicht zum Weißen Haus.

„Haben Sie etwas Neues über Jimmy gehört?"

„Er ist auf dem Weg ins GW. Sie versuchen, ihn zu stabilisieren.“

„Hat schon jemand Liz informiert?“ Sam hatte Jimmys bezaubernde Frau beim Ostereierrollen kennengelernt. Die beiden waren seit der Highschool zusammen.

„Darum kümmern wir uns, keine Sorge.“

Sam wollte nicht daran denken, wie es für Liz sein musste, diesen Anruf zu erhalten, und was für Angst sie haben würde, während sie darauf wartete, zu erfahren, wie schwer ihr Mann verletzt war. Oder Schlimmeres.

Als ihr Handy klingelte, kramte sie es aus ihrer Tasche. Es war Gonzo.

„Was zum Teufel ist passiert?“

„Irgendwer hat in Adams Morgan auf uns geschossen. Jimmy wurde getroffen.“

„Ist er okay?“

„Das wissen wir nicht. Er wird gerade ins GW gebracht. Was kannst du mir sagen?“

„Großeinsatz von FBI und Polizei in der Gegend, sie suchen fieberhaft nach dem Schützen.“

„Wir waren dabei, ein mögliches viertes Opfer in unserem Fall zu überprüfen. Ich würde gern jemanden dorthin schicken, der mit Cruz zu Ende führt, was wir begonnen haben.“

„Okay, ich werde ihn kontaktieren und selbst hinfahren.“

„Danke.“

„Das wird hier und privat hohe Wellen schlagen.“

„Das ist mir schmerzlich bewusst.“

„Ich melde mich wieder.“

„Danke, Gonzo.“

Kaum hatte Sam aufgelegt, klingelte ihr BlackBerry. Es war Nick.

„Hey.“

„Was ist passiert?“

Sie versuchte sich vorzustellen, wie er mitten am Tag davon erfuhr, dass jemand auf sie geschossen hatte, und wie furchtbar das für ihn gewesen sein musste. „Wir warten auf Neuigkeiten zu Jimmys Zustand. Er wurde getroffen.“

„Oh mein Gott."

„Mir geht es gut, und ich bete darum, dass das bei ihm auch so ist." Ihre Stimme zitterte nur leicht, aber Nick hörte es. Natürlich.

„Samantha …"

Sein gepresster Tonfall verriet ihr, wie aufgewühlt er war.

„Tut mir leid, dass du Angst hattest. Ich verspreche dir, mir ist nichts passiert, abgesehen davon, dass ich aufgeregt bin und mir große Sorgen um Jimmy mache. Sein erstes Kind kommt im Juni zur Welt … Er muss wieder gesund werden."

„Ich schau mal, was ich in Erfahrung bringen kann, und werde dich informieren."

„Das wäre wunderbar. Danke."

„Nein, *ich* danke *dir*, dass du dich heute nicht hast erschießen lassen."

„Man tut, was man kann – auch und speziell für meine Lieblingsperson."

„Sam, ich liebe dich mehr als mein Leben."

„Ich liebe dich mehr."

„Das geht gar nicht."

„Die Diskussion hab ich schon gewonnen." Sam wischte sich die Tränen weg, die ihr plötzlich in die Augen schossen, als sie begriff, wie knapp es gewesen war. „Bitte lass uns nicht wieder darüber streiten, was ich tun darf und was nicht, bis wir genauer wissen, was passiert ist."

„Ich verstehe dich, doch ich bin mir sicher, dass es Diskussionen dazu geben wird."

Diese Diskussionen waren das Letzte, was Sam wollte, aber sie würde sie durchstehen, um weiter ihren Job machen zu können. „Seit Montag ist es hier draußen unerträglich. Die ganzen zusätzlichen Sicherheitskräfte behindern mich massiv."

„Das kann ich mir vorstellen, und es tut mir leid. Hoffentlich ist es nur für kurze Zeit. Ich muss in eine Besprechung. Wann sehen wir uns?"

„Ich tue mein Möglichstes, um zum Abendessen zu Hause zu sein."

„Bis dann, und pass auf dich auf. Vergiss nicht, mein Leben hängt von dir ab."

„Dito.“

Sie verstaute den BlackBerry in ihrer Jackentasche und wischte sich die Wangen ab. „Reiß dich endlich zusammen“, ermahnte sie sich. Das Letzte, was sie jetzt gebrauchen konnte, war, dass jemand im Hauptquartier Tränenspuren bei ihr bemerkte.

Genauso wie eine weitere große Ablenkung in einer langen Reihe davon. Die Zufahrt zum Hauptquartier war gesäumt von Ü-Wagen, und als sie auf den Parkplatz abbogen, entdeckte Sam eine größere Menge Reporter als je zuvor, die sich vor dem Haupteingang versammelt hatte.

Vernon fuhr um das Gebäude herum zum Eingang der Gerichtsmedizin.

„Gibt es Neuigkeiten?“ Sam wagte kaum zu fragen.

„Gerade eben habe ich eine Meldung bekommen. Die Kugel hat seinen Arm durchschlagen, seine Weste getroffen und ihm eine Rippe gebrochen, wodurch ein Lungenflügel kollabiert ist. Doch die schusssichere Weste hat ihm das Leben gerettet. Er ist wach und bei Bewusstsein, hat aber starke Schmerzen. Aller Voraussicht nach wird er es überleben.“

Vor Erleichterung wurde ihr kurz schwindelig. „Gott sei Dank.“

Vernon öffnete ihr die hintere Tür. „Ja.“

Ein Moment lang starrten sie einander an, verbunden durch das gemeinsame Erlebnis der Beinahe-Katastrophe.

„Geht es Ihnen gut?“, wollte Sam wissen.

„Da es Ihnen und Jimmy gut geht, ja.“

Er war offensichtlich erschüttert, was allerdings kein Wunder war.

„Danke, dass Sie mich hergebracht haben.“

„Das wird Ärger für mich geben, aber ich werde meine Vorgesetzten daran erinnern, dass wir eine Vereinbarung mit Ihnen haben und verpflichtet sind, uns daran zu halten.“

Sie streckte ihm die Hand hin.

Er ergriff sie.

„Ich hoffe, Sie wissen, wie sehr ich Sie und Jimmy schätze.“

„Wir wissen das, und es beruht auf Gegenseitigkeit. Tut mir leid, dass das heute passiert ist."

„Das ist ganz sicher nicht Ihre Schuld."

„Ich fühle mich dennoch verantwortlich."

„Machen Sie sich keine Vorwürfe. Ein weiser Mann hat mir mal gesagt, wir haben nur unsere eigenen Handlungen und unsere Reaktionen auf die anderer in der Hand."

„In der Tat ein weiser Mann."

Als sie ausstieg, hätte Sam alles dafür gegeben, von diesem weisen Mann eine seiner typischen Umarmungen zu bekommen, zusammen mit der Zuversicht, die immer damit einhergegangen war.

# KAPITEL 14

Vernon begleitete sie ins Hauptquartier.

Lindsey kam aus der Gerichtsmedizin gelaufen und umarmte Sam. „Gott sei Dank bist du unverletzt. Weißt du was über Jimmy?"

„Angeschossen, aber nicht lebensgefährlich verletzt."

„Das sind hervorragende Neuigkeiten."

„Oh ja."

„Geht es dir gut?"

„Mir geht es super."

Lindsey schüttelte den Kopf. Ihre Betroffenheit war offensichtlich. „Ich kann nicht glauben, dass es jemand tatsächlich gewagt hat, auf dich zu schießen."

„Kannst du nicht?"

„Nun, ich kann es mir vorstellen. Doch der Schütze soll verdammt noch mal in der Hölle schmoren."

Sam lächelte ihre Freundin an. „Ich liebe dich, Doc."

„Dito. Danke, dass du dich nicht hast erschießen lassen."

„Nick hat genau dasselbe gesagt."

„Er ist bestimmt mit den Nerven am Ende."

„Ja. Ich fühle mich fürchterlich deswegen, wo er ohnehin schon so viel Mist am Hals hat, und dann kommt jetzt noch ein Problem dazu."

„Für ihn bist du nicht einfach nur ein weiteres Problem, das weißt du."

„Natürlich. Aber danke, dass du mich daran erinnerst."

„Hast du was zum Wechseln?", fragte Lindsey und deutete auf Sams Oberteil.

Sie warf einen Blick auf ihre blutverschmierte Bluse, an die sie gar nicht mehr gedacht hatte, bis Lindsey sie erwähnt hatte. „Ich glaub nicht."

„Warte, ich hab was da, das ich dir leihen kann."

Sam folgte Lindsey in einen Nebenraum, in dem die Mitarbeiter ihre persönlichen Sachen aufbewahrten. Ihre Freundin holte ein T-Shirt aus einem Spind. „Das ist leider alles, was ich dir anbieten kann."

„Das muss genügen." Sam zog sich die Bluse aus und das Shirt an.

Sie umarmte ihre Freundin. „Danke für das T-Shirt. Jetzt muss ich wieder an die Arbeit. Der Tag ist bislang Chaos pur."

„Gab es irgendwelche Fortschritte?"

„Ein paar."

„Sag Bescheid, wenn ich helfen kann."

„Mach ich. Vielen Dank, Doc."

Sam und Vernon liefen weiter ins Großraumbüro, wo alles erstarrte, als sie erschien.

„Sam", erklärte Detective Charles mit einem tiefen Seufzer. „Wie schön, dich zu sehen."

„Schön, *euch* zu sehen."

„Wie geht's Jimmy?", erkundigte sich Detective Green.

„Besser als zunächst befürchtet. Er hat eine Schusswunde am Arm, eine gebrochene Rippe und einen kollabierten Lungenflügel."

Cam verzog das Gesicht. „Aua."

„Die schusssichere Weste hat ihm auf jeden Fall das Leben gerettet." Sie hielt inne, ehe sie hinzufügte: „Ich weiß, dass wir alle von den Ereignissen des Tages erschüttert sind, besonders nach dem, was gestern passiert ist. Doch es würde mir helfen, wenn wir uns auf den Fall konzentrieren könnten. Treffen wir uns in fünf Minuten im Besprechungsraum, um uns gegenseitig auf den neuesten Stand zu bringen, okay?"

Alle nickten und murmelten zustimmend.

Sam begab sich in ihr Büro, streifte ihre Jacke ab und setzte sich für einen Augenblick hinter ihren Schreibtisch, um tief durchzuatmen.

Ihr Handy klingelte, Freddie rief an. „Habt ihr was gefunden?", erkundigte sie sich.

„Wir sind die gesamte Strecke zu Harlowes Hotel abgelaufen. Leider ist uns nichts Besonderes aufgefallen, aber wir haben alle Überwachungskameras in der Gegend identifiziert und versuchen festzustellen, wem die privaten gehören und wie wir an die Aufnahmen kommen."

„Gute Arbeit. Danke, dass du trotz allem weitergemacht hast."

„Ich wage fast nicht, zu fragen, wie es Jimmy geht."

Sam erzählte es ihm.

„Dem Himmel sei Dank."

„In der Tat."

„Wir sind gleich wieder im Hauptquartier."

„Okay, bis dann."

„Sam …"

„Ich weiß, Freddie. Mir geht es gut. Ehrlich. Wir reden später, ja?"

„Natürlich. Hört sich vernünftig an."

Sam klappte ihr Handy zu und holte tief Luft, stieß sie langsam wieder aus, hoffte, dass ihr das dabei helfen würde, sich zu konzentrieren. Es fiel ihr trotzdem schwer, weil sie immer noch so aufgeregt war.

Dr. Trulo erschien in der Tür. „Meine Güte. Ich freu mich wirklich, Sie zu sehen."

Sam lächelte. „Sie haben die ganze Aufregung verpasst."

„Jimmy wird überleben, soweit ich gehört hab?"

„Ja, Gott sei Dank. Er wird bald Vater, seine Highschool-Liebe ist hochschwanger."

„Kann ich irgendwas für Sie tun?"

„Im Augenblick nicht, doch es ist lieb, dass Sie nach mir

geschaut haben. Ich brauche Sie vielleicht, wenn sich die Lage beruhigt hat."

„Ich bin immer für Sie da."

„Vielen Dank. Wie ist es mit Harlowe gelaufen?"

„Wir haben uns gut unterhalten. Sie hat noch einen langen Weg vor sich, wenn ihr Gedächtnis zurückkehrt – was nicht garantiert ist."

„Wie schätzen Sie die Chancen dafür ein?"

„Sie ist jung und gesund, also ziemlich gut."

„Ich hoffe, sie kann mit den Erinnerungen umgehen, wenn sie denn zurückkommen."

„Das ist die Frage. Archie kümmert sich allerdings hingebungsvoll um sie."

„Er ist sehr verliebt."

„Es wirkt so. Ich werde mich bei den beiden melden, sobald sich etwas Neues ergibt."

„Sie sind der Beste."

„Ich mache lediglich meine Arbeit."

„Sie tun viel mehr als das, das wissen wir alle."

„Das ist nett von Ihnen. Sie schaffen es heute Abend vermutlich nicht zum Treffen der Trauergruppe, richtig?"

Das hatte Sam ganz vergessen. „Eher nicht. Ich muss heimfahren und bei meiner Familie sein. Sie werden von den Ereignissen des Tages aufgewühlt sein, und Aubrey hatte ohnehin schon einen schweren Tag in der Schule."

„Machen Sie sich keine Sorgen. Kümmern Sie sich um Ihre Familie. Ich halte hier die Stellung."

„Danke." Sam schnappte sich Notizblock und Stift und folgte ihm aus dem Büro. „Dann bis demnächst."

„Rufen Sie mich an, wenn Sie mich brauchen. Jederzeit."

„Danke für das Angebot."

Sie war froh, dass sie in allen Bereichen ihres verrückten Lebens so viel Beistand erhielt. Es hatte eine Zeit gegeben, die noch gar nicht so lange zurücklag, in der sie sich an dem ständigen „Menschenkontakt" und den ununterbrochenen Gesprächen, die mit dieser enormen Unterstützung einhergingen, gestört hätte. Heute bezog sie daraus Trost.

Im Konferenzraum warteten Captain Malone, Deputy Chief McBride und Chief Farnsworth schon zusammen mit ihrem Team auf sie.

„Wer hat denn die hohen Tiere eingeladen?"

„Lieutenant ..." Malone betrachtete sie mit einer Mischung aus Anerkennung und Verzweiflung.

„Mir geht es gut, Jimmy zum Glück auch. Doch ich weiß Ihre Besorgnis zu schätzen. Was gibt es Neues über die Suche nach dem Heckenschützen?"

„Es war womöglich wieder eine Drohne", antwortete Malone. „Großfahndung läuft."

Bei dem Wort „Drohne" sank Sam das Herz. „Vermutlich kommt es bereits in allen Nachrichten?"

„Richtig", bestätigte McBride. „Die Medien überschwemmen uns mit Anfragen nach einer Erklärung von dir."

„Ich kümmere mich darum. Aber zuerst: Gibt es neue Erkenntnisse in dem Fall?"

„Wir haben die Finanzen und Social-Media-Aktivitäten aller Opfer durchforstet und sind weder auf Auffälliges noch auf Gemeinsamkeiten gestoßen", berichtete Charles. „Alle scheinen ganz normale Menschen gewesen zu sein, die ihr Leben gelebt und niemandem etwas getan haben."

„Was hat Walters aus der IT-Abteilung über das Bildmaterial von den Tatorten gesagt?", fragte Sam.

„Die Auswertung ist noch im Gange", berichtete Green. „Doch bisher haben wir nichts Brauchbares. Freddie und Gonzo haben uns Informationen über die Kameras in der Gegend geschickt, die wir zur Überprüfung an die IT weitergeleitet haben. Wir haben angeboten, zu helfen, wenn sie Unterstützung brauchen. Walters meldet sich."

„Was ist mit der Theorie, dass die Entführung und der Missbrauch in Adams Morgan mit den drei Morden in Verbindung stehen?", erkundigte sich Malone.

„Da sind wir uns noch nicht sicher", erwiderte Sam. „Abgesehen von dem Schlag auf den Hinterkopf unterscheidet sich der Fall stark von den anderen. Der Täter hat Harlowe entführt, mehrere Tage lang festgehalten und vergewaltigt, während er die anderen Opfer sofort getötet oder zumindest zum Sterben liegen gelassen hat." Sams Schultern und ihr Nacken waren vor Frust verspannt, weil sie nach einem ganzen Tag Recherche weiter keine entscheidenden Informationen hatte. Außerdem kündigten sich bei ihr allmählich brutale Kopfschmerzen an.

Captain Norris von der Öffentlichkeitsarbeit tauchte in der Tür auf. „Entschuldigen Sie bitte die Störung. Ich habe gehört, dass Lieutenant Holland zurück ist. Können Sie eine öffentliche Erklärung abgeben, bevor uns die Presse die Türen einrennt?"

„Ja, kann ich." Das war das Letzte, worauf sie Lust hatte, denn Pressekonferenzen waren noch nie ihr Ding gewesen. Am wenigsten, wenn sie selbst im Mittelpunkt stand, was für ihren Geschmack viel zu oft der Fall war. „Geben Sie mir fünf Minuten, damit ich mich etwas herrichten kann." Das war eine weitere Sache, die ihr nie wichtig gewesen war, bis sie einen hochrangigen Politiker geheiratet hatte. Die Medien würden sich viel zu sehr darüber freuen, wenn sie wie eine Vogelscheuche aussah.

Zu ihrem Team sagte sie: „Ermittelt weiter, Leute, und dann übergebt an Carlucci und Dominguez. Wir treffen uns morgen um acht Uhr wieder hier."

„Ja, Ma'am", antwortete Green für alle.

Sam ging in ihr Büro, um sich zu kämmen und ihr Make-up aufzufrischen. Sie atmete mehrmals tief durch, um sich zu beruhigen und sich auf den Medienrummel vorzubereiten.

„Wir brauchen zehn Minuten, um unsere Leute in Position zu bringen", meldete Vernon.

„Alles klar."

Malone kam zur Tür und nickte Vernon zu, der beiseitetrat. „Ich kann das übernehmen, wenn Sie sich dazu nicht imstande fühlen."

„Geht schon, aber danke für das Angebot. Bringen wir's hinter uns."

„Wir kommen alle mit."

„Danke."

„Das war knapp. Viel zu knapp."

Sie schlüpfte in ihre Jacke. „Ja." Die Ereignisse des Tages hatten allen vor Augen geführt, dass selbst Weltklasse-Sicherheitskräfte bloß begrenzt in der Lage waren, sie und ihre Familie vor Menschen zu schützen, die ihnen Böses wollten. Kein Team konnte alle Eventualitäten abdecken, insbesondere dann nicht, wenn die Täter aus der Luft mit nicht ortbaren Drohnen angriffen.

Als sie so gut darauf vorbereitet war, sich den Fragen der Presse zu stellen, wie sie nur sein konnte, trat sie mit Malone und Vernon in die Lobby, wo der Chief und Jeannie auf sie warteten.

„Sind Sie sicher, dass Sie das schaffen?", fragte der Chief.

„So sicher wie sonst auch immer."

„Wir stehen alle hinter Ihnen", sagte er.

„Das bedeutet mir viel. Sind wir bereit?", wandte sie sich dann an Vernon.

„Jawohl, Ma'am."

Als sie hinaus in die frische Frühlingsbrise gingen, wickelte sich Sam fester in ihre Jacke. Sie registrierte, dass Vernon näher bei ihr stand als sonst bei solchen Anlässen, und seine Anwesenheit vermittelte ihr ein Gefühl von Sicherheit.

Die Reporter schrien ihr Fragen entgegen, sobald sie sie sahen, und hörten erst auf, als sie die Hände hob und sie mit dieser Geste aufforderte, sie zu Wort kommen zu lassen.

„Ich werde jetzt eine kurze Erklärung abgeben und dann ein paar Fragen beantworten. Zunächst einmal arbeiten wir weiter an der Aufklärung der drei Mordfälle vom Wochenende." Sie nannte Namen und Alter der Opfer. „Wir untersuchen außerdem einen vierten Vorfall, der höchstwahrscheinlich damit in Zusammenhang steht. Wir werden darüber informieren, sobald unsere Ermittlungen das hergeben."

„Wer hat auf Sie geschossen?", rief ein Reporter.

„Das ist die Frage des Tages", entgegnete Sam. „Ich war in Adams Morgan im Einsatz, in Begleitung meines Partners Detective Freddie Cruz und meiner Personenschützer. Als wir in der Columbia Road in Northwest auf dem Bürgersteig standen, fiel plötzlich ein Schuss. Einer der Secret-Service-Mitarbeiter wurde getroffen, aber glücklicherweise sind seine Verletzungen nicht lebensbedrohlich, und er wird sich voraussichtlich vollständig erholen." Sie hielt inne, musste schlucken. „Ich überlasse es dem Secret Service, die Öffentlichkeit über die Genesung des angeschossenen Personenschützers auf dem Laufenden zu halten. Hinzufügen möchte ich, dass es sich um einen engagierten Beamten handelt, dessen erster Gedanke bei dem Schuss meiner Sicherheit galt, obwohl er sich dadurch weiteren Kugeln aussetzte. Ich bin allen Mitarbeitern des Secret Service überaus dankbar dafür, dass sie sich jeden Tag so vorbildlich für meine Sicherheit einsetzen, genau wie für die meiner Familie."

„Was ist bisher über den Schützen bekannt?"

„Nichts", sagte Sam. „Eine Fahndung durch Bundesbeamte und MPD ist im Gange. Das FBI wird Sie darüber unterrichten, wenn es Neuigkeiten gibt." Zögernd fügte sie hinzu: „Ich werde jetzt noch ein paar Fragen beantworten."

„Ist es für Sie nicht zu gefährlich, weiterhin als Polizistin zu arbeiten?"

Die Frage traf Sam mitten ins Herz. Ihr war klar, dass das genau jetzt bereits ohne sie diskutiert wurde. „Es ist kein Geheimnis, dass ich meinen Beruf liebe. Ich bin jeden Tag mit Herzblut im Einsatz für unsere Stadt, ihre Bürger und die Millionen Besucher pro Jahr. Ist das alles jetzt, da mein Mann Präsident ist, komplizierter? Definitiv. Doch mein Job ist dadurch auch erfüllender, denn er ermöglicht es mir, weiterhin der Stadt zu dienen, in der ich aufgewachsen bin und mein ganzes Leben verbracht habe, während er sich in den Dienst des Landes stellt. Wir treffen alle nur denkbaren Vorsichtsmaßnahmen und werden dies auch in Zukunft tun. Was heute geschehen ist, bedeutet nicht, dass es Zweifel an meiner Fähigkeit gibt, meine Arbeit zu erledigen, oder an der Fähigkeit des Secret Service, mich bei meinen Ermittlungen zu schützen. Sie alle, die mich schon länger kennen, wissen, wie sehr ich es verabscheue, im Mittelpunkt der Berichterstattung zu stehen. Die Ereignisse des heutigen Tages haben mich zutiefst erschüttert. Man kann nicht mindestens acht Stunden am Tag mit Menschen verbringen, ohne mehr über sie zu erfahren und ohne dass sie einem ans Herz wachsen." Sie umfasste die Seiten des Podiums, während sie mit einem plötzlichen Aufwallen von Gefühlen kämpfte. „Ich bin sehr dankbar, dass der verletzte Personenschützer auf dem Weg der Besserung ist."

„Haben Sie seit den Schüssen auf Sie schon mit dem Präsidenten gesprochen?"

„Ja."

„Gibt es Vermutungen, dass der Vorfall heute mit dem gestrigen Drohnenangriff in Verbindung stehen könnte?"

„Das ist eine Frage für das FBI."

„Aber was denken Sie?"

„Ich weiß es nicht. Niemand konnte ahnen, wo ich heute sein würde, nicht mal ich selbst, bis ich dort war. Es kann sich also auf keinen Fall um eine geplante Attacke gehandelt haben. Das ist alles, was ich im Augenblick sagen werde. Wir melden uns wieder, sobald wir weitere Informationen haben."

„Werden Sie die Arbeit niederlegen, Lieutenant?", rief ein Reporter, während sie sich vom Podium entfernte.

Sie drehte sich um und antwortete: „Das habe ich nicht vor. Schönen Tag noch."

„Das war großartig", erklärte Jeannie, als sie wieder drinnen waren. „Gut, dass du ein bisschen was Persönliches einfließen lassen konntest."

„Ich hasse es, wenn das Persönliche im Beruf eine Rolle spielt."

„In diesem Fall lässt sich das kaum vermeiden", meinte Malone. „Sie haben das so gut über die Bühne gebracht, wie es nur möglich war. Die Schlagzeilen werden lauten: ‚First Lady weigert sich auch nach Attentat, aus dem MPD auszuscheiden'."

„Großartig." Sam verzog das Gesicht.

„Fahren Sie nach Hause zu Ihrer Familie, Lieutenant", befahl der Chief. „Sie wird sich Sorgen machen."

Dem Vibrieren ihres Handys in ihrer Tasche nach zu urteilen, waren alle, die sie kannten, aufgeregt und versuchten, sie zu erreichen.

„Das werde ich. Danke für Ihre Unterstützung."

„Nichts zu danken."

Sie kehrte ins Großraumbüro zurück, wo ihre Kollegen soeben die Arbeit an die Nachtschicht übergaben.

Dominguez, zierlich und dunkelhaarig, kam auf Sam zu und musste sich offenbar zusammenreißen, um sie nicht zu umarmen.

„Es geht mir gut."

Carlucci, groß und blond, drückte Sam die Schulter. „Gott sei Dank. Du hast uns einen Heidenschreck eingejagt."

„Tut mir leid. Wenn ihr so weit fertig seid, mach ich mich auf den Weg. Ich muss dringend nach Hause, ich brauche Erdung."

„Fahr ruhig", sagte Carlucci. „Wir rufen an, wenn es was Neues gibt."

„Danke euch allen", verkündete sie in die Runde. „Bis morgen."

Ehe sie ihr Büro verließ, nahm sie die Akte, die Jesse Best zurückgelassen hatte, und klemmte sie sich unter den Arm.

Als sie wenige Minuten später neben Vernon zum Ausgang an der Gerichtsmedizin unterwegs war, meinte sie: „Ich würde gerne bei Jimmy vorbeischauen. Können wir auf dem Heimweg am Krankenhaus anhalten?"

„Wahrscheinlich nicht, ohne einen Aufstand zu verursachen."

Sie blieb vor der Ausgangstür stehen, drehte sich zu Vernon um und erkannte, wie angegriffen und gestresst er aussah. „Ich würde wirklich gerne kurz mit ihm sprechen – genau wie mit Liz. Er hat mir das Leben gerettet. Gibt es eine Möglichkeit, mich reinzuschmuggeln?"

„Das könnte etwas dauern."

„Kann ich in der Zwischenzeit nach Hause?"

„Klar, das kriegen wir hin."

„Tut mir leid, dass ich Sie nach so einem anstrengenden Tag bitte, Überstunden zu machen."

„Kein Problem. Ich möchte auch zu Jimmy."

„Wie geht es Ihnen, Vernon?"

Er schien überrascht zu sein von der Frage.

„Ich weiß, wie schrecklich es ist, wenn der Partner im Dienst angeschossen wird", erklärte Sam.

„Ich … fühle mich für ihn verantwortlich."

„Ja, versteh ich. Doch er würde nicht wollen, dass Sie sich mit Vorwürfen quälen."

„Das ist leichter gesagt als getan. Was habe ich mir nur dabei gedacht, als ich Sie beide allein gelassen habe?"

„Sie haben Ihre Arbeit erledigt, selbst wenn Ihnen das in diesem Fall vermutlich nicht viel Trost spendet."

„Das tut es tatsächlich nicht. Meine Vorgesetzten werden von mir hören wollen, wie so etwas passieren konnte."

„In einem unkontrollierbaren Augenblick. Das kann ich bezeugen, und Freddie auch."

„Ich weiß Ihre Unterstützung zu schätzen."

„Immer gern."

„Vielleicht zieht man uns von Ihnen ab."

„Nur über meine Leiche."

„Sagen Sie so etwas nicht zu einem Secret-Service-Agenten! Das ist unser schlimmster Albtraum."

Sam hätte nicht erwartet, dass sie in so einem Moment lachen könnte, aber es brach aus ihr heraus, und Vernon musste ebenfalls schmunzeln.

„Hören Sie auf." Er bemühte sich um eine gestrenge Miene. „Das ist überhaupt nicht witzig."

„Wir sind hier auf Galgenhumor spezialisiert." Sie wies auf die Leichenhalle. „Schauen Sie sich doch um, wo wir gerade sind."

Er grinste müde. „Ich fahre Sie nach Hause, dann guck ich mal, was ich wegen eines Krankenbesuchs erreichen kann."

„Danke, Vernon."

„Gern, Sam."

Er sprach in das Mikro an seinem Ohrstöpsel. „Alles klar?" Nach einer Pause sagte er: „Los."

Als er die Tür ins Freie aufstieß, war Sam fassungslos, als sie die vielen Bodyguards erblickte, die auf sie warteten.

Während er ihr die hintere Tür des SUVs aufhielt, fragte Sam: „Was zum Teufel …?"

„Die übliche Reaktion auf einen Zwischenfall im Einsatz."

Nachdem er die Tür geschlossen hatte, lehnte sich Sam gegen den Sitz und verarbeitete den Schock darüber, an einem „Zwischenfall im Einsatz" beteiligt gewesen zu sein. Tiefe Erschöpfung erfasste sie, als sie begriff, dass ihr erneut ein Kampf bevorstand, wenn sie den Beruf, den sie liebte, weiter ausüben wollte.

# KAPITEL 15

Umgeben von seinem engsten Beraterstab, verfolgte Nick von seinem privaten Büro neben dem Oval Office aus die Live-Berichterstattung über die Rettungsmission in Juneau. Sie würde hoffentlich bald die Antwort auf die Frage liefern, ob die Menschen in dem Schulgebäude die Schlammlawine überlebt hatten.

Seit er erfahren hatte, dass Sam bei der Arbeit erneut nur knapp dem Tod entronnen war, war er komplett durcheinander. Eigentlich hätte er es vorgezogen, die Livesendung allein zu schauen, vor allem wenn die Nachrichten schlecht waren. Aber Terry, Derek, Christina und Harry hatten darum gebeten, bei ihm sein zu dürfen, genau wie der Fotograf des Weißen Hauses, Adrian Fenty, der diesen Moment für die Nachwelt festhalten wollte.

Normalerweise freute sich Nick über die Anwesenheit seiner Freunde, doch im Augenblick war er nicht er selbst. Er musste ständig daran denken, wie es sich anfühlen würde, zu erfahren, dass Sam im Dienst umgekommen war.

Obwohl er wusste, dass es masochistisch war, setzte er sich jedes Mal intensiv damit auseinander, wenn sie dem Tod erneut von der Schippe gesprungen war. Sich das Schlimmste vorzustellen, half ihm, sich darauf vorzubereiten, sollte diese Katastrophe je eintreten – oder zumindest redete er sich das ein. Seit der Secret Service Sam eskortierte, hatte er sich etwas entspannt, da er auf die Expertise dieser speziell geschulten Beamten vertraute, die wichtigste Person in seinem Leben zu schützen. Aber die Ereignisse des heutigen Tages hatten Schwachstellen offenbart, die ihn nachts wach halten würden – aus Gründen, die nichts mit seiner gewohnten Schlaflosigkeit zu tun hatten.

Diese Schwachstellen lieferten den Stoff für seine Albträume.

Das war der Nachteil, wenn man jemanden so sehr liebte, dass das eigene Wohlergehen unausweichlich davon abhing, dass die betreffende Person jeden Abend unversehrt nach Hause zurückkehrte.

Jimmy McFarland hatte heute fast sein Leben für sie gegeben, und Nick würde ihm, Vernon und den anderen, die Tag für Tag ihren Schutz gewährleisteten, für immer dankbar sein.

Doch dass es überhaupt passiert war, war eine weitere Erinnerung daran, dass kein System perfekt war.

„Nick?"

Terrys Stimme riss ihn aus seinen düsteren Gedanken.

„Sie brechen die Tür zur Turnhalle auf."

Nick setzte sich aufrechter hin und trank einen Schluck Bourbon. Er hatte sich und den anderen je ein Glas eingeschenkt.

Christina hatte unter Verweis auf ihre Schwangerschaft dankend abgelehnt, aber gescherzt, sie würde am liebsten an der Flasche riechen, um ihre Nerven zu beruhigen. Immerhin warteten sie darauf, zu erfahren, ob fast dreihundertfünfzig Menschen überlebt hatten oder nicht.

„Allein der Gedanke, wie das für die Eltern sein muss", seufzte Derek. „Ich will mir das gar nicht vorstellen."

„Es muss unerträglich sein", bemerkte Christina.

Der Schlamm war so dick, dass Handysignale ihn nicht durchdrangen, sodass die Rettungskräfte bisher keinen Kontakt zu den Eingeschlossenen gehabt hatten.

Sie hatten um die Haupttüren der Turnhalle herum eine Konstruktion errichtet, um die Einsatzkräfte zu schützen, während sie sich durch bis zu sechs Meter tiefen Schlamm gruben.

„Okay, jetzt ist es gleich so weit", sagte Harry, während die Spannung im Raum von Sekunde zu Sekunde stieg.

Die Rettungskräfte benutzten einen Rammbock, um die Tür aufzubrechen und das Schulgebäude zu betreten.

Fünf endlos lange Minuten verstrichen, bis sie die erlösende Nachricht erhielten: Alle waren am Leben.

Seine Freunde schrien erfreut auf, und Harry tanzte mit Christina im Kreis, die vor Erleichterung weinte.

„Gott sei Dank", meinte Derek, während sie beobachteten, wie die ersten Kinder durch die Tür stürmten und sich ihren überglücklichen Eltern in die Arme warfen.

Nick musste sich ebenfalls Tränen wegblinzeln, während er die Wiedervereinigung von Kindern und Eltern verfolgte. Er wusste, dass Fenty seine Reaktion filmte, aber das war ihm egal. Sollte ruhig die ganze Welt sehen, wie ergriffen er von diesem glücklichen Ausgang war.

Archie hatte Sergeant Walters gebeten, ihn über die Ereignisse bei der Arbeit auf dem Laufenden zu halten, und so erfuhr er auch von ihm, dass jemand auf Sam geschossen hatte und ihr Personenschützer verletzt worden war. Natürlich war das ein großer Schock, und Archie hatte Angst um seine Freundin, aber immerhin war es gut, zu hören, dass Jimmy nicht tödlich getroffen worden war.

„Ist was passiert?", fragte Harlowe.

Sie war aufgewacht, während er die Nachricht von Walters gelesen hatte.

„Nein."

„Ich spüre doch, dass dich etwas bedrückt. Was ist los?"

„Jemand hat auf Sam geschossen und einen ihrer Personenschützer getroffen."

„Oh nein! Ist alles in Ordnung mit ihnen?"

„Sam hat nur ein paar blaue Flecken. Den Agenten hat es schlimmer erwischt, aber er wird voraussichtlich überleben."

„Das ist eine Erleichterung."

„Ja.“

„Ich kann nicht fassen, dass jemand es wagt, auf die Frau des Präsidenten zu schießen. Es muss gefährlich für sie sein, weiter ihren Beruf auszuüben, wenn jeder weiß, wer sie ist.“

„Der Job war schon immer gefährlich. Jetzt ist er es leider noch mehr, doch sie ist entschlossen, die Arbeit, die sie liebt, nicht aufzugeben.“

„Bewundernswert.“

„Ja, aber ich mach mir Sorgen um sie.“

„Seid ihr befreundet?“

„Sogar ziemlich gut.“ Er warf Harlowe einen Blick zu und bemerkte, dass sie ihn durchdringend musterte. „Früher war es sogar kurz mal mehr als das.“

„Ah“, sagte sie lächelnd. „Verstehe.“

„Sam und ich waren nie mehr als Freunde mit gewissen Vorzügen. Sie war damals schon in ihren jetzigen Mann verliebt, was ich allerdings nicht wusste. Ich wusste nur, dass sie nicht für mehr zu haben war.“

„Ist es schwer, mit jemandem zusammenzuarbeiten, mit dem man mal was hatte?“

„Nein, das lassen wir nicht zu. Wir haben bei der Arbeit häufig miteinander zu tun, da wäre es wenig hilfreich, peinliche Situationen heraufzubeschwören. Ich betrachte sie heute als gute Freundin, und sie denkt umgekehrt genauso über mich. Wir respektieren, dass der jeweils andere in seinem Job hervorragend ist.“

„Du findest also, du bist hervorragend in deinem Job?“

„Das ist das Einzige, was ich wirklich gut kann. Sam würde im Übrigen dasselbe über sich sagen. Dieser Job ist nicht das, was wir tun, sondern das, was wir sind. Das verbindet.“

„Was genau machst du eigentlich?“

„Mein Team untersucht die digitale Seite von Fällen – Computer, Handys, Netzwerke, Videos. So was.“

„Wie viele Leute unterstehen dir?“

„Momentan achtzehn.“

„Wow, das ist echt beeindruckend.“

„Ja, vermutlich. Ich könnte ehrlich gesagt doppelt so viele

gebrauchen, aber zum Glück sind alle hoch motiviert und mit vollem Einsatz dabei."

„Du fehlst ihnen sicher sehr."

„Das kriegen sie schon hin, und ich telefoniere ja regelmäßig mit meinem Stellvertreter. Also keine Sorge, ich hab im Übrigen seit Jahren keinen Urlaub mehr genommen."

„Warum nicht?"

„Ich hatte nichts Besseres zu tun, als zu arbeiten."

Sie zog die Augenbrauen auf diese entzückende Weise zusammen, nach der er gerade süchtig wurde. „Das ist nicht gut. Dein Leben ist aus dem Gleichgewicht."

„Massiv."

„Du solltest es mal mit Yoga versuchen. Das hilft, dich zu erden und zu zentrieren."

Archie verzog skeptisch das Gesicht.

Sie lächelte. „Probier es doch erst mal aus, ehe du es ablehnst."

„Wenn du meinst."

„Meine ich. Sobald ich mich besser fühle, nehm ich dich mal mit."

„Na gut. Schon allein, weil ich dann mehr Zeit mit dir verbringen kann."

Das kleine Lächeln, das sie ihm schenkte, erinnerte ihn an die Verbindung, die sie aufgebaut hatten, ehe sie so plötzlich verschwunden war.

Sein Handy vibrierte. Es war eine Nachricht von Erica. „Erica ist mit deinen Eltern auf dem Weg vom Flughafen hierher. Fühlst du dich bereit, sie zu sehen?"

„Ich … denke schon. Ich sollte mich kämmen."

„Warte, ich helfe dir beim Aufstehen."

Als Harlowe seine Hände ergriff, verzog sie vor Schmerz das Gesicht, nachdem sie sich so lange kaum bewegt hatte. „Uff, alles tut weh."

Archie wollte sich den- oder diejenigen vorknöpfen, die ihr das angetan hatten. Er wollte, dass sie jedes Quäntchen Schmerz und jedes Unbehagen verspürten, unter dem sie litt. „Ganz langsam. Wir haben es nicht eilig."

„Ich hasse es, so kraftlos zu sein."

„Du bist nicht kraftlos, sondern verletzt. Das ist ein Riesenunterschied. Dein Körper strengt sich an, wieder gesund zu werden, und schon bald wirst du wieder ganz die Alte sein."

„Ich hab ja gar keine Ahnung mehr, wie ich früher war."

„Das wirst du mit der Zeit schon herausfinden. Zerbrich dir nicht den Kopf darüber. Konzentrier dich einfach darauf, dich auszuruhen und wieder auf die Beine zu kommen."

„Ich hab Angst vor der Begegnung mit meinen Eltern, auch wenn ich nicht weiß, warum."

„Willst du sie lieber nicht treffen?"

„Nein, schon in Ordnung. Ich sollte das vermutlich tun, selbst wenn da dieses unterschwellige Unbehagen oder sogar eine gewisse Angst ist."

„Ich bin ja bei dir, und Erica auch. Dir kann nichts passieren, versprochen."

Sie legte die Hände um seinen Arm und lehnte den Kopf an seine Schulter. „Du gibst mir so viel Halt. Ich verstehe es auch nicht. Es ist einfach so."

„Das freut mich, denn ich möchte dir unbedingt helfen."

„Tust du, und zwar mehr, als du ahnst. Wenn man sein Gedächtnis verliert, ist es das Wichtigste, einen Menschen zu haben, dem man trauen kann."

„Es bin sehr froh und fühle mich geehrt, dass ich das für dich bin."

An der Badezimmertür schockierte sie ihn total, indem sie sich auf die Zehenspitzen hob und ihn auf die Wange küsste. Als hätte sie nicht soeben sein Leben komplett auf den Kopf gestellt, ging sie dann ins Bad und schloss die Tür.

Heilige Scheiße. Ein Kuss auf die Wange hatte ihn völlig aus der Bahn geworfen. Keine andere Frau hatte ihn je so durcheinanderbringen können wie sie – und das war von Anfang an so gewesen. Früher hatte er immer über Leute gelacht, die sagten, sie hätten jemanden gesehen und sofort gewusst, dass der Betreffende ihr Leben für immer verändern würde. Bis ihm auf der Party bei Joe und Deb genau das passiert war. Ein einziger Blick. Ein einziges Lächeln. Ein einziges Wort. Mehr hatte es nicht gebraucht.

Jede Minute, die sie seither miteinander verbracht hatten, war besser gewesen als die davor. Wenn sie sich unterhalten hatten, war es total natürlich gewesen. Sie hatten gelacht, sich gegenseitig aufgezogen, Ernstes und weniger Ernstes besprochen und Kindheitserinnerungen ausgetauscht. So viele Details, an die er sich jetzt gern erinnert hätte, aber sie waren angesichts ihrer enger werdenden Beziehung in den Hintergrund getreten.

Wie sehr wünschte er sich, er hätte sofort Alarm geschlagen, als sie ihm nicht mehr geantwortet hatte. Er würde es immer bereuen, das nicht getan zu haben.

Die Tür öffnete sich wieder, und sie stand vor ihm. Sie hatte irgendeine Lotion verwendet, und ihre Haut strahlte. Ihr Duft erinnerte ihn an ihre erste Begegnung. Sie trug Kleidung, die ihr passte und gut stand, und sie hatte ihr Haar hochgesteckt, wodurch ihr hübsches Gesicht voll zur Geltung kam.

„Wie seh ich aus?"

„Wunderschön."

Sie musterte ihn skeptisch. „Ich hab mir Mühe gegeben, die blauen Flecken zu überschminken, doch das ist mir nicht ganz gelungen."

„Ich bleibe bei meiner Aussage: Du siehst großartig aus."

Harlowe verdrehte die Augen. „Wenn du meinst."

Er hielt ihr einen Arm hin. „Meine ich."

Sie stützte sich auf ihn und ließ sich von ihm langsam zurück zur Couch führen.

„Hast du Hunger? Oder Durst?"

„Ich könnte was essen."

„Käse, Cracker, Trauben?"

„Klingt lecker."

„Kommt sofort." Er nahm ihr Wasserglas mit, um es nachzufüllen, und bereitete den Snack vor. Um etwas von ihrer früheren Lockerheit zurückzugewinnen, hängte er sich ein Geschirrtuch über den Arm, trug Glas und Teller so ins Wohnzimmer und verneigte sich leicht: „Madam, Ihr Snack."

Sie lachte, was ihn sehr freute. „Hier gibt es aber süße Kellner."

„Welcher andere Kellner ist Ihrer Meinung nach noch süß?"

„Nur Sie."

„Gott sei Dank. Mir wäre es lieber, wenn ich mit niemandem um Sie kämpfen müsste."

„Würdest du das tun? Um mich kämpfen?", fragte sie.

„Klar doch."

„Weswegen?"

„Keine Ahnung, aber ich würde es auf jeden Fall tun. Ohne eine Sekunde zu zögern."

Sie schenkte ihm ein kleines, zufriedenes Lächeln und aß einen Cracker mit einer Scheibe Cheddar. „Schmeckt gut. Vielen Dank."

„Gern."

Ein Klopfen an der Tür unterbrach die Zweisamkeit.

„Bereit?"

„So bereit, wie ich denn sein kann."

Archie ging zur Tür und öffnete sie. Draußen stand Erica mit zwei Leuten. Das konnten nur Harlowes Eltern sein.

„Archie, das sind George und Barbara Prior."

Er reichte beiden die Hand und bat sie in die Wohnung. George war kräftig und hatte dunkles, grau meliertes Haar. Barbara war zierlich, blond und blauäugig. Beide machten einen erschöpften Eindruck, als hätten sie eine schwere Zeit hinter sich. Angesichts von Harlowes Angst vor dem Treffen war das eine Erleichterung für ihn – ein Zeichen dafür, dass sie mit ihrer Tochter litten.

„Danke, dass Sie sich um Harlowe gekümmert haben", erklärte Barbara. „Wir wissen das sehr zu schätzen."

„Kein Problem. Sie wartet im Wohnzimmer und ist ... sehr schwach. Bitte seien Sie behutsam."

„Das werden wir", versprach George. „Detective Lucas hat uns bereits über alles informiert."

Dass er Archie mit einem Anflug von Argwohn betrachtete, konnte der ihm nicht verübeln. Prior kannte ihn nicht, und er musste sich ihm erst beweisen.

Barbara brach beinahe zusammen, als sie ihre Tochter mit einer Decke über den Knien auf dem Sofa entdeckte. „Oh, Schatz. Ich bin so froh, dich zu sehen. Darf ich mich setzen?"

Harlowe nickte.

Barbara nahm vorsichtig neben ihr Platz und griff nach ihrer Hand.

„Du weißt, dass ich meine jüngsten Erinnerungen verloren habe, oder?"

„Ja", erwiderte Barbara. „Das ist kein Problem. Wir werden uns für dich erinnern."

„Gab es ein Problem zwischen uns? Haben wir uns gestritten?"

Barbara warf George einen Blick zu, ehe sie nickte. „Wir hatten einen furchtbaren Streit darüber, dass du wieder hierher zurückziehen wolltest. Unserer Ansicht nach war das nach allem, was mit Evan passiert ist, nicht das Richtige."

„Wer bitte ist Evan?"

Sie schienen bestürzt zu sein, dass sie das fragte.

„Er war dein Ehemann, Schatz."

„Ich bin verheiratet?", fragte Harlowe leicht panisch.

„Du warst mit ihm verheiratet. Ihr seid geschieden. Du hast behauptet, er sei nicht gut zu dir gewesen."

„Stimmte das denn?"

„Wir haben nie etwas davon mitbekommen", antwortete George. „Evans Eltern waren unsere besten Freunde. Es war, vorsichtig formuliert, eine komplizierte Situation."

„Ich habe euch gesagt, dass er mich nicht gut behandelt, doch ihr habt mir nicht geglaubt?"

„Wir haben dich immer unterstützt, aber es war schwer für uns, so etwas über einen jungen Mann zu hören, den wir schon sein ganzes Leben lang kannten", erwiderte George. „Wir dachten, ihr zwei wärt perfekt füreinander. Als du uns mitgeteilt hast, dass du zurück nach Washington versetzt werden willst, dachten wir, du handelst übereilt. Das hat zu dem Streit geführt."

„Es tut uns so leid, Schatz", ergriff Barbara wieder das Wort. „Wir haben uns wegen unserer Auseinandersetzung so schlecht gefühlt. So lange hatten wir noch nie nicht mit dir gesprochen. Du bist doch unser ganzer Stolz. Es war sehr schwierig für uns, dass du weggezogen bist."

„Harlowe hat mir erzählt, dass sie hier studiert und seither hier gelebt habe. Sie sagen jetzt aber, sie sei eine Zeit lang in Pittsburgh gewesen?"

„Zwei Jahre lang, nachdem sie und Evan geheiratet hatten", bestätigte Barbara. „Nach der Scheidung hat sie sich versetzen lassen, weil sie nach Washington zurückwollte. Wir waren uns nicht sicher, ob sie bereit war, so weit weg von zu Hause zu sein, doch wir konnten sie nicht davon abbringen."

„Warum gibt es online absolut nichts über Harlowe?", fragte Archie.

„Sie hat im Zuge der Scheidung all ihre Social-Media-Konten gelöscht und ihren Arbeitgeber gebeten, jegliche Information über sie von der Firmenwebsite zu nehmen. Uns hat sie erklärt, das habe sie aus Sicherheitsbedenken getan, aber wir haben nie erfahren, was genau sie beunruhigt hat."

„Ich hatte Angst, dass Evan mich umbringen würde", sagte Harlowe.

Ihre Eltern schnappten nach Luft.

„Erinnerst du dich daran, Schatz?", wollte Archie wissen.

Ihre Lippen bebten, als sie nickte. „Ich erinnere mich an Evan. Er hat mir sehr wehgetan. Niemand hat mir geglaubt. Es hieß immer, er käme aus einer so guten Familie … Und wir sind zusammen aufgewachsen. Er würde mir niemals wehtun, haben mir alle versichert."

Archie fiel auf, dass Harlowes Hände zitterten.

„Ma'am, ich würde mich gerne zu ihr setzen."

„Oh." Barbara war sichtlich betroffen. Zum Glück stand sie ohne Weiteres auf und ließ sich auf einem Stuhl nieder.

Archie nahm ihren Platz neben Harlowe ein, legte den Arm um sie und drückte sie an sich. Sie hatte sich an etwas Schlimmes erinnert, was sie so aufwühlte und besorgte, dass sie zitterte. Das störte ihn, und außerdem war ihm unbehaglich, wenn er sich vorstellte, woran sie sich noch erinnern könnte und wie schmerzlich das für sie sein würde.

Zumindest erklärte es, warum es im Internet keine Spuren von ihr gab. In gewisser Weise war das eine Erleichterung, auch wenn er den Grund hasste.

„Wo ist Evan jetzt?", erkundigte er sich. „Könnte er für das verantwortlich sein, was dir zugestoßen ist?"

„Ich … Ich weiß es nicht."

„Sie hat Anzeige gegen ihn erstattet", berichtete George. „Doch aus Mangel an Beweisen wurde auf eine Anklageerhebung verzichtet. Wir haben keine Ahnung, wo er sich aktuell aufhält."

Der Mistkerl war also ungestraft davongekommen.

„Natürlich sind wir mit seinen Eltern nicht mehr befreundet", ergänzte George.

„War das Ihre Entscheidung oder die seiner Eltern?", wollte Archie wissen.

„Vor allem ihre. Wir haben uns furchtbar gefühlt wegen allem, was passiert ist."

„Sie haben sich furchtbar gefühlt, weil der Sohn Ihrer Freunde Ihre eigene Tochter verletzt hat?"

„Wir …", begann Barbara und sah ihren Ehemann Hilfe suchend an, als wollte sie, dass er antwortete.

„Wir haben uns wegen der ganzen Sache furchtbar gefühlt."

„Ich glaube, Sie sollten jetzt gehen", stellte Archie fest.

„Was?", rief Barbara. „Wir sind doch gerade erst gekommen."

„Ja, und jetzt sollten Sie wieder gehen."

„Möchtest du das, Harlowe?", wandte sich George an seine Tochter.

„Wenn Archie meint, ihr sollt gehen", meinte die nur, „solltet ihr das tun."

„Wer ist dieser Mann, der dich im Arm hält, während du uns wegschickst?"

„Er war in der dunkelsten Zeit meines Lebens an meiner Seite, und offenkundig haben ihm eure Antworten gerade nicht gefallen. Ich erinnere mich nicht an alle Details, aber ich finde es aufschlussreich, dass du nicht gesagt hast, es tue dir leid, dass mein Mann mich misshandelt hat, sondern dass du dich wegen der ganzen Situation furchtbar gefühlt hast."

„Natürlich!", erwiderte George. „Der Junge ist praktisch unter unserem Dach aufgewachsen."

„Und *ich* bin deine Tochter", flüsterte sie. „Er ist nicht dein Sohn."

Archie blickte seine Kollegin an. „Erica, bitte …“

„Mr und Mrs Prior, wir werden uns jetzt verabschieden. Ich bringe Sie in Ihr Hotel.“

„Wann sehen wir uns wieder?“, fragte George seine Tochter.

„Wenn ich dazu bereit bin.“

Archie war so verdammt stolz auf sie.

# KAPITEL 16

Als Erica die Priors zur Tür brachte, spürte Archie, wie alle Anspannung aus Harlowe wich, und sie ließ sich erleichtert in die Sofakissen zurücksinken.

„Tut mir leid, dass du das durchmachen musstest“, sagte er.

„Immerhin hab ich mich an was erinnert. Natürlich musste es ausgerechnet etwas sein, das ich lieber vergessen würde.“

„Das muss furchtbar gewesen sein.“

„Ich bin mir ziemlich sicher, das war es.“

„Aber es gehört der Vergangenheit an. Was auch immer es war, wer auch immer er ist, er spielt in deinem Leben keine Rolle mehr.“

„Stimmt.“

„Ich verstehe, warum du nach Washington ziehen wolltest.“

„Nach der Scheidung musste ich weg aus Pittsburgh. Ich hatte das Gefühl, dort nicht mehr atmen zu können, und war wütend, weil meine Eltern nicht voll und ganz hinter mir standen. Daher bin ich an den Ort zurückgekehrt, an dem ich glücklich war, ehe ich den Fehler begangen hab, meinen Sandkastenfreund zu heiraten.“ Sie warf Archie einen Blick zu. „Ich wünschte, ich würde mich nicht ausgerechnet an ihn erinnern.“ Sie schauderte. „Er hat mich getäuscht. Mich und alle anderen. Evan hatte eine dunkle Seite, die niemand zu sehen bekommen hat, bis es für mich zu spät war.“

„Hat er dich geschlagen?“

Harlowe nickte. „Doch immer so, dass niemand was gemerkt hat, weil die Stellen von Kleidung verdeckt waren.“ Sie schaute ihn mit großen Augen an und fügte hinzu: „Es war besser, als ich mich nicht daran erinnern konnte.“

„Kann er dir hierher gefolgt sein und dir das angetan haben?“

Bei ihrem erschrockenen Gesichtsausdruck bereute er, die Frage nicht behutsamer formuliert zu haben. „Ich … glaub nicht. Als das Verfahren eingestellt wurde, hat der Richter ein Annäherungsverbot verhängt.“

„Das hält jemanden, der entschlossen genug ist, nicht unbedingt auf. Wüsste er denn, dass er hier nach dir suchen muss?“

Sie zögerte, dann nickte sie. „Ich wollte nie in Pittsburgh leben. Während des Studiums hab ich mich in Washington verliebt und wollte eigentlich für immer hierbleiben, aber er hatte einen besseren Job als ich und wollte nicht herkommen. Also bin ich zu ihm gezogen. Allerdings war es vermutlich nicht schwer zu erraten, dass ich hierher zurückkehren würde, sobald es mir möglich wäre.“

„Hättest du etwas dagegen, wenn Erica nachforscht, wo er während deines Aufenthalts hier war, und deine Eltern fragt, ob sie ihm gesagt haben, wo du bist?“

„N-nein. Dagegen hab ich nichts. Aber das hätten sie doch niemals getan. Oder?“

Das letzte Wort enthielt Schmerz und Verwirrung. Sein fast instinktives Bedürfnis, sie auf jeden Fall vor weiterem Leid zu schützen, bestätigte, dass er sich wahrscheinlich auf den ersten Blick in sie verliebt hatte und alles für sie tun würde. „Ich hoffe es nicht.“

„Ihre Frau ist auf dem Weg nach Hause, Sir“, berichtete Nicks leitender Personenschützer John Brantley junior, während er Nick auf dem „Heimweg“ in die Residenz eskortierte.

„Vielen Dank, Brant. Dann warten wir im Foyer auf sie. Was gibt es Neues von den Einsatzkräften?“

„Nur dass sie das Netz bei der Suche nach der Drohne, von der der Schuss abgefeuert wurde, weiter auswerfen."

„Wie geht es McFarland?"

„Er hat die OP hinter sich und hat sie offenbar gut überstanden, sodass er sich auf dem Weg der Besserung befindet. Seine Frau ist bei ihm, und seine Eltern sind unterwegs nach Washington."

„Ausgezeichnet. Meine Frau schätzt ihn und Vernon sehr."

„Das ist absolut nachvollziehbar, Sir. Die beiden sind großartig in ihrem Job und ganz besondere Menschen. Wir sind alle froh über diese Nachrichten aus der Klinik."

„Heute war ein harter Tag für Sie, aber ich hoffe, Sie wissen, wie dankbar ich bin … wie unglaublich dankbar …" Nick versagte die Stimme, als ihn die Gedanken an das, was hätte passieren können, überwältigten.

„Danke, Sir, das wissen wir. Als es darauf ankam, hat Agent McFarland alles richtig gemacht."

„Stimmt. Doch dass es überhaupt passiert ist, wird mir noch lange Albträume bereiten."

„Uns auch, Sir."

Die Tatsache, dass seine geliebte Frau in ein Worst-Case-Szenario des Secret Service verwickelt war, trug nicht dazu bei, Nick zu beruhigen.

„Ich bin mir nicht sicher, was ich tun soll. Wenn ich sie bitte, das aufzugeben, was ein so fester Bestandteil ihres Wesens ist, wird sie mir das niemals verzeihen. Aber wenn ich es nicht tue, wie soll ich dann weiterleben, wenn ihr tatsächlich etwas zustößt?"

„Das ist durchaus ein Dilemma, Sir."

„Haben Sie eine Ahnung, worum es bei der Besprechung morgen geht?"

„Ja, doch ich bin gebeten worden, Stillschweigen darüber zu bewahren."

„Ich vermute, dass nach dem heutigen Tag weitere Tagesordnungspunkte hinzukommen werden."

„Zweifellos, Sir."

Nick fühlte sich seit dem Zwischenfall am Montag, als läge

eine Zentnerlast auf seinen Schultern. Die Ereignisse des heutigen Tages hatten noch mehr Gewicht daraufgepackt.

Im Foyer beriet sich der Chief Usher Gideon Lawson gerade mit George, einem der anderen Usher.

„Guten Abend, Mr President."

Nick nickte ihnen zu. „Guten Abend, die Herren."

„Man hat uns informiert, dass Mrs Cappuano auf dem Weg nach Hause ist."

„Deswegen bin ich auch hier."

„Natürlich, Sir. Wir sind erleichtert, dass sie unversehrt ist und Agent McFarland bald wieder vollständig genesen sein wird."

„Mir geht es auch so." *Die Untertreibung meines Lebens.*

Fünf Minuten später rollte der Secret-Service-SUV mit Sam die Auffahrt herauf. Die anderen machten Platz, sodass Nick allein auf Sam wartete, als sie ausstieg und direkt in seine Arme trat.

„Hey", begrüßte sie ihn. „Wie schön, dich hier zu sehen."

„Danke, dass du mit der Arbeit für heute Schluss gemacht hast."

„Ich tue, was ich kann."

„Willkommen daheim, Mrs Cappuano", sagte Gideon.

„Danke", antwortete sie und schloss dabei mit ihrem Blick auch George und Brant mit ein.

Nick legte ihr einen Arm um die Schultern und führte sie die mit rotem Teppich ausgelegte Treppe hinauf in den Wohnbereich. „Selten habe ich mich so gefreut, dich zu sehen."

„Ich kann mich an ein paar Momente erinnern, in denen du glücklicher warst."

„Ich nicht. Tut mir leid, dass das passiert ist."

„Mir auch, aber ich bin so dankbar und erleichtert, dass Jimmy überlebt hat. Im Juni wird er zum ersten Mal Vater … Das war alles, woran ich denken konnte, bis ich erfahren hab …", sie brauchte einen Moment, um sich zu sammeln, „dass er sich wieder vollständig erholen wird."

„Ja, Gott sei Dank."

„Haben die Kinder was mitbekommen?"

„Scotty hat mir geschrieben, dass er es in den Nachrichten

gehört hat, die Zwillinge allerdings keine Ahnung haben, und ich denke, dabei sollten wir es belassen."

„Ja, sie müssen nichts davon erfahren. Vor allem da Aubrey ohnehin schon einen schweren Tag hatte."

„Eli hat uns beiden eine SMS geschickt, in der er schreibt: ‚Heilige Scheiße, Gott sei Dank geht es euch gut.' Ich weiß nicht, ob du sie schon gelesen hast."

„Ich werde ihm und den rund eine Million anderen Leuten später antworten."

Obwohl sie Stimmen aus dem Wintergarten im dritten Stock hörten, hielt Nick sie zurück und zog sie mit sich in die Küche. „Ich brauche eine Minute hierfür." Er schlang die Arme um sie und hielt sie fest.

Sam entspannte sich in seiner Umarmung. Ihr Adrenalinspiegel, der eben noch so hoch gewesen war, sank jäh, und ihr zitterten die Knie.

„Wieder einmal knapp der Katastrophe entronnen", sagte er. „Das passiert zu oft."

„Tut mir leid."

„Muss es nicht. Außerdem ist es nicht deine Schuld, sondern meine."

„Wie meinst du das?"

„Ich habe unseren sowieso schon hohen Bekanntheitsgrad in die Stratosphäre katapultiert, und jetzt sind alle hinter uns her."

„Nein, nicht alle. Gerade heute hab ich von mehreren Leuten gehört, wie froh sie darüber sind, dass wir im Weißen Haus sind. Sie finden, dass du einen tollen Job machst. Ich glaube, mindestens eine von ihnen würde sich gern mit dir verabreden, wenn sich das einrichten ließe."

Nick verzog das Gesicht. „Ich bin vergeben, und meine Frau hat ein sehr scharfes, sehr rostiges Steakmesser, das sie benutzen wird, ohne zu zögern."

„Das stimmt, vergiss das nie."

„Ich wünschte, wir könnten mit den Kindern irgendwohin verschwinden, wo uns niemand finden kann. Wo wir glücklich bis ans Ende unserer Tage leben können, ohne dass uns jemand umbringen oder aus der Stadt jagen will oder von uns erwartet, dass wir alle Probleme der Welt lösen."

„Gönnen wir uns heute Nacht, nachdem die Kleinen im Bett sind, doch einen Ausflug nach Bora Bora. Wir brauchen das, selbst wenn wir dem Alltag nur in unserer Fantasie entfliehen können."

„Ja, gern."

„Mein Vater hat immer gemeint, egal was einen gerade bedrückt, irgendwann ist es überstanden. ‚Auch das geht vorbei' war sein Standardspruch. Denken wir an Tagen wie heute daran, ja?"

„Ich wünschte, er wäre hier, um uns das persönlich zu sagen."

„Das wünsche ich mir jeden Tag."

„Dito. Ich vermisse ihn schrecklich. Er hätte das alles geliebt, außer natürlich die bewaffneten Drohnen und die Unbekannten, die auf seine Tochter schießen."

„Natürlich", bestätigte sie lächelnd. „Komm, lass uns nach den Kindern schauen. Scotty wird schon wie auf glühenden Kohlen sitzen."

Nick drückte seine Frau noch einmal fest an sich. „Später mehr, ja?"

„Unbedingt."

Hand in Hand begaben sie sich nach oben in den Wintergarten, wo Sams Mutter Brenda, Shelby, Noah und die kleine Maisie zusammen mit den Kindern waren.

Als Scotty sie entdeckte, sprang er auf und umarmte Sam. „Danke, dass du dich nicht hast erschießen lassen."

Sie zog ihn fest an sich und legte ihr Gesicht auf sein weiches Haar. „Man tut, was man kann."

„Bitte tu mir *das* nie wieder an."

„Ich werde mich bemühen."

Sie wartete darauf, dass er sie losließ, aber das tat er erst mal nicht, also hielt sie ihn fest, bis er so weit war.

Als er sich schließlich von ihr löste, bemerkte sie Tränen in seinen Augen, die ihr fast das Herz brachen. „Ich hab kaum einen Kratzer davongetragen. Ganz ehrlich."

„Jimmy auch?"

„Er wird wieder."

„Gut."

Sams Mutter kam herüber, um ihre Tochter ebenfalls zu umarmen. „Es ist schön, dich zu sehen."

„Danke, gleichfalls."

„Ist alles in Ordnung?"

„Mir geht's gut, solange es Jimmy gut geht."

„Das war zu knapp."

„Absolut."

Die Zwillinge schalteten den Fernseher aus, in dem sie sich eine Sendung angeschaut hatten, und kamen angelaufen, um Sam und Nick zu begrüßen. Sie erzählten von der Sendung, ihrem Tag, ihrem Pausensnack und davon, wie lustig Grandma Brenda war – und das alles innerhalb von zehn Sekunden. Sam kniete sich hin, um die beiden an sich zu drücken, und atmete den Duft von Shampoo und Zucker ein, der ihnen anhaftete. Erleichtert stellte sie fest, dass Aubrey unbeschwert und fröhlich wirkte.

Die Kindertherapeutin hatte ihnen geraten, Aubrey zu erklären, dass die Polizei alles Menschenmögliche unternehmen würde, um schnell herauszufinden, was beim Ostereierrollen passiert war, und dass sie keine Angst haben müsse, weil ihre Familie den bestmöglichen Schutz genoss. Sam hatte sich vorgenommen, vor der Schlafenszeit noch mal allein mit der Kleinen zu reden, und Nick würde das ebenfalls tun. Eli hatte angekündigt, nach dem Abendessen per FaceTime mit seinen Geschwistern zu telefonieren.

Sam hatte etwa zwei Sekunden Zeit dafür, mit den Zwillingen zu kuscheln, ehe die beiden sich ihr entwanden und davonliefen, um zu spielen. Als sie sich aufrichtete, klingelte ihr Handy. Es war Freddie.

„Hey. Was gibt's?"

„Zwei Sachen. Erstens hat Walters auf den Videoaufnahmen von vorletztem Freitagabend etwas entdeckt. Man sieht klar einen Kampf zwischen zwei Personen und ein weißes Auto, das in der Nähe steht und losfährt, nachdem die eine der beiden die andere hineingestoßen hat und dann selbst eingestiegen ist. Es ist zu dunkel, um weitere Merkmale des Autos oder der Personen zu erkennen, doch es ist immerhin etwas."

„Definitiv."

„In diesem Zusammenhang hat Walters eine Liste von schlecht ausgeleuchteten Orten in belebten Gegenden der Stadt zusammengestellt. Wir haben die Streife gebeten, dort besonders wachsam zu sein."

„Gute Arbeit. Ich werde es bei Archie lobend erwähnen."

„Das dachte ich auch."

„Was ist die zweite Sache?"

„Wie geht es dir, und was hast du von Jimmy gehört?"

„Mir geht es gut. Jimmy befindet sich nach der OP auf dem Weg der Besserung. Liz ist bei ihm, und seine Eltern sind unterwegs nach Washington."

„Das freut mich."

„Ich hoffe, ich kann später noch bei ihm vorbeifahren."

„Halt mich über seine Genesungsfortschritte auf dem Laufenden."

„Mach ich."

„Bleib kurz dran. Gerade ist Gonzo reingekommen."

Sam hörte sie im Hintergrund reden, ehe Freddie sich wieder an sie wandte. „Wir haben ein weiteres Opfer."

„Ich muss zurück ins Büro", informierte Sam Nick und Scotty, die in ihrer Nähe geblieben waren, während die Zwillinge fröhlich in einer Ecke spielten.

Nick musterte sie mit unglücklicher Miene. „Man hat mir eindringlich nahegelegt, dich zu bitten, zu Hause zu bleiben, bis Erkenntnisse zum Hintergrund des heutigen Angriffs vorliegen."

„Keine Chance. Mein Team braucht mich, und ich muss vor Ort sein – besonders nachdem ich gerade vier Tage freihatte."

Er zog sie beiseite. „Sam, bitte. Die Leute, die für unsere Sicherheit verantwortlich sind, bestehen darauf, dass wir unter keinen Umständen ein Risiko eingehen, weder für dich noch für die Personenschützer. Erst müssen wir mehr darüber wissen, wer es auf dich abgesehen hat."

„Und dem hast du zugestimmt?"

„Ich habe zumindest nicht widersprochen. Der Gedanke, dass jemand auf dich schießt, während du arbeitest, ist der reinste Albtraum für mich, vor allem weil es höchstwahrscheinlich …"

„Was? Deinetwegen ist? Als ob nicht genug Leute Gründe hätten, mir nach dem Leben zu trachten, die nichts mit dir zu tun haben."

„Dass es einen Tag nach der Drohnenattacke passiert ist, legt andere Schlüsse nahe."

„Du erwartest also, dass ich dieses Haus nicht verlasse, damit auch nicht zur Arbeit fahre und dem Agenten, der die für mich bestimmte Kugel abgefangen hat, keinen Besuch abstatte … Und das Ganze wie lange genau?"

„Das Team vom Secret Service hat um etwas mehr Zeit für seine Nachforschungen gebeten."

„Tut mir leid, doch ich werde nicht hier herumsitzen. Wenn mich angesichts der heutigen Ereignisse niemand begleiten will, akzeptiere ich das. Aber ich gehe, egal ob mit Eskorte oder ohne."

„Samantha …"

Sam hob die Hand, um ihn zu unterbrechen. „Ich liebe dich mehr als alles andere, das weißt du. In dieser beispiellosen Zeit habe ich dich bei jedem Schritt unterstützt. Doch ich hab von Anfang an keinen Zweifel daran gelassen, dass ich meinen Beruf unter keinen Umständen aufgeben werde, und dabei bleibt es. Da ziehe ich die Grenze." Sie stellte sich auf die Zehenspitzen, um ihn auf die Wange zu küssen. „Bitte kümmer dich um Aubrey. Ich werde versuchen, so schnell wie möglich wieder da zu sein."

Sie blickten einander einen Moment lang an, was Sams ohnehin schon angespannte Nerven noch mehr strapazierte. Auseinandersetzungen zwischen ihnen waren so selten, dass sie selbst nach mehr als zwei Ehejahren nicht gut damit zurechtkam.

Sam wandte sich an die Kinder. „Ich muss noch mal zurück zur Arbeit. Hoffentlich bin ich rechtzeitig wieder da, um euch Gute Nacht zu sagen." Alle drei umarmten sie. „Ich hab euch lieb."

„Wir dich auch", antwortete Scotty ungewohnt bedrückt. „Pass auf dich auf."

„Mach ich. Versprochen."

Auf dem Weg zur Treppe schaute sie zu Nick, der mit den Händen auf den Hüften dastand und sie finster anstarrte. Dass er ihr nicht mit auf den Weg gegeben hatte, dass er sie liebte oder dass sie auf seine Frau aufpassen solle, hinterließ ein Gefühl der Leere in ihr. Sie lief ins Erdgeschoss hinunter und rief dabei Vernon an.

„Ich muss zurück ins Hauptquartier."

„Man hat uns aufgetragen, Sie bis auf Weiteres nirgends hinzufahren."

„Das weiß ich, aber ich will trotzdem dorthin, mit oder ohne Sie. Wenn Sie das Risiko nicht eingehen wollen, hab ich dafür vollstes Verständnis."

„Ich lasse Sie nicht allein da raus."

„Dann müssen wir sofort los. Es gibt einen weiteren Mordfall."

„Okay, wir treffen uns in der Lobby."

„Da bin ich schon."

„Ich bin unterwegs."

„Brauchen Sie Ihren Mantel, Ma'am?", erkundigte sich George.

„Ja, bitte."

Er holte ihn aus dem Schrank und half ihr hinein.

„Danke."

„Gern geschehen."

„Darf ich Ihnen eine Frage stellen?"

„Selbstverständlich."

„Wenn ich allein durch diese Tür hinausmarschieren würde, würden Sie mich dann aufhalten?"

„Nein, Ma'am. Doch Sie würden es nicht bis zum Tor schaffen, bevor der Secret Service Sie stoppt."

Sam wurde klar, dass sie eine Gefangene in ihrem eigenen Haus war. Zu ihrer eigenen Sicherheit, aber dennoch eine Gefangene.

Eine Minute später erschien Vernon mit Debra Nixon, Scottys leitender Personenschützerin.

„Kommen Sie mit?", fragte Sam.

„Ja. Scotty verlässt das Weiße Haus heute nicht mehr, und ich habe an sein Abendteam übergeben."

„Dann los."

„Wir sind verpflichtet, Ihnen nachdrücklichst davon abzuraten", stellte Vernon klar.

„Ich verstehe Ihre Bedenken, doch ich habe genau wie Sie einen Job zu erledigen. Mir ist bewusst, was es für Sie bedeutet, mich zu begleiten, besonders nach den für uns alle aufregenden letzten Tagen. Ich bedaure, dass ich Sie in Schwierigkeiten bringe, aber Sie können die Schuld daran allein mir geben."

„Das werden wir, keine Sorge", antwortete Vernon mit einem kleinen Lächeln, während er sie zu einem wartenden SUV geleitete.

Als sie das Weiße Haus hinter sich ließen, beugte sich Sam vor. „Es tut mir leid, dass ich Ihnen das zumute, besonders da einer Ihrer Kollegen im Krankenhaus liegt. Doch was immer da los ist, ich muss der Sache auf den Grund gehen, statt in einem goldenen Käfig zu hocken und vom wirklichen Leben abgeschottet zu sein. Ja, dieser Standpunkt erscheint mir selbst auch etwas unvernünftig, aber wenn ich der Angst nachgebe, ist das das Ende meiner Karriere. Ich hoffe, Sie verstehen das."

„Ja", sagte Vernon. „Das tu ich."

„Ob Sie es glauben oder nicht, ich auch", erklärte Debra. „Es ist nicht leicht, als Frau in unseren Berufen tätig zu sein, und jedes Zugeständnis, das wir machen, ist ein Rückschritt für uns alle."

„Richtig. Ich bin mir des Risikos durchaus bewusst. Verdammt, ich liege nachts wach und quäle mich mit der Sorge, dass meine Bekanntheit mein Team in Gefahr bringt. Doch ich weigere mich, mich von Furcht leiten zu lassen. So kann ich nicht leben. Ich kann nicht nur tatenlos zu Hause herumsitzen und vom Rand aus zusehen."

„Glauben Sie, dass alles miteinander zusammenhängt?", wollte Vernon wissen. „Die Drohnen, die Schüsse auf Sie, die Morde?"

„Darüber habe ich noch gar nicht nachgedacht. Es wäre allerdings eine Erwägung wert, auch wenn ich mir nicht vorstellen kann, was vier auf den ersten Blick zufällige Morde mit einem Drohnenanschlag beim Ostereierrollen zu tun haben könnten."

„Vielleicht geht es darum, Sie zu verletzen, um den Präsidenten zu treffen", schlug Vernon vor.

„Was meinen Sie damit?"

„Es scheint etwas weit hergeholt zu sein, das gebe ich zu. Aber was, wenn jemand diese Leute umbringt, um Sie wieder an Ihren Arbeitsplatz zu locken? Ihre Tage folgen in der Regel keinem bestimmten Schema, doch bei einem neuen Fall durchlaufen Sie immer die gleichen Schritte, was Sie in gewisser Weise berechenbar macht."

„Nur was hat das mit Nick zu tun?", erkundigte sich Sam.

„Die ganze Welt weiß, dass Sie seine Schwachstelle sind, Sam. Wenn Ihnen oder den Kindern etwas zustoßen würde, würde er zurücktreten."

„Und Sie meinen, das steckt dahinter?"

„Wie gesagt, es scheint weit hergeholt zu sein, aber es ist eine Theorie."

„Oder jemand will Sie aus irgendeinem Grund aus dem MPD entfernen", warf Debra ein. „Vielleicht hat das gar nichts mit Ihrem Mann zu tun, sondern allein etwas mit Ihnen."

Sam dachte ein paar Minuten lang darüber nach, wog alle Möglichkeiten ab und kam zu dem Schluss, dass das Ganze möglicherweise gar nicht so weit hergeholt war, wie Vernon glaubte. Er hatte recht: Wenn ihr oder einem ihrer Kinder etwas zustieße, würde Nick zurücktreten.

Danach könnte er sein Amt nicht mehr ausüben, weil er seine Familie zu sehr liebte. Die Leute wussten das. Kurz vor Nelsons Tod hatte er angekündigt, dass er sich nicht aktiv um die Kandidatur bewerben würde, weil er für den Wahlkampf nicht wochenlang von seiner Familie getrennt sein wollte.

Er hatte seine Schwachstelle erkannt, ehe er das Amt des Präsidenten angetreten war, und jetzt ... wollte jemand sie töten, um ihn zu Fall zu bringen? Oder hatte Debra recht? Wollte man sie und das ganze Tamtam um ihre Person im MPD loswerden?

Beide Szenarien klangen zunächst einmal zu absurd, um wahr zu sein, doch jetzt, da Vernon und Debra sie geäußert hatten, erschienen sie Sam von Sekunde zu Sekunde plausibler. Vernon hatte völlig recht. Sie ging jedes Mal ähnlich vor, wenn sie einen neuen Fall bekam: Tatort in Augenschein nehmen, Familie des Opfers aufsuchen, Freunde, Kollegen und andere Personen, mit denen das Opfer zu tun hatte, ausfindig machen.

Wenn man jemanden umbrachte, konnte man mit ziemlicher Sicherheit vorhersagen, wo sie als Nächstes auftauchen würde, um dort auf sie zu warten.

Als sie begriff, wie berechenbar ihre Abläufe und die ihres Teams waren, bildete sich ein Kloß in ihrem Hals. Ganz zu schweigen davon, dass sie ihre besorgte Familie nie hätte verlassen dürfen, zumal Aubrey in der Schule Anzeichen von Stress gezeigt hatte.

„Vernon."

„Ja, Sam?"

„Bringen Sie mich nach Hause."

„Wie bitte?"

„Bitte bringen Sie mich nach Hause."

Er warf ihr über den Rückspiegel einen Blick zu.

Sie erwiderte ihn und nickte leicht.

An der nächsten Ampel wendete er den Wagen.

# KAPITEL 17

Sam schrieb Freddie und Gonzo eine SMS.

*Vernon glaubt, man wolle mich möglicherweise in eine Falle locken, um einen weiteren Anschlag auf mich zu verüben. Das würde dann wiederum Nick aus dem Amt treiben. Oder es geht darum, mich aus dem MPD zu drängen. Ich kann meine Personenschützer und euch alle nicht derart in Gefahr bringen. Wir wären leichte Ziele, daher halte ich mich ab sofort aus den Ermittlungen vor Ort raus. Gonzo, du übernimmst die Leitung. Ich stehe für Besprechungen und die Arbeit an dem Fall von zu Hause aus zur Verfügung. Tut mir leid.*

Freddie antwortete als Erster darauf.

*Heilige Scheiße. Glaubst du wirklich, dass das sein kann?*

*Vernon hat darauf hingewiesen, dass meine Vorgehensweise einer bekannten Routine folgt, wenn wir einen neuen Fall bekommen. Ich halte es für durchaus denkbar, und es könnte außerdem mit dem Drohnenangriff in Verbindung stehen. Wie auch immer, ich will nichts riskieren – weder mein Leben noch das meiner Kollegen oder der Personen, die für meine Sicherheit zuständig sind.*

Sie schickte die gleiche Nachricht an Jeannie, den Chief und Malone.

*Was ist nur aus dieser Welt geworden?*, erwiderte der Chief. *Bleib zu Hause, bis wir mehr wissen.*

Ihr Telefon klingelte. Es war Archie. „Hi, wie geht es Harlowe?"

„Ich hab gerade mit Gonzo gesprochen, als er deine Nachricht erhalten hat. Glaubst du wirklich, jemand ist hinter dir her?"

„Keine Ahnung. Doch solange ich es nicht ausschließen kann, verschwinde ich mal für einige Zeit von der Bildfläche."

„Also hat jemand Harlowe entführt, vergewaltigt und misshandelt, weil er es auf dich abgesehen hat?"

Sams Magen zog sich zusammen, als sie seinen vorwurfsvollen Tonfall hörte, wobei sie ihm die Entrüstung nicht verdenken konnte. „Ich … weiß es nicht, Archie. Doch unmöglich ist es nicht. Wir müssen weiter untersuchen, ob es eine Verbindung zwischen ihrem Fall und den anderen gibt."

„Als man auf dich geschossen hat, hast du gerade in ihrem Fall ermittelt."

„Ja, aber …"

„Verdammt. Wenn jemand das geplant hat, hat er auch die Info, dass wir befreundet sind … Er ist mir vielleicht gefolgt, hat uns zusammen beobachtet. Er könnte gesehen haben, dass sie jetzt hier ist."

Ihr Mund war ganz trocken. „Das könnte durchaus sein, Archie. Und wenn es stimmt … Ich …"

Wie um alles in der Welt sollte sie weiter beim MPD arbeiten, wenn das wahr war?

„Ich muss aufhören."

Er legte auf, ehe sie antworten konnte – andererseits, was hätte sie auch sagen sollen?

Am Tor des Weißen Hauses musste der SUV anhalten, da die Wachen darauf bestanden, das Fahrzeug zu überprüfen – das war noch nie zuvor passiert.

Als sie sich davon überzeugt hatten, dass nur sie und die beiden Personenschützer im Wagen saßen, durften sie passieren.

Am Eingang öffnete Vernon ihr die hintere Tür.

Sam stieg aus, ging ins Haus, ignorierte George und lief die Treppe hinauf, ohne innezuhalten, bis sie in ihrer Suite war. Sie lehnte sich mit dem Rücken gegen die Tür und sank schluchzend zu Boden, den Kopf in die Hände gestützt, als sie das ganze Ausmaß des Geschehens erfasste.

Jemand hatte ihretwegen Menschen erschlagen? Die Drohnen

beim Ostereierrollen hatten vielleicht gar nicht Nick gegolten, sondern ihr?

Jede Faser ihres Körpers war von dieser Erkenntnis erschüttert.

Dann war er da, legte die Arme um sie, brachte den Duft von Zuhause mit sich, und die Wärme seiner Liebe durchflutete ihren eiskalten Körper.

„Was ist passiert?"

Sie versuchte vergeblich, Worte zu finden.

Er hielt sie an sich gedrückt, bis sie sich etwas beruhigt hatte und wieder sprechen konnte. Sie musste ihm etwas sagen, das, wenn sie es einmal über die Lippen gebracht hatte, alles verändern würde.

Sie wischte sich die Tränen ab. „Hast du mit Aubrey geredet?"

„Wir haben uns lange unterhalten, und ich glaube, es geht ihr besser."

„Ich sollte nach ihr schauen."

„Die Zwillinge waren müde und wollten ins Bett. Das kann bis morgen warten. Verrat mir, was los ist, Samantha."

Sie holte zitternd Luft und wünschte sich mehr als alles andere, sie müsste ihm nicht erzählen, was sie so aufgewühlt hatte.

„Es ist durchaus möglich, dass all das – die Drohnen, die Morde, die Schüsse auf Jimmy, die Entführung und der Überfall auf Archies Freundin …"

„Ja?"

„Vernon meinte, es könnte jemand sein, der es auf mich abgesehen hat, weil er weiß, dass du zurücktreten würdest, wenn mir etwas zustieße. Oder aber jemand versucht, mich aus dem MPD zu drängen."

„Was?", keuchte er.

„Denk doch mal nach. Vernon hat recht – mein Vorgehen bei neuen Fällen folgt immer dem gleichen Ablauf. Wenn mich jemand ausfindig machen will, ist es nicht schwer, vorherzusagen, wo ich auftauchen werde: am Tatort eines Mordes. Also wird irgendein Unschuldiger getötet, und dann muss man nur noch abwarten. Außerdem war bekannt, dass ich mit den Kindern beim

Ostereierrollen sein würde. Was, wenn sie nicht hinter dir her waren, sondern die ganze Zeit ich das eigentliche Ziel war?"

„Mein Gott, Sam, ich … Ich kann nicht …"

„Ich bin nach Hause gekommen, weil ich nicht riskieren kann, dass jemand, der mir wichtig ist, meinetwegen verletzt wird oder Schlimmeres."

„Das ist unglaublich."

„Aber es ist wahr … Wenn mich jemand umbringt, würdest du dich aus dem öffentlichen Leben zurückziehen. Und wenn jemand einen meiner Bodyguards oder jemanden aus meinem Team umbringt, müsste ich wahrscheinlich zu meinem Schutz das MPD verlassen. Ich bin mir nicht sicher, was davon diese kranken Dreckskerle wollen. Vielleicht beides."

„Was sollen wir jetzt tun?"

„Wir finden heraus, wer dahintersteckt, und bringen die Verantwortlichen zur Strecke."

Sam war die ganze Nacht wach und erstellte Listen von Personen, die sie überprüfen musste, angefangen mit dem ehemaligen Sergeant Ramsey, der ihr die Schuld am Tod seines Sohnes gab. Shane war von der Polizei erschossen worden, als er eine Frau als Geisel genommen hatte. Der unehrenhaft aus dem Dienst entlassene ehemalige Sergeant gab ihr ohnehin die Schuld an allem, was in seinem Leben und seiner Karriere schiefgelaufen war, statt einzusehen, dass er das allein zu verantworten hatte. Sie traute es ihm durchaus zu, an so etwas beteiligt zu sein.

Auf ihrer To-do-Liste für den Morgen stand als Erstes die Beantragung eines Durchsuchungsbeschlusses für sein Handy, um die Monate vor seiner letzten Verhaftung anlässlich der Störung bei der Beerdigung des Bundesstaatsanwalts Tom Forrester zu überprüfen. Er hatte Forrester dafür gehasst, dass er sich geweigert hatte, Sams Tätlichkeit gegen Ramsey strafrechtlich zu verfolgen, zu der sie sich nach einer verbalen Entgleisung seinerseits hatte hinreißen lassen. Ramsey hatte damals erklärt, sie habe genau das gekriegt, was sie verdient habe, als Stahl sie in

Klingendraht gewickelt hatte. Daraufhin hatte sie ihm im Affekt eine Ohrfeige verpasst, durch die er das Gleichgewicht verloren hatte, die Treppe runtergefallen war und sich den Arm gebrochen sowie eine Gehirnerschütterung zugezogen hatte.

Freddie hatte ihr berichtet, das jüngste Opfer sei ein vierundzwanzigjähriger Student der American University. Auf dem Heimweg von einem Vierundzwanzig-Stunden-Fitnessstudio hatte ihn jemand von hinten mit einem Schlag auf den Hinterkopf getötet.

Während sie diese neuen Informationen verarbeitete, ging sie die Liste der Personen durch, die sie in den letzten Jahren hinter Gitter gebracht hatte, von dem früheren Lieutenant Stahl bis hin zu Marquis Johnson, dessen kleiner Sohn bei einer Schießerei gestorben war, zu der es beim Abschluss einer verdeckten Ermittlung von Sam gekommen war.

Danach setzte sie eine Liste der Personen auf, die es auf Nick abgesehen hatten.

Der frühere Außenminister Martin Ruskin, den Nick nach einem Riesenskandal mit den Iranern gleich in der ersten Woche nach seiner Amtsübernahme rausgeworfen hatte.

Der frühere Justizminister Reginald Cox, den Nick wegen seiner Spielsucht und der Behinderung einer Untersuchung, bei der alles ans Licht gelangt wäre, hatte ersetzen müssen.

General Michael Wilson, der frühere Vorsitzende der Vereinigten Generalstabschefs, den Nick wegen Verschwörung und Putschplänen gegen die Regierung Cappuano seines Amtes enthoben hatte. Wilson würde sich jetzt wegen mehrerer Anklagen vor Gericht verantworten müssen, außerdem war er unehrenhaft aus dem Militärdienst entlassen worden.

Der frühere stellvertretende Vorsitzende der Vereinigten Generalstabschefs, Admiral Nathan Goldstein, dem wegen Verschwörung zum Sturz der Regierung Cappuano und der Anstiftung zum glücklicherweise vereitelten Mord an Navy Lieutenant Commander Juan Rodriguez der Prozess gemacht werden würde. Und auch Goldstein war unehrenhaft aus dem Militärdienst ausgeschieden.

Alle Personen auf Nicks und ihrer Liste hätten sich so einen

Racheplan ausdenken können, und Sam war entschlossen, herauszufinden, wer unschuldige Menschen tötete, um zu ihr – und damit auch zu Nick – vorzudringen. Wenn das denn tatsächlich das Motiv war. Sie wusste es immer noch nicht genau, doch je länger sie darüber nachdachte, desto plausibler erschien es ihr.

Als Nächstes verfasste sie eine SMS an den FBI-Agenten Avery Hill, in der sie ihn über ihre Ermittlungen informierte und um jede Hilfe bat, die seine Behörde leisten konnte. Sie würde diese Nachricht morgen früh verschicken, sodass er sie gleich bei Dienstbeginn als Erstes erhielt. Bis dahin waren es nur noch drei Stunden. Nach einer Schussverletzung an der Schulter, die er während der Ermittlungen im Fall Harlan Peckham erlitten hatte, war Avery inzwischen wieder im Dienst.

Plötzlich legte ihr Nick von hinten die Hände auf die Schultern, und sie zuckte zusammen. „Du musst dringend schlafen, Schatz."

„Ich kriege jetzt kein Auge zu."

„Versuchst du es wenigstens mal? Mir zuliebe?"

Sam war so angespannt, dass sie fürchtete, jeden Moment zu explodieren, aber da er den Schlaf noch dringender brauchte als sie, nickte sie kurz und ließ sich von ihm aufhelfen.

Sie putzte sich mechanisch die Zähne und zog sich um. Als sie ins Bett stieg, streckte Nick einladend die Arme nach ihr aus, forderte sie wortlos auf, sich an ihn zu schmiegen, doch sie ertrug es jetzt nicht, berührt zu werden, daher blieb sie, wo sie war.

Er drehte sich auf die Seite, um sie anzusehen. „Samantha … Liebling, das alles ist nicht deine Schuld."

„Deine auch nicht."

„Wir machen beide nur unseren Job. Wenn jemand hinter dir oder uns her ist, ist das allein ihnen zuzuschreiben, nicht uns."

„Es setzt mir furchtbar zu, dass ein junger Mitarbeiter des Secret Service heute Nacht im Krankenhaus liegt und sich von Verletzungen erholt, die viel zu leicht tödlich hätten sein können, und das wenige Wochen vor der Geburt seines ersten Kindes."

„Nicht deine Schuld – und auch nicht meine", beharrte er.

„Sag das den trauernden Familien der vier Opfer. Oder Archies Freundin Harlowe, die das, was man ihr angetan hat, für immer verändert hat, selbst wenn sie sich noch nicht daran erinnert."

„Es ist schrecklich, egal wie man es betrachtet. Aber wir wissen noch nicht mal, ob das alles wirklich zusammenhängt und ob es überhaupt etwas mit dir oder uns zu tun hat."

„Natürlich hat es das. Sobald Vernon diese Möglichkeit erwähnt hat, ist es mir wie Schuppen von den Augen gefallen."

„Obwohl ich die Logik dahinter sehe, ist es doch nur eine Möglichkeit, zumindest solange es keine Beweise gibt."

„Ich spüre es in meinem Innersten. Das alles hängt zusammen. Meine Intuition trügt mich selten."

„Ich erinnere dich nur ungern an Dinge, die du lieber vergessen würdest, aber du hast dich erst kürzlich geirrt und musstest zugeben, dass die Töchter dieser Frau nicht in ihre Ermordung verwickelt waren."

Sie lachte auf. „Wow, das war ein echter Tiefschlag."

„Das war nicht meine Absicht. Es sollte dich lediglich daran erinnern, dass die Beweise manchmal etwas anderes ergeben als dein Bauchgefühl. Bevor du dich jetzt also selbst so unter Druck setzt, sollten wir erst mal abwarten, was bei den Nachforschungen rauskommt."

„Du hast vermutlich nicht ganz unrecht."

„Sondern nur ein bisschen?"

„So in etwa." Nach einer langen Pause fügte sie hinzu: „Danke, dass du mich zurück auf den Boden der Tatsachen gebracht hast."

„Glaub mir, ich verstehe besser als jeder andere, wie schrecklich es ist, für etwas verantwortlich zu sein, das jemandem passiert ist, den man liebt – oder sogar Menschen, die man noch nie getroffen hat. Ich kann das sehr gut nachvollziehen."

„Du redest von Juan."

„Unter anderem. Aber auch von gefallenen Soldaten."

„Es sagt sich so leicht, dass es nicht unsere Schuld ist, trotzdem gehen uns diese Dinge sehr nah."

„Das stimmt zweifellos."

„Es ist das schlimmste Gefühl überhaupt."

„Ich weiß. Schließ die Augen und versuch, für ein paar

Stunden alles zu vergessen. Morgen früh kannst du dann mit ausgeruhtem Verstand weitermachen."

„Heute Nacht hat jemand einen Studenten umgebracht, der auf dem Heimweg vom Fitnessstudio war. Wieder mit einem Schlag auf den Hinterkopf." Tränen stiegen ihr in die Augen, als sie sich vorstellte, wie seine armen Eltern den Anruf erhielten, bei dem man ihnen die Schreckensbotschaft mitteilte. Sie hatten gedacht, nachdem sie ihren Sohn durchs College und bis an die Uni gebracht hatten, hätten sie es geschafft und das Schlimmste läge hinter ihnen – sie hatten sicher nicht damit gerechnet, dass sie ihn durch einen sinnlosen Akt der Gewalt verlieren würden.

Koste es, was es wolle, sie würde die Person oder die Personen finden, die das getan hatten, und dafür sorgen, dass sie den Rest ihres Lebens hinter Gittern verbrachten. Und wenn es das Letzte war, was sie tat.

Am nächsten Morgen schlug Sam die Augen auf und hatte einen neuen Gedanken: Wenn das Ziel war, sie aus der Reserve zu locken, warum ermordete man Menschen dann an einem Wochenende, an dem, wie die ganze Welt wusste, sie und Nick in Camp David sein würden?

Vielleicht hatte das alles doch nichts mit ihr zu tun, außer den Schüssen auf der Straße gestern.

Wenn das stimmte, stand sie wieder ganz am Anfang.

Aber das nagende Gefühl in ihrem Bauch, auf das sie sich normalerweise verlassen konnte, drängte sie, diese Theorie trotzdem weiterzuverfolgen. Wenn ihr Bauchgefühl sie kürzlich nur nicht so sehr im Stich gelassen hätte, als sie alles auf eine Karte gesetzt hatte, um gegen Elaine Myersons Töchter zu ermitteln, beide im Teenageralter, bloß um festzustellen, dass sie unschuldig waren.

Sie war sich so sicher gewesen, dass sie die Täterinnen waren.

Doch sie hatte sich gründlich geirrt.

Sam griff nach ihrem Handy und schrieb Vernon eine SMS, um sich nach Jimmy zu erkundigen.

*Er hatte eine gute Nacht. Ich bin heute Morgen auf dem Weg zur Arbeit bei ihm vorbeigefahren und habe ihm auch Ihre Grüße ausgerichtet. Es hat ihn gefreut, zu hören, dass Sie unverletzt sind.*

*Wie schön, dass es ihm besser geht. Wann darf er das Krankenhaus verlassen?*

*Morgen, wenn er sich weiter so gut erholt.*

*Danke für die Information. Bis nachher bei der Besprechung.*

*Ich werde da sein.*

Nick kam aus dem Bad, für einen weiteren Tag der Weltrettung in einen marineblauen Anzug mit dezenten Nadelstreifen gekleidet. Der sexyeste Mann dieses Planeten (und aller anderen).

„Was ist?", fragte er, als er ihren Blick auffing.

„Ich genieße nur die Aussicht."

„Ach, hör auf." Sie liebte es, ihn mit Bemerkungen über sein gutes Aussehen in Verlegenheit zu bringen. Es erschien ihr wunderbar normal an diesem Morgen, der alles andere als das war.

„Ich werde immer glauben, dass mein Mann der heißeste im ganzen Universum ist."

„Du bist heute Morgen deutlich besser drauf."

„Nicht wirklich, aber du im Anzug … Das macht einfach was mit mir."

Lächelnd setzte er sich neben ihr aufs Bett und ergriff ihre Hand. „In einer halben Stunde habe ich mein Sicherheitsbriefing. Ich werde schauen, dass Scotty rechtzeitig zur Schule aufbricht. Er muss nämlich eine Stunde früher los als sonst, weil er Nachhilfe in Algebra hat."

„Das freut ihn bestimmt riesig."

„Er wollte gestern Abend nicht darüber reden. Kommst du mit den Zwillingen allein klar?"

„Sicher."

„Du denkst an das Treffen mit dem Secret Service um neun?"

„Ich werde pünktlich da sein. Apropos Secret Service, Vernon sagt, Jimmy habe die Nacht gut überstanden und könne vielleicht schon morgen aus dem Krankenhaus entlassen werden."

„Das sind gute Nachrichten."

„Ja." Sam fuhr mit den Fingern über die Seide seiner königsblauen Krawatte. „Ich möchte, dass du dich bei dem heutigen Treffen an die Vereinbarung erinnerst, die wir getroffen haben, als wir das hier begonnen haben."

„Daran erinnere ich mich sehr genau."

„Wirst du für mich kämpfen?"

„Immer. Ich bin im Team Samantha."

„Selbst wenn du mich lieber hier einsperren würdest, wo ich sicher und geschützt bin?"

„Selbst dann." Nick beugte sich vor, um sie zu küssen. „Wie gesagt, ich weiß genau, wen ich geheiratet habe, und ich weiß auch, was meine Frau braucht, um glücklich zu sein. Ich werde alles in meiner Macht Stehende tun, um dafür zu sorgen, dass sie das kriegt."

„Sie findet dich sehr sexy, wenn du die Muskeln der Macht spielen lässt."

Sein finsterer Blick verriet, was er von diesem Spruch hielt.

Sam lächelte. „Was denn? Ist doch wahr."

„Bereite dich auf massiven Widerstand vor. Nach einem Vorfall wie dem gestern gibt es garantiert Anpassungen bei den Sicherheitsmaßnahmen, besonders direkt nach den Ereignissen vom Montag."

„Noch immer keine Informationen dazu, woher die Drohnen stammen?"

„Zumindest nicht, dass ich wüsste. Ich hoffe, dass wir in der Besprechung mehr erfahren."

„Ich werde Avery und sein Team heute Morgen über meine Theorie informieren."

„Das ist keine schlechte Idee, auch wenn es dir überhaupt nicht ähnlichsieht, um Hilfe von außen zu bitten."

„In einer solchen Situation ist kein Platz für Ego oder Stolz."

„Na so was. Auf einmal klingst du so erwachsen."

„Haha, unterm Strich bin ich immer noch dasselbe wilde Tier, das ich immer war, wenn es darum geht, das FBI hinzuzuziehen."

„Ich liebe mein kleines wildes Tier mehr als alles andere." Er küsste sie ein weiteres Mal und stand auf. „Bis in ein paar Stunden."

„Setzt du dich bei dem Meeting neben mich?"

„Natürlich. Wann habe ich je eine Gelegenheit ausgelassen, die Hand meiner besten Freundin zu halten?"

Sam lachte. „Gute Antwort, Mr President."

„Ich liebe dich."

„Ich dich auch."

# KAPITEL 18

Nachdem Nick gegangen war, schickte Sam die SMS an Avery und lehnte sich dann in die Kissen zurück. Der Gedanke, von zu Hause aus zu arbeiten, während ihr Team in dem neuen Mordfall ermittelte, gefiel ihr überhaupt nicht. Es war nicht gut, als Chefin nicht vor Ort zu sein. Angesichts der vielen Ablenkungen und Unterbrechungen, die sie verursachte, war es allerdings vielleicht an der Zeit, dass sie sich zurückzog und jemand anderem die Leitung der Mordkommission überließ.

Allein daran zu denken, brach ihr das Herz. Wenn sie das zu entscheiden hätte, würde sie noch mindestens zwanzig Jahre in dieser Position bleiben, bevor sie über den Ruhestand nachdachte. Aber Entwicklungen, die sich ihrer Kontrolle entzogen, könnten dazu führen, dass sich dieser Zeitplan verschob. Und womöglich war das ja der Zweck der ganzen Sache.

Mit diesem Gedanken im Kopf rief sie Malone an.

„Guten Morgen", sagte der. „Wie läuft's?"

„Super. Die Zahl der Opfer ist über Nacht wieder um eins gestiegen."

„Ja, ich hab gerade den Bericht gelesen. Es ist schrecklich."

„Ich glaube, all diese Dinge hängen zusammen."

„Welche Dinge?"

„Die vier Morde, die Drohnen, die Entführung von Archies Freundin, die Schüsse gestern."

„Was ist das verbindende Element?“

„Ich.“

„Ich versteh nicht genau, was Sie meinen.“

„Was, wenn jemand Menschen tötet, weil er weiß, dass ich dann jedes Mal genau das gleiche Programm abspule? Wenn diese Person mich benutzt, um an Nick heranzukommen, weil sie denkt, dass er zurücktreten wird, wenn mir etwas zustößt? Oder versucht, mich aus dem MPD zu drängen, indem sie bei einem mir geltenden Attentat beinahe meinen Personenschützer erschießt? Ich bin mir nicht sicher, auf wen von uns sie es abgesehen hat, auf Nick oder mich. Womöglich sogar auf uns beide.“

„Das ist doch verrückt. Es gäbe eine Million andere Methoden, Nick zum Rücktritt zu bewegen.“

„Aber das wäre der schnellste Weg. Denken Sie nur an all die Aufmerksamkeit, die wir mit unserer extrem glücklichen Ehe erhalten, von *Saturday Night Live* über politische Karikaturen bis hin zur Nonstop-Berichterstattung in den Klatschspalten über alles, was wir tun und lassen. Es ist kein Geheimnis, dass ich seine Achillesferse bin und nicht viel nötig ist, um ihn über mich zu treffen.“

„Das ist absurd.“

„Mord ist häufig absurd. Denken Sie mal darüber nach, Cap. Wie ist die unterschwellige Stimmung seit Nicks Amtsantritt? Er ist zu jung, zu unerfahren, nicht gewählt, nicht rechtmäßig im Amt. Die Liste ließe sich endlos fortsetzen. Sogar seine Vereinigten Generalstabschefs haben ihn verraten. Warum sollte es da abstrus sein, dass jemand mich dafür zu benutzen versucht, ihn zu Fall zu bringen und aus dem Amt zu treiben?“

„Wenn Sie es so ausdrücken, klingt es tatsächlich etwas weniger bizarr als eben.“

„Jemand, auf dessen Meinung ich viel gebe, sieht noch eine andere Möglichkeit. Was, wenn es jemand ist, der *mich* aus dem Amt haben will, und das Ganze überhaupt nichts mit Nick zu tun hat?“

„Sie meinen, jemand will das so sehr, dass er vier Menschen tötet, einen weiteren entführt und brutal misshandelt, Drohnen zum Weißen Haus schickt und einen Secret-Service-Agenten niederschießt?"

„Wenn wir nach all den Jahren in diesem Beruf eins wissen, dann dass alles möglich ist."

„Es erscheint mir trotzdem ziemlich weit hergeholt, vor allem dass jemand Sie hier rauskegeln will."

„Ich habe eine Liste aller Personen erstellt, die an so etwas beteiligt sein könnten – bei Nick und bei mir. Wir brauchen Zugriff auf Ramseys Handyinhalte aus den Wochen vor seiner letzten Verhaftung. Er wäre ein hervorragender Ansprechpartner, wenn jemand erfahren möchte, wie ich arbeite und was wir tun, wenn wir einen neuen Fall auf den Tisch kriegen."

„Ich beantrage einen Durchsuchungsbefehl."

„Sie finden das also plausibel?"

„Mit dem Urteil halte ich mich zurück, bis Sie mir Beweise liefern. Bis dahin ermitteln wir weiter in den Fällen und setzen die Puzzleteile zusammen."

„Ich tu hier, was ich kann, und berate mich mit den anderen über die nächsten Schritte."

„Okay."

„Captain Malone?"

„Ja?"

„Sie haben mir versprochen, es mir zu sagen, wenn ich bei der Arbeit zur Belastung werde."

„Stimmt."

„Ist es schon so weit?"

„Meiner Meinung nach nicht. Ich habe nach wie vor lieber Sie in dieser Rolle, mit allem, was dazugehört, als irgendjemand anderen."

„Gefährdet meine Anwesenheit Menschen? Der Schuss, der Jimmy getroffen hat, war für mich bestimmt. Er hätte ihn oder auch Freddie töten können, der direkt neben uns stand."

„Man hat schon auf Sie geschossen, bevor Sie die First Lady geworden sind, und wird es aufgrund Ihres Berufs vermutlich wieder tun. Das gehört dazu."

„Versuchen wir, etwas zu rechtfertigen, was sich jeder Rechtfertigung entzieht?"

„Ich nicht. Sie?"

„Manchmal habe ich schon das Gefühl. Ich will Ihnen nichts vormachen: Dass jemand Jimmy auf einem Bürgersteig in Adams Morgan niedergeschossen hat, hat mich tief erschüttert."

„Das könnte überhaupt keine Verbindung mit Ihnen oder Nick oder Ihren offiziellen Ämtern haben, sondern es könnte einfach jemand gewesen sein, der aus irgendwelchen Gründen Aufmerksamkeit will. Es könnte sehr gut jemand sein, der zum Spaß auf Cops schießt und gar nichts mit dem Vorfall am Montag zu tun hat."

„Seltsam, dass es den obersten Strafverfolgungsbeamten der US-Regierung nicht gelingt, herauszubekommen, wer diese Drohnen geschickt hat."

„Jemand hat sich große Mühe gegeben, das zu verhindern."

„Wollen solche Leute nicht normalerweise Anerkennung? Die wünschen sich doch, dass alle wissen, sie waren es."

„Nicht wenn die gesamte Macht der US-Regierung darauf ausgerichtet ist, sie zu vernichten."

„Trotzdem … Die Dreckskerle, die so was tun, verstecken sich in der Regel nicht. Warum gibt es kein Bekennerschreiben? Warum äußert sich niemand dazu? Könnte es sein, dass die nicht vorhaben, damit aufzuhören? Soweit ich es verstanden habe, vermutet der Secret Service, den Schuss gestern hätte eine weitere Drohne abgegeben. Wie kann das nicht mit den Drohnen zusammenhängen, die auf dem Weg zum Weißen Haus abgefangen worden sind?"

„Alles ist möglich, und ich merke, dass Ihnen von den ganzen Theorien schon der Kopf raucht. Jetzt müssen Sie sie beweisen. Schauen wir mal, was Ramseys Handy so hergibt, und überlegen uns dann den nächsten Schritt."

„Danke für die Unterstützung, Captain."

„Gerne. Bleiben Sie ruhig. Wir werden der Sache schon auf den Grund gehen, so wie wir es immer machen – Schritt für Schritt. Ich melde mich, sobald ich den Durchsuchungsbefehl habe."

„Klingt gut."

Sie beendete das Gespräch und fühlte sich etwas besser.

Natürlich hatte Malone recht. Bis sie bewiesen war, war eine Theorie nur eine Theorie.

Ihr Handy klingelte. „Hey", begrüßte sie Avery.

„Selber hey. Und was zum Teufel ist da bitte bei euch los?", fragte er mit seinem unwiderstehlichen Südstaatenakzent.

„Echt, oder? Ich brauch dich, Agent Hill."

„Ich bin für dich da."

„Geht's dir gut? Bist du wieder voll einsatzbereit?"

„Nicht ganz, aber es wird. Das FBI ermittelt unter Hochdruck wegen der Drohnen und der Schüsse von gestern, die wahrscheinlich ebenfalls von einer Drohne abgefeuert wurden."

„Das hab ich schon gehört."

„Diese Information darf allerdings keinesfalls durchsickern, bis wir mehr wissen."

„Wie bewertest du meine Theorie?"

„Normalerweise würde ich sie als abwegig abtun, doch ich werde sie in den Bericht aufnehmen, den ich in einer Stunde schreiben muss. In einem solchen Fall ist alles möglich, selbst das Verrückteste."

„Vielen Dank an dich und dein Team. Nick und ich wissen das sehr zu schätzen."

„Ich werde euch, soweit das möglich ist, auf dem Laufenden halten."

„Auch das weiß ich zu schätzen."

Nachdem sie das Gespräch beendet hatten, sandte sie Gonzo eine SMS, um sich zu erkundigen, ob sie eine Telefonkonferenz durchführen könnten, wenn alle bereit wären.

*Ich ruf dich in zwanzig Minuten an*, antwortete er.

Sam schickte ihm ein Daumen-hoch-Emoji und nutzte die Zeit, um zu duschen und sich anzuziehen. Unter der Dusche bemerkte sie die großflächigen Blutergüsse an ihrer linken Hüfte und Schulter, die sie sich am Vortag zugezogen hatte, als Jimmy sie zu Boden geworfen hatte. Zumindest war sie nicht auf die rechte Seite gefallen, wo der Aufprall möglicherweise einen erneuten Bruch ihrer gerade erst verheilten Hüfte zur Folge gehabt hätte. Insgesamt waren die Hämatome ein geringer Preis dafür, dass sie nicht tot war.

Sie musste die Zwillinge gleich nach dem Meeting mit ihrem Team wecken, also behielt sie die Uhr im Auge, während sie auf Gonzos Anruf wartete.

Als das Handy klingelte, schaltete sie den Lautsprecher ein, damit sie die Hände für anderes frei hatte. Für das Treffen mit dem Secret Service um neun Uhr trug sie etwas Make-up auf, während sie sich über den aktuellen Stand im jüngsten Fall informierte.

„Joshua Saulnier, vierundzwanzig Jahre alt, ursprünglich aus San Diego. Hat seinen Bachelor an der George Mason University gemacht und hat jetzt einen Master-Studiengang in Politikwissenschaften an der American University verfolgt. Nach allem, was man hört, war er ein fleißiger junger Mann mit großen Träumen, der nach seinem Abschluss im öffentlichen Dienst arbeiten wollte. Seine Verlobte Mandy ist kürzlich hergezogen, und die beiden wollten im Oktober heiraten. Als wir ihr die Nachricht überbracht haben, war sie so verzweifelt, dass wir sie ins GW bringen mussten. Ein Freund der beiden ist bei ihr."

„Was ist mit den Eltern des Opfers?", fragte Sam.

„Die haben wir ebenfalls aufgespürt und informiert. Sie sind auf dem Weg hierher, zusammen mit den Eltern der Verlobten. Wie die anderen Opfer starb Joshua an den Folgen eines Schlags auf den Hinterkopf. Auch dieser Angriff ereignete sich auf einem unzureichend beleuchteten Abschnitt, diesmal an der Nebraska Avenue. Sergeant Walters lässt die Überwachungsvideos aus der Gegend auswerten, aber wir machen uns keine großen Hoffnungen."

„Wer hat mit der Verlobten gesprochen?", erkundigte sich Sam.

„Carlucci und Dominguez."

„Hören die beiden mit?"

„Ja, Lieutenant", sagte Carlucci.

„Ist euch in der Nähe der Wohnung etwas Ungewöhnliches oder Verdächtiges aufgefallen?"

„Nein."

„Niemand, der da herumgelungert hat oder da nicht hinzugehören schien?"

„Nicht, soweit wir es gesehen haben.“

„Was denkst du?“, fragte Detective Charles.

„Es ist weit hergeholt und derzeit nur eine Hypothese“, antwortete Sam, bevor sie ihre – oder vielmehr Vernons – Theorie darlegte, dass die jüngsten Ereignisse Teil einer Kampagne gegen Nick oder sie – oder sie beide – sein könnten.

Auf ihre Worte folgte erst mal Schweigen.

„Wie gesagt, das scheint zunächst ziemlich abwegig zu sein und ist lediglich eine Theorie. Malone beantragt einen Durchsuchungsbeschluss für Ramseys Handy, um herauszufinden, was er vor seiner jüngsten Verhaftung so getrieben hat. Ich habe eine Liste mit weiteren Personen, die ein Interesse daran haben könnten, so etwas zu tun, und die ich überprüfen möchte.“

„Ein Schlag auf den Hinterkopf … So ist Elaine Myerson gestorben“, erklärte Charles. „Vielleicht hat Ramsey die Idee zu einer schnellen, einfachen Mordmethode von diesem Fall.“

„Gut möglich“, erwiderte Sam.

„Was hätte er davon, Unschuldige zu töten?“, wandte Freddie ein.

„Manchmal ist ein Mord einfach ein Mittel zum Zweck. Das haben wir schon manches Mal erlebt.“

„Ich weiß nicht, Sam“, meinte Gonzo. „Das erscheint mir insgesamt doch sehr an den Haaren herbeigezogen.“

„Ja, versteh ich, und du kannst dir bestimmt denken, wie sehr ich es hassen würde, Teil eines unserer Fälle zu sein, aber es fühlt sich persönlich an. Ich werde diesen Ansatz von meiner Seite aus weiterverfolgen.“

„Wir versorgen dich mit all unseren Erkenntnissen“, versprach Gonzo. „Gibt es schon Neues dazu, wie lange du zu Hause festsitzt?“

„Ich hab noch nichts gehört, doch wir haben um neun ein Meeting mit dem Secret Service. Danach kann ich euch hoffentlich mehr sagen.“

„Halt uns auf dem Laufenden“, bat Freddie.

„Geht klar.“

Gonzo verteilte Aufgaben an alle, darunter die Überprüfung von Saulniers Social-Media-Accounts, seinen Finanzen und ein

Besuch bei der Verlobten, um zu sehen, ob sie vielleicht mehr Informationen liefern konnte als am Abend zuvor.

Sam hätte am liebsten direkt mitgemischt, aber für den Moment würde sie das Team nach Kräften von zu Hause aus unterstützen. Nachdem sie das Gespräch beendet hatte, stand sie auf, streckte sich und weckte die Zwillinge, um ihnen beim Anziehen zu helfen, ihnen was zu essen vorzusetzen und sie schulfertig nach unten zu ihren Bodyguards zu bringen. Normalerweise genoss sie diese Zeit, da die beiden immer so niedlich und lustig waren. An diesem Tag fiel es ihr jedoch schwer, sich auf sie zu konzentrieren, weil ihre Gedanken in tausend andere Richtungen wanderten.

„Bist du traurig, Sam?", fragte Aubrey, während sie die French-Toast-Sticks aß, die Sam für sie zubereitet hatte.

Überrascht von der Frage, zwang Sam sich zu einem Lächeln. „Nein. Warum?"

„Du unterhältst dich nicht so mit uns wie sonst und machst auch keine Witze."

Gab es Menschen, die aufmerksamer waren als Sechsjährige? Nicht dass sie wüsste. „Tut mir leid, Schatz. Ich bin nur in Gedanken schon bei dem, was ich heute alles zu tun habe, obwohl ich eigentlich euch meine ganze Aufmerksamkeit schenken wollte."

„Schon in Ordnung. Du bist einfach sehr beschäftigt."

Sam nahm ihre Kaffeetasse und setzte sich zu ihnen an den Tisch. „Für euch hab ich immer Zeit. Das ist hoffentlich klar, oder?"

„Ja", antwortete Alden. „Du und Nick, ihr habt eben die schwierigsten Jobs überhaupt."

„Das mag sein, aber ihr und Scotty und Eli seid die wichtigsten Menschen in unserem Leben."

„Das wissen wir."

„Ich hab gehört, du hattest gestern einen anstrengenden Tag", wandte sich Sam an Aubrey. „Geht's dir heute etwas besser?"

Die Kleine zuckte die Achseln. „Ich denke schon. Trotzdem hab ich immer noch Angst, dass was Schlimmes passieren könnte."

„Das kenn ich selbst nur zu gut. Erinnerst du dich noch daran, dass ich dir erzählt habe, dass mein Vater auch Polizist war?"

„Opa Skip?"

„Ja, genau." Sam war traurig darüber, dass die Zwillinge ihn nie kennengelernt hatten – und umgekehrt. Er hätte sie bestimmt sofort ins Herz geschlossen. „Als ich klein war, hatte ich immer Angst, ihm könnte bei der Arbeit etwas zustoßen. Aber weißt du, was er mir gesagt hat?"

„Was denn?"

„Dass das außerhalb meiner Kontrolle liegt und es Energieverschwendung ist, mich wegen etwas aufzuregen, was wahrscheinlich nie eintritt. Das hat mir geholfen. Ich hoffe, das ist bei dir auch so."

„Ja, schon."

„Verstehst du, was es heißt, keine Kontrolle über etwas zu haben?"

„Das bedeutet, man kann nichts dagegen tun."

„Richtig, und genau deshalb solltest du dir darüber nicht den Kopf zerbrechen. Ihr habt selbst erlebt, dass schlimme Dinge passieren können. Doch tatsächlich geschieht das äußerst selten, auch wenn man das nicht immer glauben kann."

Die Zwillinge wechselten einen Blick, der Sams Neugier weckte.

„Was bedeutet es, adoptiert zu werden?", erkundigte sich Alden.

„Wo hast du denn das Wort gehört?"

„Nick hat am Telefon mit Elijah darüber geredet", antwortete Alden.

„Wir wollten eigentlich erst dann mit euch darüber sprechen, wenn wir mehr Informationen haben. Aber Nick und ich möchten euch beide und Eli adoptieren, damit ihr juristisch gesehen zu unserer Familie gehört."

„Oh." Aubrey runzelte die Stirn, wie immer wenn sie über etwas nachdachte. „Gehören wir nicht schon zu eurer Familie?"

„Natürlich, doch durch die Adoption wird es offiziell und legal bindend."

„Was heißt das?", fragte Aubrey.

„Unser Anwalt wird Unterlagen zu einem Richter bringen, der dann beschließt, dass ihr beide und Eli offiziell Teil unserer Familie werdet. Das ist eigentlich nur eine Formalität. Verstehst du, was das bedeutet?"

„Ich glaube schon", sagte Alden.

„Also zum Beispiel, wenn zwei Menschen heiraten."

Beide nickten.

„Das ist eine Formalität. Sie lieben sich bereits und wollen eine Familie sein. Aber erst die Zeremonie macht alles offiziell."

„Werden wir eine Hochzeit feiern, wenn wir adoptiert werden?", wollte Aubrey wissen.

Sam lächelte. „Nein, eine Party gibt es allerdings schon."

„Ich *liebe* Partys", verkündete Aubrey.

„Das ist kein Geheimnis. Und außerdem *müssen* wir das feiern, denn es ist für uns das Beste überhaupt, euch in unserer Familie zu haben. Natürlich ist uns klar, dass der Grund, aus dem das möglich geworden ist, furchtbar traurig ist. Wir können eure Eltern nie ersetzen, aber wir wollen euch immer lieben, für euch sorgen und für euch da sein."

„Das wissen wir", versicherte ihr Aubrey. „Und es ist echt nett von euch, dass ihr euch um uns kümmert."

„Wir haben euch eben sehr lieb."

„Wir euch auch."

„Adoptiert ihr Eli ebenfalls?", vergewisserte sich Alden.

„Das haben wir vor."

Aubreys Gesicht wurde nachdenklich. „Ist er nicht schon erwachsen?"

„Doch, aber er hat sich für die Adoption entschieden, damit ihr drei eine Familie sein könnt."

„Müssen wir dann unsere Namen ändern?"

„Nur wenn ihr möchtet. Eli hat vorgeschlagen, dass ihr Armstrong-Cappuano heißt, damit ihr beide Namen habt. Was meint ihr?"

„Müsste ich das dann auf alle meine Schulunterlagen schreiben?", fragte Alden mit gerunzelter Stirn. „Das sind echt viele Buchstaben."

Sam lächelte. „Vielleicht könntest du es ja abkürzen."

„Wie meinst du das?"

„Du könntest einfach Alden A.-C. schreiben."

„Das wäre besser", erwiderte er erleichtert.

„Ich finde es cool, dass wir dann denselben Nachnamen haben", sagte Aubrey.

„Ja, wir auch, und es freut mich, dass du das so siehst." Sam schaute auf die Uhr an der Mikrowelle. „So, Zeit, Zähne zu putzen und Gesicht und Hände zu waschen. Ihr müsst gleich los."

Nachdem sie weg waren, brachte Sam ihre Teller zur Spüle, wusch sie ab und stellte sie in die Spülmaschine. Dann holte sie ihren BlackBerry aus der Tasche und schrieb Nick und Eli eine SMS, um ihnen von dem Gespräch mit den Zwillingen zu berichten.

*Verdammt*, schrieb Eli zurück. *Denen entgeht auch gar nichts. Ich wollte mit ihnen darüber reden, wenn ich das nächste Mal da bin, doch ich bin froh, dass sie es jetzt wissen und damit einverstanden sind.*

*Ihre größte Sorge war, dass sie „Armstrong-Cappuano" auf all ihre Hefte und in die Bücher schreiben müssen. Alden findet, das seien viele Buchstaben.*

*LMAO*, schrieb Eli. *Zu lustig – und zu süß.*

*Sie haben sich gefragt, ob wir dich ebenfalls adoptieren, und ich habe gesagt, dass du dich dafür entschieden hast, damit ihr drei Teil derselben Familie sein könnt. Das hat ihnen gefallen.*

*Ich finde es auch gut! Andy meint, wir hätten's bald. Er beantragt diese Woche einen Gerichtstermin und denkt, wegen eurer Stellung wird er den schnell kriegen.*

*Endlich hat es mal einen Vorteil, das Präsidentenpaar zu sein.*

*LOL. War auch höchste Zeit, oder?*

Als die Zwillinge aus dem Bad kamen, hatte Sam ihnen schon die Rucksäcke und die Lunchboxen hingestellt, die Nick am Abend zuvor fertig gemacht hatte.

Sie umarmte die beiden, küsste sie und wünschte ihnen einen schönen Tag. „Grandma Brenda und Shelby werden schon auf euch warten, wenn ihr heimkommt, und ich versuche, zum Abendessen da zu sein."

„Der beste Tag aller Zeiten!", rief Aubrey, als sie zu ihrer Eskorte losrannten, die am anderen Ende des Flurs bereitstand.

Sam winkte den Personenschützern zu. „Die beiden sind auf dem Weg."

Sie freute sich darüber, wie ihre Leibwächter die Kleinen jeden Morgen umarmten und ihnen das Gefühl gaben, etwas Besonderes zu sein. Sie würde den Menschen, die die Zwillinge in ihrem neuen Leben mit Liebe umgaben, für immer dankbar sein. Es brauchte ein Dorf, um Kinder großzuziehen, und sie waren mit ihrem außerordentlich gesegnet.

# KAPITEL 19

Sam schenkte sich gerade Kaffee nach, als Shelby Faircloth Hill den Kopf in die Küche steckte. „Guten Morgen", sagte sie.

„Hey, Tinker Bell. Wie läuft's?"

Shelby trug ein pinkfarbenes Sweatshirt über einer Leggings. Nach der Geburt ihrer Tochter Maisie hatte sie ihre Arbeit als Sams Privatsekretärin im Weißen Haus in Teilzeit wieder aufgenommen. „Geht so. Ich hab die Kinder gerade bei der Nanny abgegeben. Das war alles viel unkomplizierter, als wir hier gelebt haben."

„Kann ich mir vorstellen. Gefällt dir die neue Wohnung?"

Shelby zuckte die Achseln. „Sie ist schön, fühlt sich aber bisher nicht wie ein Zuhause an."

„Es wird vielleicht noch eine Weile dauern, doch du wirst dich daran gewöhnen."

„Ich vermisse das Reihenhaus, in dem Avery, Noah und ich früher gewohnt haben."

„Das weiß ich, und niemand sollte aus so einem Grund umziehen müssen." Willy und Amber Peckham, Kriminelle aus Averys Vergangenheit, hatten Shelby und Noah dort aufgelauert und sie als Geiseln genommen. Seitdem lebte Familie Hill hinter eisernen Toren, geschützt von einer hochmodernen Alarmanlage.

„Das stimmt. Ich fühle mich in unserem neuen Heim definitiv sicher. Es ist nur noch nicht mein Zuhause, aber das wird schon."

„Veranstaltet bald mal eine Party. Wenn die Leute, die euch wichtig sind, in eurer Wohnung sind, entwickelt sich sicher bald das Gefühl, dorthin zu gehören."

„Gute Idee. Das machen wir."

„Vergesst nicht, uns einzuladen!"

Shelby lächelte. „Als ob das überhaupt möglich wäre."

„Ihr fehlt uns hier."

„Wir waren echt gern bei euch. Ich versuche, Avery dazu zu bringen, für mich den Usher zu spielen, doch er will nicht."

Amüsiert meinte Sam: „Ich kann mir gar nicht vorstellen, warum."

„Ich auch nicht, aber ich gebe nicht auf." Shelby neigte den Kopf. „Ich hab natürlich mitbekommen, was gestern passiert ist. Wie geht es dir?"

„Eigentlich gut, solange Jimmy wieder gesund wird."

„Hast du dich verletzt?"

„Ich hab ein paar blaue Flecke, hier und da Schmerzen, nichts Wildes. Es hätte weitaus schlimmer enden können."

„Was zum Teufel ist diese Woche bloß los?"

„Weiß ich auch nicht, im Moment hab ich auf jeden Fall Hausarrest."

„Ehrlich?"

„Ja, wir haben um neun ein Meeting mit dem Secret Service. Ich hoffe, wir können aushandeln, dass ich wieder rauskann."

„Meine Güte, das ist alles so lästig. Da versucht ihr beide, den Menschen zu dienen, und bekommt dafür im Gegenzug nichts als … *Mist*."

„War das etwa gerade ein Schimpfwort von deinen süßen Lippen, Shelby Lynn?"

Shelby runzelte die Stirn. „Es macht mich sehr wütend, wenn Leute meine Freunde, die wie eine Familie für mich sind, gemein behandeln."

Sam umarmte ihre Freundin. „Danke, dass du Teil unserer Familie bist und wieder arbeitest, obwohl du eigentlich noch Mutterschaftsurlaub hättest. Es hilft sehr, unsere Leute um uns zu haben."

„Ich möchte nirgendwo anders sein, und ehrlich gesagt

genieße ich die Arbeit sogar. Zwei Kinder bedeuten mehr als doppelt so viel Stress, besonders wenn der Ältere daran gewöhnt ist, mich ganz für sich allein zu haben."

„So was in der Art hab ich schon mal gehört."

„Wie soll Angela das mit drei Kindern ganz allein schaffen?"

„Keine Ahnung, doch wir werden ihr alle gemeinsam durch diese Zeit helfen."

„Ja. Ich widme mich jetzt besser meiner Arbeit, bevor ich Miss Maisie füttern muss."

„Danke für alles, Tinker Bell."

„Hab dich lieb", rief Shelby und eilte davon.

„Ich dich auch."

Da ihr nur noch eine halbe Stunde bis zum Treffen mit dem Secret Service blieb, ging Sam in ihr Zimmer, um sich zurechtzumachen und die Kraft dafür zu sammeln, ein weiteres Mal für ihre Karriere zu kämpfen, die ihr so viel bedeutete.

Ambrose Pierce, der Leiter des Secret Service, hatte um ein paar Minuten allein mit Nick vor der Besprechung um neun Uhr gebeten. Um acht Uhr fünfundvierzig führte man ihn ins Oval Office. Nick erhob sich, um ihn mit einem Händedruck zu begrüßen und ihm Kaffee anzubieten.

„Ich hatte meine Tagesration bereits, Mr President." Pierce war über eins neunzig groß, mit der muskulösen Statur eines ehemaligen College-Footballspielers, weißem Haar und blauen Augen.

„Bitte nehmen Sie doch Platz."

Sie setzten sich auf gegenüberliegende Sofas.

„Direktor Pierce, Sie haben um dieses Treffen gebeten", eröffnete Nick das Gespräch. „Was kann ich für Sie tun?"

„Es war eine schwierige Woche für uns alle, und ich wollte Ihnen mitteilen, dass unser Team beide Vorfälle gründlich untersucht hat. Wir haben analysiert, was in beiden Fällen richtig und was falsch gelaufen ist. Wie Sie sich vorstellen können, machen wir es uns bei diesen Dingen nicht leicht."

„Ich habe keinen Zweifel daran, dass Sie und Ihre Leute alles tun, um die Sicherheit meiner Familie zu gewährleisten. Besonders gefreut hat mich, dass Agent McFarland offenbar eine gute Nacht hatte und aller Voraussicht nach wieder vollständig genesen wird."

„Darüber sind wir alle sehr erleichtert. Er ist ein ausgezeichneter Personenschützer."

„Meine Gattin äußert sich ausschließlich lobend über ihn und Agent Rogers."

„Ich höre im Gegenzug auch nur Positives über die First Lady. Sie bewundern, wie sie ihre Arbeit erledigt und dabei auch noch alles unter einen Hut bringt, was das Leben einer Mutter und einer Gattin des Präsidenten mit sich bringt."

„Das ist zweifellos ein Balanceakt, aber sie schafft es."

„Der Vorfall von gestern hat uns alle in höchstem Maße beunruhigt. Wir sind der Meinung, dass es immer gefährlicher für sie wird, ihrer Tätigkeit bei der Polizei nachzugehen."

Nick sank das Herz. Dass die beste Sicherheitsorganisation der Welt Sams Arbeit für zu gefährlich hielt, sorgte dafür, dass er ihre Vereinbarung vergessen wollte, auf die sie sich geeinigt hatten, nachdem er Präsident geworden war. Der Mann, der seine Frau von ganzem Herzen liebte, wollte, dass sie ihren Job sofort aufgab. Doch der, der wusste, was sie glücklich machte, würde für das kämpfen, was sie wollte.

„Sams Beruf ist schon immer gefährlich gewesen. Ich wünschte, es wäre das erste Mal, dass jemand auf sie geschossen hat, aber das ist es nicht, und es wird wahrscheinlich nicht das letzte Mal sein."

„Es ist allerdings das erste Mal, dass so etwas unter unserer Aufsicht passiert ist, Sir."

„Ich verstehe Ihre Bedenken und respektiere Ihre Position, doch meine Frau wird während meiner gesamten Amtszeit berufstätig bleiben. Es ist unsere gemeinsame Aufgabe, Ihre und meine, dafür zu sorgen, dass sie dabei so gut wie irgend möglich geschützt ist, ohne ihre Bewegungsfreiheit einzuschränken."

Diese Antwort gefiel Pierce überhaupt nicht, trotzdem erwiderte er lediglich: „Ja, Sir."

„War das alles?"

„Ich möchte Ihnen außerdem schon im Vorfeld mitteilen, warum wir ursprünglich um dieses Meeting mit Ihnen und Mrs Cappuano gebeten hatten. Wir wollen mit Ihnen über Ihre Highschool-Pläne für Scotty sprechen."

„Ab dem Herbst wird er die Eastern besuchen."

„Wir haben uns gefragt, ob Sie vielleicht eine Privatschule mit erhöhten Sicherheitsvorkehrungen in Betracht ziehen würden. Nicht dass die öffentlichen Schulen der Hauptstadt unsicher wären, aber sie stellen unser Team vor zusätzliche Herausforderungen, die in einer Privatschule nicht auftreten würden."

„Ich hoffe, Sie beziehen sich nicht auf sozioökonomische oder rassistische Bedenken."

„Nein. Es handelt sich hauptsächlich um logistische Aspekte, nicht um die Schülerschaft."

Nick war nicht sicher, ob er ihm das abkaufte. „Sam und ich waren beide auf öffentlichen Schulen und sind große Befürworter des staatlichen Bildungswesens."

„Wir betrachten das rein unter Sicherheitsaspekten, Sir. Es wäre günstiger, wenn er auf einem besser kontrollierbaren Campus wäre statt an einem leichter zugänglichen Ort."

„Ich würde lieber warten, bis meine Gattin da ist, um das zu diskutieren."

„Natürlich. Ich komme in ein paar Minuten mit dem Rest des Teams wieder."

„Vielen Dank, Ambrose."

„Gern, Mr President."

Als er allein war, dachte Nick über das nach, was Pierce vorgebracht hatte. Scotty wäre sehr traurig, wenn er nicht mit seinen Freunden zur Highschool gehen könnte. Durch Eishockey und andere Aktivitäten hatte er gut Anschluss gefunden, und der Gedanke, sein Leben noch mehr durcheinanderzubringen, als es das wegen der Secret-Service-Agenten und des Umzugs ins Weiße Haus ohnehin schon war, bereitete Nick Bauchschmerzen.

Mit jedem Tag schien sein Amt das Leben seiner Familie komplizierter und gefährlicher zu machen, zumindest kam es ihm so vor. Wenn er nicht Präsident wäre, würde niemand davon reden, dass Sam den Dienst quittieren oder Scotty eine Privatschule besuchen sollte.

Er mochte vieles an diesem Amt nicht, aber die Herausforderungen für seine Familie standen ganz oben auf der Liste. Als Pierce gesagt hatte, sein Team sei besorgt, dass die Gefahr für Sam im Rahmen der Ausübung ihres Berufs noch größer werden könnte, hatte ihn das an seiner empfindlichsten Stelle getroffen.

Bei seinem morgendlichen Briefing hatte man ihm ein Video des Vorfalls in Adams Morgan gezeigt. Nick hatte mit dem Schuss gerechnet, mit Jimmys sofortiger Reaktion und damit, wie er Sam das Leben gerettet hatte, indem er sich schützend über sie warf, und sich gewappnet. Doch nichts hätte ihn darauf vorbereiten können, zuzuschauen, wie er sie erneut beinahe verloren hätte.

In gewisser Weise hatte er das Gefühl, dass sie russisches Roulette spielten, indem sie sie auf der Straße herumlaufen ließen, um Mörder zu jagen. Aber wenn er sie bat, aufzuhören, würde er sie damit bitten, nicht mehr sie selbst zu sein, und das konnte er einfach nicht. Ganz zu schweigen davon, dass sie ihm das niemals verzeihen würde.

Seine Assistentin Julie erschien in der Tür. „Mrs Cappuano ist jetzt da, Mr President.“

Nick riss sich zusammen, um zu lächeln und Sam mit einer Umarmung zu begrüßen. „Wie schön, Sie zu sehen, Mrs C.“

„Du hast mich doch gerade erst vor zwei Stunden gesehen.“

„Scheint mir ewig her zu sein.“

„Ist heute so ein Tag?“

„Sind nicht all unsere Tage so?“

Er setzte sich mit ihr auf die Couch, nahm ihre Hand und atmete den unverwechselbaren Lavendel-und-Vanille-Duft ein, der ihr anhaftete.

„Guck uns an“, sagte Sam. „Wir sitzen im Oval Office, als wäre das nichts Besonderes. Ein Tag wie jeder andere.“

„Wird es zur Routine?“

„Nicht wirklich.“

„Für mich auch nicht. Es ist weiter komplett surreal, selbst nach beinahe sechs Monaten."

„Das jetzt noch fünfmal, dann sind wir frei."

„Fünfmal? Das hätte ich lieber nicht gewusst."

Sie lächelte. „Sorry. Hast du inzwischen mehr Infos über dieses Treffen?"

„Unter anderem wollen sie mit uns über Scottys Highschool reden."

„Was gibt es da zu besprechen?"

„Wir sollen eine Privatschule mit verstärkten Sicherheitsvorkehrungen in Betracht ziehen."

„Scotty würde uns dafür hassen."

„Genau das habe ich Ambrose auch gesagt."

„Das können wir ihm nicht antun. Er hat endlich eine nette Clique gefunden, und alle freuen sich darauf, nächstes Jahr zusammen an der Eastern zu sein."

Die meisten von Scottys besten Schulfreunden waren mit ihm in der Eishockey-Jugend-Liga und würden im nächsten Jahr um den Highschool-Caps-Cup spielen. Die Vorstellung, ihn von ihnen zu trennen, indem sie ihn an eine andere Schule schickten, brach Nick schier das Herz. „Das habe ich Ambrose auch erklärt und erwähnt, dass wir selbst an öffentlichen Schulen waren und den staatlichen Bildungsweg befürworten."

„Mir bricht schon der Schweiß aus, wenn ich bloß daran denke, das Scotty gegenüber auch nur zu erwähnen."

„Geht mir genauso."

„Was hat er über mich gesagt?"

„Das Übliche. Ich habe dagegen argumentiert. Er versteht unsere Position, selbst wenn er sie nicht teilt."

„Was will Pierce?"

„Das zu besprechen, hat keinen Sinn, weil es nicht passieren wird."

„Er will mich also von der Straße und im Weißen Haus haben, wo ich ausschließlich First-Lady-Aufgaben erledige."

„Ambrose will, dass dir nichts passiert. Das ist auch unser Ziel. Wir werden also darüber reden, wie du deinen geliebten Beruf möglichst sicher ausüben kannst. Ich habe ihm klargemacht, dass alles andere inakzeptabel ist, und ihm mit auf den Weg gegeben, dass er sich etwas überlegen soll."

Sam wedelte sich mit der Hand vor dem Gesicht herum. „Das ist *so* heiß."

„Was?" Sein Unwille war fast so sexy wie die Art, wie er seine präsidiale Amtsgewalt für sie einsetzte.

„Na du. Wie du für mich kämpfst. *Verdammt* heiß."

„Du bist verrückt", meinte er, was sie zum Lachen brachte.

„Das wusstest du schon, als du mich geheiratet hast."

Nick beugte sich vor, um sie zu küssen. „Ich würde nichts an meiner Verrückten ändern, außer vielleicht die Bemerkungen über meine angebliche Attraktivität."

„Jede Frau in Amerika findet dich heiß."

„Hör auf. Wir sind im Oval Office, wo man wichtige Dinge erörtert."

„Was immer du sagst, Tiger."

„Mal ehrlich, Samantha. Kannst du dich bitte mal wie eine Erwachsene benehmen?"

„Nein, ich gefalle mir so ganz gut."

Er grinste. „Mit dir zu streiten, bereichert meinen Tag. Ich hoffe, das weißt du."

„Warum, glaubst du, würde ich sonst Sachen von mir geben, die garantiert zu einem Streit führen?"

Er lehnte seinen Kopf an ihren. „Du hattest einen strapaziösen Morgen mit den Kleinen, was?"

„Sie hatten jede Menge Fragen. Aber ich hatte Antworten. Jetzt ist alles wieder gut."

„Es ist wirklich süß, dass Alden findet, der Doppelname hätte zu viele Buchstaben, um sie auf seine Schulunterlagen zu schreiben."

„Ja, ich bin innerlich fast gestorben vor Lachen. Ich hab ihm vorgeschlagen, er könne ihn abkürzen, und dann musste ich ihm erklären, was das bedeutet."

„Ich liebe die beiden so sehr, dass ich es kaum erwarten kann, sie offiziell zu adoptieren."

„Wann ist es eigentlich endlich so weit?"

„Der Gerichtstermin rückt täglich näher."

„Das wird ziemliches Aufsehen erregen.“

„Wir werden trotzdem alles tun, was nötig ist, damit sie zu uns gehören.“

Es klopfte. Julie hatte die Anweisung, wenn Sam bei ihm war, mit dem Eintreten zu warten, bis er antwortete. „Herein.“

„Mr President, Direktor Pierce und sein Team sind hier, um mit Ihnen zu sprechen.“

„Danke, Julie. Schicken Sie sie rein.“

Als Nick sich erhob, um seine Besucher zu begrüßen, hoffte er, dass dieses Treffen nicht zu kontrovers werden würde, während beide Seiten um das kämpften, was ihnen wichtig war.

Nachdem Sam von Nick erfahren hatte, dass er Pierce klipp und klar mitgeteilt hatte, wie es laufen würde, war sie etwas entspannter als zuvor, auch wenn sie sich keinen Illusionen darüber hingab, was der Direktor des Secret Service und sein Team wollten.

„Wir haben das Filmmaterial vom gestrigen Vorfall gesichtet“, begann Pierce, nachdem sie die üblichen Höflichkeiten ausgetauscht hatten. Er setzte sich auf die Couch, Brant, Vernon und Debra standen hinter ihm. „Es ist, gelinde gesagt, ziemlich beunruhigend. Wir glauben, der Schütze hat Sie entweder verfolgt oder dort auf Sie gewartet. So oder so stellt dies ein ernstes Sicherheitsrisiko für die Zukunft dar.“

„Ich glaube, jemand hat es auf mich abgesehen, um meinen Mann einzuschüchtern und ihn möglicherweise aus dem Amt zu drängen – oder mich zu zwingen, meinen Posten bei der Polizei aufzugeben.“

Pierce neigte den Kopf, als hätte er sie nicht verstanden. „Wie meinen Sie das?“

„Denken Sie mal nach. Die Leute regen sich darüber auf, dass ein nicht gewählter Vizepräsident ins Präsidentenamt gelangt ist. Sein Außenminister, die Vereinigten Generalstabschefs und der Justizminister sind ihm in den Rücken gefallen. Es waren sechs harte Monate, doch er hat sich nicht unterkriegen lassen und trotz all des Mists weitergemacht. Was, wenn jemand beschließt, zu drastischeren Mitteln zu greifen, indem er mich ins Visier nimmt, um ihn zu treffen? Wenn die Drohnen und die jüngste Mordserie nur dazu dienen sollen, über mich an ihn heranzukommen? Oder was, wenn jemand mich so dringend aus dem Polizeidienst haben will, dass er noch weiter geht, was meinen Mann und den Secret Service dazu treiben wird, mich zu einer Kündigung zu zwingen?"

Pierce' Gesichtsausdruck war unergründlich.

Sam erwähnte nicht, dass diese Theorie von Vernon stammte.

„Das … ist ziemlich weit hergeholt, Ma'am."

„Ja, das ist mir klar, und wir befinden uns noch in einem sehr frühen Stadium der Ermittlungen, mit denen ich mich gerade beschäftigen würde, wenn ich nicht hierbleiben müsste."

Die Miene des Direktors verriet, dass er ihre offene Art nicht schätzte, aber das war ihr egal. Sie hatte eine Aufgabe zu erledigen. „Nach diesem Meeting werde ich mich in mein Büro beim MPD begeben."

„Interessiert Sie die Gefahr, der Sie Ihre Personenschützer aussetzen, überhaupt nicht, Ma'am?"

Sie versuchte erst gar nicht, ihren Zorn zu verbergen. „Ich habe größte Hochachtung vor Vernon, Jimmy und allen anderen Mitarbeitern des Secret Service, die dafür sorgen, dass mir und meiner Familie nichts passiert. Dass Sie mir als jemandem, der ebenfalls in der Strafverfolgung tätig ist, so etwas unterstellen, ist beleidigend."

„Ich bitte um Entschuldigung. Doch als Leiter des Secret Service ist es meine Aufgabe, das Risiko für mein Team und die Menschen, die wir schützen sollen, einzuschätzen und entsprechende Empfehlungen auszusprechen."

„Das verstehe ich, aber ich beabsichtige, meine Arbeit mit oder ohne Personenschutz weiterzuführen. Wenn Vernon und die anderen lieber nicht weiter für mich tätig sein möchten, werde ich das respektieren. Ich erwarte von niemandem, dass er ungebührliche Risiken eingeht, damit mir nichts geschieht."

Ambrose erwiderte Sams unverwandten Blick, als er sagte: „Agent Rogers."

„Ja, Sir?"

„Sind Sie bereit, weiterhin die Sondereskorte für
Mrs Cappuano zu leiten?"

„Jawohl, Sir, und Agent Quigley wird Agent McFarland
während seiner krankheitsbedingten Abwesenheit vertreten."

Sam erinnerte sich daran, Quigley schon einmal getroffen zu
haben. Er war so jung, dass er noch Akne hatte. Sie verspürte ein
leichtes Unbehagen dabei, einen weiteren blutjungen Leibwächter
in dieser gefährlichen Situation um Unterstützung zu bitten.

„Agent Quigley ist umfassend über die aktuelle Lage informiert?", fragte Pierce.

„Jawohl, Sir."

Pierce seufzte tief, als er begriff, dass er auf verlorenem Posten
kämpfte. „Ich hoffe, dass ich das nicht erwähnen muss, doch
unser Augenmerk liegt darauf, Sie und Ihre Familie am Leben zu
halten. All unsere Empfehlungen dienen allein diesem Ziel."

„Und dafür sind wir Ihnen sehr dankbar", sagte Nick. „Aber
wir haben auch ein Leben, während ich im Amt bin. Wir
müssen einen Kompromiss zwischen Ihren und unseren Zielen
finden. Vor diesem Hintergrund möchte ich noch hinzufügen,
dass wir Ihre Empfehlung, Scotty auf eine Privatschule zu schicken, zur Kenntnis nehmen, allerdings bei unserer Entscheidung
bleiben, ihn im Herbst an die Eastern gehen zu lassen. Wir
möchten, dass Sie alles in Ihrer Macht Stehende tun, damit das
funktioniert."

„Sie sollten ihn zumindest über unsere Empfehlung informieren", beharrte Pierce.

„Das werden wir", entgegnete Nick mit einem Anflug von
Verärgerung. „Doch keiner von uns hat den geringsten Zweifel
daran, wie er darauf reagieren wird."

Pierce erhob sich etwas abrupt. „Dann sind wir hier fertig.
Vielen Dank für Ihre Zeit, Mr President, Mrs Cappuano."

„Vielen Dank, Ambrose, Brant, Vernon und Debra", antwortete Nick.

„Ach herrje", entfuhr es Sam, nachdem sich die Tür hinter
ihnen geschlossen hatte.

„Ja, wirklich, oder?"

Sam fühlte sich tatsächlich nicht ganz wohl in ihrer Haut. „Ich muss zugeben: Ich bin beunruhigt."

„Wieso das?"

„Wir handeln gegen ihre Empfehlungen. Das bedeutet, wir sind verantwortlich, wenn einer der Bodyguards bei dem Versuch, mich oder Scotty zu beschützen, verletzt wird oder – Gott bewahre – stirbt."

„Nein. Die Verantwortung liegt allein beim Täter. Was sagst du immer? Übernimm keine Verantwortung für Dinge, die nicht deine Schuld sind."

„Aber wenn wir etwas tun, was sie für gefährlich halten, dann sind wir zumindest teilweise schuld, wenn einer ihrer Leute zu Schaden kommt."

„Pierce hat erklärt, es sei ihre freie Entscheidung, ob sie weiter Teil deiner Eskorte sein wollen oder nicht."

„Das stimmt. Trotzdem macht es mich nervös, dass einer von ihnen verletzt oder getötet werden könnte."

„Das kann jederzeit passieren, unabhängig von den aktuellen Ereignissen. Die Leute sind sich darüber im Klaren, sonst würden sie diesen Beruf nicht ausüben."

„Vermutlich."

„Ganz sicher, Sam. Sie wissen, dass sie für uns ihr Leben riskieren, so wie Jimmy es gestern getan hat. Apropos Jimmy: Ich möchte etwas für ihn und seine Frau tun, um ihnen zu danken. Hast du eine Idee?"

„Die beiden kriegen bald ein Baby. Etwas fürs Kind?"

„Etwas Großes, ein College-Fonds oder so."

„Das scheint mir ein bisschen übertrieben."

„Er hat meiner geliebten Ehefrau das Leben gerettet. Nichts, was wir für ihn oder für ihn und seine Frau tun, ist zu viel."

Sam beugte sich vor, um ihn zu küssen. „Lass mich darüber nachdenken. Ansonsten hab ich, wie es scheint, die Erlaubnis, wieder zur Arbeit zu fahren. Sag es niemandem, aber ich bin dann mal weg."

„Bitte sei vorsichtig. Du bist die Sonne, der Mond, die Sterne und die ganze gottverdammte Welt für mich."

Sam fächelte sich Luft zu. „Heiß. *Verdammt* heiß."

„Halt die Klappe und verschwinde."

Sam lachte und erhob sich.

An der Tür umarmte Nick sie fest. „Ich meine es ernst, Samantha. Jenseits allen tapferen Getues, geh bitte keine unnötigen Risiken ein."

„Das tu ich nie. Dafür habe ich viel zu viel zu verlieren."

„Ich liebe dich."

„Ich liebe dich mehr, und widersprich mir jetzt nicht. Die Diskussion hab ich schon lange gewonnen."

Nick lachte, als sie die Tür öffnete und Terry gegenüberstand, der gerade anklopfen wollte.

„Hallo, Sam. Entschuldigt die Störung."

„Hi, Terry. Ich wollte ohnehin gerade los. Wir sehen uns nachher."

# KAPITEL 20

Nick blickte Sam hinterher und unterdrückte den dringenden Wunsch, sie anzuflehen, es sich noch einmal anders zu überlegen. *Bleib*, hätte er gerne gesagt. *Bleib hier bei mir, wo du sicher bist. Bitte, ich brauche dich. Geh nicht.*

„Mr President?"

Nick merkte, dass Terry mit ihm gesprochen hatte. Er schloss die Tür und drehte sich zu seinem Stabschef um. „Entschuldige. Was hast du gerade gefragt?"

„Alles in Ordnung?"

„Ich … äh … Ja." Er zwang sich, die Angst zurückzudrängen, die ihn erfasst hatte, während er seiner Frau nachschaute, die Gott weiß wohin entschwand. „Was gibt's, Terry?"

„Wie war das Treffen mit Pierce?"

Nick nahm hinter dem Resolute Desk Platz. „Keine Überraschung. Sie wollen, dass Sam sich nicht im Freien zeigt und wir Scotty auf eine Privatschule schicken."

Terry setzte sich auf einen Stuhl neben dem Schreibtisch. „Was habt ihr darauf geantwortet?"

„Dass Sam weiter ihre Arbeit tun und Scotty mit seinen Freunden die Eastern besuchen wird. Beides kam nicht so toll an."

„Kann ich mir vorstellen."

„Direkt nachdem ich mir anhören musste, dass der Secret Service extreme Bedenken hinsichtlich Sams Sicherheit hat, ist sie losgezogen, ohne dass ich dagegen Einspruch erheben konnte, denn das habe ich ihr bei meinem Amtsantritt versprochen. Dabei würde ich ihr am liebsten verbieten, das Weiße Haus zu verlassen, egal aus welchem Grund."

„Was du natürlich nicht tun kannst."

„Genau. Und jetzt schlage ich mich zudem mit der Sorge herum, dass all das – von den Drohnen über die vier neuen Morde bis hin zu den Schüssen gestern – ein koordinierter Versuch sein könnte, mich so sehr einzuschüchtern, dass ich zurücktrete, oder ihr solche Angst einzujagen, dass sie aus dem Dienst ausscheidet."

„Was?"

„Sam hat die Theorie, dass das Ziel des Ganzen ist, über sie an mich heranzukommen, was zunächst absurd klingt. Aber wenn man etwas genauer darüber nachdenkt, wird klar, wie effektiv das funktionieren würde. Wenn ihr etwas zustoßen würde, wäre ich schneller weg, als der Senat schauen könnte, und das weiß jeder. Auch diejenigen, die für die Ereignisse der letzten Tage verantwortlich sind. Also zielen sie auf meine Achillesferse. Da will mich jemand aus dem Amt jagen."

„Von wem genau redest du?"

„Wir sind uns noch nicht sicher, doch es gibt eine ganze Reihe von Möglichkeiten."

Terry lehnte sich sichtlich geschockt zurück.

„An diesem Punkt, besonders nach dem Drecksmist mit den Vereinigten Generalstabschefs und Juan … Was in einem anderen Leben lächerlich gewesen wäre, ist in diesem alles andere als das."

„Wow."

„Ja, ich musste meine Frau zur Arbeit gehen lassen, obwohl wir vermuten, dass jemand aus den unterschiedlichsten Gründen absichtlich hinter ihr her sein könnte. Einfach wunderbar."

„Und ihre Leibwächter spielen da mit?"

„Sie hat den ihr zugewiesenen Secret-Service-Mitarbeitern angeboten, sich versetzen zu lassen, aber sie haben sich dagegen entschieden. Sam hat ein sehr enges Verhältnis zum Leiter ihrer Personenschützer, Vernon Rogers, aufgebaut. Es überrascht mich nicht, dass er bleiben will." Nick rieb sich die verspannten

Nackenmuskeln. „Ich finde es nicht richtig, die Empfehlungen des Secret Service zu missachten. Wenn Sam, Scotty oder einem der Agenten, die für uns praktisch zur Familie gehören, etwas zustößt … Wie sollen wir damit leben?"

Terry dachte einen Augenblick darüber nach. „Die Sache ist die: Sie haben ein Mitspracherecht. Sam ist bereit, alles zu riskieren, um weiter in dem Beruf zu arbeiten, den sie liebt. Scotty würde dir versichern, dass er willens ist, das zusätzliche Risiko in Kauf zu nehmen, eine öffentliche Highschool zu besuchen, die weniger Sicherheit bietet als eine Privatschule. Das sind Entscheidungen, die sie selbst treffen müssen."

„Doch der einzige Grund, warum sie überhaupt in Gefahr sind, bin ich."

„Sam war schon in Gefahr, lange bevor sie dich kennengelernt hat."

„Das stimmt, aber jetzt ist es tausendmal schlimmer, weil alle Welt sie kennt und weiß, was sie mir bedeutet."

„Zugegeben. Doch das heißt nicht, dass sie sich die nächsten zweieinhalb Jahre über verstecken muss. Sie soll und darf ihr Leben weiterführen, während du im Amt bist und alle angemessenen Sicherheitsvorkehrungen getroffen sind."

„Pierce hat es nicht direkt gesagt, aber seine Botschaft lautet: Sie ist ein Ziel, und das bedeutet, dass Menschen, die sie schützen, es auch sind."

„Noch einmal: Sie haben beschlossen, dieses Risiko einzugehen. Ich verstehe, wie schwierig das für dich ist, besonders nachdem gestern jemand auf Sam geschossen hat. Doch der Secret Service tut alles, um deiner Familie maximale Sicherheit zu bieten, und Sam und Scotty müssen und dürfen ihre eigenen Entscheidungen treffen."

„Wahrscheinlich hast du recht." Nick spielte mit dem Montblanc-Füller, den Terrys Eltern Graham und Laine ihm zu seinem Harvard-Abschluss geschenkt hatten. Natürlich hatte Terry recht, und Nick wusste, er hatte keine andere Wahl, als zu akzeptieren, dass er nicht alles kontrollieren konnte, was seine Familie tat, während er im Amt war. Ohne Frage wäre es ihm am liebsten, wenn Sam von zu Hause aus arbeiten und die Kinder

Privatunterricht erhalten würden, allerdings würde das alle unglücklich machen.

Es war eine ausweglose Situation.

„Okay, weiter im Text", sagte Nick. „Was liegt an?"

„Wir haben einen Anruf von deiner Mutter erhalten." Terry legte einen Zettel auf den Schreibtisch. „Sie möchte mit dir sprechen, wenn du Zeit hast."

Die Erwähnung seiner Mutter schlug wie eine Granate in einen ohnehin schon stressigen Tag ein. „Wie hat sie es geschafft, durchgestellt zu werden?"

„Sie hat der Telefonzentrale erklärt, sie sei die Mutter des Präsidenten, und wenn man ihren Anruf nicht in sein Büro weiterleite, werde es Ärger geben."

Nick hatte nicht die Absicht, zurückzurufen. „Natürlich." Manche Dinge – und manche Menschen – änderten sich nie. „Was gibt's noch?"

„Zur Abwechslung mal etwas Unterhaltsames."

„Wie schön."

„Das hab ich auch gedacht. Jedes Jahr um den vierten Juli herum verleiht der Präsident die Freiheitsmedaille an, ich zitiere aus dem Gesetzestext, ,Personen, die sich in besonderer Weise für die Sicherheit oder die nationalen Interessen der Vereinigten Staaten, den Weltfrieden oder kulturelle oder andere bedeutende öffentliche oder private Belange Verdienste erworben haben'."

Terry legte eine dicke Akte auf Nicks Schreibtisch. „Wir haben zahlreiche Nominierungen aus allen Bereichen der Politik und der internationalen Angelegenheiten sowie aus Wirtschaft, Unterhaltung, Literatur und so weiter erhalten. Du kannst die Nominierungen durchsehen und ergänzen."

„Ich könnte also zum Beispiel deinen Vater nominieren?"

Terry lachte. „Ja."

„Du hattest völlig recht. Das wird Spaß machen."

Terry erhob sich. „Ich lasse dich jetzt damit allein – bis zur Budgetbesprechung um elf."

„Spielverderber."

„Genieße es, solange du kannst."

„Das werde ich. Leider hält der Spaß hier nie lange an."

Nick öffnete die Akte und ging den Stapel mit den Vorschlägen durch, aber er musste die ganze Zeit daran denken, dass Sam in der Stadt unterwegs war, als wäre alles normal, obwohl das Gegenteil der Fall war.

Es würde ihm schwerfallen, sich auf etwas anderes zu konzentrieren, bis sie wohlbehalten wieder zu Hause war.

~

Im Foyer nahm Sam Vernon beiseite. „Es ist viel von Ihnen verlangt, das ist mir klar."

„Ich bin mir der Probleme bewusst und habe mich entschieden, dennoch Ihr leitender Personenschützer zu bleiben."

„Vielen Dank. Ich möchte auch keinen anderen."

„Das ist sehr nett von Ihnen."

„Es ist mein voller Ernst."

„Ich weiß."

„Es bedrückt mich, dass meine Arbeit Sie alle in Gefahr bringt."

„Als Jimmy und mir die Aufgabe übertragen wurde, für Ihren Schutz zu sorgen, war uns bekannt, dass wir aufgrund Ihres Berufs mehr Gefahren ausgesetzt sein würden als sonst, und wir haben beschlossen, den Auftrag trotzdem anzunehmen. Möchten Sie wissen, warum?"

„Äh, ja ..."

Er lächelte. „Schon als Ihr Mann noch Vizepräsident war, habe ich Sie, Ihre Karriere und wie Sie all Ihre verschiedenen Rollen unter einen Hut gebracht haben, sehr bewundert. Ganz zu schweigen davon, dass ich die Zeit mit Ihnen schon damals genossen habe. Sie sind einfach witzig."

„Vielen Dank. Man tut, was man kann."

Er lachte leise und fuhr fort: „Als ich dann hörte, dass Sie vorhatten, auch als First Lady mit Ihrem Job weiterzumachen, war ich stolz auf Sie wie auf eine meiner eigenen Töchter. Ich wollte ein Teil davon sein, und Jimmy hat das genauso gesehen. Wir wollten sagen können, dass wir die erste First Lady unterstützt haben, die außerhalb des Weißen Hauses gearbeitet hat.

Wir wollten Teil der Geschichte sein, die Sie jeden Tag schreiben, wenn Sie diesen Ort verlassen und arbeiten gehen."

Sam hatte Tränen in den Augen. „Vielen Dank, Vernon. Für alles – nicht nur für das, wofür Sie bezahlt werden. Für wirklich alles."

„Es ist mir eine Ehre und ein Privileg, Sie zu schützen, Sam."

Sie versuchte, ihre Gefühle angesichts der jüngsten Ereignisse im Griff zu behalten. „Ich nehme das nicht auf die leichte Schulter, verstehen Sie? Mir ist das Risiko klar, dem Sie alle sich für mich aussetzen. Bitte denken Sie nicht …"

„Das würden wir niemals tun."

„Was ist mit Agent Quigley?"

„Er ist über alle Aspekte informiert und sowohl über die Mission als auch über die Risiken im Bilde."

„Also gut. Ich würde wirklich sehr gerne Jimmy besuchen. Können Sie bei Liz nachfragen, ob es gerade passt, wenn wir jetzt dort vorbeischauen?"

„Natürlich, Ma'am."

Als sie nach draußen traten, wartete Quigley schon, der bei ihrem Erscheinen sogleich Haltung annahm und ihr die Tür des SUVs öffnete.

„Willkommen zur Party, Agent Quigley", begrüßte ihn Sam.

„Ist mir ein Vergnügen, Ma'am."

„Das behaupten Sie jetzt. Wie lautet Ihr Vorname?"

„Carl, aber ich werde nur Q genannt."

„Im SUV sprechen wir einander mit Vornamen an", erklärte ihm Sam.

Quigley warf Vernon einen fragenden Blick zu.

„Q", sagte der, „das ist Sam."

Der junge, dunkelhaarige Personenschützer blinzelte ein paarmal hektisch. „Oh, äh, gut, Ma'am. Ich meine, Sam."

Sam lächelte. „Vernon und Jimmy haben auch ein bisschen gebraucht. Sie werden sich daran gewöhnen."

„Jawohl, Ma'am. Äh … Sam."

„Na also, geht doch."

Vernon schrieb Liz, die sofort antwortete, dass sie Sam gerne sehen würden.

„Ich bin froh, dass sie nach alldem überhaupt noch mit mir reden", meinte Sam, als Vernon durch die Tore des Weißen Hauses fuhr.

„Oh bitte, die beiden sind große Fans von Ihnen und Ihrem Mann. Wie wir alle."

„Alle ganz bestimmt nicht."

„Doch, alle, die mit Ihnen und Ihrer Familie arbeiten, sind Fans. Vor allem die Bodyguards der Kinder. Die sind restlos begeistert."

„Das ist schön. Und es beruhigt uns, dass sie in guten Händen sind, wenn wir nicht bei ihnen sein können."

„Glauben Sie mir, wenn ich Ihnen sage, dass die Personenschützer für diese Kinder ihr Leben geben würden."

„Sie rühren mich noch zu Tränen, Vernon."

„Bitte nicht!"

Sam lachte. „Was haben Männer nur für ein Problem mit Frauentränen?"

„Sie bringen uns aus dem Konzept."

„Ich finde das urkomisch."

„Wir leben dafür, Sie zu unterhalten."

„Das gelingt Ihnen auch. Jeden Tag aufs Neue."

Als sie am George Washington University Hospital eintrafen, eskortierten beide Personenschützer Sam zügig durch die Lobby zum Aufzug und ins vierte Obergeschoss, wo Jimmys Frau Liz Sam mit einer Umarmung empfing. Sie war eine hübsche Blondine mit einem Babybauch.

„Vielen Dank, dass ich kommen durfte", meinte Sam. „Ich hätte es Ihnen nicht übel genommen, wenn Sie mich zum Teufel gejagt hätten."

„Ach, hören Sie auf. Jimmy ist ganz verrückt nach Ihnen und freut sich sehr darauf, Sie zu sehen."

„Ich bin so froh, dass er sich auf dem Weg der Besserung befindet. Ich musste die ganze Zeit an Sie und das Baby denken …"

„Wir sind auch sehr dankbar, dass es ihm gut geht – und Ihnen. Das waren Jimmys erste Fragen, nachdem er aus dem OP kam: ‚Wo ist die First Lady, und geht es ihr gut?'"

„Das tut es, dank seines Einsatzes.“

„Das ist für ihn das Wichtigste. Ich wollte Ihnen und dem Präsidenten noch für den wunderschönen Kinderwagen danken, den Sie uns zur Babyparty geschickt haben. Alle anderen Mütter werden mich darum beneiden. Ganz zu schweigen davon, dass uns die Karte mit den lieben Grüßen von ‚Sam und Nick‘ unfassbar gefreut hat. Als wären Sie nicht der Präsident und seine Gattin!“

„Gern geschehen. Wir können es kaum erwarten, den Kleinen kennenzulernen.“

„Wir auch.“ Liz hakte sich bei Sam unter und begleitete sie zu Jimmys Zimmer. Vor der Tür standen zwei uniformierte Secret-Service-Beamte und verlangten ihren Ausweis, obwohl sie sie kannten.

Sam zog ihn heraus und zeigte ihn. „Danke, dass Sie gut auf ihn aufpassen.“

Einer der beiden Männer öffnete ihr die Tür. „Gerne, Ma’am.“

Jimmy saß im Bett, den rechten Arm in einer Schlinge. Er war blasser als gewöhnlich, sah ansonsten allerdings gut aus, wenn man bedachte, dass er kürzlich angeschossen worden war.

„Hey, Sam“, begrüßte er sie strahlend.

Sam ging direkt zum Bett, um ihn vorsichtig zu umarmen. „Danke, dass Sie nicht tot sind.“

„Man tut, was man kann.“

Sam lachte auf. „Dieser Spruch ist urheberrechtlich geschützt. Sie dürfen ihn nicht ohne meine schriftliche Genehmigung verwenden.“

Er lachte ebenfalls und verzog dann das Gesicht. „Die Rippen und die Lunge finden Lachen gerade nicht so toll.“

„Sorry.“

„Kein Problem.“

„Behandelt man Sie hier gut?“

„Ich habe gerade zu Liz gemeint, dass ich mich öfter anschießen lassen sollte, weil ich mich noch nie in meinem Leben so sehr wie ein VIP gefühlt habe. Natürlich sieht sie das anders.“

„Zu früh für solche Witze, James“, rügte Liz, die auf der anderen Seite des Bettes stand und seine Hand hielt.

„Ich bin Ihnen so dankbar, Jimmy. Das lässt sich nicht in Worte fassen."

„Ach, das ist ja mein Job. Aber ich habe über etwas nachgedacht, das ich Ihnen sagen möchte."

„Nämlich?"

„Wer auch immer das getan hat, wollte mich treffen, nicht Sie. Ich glaube, das sollte eine Warnung sein."

„Wie kommen Sie darauf?"

„Sie standen links von mir, und die Kugel hat mich rechts getroffen. Wenn sie Ihnen gegolten hätte, hätte der Schütze Sie um Längen verfehlt."

„Stimmt, daran hatte ich noch nicht gedacht. Ich werde das unverzüglich an unser Team und die anderen Ermittler weitergeben."

„Vielleicht könnten Sie unerwähnt lassen, dass Sie es von mir haben. Ich habe das Gleiche bereits meiner eigenen Befehlskette gemeldet, daher sollte alles, was jetzt passiert, von dort kommen."

„Alles klar. Auf jeden Fall ist es eine kluge Idee. Ich möchte Sie auch gar nicht lange aufhalten. Eigentlich wollte ich nur vorbeischauen, um Ihnen zu danken …"

„Ich bin froh, dass Sie hier sind. Hoffentlich kann ich bald wieder im interessantesten SUV der Stadt sitzen."

„Wir freuen uns schon auf Ihre Rückkehr. Es macht keinen Spaß, meinen jungen Padawan zu ärgern, wenn Vernons junger Padawan es gar nicht mitkriegt."

Jimmy schmunzelte. „Detective Cruz benötigt dringend meine Unterstützung, um sich zu wehren."

„Absolut. Wir werden sehen, was wir tun können, um in Ihrer Abwesenheit Agent Q zu verderben."

„Dann Gott mit dir, Q", entfuhr es Jimmy, der Quigley damit zum Lachen brachte.

Sam umarmte Jimmy und auch Liz noch einmal. „Wenn Sie etwas brauchen, melden Sie sich bitte."

„Danke, dass Sie da waren", antwortete Liz. „Das bedeutet uns wirklich sehr viel."

„Ihr Mann bedeutet mir auch sehr viel." Irgendwann in den letzten Monaten hatte sie begonnen, Jimmy und Vernon quasi als Familie zu betrachten. „Ich melde mich Ende der Woche wieder.“

„Bis dann!“ Jimmy winkte ihnen lächelnd.

„Ich komme heute Abend wieder“, verabschiedete sich Vernon. „Willst du dann noch einen Milchshake?“

„Dazu sage ich nie Nein, Chef.“

„Sollst du haben.“

Auf dem Weg zum Hauptquartier dachte Sam über Vernons Worte nach. Er hatte behauptet, sie schreibe jedes Mal Geschichte, wenn sie das Weiße Haus verließ, um ihrer Arbeit nachzugehen. Zwar wusste sie, dass das schon irgendwie stimmte, aber sie hatte noch nie wirklich darüber nachgedacht, weil die Arbeit einfach ein Teil ihrer selbst und ihres Lebens war.

„Q?"

„Ja, Sam?"

„Danke, dass Sie für Jimmy einspringen."

„Ist mir ein Vergnügen, Ma'am."

„Du sollst doch ‚Sam' sagen, wenn wir unter uns sind", erinnerte ihn Vernon.

„Jawohl, Sir."

Vernon warf Sam im Rückspiegel einen Blick zu und verdrehte die Augen. „Noch ein Padawan, den ich einarbeiten muss."

„Wie bitte?"

„Ein kleiner Insiderwitz", antwortete Vernon mit einem Lächeln für Sam.

„Was halten Sie beide von Jimmys Theorie, dass es ein Warnschuss war?"

„Könnte durchaus sein", erwiderte Vernon. „Entweder wollte

der Schütze Sie nicht treffen, oder er ist Amateur. Ich bin nicht sicher, was schlimmer oder gefährlicher ist."

Als sie vor dem Eingang bei der Gerichtsmedizin hielten, wies Vernon Quigley an, beim Fahrzeug zu bleiben, während er Sam ins Gebäude begleitete.

Als sie das Großraumbüro betrat, fühlte Sam sich wie eine siegreiche Feldherrin, die aus der Schlacht zurückkehrte – oder etwas ähnlich Dramatisches. „Hallo, Leute."

Alle anwesenden Mitglieder der Abteilung schraken zusammen – sie liebte es, wenn ihr das gelang – und drehten sich zu ihr um.

„Wir dachten, du hättest heute frei, Lieutenant", meinte Gonzo. „Jetzt können wir die geplante Party wohl in die Tonne treten."

„Tut mir leid, wenn ich euch den Spaß verderbe. Was treibt ihr so?"

„Cruz und ich sind gerade von Joshua Saulniers Verlobter Mandy zurück." Gonzo schüttelte den Kopf. „Furchtbar. Die beiden waren seit der neunten Klasse ein Paar."

„Oh, verdammt! Ist jemand bei ihr?"

„Einer seiner Freunde ist da, und ihre Eltern kommen später von der Westküste herübergeflogen."

Sam empfand Mitleid mit diesen Menschen, die sie vielleicht nie kennenlernen würde. „Was steht als Nächstes an?"

„Wir tragen die Fakten zu Saulniers Hintergrund zusammen und suchen nach Verbindungen zwischen den vier Opfern, aber bisher haben wir nichts Relevantes gefunden."

„Ich hab über den Schuss in Adams Morgan nachgedacht." Sie erzählte Freddie von Jimmys Vermutung, ohne ihn namentlich zu erwähnen.

„Das klingt logisch", überlegte Freddie. „Wenn es da jemand gezielt auf dich abgesehen hatte, wäre das tatsächlich ziemlich weit danebengegangen."

„Also suchen wir entweder jemanden, der nicht gut schießen kann, oder jemanden, der extrem gerissen ist. Geben wir das an Agent Hill weiter."

„Ich kümmere mich darum", erbot sich Gonzo.

„Oh, hey, Lieutenant", begrüßte Green sie. „Sergeant Fitzgivens von den Scharfschützen hat nach dir gefragt."

„Was wollte er?"

„Das hat er nicht gesagt, doch du sollst mal bei ihm vorbeischauen, wenn du Zeit hast."

„Ich glaub, das erledige ich am besten sofort. Bin gleich zurück. Vernon, auf zu den Scharfschützen."

„Toll. Genau das will jeder Secret-Service-Mitarbeiter von seiner Schutzbefohlenen hören."

Sam lachte über die bissige Bemerkung. Das liebte sie an Vernon. „Wenn wir dort sind, muss ich mit dem Sergeant unter vier Augen sprechen, wäre das okay?"

„Ja, alles gut. Solange es Sie nicht stört, mit ihm allein zu sein."

„Ich hatte noch nie Probleme mit ihm. Ein anderes Mitglied dieser Einheit, ein Beamter namens Offenbach, hasst mich allerdings. Wenn er da ist, werden Sie ihn wahrscheinlich sofort erkennen."

„Die guten Nachrichten reißen nicht ab."

„Ich weiß, dass Sie es sich kaum vorstellen können, aber nicht jeder liebt mich. Ich versteh das auch nicht."

Sie lachte über sein Schnauben.

Das Gespräch mit ihm lenkte sie von Grübeleien darüber ab, was Fitzgivens wohl von ihr wollte, während sie auf dem Weg zur anderen Seite des Gebäudes die Lobby durchquerten. Sie hatte während des Scharfschützenfalls mit dem Mann zusammengearbeitet, doch seitdem keinen Kontakt mehr zu ihm gehabt.

Als sie das Büro betrat, sah sie natürlich gleich als Erstes Offenbach. Man hatte ihn zum einfachen Officer degradiert, nachdem Sams Ermittlungen im Fall des Scharfschützen ergeben hatten, dass er nicht wie vorgegeben bei einer dienstlichen Konferenz in Philadelphia gewesen war. Stattdessen hatte er sich in einem Hotelzimmer in Atlantic City mit einer Frau getroffen, sehr zur Verwunderung seiner Ehefrau, der Mutter ihrer sechs gemeinsamen Kinder. Da er ein so ausgezeichneter Schütze war, durfte er trotz der Degradierung im Umfeld der Scharfschützen arbeiten.

Die Miene, mit der er Sam betrachtete, war hasserfüllt, und

das war eigentlich noch untertrieben. „Mörderisch" traf es wohl eher.

„Wo finde ich Fitzgivens?", fragte sie eine junge Polizistin, die daraufhin auf eine geschlossene Tür im hinteren Teil des großen, offenen Raums zeigte.

„Vielen Dank." Sam spürte, wie sich Offenbachs Blick in ihren Rücken brannte, während sie und Vernon weitergingen.

Sie klopfte an.

„Herein."

Sam öffnete, trat ein und machte die Tür hinter sich wieder zu. Sie war erleichtert, fürs Erste aus Offenbachs Gegenwart entkommen zu sein.

„Hallo, Lieutenant. Danke, dass Sie meiner Bitte gefolgt sind." Fitzgivens hatte ein typisch irisches Aussehen mit rotbraunem Haar und braunen Augen und wettergegerbte Haut.

„Gern. Was liegt an?"

Er bedeutete ihr, auf dem Besucherstuhl Platz zu nehmen. „Eine heikle Angelegenheit."

Sie setzte sich und schlug die Beine übereinander. „Ist das nicht immer so?"

„Manchmal noch mehr als sonst." Fitzgivens schien zu zögern, dann fuhr er mit leiser Stimme fort: „Ich möchte, dass Sie wissen, dass ich Ihnen diese Information nicht leichtfertig gebe. Es widerspricht allem, woran ich als Mensch und Polizist glaube, einen Kollegen zu verraten."

„Okay …"

„Ich rede von Offenbach."

„Er hasst mich abgrundtief."

„Das ist noch milde ausgedrückt."

„Es ist schon komisch, dass er mir die Schuld daran gibt, dass ich ihn bei seinen beruflichen und privaten Fehltritten erwischt habe, aber selbst keine Verantwortung für sein Handeln übernimmt."

„Das habe ich ihm auch gesagt, doch es scheint zum einen Ohr rein- und zum anderen wieder rauszugehen." Fitzgivens fühlte sich sichtlich unwohl und wählte seine Worte mit Bedacht. „Behalten Sie ihn im Auge. Die Geschehnisse der letzten Zeit und wie sein ganzes Leben vor seinen Augen zusammengebrochen ist … Das hat ihm den Boden unter den Füßen weggezogen. Da er nicht selbstkritisch genug ist, um im Spiegel nach jemandem Ausschau zu halten, dem er die Schuld geben kann, hat er Sie ins Visier genommen."

Sam lief ein Schauer über den Rücken.

Fitzgivens verzog unbehaglich das Gesicht. „Offenbach steht total auf Drohnen. Ich würde es sogar als ‚Besessenheit' bezeichnen. Er spricht von nichts anderem mehr."

Aus dem Schauer wurde echter Schrecken.

„Ich beschuldige ihn nicht, aber ich wollte Sie darauf aufmerksam machen. Was Sie mit dieser Information anstellen, bleibt Ihnen überlassen. Ich lehne mich hier ziemlich weit aus dem Fenster, insofern wäre ich Ihnen dankbar, wenn Sie mich da ansonsten raushalten würden."

Sam musste sich zwingen, sitzen zu bleiben und nicht aus dem Büro zu stürmen, um die Wahrheit aus Offenbach herauszuholen. Sie war wütend genug, um sich zu wünschen, dass sie sie aus ihm herausprügeln könnte, was sie natürlich nie tun würde. „Er weiß, dass ich hier mit Ihnen rede. Worum sollte es sonst gehen?"

„Ich habe ihm gesagt, ich hätte Informationen über Stahl, die ich an Sie weitergeben wolle, und er solle nicht mit Ihnen reden, wenn Sie vorbeikommen. Offenbach hasst mich fast so sehr wie Sie, weil man mich nach seiner Degradierung zum Sergeant befördert hat. Ich war sein Untergebener und bin jetzt sein Vorgesetzter."

„Wir müssen einen Weg finden, Leute wie ihn, Stahl und Ramsey loszuwerden, bevor sie zum Problem werden."

„Da stimme ich Ihnen zu, doch er hat Rechte, und die Gewerkschaft, die uns alle schützt, setzt sich auch für die faulen Äpfel ein."

„Das ist so ein Drecksmist." Sie sah Fitzgivens an. „Sobald ich diese Informationen ans FBI weitergebe, wird Offenbach klar sein, dass Sie mir das erzählt haben."

Fitzgivens zuckte die Achseln. „Ist mir egal, was er denkt. Wenn er versucht hat, eine Kollegin zu töten, ganz zu schweigen vom Präsidenten der Vereinigten Staaten und einem Haufen unschuldiger Kinder, kann ich damit leben, wenn er mir die Schuld gibt."

„Glauben Sie wirklich, dass er zu so etwas fähig wäre?"

„Ich wünschte, ich könnte das überzeugt verneinen. Da ich das aber nicht kann, sind wir hier."

„Danke", sagte Sam mit rauer Stimme. „Vielen Dank."

Fitzgivens nickte. „Seien Sie vorsichtig. Er wirkt manchmal nicht ganz zurechnungsfähig und kann schießen wie niemand sonst, den ich kenne. Wenn er das gestern war, hat er Sie nur verfehlt, weil er es so wollte."

Sie schluckte schwer bei dem Gedanken, dass möglicherweise ein Polizeikollege auf sie geschossen und Jimmy verletzt hatte. Das war fast zu viel, um es zu begreifen. „Wissen Sie, wo Offenbach zum Zeitpunkt der Attacke war?"

„Ich weiß, wo er behauptet, gewesen zu sein. Angeblich hat er im Südosten der Stadt nach einem Versteck mit gestohlenen Waffen gesucht."

„Wir könnten sein Handy beschlagnahmen und seinen Standort checken."

„Überlassen Sie das dem FBI. Halten Sie sich raus, Lieutenant. Wenn er es war, sollten Sie sich nicht mal in seiner Nähe aufhalten."

„Sie haben recht. Nochmals vielen Dank. Ich werde nicht vergessen, was Sie riskiert haben, um mich zu informieren."

„Können Sie da raus- und an ihm vorbeigehen, ohne sich etwas anmerken zu lassen?"

Sie atmete einmal tief durch. „Ja, kann ich. Wir sollten lachen, wenn ich gleich die Tür öffne."

„Einverstanden."

„Ein gesunder Hang zur Vergeltung steht bei mir zusammen mit Sarkasmus ganz oben auf der Liste meiner Lieblingscharakterzüge bei Kollegen."

Er grinste. „Bei mir auch. Bereit?"

„Sagen Sie etwas Lustiges."

„Offenbachs Frau hatte Riesenglück, dass er sie betrogen hat."

Ihr Lachen klang ganz natürlich, als Sam die Tür aufmachte,

das Büro verließ und zu den anderen Mitarbeitern seines Teams trat.

Sam spürte Offenbachs sengenden Blick fast körperlich, als sie zwei anderen Beamten zunickte und lächelnd an ihm vorbeiging, ohne ihn auch nur anzuschauen.

Mit gesenktem Kopf kehrte sie an ihren Arbeitsplatz zurück und hatte das Gefühl, dass sie nicht viel mehr brauchen würde, um die Fassung zu verlieren.

„Ich will wissen, warum dieser Typ Sie hasst, und zwar sofort", erklärte Vernon. „Er hat die ganze Zeit, während Sie im Büro waren, nicht ein einziges Mal geblinzelt."

„Sam!", rief Freddie.

Sie ignorierte beide, lief direkt in ihr Büro, schloss die Tür hinter sich ab und setzte sich an den Schreibtisch. Sie hatte keine Ahnung, wie lange sie so dagesessen und auf den verbeulten Aktenschrank gestarrt hatte, bevor sie ihr Handy aus der Tasche zog und Avery Hills Nummer wählte – in der Hoffnung, dass er gerade irgendwo war, wo er den Anruf entgegennehmen konnte.

„Hey", meldete sich Hill. „Was gibt's?"

„Etwas, das zu groß ist, um wahr zu sein."

„Okay …"

„Avery …"

„Ich bin hier. Was ist los?"

„Ich werde dir jetzt etwas erzählen, das du selbst herausfinden musst. Verstehst du?"

„Ja."

„Sieh dir im Hinblick auf die Drohnen mal Officer Dylan Offenbach an."

„Du meinst den Polizeibeamten?"

„Genau den."

„Was hat der denn damit zu tun?"

Sam schilderte ihm, wie man Offenbach nach den Ermittlungen im Scharfschützenfall vom Sergeant zum Officer degradiert hatte und wie er nach dem Auffliegen seiner Affäre von seiner Frau verlassen worden war. „Er gibt mir die Schuld, denn es war meine Aufgabe, Leute zu finden, die präzise genug schießen konnten, als wir an diesem Fall gearbeitet haben. Es war natürlich ganz allein meine Schuld, dass er nicht dort war, wo sein damaliger Vorgesetzter und seine Frau ihn vermuteten. Sein neuer Vorgesetzter hat mir mitgeteilt, dass er von Drohnen besessen ist. Genau dieses Wort hat er verwendet. Besessenheit."

Dann kam ihr ein noch beunruhigenderer Gedanke. „Archie."

„Was?"

„Archelotta ist derjenige, der Offenbachs Handy geortet und festgestellt hat, dass er sich nicht dort aufgehalten hat, wo er angeblich sein sollte. Jetzt hat jemand Archies Freundin entführt und missbraucht …" Sam war kurz davor, völlig die Beherrschung zu verlieren, während die Worte aus ihrem Mund sprudelten.

„Alles klar. Ich kümmere mich darum. Erzähl niemandem etwas davon, verstanden? Niemandem. Auch nicht Nick oder Freddie oder Captain Malone oder sonst jemandem."

„In Ordnung."

„Mir ist klar, was auf dem Spiel steht und wie dringend es ist, und ich verspreche dir, dass ich die gesamte Schlagkraft des FBI auf diese Ermittlungen richten werde. Das ist alles, was ich dir dazu sagen werde."

„Danke."

„Nichts zu danken."

Er legte auf, und sie schob das Handy weg, ohne es wie sonst mit einem befriedigend lauten Geräusch zuzuklappen. Sie zitterte am ganzen Körper, was sie daran erinnerte, wie Stahl sie in Klingendraht gewickelt, mit Benzin übergossen und gedroht hatte, sie anzuzünden.

Ein lautes Klopfen an der Tür riss sie aus ihren Gedanken. Sie atmete dreimal tief durch, um sich zu fassen und den Rest ihrer Schicht zu überstehen. „Herein."

Der Türknauf bewegte sich nicht.

Verdammt, sie hatte abgeschlossen. Sie stand auf und musste kurz warten, bis sie sicher war, dass ihre Beine sie tragen würden, bevor sie die Tür entriegelte und Captain Malone hereinließ.

„Warum haben Sie sich eingeschlossen?", fragte er. „Haben wir Sie jetzt endlich in den Wahnsinn getrieben?"

„Nicht ganz, aber beinahe. Was gibt's?"

„Wir haben ein Problem."

Sam war sich nicht sicher, ob sie heute noch mehr verkraften würde. „Was denn?“

Er reichte ihr ein Blatt Papier. Als sie es überflogen hatte, sank sie auf ihren Stuhl. Es war eine Klage gegen sie, Malone und die gesamte Polizeibehörde, eingereicht von Hector Reese. „Oh Gott.“

Malone setzte sich vor ihren Schreibtisch und seufzte: „Das ist übel, Sam. Er hat medizinische Gutachten und eine Zeugenaussage des Sergeants, der in der Nacht, in der Sie ihn verhört haben, Dienst im Gefängnis hatte. Captain Norris hat berichtet, er sei für alle großen Nachrichtensendungen am Nachmittag gebucht.“

„Sollen wir ihm zuvorkommen? Soll ich die Schuld auf mich nehmen? Einräumen, dass die Vernehmung aus dem Ruder gelaufen ist?“

„Der Chief berät sich mit der Rechtsabteilung über die beste Vorgehensweise. Ich habe ihm gesagt, dass es wahr ist und ich mitschuldig bin.“

„Sie haben nichts getan. Das ist allein meine Schuld.“

„Ich hab genau gewusst, was Sie vorhatten, und hab Sie nicht aufgehalten, weil ich ebenso sehr Antworten wollte wie Sie.“ Nachdem Hectors Bruder Clarence seine Familie getötet und sich danach aus dem Staub gemacht hatte, hatten die Ermittler bei ihm Zeitungsausschnitte und andere Informationen über den unaufgeklärten Mord an Skip Holland gefunden.

Sam war zu Hector in den Verhörraum gegangen, weil sie erfahren wollte, wo sich sein Bruder nach dem versuchten Mord an Freddie verstecken würde und was Clarence mit den Schüssen auf ihren Vater zu tun hatte. Sie hatte ihre Panik, weil Freddie beinahe gestorben wäre, und ihre jahrelange Frustration und Trauer über den ungelösten Fall ihres Vaters mit in diesen Raum genommen und war nicht stolz darauf, wie sie den Mann behandelt hatte. Zum Glück hatte sie angeordnet, ihm vor dem Verhör die Handschellen abzunehmen.

„Das wird mich ruinieren“, flüsterte sie.

„Im schlimmsten Fall erhalten Sie eine dienstliche Verwarnung für etwas, das vor Jahren passiert ist.“

„Glauben Sie? Ich könnte mir vorstellen, dass das viel schlimmere Folgen haben wird."

„Warten wir ab, was die Anwälte sagen, ehe wir uns dazu äußern oder gar etwas unternehmen."

Sam hatte das Gefühl, dass sie gleich einen Herzinfarkt erleiden würde, als die Ereignisse der letzten Stunde mit rasender, verheerender Präzision auf sie einprasselten. „Jemand will mich fertigmachen. Mit allen Mitteln."

„Sieht langsam wirklich so aus."

# KAPITEL 22

Die Geschichte um Hector Reese explodierte mit der Wucht von zehn Tonnen TNT – zumindest wirkte es so auf Sam. Sie fand sich plötzlich inmitten eines Feuersturms wieder, den sie nicht hatte kommen sehen. Reese war in sämtlichen Nachrichtenshows und erzählte der Welt, wie sie ihn verprügelt hatte, während er sich in Polizeigewahrsam befand.

„Ich möchte nicht behaupten, dass es sich um einen rassistischen Angriff gehandelt hat, aber ich kann auch nicht mit Sicherheit sagen, dass es nicht so war", berichtete er in einem Interview.

„Oh Gott", flüsterte Freddie, der neben ihr im Konferenzraum stand und das Spektakel verfolgte.

„Wissen Sie, warum Lieutenant Holland das getan hat?"

„Sie hat meinen Bruder gesucht, der seine Familie getötet und sich danach abgesetzt hatte. Lieutenant Holland erwähnte außerdem Schüsse auf ihren Vater, doch darüber war mir nichts bekannt, und meinem Bruder auch nicht."

„Können Sie uns das Ausmaß Ihrer Verletzungen nach dem Zwischenfall mit ihr beschreiben?"

„Ich hatte blaue Flecken im Gesicht, weil sie brutal zugeschlagen hatte. Außerdem hatte ich geprellte Rippen. Eine Zeit lang dachten sie, sie müssten mir die Milz entfernen, nachdem sie mir zweimal in den Bauch geschlagen hatte. Das war dann aber doch nicht nötig. Ich hatte wochenlang starke Schmerzen, vor allem wegen der Rippen.“

„Haben Sie sich gegen die Misshandlung gewehrt?“

„Nein.“

„Warum nicht?“

„Meine Mutter hat mir beigebracht, niemals eine Frau zu schlagen, selbst wenn es sich um eine prügelnde Polizistin handelt.“

Sam sah sich das Interview ungläubig an. *Drecksmistscheißkack.*

Die Moderatorin schaute in die Kamera und sagte mit ernster Stimme: „Unsere Anfragen an die Polizei und das Weiße Haus sind bisher unbeantwortet geblieben.“

„Detective Cruz“, erklang Chief Farnsworths Stimme hinter ihnen.

Sie wandten sich zu ihm um.

„Lassen Sie uns allein.“

„Jawohl, Sir“, erwiderte Freddie, ging nach einem besorgten Blick zu Sam aus dem Raum und schloss die Tür.

„Nun, das ist ein schöner Schlamassel, in dem wir da stecken“, begann der Chief, dessen Gesichtsausdruck nicht die übliche Zuneigung und den Humor zeigte, die Sam von ihm gewohnt war.

„Es tut mir leid. Das … das ist schon lange her …“

„Ich fürchte, ich brauche eine Erklärung, denn es ist für mich unvorstellbar, dass du einen Mann in unserem Gewahrsam misshandelt hast.“

„Vor dem Fall Reese wäre das auch für mich unvorstellbar gewesen. Ich habe keine Entschuldigung für das Unentschuldbare und kann nur vorbringen, dass ich in dieser Nacht emotional in einer Ausnahmesituation war. Der Tatort in Reese’ Haus war schlimmer als alles, was wir je zuvor gesehen hatten. Clarence Reese hatte Freddie niedergeschossen und war auf der Flucht. Im Haus hatten wir Zeitungsausschnitte und andere Informationen über die Schüsse auf meinen Vater gefunden. All das habe ich in jener Nacht mit zu Hector in den Verhörraum genommen, und ich stehe zu dem, was passiert ist. Es war falsch. Das wusste ich damals, und das weiß ich auch heute.“

„Wir werden eine Pressemitteilung mit diesem Inhalt veröffentlichen und bekannt geben, dass du für vierzehn Tage vom Dienst suspendiert bist. Du wirst deinen Arbeitsplatz verlassen und bis zur Rückkehr keinerlei Kontakt zu Kollegen haben."

Sam war über die Länge der Suspendierung schockiert, behielt das aber für sich. Er hatte sie nicht auf der Stelle entlassen, und sie wollte ihr Glück nicht überstrapazieren.

„Möchtest du noch etwas sagen?"

„Ich schäme mich für das, was ich in jener Nacht getan habe. In den letzten Jahren habe ich viel darüber nachgedacht und konnte meine Tat nie mit dem Verhaltenskodex in Einklang bringen, den ich während meiner gesamten Karriere zu wahren versucht habe. Ich habe für einen Moment die Kontrolle verloren und werde jeden Preis zahlen, den du für angemessen hältst. Dennoch glaube ich, dass insgesamt etwas Größeres läuft und dass es möglicherweise hier bei uns seinen Ursprung hat."

Der Chief runzelte die Stirn. „Wie meinst du das?"

Langsam und methodisch legte sie ihm die Arbeitshypothese dazu dar, wie die jüngsten Morde, der Überfall auf Harlowe und ihre Entführung, der Drohnenangriff, die Schüsse in Adams Morgan und die Wiederaufnahme der Reese-Geschichte zusammenhingen. „Außerdem weiß ich aus zuverlässiger Quelle, dass Officer Offenbach von zwei Dingen besessen ist: Erstens, sich an mir zu rächen, weil ich angeblich seine Karriere und seine Ehe zerstört habe, und zweitens Drohnen. Letzteres habe ich an Agent Hill weitergeleitet."

„Moment. Du hast dich an Hill gewendet, bevor du mich darüber informiert hast? Was zum Teufel soll das, Sam?"

„Das habe ich als First Lady getan, nicht als Polizistin. Diese Drohnen hatten es auf meine Familie abgesehen, und das FBI leitet die Ermittlungen."

„Du hast das FBI auf einen meiner Beamten angesetzt, ohne mir Bescheid zu geben!"

„Agent Hill hat gesagt, ich solle niemandem davon erzählen, damit es nicht auf mich oder die Abteilung zurückfällt. Ich habe versucht, dich – und uns – zu schützen und die Ermittlungen nicht zu gefährden, nachdem ich diesen Hinweis erhalten hatte.

Es war nicht meine Absicht, in irgendeiner Weise gegen die Befehlskette zu verstoßen oder dich zu übergehen. Du kennst mich, das ist nicht mein Stil."

Er stemmte die Hände in die Hüften und starrte sie an. „Nach heute bin ich mir nicht mehr sicher, ob ich dich *überhaupt* kenne."

Sam fühlte sich, als hätte man ihr in den Magen getreten. „Bitte sag das nicht. Du kennst mich so gut wie nur wenige andere Menschen. Es waren eine Spur in dem ungeklärten Fall meines Vaters und die Schüsse auf Freddie innerhalb weniger Tage, die mich dazu verleitet haben, gegenüber Reese einem Impuls nachzugeben. Das *weißt* du."

„Ich verstehe, dass es außergewöhnliche Umstände waren, die zu dieser Entgleisung geführt haben, doch ich kann und werde Gewalt nicht dulden. Das ist ein PR-Desaster, Sam. Wir haben nicht bloß einen Inhaftierten misshandelt, er spricht auch von einem rassistisch motivierten Übergriff."

„Seine Hautfarbe hatte damit nicht das Geringste zu tun. Er hatte Informationen, die ich brauchte. Das war alles. In meiner gesamten Karriere hat man mir noch nie Rassismus vorgeworfen."

„Bis jetzt."

Das schmerzte. „Ich hoffe wirklich, du berücksichtigst den Zeitpunkt der Veröffentlichung dieser Nachricht vor dem Hintergrund der jüngsten Ereignisse. Wer außer mir und Malone wusste von dem Vorfall mit Reese? Wer hat da geplaudert? Die Beamten, die in dieser Nacht im Gefängnis Dienst hatten? Ich leugne nicht, dass ich getan habe, was er mir vorwirft, aber warum kommt das ausgerechnet jetzt wieder ans Licht? Das hängt alles zusammen, Chief."

Ihr fiel noch etwas ein. „Reese hat mich eine Bullenschlampe genannt. Er war mit seinem Bruder zu Clarence' Haus zurückgekehrt. Sie haben gewusst, dass wir das Gebäude beobachteten, doch sie sind trotzdem da aufgetaucht, um zehn Riesen in bar aus dem Keller abzugreifen, die wir allerdings beschlagnahmt hatten. Sein Bruder hatte seine Frau und drei kleine Kinder, darunter ein Baby, in diesem Haus mit einem Baseballschläger ermordet, und anstatt sich um Gerechtigkeit für sie zu bemühen, ging es Hector

Reese einzig darum, ihren Mörder zu schützen. Vielleicht solltest du das in die Pressemitteilung einbauen, damit die Leute verstehen, mit wem ich es in jener Nacht zu tun hatte."

„Ich werde darüber nachdenken. Du fährst jetzt erst mal nach Hause. Auf der Stelle. Du redest mit keinem Kollegen und hältst dich aus sämtlichen Ermittlungen heraus, wenn du weißt, was gut für dich ist."

In diesem Ton hatte er noch nie mit ihr gesprochen. Es brach Sam das Herz.

„Am Montag in einer Woche beginnt der Nelson-Prozess. Ich muss mich mit Faith Miller darauf vorbereiten." Sam war eine der Hauptzeuginnen in dem Verfahren „Vereinigte Staaten gegen Christopher Nelson", den Sohn des ehemaligen Präsidenten. Er hatte unter anderem Sams Ex-Mann gefoltert und ermordet, um Nick die Chancen auf ein höheres Amt zu nehmen. Ein Schlag folgte auf den nächsten.

„Kümmer dich darum, aber um nichts anderes."

„Es tut mir sehr leid."

„Mir auch."

Damit drehte er sich um und verließ den Raum, um hinter ihr aufzuräumen.

Ihr BlackBerry klingelte, und sie holte ihn aus der Tasche, um Nicks Anruf anzunehmen.

„Babe, was … was zum Teufel ist los?"

„Der Chief hat mich … für zwei Wochen suspendiert."

„Nicht im Ernst."

„Nick, ich kann jetzt nicht sprechen. Ich bin gleich zu Hause."

„Ich liebe dich."

„Das hilft mir. Bis dann."

Sie beendete das Gespräch, steckte den BlackBerry in ihre Gesäßtasche und setzte sich, weil sie sich nicht sicher war, dass ihre Beine sie länger tragen würden. Sie musste ihre Sachen holen und dann zur Gerichtsmedizin, um durch den dortigen Ausgang zu verschwinden. Das gesamte MPD würde wegen ihres Falls in Aufruhr sein, viele würden wahrscheinlich insgeheim frohlocken, dass sie endlich mal in ihre Schranken gewiesen worden war.

Bestimmt zehn Minuten lang starrte sie konzentriert auf das

Whiteboard. Dort hingen die Fotos von vier Mordopfern sowie einer Person, die einen ähnlichen Angriff überlebt hatte. Sie blinzelte nicht, bewegte sich nicht und atmete kaum, während sie alles studierte, auf der Suche nach etwas, das nicht da war.

Ein Klopfen an der Tür riss sie aus ihrer Erstarrung. „Ja bitte?"

„Alles in Ordnung bei dir?", fragte Freddie.

Sam blieb sitzen, den Rücken zu ihm. „Der Chief hat mich für vierzehn Tage suspendiert."

„Wie bitte? Sam, das kann nicht sein."

„Ich darf weder mit dir noch mit den anderen sprechen. Richte Gonzo aus, bis zu meiner Rückkehr hat er das Sagen. Ich fahre nach Hause." Als er sich nicht rührte, fügte sie hinzu: „Geh bitte, Freddie, und mach es einfach."

„Jawohl, Ma'am."

Sam ließ ihm ein paar Minuten Zeit dafür, die Nachricht weiterzugeben, dann stand sie auf und verließ den Besprechungsraum. Sie spürte die schockierten Blicke ihrer Kollegen, als sie sich in ihr Büro begab, um ihre Sachen zu holen. Als sie wieder hinaustrat, schloss sie die Tür, sperrte aber nicht ab, da Gonzo Zugang brauchte. „Passt auf euch auf", sagte sie, als sie den Weg zur Gerichtsmedizin einschlug. Sie wusste, dass Vernon ihr folgte.

„Sie sind suspendiert?", fragte er leise.

„Für zwei Wochen."

„Das tut mir sehr leid."

Sie zuckte die Achseln. „Es ist meine eigene Schuld."

„Das kann ich nicht glauben."

Lindsey sah sie kommen und eilte zur Tür. „Sam, was ist los?"

„Ich bin ab sofort für zwei Wochen raus. Wir sprechen uns dann. Hoffentlich."

Lindseys attraktives Gesicht verriet ihre Bestürzung. „Sam …"

„Ich muss weiter, Linds. Bis nächstes Mal."

Vernon winkte ab, als Quigley Anstalten machte, ihr die Fondtür des SUVs aufzuhalten, und tat es selbst. „Im Moment fühlt es sich wie der Weltuntergang an, doch ich glaube fest daran, dass auch das hier vorbeigeht."

Sam fühlte sich innerlich leer, als hätte man ihr die Seele

geraubt. Trotz ihrer engen Beziehung zum Chief, zu Jeannie und Malone bestand eine große Wahrscheinlichkeit, dass sie ihren Job verlieren würde – und womöglich hatte sie das auch verdient. Sie konnte sich nicht vorstellen, wer sie ohne diesen Beruf sein würde. „Wir werden sehen, ob dieser Sturm vorüberzieht."

Sie fuhren zum Weißen Haus, und sie schaute aus dem Fenster auf die Stadt, für die sie ihr gesamtes Erwachsenenleben lang gearbeitet hatte. Wenn sie sich erlaubte, darüber nachzudenken, was auf dem Spiel stand, würde sie anfangen zu weinen und nicht mehr aufhören.

Archie … Sie musste ihn über das, was sie erfahren hatte, und die Verbindung zu Offenbach informieren. Hatte er Harlowe entführt und missbraucht, um sich an Archie zu rächen? Und wenn es tatsächlich so war, würde ihr Freund damit leben können?

Sam hatte mehr Fragen als Antworten.

Zum Beispiel: Warum ausgerechnet jetzt? Warum hatte man gerade diesen Zeitpunkt gewählt, um sie zu attackieren? Lag es daran, dass Tom Forrester, dem man einst vorgeworfen hatte, sie in dem Fall um Ramsey geschützt zu haben, nun tot und aus dem Weg war? Oder hatte jemand etwas gegen ihren Mann und wollte sie aus irgendeinem Grund deshalb zu Fall bringen?

Eigentlich hätte sie sich bemühen sollen, Antworten auf all diese Fragen zu finden, aber der Chief hatte ihr ausdrücklich verboten, an irgendwelchen Fällen zu arbeiten, auch an dem, der sie selbst betraf. Sie durfte weder Freddie noch Gonzo anrufen und bitten, das für sie zu tun, denn sie durfte nicht einmal mit ihren beiden engsten Freunden und Kollegen sprechen.

Als der SUV durch die Tore des Weißen Hauses fuhr, kam ihr der Gedanke, dass im Notfall Nick Freddie anrufen könnte.

Diese Idee tröstete sie ein wenig, denn so wusste sie, dass sie etwas tun konnte, um sich gegen eine Anschuldigung zu wehren, die ihre Karriere und ihren Ruf zu ruinieren drohte. Dass sie sich nicht öffentlich über die Situation äußern durfte, um Verantwortung für ihre Fehler zu übernehmen, würde alles nur noch verschlimmern.

Wenn das denn überhaupt möglich war.

„Vielen Dank, Vernon."

„Ich bin für Sie da, wenn ich etwas tun kann."

„Das bedeutet mir sehr viel, wirklich."

„Sam."

Sie wandte sich zu ihm um.

„Bleiben Sie stark."

„Ich versuche es."

George stand an der Tür und lächelte ihr zu, als sie eintrat und ihm ihren Mantel reichte. „Guten Tag, Ma'am."

„Guten Tag. Ist mein Mann im Oval Office?"

„Nein. Ich glaube, er ist im Lagezentrum."

„Gut, danke." Enttäuscht, dass er gerade nicht verfügbar war, ging sie nach oben in den Wohnbereich und direkt zum Barschrank in der Küche, um sich ein Glas Wodka einzuschenken. Als das eine Glas nicht reichte, trank sie direkt aus der Flasche. So stand sie noch da, als ihre Mutter hereinkam. Brenda stoppte abrupt, als sie ihre Tochter mit einer Flasche Alkohol in der Hand entdeckte.

„Sam! Du hast mich erschreckt. Was machst du zu Hause, und warum trinkst du Wodka direkt aus der Flasche?"

„Du hast heute keine Nachrichten gesehen oder gehört?"

„Seit dem Frühstück nicht mehr. Ich bin direkt vom Pilates zum Mittagessen mit meiner Freundin Diana gegangen. Erinnerst du dich noch an sie? Die Mutter deiner alten Freundin Caroline."

„Ich erinnere mich."

„Jedenfalls haben wir uns verplaudert, sodass ich etwas spät dran war. Ich hab nicht daran gedacht, das Radio einzuschalten." Brenda stellte Wasser auf den Herd und nahm einen Teebeutel aus dem Schrank. „Was ist passiert?"

„Ich bin für zwei Wochen suspendiert."

Brenda schnappte nach Luft. „Warum?"

Sams Handy klingelte, und sie holte es aus der Tasche. Sie signalisierte Brenda, dass sie den Anruf entgegennehmen müsse. „Sam Holland."

„Lieutenant, hier spricht Celeste, die Tochter von Lorraine Sweeny."

„Hallo. Was kann ich für Sie tun?"

„Die Meldung in den Nachrichten … Da heißt es, Sie seien für zwei Wochen vom Dienst suspendiert."

„Das stimmt."

„Welche Auswirkungen hat das auf den Fall meiner Mutter?"

„Mein Team arbeitet intensiv daran und wird dies auch in meiner Abwesenheit tun."

„Wir wollen aber, dass *Sie* daran arbeiten. Sie sind die beste Ermittlerin der ganzen Polizei, das weiß jeder."

Bei Celestes Worten schossen Sam Tränen in die Augen. „Das ist sehr lieb von Ihnen, doch leider darf ich während meiner Suspendierung nicht an Fällen arbeiten. Die Detectives in meinem Team sind hervorragend, und ich bin fest davon überzeugt, dass sie weiterhin alles tun werden, um den Mörder Ihrer Mutter zu finden."

„Das ist so schlimm, nach allem, was schon passiert ist. Ich habe meinem Vater, nachdem Sie neulich hier waren, gesagt, dass ich mich besser fühle, seitdem Sie in dem Fall ermitteln."

Sam ließ die Schultern hängen. „Hoffentlich kann ich das bald wieder tun. In der Zwischenzeit möchte ich Sie und Ihre Familie bitten, über die Teilnahme an unserer Trauergruppe nachzudenken. Sie trifft sich jeden zweiten Dienstag im Monat, und alle sind willkommen. Gewöhnlich hilft es ungemein, mit anderen sprechen zu können, die Ähnliches erlebt und daher Verständnis für Ihre Lage haben."

„Irgendwann vielleicht. Im Augenblick sind wir noch in der Phase der Leugnung."

„Verständlich. Die Gruppe ist für Sie da, wenn Sie bereit sind, und ich verspreche Ihnen, dass ich niemals aufhören werde, den Mörder Ihrer Mutter zu suchen. Dies ist nur ein vorübergehender Rückschlag."

Gott, sie hoffte, dass das stimmte.

„Vielen Dank für die freundlichen Worte. Ich weiß es sehr zu schätzen, dass Sie meinen Anruf angenommen haben."

„Sie können sich jederzeit bei mir melden."

„Nochmals vielen Dank."

„Passen Sie auf sich und Ihre Familie auf."

„Ich geb mir alle Mühe."

Nachdem sie sich verabschiedet hatten, klappte Sam ihr Handy mit einem Gefühl tiefer Verzweiflung zu. Diese Menschen zählten darauf, dass sie ihnen Antworten lieferte, und man hatte sie ausgerechnet jetzt abgezogen, als sie am dringendsten gebraucht wurde. Sie machte dem Chief keine Vorwürfe, weil er sie suspendiert hatte. An seiner Stelle hätte sie genauso gehandelt. Aber der Zeitpunkt war denkbar ungünstig. Andererseits gab es für eine Suspendierung wohl nie einen guten Zeitpunkt.

„Du bist außergewöhnlich gut in deinem Job."

Sie hatte beinahe vergessen, dass ihre Mutter am Küchentisch saß und an ihrem Tee nippte. „Danke, Mom."

„Es ist eine Berufung, genau wie bei deinem Vater."

„Das bedeutet mir sehr viel."

„Du wirst bald wieder arbeiten können. Nutze diese Pause, um durchzuatmen und darüber nachzudenken, wer dir und deiner Karriere schaden wollen könnte."

„Der Chief hat mich wegen etwas suspendiert, das ich bei der Arbeit getan habe, Mom. Es ist meine eigene Schuld. Trotzdem ist es gut vorstellbar, dass jemand hinter den Kulissen die Strippen zieht, um die Sache öffentlichkeitswirksam auszuschlachten und mir größtmöglichen Ärger zu bereiten."

„Warum um alles in der Welt sollte jemand so etwas tun?"

„Aus Hass und Neid oder so. Wer auch immer hinter dieser Sache steckt, missgönnt mir die Aufmerksamkeit, die ich erhalte, und den Erfolg, den ich habe. Der Betreffende glaubt, ich sei nur dank meines Vaters und seines besten Freundes dort, wo ich bin. Er verabscheut mich, weil ich eine Frau bin, die einen Männerjob macht und glaubt, es besser zu können. Einer meiner Kollegen hasst mich beispielsweise, weil ich ihn bei einer Affäre erwischt habe. Er wurde degradiert, und die Mutter seiner sechs Kinder hat sich von ihm scheiden lassen. In seinen Augen ist das alles meine Schuld."

„Das ist doch idiotisch."

„Vielleicht, allerdings ist es nichts Neues. Wenn ich raten müsste, würde ich sagen, dass da mehrere unter einer Decke stecken und hoffen, mich und vielleicht auch Nick zu Fall zu bringen. Ich bin mir nicht sicher, was sie letztlich bezwecken, aber bislang sind sie durchaus erfolgreich.“

„Das werden sie nicht bleiben“, meinte Nick, der in diesem Moment das Zimmer betrat und direkt zu ihr kam, um sie in die Arme zu nehmen.

„Ich geh runter, um die Kinder in Empfang zu nehmen.“ Mit diesen Worten verließ Brenda den Raum.

# KAPITEL 23

Sam klammerte sich an Nick und sog den Trost in sich auf, den nur er ihr spenden konnte.

„Sie werden *nicht* gewinnen", versicherte er ihr.

„Nach heute bin ich mir da nicht mehr so sicher."

„Nichts kann meine starke, mutige, mitfühlende Polizeibeamtin unterkriegen, schon gar nicht ein Haufen Drecksäcke, die nicht halb so gute Ermittler oder Menschen sind wie du."

„Es ist heiß, wenn du Worte wie ‚Drecksäcke' benutzt."

„Sam, ich meine es ernst."

Sie löste sich ein Stück von ihm, damit er ihr Lächeln sehen konnte, als sie zu ihm hochschaute. „Ich auch."

Er küsste sie sanft und zärtlich und schenkte ihr die Liebe, die sie in diesem Moment so dringend brauchte. „Wo müsstest du eigentlich gerade sein?", erkundigte sie sich.

„Genau hier."

„Das kann unmöglich wahr sein."

„Ich hab mir den Nachmittag freigenommen, nachdem ich gehört hatte, dass du nach Hause kommst."

„Nick … Das kannst du nicht machen."

„Ich habe es bereits getan."

„Du lieferst ihnen einen weiteren Grund, dich anzugreifen,

indem du gerade jetzt von der Bildfläche verschwindest, wo dieser Shitstorm losbricht."

„Ich hatte gehofft, du könntest eine Stellungnahme zu Hector Reese' Äußerungen abgeben."

„Der Chief hat mir verboten, in den nächsten zwei Wochen mit der Presse oder Mitgliedern meines Teams zu sprechen, doch die Polizeiführung wird eine Erklärung herausgeben, an der ich mitgewirkt habe."

„Du sollst also schweigend zulassen, dass dieser Typ deinen Ruf ruiniert? Das ist Schwachsinn. Er muss dir erlauben, dich zu verteidigen."

„Im Hauptquartier beraten sie sich erst mal mit den Anwälten, weil Reese im Rahmen seiner Medientour auch eine Klage gegen mich, Malone und die Polizei von Washington eingereicht hat. Wir müssen abwarten, was sie sagen, wenn sie eine Rückmeldung von der Rechtsabteilung haben."

„Er kann dir nicht verbieten, als First Lady zu sprechen."

„Das ist eine Gratwanderung, wie wir beide sehr genau wissen."

„Wir müssen aber doch irgendwas unternehmen."

„Bei deinem Amtsantritt als Präsident habe ich bei Avery und Shelby vorbeigeschaut, um Shelby zu fragen, ob sie meine Privatsekretärin werden möchte. Bei diesem Besuch hat Avery mich beiseitegenommen und mir erzählt, dass der Zwischenfall mit Reese im Zusammenhang mit den Ermittlungen gegen die Abteilung erwähnt worden war."

„Und was sonst noch?"

„Nichts weiter, nur dass es erwähnt worden ist. Ich hab ihn gefragt, ob er glaube, dass das eine große Sache werden würde, und er meinte, das könne er noch nicht beurteilen, werde mich im Zweifelsfall aber, so möglich, warnen. Ich bin nicht sicher, ob er geahnt hat, dass das kommen würde, doch ich wünschte, ich hätte dem damals mehr Aufmerksamkeit geschenkt. Vielleicht hätte ich in Erfahrung bringen können, was da im Busch war, und einen Weg finden, zu verhindern, dass es mir derart um die Ohren fliegt."

„Wir hatten damals alle Hände voll zu tun. Sei nicht so streng mit dir selbst."

„Ich war nicht darauf vorbereitet, dass es sich um eine koordinierte Aktion aus den eigenen Reihen handeln würde – oder zumindest fühlt es sich so an –, wenn es das denn tatsächlich ist und nicht einfach nur Hector Reese, der endlich Klage eingereicht hat." Angesichts der aktuellen Ereignisse hielt sie es allerdings für weitaus wahrscheinlicher, dass es sich um eine interne Attacke handelte.

„Natürlich warst du nicht darauf vorbereitet. Du gehst jeden Tag dorthin, reißt dir den Hintern auf, versuchst, das Richtige zu tun, und musst dich wegen ein paar verdammter neidzerfressener Männer, die nicht richtig erwachsen geworden sind, mit so einem Müll herumschlagen."

„Es klingt sehr sexy, wenn du so was sagst wie ‚verdammte neidzerfressene Männer, die nicht richtig erwachsen geworden sind'."

„Ich meine auch das ernst."

„Weiß ich. Deshalb ist es ja so sexy."

„Du bist komplett irre."

„Ich bin zumindest irre verliebt in dich." Sie lehnte den Kopf an seine Brust und ließ sich noch ein paar Minuten Zeit, um dieses ganz besondere Gefühl der Geborgenheit in seiner Nähe zu genießen. „Ich hab dem Chief gesagt, ich müsse mich auf den Prozess gegen Christopher Nelson vorbereiten, und er hat geantwortet, das könne ich gern tun. Aber das erinnert mich wieder daran, wie oft schon Leute darauf aus waren, uns zu ruinieren, weil sie das haben wollten, was wir haben. Oder weil sie neidisch oder unsicher oder verkorkst sind und einen Sündenbock brauchten. Mir ist bewusst, wie viel Glück wir haben, und dazu noch den besten Sicherheitsdienst der Welt. An Tagen wie heute fallen die Nachteile allerdings besonders schwer ins Gewicht."

„Tut mir leid, dass ich maßgeblich dazu beigetragen habe, dass wir uns jetzt in dieser unangenehmen Lage wiederfinden."

„Du meinst, indem du uns ins Weiße Haus gebracht hast?"

Lächelnd erwiderte er: „Ja, genau."

Als sie Scotty hörten, der sich auf dem Flur mit seinen

Personenschützern unterhielt, lösten sie sich voneinander, um ihren Sohn zu begrüßen.

„Wow", rief Scotty überrascht, als er sie in der Küche sah. „Ihr seid beide hier? Was ist passiert?"

„Nichts, worüber du dir Sorgen machen musst", entgegnete Sam. „Nur eine kleine Krise bei der Arbeit. Das kriegen wir wieder hin."

Er betrachtete sie argwöhnisch. „Hast du Ärger?"

„Kann man so sagen."

„Was hast du angestellt?"

„Etwas, das ich vor zwei Jahren nicht hätte tun sollen und das mir jetzt auf die Füße fällt."

„Ist das das, was gerade in allen Nachrichten ist?"

„Was hast du denn davon mitbekommen?"

„Etwas über einen Flachwichser namens Hector, der dich öffentlich anschwärzt."

Normalerweise hätte sie ihn an ihr Fluch-Sparschwein erinnert, doch dafür war jetzt nicht der richtige Zeitpunkt. „Hector Reese sagt die Wahrheit. Ich habe ihn zusammengeschlagen, während er in Polizeigewahrsam war, und jegliche Kritik an meinem Verhalten ist berechtigt und verdient."

„Trotzdem fragt man sich, warum das ausgerechnet jetzt ans Licht kommt."

„Möglicherweise weil jemand, mit dem ich zusammenarbeite, die Schnauze von mir voll hat und mich loswerden will."

„Mit Erfolg?"

„Für die nächsten vierzehn Tage jedenfalls. Danach sehen wir weiter."

„Vierzehn Tage. Verdammt. Geht's dir gut?"

Sam streckte die Arme aus und drückte ihn, als er bei ihr war, an sich. „Jetzt, wo ich mit dir und Dad geredet habe, jedenfalls schon viel besser."

„Aber hauptsächlich meinetwegen, oder?"

Sam lächelte. „Na klar."

„Hey!", rief Nick, worüber Scotty lachte.

„Du lässt nach, alter Mann."

„Am Arsch lasse ich nach!"

„Achte mal ein bisschen auf deine Ausdrucksweise, Dad. Du bist immerhin der Präsident der Vereinigten Staaten!"

Während sie Scotty fest an sich drückte, seufzte Sam tief und dachte daran, dass alles besser war, solange sie ihre Familie hatte, egal was in der Welt draußen geschah.

„Ich störe nur ungern diese Mutter-Sohn-Umarmung", meinte Nick. „Aber mein Team möchte eine Stellungnahme zum aktuellen Geschehen abgeben. Würdest du dabei behilflich sein, Sam?"

Sam ließ Scotty widerstrebend los und strich ihm mit den Fingern durchs dunkle Haar. „Ich darf mich nicht öffentlich dazu äußern."

„Was?", fragte Scotty. „Warum das denn nicht?"

„Der Chief hat es mir untersagt."

„Du sollst das also einfach alles einstecken, ohne dich zu wehren? Was ist das denn für ein Scheiß?", fragte Scotty ungläubig.

„Fluch-Sparschwein." Sam versuchte, eine strenge Miene aufzusetzen, was ihr offenbar nicht gelang, denn Scotty grinste unbeeindruckt. „Ja, genau."

„Er kann dir doch nicht verbieten, dich als First Lady zu äußern, oder?", erkundigte sich Scotty.

„Wenn es mit meiner Arbeit beim MPD zu tun hat, dann kann er auch das." Zu Nick sagte sie: „Tut mir leid. Mir ist klar, dass das maximal ungelegen kommt, zumal du eigentlich Wichtigeres zu tun hast."

„Nichts ist mir wichtiger als du, das weiß alle Welt."

Scotty stöhnte auf. „Wird jetzt wieder geknutscht und so?"

Nick richtete seinen Blick auf Sams Lippen. „Kann jeden Moment losgehen."

„Ich bin dann mal weg."

Nick lächelte, als Scotty zur Tür eilte, zog Sam in seine Arme und küsste sie lange und gründlich auf den Mund. „Es ist so leicht, ihn loszuwerden."

„Die Androhung eines Kusses reicht, und schon rennt er um sein Leben."

„Ruinieren wir unseren Sohn damit unwiderruflich?"

„Ach, Quatsch. Wir zeigen ihm lediglich, wie es sein sollte."

„Ich hoffe, Scotty hat irgendwann genauso viel Glück wie wir."

„Wird er. Er ist ein wunderbarer Junge. Jede, die ihn später abkriegt, kann sich glücklich schätzen."

„Ich versuche mir vorzustellen, wie du zu der Frau sein wirst, die dir Scotty wegnimmt. Allerdings fällt mir dazu nur ‚rostiges Steakmesser' ein."

„Wenn sie nicht gut zu ihm ist, werde ich sie mit dem rostigsten Messer erstechen, das ich auftreiben kann."

„Jemand sollte die jungen Frauen dieser Welt warnen, sich vor der First Lady in Acht zu nehmen. Wenn es um ihren Sohn geht, ist sie unberechenbar."

„Plural bitte. Um ihre *Söhne*. Ich habe drei. Ist das zu glauben?"

„Ich wünschte, du könntest den Ausdruck der Verzückung auf deinem Gesicht sehen, wenn du das sagst. Das ist supersüß."

„Ich liebe es, Mutter zu sein, und in den nächsten zwei Wochen kann ich das ganztägig sein – und Präsidentengattin, wenn du das willst."

„Oh, ich will dich", erwiderte er mit einem dreckigen Grinsen. „PS: Das ist eine hervorragende Art, sich eine Reihe verheerender Ereignisse schönzureden."

„Es ist schon ziemlich verstörend, aber lange nicht so schlimm, wie es ohne euch wäre. Ihr macht alles besser, weil ich weiß, dass ihr hier auf mich wartet, du und die Kinder, egal was da draußen passiert."

„Das gilt umgekehrt auch, Babe. Wir lieben dich genauso sehr wie du uns. Ich kann es immer kaum erwarten, zu euch raufzukommen."

„Man muss sich daran erinnern, was man alles Gutes im Leben hat, besonders wenn um einen herum alles den Bach runtergeht. Mein Bauchgefühl sagt mir, dass nichts von alldem Zufall ist. Jemand hat es auf mich abgesehen."

„Wer untersucht das näher?"

„Avery kümmert sich darum, was den Chief auch nicht gerade freut. Ich habe Avery über Offenbachs Drohnenbesessenheit informiert, bevor ich mit dem Chief darüber gesprochen habe."

„Offenbach ist besessen von Drohnen?"

„Ja, das habe ich von einer vertraulichen Quelle erfahren."

„Er ist der Typ mit der Affäre, richtig?"

„Genau."

„Ist er für all das verantwortlich?"

„Das ist die große Frage, und das habe ich Avery auch gesagt."

„Ist Joe zu Recht sauer?"

„Vermutlich, doch ich habe erklärt, dass ich als First Lady gehandelt habe, als ich diese Erkenntnisse an das FBI weitergeleitet habe. Er hat es nicht gut aufgenommen, dass ich eine FBI-Ermittlung gegen jemanden angestoßen habe, der ihm untersteht, ohne ihn vorzuwarnen. Das mit den Drohnen hat mich derart schockiert, dass ich nicht nachgedacht habe. Ich habe es Avery einfach erzählt. Aber ich hasse das Gefühl, Joe enttäuscht zu haben, nach allem, was er für mich getan hat und noch tut."

„Er wird darüber hinwegkommen, wenn er sich beruhigt hat und in Ruhe darüber nachdenken kann."

„Er war so wütend, wie ich ihn nie zuvor erlebt habe."

„Weil ihn die ganze Sache einfach überrollt hat, wie alle anderen auch. Das war natürlich genau das, was die wollten."

„Zweifellos." Sam schüttelte den Kopf. „Stell dir vor, du verbringst die begrenzte Zeit, die du auf Erden hast, damit, dich an Leuten zu rächen, die deiner Meinung nach dein Leben und deine Karriere ruiniert haben, obwohl du das ganz allein hingekriegt hast."

„Das ist ziemlich krank, und ich habe Albträume, wenn ich nur daran denke, dass es so jemand auf dich abgesehen hat."

„Ich fühle mich besser, weil ich weiß, dass Avery dran ist. Wenn es etwas zu finden gibt, wird er das tun."

„Das will ich verdammt noch mal hoffen."

Gonzo rief das Team in den Besprechungsraum und schloss die Tür, sobald alle da waren. Er hatte Dominguez und Carlucci gebeten, eine Stunde früher zu kommen, damit sie bei dem Treffen dabei sein konnten.

„Was ist los, Sarge?", fragte Detective Matt O'Brien. Er war mit

Detective Cameron Green im Einsatz gewesen, als Gonzo die anderen informiert hatte. „Wo ist Lieutenant Holland?"

„Sie ist wegen des Falls Hector Reese für zwei Wochen suspendiert."

„Was für ein Blödsinn", ereiferte sich Green. „Das ist zwei Jahre her und wird jetzt nur aus der Versenkung geholt, weil jemand offensichtlich versucht, sie fertigzumachen."

„Wie lautet deine Theorie?", fragte Gonzo und lehnte sich gegen den Konferenztisch.

„Hält es hier tatsächlich irgendwer für Zufall, dass jemand Drohnen zum Weißen Haus geschickt hat, als sie dort bei einer Veranstaltung im Freien unterwegs war", fragte Green, „sie dann auf offener Straße beschossen hat und ein zwei Jahre alter Skandal wieder ausgegraben wird, und das alles innerhalb weniger Tage?"

Während Green sprach, war Captain Malone eingetreten. „Das ist ganz sicher kein Zufall."

„Warum hat man sie dann suspendiert?", fragte Detective Neveah Charles.

„Der Chief hatte keine andere Wahl, solange die Vorwürfe untersucht werden, die Reese in seiner Klage und in den Medien erhoben hat", erwiderte Malone.

„Was hat das mit unseren Morden zu tun?", wollte Cruz wissen.

„Das kann ich noch nicht sagen", räumte Green ein. „Doch es hängt alles irgendwie zusammen."

„Lieutenant Archelotta hat mich angerufen", berichtete Gonzo. „Er glaubt, dass es auch eine Verbindung zu der Entführung und Vergewaltigung seiner Freundin geben könnte."

„Ich verstehe, was Sie mir mitteilen wollen", versicherte Malone. „Aber es erscheint mir etwas weit hergeholt, Morde, die sich ereignet haben, als Lieutenant Holland außer Dienst und nicht in der Stadt war, mit dem Rest dieser Geschichte zu verknüpfen."

„Denken Sie mal darüber nach, Cap", wandte Cruz ein. „Es gibt keinen sichereren Weg, sie von dort, wo immer sie gerade ist, schnell zurückzuholen, als in drei Tagen drei Menschen zu töten."

„Das stimmt wohl", musste Malone ihm beipflichten.

„Wir gehen bei jedem Fall grob nach dem gleichen Schema vor", fuhr Cruz fort. „Zuerst sprechen wir mit den Familien der Opfer, ihren Arbeitgebern, ihren Freunden und so weiter. Sie erledigt das gerne persönlich, auch wenn andere es schon vor ihr getan haben. Es ist nicht schwer vorherzusagen, mit welchen Schritten sie einen Fall zu lösen beginnt."

„Dadurch war sie in Adams Morgan eine leichte Beute", ergänzte Green. „Der Attentäter wusste, dass sie irgendwann dort aufkreuzen würde, um herauszufinden, ob die Entführung von Harlowe St. John mit den anderen Fällen zusammenhängt."

„Also wartet jemand dort tagelang, in der Hoffnung, dass sie sich blicken lässt?", fragte Malone. „Das kommt mir unwahrscheinlich vor."

„Es sei denn, die betreffende Person hat sie verfolgt, was nicht schwer ist, selbst wenn sie von Secret-Service-Leuten umgeben ist", meinte O'Brien.

„Hätten die Personenschützer das nicht bemerkt?", wandte Malone ein.

„Sie sind wachsam, könnten es jedoch trotz allem übersehen haben", antwortete Gonzo.

„Die Verfolgung könnte mit ausreichend Abstand durchgeführt worden sein", spekulierte Charles. „Weit genug entfernt, um nicht aufzufallen, aber nah genug, um sie im Auge zu behalten."

„Was wissen wir über die Kugel, die Agent McFarland getroffen hat?", erkundigte sich Gonzo.

„Ich werde ein paar Anrufe tätigen", erwiderte Malone. „Schauen wir mal, was sich dabei ergibt."

„Wir gehen also davon aus, dass alles miteinander zusammenhängt", fasste Gonzo zusammen.

„Ich habe vorhin ein paar Interviews mit Reese gesehen", berichtete Carlucci. „Die Nachrichtensender bieten ihm die ganz große Bühne."

„Natürlich", schnaubte Cruz. „Genau das wollten diese Leute – Sam in die Defensive drängen, damit sie ihren Job und ihren Ruf verteidigen muss."

O'Brien scrollte durch sein Smartphone. „Lenore Worthington

hat eine Erklärung zur Unterstützung von Sam abgegeben. ‚Ich kenne Officer Holland, später Lieutenant Holland, seit über fünfzehn Jahren, seit der Ermordung meines Sohnes Calvin, und obwohl ich mich nicht zu den Einzelheiten von Mr Reese' Behauptungen äußern kann, beweist jeder, der ihr Rassismus unterstellt, dass er sie überhaupt nicht kennt. Das ist offensichtlich falsch und eine ungeheuerliche Anschuldigung gegenüber jemandem, der sich unermüdlich für Gerechtigkeit für alle Opfer einsetzt, unabhängig von Hautfarbe oder anderen Faktoren.‘

„Das wird Sam viel bedeuten", meinte Cruz.

„Lasst uns diesen Mist aufklären, ehe noch jemand entscheidet, dass sie nie wieder zurückkommen kann", übernahm Gonzo wieder die Gesprächsleitung. „Wie ist der Stand beim Durchsuchungsbeschluss für Ramseys Handy?"

„Er hat Beschwerde dagegen eingelegt", antwortete Malone. „Morgen früh findet eine Anhörung dazu statt."

„Mit welcher Begründung kann er Beschwerde dagegen einlegen, wenn er wegen zahlreicher schwerer Straftaten angeklagt ist?", fragte Cruz.

„Das werde ich bei der Anhörung in Erfahrung bringen", entgegnete Malone. „Ich bleibe dran und berichte, sobald ich mehr Informationen habe."

Es klopfte, und Deputy Chief McBride kam herein. Sie sah verärgert aus. „Mich hat gerade ein Reporter gefragt, ob Sam und ihr Vater einen Mord vertuscht haben und ob ich davon wusste."

# KAPITEL 24

„Ach komm", seufzte Gonzo. „Was soll das denn jetzt?"

Jeannie schaute grimmig und vielleicht ein bisschen schuldbewusst drein. „Wisst ihr noch, als Skip mit einer Lungenentzündung im Krankenhaus lag?"

„Natürlich. Und?", fragte Malone.

„Wir dachten, er könnte sterben. Deshalb bat Sam mich und Tyrone, den einzigen noch offenen Fall von Skips Karriere zu untersuchen – den Mord an Tyler Fitzgerald, dem jüngsten Sohn von Alice Fitzgerald." Sie war die Witwe von Steven Coyne, Skips erstem Partner, der im Dienst erschossen worden war. Der Fall war ungelöst geblieben, bis sie Skips Fall abgeschlossen und den Mord an Steven mit denselben Personen in Verbindung gebracht hatten.

„Ich erinnere mich daran", sagte Malone. „Es kam nichts dabei heraus, oder?"

„Na ja, es war kompliziert. Wir haben entdeckt, dass Skip wichtige Informationen zurückgehalten hatte, die auf Tylers älteren Bruder Cameron als den Täter hinwiesen."

Malone starrte sie schockiert an. „Wie bitte?"

Jeannie schluckte schwer. „Wir sind auf zahlreiche Unregelmäßigkeiten bei den ursprünglichen Ermittlungen gestoßen, aber weil Skips Gesundheitszustand zu diesem Zeitpunkt so kritisch war, haben Tyrone und ich Sam erklärt, wir hätten keine neuen Hinweise gefunden. Wir haben uns um ihn gesorgt, und unser Ziel war es, seinen guten Ruf zu schützen – vor allem für den Fall, dass er sterben sollte."

Jeannie verschränkte die Arme über ihrem Babybauch und sah zu Boden. „Wir haben beschlossen, Sam nichts davon zu erzählen. Das hielten wir unter den gegebenen Umständen für das Beste für sie und Skip. Dann hat er sich erholt und fand später heraus, dass wir den Fall wieder aufgerollt hatten. Er war sauer und wollte alle Informationen, die wir aufgedeckt hatten. So erfuhr Sam, dass wir sie belogen hatten. Sie hat uns beide für eine Woche suspendiert."

„Und was hat sie wegen des Falls unternommen?", wollte Malone wissen.

„Skip ist ausgerastet, und sie hat getan, was er ihr gesagt hat, nämlich nichts. Er hat Alice beschützt, so wie er es seit dem Mord an Steven immer getan hatte."

Malone starrte sie ungläubig an. „Sie wollen mir weismachen, dass Skip Holland darüber informiert war, wer den Jungen ermordet hatte, und es vertuscht hat, und als Sam davon erfahren hat, hat sie es auch vertuscht?"

Jeannie nickte unbehaglich.

„Verdammter Drecksmist", fluchte Malone. „Wer weiß noch von dieser Angelegenheit?"

„Nur Tyrone und ich, und er würde es niemals irgendwem gegenüber erwähnen."

„Nun, offenbar hat noch jemand davon erfahren, und jetzt hat ein Reporter davon Wind bekommen." Malone stürmte zur Tür. „Das ist ja großartig." Er knallte die Tür hinter sich zu.

„Was ist hier eigentlich los?", fragte Jeannie, sichtlich erschüttert von den Ereignissen.

„Ich habe keine Ahnung", erwiderte Gonzo. „Doch wir müssen es herausfinden, ehe jemand Sam ruiniert und uns andere alle gleich mit."

～

Jake Malone stürmte zum Büro des Chiefs und wich unterwegs mehreren Beamten aus, die mit ihm sprechen wollten. Er signalisierte ihnen mit erhobener Hand „Nicht jetzt", während er ungebremst weiterlief, getrieben von Empörung, Unglauben und Angst.

Letztere hatte ihn fest im Griff. Wer auch immer diese Attacke auf Sam geplant hatte, würde sie am Ende möglicherweise alle zu Fall bringen, was den Täter wahrscheinlich nicht groß stören würde. Wenn es Ramsey war, würde er sich im Gegenteil hämisch freuen, wenn sie alle wegen der Ausübung ihrer Arbeit in einen Skandal verwickelt wurden.

Er klopfte an die Tür des Chiefs und trat ein, ohne auf eine Einladung zu warten.

Joe sah auf und hob fragend die Augenbrauen. „Was ist denn jetzt schon wieder?"

„Hast du gewusst, dass Alice Coynes Sohn Tyler von seinem älteren Bruder Cameron ermordet worden ist und Skip das vertuscht hat?"

Joe starrte ihn an. „Nein. Wo kommt das denn jetzt her?"

„Ein Reporter hat McBride darauf angesprochen, die das herausgefunden hat, weil Sam sie gebeten hatte, den Fall wieder aufzurollen. Damals hatte Skip mit einer Lungenentzündung im Krankenhaus gelegen, und Sam wollte die Sache für ihn regeln, falls er sterben sollte. Sie sind auf Unstimmigkeiten gestoßen, haben Sam aber nicht darüber informiert, offenbar aus dem fehlgeleiteten Wunsch heraus, Skips Ruf zu schützen. Nachdem er sich erholt hatte, erfuhr er von den erneuten Ermittlungen und ist beinah in die Luft gegangen, weil er Sam ursprünglich gesagt hatte, sie solle den Fall ruhen lassen."

„Oh mein Gott."

„Skip hat verlangt, alles zu sehen, was sie bei der Überprüfung gefunden hatten, und dabei hat Sam dann rausgekriegt, dass Jeannie und Tyrone nicht aufrichtig gewesen waren. Sie hat die beiden suspendiert. Danach hat sie getan, was ihr Vater von ihr verlangt hat, und den Fall trotz der neuen Erkenntnisse zu den Akten gelegt."

„Es gibt keine perfekten Polizisten, doch Sam hält sich normalerweise an die Regeln. Jetzt frage ich mich allerdings, ob das wirklich stimmt."

„Chief, wenn jemand wie Sam sich untypisch verhält, gibt es eigentlich jedes Mal mildernde Umstände. Wir müssen erst Genaueres darüber erfahren, bevor wir voreilige Schlüsse ziehen."

„Du hast recht, aber wie zum Teufel kommt ein Reporter an diese Informationen?"

„Keine Ahnung. Tyrone ist der Einzige, der davon wusste, und McBride hält es für ausgeschlossen, dass er jemandem davon erzählt hat."

„Ich will, dass alle verfügbaren Beamten an diesem und nur an diesem Fall arbeiten. Alle Überstunden sind hiermit genehmigt."

„Gut. Wir gehen davon aus, dass alles – die vier neuen Morde, die Entführung und Vergewaltigung von Archelottas Freundin, die Drohnen, die Schüsse auf Agent McFarland und die Wiederaufnahme der Fälle Reese und Fitzgerald – irgendwie einen perfiden und bis ins Kleinste abgestimmten Versuch darstellt, Sam aus dem Weg zu räumen."

„Darauf kannst du deinen Hintern verwetten."

„Es wäre hilfreich, ihre Meinung dazu zu hören."

Der Chief schüttelte den Kopf. „Wir haben verlautbaren lassen, dass sie bis zum Abschluss der Ermittlungen zu Reese' Vorwürfen suspendiert ist."

„Sie hat getan, was er ihr zur Last legt."

„Ja, das wissen wir, aber die Öffentlichkeit muss zu diesem Zeitpunkt noch nicht darüber unterrichtet werden. Wenn wir die Leute finden, die diesen Angriff koordiniert haben, können wir sie verhaften und Sam aus der Schusslinie schaffen."

„Wird sie sich davon je wieder erholen?"

„Dafür werden wir schon sorgen, doch im Augenblick konzentrieren wir uns darauf, dahinterzukommen, wer die Strippen zieht. Ich tippe auf Ramsey und Offenbach, daher fangt mit den beiden an. Ich habe Sam gesagt, dass sie hier mit niemandem sprechen darf, aber ich werde das aufheben, wenn du glaubst, dass ihr Input hilfreich sein könnte."

„Alles klar."

„Ich möchte, dass du diese Ermittlungen persönlich leitest,
Jake. Geh der Sache so schnell wie möglich auf den Grund."

„Jawohl. Ich bin dran."

„Beeil dich. Wir haben nur wenige Tage Zeit, um Sams
Karriere und vielleicht auch unsere eigene zu retten."

„Verstanden."

Jake verließ das Büro des Chiefs und kehrte ins
Großraumbüro zurück. Er war fest entschlossen, in Erfahrung zu
bringen, wer Sam ruinieren wollte und warum, bevor es zu
spät war.

~

Sam nahm Jeannie McBrides Anruf entgegen, weil diese nun zu
ihren Vorgesetzten gehörte. „Hey. Ich darf an sich mit
niemandem von euch reden."

„Schon klar. Trotzdem will ich dich warnen, dass mich ein
Reporter angesprochen hat. Er hat sich nach dem Fall Tyler
Fitzgerald erkundigt."

Wieder traf sie der Schock wie ein elektrischer Schlag. Sam
setzte sich, weil ihre Beine nachzugeben drohten. „Was hat er
genau gesagt?"

„Er meinte, er sei Reporter, hat mir allerdings nicht verraten,
für wen er tätig ist, und hat gefragt, was ich über den Mord an
Tyler Fitzgerald herausgefunden habe und warum du mit den
Informationen nichts angefangen hast."

„Verdammt", flüsterte Sam. „Wie um alles in der Welt kann
jemand davon wissen? Nur du, Tyrone, mein Vater und ich waren
eingeweiht."

„Das dachten wir zumindest bisher."

„Jemand will mich fertigmachen."

„Es sieht so aus. Der Chief hat Malone mit Recherchen zu der
Angelegenheit betraut, und wir konzentrieren uns voll und ganz
auf alle damit zusammenhängenden Fälle. Er hat gesagt, wir
dürfen mit dir sprechen, wenn es der Untersuchung dient."

„Es hilft schon mal, dass er dem Fall höchste Priorität
einräumt."

„Das Letzte, was wir wollen, ist, dass irgendwer deine Karriere sabotiert, vor allem jemand, der dir die Schuld für seine eigenen Fehler zuschieben will."

„Glaubst du, dass Ramsey und Offenbach dahinterstecken?"

„Malone hat uns angewiesen, uns zunächst auf die beiden zu konzentrieren."

„Warum um alles in der Welt sollte sich Ramsey mit dem Mann zusammentun, der seinen Sohn erschossen hat?"

„Wenn ich raten müsste", erwiderte Jeannie, „dann weil er in seiner verdrehten Welt Offenbach keine Schuld gibt, der ja nur einen Befehl befolgt hat. Der kam zwar von Malone, aber für Ramsey ist das auf deine Veranlassung hin geschehen. Für ihn ist Offenbach ein Mittel zum Zweck, mit dem er deinen Sturz erreichen kann."

„Das ist total krank, egal wie man es betrachtet. Ich verstehe, warum Ramsey dazu in der Lage wäre, doch erklär mir Offenbach. Er hat schon genug Probleme und außerdem sechs Kinder, die er versorgen muss. Warum sollte er seine Karriere und seine Rente für eine solche Racheaktion riskieren?"

„Wir können bisher nicht sicher sein, dass er daran beteiligt ist."

„Ich darf das eigentlich niemandem sagen, aber ich weiß aus zuverlässiger Quelle, dass Offenbach geradezu besessen von Drohnen ist. Dem Chief und Agent Hill hab ich das bereits erzählt."

Jeannie schnappte vernehmlich nach Luft. „Unfassbar. Einer unserer eigenen Kollegen ... Hat er überhaupt eine Ahnung, was ihm droht, wenn sie das zu ihm zurückverfolgen? Das FBI und der Secret Service behandeln das wie ein Attentat auf den Präsidenten."

„Ist mir klar. Ich kann mir nicht vorstellen, was er sich dabei gedacht hat, falls er es denn war."

„Ich muss Schluss machen. Malone hat ein Meeting anberaumt, um die verschiedenen Fälle und mögliche Zusammenhänge zwischen ihnen zu besprechen."

„Halt mich auf dem Laufenden, wenn du kannst."

„Das werde ich, und es tut mir leid, dass dir das widerfährt."

„Danke. Mir tut es auch leid."

„Halte durch, ich melde mich wieder, sobald ich etwas Neues habe."

„Du bist die Beste, Deputy Chief."

„Ich bin nur deinetwegen stellvertretende Polizeichefin, und ich werde alles in meiner Macht Stehende tun, um diesen Mist für dich aufzuklären. Darauf kannst du dich verlassen."

„Ich hab dich lieb."

„Ich dich auch."

Sam klappte ihr Handy zu und lächelte über die entschlossenen Worte ihrer Freundin. Sie waren gemeinsam durch die Hölle gegangen, und zu wissen, dass Jeannie hinter ihr stand, beruhigte Sam ungemein, ebenso wie die Nachricht, dass Malone die Ermittlungen in den verschiedenen Fällen leitete, die möglicherweise miteinander in Verbindung standen.

Nein, nicht möglicherweise.

Sam hatte daran keinen Zweifel, ebenso wenig wie daran, wer der wahrscheinlichste der Urheber von allem war.

Sie hoffte nur, dass ihre Kollegen es beweisen konnten, ehe ihre Karriere komplett in Scherben lag, zusammen mit ihrem Ruf und allem, was sie sich so hart erarbeitet hatte.

Später, als die Kinder im Bett waren und Nick in seinem Büro saß, seine abendliche Korrespondenz erledigte und Vorbereitungen für den nächsten Tag traf, nahm sich Sam die Akte vor, die Jesse Best ihr gegeben hatte. Vielleicht würde es ihr helfen, sich mit etwas Neuem zu beschäftigen, um sich von ihren eigenen Problemen abzulenken.

Als sie die Akte öffnete, fiel ihr Blick auf das Foto eines hübschen blonden Mädchens, das sie ein wenig an Aubrey erinnerte. Sam war sofort gefesselt.

Jesse hatte eine akribische Schilderung seiner bisherigen Ergebnisse beigefügt, vom Tag der Entführung seiner Schwester an bis zur Gegenwart.

Am zwölften Juli vor sechsundzwanzig Jahren hatte die

siebenjährige Jordan Best vor ihrem Verschwinden allein im Garten ihrer Großeltern in Morgantown, West Virginia, gespielt. Niemand wusste, wie lange sie schon fort gewesen war, als ihre Großmutter, die sie zum Abendessen ins Haus hatte rufen wollen, ihre Abwesenheit bemerkte.

Der elfjährige Jesse war mit einem Freund aus der Nachbarschaft zusammen gewesen und erst zurückgekehrt, als die Suche bereits lief.

Zu dieser Zeit hatten Jesses Großeltern mütterlicherseits das Sorgerecht für Jesse und Jordan gehabt, nachdem das Gericht es beiden Eltern aufgrund ihrer anhaltenden Drogenabhängigkeit entzogen hatte. Sam erfuhr, dass Jesses Eltern während seiner Kindheit immer wieder in Entzugskliniken und im Gefängnis gewesen waren und er sein ganzes Leben lang nur unregelmäßig Kontakt zu ihnen gehabt hatte.

Sein Großvater war als Kfz-Mechaniker bei einem Autohändler beschäftigt gewesen, während seine Großmutter Hausfrau war. Neben Jesses Mutter, ihrem dritten Kind, hatten seine Großeltern noch vier weitere erwachsene Kinder gehabt, die mit ihren Familien in der Nähe lebten. Er hatte sieben Cousins und Cousinen in seinem Alter, die regelmäßig zu Besuch bei den Großeltern gewesen waren, wo das Geld immer knapp war.

Die örtliche und die Staatspolizei hatten nach Jordan gesucht und dabei auch Polizeihunde eingesetzt, die auf das Aufspüren von Vermissten trainiert waren. Jesses lebhafteste Erinnerung aus den ersten Stunden war, wie die Spürhunde an Jordans geliebtem Teddybären geschnüffelt hatten, um ihren Geruch aufzunehmen.

Dieses herzzerreißende Detail blieb Sam als etwas in Erinnerung, das wohl niemand je vergessen würde.

Aus den Stunden waren Tage geworden, dann Wochen und Monate, ohne dass es irgendeine Spur von Jordan gab, selbst als das FBI sich einschaltete.

Jesse hatte seine Großeltern angefleht, herauszufinden, wo seine Eltern zum Zeitpunkt von Jordans Verschwinden gewesen waren, doch sie hatten sich geweigert, das weiterzuverfolgen, weil sie sie auf keinen Fall mit hinzuziehen wollten.

„Das Letzte, was wir brauchen, ist, dass sie völlig zugedröhnt hier aufkreuzen und alles noch schlimmer machen, als es ohnehin schon ist", hatte sein Großvater entgegnet.

„Aber was, wenn sie sie geholt haben?", hatte Jesse gefragt.

„Sie sind zu so etwas gar nicht fähig, und ich will kein Wort mehr davon hören, dass sie etwas damit zu tun haben könnten."

Damit war das Gespräch beendet gewesen.

Jesse hatte unter Umgehung seiner Großeltern die örtlichen Behörden kontaktiert, um sie zu bitten, den Aufenthaltsort von seinen und Jordans Eltern zum Zeitpunkt ihres Verschwindens zu ermitteln. Der Sheriff des Ortes hatte ihm daraufhin mitgeteilt, sie hätten mit beiden Elternteilen gesprochen, die jedoch Alibis für die relevante Zeitspanne hätten, womit diese Spur ebenfalls im Sande verlief.

*Ich bin davon überzeugt, dass sie damals nicht wirklich mit unseren Eltern geredet haben,* hatte Jesse geschrieben. *Sie zu finden, hätte Tage oder gar Wochen gedauert, und schon damals wirkte es auf mich wie eine Ausflucht, um mich abzuwimmeln. Danach habe ich meine beiden Eltern selbst ausfindig gemacht und versucht, ihren Aufenthaltsort zum Zeitpunkt des Verschwindens zu ermitteln, aber ihre angeblichen Alibis ließen sich nicht verifizieren. Beide behaupten, nicht die geringste Ahnung zu haben, was mit Jordan passiert ist.*

*Das glaube ich nicht. Doch selbst wenn sie wissen, wo sie ist, hätten sie keinen Grund, es mir zu sagen, zumal ich jetzt Bundesagent bin und sie wegen Vorenthaltung von Beweismitteln in einem laufenden Ermittlungsverfahren verhaften könnte.*

*Zu den anderen Personen, die ich mir näher angeschaut habe, gehören Freunde meines Großvaters, die vor Jordans Verschwinden häufig bei ihm waren und danach plötzlich den Kontakt abgebrochen haben.*

Er hatte eine Liste dieser Männer erstellt, einschließlich ihrer Vorstrafen, die er im Laufe der Jahre aktualisiert hatte, als zu Drogendelikten, Waffenbesitz und häuslicher Gewalt weitere Straftaten dazukamen.

*Ich habe sie alle im Auge behalten, konnte aber keinerlei Anzeichen für eine junge Frau in ihrem Umfeld finden, die jetzt zweiunddreißig Jahre alt wäre.*

Jesse hatte Altersprogressionsfotos beigefügt, die simulierten, wie sich Jordans Aussehen über die Zeit verändert haben könnte.

„Was für ein verdammter Albtraum", brummte Sam, während sie die Details des Falls aufnahm.

„Was denn?", fragte Nick, der hinter das Sofa trat und begann, ihr die verspannten Schultern zu massieren.

„Ein Kollege, der U.S. Marshal Jesse Best, hat mich gebeten, mir einen ungeklärten Fall anzugucken, der seine jüngere Schwester betrifft. Sie ist verschwunden, als sie sieben und er elf war." Sie zeigte ihm das Foto der kleinen Jordan.

„Sie erinnert mich ein bisschen an Aubrey."

„Hab ich auch gedacht."

Er nahm neben Sam Platz. „Wie herzzerreißend."

„Jesse sucht berufsmäßig nach Menschen, doch seine kleine Schwester hat er nie gefunden. Ich kann mir nicht vorstellen, was für eine Belastung das sein muss."

„Du wirst ihm helfen, oder?"

„Wie könnte ich das nicht, nachdem ich das alles gelesen habe?"

„Aber bedenk bitte, du hast im Moment selbst genug um die Ohren, Babe. Willst du dir da wirklich noch mehr aufhalsen?"

„Ich werde tun, was ich kann. Bist du fertig für heute Abend?"

„Nicht ganz. Ich wollte mir einen Bourbon gönnen, um Kraft für die letzte Etappe zu tanken."

„Dann ruf ich jetzt Jesse an und kläre ein paar Fragen."

Nick küsste sie und stand auf. „Ich brauche noch ungefähr eine Stunde, dann komm ich zu dir ins Bett."

„Alles klar." Sam griff nach ihrem Handy und wählte Jesses Nummer.

Er nahm den Anruf beim ersten Klingeln entgegen. „Hey, ich hab gerade an Sie gedacht. Was für ein Scheißtag, was?"

„Ja, und jetzt bin ich auch noch für zwei Wochen suspendiert."

„Nicht im Ernst! Das gibt's doch gar nicht."

„Die gute Nachricht ist, dass ich damit Zeit habe, die Unterlagen durchzulesen, die Sie mir gegeben haben. Das muss ein echter Albtraum für Sie gewesen sein."

„Sie haben ja keine Ahnung."

„Was meinen Sie damit?"

„Ich hatte die ganze Zeit das Gefühl, dass die Menschen in meinem Umfeld mehr wussten, als sie mir gesagt haben. Ich war damals noch ein Kind, also hatte ich kein Recht, über alle Entwicklungen auf dem Laufenden gehalten zu werden. Man hat mir definitiv Dinge vorenthalten, und es quält mich, dass ich die Wahrheit vielleicht direkt vor Augen hatte und sie nicht erkannt habe."

„Sie waren elf, Jesse. Haben Sie etwas Nachsicht mit sich selbst."

„Ich arbeite daran. Es ist nicht immer leicht."

„Das glaube ich Ihnen aufs Wort. Ich hätte ein paar Fragen. Haben Sie gerade Zeit?"

„Aber klar."

# KAPITEL 25

„Ich hab mich gefragt, was die Geschwister Ihrer Mutter zu alldem zu sagen hatten. Wo haben sie sich zum Zeitpunkt der Tat aufgehalten?"

„Die Polizei hat sie damals befragt, und ihre Alibis wurden alle bestätigt."

„Auch die ihrer jeweiligen Ehepartner?"

„Soweit ich weiß, schon. Die Dokumentation der örtlichen Polizeidienststelle war etwas lückenhaft, da sie von einem so großen Fall überfordert war."

„Haben Sie noch Kontakt zu Ihren Tanten und Onkeln, Jesse?"

„Nicht mehr besonders häufig. Seit meine Großeltern tot sind, komme ich nur selten nach Morgantown."

„Wie lange ist es her, dass sie verstorben sind?"

„Meine Großmutter vor etwa vier Jahren, mein Großvater letztes Jahr."

„Mein Beileid. Das muss schwer für Sie gewesen sein, da sie Sie großgezogen haben."

„Soll ich ganz ehrlich sein?"

„Ich bitte darum."

„Klar bin ich ihnen dankbar, dass sie uns aufgenommen, durchgefüttert und eingekleidet haben. Doch insgeheim habe ich ihnen immer die Schuld an dem gegeben, was mit Jordan passiert ist."

„Warum?"

„Wieso hat eine Siebenjährige draußen gespielt, ohne dass jemand ein Auge auf sie hatte? Wenn ich zu Hause war, bin ich immer mit ihr nach draußen gegangen und hab auf sie aufgepasst. Ich war selten bei Freunden, weil ich sie nicht allein lassen wollte, und ausgerechnet, als ich einmal nicht da war, hat jemand sie entführt. Ich war wütend auf die Erwachsenen in meinem Umfeld, und habe kein Geheimnis daraus gemacht."

„Warum waren Sie an diesem Tag woanders?"

„Mein Cousin Bryce hatte ein Quad bekommen und mich eingeladen, es mir anzuschauen. Das wollte ich unbedingt, daher hab ich Jordan gesagt, ich sei in einer Stunde zurück und könne dann mit ihr im Garten spielen. Aber aus der Stunde wurden zwei, und als ich nach Hause kam, war sie weg, und meine Großmutter hatte es gerade erst bemerkt. Deshalb wissen wir nicht, wann genau sie verschwunden ist. Ich konnte nicht glauben, dass Großmutter Jordan allein rausgelassen hatte. Das verstehe ich bis heute nicht."

„Haben Sie in einer unsicheren Gegend gelebt?"

„Das Viertel konnte manchmal etwas zwielichtig sein, und es gab Leute in der Nachbarschaft, die wir nicht so gut kannten. Außerdem ist mir durchaus aufgefallen, wie Männer Jordan angesehen haben, obwohl sie noch so jung war. Sie waren von ihr fasziniert, was mich abgestoßen hat. Sechs Monate bevor sie verschwand, hab ich mich in einem Restaurant mit einem Mann gestritten, der sie andauernd angestarrt hat. Ich bin ihm praktisch ins Gesicht gesprungen und habe ihm erklärt, dass sie *sechs Jahre alt* war und er sich vom Acker machen solle. Meine Großeltern waren sauer auf mich, weil ich eine solche Szene veranstaltet hatte, doch das war mir egal. Der Typ war ein Widerling."

„Haben Sie Nachforschungen über ihn angestellt?"

„Ja, er starb zwei Monate nach unserer Konfrontation. Ich war nicht unglücklich darüber."

„Haben Sie sich nach Sexualstraftätern erkundigt, die damals in der Gegend um Morgantown lebten?"

„Lauter Sackgassen."

„Haben Sie mal darüber nachgedacht, die Presse einzuschalten? Sie könnten das Foto mit der Altersprogression veröffentlichen und Ihre Geschichte in einer True-Crime-Sendung oder einem entsprechenden Podcast erzählen."

„Das habe ich bisher noch nicht in Erwägung gezogen. Aufgrund meines Berufs bin ich nicht besonders auf Publicity aus."

„Das verstehe ich, aber an diesem Punkt könnte es vielleicht nicht schaden. Ich werde meinen Partner Freddie Cruz nach geeigneten Podcasts fragen. Er ist ein True-Crime-Fan und kennt sich damit aus, sodass er beurteilen kann, welche am besten geeignet wären."

„Ich weiß Ihre Hilfe und Ihre Vorschläge wirklich sehr zu schätzen."

„Ich wünschte, ich könnte mehr tun."

„Das war mehr als genug und hat mich wieder motiviert. Genau das hab ich gebraucht."

„Ich geb Ihnen Bescheid, wenn ich weiß, was mein Partner zu den Podcasts sagt."

„Nochmals vielen Dank, Sam."

„Gern geschehen."

Als Jesse das Telefonat beendet hatte, von dem er gesagt hatte, er müsse es annehmen, sah Memphis Rose Costello zu, wie er sein Handy ans Ladekabel steckte und sich wieder neben sie legte. Als seine Geliebte/Sexualpartnerin/Kollegin/Irgendwie-Freundin hätte sie ihn gerne nach dem Anruf gefragt, aber sie ertrug die Verzweiflung nicht, die ihn immer überkam, wenn er über seine vermisste Schwester sprach.

Sie hatte gelernt, dieses Thema mit Samthandschuhen anzufassen. Aufgewachsen in Memphis bei ihrer Großmutter und ihrer Mutter, die sie zu einer starken, unabhängigen Frau erzogen hatten, die keinen Mann brauchte, hatte Memphis Rose sich vorgenommen, sich emotional nicht zu sehr auf den unnahbaren Jesse Best einzulassen.

Diese Mission war kläglich gescheitert.

Ihre Großmutter, der größte Elvis-Fan der Welt, hatte dreißig Jahre lang Graceland geputzt, und Memphis war im selben Krankenhaus zur Welt gekommen wie Lisa Marie Presley, worauf ihre Mutter und ihre Großmutter sehr stolz waren. Die beiden stärksten Frauen, die sie kannte, wären entsetzt, wenn sie etwas von ihrer „Beziehung" zu Jesse ahnen würden, was sie allerdings nicht taten.

Er bestand auf Geheimhaltung, weil sie sich technisch gesehen außerhalb der Arbeit nicht treffen durften, da er ihr Chef war. Um mit den Einschränkungen fertigzuwerden, hatte sie für sich selbst einige Regeln aufgestellt: niemals bei ihm übernachten, niemals fragen, wohin „das hier" führen würde, und niemals zeigen, dass sie ihn liebte oder mit ihm fühlte.

Der letzte Punkt fiel ihr zunehmend schwerer, da sie miterlebte, wie sehr ihn der ungelöste Fall seiner Schwester quälte. Sie hätte gern gewusst, wer angerufen hatte und wer ihm half, doch sie hatte gelernt, sich nicht in Dinge einzumischen, die sie nichts angingen. Manchmal fragte sie sich, ob sie am Ende eines jeden furchtbaren Arbeitstages nichts weiter für ihn war als ein austauschbarer warmer Körper.

Irgendwann würde ihr das nicht mehr reichen. Wenn sie ehrlich war, war es schon vor etwa zwei Jahren so weit gewesen, und trotzdem war sie immer noch hier, wärmte sein Bett und fragte sich, ob irgendetwas – oder irgendjemand – die stacheldrahtbewehrte Mauer überwinden könnte, die er um sein Herz errichtet hatte.

Als sie begriff, dass er nicht vorhatte, sich an diesem Abend weiter mit ihr zu beschäftigen, stand sie auf, um Regel Nummer eins zu befolgen: niemals bei ihm übernachten.

„Bitte geh nicht."

Memphis Rose erstarrte, denn das hatte er noch nie zu ihr gesagt. Sie sah ihn über die Schulter an und versuchte, seine Stimmung zu ergründen, aber wie immer verriet sein Gesicht nichts. „Warum nicht?"

„Brauchst du einen Grund?"

Memphis Rose schluckte schwer, um den Kloß loszuwerden, den sie plötzlich im Hals hatte. Seine Worte hatten so viele

Gefühle in ihr ausgelöst – zu viele, um sie zu verarbeiten, während sie versuchte, vor ihm ganz cool zu bleiben. Wenn er ahnen würde, was sie wirklich für ihn empfand, wäre alles schneller vorbei, als sie schauen konnte.

Jesse Best hatte mit Liebe nichts am Hut. Er wollte keine Beziehung, mit niemandem. Verdammt, normalerweise wollte er ja nicht mal ein Gespräch. Er hatte zu der Person am Telefon wahrscheinlich mehr gesagt als zu ihr, seit sie ihn kannte.

„Ich glaube, ich sollte besser gehen."

Sie wollte aufstehen, aber er legte ihr eine Hand auf die Schulter und hielt sie zurück.

„Bitte nicht."

Als ihr die Augen feucht wurden, schloss sie sie, in der Hoffnung, dass die Tränen so nicht herauslaufen und ihr Geheimnis verraten würden. Leider klappte das nicht.

„Wir müssen morgen früh nach Shenandoah, um das FBI zu unterstützen." Er küsste sie auf die nackte Schulter. „Wir könnten von hier aus zusammen hinfahren."

Wow. Zwei ganze Sätze hintereinander! Das musste ein neuer Rekord sein. Sie riss sich von ihm los und stand auf, um ihre Kleidung zusammenzusuchen, blind vor Tränen, die ihr in dem schwach beleuchteten Raum die Sicht nahmen.

Jesse umfasste sie von hinten und legte die Stirn auf ihre Schulter. „Bitte bleib."

Sie erstarrte aus purem Selbsterhaltungstrieb.

Dann ließ Jesse die Bombe platzen. „Ich brauche dich, Memphis."

Memphis Rose brach für einen Moment innerlich zusammen, bevor sie die Kraft dafür fand, sich in den Griff zu bekommen, obwohl sie keine Ahnung hatte, woher sie die nach seinen Worten nahm. Brauchte er *sie*, oder würde nach diesem Anruf, der die Wunde in seiner Seele wieder aufgerissen hatte, jeder warme Körper ausreichen? „Ich muss gehen. Bitte lass mich los."

Er hielt sie noch für einen langen, atemlosen Moment fest, ehe er ihrer Bitte nachkam.

Während Memphis Rose sich anzog, redete sie sich ein, dass er sich am nächsten Morgen nicht mehr daran erinnern würde, dass er sie in der Dunkelheit der Nacht gebeten hatte zu bleiben. Morgen würde alles wieder wie gewohnt sein: Er würde unverbindliche Laute von sich geben und das für Kommunikation halten, und sie würde sich fragen, wo sie mit ihm stand und was das alles bedeutete. Er würde sie ignorieren, bis sie wieder in seinem Bett lagen und der Kreislauf von vorne begann.

Da sie die Einzige war, die diesen Kreislauf als solchen erkannte, war es an ihr, ihre Rolle darin zu kontrollieren.

Sich anzuziehen, war noch nie so schwierig gewesen wie jetzt, da ihre Hände ihr nicht richtig gehorchen wollten. Knöpfe, Schnallen, Reißverschlüsse …

Sie schnappte sich ihr Handy und verließ das Zimmer, ohne Jesse eines weiteren Blickes zu würdigen.

Als sie zurück zu ihrer Wohnung fuhr, begriff sie, während sie weiter gegen die Tränen ankämpfte, dass die Situation unhaltbar war. Das war sie von Anfang an gewesen. Vielleicht war es Zeit, um eine Versetzung zu bitten. Ihre Mutter und ihre Großmutter drängten sie dauernd, nach Memphis zurückzukommen. Das wäre berufsmäßig ein Rückschritt gegenüber ihrer Stelle in Washington, doch sie musste sich entscheiden, was ihr wichtiger war – ihre Karriere oder ihre geistige Gesundheit.

Sie wischte sich über die feuchten Wangen und war wütend auf sich selbst, weil sie auf drei einfache Worte so emotional reagiert hatte.

*Ich brauche dich.*

*Ich brauche dich.*

Wie lange würde es dauern, bis diese drei Worte nicht mehr in ihrem überforderten Herzen und ihrer Seele widerhallten?

Höchstwahrscheinlich eine ganze Ewigkeit.

Freddie war selten so wütend gewesen wie in dem Moment, als er sich die Aufzeichnung der Interviews anschaute, die Hector Reese heute im Fernsehen gegeben hatte. Hector hatte alle großen Sender mit seiner Geschichte darüber bombardiert, dass er in U-

Haft von der Leiterin der Mordkommission und First Lady geschlagen worden war.

Hectors Bruder Clarence hatte Freddie angeschossen, als er zum Tatort eines der schlimmsten Verbrechen zurückgekehrt war, die sie alle je erlebt hatten. Deshalb hatte Freddie auch wenig Mitleid mit Hector. Schließlich hatte der seinem Bruder bei der Flucht vor der Polizei geholfen, nachdem Clarence seine Frau und seine Kinder mit einem Baseballschläger totgeprügelt und dann auf Freddie geschossen hatte.

Er hatte immer noch Albträume von dem toten Baby in der Wiege. Freddie schüttelte den Gedanken schnell ab und verstaute ihn zusammen mit all den anderen Gräueln, die er bei seiner Arbeit erlebt hatte, in der hintersten Ecke seines Verstandes.

Außerdem hatte ein Reporter Jeannie McBride angerufen, um sie zu den Ermittlungen im Fall Fitzgerald zu befragen und zu erfahren, ob Sam – und Skip – es versäumt hatte, Cameron Fitzgerald wegen Mordes an seinem jüngeren Bruder zu verhaften.

Obwohl seine Schicht vorbei war und er freihatte, konnte Freddie nicht nach Hause fahren, solange seine beste Freundin so unter Beschuss stand. Er schrieb seiner Frau eine Nachricht, dass er später kommen würde, und suchte Captain Malone auf, der in seinem Büro telefonierte. Er winkte Freddie herein.

Der schloss die Tür und setzte sich, wobei er versuchte, ruhig zu bleiben, obwohl sein ganzer Körper vor Anspannung vibrierte, die ihn an die Tage nach Skip Hollands Tod erinnerte. Sie hatten die Ermittlungen zu den Schüssen auf ihn wieder aufgenommen. Als sich der Verdacht gegen Kollegen erhärtet hatte, die Fakten zurückgehalten hatten, mit denen sich der Fall schon Jahre zuvor hätte aufklären lassen, war die allgemeine Wut mit Händen zu greifen gewesen.

Diese Erinnerung hatte ihn zu Malone geführt, der immer noch telefonierte und von seinem Gesprächspartner genervt wirkte. Er verdrehte die Augen und machte mit der Hand kreisende Bewegungen. „Ja. Ich kümmere mich darum. Aber jetzt muss ich leider auflegen." Und das tat er auch. „Manche Leute hören sich wirklich gerne selbst reden."

„Ich habe darüber nachgedacht, wer noch von Skips Hilfe für Alice Fitzgerald gewusst haben könnte, und lande immer wieder bei einer Person."

„Nämlich?"

„Conklin."

Malone starrte ihn lange an und stand dann so unvermittelt auf, dass Freddie zusammenzuckte. „Mitkommen."

„Wohin?"

„Bei ihm nachfragen."

*Heilige Scheiße.* „Okay …"

Malone eilte Richtung Haupteingang und hinaus in den kühlen Frühlingsabend. Keiner von beiden sagte ein Wort, während Malone über die 14th Street Bridge zu Conklins Haus in Nord-Virginia fuhr.

Unterwegs dachte Freddie darüber nach, wie sehr Sam es hasste, die Hauptstadt zu verlassen, egal aus welchem Grund, besonders jedoch dann, wenn es sich um einen Besuch bei diesem ehemaligen Polizisten handelte. Zumal dieser Polizist unehrenhaft aus dem Dienst geschieden war, nachdem er sich einerseits als Freund ihres Vaters ausgegeben hatte, während er andererseits entscheidende Beweise zurückgehalten hatte, die schon Jahre früher die Frage hätten klären können, wer auf Skip geschossen hatte.

Würde Freddie je wieder einen Tag mit Sam verbringen, sich mit ihr streiten wie unter Geschwistern, lachen und die guten, schlechten und hässlichen Seiten des Lebens teilen? Der Gedanke, dass Menschen, die neidisch auf ihren Erfolg waren, sich von ihrer Bekanntheit bedroht fühlten oder sie aus wer weiß was für Motiven loswerden wollten, sie tatsächlich aus ihrem Job vertrieben hatten, war für ihn unfassbar.

„Wie gehen wir vor?", fragte er Malone nach einer endlos scheinenden Stille.

„Ich werde ihn direkt fragen, ob er aus der Schule geplaudert hat, und wenn ja, werde ich ihn festnehmen. Er kann dann in einer Zelle auf seinen Prozess warten statt in seinem gemütlichen Zuhause."

„Mir kam es von Anfang an befremdlich vor, dass wir ihn nicht sofort verhaftet haben, nachdem klar war, was er getan hat."

„Finde ich auch seltsam, aber er hat Rechte, wissen Sie?"

Malones Worte troffen vor Sarkasmus. Was ihn, Freddie und viele andere betraf, sollte ein Mann, der so getan hatte, als diente er in seiner Position als stellvertretender Polizeichef der Allgemeinheit, während er gleichzeitig verhinderte, dass der Mordversuch an seinem angeblichen Freund aufgeklärt wurde, keine Rechte haben.

„Captain."

„Ja, Cruz?"

„Äh, vielleicht sollten Sie erst mal tief durchatmen, bevor Sie da reinstürmen, damit Sie ihn nicht umbringen oder so." Als Detective war er es nicht gewohnt, einem Vorgesetzten Ratschläge zu geben, doch in diesem Fall hielt er es für angebracht.

Malone umklammerte das Lenkrad fester, während an seiner Schläfe ein Muskel zuckte. „Danke, dass Sie sich um mich sorgen. Sie haben wahrscheinlich recht, es besteht die Gefahr, dass ich ihm den Hals umdrehe, wenn er in diese Sache verwickelt ist."

„Tun Sie das nicht, Sir."

„Lassen Sie es nicht zu, okay?"

„In Ordnung, Sir."

„Verdammt noch mal, Cruz, hören Sie auf, mich ‚Sir' zu nennen."

Zu jedem anderen Zeitpunkt hätte Freddie gelacht. Aber im Moment war ihm wirklich nicht danach zumute.

Malone parkte auf einem Besucherplatz. Er stieg aus und war auf dem Weg zur Eingangstür, bevor Freddie auch nur seinen Sicherheitsgurt gelöst hatte.

Er rannte dem Captain nach, entschlossen, sein Versprechen zu halten, nicht zuzulassen, dass er Conklin umbrachte – auch wenn er den Wunsch, genau das zu tun, durchaus nachvollziehen konnte. Freddie hatte noch nie so gewalttätige Gedanken gehabt wie die, die er gegenüber Conklin hegte, seit er von dessen Verwicklung in die Schüsse auf Skip erfahren hatte. Nachdem er aus nächster Nähe miterlebt hatte, wie Sam sich mit aller Kraft um Antworten für ihren Vater, ihre Familie und die Polizei bemüht hatte, war es schwer zu ertragen, dass Conklin den Fall die ganze Zeit hätte lösen können.

Malone hämmerte gegen die Tür.

„Ich habe Mr Conklin schon eine ganze Weile nicht mehr gesehen", meinte eine Nachbarin, die gerade aus ihrem Reihenhaus trat. „Ich bin mir nicht sicher, ob er überhaupt noch dort wohnt."

„Kontaktieren Sie die Bewährungsbehörde", befahl Malone Freddie. „Fragen Sie, ob er umgezogen ist."

Freddie wusste nicht, wer Conklins Bewährungshelfer war, also wählte er die Nummer von Brendan Sullivan, einem Beamten, mit dem er und Sam oft zusammenarbeiteten. Sullivan nahm ihre Anrufe normalerweise auch nach Feierabend entgegen.

„Hey, Cruz, was liegt an?"

„Könnten Sie bitte für mich herausfinden, ob Paul Conklin in letzter Zeit umgezogen ist?"

„Geben Sie mir eine Sekunde, ich werfe meinen Laptop an. Ich bin gerade erst nach Hause gekommen."

„Vielen Dank für die Hilfe nach Feierabend."

„Kein Problem. Wie geht es Lieutenant Holland? Ich habe die Nachrichten verfolgt. Wirkt auf mich wie eine Verleumdungs-kampagne."

„Das vermuten wir auch."

„Ich hab hier keine Angaben zu einem neuen Wohnort." Sullivan nannte Freddie die Adresse, an der sie sich gerade befanden. „Das ist die, die wir in unseren Unterlagen haben."

„Vielen Dank. Ich weiß das sehr zu schätzen."

„Gern geschehen, Cruz."

„Dem Bewährungshelfer ist keine Änderung des Wohnsitzes gemeldet worden", berichtete Freddie Malone.

Kaum hatte er das gesagt, hörten sie ein Geräusch aus dem Haus und zogen ihre Waffen.

„Was willst du?", rief Conklin von drinnen.

„Mach die verfluchte Tür auf", sagte Malone. „Unverzüglich, oder ich trete sie ein."

Man hörte das Klicken der Schlösser, ehe ihnen ein Mann öffnete, den Freddie nirgendwo anders als Conklin erkannt hätte. Er schien um zehn Jahre gealtert zu sein und hatte mindestens fünfzehn Kilo zugenommen, wenn nicht mehr. Außerdem hatte er sich offenbar seit Tagen weder rasiert noch sich die Haare gekämmt.

„Noch einmal, was willst du?"

„Was hast du getan?", fragte Malone.

„Wovon redest du?"

„Du weißt genau, was ich meine. Wem hast du alles erzählt?"

„Ich habe seit Wochen mit niemandem gesprochen."

„Wenn ich dein Handy checke, finde ich dann heraus, dass du immer noch ein verfluchter Lügner bist?"

Conklin unterbrach den Blickkontakt nur für einen Sekundenbruchteil, doch Malone hatte es bemerkt.

„Du verdammter Dreckskerl! Was hast du getan?"

„Ich brauchte das Geld, Jake."

Freddie sank das Herz in die Hose.

Malone handelte blitzschnell, legte Conklin Handschellen an, zog ihm das Handy aus der Hosentasche und zerrte ihn aus dem Haus, ehe Freddie auch nur reagieren konnte.

„Was zum Teufel soll das?", schrie Conklin. „Du kannst mich nicht einfach festnehmen."

„Wetten, dass? Du bist hiermit wegen Beihilfe zu einer Straftat verhaftet. Diese Anklage sollte dir nicht unbekannt sein." Während Malone Conklin zum SUV führte, trug er ihm seine Rechte vor, dann schob er ihn auf den Rücksitz und schlug die Tür zu.

„Gehen Sie noch mal zurück, und vergewissern Sie sich, dass alles ordnungsgemäß verschlossen ist, damit er uns nicht die Schuld geben kann, sollte jemand in die Wohnung eindringen und sie ausräumen."

Freddie eilte die Eingangstreppe hinauf, immer zwei Stufen auf einmal, zog die Tür ins Schloss und prüfte, ob sie auch wirklich zu war. Danach kehrte er zum SUV zurück. „Erledigt."

„Danke, Cruz." Während sie in Richtung Innenstadt fuhren, schäumte Malone vor Wut. „Wissen Sie, was mich immer wieder erstaunt?"

„Was, Cap?"

„Dass die Leute einfach nichts dazulernen. Sie können entehrt und in Schande aus einer Behörde fliegen und es trotzdem schaffen, es noch schlimmer zu machen. Erstaunlich, oder?"

„Ja, und widerlich."

„Auch das."

Ein Würgen vom Rücksitz ließ Freddie herumfahren und Malone nach einem Platz zum Anhalten suchen.

„Er erstickt, Captain!"

Malone brachte den SUV mit quietschenden Reifen am Straßenrand zum Stehen und sprang hinaus.

Freddie stieg ebenfalls aus und riss die hintere Tür auf. Er fand Conklin mit Schaum vor dem Mund, hervorquellenden Augen und bereits bläulichen Lippen vor.

„So ein Mistkerl", fluchte Malone. „Er hat Gift genommen."

„Wann denn? Er war doch in Handschellen!"

„Ehe er uns die verdammte Tür geöffnet hat."

„Oh … Mist. Was machen wir jetzt?"

„Jetzt schaffen wir den Drecksack ins Krankenhaus, damit sie ihn für tot erklären können. Und dann checken wir sein Handy, um herauszufinden, wer ihn dafür bezahlt hat, dass er aus der Schule plaudert.“

Sam saß im Bett und nippte an einem Glas Wein, während sie versuchte, sich von den Ereignissen des Tages zu erholen. Dank dem gemeinsamen Abendessen mit Nick, den Kindern und ihrer Mutter war ihre Stimmung deutlich besser als bei ihrer Ankunft zu Hause. Aber sie war immer noch erschüttert von den Schlägen, die sie völlig unvorbereitet getroffen hatten. Schläge, die nach einer koordinierten Verleumdungskampagne aussahen.

Wie sollte sie damit leben, dass jemand unschuldige Menschen getötet, angegriffen und verletzt hatte, nur um ihr eins auszuwischen? Harlowe und die Familien der anderen Opfer verließen sich darauf, dass sie ihnen Antworten lieferte. Wie würden sie darauf reagieren, wenn sie erfuhren, dass *sie* der Grund für all ihr Leid war?

Der Gedanke war einfach zu viel für sie.

Ihr Handy klingelte. Es war Freddie. Sie nahm den Anruf entgegen, weil er ihr bester Freund war und sie ihn brauchte. „Hey.“

„Sam, du wirst nicht glauben, was gerade passiert ist.“

Während er ihr die Ereignisse des Abends schilderte, hörte Sam fassungslos zu. „Er sagte, er habe das Geld gebraucht? Waren das seine Worte?“

„Ja, genau so hat er es formuliert.“

„Also hat ihn jemand dafür bezahlt, dass er ihm Informationen liefert. Mein Vater muss ihm anvertraut haben, dass er Alice vor weiterem Herzschmerz bewahrt hat, indem er Cameron zum Militär gehen ließ, statt ihn ins Gefängnis zu schicken. Vielleicht hat er ihm sogar verraten, dass ich den Fall neu aufgerollt habe und wieder in der Versenkung verschwinden lassen musste – und jetzt ist Conklin tot. Dieser gottverdammte Feigling.“

„Das ist auch hier die vorherrschende Meinung. Es tut mir so leid, dass ich dir das erzählen muss. Als hätte er dir und deiner Familie nicht schon genug angetan."

„Ich weiß nicht, was ich darauf erwidern soll." Ihr Handy summte erneut. Diesmal war es der Chief. „Hey, Farnsworth versucht, mich zu erreichen. Ich melde mich gleich noch mal."

„Alles klar."

Sam nahm den Anruf des Chiefs entgegen. „Hey."

„Hast du schon das von Conklin gehört?"

„Gerade eben."

„Es tut mir so leid. Dass er nach allem, was er schon angerichtet hat, in so etwas verwickelt war … Ich bin so unglaublich entrüstet und wütend, mir fehlen die Worte."

„Ist schon gut. Mich überrascht langsam gar nichts mehr. Glaubst du jetzt, dass da eine konzertierte Aktion läuft, um meine Karriere und meinen Ruf zu ruinieren?"

„Ja. Deine Suspendierung ist ab morgen früh aufgehoben. Komm wieder zur Arbeit, und hilf uns, diese Mistkerle zu schnappen."

„Das ändert allerdings nichts daran, dass das, was Reese über mich sagt, der Wahrheit entspricht."

„Darüber unterhalten wir uns später. Jetzt geht es erst mal darum, diese Typen hinter Gitter zu bringen. Hill wird um acht Uhr hier erwartet. Ich möchte dich und dein Team bei der Besprechung dabeihaben."

„Wir werden da sein. Danke."

„Sam, ich …"

„Ich weiß, Onkel Joe, ich weiß. Bis morgen früh."

„Ja, bis dann."

Es brach ihr das Herz, dass ihn etwas so aus der Bahn warf, das mit ihr zu tun hatte. Wenn es in ihrer Hand läge, wäre sie die Letzte, die ihm Kummer bereitete. Nicht, dass sie den aktuellen Ärger verursacht hatte – sie war das Opfer.

Sam rief Freddie zurück.

„Was wollte der Chief?"

„Meine Suspendierung ist aufgehoben. Er will, dass wir um acht Uhr bei einer Besprechung mit Hill dabei sind. Kannst du den anderen eine Nachricht schicken und ihnen mitteilen, dass ich alle dorthaben will, auch Carlucci und Dominguez?"

„Klar. Ich bin echt froh, dass du wieder dabei bist."

„Und ich erst. Aber die Sache mit Reese steht weiter im Raum. Das ist nur vertagt."

„Wenn wir diese Verschwörung aufklären und damit an die Öffentlichkeit gehen, wird niemand mehr über Hector Reese reden."

Sam döste unruhig vor sich hin, als Nick ins Bett kam, sich an sie kuschelte und den Arm um sie legte. Sie öffnete die Augen, um auf die Uhr zu sehen, und stellte fest, dass es schon nach drei war. „Was treibst du noch so spät?"

„Ich bin die Unterlagen für morgen durchgegangen."

„Warte, ich will mich umdrehen."

Nick ließ sie los, damit sie sich besser zu ihm herumrollen konnte.

„Hallo, du."

Er küsste sie. „Selber hallo. Tut mir leid, dass ich dich geweckt habe."

„Kein Problem."

„In vier Stunden wirst du anders denken, wenn wir die Kinder für die Schule fertig machen müssen."

Sie schob ihr Bein über seins und zog ihn näher zu sich heran. „Was wird das?"

„Ich wollte dich einfach spüren."

„Du weißt, dass ich dagegen nie etwas habe."

„Rate mal, was passiert ist."

„Was denn?"

„Onkel Joe hat meine Suspendierung aufgehoben." Sam erzählte ihm, was mit Conklin passiert war und dass der Chief sie anschließend angerufen hatte. „Als Conklin gemerkt hat, dass Malone und Cruz vor seiner Tür standen, hat er eine tödliche Dosis von irgendetwas genommen. Ihm muss klar gewesen sein, was sie von ihm wollten."

„Was für ein gottverdammter Feigling."

„Starke Worte, Mr President."

„Das ist nur die Wahrheit."

„Ja. Er war schon immer ein rückgratloser Waschlappen. Wir haben es bloß nicht gewusst, bis mein Dad gestorben ist."

„Er hat im Grunde zugegeben, dass er dich an jemanden verkauft hat."

„Das hat er."

„Gut, dass er schon tot ist, sonst hätte ich dich vielleicht um dein rostiges Steakmesser gebeten."

„Mein Held."

„Es treibt mich in den Wahnsinn, dass diese verdammten Weicheier immer hinter meiner Frau her sind, die klüger und erfolgreicher ist und alles hat, was sie nie erreichen werden. Doch sie glauben, sie hätten es drauf."

„Das fasst den Sachverhalt ziemlich gut zusammen. Ich finde es im Übrigen sehr sexy, wenn du meine Intimfeinde als ‚verdammte Weicheier' bezeichnest und ihnen mit Gewalt drohst."

„Ich meine es todernst. Am liebsten würde ich ihnen allen das rostigste Steakmesser, das ich finden kann, ins Herz rammen. Der Gedanke, dass einer von denen dich mir für immer nehmen könnte, ist unerträglich."

„Ich weiß, Babe, aber ich gehe nirgendwohin. Was auch immer die vorhaben, sie werden nicht gewinnen. Das tun sie nie."

„Manchmal schon."

„Bisher jedenfalls noch nicht, und die gute Nachricht ist, dass wir allmählich dahinterkommen, wer der Drahtzieher sein könnte. Lass uns jetzt das Thema wechseln, damit wir schlafen können."

„Worüber möchtest du reden?"

Sam schob eine Hand zwischen sie und umfasste ihn. „Wie wäre es mit meinem Lieblingsthema? Den Blumen und den Bienen?"

Nick schnaubte leise. „Nur du kannst mich zum Lachen bringen, wenn ich kurz davor bin, jemandem Gewalt anzutun."

Sie streichelte ihn, bis er stahlhart und bereit war. „Wie wäre es, wenn wir die Liebe der Gewalt vorziehen?"

„Für Liebe mit dir bin ich immer zu haben."

„Das bist du definitiv."

Ihre Lippen fanden sich in einem heißen, leidenschaftlichen Kuss, nach dem sie sich nach mehr sehnte – oder vielleicht hatte sie das schon getan, seit er sich an sie geschmiegt hatte.

„Ich liebe viele Dinge an diesem Leben, doch du …" Er beugte sich vor, um ihren Hals mit seinen Lippen zu liebkosen. „Du bist es, die alles möglich macht."

„*Wir* machen alles möglich. Gemeinsam."

Er legte sich auf sie.

Sam schlang Arme und Beine um ihn und hielt ihn, so fest sie konnte. „Du hast mich völlig in deinem Netz eingesponnen. Ich möchte nirgends anders sein."

„Genauso wenig wie ich, Liebste."

Er neckte sie, drang gerade so in sie ein, zog sich zurück und wiederholte dies immer wieder, bis sie kurz davor stand, ihn anzuflehen. Dann gab er ihr mit einem tiefen Stoß, was sie verlangte, und sie kam so heftig, dass sie Sterne sah.

„Heilige Scheiße, Baby", ächzte er. „Du hättest mich beinahe umgebracht, bevor wir überhaupt angefangen haben."

„Das ist allein deine Schuld", entgegnete sie, sobald sie dazu in der Lage war.

„Inwiefern?"

„Du weißt genau, was du getan hast, und ich fand es ganz wunderbar."

Als er tief in sie eindrang, hielt sie ihn fest, indem sie die Beine um ihn schlang.

„Sag noch mal das mit den verdammten Weicheiern", flüsterte sie.

Mit den Lippen an ihrem Ohr raunte er: „Die Leute, die dir wehtun wollen, sind verdammte impotente Weicheier."

Sam kam erneut, und diesmal riss sie ihn mit sich.

Er ließ sich keuchend und lachend auf sie fallen. „Ernsthaft, Sam? *Das* macht dich heiß?"

„*Du* machst mich heiß. Dein Dirty Talk ist nur das Sahnehäubchen."

„Das muss ich mir unbedingt für das nächste Mal merken."

„Ich steh drauf, wenn mein hochanständiger Präsident im Bett ein schmutziger Bad Boy ist."

„Gut zu wissen. Ich habe noch mehr solche Sprüche auf Lager."

„Lassen Sie hören, Mr President."

Nick behielt recht. Am Morgen war sie völlig übermüdet, doch sie hätte auf die nächtlichen Liebesspiele auf keinen Fall zugunsten von Schlaf verzichten wollen. Es war immer spektakulär, insbesondere wenn er ihr schmutzige Worte ins Ohr flüsterte, sodass sie wie ein Feuerwerk explodierte.

„Was grinst du so, Mom?", wollte Scotty mürrisch wissen, während er an der einen Tasse Kaffee nippte, die er derzeit trinken durfte, da „ein Mann" Koffein brauchte, um die Algebra der achten Klasse zu überstehen.

„Nichts, was dich etwas angeht."

„Warum denkst du über *so was* nach, wenn Kinder anwesend sind?"

„Darf ich jetzt nicht mal mehr darüber nachdenken? Was für Regeln stellst du hier eigentlich auf?"

„Solche, die es ermöglichen, dass in diesem Haus halbwegs unverdorbene Kinder aufwachsen."

Sam lachte laut. „Unsere unverdorbenen Kinder werden das Beispiel einer überaus liebevollen Ehe mit in ihr Erwachsenenleben nehmen."

„Natürlich musstest du das so ausdrücken: ‚einer überaus liebevollen Ehe‘." Seine Imitation ihrer Sprechweise war so treffend, dass sie in Gelächter ausbrach.

Alden und Aubrey kamen mit ihren Rucksäcken die Küche.

Sie hatten es zwar geschafft, sich selbst fertig zu machen, aber trotzdem richtete Sam noch das eine oder andere an Kragen und Knöpfen.

„Wie sehen wir aus?", fragte Alden.

„Gar nicht schlecht."

„Ich hab Nick erklärt, dass wir alt genug sind, um uns selbst anzuziehen", verkündete er.

„Tatsächlich?"

„Ja, wir sind keine Babys mehr."

„Nein, das seid ihr wirklich nicht. Ich habe euch Eiersandwiches gemacht."

„Das ess ich am liebsten", meinte Aubrey und setzte sich an den Tisch.

„Ich dachte, Pfannkuchen wären dein Lieblingsessen", antwortete Sam, während sie die Teller, auf denen auch Ananas und Blaubeeren zu finden waren, vor sie stellte.

„Die sind *am Wochenende* mein Lieblingsessen."

„Ah, verstehe", erwiderte Sam, wie immer amüsiert von ihnen.

Während die Kinder aßen, nippte Sam an ihrem Kaffee und unterhielt sich mit ihnen über Gott und die Welt. Es war ihr egal, worüber sie redeten, es war immer kurzweilig und nicht selten komisch. Zum Glück fing Aubrey während des Frühstücks nicht wieder mit dem Thema „Henne und Ei" an.

„Ich bin dieses Wochenende zu einer Pyjama-Party bei Jonah eingeladen", erzählte Scotty. „Darf ich da hin?"

Sams erster Impuls war, Nein zu sagen, weil sie ihn bei sich haben wollte. Doch sie wusste, dass sie das besser nicht tun sollte. „Kennen wir Jonahs Eltern schon?"

„Ja, ihr habt sie in der Eishalle getroffen. Ich glaube, sie heißen Denise und Mike."

„Kannst du mir die Nummer seiner Mutter besorgen? Dann spreche ich mit Debra, und wir überlegen, wie wir das ermöglichen können."

„In Ordnung. Ich würde wirklich gerne hingehen."

„Wenn wir das irgendwie hinkriegen, darfst du das."

„Danke, Mom."

„Tut mir leid, dass alles so umständlich ist."

„Ist schon in Ordnung. Die Vorteile überwiegen. Wir haben immerhin unser eigenes Kino."

„Das stimmt allerdings. Du kannst übrigens jederzeit Freunde hierher einladen. Es ist einfacher, wenn sie herkommen."

„Ich weiß, aber manchmal wollen sie eben was bei sich zu Hause machen."

„Das versteh ich."

„Dad hat gesagt, ihr wollt später mit mir über die Highschool sprechen. Worum dreht es sich?"

„Das ist keine große Sache. Der Secret Service beginnt mit den Vorbereitungen für deinen Schulwechsel und hatte ein paar Fragen."

„Ach so, gut. Solange es nicht ist, dass ich woanders hinsoll als auf die Eastern."

Sam bemühte sich, keine Miene zu verziehen, was ihr jedoch offenbar nicht gelang, denn er reagierte sofort, indem er die Augen aufriss. „Geht es darum?"

„Wir haben schon Nein gesagt. Keine Angst."

Er musterte sie argwöhnisch. „Bestimmt?"

„Ja, ganz bestimmt. Wir wissen, was du willst, und haben entsprechend reagiert. Mach dir keine Sorgen. Wir erzählen dir das alles später." Sam umarmte ihn fest und küsste ihn auf den Scheitel.

„Bist du wirklich sicher, dass es keinen Grund zur Sorge gibt?"

„Absolut sicher. Wir haben uns unmissverständlich ausgedrückt."

„Danke."

„Für dich tu ich alles, Junge. Besorg mir die Nummer von Jonahs Mutter, ja?"

„Okay."

„Ich hab dich lieb."

„Ich dich auch."

Debra holte ihn ab, und sie brachen auf zu einem weiteren Tag in der Mittelschule.

Sam konnte kaum glauben, dass er im September schon auf die Highschool wechseln würde. Insgesamt würden sie nur sechs Jahre zusammen zu Hause verbringen, was Sam bei Weitem nicht ausreichte. Sie schickte die Zwillinge zum Zähneputzen, während sie ihnen ihre Lunchboxen in die Rucksäcke packte.

Im Flur half sie ihnen in ihre Jacken und hängte jedem der beiden den Rucksack über die rechte Schulter. „Wollt ihr auch den anderen Riemen?“

„Das ist uncool, Sam“, teilte Alden ihr mit. „Keins der anderen Kinder benutzt beide Riemen.“

„Ach so, sorry, mein Fehler.“

Aubrey lachte. „Ist schon gut. Dafür hast du ja uns. Damit du weißt, was cool ist.“

Sam lachte und überlegte, dass sie anfangen musste, sich solche Sprüche aufzuschreiben, weil sie nichts davon vergessen wollte.

Sie entließ Aubrey und Alden mit Umarmungen, Küssen und den besten Wünschen für einen schönen Tag. Dann eilte sie in ihr Zimmer, um den Nachttisch aufzuschließen, in dem sie ihre Waffe und Handschellen aufbewahrte. Nachdem sie sich die Zähne geputzt und die Haare gekämmt hatte, ging sie fünf Minuten später die Treppe hinunter, um Vernon und Q zu treffen.

„Ich muss Sie was fragen“, sagte sie, als sie sich auf den Weg zum Hauptquartier machten.

„Was denn?“, fragte Vernon.

„Scotty will dieses Wochenende bei einem Freund übernachten. Was halten Sie davon?“

„Unsere Vorgesetzten werden davon nicht begeistert sein“, antwortete Vernon. „Wir müssten die Eltern, die Familie und das Haus überprüfen. Außerdem bräuchten wir mindestens einen Personenschützer dort bei ihm.“

„Das dachte ich mir schon.“

„Kann Scotty seine Freunde nicht ins Weiße Haus einladen?“

„Das hab ich auch vorgeschlagen, aber er meinte, seine Freunde wollten manchmal lieber bei sich zu Hause feiern, was ich verstehen kann.“

„Ja, das ist nachvollziehbar. Es gab bereits Besprechungen darüber, wie sich die Situation für sein Sicherheitspersonal verkomplizieren wird, wenn er auf die Highschool kommt.“

„Es gibt tatsächlich Besprechungen über so was?“

„Klar.“

„Wir haben Besprechungen über *alles*“, fügte Q hinzu. „Sogar Besprechungen über Besprechungen.“

„Wann genau haben Sie denn überhaupt Zeit dafür, wenn Sie den ganzen Tag mit mir unterwegs sind?“

„Viele finden um sechs Uhr morgens statt“, antwortete Q. „Wir treffen uns jeden Morgen, um den Terminplan für den Tag durchzugehen, bei Bedarf Verstärkung zu organisieren und sicherzustellen, dass jeder darüber informiert ist, was die jeweils anderen tun. Außer Ihrer Eskorte, Ma'am. Die wissen nie, was Sie an einem bestimmten Tag vorhaben.“

Sam lachte. „Sonst wäre es ja auch viel zu langweilig.“ Freddie rief an, und sie meldete sich mit „Guten Morgen. Ich bin in fünf Minuten da“.

„Ich dachte, du wüsstest vielleicht gern, dass wir einen Zeugen für den Mord an Nate Andrews gefunden haben.“

Als sie das hörte, setzte sie sich aufrechter hin. „Was hat er beobachtet?“

„Der Zeuge verließ das Fitnessstudio eine Minute nach Nate und lief ungefähr einen Block hinter ihm. Laut seiner Aussage gegenüber Carlucci hat er einen weißen Nissan Altima mit Washingtoner Nummernschild bei Nate halten sehen. Ein Mann ist ausgestiegen, hat Nate niedergeschlagen und ist dann davongerast. Er schätzt, dass das Ganze von Anfang bis Ende nicht länger als zehn Sekunden gedauert hat.“

„Was hat der Zeuge getan, nachdem das Auto weggefahren war?“

„Er hat den Notruf gewählt und sich danach aus dem Staub gemacht, weil er befürchtet hat, die Täter könnten zurückkommen. Als unsere Leute am Tatort eingetroffen sind, war er weg.“

„Nach allen Angaben ereignete sich die Attacke auf einem schlecht ausgeleuchteten Abschnitt des Bürgersteigs. Doch der Zeuge konnte trotzdem die Marke und das Modell des Wagens erkennen und dass das Nummernschild aus Washington stammte?“

„Er war sich ganz sicher.“

„Das sind ausgezeichnete Informationen. Auf dem Video von Harlowe St. Johns Entführung gab es auch ein weißes Auto. Wir müssen jeden weißen Altima mit Washingtoner Kennzeichen überprüfen."

„Cameron ist bereits dabei, und wir haben eine Fahndungsmeldung rausgegeben, damit die Streifenwagen speziell nach diesem Fahrzeugtyp Ausschau halten."

„Sehr gut. Bringen wir diese Besprechung hinter uns, damit wir mit der Arbeit anfangen können."

Chief Farnsworth stand zusammen mit Captain Malone und Agent Hill vorne im Raum.

Als Sam sich setzte, bemerkte sie, dass Avery erschöpft wirkte, als hätte er seit Tagen nicht richtig geschlafen. Sie hoffte, dass er sich nicht zu sehr verausgabte, zumal er sich immer noch von seiner Verletzung erholte.

„Agent Hill ist hier, um uns über die Maßnahmen des FBI im Zusammenhang mit dem Drohnenvorfall am Montag vor dem Weißen Haus und dem Schuss, der einen Secret-Service-Mitarbeiter aus der Eskorte von Lieutenant Holland verletzt hat, zu informieren. Agent Hill?"

„Danke, Chief Farnsworth. Mein Team arbeitet seit Montag rund um die Uhr daran, die Herkunft der Drohnen zu ermitteln, die während des Ostereierrollens im Weißen Haus in den gesperrten Luftraum über Washington eingedrungen sind. Wir haben eine Reihe von Experten hinzugezogen, die herausgefunden haben, dass die Fluggeräte mit einem 3D-Drucker hergestellt und mit selbst gebauten Waffen ausgestattet worden waren. Das heißt, wir wissen weiter nicht, wer sie geschickt hat, aber wir folgen mehreren vielversprechenden Hinweisen und hoffen, im Laufe des Tages weitere Informationen zu erhalten. Dem Vernehmen nach arbeiten Sie mit der Hypothese, dass der Schuss, der Lieutenant Hollands Personenschützer getroffen hat, und mehrere kürzlich in der Stadt verübte Morde miteinander in

Verbindung stehen könnten. Darüber würde ich gerne mehr erfahren."

„Detective Cruz", wandte sich Sam an Freddie. „Bring Agent Hill bitte auf den aktuellen Stand."

„Gerne."

Sie genoss es, ihn auf dem falschen Fuß zu erwischen, doch sie liebte es auch, ihm Gelegenheiten zu bieten, sich zu profilieren.

Freddie stand auf und trat ans Whiteboard, an dem Fotos der vier Opfer in chronologischer Reihenfolge angeordnet waren. Er zählte die Fakten der einzelnen Fälle auf, nannte Details zu jedem Opfer und fügte noch hinzu, dass Lieutenant Archelottas Freundin Harlowe St. John aufgrund der Art ihrer Kopfverletzung möglicherweise ein fünftes Opfer war.

„Zusätzlich dazu haben wir Hector Reese, der Lieutenant Holland in Interviews wegen eines Vorfalls vor über zwei Jahren scharf kritisiert, sowie einen Reporter, der sich mit Fragen zu einem Fall an Deputy Chief McBride gewandt hat, von dem nur wenige Personen in diesem Gebäude wissen dürften. Gestern Abend haben Captain Malone und ich Paul Conklin, den früheren stellvertretenden Polizeichef, zur Rede gestellt und wollten wissen, ob er mit jemandem über Sam und ihre Fälle gesprochen habe. Er sagte, es tue ihm leid, aber er habe das Geld gebraucht, was die Annahme nahelegt, dass er einer der wenigen Menschen war, die über den Fall informiert waren, zu dem der Reporter sich an McBride gewandt hat. Wir haben Conklin festgenommen, und während des Transports hat er plötzlich angefangen, um Luft zu ringen. Die Ärzte in der Notaufnahme konnten nur noch seinen Tod feststellen, der Leichnam befindet sich derzeit in der Gerichtsmedizin. Wir glauben, als er gemerkt hat, wer vor seiner Tür stand, hat er etwas geschluckt, um sein Leben zu beenden."

„Verdammter Feigling", murmelte Gonzo laut genug, dass es alle hören konnten.

Avery schien einen Augenblick zu brauchen, um diese Neuigkeiten zu verdauen. Dann meinte er: „Es fällt mir schwer, einen Zusammenhang zwischen den Morden, der Entführung und dem Überfall auf Ms St. John, den Interviews mit Hector

Reese und dem Anruf des Reporters sowie den Drohnen und dem Schuss, der Agent McFarland verletzt hat, herzustellen.“

„Dazu kann ich etwas sagen.“ Nachdem sie sich einen Moment lang gesammelt hatte, fuhr Sam fort: „Es ist verrückt, als Frau in diesem Job zu arbeiten, besonders als eine mit einer familiären Vorgeschichte innerhalb der Abteilung. Seit dem Tag, an dem ich zum ersten Mal dieses Gebäude betreten habe, bin ich zwei Arten von männlichen Kollegen begegnet. Die einen, zu denen alle in diesem Raum gehören, unterstützen und bauen jeden auf, unabhängig von Geschlecht, Hautfarbe, sexueller Orientierung oder anderen Faktoren, die nichts mit der Qualität seiner Arbeit zu tun haben. Auf der anderen Seite gibt es hier auch Mitarbeiter, die sich von starken, fähigen Frauen bedroht fühlen, die im Beruf und im Leben mehr leisten als sie. Lieutenant Stahl zählt zur Gruppe dieser Beamten. Sergeant Ramsey ebenfalls. Möglicherweise war Conklin ein dritter, obwohl er gewöhnlich den Eindruck erweckte, mich zu unterstützen. Doch wer weiß schon, was er wirklich dachte?

Ein weiterer ist meiner Meinung nach Officer Dylan Offenbach, der einen Groll gegen mich hegt, weil ich ihn bei einer Affäre ertappt habe. Die Täuschung flog im Zuge der Ermittlungen zu den Scharfschützenmorden im letzten Jahr auf. Wir haben alle Personen im Umkreis von hundertfünfzig Kilometern überprüft, die in der Lage waren, Menschen aus einem fahrenden Auto heraus zu erschießen. Als wir nach ihm gefahndet haben, stellten wir fest, dass er nicht bei der Konferenz in Philadelphia war, für die er sich angemeldet hatte, sondern in einem Hotel in Atlantic City, mit einer Frau, die nicht seine Ehefrau und die Mutter seiner bald sechs Kinder war. Lieutenant Archelotta war an dieser Ermittlung beteiligt. Auf meine Bitte hin hat er das Handy des Kollegen geortet. Das hat unseren Verdacht bestätigt. Offenbach hat seinen Dienstgrad als Sergeant verloren, seine Frau hat die Scheidung eingereicht und das alleinige Sorgerecht für die Kinder beantragt. Wir haben es zudem aus zuverlässiger Quelle, dass Offenbach von Drohnen besessen ist. Die Quelle hat genau diesen Begriff verwendet: Besessenheit.

Ich glaube, dass die Drahtzieher all dieser Vorfälle wussten,

dass ich Ostern mit meiner Familie in Camp David verbringen
wollte. Das kam letzte Woche bei der Pressekonferenz im Weißen
Haus zur Sprache, als Christina Gonzales, die Pressesprecherin
des Präsidenten, die Frage beantwortete, was die Familie des
Präsidenten für die Feiertage geplant habe. Also begannen sie,
Menschen zu töten, weil ihnen klar war, dass es nach meiner
Rückkehr zur Arbeit oberste Priorität für mich haben würde,
mich mit den Familien der Opfer zu treffen. Sie konnten sich
ebenfalls denken, dass ich meinem Freund Lieutenant Archelotta
bei der Untersuchung der Entführung seiner Freundin und des
Überfalls auf sie würde helfen wollen. Sie haben alles vorhergese-
hen, was ich getan habe, weil sie seit Jahren genau beobachten,
wie ich arbeite. Sie wollten mich aus diesem Gebäude heraus-
und auf der Straße haben, damit sie den Warnschuss abgeben
konnten, der Agent McFarland getroffen hat."

„Warum sprichst du von einem Warnschuss?", fragte Avery.

„Ich stand zum Zeitpunkt des Schusses links von Agent
McFarland. Die Kugel hat ihn jedoch am rechten Arm erwischt.
Ich bin davon überzeugt, dass der Schütze mich absichtlich
verfehlt hat, in dem Wissen, dass ein Schuss auf einen meiner
Personenschützer eine drastische Reaktion hervorrufen würde.
Diese Leute hofften, mich damit zu brechen. Wenn dieser junge
Agent bei der Ausübung seiner Pflicht für mich gestorben wäre,
hätte das das Ende meiner Karriere bedeuten können. Ich möchte
noch hinzufügen, dass Offenbach als der beste Schütze weit und
breit gilt. Er hätte auf keinen Fall danebengetroffen, wenn er
Agent McFarland tatsächlich hätte umbringen wollen."

„Das Ziel ist also nicht, dich zu ermorden?"

„Ich glaube, die wollen mich in Schimpf und Schande aus dem
Amt jagen. Sie wollen mich fertigmachen. Mich zu töten, würde
ihnen nicht annähernd die gewünschte Genugtuung bereiten."

„Warum Drohnen zum Weißen Haus schicken?"

„Das sollte mir Angst einjagen. Sie wussten, dass die Drohnen
keine Chance hatten, das Weiße Haus zu erreichen, aber sie wollten, dass der Secret Service weitreichende Ermittlungen einlei-
tete, um festzustellen, woher sie kamen. Das ist ihnen ja auch
gelungen. Die Interviews mit Hector Reese und der Anruf eines

angeblichen Reporters, der versucht, mehr Schmutz aus meiner Vergangenheit auszugraben, haben das Chaos dann nur vergrößert. Wie weit sind wir mit unseren Ermittlungen gegen Offenbach?"

„Wir warten auf einen Durchsuchungsbeschluss für sein Anwesen in Herndon", sagte Avery.

„Wo ist er selbst aktuell?", fragte Chief Malone.

„Er hat sich einen Tag freigenommen."

„Interessantes Timing", sprach Gonzo aus, was Sam dachte.

„Was ist mit Ramseys Handy?", erkundigte sie sich.

„Seine Anwälte haben Einspruch gegen den Beschluss eingelegt", antwortete Malone, „und der Richter hat für Montag eine Anhörung angesetzt."

„Montag?", wiederholte Sam ungläubig. „Die scheinen ja alle Zeit der Welt zu haben."

„Ich habe den Justizangestellten im Büro des Richters auf die Dringlichkeit hingewiesen, doch er sagte, das sei der nächste mögliche Termin."

„Ich verstehe immer noch nicht, warum sie vier Menschen ermorden mussten", meinte Avery.

„Die einzige Verbindung, die wir finden können, ist, dass sie sterben mussten, um mich an einen Tatort zu locken, damit die Täter ihren kranken Plan weiterverfolgen konnten. Wir haben in diesem Teil des Falls einen Durchbruch erzielt, da sich ein Zeuge des zweiten Mordes gemeldet hat, der einen weißen Nissan Altima mit Washingtoner Kennzeichen als das Auto identifiziert hat, in dem der Mörder sich dem Opfer genähert hat. Wir haben die Informationen an alle Streifen weitergeleitet, und Detective Green arbeitet an einer Liste weißer Altimas, die in Washington zugelassen sind."

Cameron sah von seinem Smartphone auf. „Mein Kontakt bei der Zulassungsstelle hat versprochen, mir innerhalb der nächsten Stunde eine Liste der Besitzer zukommen zu lassen."

„Ich weiß nicht, wie es Ihnen geht", wandte sich der Chief an Hill, „aber ich will den Durchsuchungsbeschluss für Offenbachs Grundstück, und das sofort."

Avery Hill nickte. „Sie nehmen mir die Worte aus dem Mund."

# KAPITEL 28

Keine Stunde später hatten sie einen Durchsuchungsbeschluss für Offenbachs Anwesen in Herndon. Um eine klare Trennung beizubehalten, führte das FBI die Razzia ohne Beteiligung von Offenbachs Kollegen vom MPD durch. Sie würden auch erst in letzter Minute Verstärkung von der Polizei in Herndon anfordern, für den Fall, dass Offenbach Freunde in dieser Dienststelle hatte, die ihn am Ende warnen würden.

„Was, wenn wir uns irren?", fragte Sam Freddie, als sie allein im Besprechungsraum waren.

„Glaubst du das?"

„Ich weiß es nicht."

„Doch, du weißt es", sagte er. „Du willst nur nicht wahrhaben, dass schon wieder einer unserer Kollegen ein Verbrecher ist."

„Das ist ja noch gar nicht abschließend geklärt."

„Nicht?"

„Du scheinst dir sehr sicher zu sein."

„Er hat es auf dich abgesehen, seitdem du gemeldet hast, dass er nicht bei der Konferenz war. Offenbach glaubt, alles, was ihm seitdem passiert ist, sei deine Schuld, und übernimmt nach wie vor keinerlei Verantwortung für seine Taten. Der Typ ist sogar damit durchgekommen, dir ins Gesicht zu schlagen, weil du dich geweigert hast, Anzeige zu erstatten."

Plötzlich hatte Sam blitzartig eine Erkenntnis. „Freddie!"

„Ja?"

„Erinnerst du dich, wie wir die Verdächtigen im Scharfschützenfall ausgesiebt haben und ich dich nach oben geschickt habe, um Archie zu bitten, Offenbachs Handy zu orten? Er hat sich geweigert, weil er es nicht richtig fand, einen Kollegen wie einen Verbrecher zu behandeln. Archie meinte, ohne einen verdammt guten Grund würde er das nicht tun."

„So langsam fällt es mir wieder ein."

„Archie war damals strikt dagegen. Du hast ihn zu mir ins Großraumbüro gebracht, damit er mir das persönlich mitteilen konnte. Ich hab ihn dann mit in die Leichenhalle genommen, um ihm Vanessa Marchand zu zeigen." Der gesuchte Scharfschütze hatte die Sechsjährige erschossen, als sie mit ihrem Vater einen Park verließ. „Sie sei ein verdammt guter Grund, hab ich ihm erklärt."

„Richtig."

„Deshalb hat Offenbach Harlowe entführt. Ihm war klar, dass ich ihn ohne Archies Hilfe niemals gefunden hätte. Er hat Archie beschattet und wusste, dass er sich mit ihr traf. Deswegen!" Sam holte ihr Handy aus der Tasche und rief Avery Hill an. „Ich bin jetzt fast hundertprozentig sicher, dass Offenbach etwas damit zu tun hat." Sie erzählte ihm, woran sie sich gerade erinnert hatte. „Er hat auch etwas gegen Archie und sinnt schon die ganze Zeit auf Rache an uns beiden."

„Das ist eine wichtige Information. Wir werden das in die Akte aufnehmen."

„Ich informiere Archie. Halt mich auf dem Laufenden."

„Mach ich."

Sie klappte das Handy zu. „Darf ich gestehen, dass ich ein kleines bisschen erleichtert bin, dass es eine direkte Verbindung zu Archie gibt und dass Offenbach Harlowe nicht nur wegen seiner Verbindung zu mir entführt hat?"

„Das ist eine verdrehte Logik, aber überraschenderweise kann ich das nachvollziehen."

„Ich wollte nicht, dass das, was ihr passiert ist, meine Schuld ist."

„Nichts davon ist deine Schuld."

„Es fühlt sich bloß leider so an."

„Das verstehe ich."

„Weil du inzwischen fließend Sam Holland sprichst."

„Das ist eine meiner besonderen Gaben."

Sam rief Archie an.

„Hey."

„Ich hab neue Informationen, die direkt mit Offenbach und dem Tag zu tun haben, an dem wir herausgefunden haben, dass er mit seiner Geliebten in Atlantic City war, obwohl er eigentlich in Philadelphia sein sollte."

„Wovon sprichst du?"

„Er rächt sich. Das ist die Verbindung zu Harlowe."

„Sam …"

„Ich weiß, es ist furchtbar. Doch es ist nicht deine Schuld."

„Wessen Schuld ist es dann? Ich dachte eigentlich, es könnte ihr Ex-Mann gewesen sein. Aber jetzt erklärst du mir, es sei *meinetwegen* passiert. Wie soll ich bitte damit leben?"

Green kam mit einem angespannten Gesichtsausdruck in ihr Büro, eine scharfe Falte zwischen den Brauen.

„Warte mal einen Augenblick, Archie. Was gibt's?"

„Ramseys Frau fährt einen weißen Nissan Altima mit Washingtoner Nummernschild."

„Heilige Scheiße."

„Malone beantragt gerade einen Durchsuchungsbeschluss für ihr Haus."

„Hast du das gehört?", fragte Sam Archie. „Wir haben einen Zeugen, der einen weißen Nissan Altima mit Washingtoner Kennzeichen am Tatort eines der Morde vom Wochenende gesehen hat. Wir konnten das fragliche Modell und die Marke mit Ramseys Frau in Verbindung bringen."

Verständlicherweise scherte sich Archie im Moment keinen Deut um Ramsey. „Er … er hat sie vergewaltigt, Sam."

Es brach Sam das Herz, ihren Freund so verzweifelt zu hören. „Archie, es tut mir so leid."

„Ich … ich weiß nicht mal, was ich mit dieser Information anfangen soll."

„Unternimm nichts, bis wir mehr herausgefunden haben. Ich

wollte dich nur auf dem Laufenden halten, weil die Puzzleteile sich langsam zu einem Bild zusammenfügen." Als er darauf nichts erwiderte, fragte sie: „Archie? Bist du noch dran?"

„Ja."

Es klang, als würde er mit den Tränen kämpfen, und sie wünschte sich, sie könnte ihn in den Arm nehmen. „Archie, hör zu. Es wäre völlig falsch, wenn du dir die Verantwortung für etwas aufhalst, was ein gestörter Verbrecher ihr angetan hat."

„Er hat sie *meinetwegen* entführt. Er hat sie *meinetwegen* vergewaltigt. Wie kann ich dafür nicht die Verantwortung übernehmen?"

„Ich habe darüber nachgedacht, was du mir vor dieser ganzen Geschichte erzählt hast. Du warst dir nicht sicher, ob sie dir gegenüber ehrlich war, was ihre Vergangenheit betrifft. Verstehst du unterdessen besser, woher dieses Gefühl kam?"

Er hielt inne, um sich ein wenig zu sammeln, ehe er antwortete. „Ich glaube, es lag daran, dass sie eine furchtbare Ehe hinter sich hatte, die sie nicht erwähnt hatte, weil sie in einer neuen Beziehung nicht gleich darüber reden wollte. Das weiß ich jetzt, doch das hat nichts mit dieser Sache zu tun. Was tut ihr, um Offenbach zu finden?"

„Alles Menschenmögliche. Das FBI stellt gerade seinen Wohnsitz auf den Kopf, und wir haben einen Durchsuchungsbeschluss für Ramseys Auto und seine Wohnung beantragt. Wir vermuten, dass die beiden sich zusammengetan haben. Es wird jetzt nicht mehr lange dauern."

„Wie ist es möglich, dass wir mit solchen Leuten zusammenarbeiten? Mit diesen beiden und mit Stahl und Conklin?"

„Ich wünschte, ich hätte eine Antwort darauf, aber alles, was ich dir sagen kann, ist, dass sie in einer Behörde mit mehr als viertausend Mitarbeitern eine verschwindend geringe Minderheit sind."

„Wirklich? Oder verstecken sich noch mehr von ihrer Sorte in unseren Reihen und tun bloß so, als wären sie ehrliche Polizisten, die brav ihren Dienst verrichten, während sie in Wahrheit von Grund auf böse sind?"

„Ich *muss* glauben, dass wir die Mehrheit sind."

„Sam, ich bin mir da nicht mehr so sicher."

„Was kann ich tun, Archie?"

„Finde die Mistkerle, die das getan haben, und lass sie dafür bezahlen."

„Wir kümmern uns darum. Kommst du klar?"

„Ich denke schon. Keine Ahnung."

„Ruf mich an, wenn du Hilfe brauchst, versprochen?"

„Versprochen."

„Ich melde mich später noch mal."

„Danke für deinen Anruf."

„Es tut mir so leid."

„Ich weiß."

„Du tust doch nichts Unüberlegtes, oder?"

„Nein, aber ich würde gerne."

„Es würde nichts bringen. Das ist dir hoffentlich klar."

„Ja, natürlich. Ich muss jetzt nach Harlowe sehen."

„Gut, wir reden nachher."

Das Gespräch war beendet, und Sam klappte ihr Handy zu. Sie hoffte wirklich, dass Archie sein Versprechen halten, nichts unternehmen und es dem FBI überlassen würde, den Kollegen festzunehmen, der die Frau angegriffen hatte, die ihm so wichtig geworden war.

Archie legte sein Handy ganz vorsichtig auf den Küchentresen. Für einen Moment stand er einfach nur da und starrte aus dem Fenster, geschockt, dass die Ermittlungen zu Harlowes Entführung und Vergewaltigung direkt zu ihm geführt hatten. Er erinnerte sich an den Tag während der Ermittlungen im Scharfschützenfall, als Sam ihn gebeten hatte, Offenbachs Handy zu lokalisieren. Er hatte gesagt, er brauche schon einen verdammt guten Grund, um einen Kollegen zu überprüfen, eine Vermutung reiche ihm nicht.

Sie hatte ihn in die Gerichtsmedizin geführt, um ihm die Leiche des sechsjährigen Mädchens zu zeigen, das durch eine Kugel des Scharfschützen gestorben war.

„Sie ist ein verdammt guter Grund", hatte Sam erklärt. „Orte jetzt dieses verfluchte Handy."

Er hatte es getan, weil er Sam mehr vertraute als fast jedem anderen Kollegen, mit dem er zusammenarbeitete – und er arbeitete mit allen zusammen. Es war richtig gewesen, einen möglichen Insiderjob auszuschließen, doch Offenbachs Disziplinarstrafe war hart gewesen: Herabstufung und Gehaltskürzung. Außerdem hatte seine Frau die Scheidung eingereicht und das alleinige Sorgerecht für die gemeinsamen Kinder beantragt.

„Archie?"

Er drehte sich zu Harlowe um, am Boden zerstört angesichts dessen, was man ihr angetan hatte, um sich an ihm für seine gottverdammte Arbeit zu rächen.

Sie musterte ihn aufmerksam und runzelte besorgt die Stirn. „Was ist passiert?"

Wenn er es ihr verriet, würde sie ihn verlassen. Und wenn sie ihn verließ, würde er niemals darüber hinwegkommen.

Nichts zwang ihn, ihr die Wahrheit zu sagen, aber wie sollte es für sie als Paar weitergehen, wenn alles auf einer großen Lüge aufgebaut war? Er könnte sich selbst nicht mehr im Spiegel ansehen.

All diese Gedanken schossen ihm in Sekundenbruchteilen durch den Kopf, während sie ihn anschaute, als stünde ein Geist oder ein Fremder vor ihr.

„Archie, du machst mir Angst."

„Ich habe gerade eine Information erhalten. Aus dem Hauptquartier. Das hat mich erschüttert."

„Möchtest du mir davon erzählen?"

Archie schüttelte den Kopf. „Das kann ich nicht."

„Oh, ist es eine vertrauliche Information?"

„Nein, nicht deswegen."

Sie trat näher, legte ihm die Hände auf die Brust und blickte ihn voller Vertrauen und Zuneigung an. Er wünschte, er hätte es verdient.

„Du bist die ganze Zeit so nett zu mir, und jetzt bist du unglücklich. Ich möchte dir helfen, so wie du mir geholfen hast."

Überwältigt von Gefühlen, die er so noch nie empfunden hatte, lehnte er den Kopf an ihre Schulter und zuckte überrascht zusammen, als sie ihm mit der Hand über den Nacken strich.

„Ich möchte für dich da sein, Archie."

Schmerz erfasste ihn, und er blinzelte hektisch. „Wenn ich es dir sage, wirst du mich hassen."

„Was? Nein! Ich könnte dich niemals hassen."

„Doch, das könntest du, und das wirst du auch."

Harlowe löste sich von ihm und zwang ihn, sie anzuschauen. „Sag es mir."

Er schüttelte den Kopf, während ihm die Tränen über das Gesicht liefen. Diese liebenswerte, hübsche Frau war *seinetwegen* entführt, geschlagen und vergewaltigt worden. Sie würde ihm das niemals verzeihen. *Er* würde sich das niemals verzeihen.

Harlowe wischte ihm über die Wangen. „Hat es was mit mir zu tun?"

Er wandte den Blick ab, weil er es nicht ertrug, dass sie die Wahrheit in seinen Augen las.

„Archie … Bitte sprich mit mir. Ich will es wissen."

Während er weiter aus dem Fenster starrte, ohne wirklich etwas zu sehen, berichtete er: „Letztes Jahr hat ein Scharfschütze hier in der Stadt wahllos Menschen getötet."

Sie blinzelte einige Male, während sie über seine Worte nachdachte. „Ich glaube, ich erinnere mich daran, in den Nachrichten etwas darüber gehört zu haben."

„Es war furchtbar. Die ganze Stadt war in Aufruhr, und wir haben rund um die Uhr gearbeitet, um zu verhindern, dass er noch mehr Menschen erschießt." Er holte tief Luft und versuchte, den Mut zu finden, ihr die Wahrheit zu sagen und so das Beste, was ihm je passiert war, zu zerstören, noch bevor es richtig begonnen hatte. „Sam hat die Ermittlungen geleitet. Sie haben nach Leuten gesucht, die so ausgezeichnete Schützen waren, dass sie aus einem fahrenden Auto heraus Ziele treffen konnten, so wie es dieser Täter getan hatte. Der Vollständigkeit halber mussten auch die Scharfschützen aus den Reihen der Polizei überprüft werden, da es sich um eine sehr spezielle Fertigkeit handelt."

Archie trat einen Schritt zurück und goss sich ein Glas Wasser ein. Nachdem er einen Schluck getrunken hatte, fuhr er fort: „Sie glauben jetzt, dass einer der Beamten, gegen die wir damals ermittelt haben, mit deinem Fall und mehreren anderen in Verbindung steht."

„Warum sollte dieser Kollege von dir sich für mich interessieren?"

Er zwang sich, ihr in die Augen zu sehen. „Weil *ich* mich für dich interessiere."

Harlowe schüttelte den Kopf. „Moment … Das ist mir also passiert, weil …"

Mit grimmiger Miene erklärte er: „Er wollte sich rächen, weil ich damals geholfen habe, zu beweisen, dass er eine Affäre hatte. Er war nicht der Scharfschütze, den wir gesucht haben, aber er hat seinen Dienstgrad verloren, und seine Frau hat ihre sechs gemeinsamen Kinder genommen und ihn verlassen, weil Sam und ich ihn bei einer Lüge erwischt haben."

Sie verschränkte die Arme, als müsste sie sich vor etwas schützen. „Mir ist plötzlich etwas schwindelig."

Archie legte schnell den Arm um sie und geleitete sie vorsichtig zurück zur Couch. Er setzte sich neben sie, ließ ihr jedoch genug Platz zum Atmen. „Wenn du gehen möchtest, bringe ich dich überall hin, wo du hinwillst."

„Bist du dir sicher, dass er es war?"

„Noch nicht, allerdings halten Sam und die anderen es für hochwahrscheinlich, dass er in diesen und mehrere andere offene Fälle verwickelt ist, zusammen mit einem weiteren Mann, mit dem wir früher zusammengearbeitet haben und der bereits wegen einiger schwerer Verbrechen angeklagt ist."

„Hast du … Gibt es ein Foto von ihm, das ich mir angucken kann?"

„Bist du dir sicher, dass das eine gute Idee ist?"

„Nein, aber ich habe mich doch vorhin an Evan erinnert. Vielleicht fällt mir etwas zu dem Angreifer ein, wenn ich sein Gesicht sehe."

Archie holte sein Handy. Ein Foto von Ramsey fand er in der Presseberichterstattung über die gegen ihn erhobene Anklage, eins von Offenbach auf der Website der Polizei. Beide zeigte er Harlowe.

Das Bild von Ramsey betrachtete sie kurz, ohne darauf zu reagieren, aber bei dem von Offenbach zuckte sie heftig zusammen. „Oh mein Gott, das ist er. Das ist der Mann, der mich entführt und vergewaltigt hat.“

„Ich muss das melden. Ist das in Ordnung für dich?“

„Ja, natürlich. Ich will, dass man ihn für das bestraft, was er mir angetan hat.“

„Man wird dich möglicherweise als Zeugin vorladen. Seine Anwälte werden dir vorhalten, dass du dich nicht an sein Gesicht erinnern konntest, bis du sein Foto gesehen hast.“

Harlowe warf ihm einen trotzigen Blick zu. „Woher sollen die das wissen, wenn wir es ihnen nicht auf die Nase binden?“

Archie dachte nach. „Warten wir, bis sein Gesicht im Fernsehen gezeigt wird, bevor du sagst, dass du ihn erkannt hast.“

„Darfst du das?“

„Ich sollte es eigentlich nicht, doch ich werde es tun. Was spielt das noch für eine Rolle? Du hast ihn erkannt und kannst bezeugen, dass er derjenige ist, der dich vergewaltigt hat. Der andere Mann hatte nichts damit zu tun?“

„Ich denke nicht, dass ich ihn je getroffen habe, aber ich bin nicht sicher … Ich glaube, man hat mich unter Drogen gesetzt.“ Sie hielt sich eine Hand vor den Mund, um einen Aufschrei zu unterdrücken. „Die Erinnerungen kehren zurück. Ich bin nackt in einem dunklen Raum aufgewacht und hatte keine Ahnung, wo ich war. Also habe ich um Hilfe geschrien. Dann … kam er herein …“

Entsetzt legte Archie die Arme um sie und hielt sie fest, während sie weinte.

Schluchzer schüttelten ihren zarten Körper. „Ich weiß jetzt wieder, was er getan hat, dass er mich vergewaltigt und mir wehgetan hat. Als ich versucht habe, mich zu wehren, hat er mich so brutal geschlagen …“

Archie wusste nicht, was er sagen oder wie er ihr helfen sollte. Welche Worte konnten das Unwiderrufliche wiedergutmachen? Die Trauer darüber, dass alle Hoffnungen auf eine gemeinsame Zukunft mit ihr nun dahin waren, überwältigte ihn. Wie sollte sie ihm jemals vergeben, dass er für diese schreckliche Tortur verantwortlich war?

Verdammt, er würde sich das selbst niemals vergeben.

„Willst du, dass ich dich in einen sicheren Unterschlupf bringe? Ich könnte das voll und ganz verstehen."

Harlowe schüttelte den Kopf. „Ich fühle mich hier sicher."

„Wie kannst du dich bei mir sicher fühlen, wenn ich der Grund dafür bin, dass dir das alles passiert ist?"

„Aber du bist ja gar nicht der Grund dafür. Der Mann, der das getan hat, trägt die Schuld. Nicht du, Archie."

„Er hat dich überfallen, weil er und sein Komplize uns beobachtet haben. Sie haben gemerkt, dass ich dich mag. Sie haben dir das angetan, um mich zu treffen."

„Trotzdem sind wir hier und halten zusammen. Wir stehen das gemeinsam durch."

„Ich begreife das nicht."

„Was?"

„Warum du bei mir sein willst, statt so weit und so schnell wie möglich vor mir wegzulaufen."

„Weil ich tief in meinem Herzen weiß, dass du der einzige Mensch auf der ganzen Welt bist, dem ich vertrauen kann."

„Wie kannst du dir da so sicher sein?"

„Sieh dir doch nur an, was du seither alles für mich getan hast. Obwohl ich mich nicht mehr an dich erinnern konnte, bist du geblieben. Ich habe mitbekommen, dass du vor meiner Tür Wache gehalten hast, damit niemand zu mir vordringen konnte, obwohl Erica dich zum Gehen aufgefordert hatte. Du hast mich nicht im Stich gelassen, sondern hast dir Urlaub genommen, mich zu dir nach Hause gebracht und dich in den schlimmsten Tagen liebevoll um mich gekümmert. Wenn ich dir nicht vertrauen kann, werde ich nie wieder jemandem vertrauen." Sie beugte sich zu ihm und küsste ihn zärtlich auf die Wange. „All das ist nicht deine Schuld, und ich werde nicht dulden, dass du dir deswegen Vorwürfe machst."

„Harlowe ..."

„Das ist alles, was ich dazu zu sagen habe. Das ist alles, was ich jemals dazu zu sagen haben werde. Tu dir das nicht an. Wenn du zulässt, dass die uns auseinanderbringen, haben sie gewonnen. Das lasse *ich* nicht zu. Verstanden?"

Beeindruckt von ihrem Mut und bewegt von ihren leidenschaftlichen Worten, antwortete er: „Verstanden."

Da sie ihn nicht wegstieß, drückte er sie fester an sich, legte das Kinn auf ihren Kopf und atmete erleichtert aus, als er begriff, dass sie ihn nicht verlassen würde. Nachdem das geklärt war, schwor er sich, alles in seiner Macht Stehende zu tun, um dafür zu sorgen, dass die Menschen, die ihr das angetan hatten, ihre gerechte Strafe erhielten.

# KAPITEL 29

Entschlossen marschierte Jake Malone den Flur entlang, betrat die Räumlichkeiten der SWAT-Einheit des MPD und überraschte damit die Beamten, denn gewöhnlich ließ er sich hier nicht blicken. Da ein Captain den Raum betrat, nahmen sie automatisch Haltung an, was ihm einen kurzen Moment der Befriedigung verschaffte.

„Wo ist Nickelson?", fragte er nach dem Captain, der die Einheit leitete.

„Mit den neuen Rekruten auf dem Schießstand", antwortete einer der jüngeren Beamten. „Schon die ganze Woche."

„Was ist mit Fitzgivens?"

„Der ist im Büro."

„Vielen Dank." Malone ging weiter, klopfte an die Tür am anderen Ende des großen Raums und öffnete sie.

„Guten Morgen, Captain. Wie kann ich Ihnen helfen?"

„Wo finde ich Offenbach?"

„Hat Urlaub."

„War der schon länger geplant?"

„Nein. Er hat heute Morgen angerufen und gemeint, er hätte etwas Dringendes zu erledigen."

„Hat er sonst noch was gesagt?"

„Mir gegenüber nicht, Sir."

„Gut, danke für die Info." Malone wandte sich ab.

„Captain."

Malone drehte sich wieder zu ihm um.

„Glauben Sie, dass er in diese Sache verwickelt ist?", fragte Fitzgivens.

„Ja. Sie haben richtig gehandelt, als Sie uns informiert haben. Vielen Dank."

„Nichts zu danken. Seitdem das alles passiert ist, verliert er immer mehr die Kontrolle. Ich habe versucht, ein Auge auf ihn zu halten, aber er hat es mir nicht leicht gemacht. Er ist intrigant, hinterhältig und häufig gemein. Es würde mir nicht das Herz brechen, wenn er seinen Job verlöre."

„Es ist gut, das zu wissen. Teilen Sie es mir bitte mit, wenn Sie etwas von ihm hören."

„Jawohl, Sir."

Malone war auf dem Weg, um dem Chief die neuesten Erkenntnisse zu berichten, als ihn Gonzales aufhielt, der ihn hektisch in Richtung Mordkommission winkte.

„Was ist los?"

„Ramsey und Offenbach haben ein Video gepostet."

„Schicken Sie jemanden zum Chief. Er wird das auch sehen wollen."

„O'Brien ist schon unterwegs."

Farnsworth betrat den Besprechungsraum fünf Sekunden nach Malone. „Was liegt an?"

„Schauen Sie sich das an", sagte Cruz grimmig und drückte auf „Play". Das Video startete auf dem großen Bildschirm vorne im Raum.

Ramsey und Offenbach trugen taktische Bekleidung. Sie hatten Nachtsichtgeräte auf dem Kopf, und ihre Gesichter waren mit Tarnfarben bemalt.

Ramsey sprach, während Offenbach breit grinste. „Im Namen der vielen Männer und Frauen der Metropolitan Police, die nicht wollen, dass die verdammte First Lady mit uns zusammenarbeitet, teilen wir Ihnen hiermit mit, dass sie abtreten muss. Sie dient nur sich selbst, während sie uns andere bei der Arbeit behindert, überall Chaos stiftet und der Secret Service uns im Weg herumsteht."

Das Bild wechselte zu Aufnahmen der Straße vor dem Hauptquartier, die von Ü-Wagen gesäumt war und wo Reporter Fragen schrien.

„Wir wissen nicht, für wen sie sich hält, dass sie glaubt, diesen Wahnsinn an unseren Arbeitsplatz bringen zu dürfen, aber wir haben genug von ihr. Es ist uns egal, was es kostet oder wer noch sterben muss, um uns von dieser Bedrohung zu befreien, doch wir werden nicht aufhören, bis sie weg ist."

Über den Bildschirm flackerten Aufnahmen von Sam bei der Arbeit, wie sie die Häuser der Mordopfer verließ sowie auf den Bürgersteigen der Stadt, darunter auch auf dem in Adams Morgan, wo Agent McFarland niedergeschossen worden war. Die Bilder wechselten in rasender Geschwindigkeit, bewiesen, dass die beiden sie beschattet hatten, während sie in den Fällen ermittelte, die sie überhaupt erst erschaffen hatten. Als Polizisten hatten sie sehr genau gewusst, wie sie sich den scharfen Augen des Secret Service entziehen konnten.

„Als wäre das nicht genug, hat Samantha Holland auch alles getan, um die Karrieren ihrer Kollegen zu ruinieren. Sie hat uns die Menschen genommen, die wir lieben. Deshalb rächen wir uns an ihr über die Menschen, die sie liebt."

Es folgte eine Aufnahme des Ostereierrollens auf dem Rasen des Weißen Hauses, bei der Nick im Fokus war. Auf seiner Stirn prangte ein rotes Fadenkreuz.

*Heilige Scheiße.* Sie bedrohten den Präsidenten der Vereinigten Staaten mit dem Tod.

„Es wäre ein Kinderspiel gewesen, ihre Herrschaft als First Lady zu beenden. Tatsächlich wäre es geradezu absurd leicht gewesen. Wenn sich das nächste Mal die Gelegenheit bietet, werden wir bereit sein, aber wir hoffen, dass sie es uns dann etwas schwerer macht." Die Kamera zoomte auf Ramseys und Offenbachs Gesichter. „Du hast dich mit den Falschen angelegt, Sam Holland. Wie fühlt es sich an, wenn jemand mit dir spielt, du arrogante Fotze? Auge um Auge, Prinzesschen. Wir kommen dich holen."

„Oh mein Gott", sagte der Chief. „Informieren Sie Agent Hill und den Secret Service."

„Wir haben sie bereits benachrichtigt, Sir", antwortete
Gonzales.

„Weiß Holland Bescheid?"

„Sie hat es gesehen, ist in ihr Büro gegangen und hat die Tür
hinter sich geschlossen."

„Reden wir mit ihr", knurrte der Chief.

Sam konnte den Anblick des roten Fadenkreuzes auf der Stirn
ihres Mannes einfach nicht verdrängen. Dass ihn zwei Verrückte,
mit denen sie sich angelegt hatte, ermorden wollten, war fast zu
viel für sie. Ihre Hände hörten nicht auf zu zittern, also setzte sie
sich darauf und starrte ausdruckslos auf den dummen
Aktenschrank.

Gonzo und Vernon hatten die Leute benachrichtigt, die von
der Drohung wissen mussten, und die würden geeignete
Maßnahmen ergreifen, um die Sicherheit ihrer gesamten Familie
zu gewährleisten, bis Ramsey und Offenbach gefasst waren.

In der Zwischenzeit war ihr vor Angst körperlich übel, weil sie
nicht vergessen konnte, dass die beiden Menschen ermordet und
brutal vergewaltigt hatten, bloß weil sie und Archie ihre Arbeit
getan hatten. Es war beinahe mehr, als sie ertragen konnte.

Ein Klopfen an der Tür kündigte Farnsworth und Malone an,
die auch direkt eintraten.

Malone schloss die Tür hinter ihnen.

„Sam", begann der Chief, und sein Tonfall bei diesem einen
Wort verriet all seine Gefühle.

Sie starrte weiter geradeaus auf den Aktenschrank, aus Angst,
sie würde zusammenbrechen, wenn sie etwas anderes täte.

„Sie sollten nach Hause gehen", sagte Malone. „Bei Nick und
den Kindern sein."

„Kommt nicht infrage. Das ist genau das, was sie wollen."

Es klopfte erneut.

Malone erhob sich, um Captain Norris von der Abteilung für
Öffentlichkeitsarbeit hereinzulassen.

„Die Medien sind außer sich wegen des Videos von Ramsey

und Offenbach. Sie verlangen eine Stellungnahme von Lieutenant Holland."

„Eine Stellungnahme?" Endlich sah Sam die drei Männer an. „Ich werde ihnen eine gottverdammte Stellungnahme geben." Sie stand auf, marschierte an ihren fassungslosen Vorgesetzten vorbei und aus ihrem Büro in Richtung Lobby, während die drei Männer – und Vernon – ihr hinterherliefen, bemüht, mit ihr Schritt zu halten.

An der Eingangstür blieb sie stehen und drehte sich zu ihnen um. „Ich will das allein machen."

„Wir brauchen eine Minute, um alles vorzubereiten", beharrte Vernon. „Seit der Veröffentlichung dieses Videos sind wir in höchster Alarmbereitschaft."

„Ich gebe Ihnen zwei Minuten."

Während sie wartete, starrte sie geradeaus und bereitete sich auf den Kampf gegen das Böse vor, dem sie in der Person Stahls schon einmal gegenübergestanden hatte. Die dachten, sie könnten sie einschüchtern. Nachdem Stahl sie mit Klingendraht umwickelt und gedroht hatte, sie anzuzünden, brauchte es schon eine ganze Menge mehr, um ihr Angst einzujagen. Allerdings hatte das Fadenkreuz auf Nicks Stirn ihr einen Heidenschreck versetzt. Doch das würde sie niemals öffentlich zeigen.

„Vernon, wie weit sind wir?"

„Noch eine Minute."

„Sind Sie sicher, dass Sie alleine rausgehen wollen, Sam?", fragte der Chief.

„Hundertprozentig."

Sie vibrierte innerlich vor Anspannung, während sie auf Vernons Signal wartete. Die zwei Minuten waren längst um, als er ihr endlich bedeutete, dass alles bereit war.

Sam stieß die Doppeltür auf und war kurz sprachlos angesichts der riesigen Medienmeute – eine der größten, der sie je gegenübergestanden hatte.

Wie üblich schrien die Reporter ihr Fragen entgegen, sobald sie durch die Türen getreten war.

„Haben Sie das Drohvideo gesehen?"

„Werden Sie Ihren Job aufgeben?"

„Bringen Sie tatsächlich Ihre Kollegen in Gefahr?"

„Haben Sie schon mit dem Präsidenten gesprochen?"

„Warum hassen Ihre Kollegen Sie so sehr?"

Sam wartete, bis das Geschrei verstummt war, bevor sie antwortete. „Seit einer Besprechung mit meinem Team heute Morgen haben sich unsere Ermittlungen auf die beiden Beamten konzentriert, die jetzt dieses Video veröffentlicht haben und möglicherweise für die jüngsten Morde an vier unschuldigen Menschen und den Angriff auf eine junge Frau verantwortlich sind, die ein paarmal mit einem meiner Kollegen ausgegangen ist. Wir hatten sie wegen des vereitelten Drohnenangriffs auf das Ostereierrollen im Weißen Haus bereits im Visier sowie wegen des Schusses, der diese Woche den Secret-Service-Agenten McFarland verletzt hat. Bevor sie das Video veröffentlicht haben, haben wir uns gefragt, wie all diese auf den ersten Blick zufällig erscheinenden Ereignisse mit zwei unzufriedenen Beamten in Verbindung stehen könnten.

Ich habe über meine Karriere beim MPD nachgedacht – und darüber, dass ich bei der Arbeit von Anfang an zwei verschiedene Typen von Männern kennengelernt habe. Die erste Kategorie, zu der die Männer in meinem Team und viele andere gehören, mit denen ich täglich zu tun habe, unterstützt ihre Kolleginnen. Sie behandeln uns nicht, als wären wir weniger fähig oder als würden wir einen Platz bei der Polizei beanspruchen, der eigentlich einem Mann zustünde."

Während sie sprach, hörte sie, wie sich die Tür hinter ihr öffnete, und sah aus dem Augenwinkel, wie Jeannie McBride und Lindsey McNamara herauskamen und sich hinter sie stellten.

Diese Geste erfüllte ihr Herz mit tiefer Dankbarkeit und Zuneigung für ihre Freundinnen.

„Die andere Kategorie von Männern sind die, die sich durch unsere bloße Anwesenheit in diesem Gebäude bedroht fühlen, vor allem weil sie wissen, dass sie niemals so gut in ihrem Job sein werden wie wir. Sie werden niemals den Erfolg erreichen, den wir haben, oder den Dienstgrad, den andere Kolleginnen und ich uns verdient haben. Diese Männer führen meinen Erfolg darauf zurück, dass ich denselben Nachnamen trage wie der ehemalige stellvertretende Polizeichef. Sie behaupten, dass all meine beruflichen Erfolge darauf beruhen, dass ich mit ihm verwandt bin, weil der Polizeichef der beste Freund meines Vaters war. Sie gehen sogar so weit, mir zu unterstellen, dass ich, um zu meinem jetzigen Dienstgrad aufzusteigen, mit dem Chief geschlafen habe, einem Mann, der für mich seit meiner Kindheit wie ein Onkel gewesen ist. Als ob das alles wäre, was man braucht, um Mörder zu entlarven, Gerechtigkeit für die Opfer zu schaffen und die Menschen zu schützen, sowohl die, die hier leben, als auch die, die jedes Jahr die Hauptstadt besuchen."

Die Tür hinter ihr öffnete sich erneut, und beim Blick über die Schulter entdeckte Sam Erica Lucas, Neveah Charles, Gigi Dominguez und Dani Carlucci.

Die Gefühle, die diese demonstrative Unterstützung in ihr auslöste, drohten sie aus der Fassung zu bringen, und sie musste einen Kloß im Hals herunterschlucken, um weiterreden zu können.

„Ramsey war frustriert, weil er nicht über den Rang eines Sergeants hinausgekommen ist, was allein an seiner schlampigen Arbeitsweise lag. Er hat immer nur das Nötigste getan. Er hatte mich auf dem Kieker, weil er mir den Erfolg neidete. Zudem gab er mir und anderen die Schuld am Tod seines Sohnes, obwohl der unzählige Frauen überfallen und brutal vergewaltigt sowie im Rock Creek Park eine Geisel genommen hatte. Als ein Scharfschütze der Polizei Shane Ramsey ausgeschaltet hat, um das Leben der Geisel zu retten, entschied sein Vater, es sei irgendwie meine Schuld, dass sein Sohn, ein Mörder und Vergewaltiger, jetzt tot war. Ich kann verstehen, dass man einen Sündenbock braucht, wenn man ein Monster großgezogen hat, aber Shane Ramseys Sünden gehen allein auf sein Konto.

Ramsey hat gesagt, ich hätte bekommen, was ich verdient hätte, als Stahl mich in seine Gewalt gebracht, gequält und mit dem Tod bedroht hat. Wir sind in einen Streit geraten, in dessen Verlauf er eine Treppe hinuntergefallen ist und mehrere Verletzungen davongetragen hat. Er war empört, als der inzwischen verstorbene Bundesstaatsanwalt Tom Forrester den Fall vor ein Geschworenengericht brachte, das sich dagegen entschieden hat, mich wegen Körperverletzung anzuklagen. Ramsey hat das als eine weitere Gefälligkeit betrachtet, die man mir erwiesen hat, aufgrund meiner Herkunft, meines überdurchschnittlichen Bekanntheitsgrades, meines Mannes oder was auch immer ihm sonst noch eingefallen ist.

Er hat mich zahlreiche Male vor Zeugen bedroht und zudem mein Büro durchsucht. Dann hat er seine Angriffe verschärft, mein Secret-Service-Fahrzeug mit seinem Auto gerammt und Tom Forresters Beerdigung mit seinen Hasstiraden gestört. Er ist gegen Kaution auf freiem Fuß und wartet auf seinen Prozess, und nun hat er sich offenbar mit Dylan Offenbach zusammengetan – ironischerweise demselben Scharfschützen, der seinen Sohn getötet hat –, um einen Rachefeldzug zu starten.

Offenbach ist ein weiteres Beispiel für ungezügelte Frauenfeindlichkeit. Als hervorragender Scharfschütze mit besten Karriereaussichten hat er sich letztes Jahr zur Teilnahme an einer Konferenz der Strafverfolgungsbehörden in Philadelphia angemeldet, während eine Reihe von Morden durch einen Scharfschützen die Einwohner der Hauptstadt und die Touristen in Angst und Schrecken versetzt hat. Als wir die Liste der Personen durchgingen, die für diese abscheulichen Verbrechen infrage kamen, haben wir uns auch in den eigenen Reihen umgeschaut, unter anderem beim SWAT-Team. Dabei stellten wir fest, dass Offenbach in Wahrheit gar nicht auf der Konferenz war, auf der ihn sein Vorgesetzter wähnte. Er hatte vielmehr ein Rendezvous mit seiner Geliebten in Atlantic City, während seine Ehefrau hochschwanger die Geburt ihres sechsten Kindes erwartete. Er wurde zum Officer degradiert, und seine Ehe ist Geschichte. Offenbach war stinksauer, weil wir gegen einen Kollegen ermittelt hatten, und hat geschworen, mich für die Folgen seines Tuns zur Rechenschaft zu ziehen. Ein weiterer Mann, der einen Sündenbock gebraucht hat.

An dieser Stelle möchte ich betonen, dass trotz dieser unschönen Ausnahmen und der Fälle Stahl, Conklin und Hernandez die überwältigende Mehrheit der Personen, die beim MPD arbeiten, engagierte Beamte sind, denen das Wohl und Wehe dieser Stadt und ihrer Bürger am Herzen liegt. Sie riskieren ihr Leben, wenn sie ihre Uniform und ihre Dienstmarke tragen, und zwar freiwillig und für die Menschen hier. Werfen Sie sie nicht mit dieser Bande von Versagern in einen Topf, die ihr eigenes Leben und ihre Karriere ruiniert haben. Ich bin zutiefst erschüttert über ihre abscheulichen Taten und den sinnlosen Tod so vieler Unbeteiligter. Diese Männer sind verabscheuenswürdige Kriminelle, und so sollte man sie auch behandeln. Das FBI, der Secret Service und andere Bundesbehörden leiten die Ermittlungen. Sie werden diese armseligen Feiglinge finden und dafür sorgen, dass sie den Rest ihres erbärmlichen Daseins im Gefängnis fristen werden."

Nachdem sie ein paarmal tief durchgeatmet hatte, fügte sie hinzu: „Sie haben jetzt die Gelegenheit, einige Fragen zu stellen."

„Lieutenant, Sie sagen, diese Männer hätten im Rahmen ihrer Rache an Ihnen vier Menschen getötet?"

„Wir vermuten, dass sie eine Reihe scheinbar zusammenhang-loser Morde begangen haben, weil sie wussten, dass ich genau das tun würde, was ich getan habe, sobald ich aus dem Osterurlaub mit meiner Familie zurück war. Ich habe die Familien der Opfer aufgesucht, habe mit ihnen gesprochen, die Tatorte in Augenschein genommen und das Leben der Opfer durchleuchtet, auf der Suche nach Gemeinsamkeiten. Die konnte es allerdings nicht geben, wie wir jetzt wissen, weil Ramsey und Offenbach ihre Opfer zufällig ausgewählt haben. Diese Menschen mussten sterben, weil sie nachts auf Wegen unterwegs waren, auf denen die Taten nicht von Überwachungskameras gefilmt werden konnten. Doch wir haben einen Augenzeugen für den zweiten Mord, der das Tatfahrzeug identifizieren konnte, das gleiche Modell wie ein Auto von jemandem aus Ramseys Umfeld.

Sie haben sich sogar einen schrecklichen Fehler zunutze gemacht, der mir vor zwei Jahren im Affekt unterlaufen ist, als ich mich dazu habe hinreißen lassen, einem Verdächtigen gegenüber handgreiflich zu werden, der auf meinen Partner geschossen hatte. Ich leugne nicht, dass ich damals gegenüber Hector Reese zu weit gegangen bin. Allerdings bestreite ich vehement, dass der Vorfall in irgendeiner Weise rassistisch motiviert war. Ich brauchte unbedingt Informationen von Reese, und das war der einzige Grund für mein Verhalten in jener Nacht.

Was die Drohnen betrifft, mit denen die Feier auf dem Grundstück des Weißen Hauses attackiert werden sollte ... Das Fehlen von Hinweisen zu Hersteller oder sonstiger Herkunft hat das FBI Zeit gekostet. Officer Offenbach ist bekennender Drohnenfan. Wir glauben, dass die Drohnen in der Absicht losgeschickt wurden, mich, meinen Mann, unsere Kinder und möglicherweise Hunderte anderer unschuldiger Menschen zu töten, die sich zu einer bei Familien beliebten Veranstaltung auf dem Rasen des Weißen Hauses eingefunden hatten."

„Lieutenant, beabsichtigen Sie angesichts dieser Ereignisse, Ihren Job weiter auszuüben?", fragte ihr Freund Darren Tabor vom *Washington Star*.

„Definitiv. Ich habe nur die Arbeit erledigt, für die mich die Bürger der Hauptstadt bezahlen. Täglich komme ich hierher und gebe mein Bestes, um Verbrechen aufzuklären. Ich bemühe mich um Gerechtigkeit für alle, die von diesen Taten betroffen sind, und habe sogar eine Trauergruppe für Hinterbliebene ins Leben gerufen. Ich bin gut in meinem Job, und daher werde ich ihn auch weiter ausfüllen, solange meine Vorgesetzten mit meiner Arbeit zufrieden sind. Mehr habe ich Ihnen heute nicht zu sagen."

Sie wandte sich zu ihren Freundinnen um, die sie ins Gebäude begleiteten und sie nacheinander umarmten. „Danke für die Unterstützung. Das bedeutet mir unendlich viel."

„Wir müssen zusammenhalten", meinte Lindsey. „Jede von uns weiß, was du hier leistest, Sam, und wir werden dich nicht kampflos aufgeben."

„Die Arbeit mit Ihnen hat meine Karriere geprägt", ergänzte Neveah.

„Hey, ich dachte, wir hätten das mit dem Schleimen geklärt."

Neveah zuckte lächelnd die Achseln. „Ich sage bloß die Wahrheit."

„Wir sind ganz ihrer Meinung", warf Carlucci ein, während Dominguez nickte.

„Ich auch", ließ sich Jeannie McBride vernehmen. „Ohne deine

Unterstützung und Ermutigung wäre ich ganz sicher nicht stellvertretende Polizeichefin."

„Und dafür bedankst du dich tatsächlich bei mir?", fragte Sam mit einem Grinsen.

Jeannie tätschelte ihren wachsenden Babybauch. „Es entwickelt sich alles bestens." Bald würde sie in Mutterschaftsurlaub gehen. „Spaß beiseite, ich bin entrüstet über das Video dieser beiden Irren, die sich als harte Jungs aufspielen. Sie können nicht mal davon träumen, auch nur halb so gut wie du zu sein – sei es als Polizist oder als Mensch."

„Die beiden haben mich damit trotzdem getroffen, denn ich kann das rote Fadenkreuz auf Nicks Stirn einfach nicht aus dem Kopf kriegen." Sam schauderte. „Das ist, vermutlich wenig überraschend, mein größter Albtraum."

„Nick wird nichts passieren, solange der Secret Service über ihn wacht", beruhigte Lindsey sie. „Das hilft vielleicht nicht gegen die Angst, aber er ist wirklich sehr gut geschützt."

„Ich weiß – danke, dass du mich daran erinnert hast." Sie wandte sich an Malone und Chief Farnsworth, die sich zurückgehalten hatten, um sie mit ihren Kolleginnen sprechen zu lassen. „Was berichtet Hill über die Razzia bei Offenbach?"

„Sie geht gleich los", erwiderte Malone.

# KAPITEL 30

Avery Hill hatte das Personal für die Razzia auf Dylan Offenbachs Grundstück zügig organisiert und wartete jetzt ungeduldig, weil es so lange dauerte, bis alle an ihrem Platz waren. Er hatte zahlreiche Teams des FBI und des ATF sowie die U.S. Marshals hinzugezogen und würde die Polizei von Herndon um Verstärkung bitten, um im Zweifelsfall die gesamte Umgebung abzusperren, falls Offenbach sich auf dem Gelände befand und zu fliehen versuchte.

Er hatte alles Erdenkliche getan, um den Erfolg der Mission zu gewährleisten, und brauchte jetzt nur noch den Bericht des Leiters des FBI-SWAT-Teams, dass alles bereit sei. Danach würde er den Befehl zum Zugriff geben. Er räumte dem Agenten fünf weitere Minuten ein, dann würde er ihm mitteilen, dass die Vorbereitungszeit abgelaufen war. Je länger sich die Sache hinauszögerte, desto größer war das Risiko einer Entdeckung – falls Offenbach sie nicht längst gesichtet hatte.

Der Mann war in der Scharfschützen-Community legendär, und Averys größte Sorge war, dass er auf sie wartete, um so viele Bundesagenten wie möglich auszuschalten. Aus Angst vor möglichen Sprengfallen hatte er das Bombenräumkommando anrücken lassen und ein Geiselrettungsteam in Alarmbereitschaft versetzt – nur für alle Fälle.

Trotz der zwar schnellen, aber trotzdem sorgfältigen Vorbereitungen befürchtete er, seine Leute in einen Hinterhalt zu schicken. Das SWAT-Team, das aus einigen der besten Scharfschützen des FBI bestand, hatte sich in dem dichten Wald verteilt, der das Haus und ein scheunenartiges Gebäude umgab. Avery war zuversichtlich, dass seine Leute Offenbach finden würden, wenn er sich auf dem Grundstück versteckt hielt. Hoffentlich bevor er jemanden umbrachte.

Avery griff zum Funkgerät, um alle Beteiligten an Offenbachs Fähigkeiten zu erinnern. „Er schießt, um zu töten, und könnte sich überall auf dem Gelände verstecken. Wir müssen schnell und effizient vorgehen. Bleibt wachsam."

Als der SWAT-Commander über Funk meldete, sein Team sei in Position, gab Avery den Befehl zum Stürmen.

Dann hielt er den Atem an und betete, dass er keine Schüsse hören würde, während seine Agenten mit Rammböcken die Türen aufbrachen.

„Ich habe Ramsey", meldete ein Agent. „In der Küche, gefesselt. Er hat einen Beinschuss und hat viel Blut verloren, doch er ist noch am Leben."

Die Komplizen hatten sich also zerstritten. Avery fragte sich, ob Ramsey ihnen den Grund dafür verraten würde.

Er hörte keine Schüsse, aber Schreie, die verdächtig nach Kindern klangen. Was zur Hölle …?

„Wir haben Offenbachs Ex-Frau und seine sechs Kinder. Sie waren in einem verschlossenen Raum im Haus. Scheint fast so, als hätte er sie hier seit Tagen festgehalten."

Avery bat die Polizei von Herndon, den Rettungsdienst zu schicken.

„Wir sind jetzt in der Scheune. Hier ist etwas, das aussieht wie ein riesiger 3D-Drucker und Teile einer selbst gebauten Drohne."

*Bingo*, dachte Avery.

Während ein Agent nach dem anderen meldete, dass der Gesuchte sich nicht in dem von ihm gesicherten Bereich aufhielt, entspannte sich Avery ein wenig und bereitete sich darauf vor, Kriminaltechniker und Forensiker zum Tatort zu schicken, damit sie die Fundstücke untersuchten.

Er verließ die Kommandozentrale, um sich persönlich ein Bild von der Lage zu machen, schaute sich den 3D-Drucker sowie die auf den Werkbänken in der Scheune verstreuten Gegenstände an. Dann wählte er Malones Nummer, um ihm Bericht zu erstatten. „Offenbach hat seine Ex-Frau und seine Kinder in einem verschlossenen Raum gefangen gehalten. Wir haben Ramsey gefesselt und mit einer Schusswunde im Bein gefunden."

„Meine Güte", sagte Malone. „Sind die Frau und die Kinder unverletzt?"

„Wir warten auf den Rettungsdienst, der sie untersuchen wird. Ramsey hat sehr viel Blut verloren, doch er lebt. Hier ist außerdem ein riesiger 3D-Drucker, mit dem höchstwahrscheinlich die unmarkierten Drohnen gebaut wurden."

„Es ist unvorstellbar, dass er all das getan hat, während er jeden Tag zur Arbeit gegangen ist und sein Gehalt von der Stadt kassiert hat. Aber nach allem, was wir hier erlebt haben, sollte mich eigentlich nichts mehr überraschen."

„Das ist eine ziemlich ausgeklügelte Operation. Wenn Sie mich fragen, hat er das geplant, seit Sam ihn bei seinem kleinen Schäferstündchen ertappt hat und seine Affäre aufgeflogen ist."

„Sieht ganz so aus."

„Was, glauben Sie, ist zwischen ihm und Ramsey passiert?"

„Wahrscheinlich war er für Offenbach, den Drahtzieher der Operation, nicht mehr von Nutzen. Ramsey ist nicht schlau genug, um so etwas durchzuziehen. Was ist mit der Suche nach Offenbach?"

„Wir werden mit seiner Ex-Frau sprechen und hoffentlich was von Ramsey erfahren. Ich halte Sie auf dem Laufenden. Wir werden die Veröffentlichung aller Informationen mit Ihrem Team abstimmen."

„Danke."

„Gern geschehen."

~

Malone rief alle in den Besprechungsraum, um sie auf den neuesten Stand zu bringen. Neben der Mordkommission hatte er auch den Chief, dessen Stellvertreterin und die anderen Captains eingeladen, an dem Meeting teilzunehmen, da er sie über die Erkenntnisse von der Aktion auf Offenbachs Grundstück informieren wollte.

„Mein Gott, er hatte seine Frau und seine Kinder dort?", fragte Sam. „Wieso haben wir nichts von ihrem Verschwinden gewusst?"

„Vielleicht weil es noch keiner bemerkt hatte."

„Hätten die Schulen nicht nach ihnen suchen müssen?", hakte Cruz nach.

„Mrs Offenbach unterrichtet sie zu Hause", sagte SWAT-Commander Nickelson. „Offenbach hat wohl darauf bestanden, damit sie nicht durch eine öffentliche Schule ,indoktriniert' werden."

„Was zum Teufel soll das denn heißen?", wollte Gonzo wissen.

„Keine Ahnung", antwortete Nickelson. „Aber er hatte ein Problem mit dem staatlichen Bildungswesen und wollte, dass seine Ex-Frau die Bildung der Kinder selbst übernimmt. Sie war vor ihrer Hochzeit Grundschullehrerin."

„Wir haben ihn damals anhand der Signale seines Handys in Atlantic City geortet", warf Sam ein. „Können wir das wiederholen, um ihn jetzt zu finden?"

„Er wird sein Handy nicht dabeihaben", wandte Nickelson ein. „Seit Atlantic City ist er sicher deutlich vorsichtiger geworden."

„Vermutlich", räumte Sam ein. „Besitzt seine Frau ein Handy, das er benutzen könnte?"

„Guter Gedanke", meinte Malone. „Ich werde auch für ihr Handy einen Durchsuchungsbeschluss besorgen."

„Ich möchte mit seiner Frau reden", sagte Sam. „Glauben Sie, Avery erlaubt das?"

„Vielleicht lässt er uns dabei sein", erwiderte Farnsworth, „doch Sie sicherlich nicht. Es gibt zu viele Interessenkonflikte, wenn Sie in der Nähe sind."

„Verstanden", entgegnete sie mit zusammengebissenen Zähnen. „Aber jemand von uns sollte bei ihrer Befragung anwesend sein."

„Wir schicken Gonzales und Cruz, wenn Hill einverstanden ist", schlug Malone vor.

Es klopfte an der Tür des Besprechungsraums, und Streifenpolizist Clare steckte den Kopf herein. „Entschuldigen Sie die Störung. Lieutenant, hier ist ein gewisser Ryan Goodman, der mit Ihnen reden möchte. Er verlangt ausdrücklich nach Ihnen."

Sam erhob sich und versuchte verzweifelt, sich zu erinnern, wer Ryan Goodman war. Richtig. Der Vater von Nate Andrews' Frau Emily. „Er verlangt speziell nach mir? Goodman ist der Schwiegervater eines unserer Mordopfer."

„Cruz, Sie begleiten sie", befahl Malone.

„Jawohl, Sir."

Sam und Freddie gingen mit Officer Clare in die Lobby, wo Ryan Goodman wie ein eingesperrter Tiger auf und ab lief, bereit, irgendjemandem an die Gurgel zu springen – und offenbar war Sam das Opfer seiner Wahl.

„Das war alles ein Rachefeldzug gegen Sie? Mein Schwiegersohn ist tot, meine Tochter ist Witwe, und ihre Kinder sind jetzt vaterlos, bloß wegen irgendwelchem Blödsinn, der absolut nichts mit ihnen zu tun hatte? Ernsthaft?"

„Mr Goodman, kommen Sie bitte mit mir mit", sagte Sam. „Wir sind bereit, all Ihre Fragen zu beantworten, allerdings erst, wenn Sie sich beruhigen."

„Ich soll mich beruhigen? Das ist ein handfester Skandal. Verspüren Sie auch nur einen Hauch von Mitgefühl für die Menschen, deren Leben Ihre Streitigkeiten mit Ihren Kollegen zerstört haben?"

„Sir, ich empfinde tiefes Mitgefühl für alle, die durch Leute, die wir als Kollegen betrachtet haben, Leid erfahren haben. Wir teilen Ihre Empörung."

„Na klar. Ihre Familie ist ja auch gesund und munter, während die Existenz meiner Tochter zerstört ist."

„Diese Verrückten haben auch meine Familie ins Visier genommen. Sie haben bewaffnete Drohnen geschickt, um so viele von uns wie möglich zu töten, zusammen mit unzähligen anderen Menschen."

„Ich weiß. Doch Ihnen standen ja Gott sei Dank die enormen Ressourcen der Bundesregierung zur Verfügung, um Ihre

Angehörigen zu schützen. Wer hat meinen Schwiegersohn beschützt? Niemand!"

„Sie haben absolut recht, es ist furchtbar, und wir sind ebenfalls wütend. Wir stellen unser Leben in den Dienst der Sicherheit dieser Stadt. Glauben Sie mir bitte, wenn jemand aus unseren eigenen Reihen solche Verbrechen begeht, bricht es uns das Herz."

Das schien Goodman etwas zu besänftigen. „Ich kann nicht glauben, dass dieser wundervolle junge Mann aus einem so idiotischen Grund sterben musste."

„Wir auch nicht. Ich wünschte, ich könnte etwas sagen, das Ihnen und Ihrer Familie hilft, aber das kann ich nicht. Das Einzige, was ich Ihnen versprechen kann, ist, dass wir Ihnen während des gesamten Prozesses zur Seite stehen werden, um Gerechtigkeit für Nate, Emily und die anderen Opfer dieser Männer zu erlangen. Wir werden nicht ruhen, bis die Täter für den Rest ihres Lebens hinter Gittern sitzen."

„Wissen Sie, was mich wirklich fertigmacht? Sie alle wussten, dass die beiden schlechte Menschen waren. Sie wussten es und haben sie trotzdem weiter hier Dienst tun lassen."

„Sie haben die gleichen Rechte wie jeder andere auch, ob uns das gefällt oder nicht. Wenn Sie denken, wir hätten Ramsey nicht schon längst loswerden wollen, kann ich Ihnen versichern, dass sich das niemand mehr gewünscht hat als ich. Wir führen diesen Kampf schon seit geraumer Zeit. Abgesehen von der Lüge, die Offenbach seinen Vorgesetzten erzählt hat, gab es bei ihm keinerlei Anzeichen dafür, dass er so etwas geplant hat."

„Er war doch hier, hat Seite an Seite mit Polizisten gearbeitet, und *niemand* hat ihn verdächtigt."

„Wir hatten keinen Grund dazu, Mr Goodman. Das mag Ihnen unglaublich erscheinen, aber ein erfahrener Polizeibeamter wie Offenbach weiß, wie man Verbrechen begeht und damit durchkommt."

„Na toll. Sie bilden hier also praktisch Verbrecher aus. Ich verstehe."

„Wohl kaum. Wir sind eine Behörde mit mehr als viertausend Männern und Frauen, Menschen wie alle anderen, mit Fehlern und Schwächen. Die meisten von uns sind aus den richtigen Motiven hier. Bitte verurteilen Sie nicht über dreitausendneunhundert gewissenhafte Beamte für die Verbrechen einiger weniger.“

„Diese wenigen haben das Leben meiner Tochter zerstört, und Sie können sich darauf verlassen, dass wir das nicht auf sich beruhen lassen werden. Sie hören von unseren Anwälten.“

„Verstehe ich.“

„Wenn Sie so unbeliebt sind, dass Ihre Kollegen bereit sind, Unschuldige zu ermorden, um Sie loszuwerden, sollten Sie vielleicht mal drüber nachdenken, ob Sie noch hier arbeiten sollten.“

Nachdem er ihr das hingeschleudert hatte, wandte er sich ab und verließ das Gebäude, vermutlich um seine Verbitterung mit den Medien zu teilen.

Na toll.

Freddies Hand auf ihrem Arm machte ihr bewusst, dass sie zitterte. „Sam. Das ist Quatsch. Sag mir, dass du das weißt.“

„Goodman hat nicht ganz unrecht.“

„Doch. Du hast dich nicht im Geringsten falsch verhalten, und du solltest nicht zulassen, dass er oder jemand anders dir die Schuld an den Taten dieser Monster in die Schuhe schiebt.“

„Du bist nicht unvoreingenommen.“

„Ich weiß besser als jeder andere, wie unermüdlich du dich für jedes Opfer und alle Hinterbliebenen einsetzt. Du bist unerbittlich, aufmerksam, engagiert und entschlossen. Wenn es sein muss, werde ich in jeder Nachrichtensendung der Welt auftreten, um das öffentlich zu verkünden.“

„Danke“, antwortete sie rau. „Du bist der Beste, Freddie.“

„Nein, *du* bist die Beste, und das werde ich allen erklären. Es gibt niemanden auf dieser verdammten Welt, der den Job besser macht als du.“

Von ihren Gefühlen überwältigt, wedelte sie mit der Hand vor ihrem Gesicht herum. „Hör auf, bevor du mich zum Weinen bringst.“

„Ich sage das nicht nur so dahin. Es ist die Wahrheit, und die werde ich vor jedem wiederholen, der sie hören muss. Und da drinnen sitzen jede Menge Detectives, die mir zustimmen würden."

„Was sie müssen, weil ich ihre Chefin bin."

„Das ist totaler Quatsch, und das werden wir jedem versichern, der so einen verdammten Mist auch nur andeutet."

„Jetzt fluchst du schon wieder, junger Freddie."

„Und wie immer hast du mich dazu gebracht."

„Danke für deine Worte, die mir mehr bedeuten, als du dir vorstellen kannst. Jetzt lass uns an die Arbeit zurückkehren und dafür sorgen, dass Offenbach und Ramsey für jedes Verbrechen, das sie begangen haben, bezahlen. Nur so können wir der Gerechtigkeit Genüge tun: indem wir dafür sorgen, dass sie den Rest ihres erbärmlichen Lebens im Knast verbringen."

Sam kehrte in ihr Büro zurück, schloss die Tür und setzte sich an ihren Schreibtisch. Sie war in der Seele getroffen von Goodmans Vorhaltungen, aber auch beflügelt durch Freddies vehemente Unterstützung. Diese Achterbahnfahrt der Gefühle traf sie hart.

Es klopfte an der Tür, und Malone trat ein und schloss die Tür hinter sich. „Wie lief es mit dem Schwiegervater des Opfers?"

„Nicht gut." Sam berichtete ihm die wichtigsten Punkte des Gesprächs. „Er hat mit der Ankündigung geschlossen, wir würden von seinen Anwälten hören. Wenn ich bei der Polizei so verhasst sei, dass meine Kollegen unschuldige Menschen töten, um mich loszuwerden, solle ich vielleicht meine Absicht, in diesem Job zu bleiben, überdenken."

„Ich hoffe, Sie haben ihm geantwortet, dass Sie hier allgemein beliebt sind, außer bei ein paar unfähigen Männern, die mit einer Frau, die sie nicht nur karrieremäßig hinter sich gelassen hat, sondern zu allem Überfluss auch noch gnadenlos gut in ihrem Job ist, nicht klarkommen."

Sie zuckte die Achseln. „Ich habe gesagt, dass wir viertausend Menschen sind, die genauso fehleranfällig sind wie alle anderen. Doch was kümmert ihn das, nachdem zwei von uns das Leben seiner Tochter zerstört haben?"

„Das haben die beiden getan, Sam. Nicht Sie."

„Ja, ich weiß."

„Wirklich? Ganz ehrlich?"

„Ja, aber trotzdem. Das Ganze hängt mit mir und dem fanatischen Hass der beiden auf mich zusammen. Ich bin es so leid, diesen aussichtslosen Kampf gegen Männer zu führen, die es nicht ertragen, dass ich existiere. Was genau habe ich getan, um das zu verdienen?"

„Erstens sind Sie die Tochter von Skip Holland, der hier eine Berühmtheit war. Und zweitens haben Sie sich selbst einen Namen gemacht, egal was die Kritiker sagen. Das ertragen die nicht, denn selbst wenn sie eine Million Jahre Zeit hätten, würden sie nie das erreichen, was Sie geschafft haben."

„Sie bringen mich in Verlegenheit, Cap."

„Aber so ist es nun mal."

„Cruz will unbedingt rausgehen und genau das den Reportern mitteilen."

„Soll er. Verdammt, wir alle sollten das tun. Vielleicht ist das die Lösung: eine PR-Gegenkampagne. Ich werde das dem Chief vorschlagen und Ihnen Bescheid geben."

„Ich möchte nicht, dass es hinterher heißt, ich hätte so etwas verlangt."

„Wir werden Sie da komplett raushalten. Tun Sie einfach so, als hätte dieses Gespräch nie stattgefunden." Er schien froh zu sein, einen Plan zu haben, um etwas gegen die böswilligen Angriffe auf sie zu unternehmen.

„Bitte denken Sie an unsere Abmachung."

„Hab ich nicht vergessen, doch davon sind wir noch sehr weit entfernt."

Der BlackBerry klingelte, Nick rief an. „Das ist der Präsident."

Malone schüttelte den Kopf und lachte leise. „Sie sind schon eine Marke, Holland."

Sam nahm den Anruf entgegen, während Malone die Tür von draußen hinter sich schloss. „Büro von Lieutenant Sam Holland. Sam Holland am Apparat."

„Samantha."

„Ja, Nicholas, ich weiß. Es ist furchtbar. Das FBI hat auf

Officer Offenbachs Grundstück einen 3D-Drucker gefunden, mit dem er höchstwahrscheinlich die Drohnen hergestellt hat."

„Das habe ich bereits gehört."

„Ramsey ist verhaftet worden. Offenbach hat sich offenbar gegen ihn gewandt und ihn angeschossen und gefesselt zurückgelassen, während er selbst geflohen ist."

„Das bedeutet, dass der Gefährlichere der beiden noch auf freiem Fuß ist."

„Korrekt."

„Geht es dir gut, Sam?"

„Es ging mir schon besser, vor allem nachdem ein Angehöriger eines der Opfer mich eben mit Vorwürfen überhäuft und mir vorgehalten hat, meine Kollegen hassten mich so sehr, dass sie Unschuldige getötet hätten, um mich loszuwerden."

„Ach Sam, komm schon. Das stimmt so nicht."

„Manchmal fühlt es sich aber so an. Freddie und Malone sind total sauer und wollen eine öffentliche Erklärung abgeben, obwohl ich nicht weiß, was das bringen soll."

„Lass sie ruhig. Das kann nicht schaden."

„Wahrscheinlich hast du recht."

„Tut mir leid, dass das passiert ist. Du hast das Gefühl, es sei deine Schuld, dass diese Menschen tot sind, und ich habe das Gefühl, es sei meine, dass die Leute dich so behandeln."

„Wie kann das deine Schuld sein?"

„Ich hab den Amtseid geleistet, und du hast deinen Job nicht aufgegeben. Das reicht ihnen als Grund, dich zu hassen."

„Lad dir das nicht auf. Sie hätten auch andere Gründe gefunden, einfach weil sie so sind, wie sie sind." Während sie versuchte, ihn zu überzeugen, wurde ihr klar, dass sie sich vermutlich ihren eigenen Rat zu Herzen nehmen sollte.

„Ich habe deine Erklärung gegenüber der Presse gesehen und fand sie großartig. Es war beeindruckend, wie deine Kolleginnen und Freundinnen sich im wahrsten Sinne des Wortes hinter dich gestellt haben."

„Das war allein ihre Idee. Aber du hast recht, es war unbeschreiblich."

„Ich möchte, dass du dir die hohe Wertschätzung zu Herzen

nimmst, die dir alle entgegenbringen, dein Team, deine Vorgesetzten und so viele andere, mit denen du zusammenarbeitest. Denk an all die Familien, die dir Gerechtigkeit für ihre Angehörigen verdanken, und an die Trauergruppe, die du gegründet hast. Du investierst so viel, also lass dir von niemandem einreden, dass das nicht genug ist. Verstanden?"

„Jawohl, Sir, Mr President. Verstanden."

„Ich meine es todernst, Samantha."

Sie lächelte. „Ich weiß, und ich weiß auch deine aufmunternden Worte zu schätzen. Das war genau das, was ich jetzt hören musste. Eine weitere deiner vielen Superkräfte."

„Ich zeige dir noch ein paar andere, wenn du heimkommst."

„Darauf freu ich mich jetzt schon."

„Ich auch. Schaffst du es, deine Schicht durchzuziehen?"

„Ja, wird schon."

„Weißt du, was wir bald nachholen müssen?"

„Was?"

„Das Wellnesswochenende, das du mir zu Weihnachten geschenkt hast und das wir schon dreimal verschoben haben."

„Ja, unbedingt. Das brauchen wir beide ganz dringend."

„In vierzehn Tagen? Ich könnte Brant bitten, alles zu organisieren."

„Abgemacht."

„Ich kann es kaum erwarten."

„Ich auch nicht. Bis bald. Ich liebe dich."

„Ich dich auch."

„Danke für deinen Anruf."

„Es ist mir immer eine Freude, mit meiner geliebten Frau zu sprechen."

„Geht mir umgekehrt genauso. Jetzt muss ich allerdings leider Schluss machen."

„Bitte nicht!"

„Zurück an die Arbeit, Nick."

„Wenn es denn sein muss."

„Es muss, und ich muss ebenfalls weiterarbeiten, aber ich wünschte, wir wären jetzt zu zweit in einer dieser Hütten über dem Wasser in Bora Bora und hätten sechs bis acht Monate lang kein einziges Problem. Mit den Kindern in der Hütte nebenan, natürlich."

„Natürlich", sagte er lachend. „Wir konkretisieren unsere Fluchtpläne, wenn wir uns später sehen."

„Okay, bis nachher."

„Bis dann."

# KAPITEL 31

Sam lächelte noch immer, als sie einen Anruf von Tracy erhielt. „Hey, Schwesterherz, was gibt's?"

„Das wollte ich dich fragen. Was zum Teufel ist da los, Sam?"

„Ich weiß es auch nicht. Es ist total verrückt."

Tracy hatte Sam kürzlich gestanden, wie sehr sie sich um sie sorgte, wenn sie bei der Arbeit war – was Sam überrascht hatte –, und dass sie das schon immer getan hatte. „Bist du vor diesen Typen sicher?"

„Ich bin von Secret-Service-Leuten umgeben, und die Polizei passt ebenfalls auf. Mach dir um mich keine Sorgen, und lass uns über was anderes reden, ja?"

„Ich wollte dich ohnehin anrufen, wenn auch eigentlich erst heute Abend, um dich zu etwas um Rat zu fragen."

„Moment. Den Tag muss ich mir rot im Kalender anstreichen. *Du* fragst *mich* um Rat?"

„Sam, ich meine es ernst."

„Ich auch, Tracy. Das ist ein großer Moment für mich als kleine Schwester. Du musst mich das auskosten lassen. Worum geht es?"

„Um Ethan."

Beim Namen ihres elfjährigen Neffen richtete Sam sich auf. „Was ist mit ihm?"

„Ehrlich gesagt weiß ich das nicht so genau. Bist du dir sicher, dass du bei allem, was gerade los ist, Zeit dafür hast?"

„Absolut. Erzähl mir alles."

„Mike und ich haben bemerkt, dass er sich in letzter Zeit sehr zurückzieht, immer mehr Zeit in seinem Zimmer verbringt und sich weniger mit uns abgibt. Er will jeden Tag nach der Schule mit seinen Freunden zusammen sein, aber er redet überhaupt nicht darüber, was sie treiben. Das gefällt mir nicht."

„Verständlicherweise. Was sind das denn für Freunde?"

„Das ist leider etwas unklar. Die meisten kennt er erst, seit er in der Mittelstufe ist. Mit seinen alten Kumpels aus der Grundschule trifft er sich praktisch überhaupt nicht mehr. Ich habe neulich mit der Mutter eines seiner alten Klassenkameraden gesprochen. Sie sagte, ihr Sohn vermisse Ethan und verstehe nicht, warum sie nicht mehr befreundet seien."

„Hmm. Wie denkt Mike darüber?"

„Der hält das für normal. Die Pubertät setzt ein, und dann ziehen sich Jungs nun mal von den Eltern zurück und erzählen nicht mehr immer alles."

Sams erster Gedanke war, dass das bei Scotty nicht der Fall war, aber andererseits war ihr Adoptivsohn auch kein gewöhnlicher Teenager. Er hatte jahrelang keine Familie gehabt, bevor er bei ihnen gelandet war, und versicherte ihnen immer wieder, wie dankbar er ihnen war.

„Mike hat ihn letzte Woche zu einem Caps-Spiel eingeladen. Da sind sie früher immer zusammen hingegangen."

„Ich erinnere mich."

„Ethan sagte, er habe keine Lust."

„Wir haben neulich darüber gesprochen, dass er ein Smartphone wollte und ihr darüber diskutiert habt, ob es zu früh wäre. Wie ist die Entscheidung ausgefallen?"

„Er hat eins, doch nur für Textnachrichten und Telefonate. Es hat keinen Zugang zum Internet oder zu den sozialen Medien."

„Bist du dir sicher? Die Kids finden immer Wege, die Kindersicherung auszuschalten."

„Echt? Dein Ernst?"

„Ja, ich kann das mal jemanden für euch überprüfen lassen, wenn ihr wollt. Die wissen, was sie checken müssen."

„Das wäre super, wenn er es denn lange genug aus der Hand legen würde. Mike hat ihm gesagt, dass er sich anschauen will, was er damit macht. Ethan ist ausgeflippt und hat erklärt, dass er ein Recht auf Privatsphäre hat."

„Nicht mit elf."

„Das hat Mike auch gemeint, aber Ethan war so aufgebracht, dass wir es erst mal nicht weiterverfolgt haben. Trotzdem sind wir natürlich beunruhigt über die Veränderungen bei ihm und darüber, wie sehr er an seinem Smartphone klebt."

„Ihr könntet es ihm wieder wegnehmen, bis er etwas älter ist und verantwortungsbewusster damit umgehen kann."

„Nur könnte ich dann ja nicht mehr sehen, wo er ist, und ihn nicht erreichen, wenn er mit Freunden unterwegs ist."

„Das ist ein Dilemma."

„Definitiv. Ich weiß nicht, was ich machen soll. Zwar möchte ich die Warnsignale oder Anzeichen dafür, dass etwas nicht stimmt, nicht ignorieren. Doch wenn er nicht mit uns reden will, was sollen wir dann tun?"

„Habt ihr schon mal über eine Familientherapie nachgedacht? Ich könnte meinen Kollegen Dr. Trulo um eine Empfehlung bitten."

„Das wäre super. Nach dem, was Brooke passiert ist, hat es uns sehr geholfen. Aber ihre Therapeutin ist auf Mädchen im Teenageralter spezialisiert."

„Ich werde Dr. Trulo fragen, ob er jemanden kennt, der Erfahrung mit jüngeren Kindern und insbesondere mit Jungs hat."

„Danke. Es ist nett, dass du mir zuhörst, obwohl du selbst so viel um die Ohren hast."

„Für dich und deine Familie hab ich immer Zeit. Das weißt du doch."

„Ja, aber trotzdem. Außerdem wollte ich dir sagen, dass wir vielleicht eine kleine Babyparty für Angela organisieren sollten, bevor das Kleine kommt. Ich glaube, es würde ihr helfen, wenn wir ihr zeigen, dass wir für sie da sind."

„Da stimme ich dir uneingeschränkt zu. Schreib mir deine Ideen, dann planen wir was. Ich werde Shelby mit ins Boot holen, die hat da sicher Spaß dran.“

„Finde ich gut. Ich melde mich.“

„Ich auch, mit den Empfehlungen von Dr. Trulo.“

„Dann bis bald.“

„Danke noch mal, dass du mich um Rat gefragt hast, Tracy.“

Ihre Schwester lachte. „Das wirst du mich nicht so schnell vergessen lassen, oder?“

„Nicht in diesem Leben und nicht im nächsten.“

Sam war froh, dass Tracy lachte, als sie auflegten. Das, was ihre ältere Schwester ihr über Ethan erzählt hatte, beunruhigte sie. Er war immer ein so fröhlicher und lustiger Junge gewesen. In den letzten Monaten hatte sie ihn nur selten gesehen, und da war ihr keine Veränderung aufgefallen, aber das überraschte sie nicht. Kinder neigten dazu, sich ihr weniger positives Verhalten für ihre Eltern aufzuheben. Sie hatte Wert darauf gelegt, eine enge Beziehung zu ihren Nichten und Neffen zu pflegen – so eng, wie es ihr Terminkalender denn zuließ.

Ihre Familie hatte in letzter Zeit sehr viel durchmachen müssen. Kurz nach Skips Tod war völlig überraschend Angelas Ehemann Spencer gestorben. Beide Todesfälle waren für Sam, eine Erwachsene, die über Bewältigungsstrategien verfügte, ein großer Schock gewesen. Sie wollte sich nicht vorstellen, wie sich die Kinder gefühlt hatten und wie sie sich noch fühlen mussten, nachdem sie zwei Menschen verloren hatten, die ihnen nahegestanden hatten – und in beiden Fällen so plötzlich.

Sam schrieb Dr. Trulo eine SMS und fragte ihn, ob er einen Therapeuten empfehlen könne, der auf Jungs im Mittelschulalter spezialisiert sei.

Gerade als sie sich in die neuesten Berichte zu allen laufenden Fällen ihres Teams vertiefen wollte, kam Dr. Trulo mit einer Tupperdose, aus der es köstlich duftete, in ihr Büro.

„Ich war ohnehin gerade auf dem Weg zu Ihnen, als ich Ihre Nachricht erhalten habe.“ Er stellte die Schüssel auf ihren Schreibtisch und reichte ihr ein in eine Serviette gewickeltes Plastikbesteck. „Auberginen Parmigiana aus der Küche von Anita

Trulo. Doch Vorsicht: Danach werden Sie nie mehr etwas anderes essen wollen.“

„Ich bin gewarnt und kann es kaum erwarten, sie zu probieren. Danken Sie ihr bitte von mir, und richten Sie ihr aus, dass sie mich damit sehr glücklich gemacht hat.“

„Soll das ein Scherz sein? Anita kann es kaum erwarten, allen zu erzählen, dass sie Auberginen Parmigiana für die First Lady gekocht hat – die zufällig auch meine Freundin ist.“

Sam lächelte über die drollige Art und Weise, auf die er das vortrug.

„Aber eigentlich wollte ich sehen, wie es meiner Freundin inmitten dieses furchtbaren Chaos geht.“

„Tja, Sie wissen ja, wie das ist. Ein neuer Tag, eine neue Erschütterung meines Selbstvertrauens.“

„Ach, Kokolores. Wenn jemand hier Selbstvertrauen haben sollte, dann Sie.“

„Was zum Teufel heißt ‚Kokolores‘?“

Trulo lachte, während er sich auf einem ihrer Besucherstühle niederließ. „Essen Sie lieber, solange es noch heiß ist. ‚Kokolores‘ ist im Übrigen eine leicht angestaubte Umschreibung für ‚Unsinn‘.“

„Ah, ich verstehe. Man lernt doch jeden Tag etwas Neues dazu.“

„Das ist wirklich alles Unsinn, Sam. Ich hoffe, das ist Ihnen klar.“

„Sagen Sie das mal den Familien der Menschen, die diese beiden Idioten getötet haben, oder der Frau, die als Vergeltung gegen mich und Archelotta vergewaltigt worden ist.“

„Was hat Archie mit alldem zu tun?“

„Er war es, der Offenbachs Handy geortet und ihn in Atlantic City bei seiner Geliebten aufgespürt hat, obwohl er sich eigentlich in Philadelphia aufhalten sollte. Sie haben seine neue Freundin entführt und vergewaltigt – als Teil ihrer Terrorkampagne.“

„Mein Gott.“

„Wie ist es möglich, dass diese Leute hier direkt neben uns arbeiten, während wir uns zumindest darum *bemühen*, für Recht und Ordnung zu sorgen?“

„Das ergibt keinen Sinn, aber so ist es in allen großen Behörden. Wir hören nicht immer davon, doch es passiert ständig."

„So wie hier?"

„Manchmal. Ich könnte Ihnen zahlreiche Beispiele aus verschiedenen großen Polizeibehörden nennen, in denen Kriminelle ihr Unwesen getrieben haben. Natürlich fühlt es sich persönlicher an, wenn es die eigene Dienststelle betrifft."

„Wie viele von dieser Sorte gibt es noch bei uns? Stahl, Conklin, Ramsey, Hernandez, Offenbach … Wann hört das endlich auf?"

„Solange es Menschen sind, die die Dienstmarken tragen, wird es niemals aufhören."

„Sagen Sie das nicht." Sam öffnete den Deckel des Behälters und atmete den aromatischen Duft von Knoblauch und Basilikum ein. Mit dem Besteck, das er mitgebracht hatte, schnitt sie ein Stück von der zarten Aubergine ab. Die Aromen explodierten förmlich auf ihrer Zunge, und sie nahm sofort einen zweiten Bissen. „Verdammt, schmeckt das gut."

„Ich hab Sie ja gewarnt."

„Bitte richten Sie der Köchin meine Anerkennung aus."

„Das wird sie freuen." Er legte eine Visitenkarte auf ihren Schreibtisch. „Hier ist die Empfehlung, um die Sie mich gebeten haben."

Sam las den Namen auf der Karte: Dr. CHRISTI TRULO-CARPENTER, FAMILIENTHERAPEUTIN.

„Eine Verwandte?"

„Meine älteste Tochter und die Mutter meiner ersten beiden Enkel. Sie ist auf Jugend- und Familientherapie spezialisiert."

„Wie praktisch."

„Das hab ich auch gedacht. Sie ist vorzüglich, sonst würde ich sie nicht empfehlen. Benötigt eins Ihrer Kinder Hilfe?"

„Nein, es geht um meinen Neffen. Tracys Sohn Ethan."

„Ah, verstehe. Ich gebe Christi Bescheid, dass Tracy sie anrufen wird, und bitte sie, Ihren Neffen VIP-mäßig zu behandeln."

„Es ist sehr hilfreich, Freunde in wichtigen Positionen zu haben."

„Dasselbe könnte ich auch sagen."

„Was immer mir das an Tagen wie heute nützt."

„Lassen Sie sich von diesem Mist nicht unterkriegen, Sam. Konzentrieren Sie sich auf Ihre Arbeit, auf die Fälle, auf das, was wichtig ist, und versuchen Sie, den Rest zu ignorieren. Für jeden Stahl, Ramsey oder Offenbach gibt es Hunderte andere, die Sie für das, was Sie tun, bewundern und respektieren."

„Sind Sie sich da sicher?", fragte sie skeptisch.

„Ganz sicher. Schließlich arbeiten sie mit der First Lady zusammen. Wie viele Menschen in der Geschichte dieses Landes konnten das schon von sich behaupten, ohne im Weißen Haus angestellt zu sein? Ich werde Ihnen die Antwort verraten: null. Glauben Sie mir, die allermeisten Ihrer Kollegen sind der Ansicht, das sei cool."

„All die Solidaritätsbezeugungen, die ich seit der Veröffentlichung des Videos erfahren habe, helfen mir sehr. Ich bin froh und dankbar für all die Freunde, die ich hier habe."

„Stützen Sie sich gern auf uns, wenn es hart auf hart kommt, und ignorieren Sie die Neider."

„Also gut. Vielen Dank."

„Nichts zu danken. Übrigens habe ich eine Organisation gefunden, die sich über die Rampen aus der Ninth Street freuen würde. Soll ich das für Sie erledigen?"

Dass sie sich darauf hatte vorbereiten können, machte es ihr nicht leichter, als es jetzt tatsächlich so weit war. „Was zum Teufel stimmt nicht mit mir, dass ich wegen ein paar Rampen, die wir nicht mehr brauchen, so emotional werde?"

„Mit Ihnen ist alles in Ordnung. Sie haben einen schweren Verlust erlitten, und der Abbau der Rampen ruft Ihnen diesen Verlust noch einmal ins Gedächtnis. Es ist die Symbolik dieses Aktes, die Sie so berührt."

„Sie haben recht. Trauerarbeit ist so verdammt schwer."

„Das ist sie, aber Trauer ist nichts anderes als Liebe."

„Mein Vater hat jede Art von Verschwendung gehasst. Er hätte gewollt, dass die Rampen an jemanden gehen, der sie brauchen kann. Lassen Sie uns das organisieren. In der Ninth Street gibt es jemanden, der sie abbauen kann. Nick wollte ihn kontaktieren, und wir können Ihnen seine Nummer geben."

„Das wäre super. Soll ich Sie über die Details auf dem Laufenden halten?"

Sam dachte einen Augenblick darüber nach und schüttelte schließlich den Kopf. „Ich vertraue darauf, dass Sie das erledigen, und ich weiß es sehr zu schätzen, dass Sie sich erboten haben, das zu übernehmen, Doc."

„Gern geschehen. Jetzt essen Sie Ihr Mittagessen auf und widmen sich dann wieder dem, was Sie am besten können: Ihrer Arbeit."

„Sprechen Sie mal mit Archie? Ich mach mir große Sorgen um ihn."

„Ich melde mich bei ihm und schaue später auch noch mal bei Ihnen vorbei."

„Doc?"

Er wandte sich noch einmal zu ihr um und hob die Augenbrauen.

„Danke, dass Sie jemand sind, dem ich vertrauen kann. Ich glaube, Sie wissen gar nicht, wie viel mir das bedeutet."

„Gleichfalls", entgegnete er mit einem warmen Lächeln. „Passen Sie auf sich auf."

Sam schickte Tracy sofort Christis Kontaktdaten. *Ihr Vater ist Dr. Anthony Trulo, unser Polizeipsychiater und ein guter Freund von mir. Wenn er sie uns empfiehlt, dann nicht nur weil, sie seine Tochter ist. Er wird ihr sagen, dass sie einen Anruf von dir erwarten soll, damit du den VIP-Service erhältst.*

Tracy schrieb ein paar Minuten später zurück: *Vielen Dank, und natürlich weiß ich, wie sehr du deinen Dr. Trulo schätzt. Wenn er sie empfiehlt, bedeutet mir das viel. Ich werde sie noch heute kontaktieren. Es tut gut, eine Strategie zu haben. Danke für den Rat, Schwesterherz. Du bist die Beste.*

*Bitte halt mich auf dem Laufenden darüber, wie es Ethan geht, und melde dich, wenn ihr irgendetwas braucht. Ich bin immer für dich und die Kinder da. Hab dich lieb.*

*Ich dich auch. Sehr.*

Als Nächstes schickte sie eine SMS an Celia, Tracy und Angela und teilte den dreien mit, dass Dr. Trulo eine Organisation gefunden hatte, die für die Rampen Verwendung hätte. *Er hat angeboten, uns die Abwicklung des Ganzen inklusive des Abbaus abzunehmen. Ich habe ihm geantwortet, er soll das machen. Es bringt nichts, es noch länger aufzuschieben, wenn jemand sie gebrauchen kann. Ich glaube, Dad fände das gut.*

*Seh ich genauso,* erwiderte Angela. *Du weißt, wie er Verschwendung gehasst hat.*

*Das habe ich auch gerade zu Trulo gesagt.*

*Stimmt,* schrieb Celia. *Okay, bringen wir es hinter uns.*

*Es tut weh,* meinte Tracy, *doch es ist Zeit. Bitte dank Dr. Trulo von uns, Sam. Er ist ein Schatz.*

*Das ist er, und das tu ich.*

Nachdem sie Nick über den BlackBerry gefragt hatte, wer von den Nachbarn der Bauunternehmer war, der die Rampen abbauen konnte, legte Sam das Handy beiseite und warf einen Blick auf das Foto, auf dem sie hinter ihrem im Rollstuhl sitzenden Vater stand. Sie hatte es neu rahmen lassen, nachdem Ramsey ihr Büro durchwühlt und das Original auf den Boden geworfen hatte.

Sie wischte mit einem Papiertaschentuch den Staub vom Glas. „Die kriegen deine Rampen, Skip, aber du wirst für immer in mir und uns allen weiterleben. Ich hoffe, du weißt, wie sehr wir dich lieben und wie sehr du uns fehlst."

Während sie das Foto wieder an seinen Ehrenplatz auf ihrem Schreibtisch stellte, wallte Sehnsucht nach ihm und seinen weisen Worten in ihr auf, insbesondere jetzt, da sie sich mit einer weiteren Krise der Washingtoner Polizei konfrontiert sah. Er hatte es gehasst, wie schwer es für sie ausgerechnet an diesem Ort war, an dem er so gerne gearbeitet hatte, und dass sie von Anfang an mit starkem Gegenwind von ihren männlichen Kollegen hatte kämpfen müssen. Die meisten von ihnen waren überzeugt, dass Sam den Job nur wegen ihres Nachnamens erhalten hatte. Als spielten die beiden Abschlüsse in Strafjustiz, die sie trotz ihrer Legasthenie erworben hatte, und die jahrelange harte Arbeit an ihrer Karriere überhaupt keine Rolle.

Denn klar, es war alles wegen Skip und seines besten Freundes. Mit Sams Fähigkeiten, ihrer Beharrlichkeit oder ihrer Entschlossenheit hatte das alles nichts zu tun. Wenn man ihnen zuhörte, war alles nur ein großes Geschenk.

„Sam, komm her", rief Freddie. „Das musst du dir anschauen."

Was würde das wohl für eine neue Katastrophe sein, fragte sie sich, als sie ihrem Partner in den Besprechungsraum folgte. Die anderen standen um den Bildschirm herum, auf dem Lenore Worthington vor dem Hauptquartier mit den Medien redete.

„Ich bin sofort hergefahren, als ich das abscheuliche Video gesehen habe, das diese beiden Soziopathen gepostet haben, die eindeutig unter chronischer Frauenfeindlichkeit leiden. Sam Holland wacht morgens mit mehr Mut im kleinen Finger auf, als diese beiden Idioten in ihrem ganzen Leben haben werden."

Sam traten Tränen in die Augen.

Freddie reichte ihr ein Taschentuch.

„Ich kenne Sam Holland seit über fünfzehn Jahren. Sie war die erste Polizistin, die zu mir kam, nachdem jemand meinen Sohn in unserer Einfahrt niedergeschossen hatte. Ich werde nie ihr Taktgefühl und ihr Einfühlungsvermögen am schlimmsten Tag meines Lebens vergessen, und ich werde ihr immer dankbar sein für alles, was sie getan hat, um für Gerechtigkeit für meinen Calvin zu sorgen. Dank der Trauergruppe, die sie für Hinterbliebene der Opfer von Gewaltverbrechen gegründet hat, kann ich Ihnen dreißig weitere Menschen nennen, die meine Meinung teilen. Sie ist eine echte Persönlichkeit, eine Bereicherung für diese Stadt und das Gemeinwesen, und jeder, der etwas anderes behauptet, betreibt Rufmord. Die Männer, die dieses Video gepostet haben, sind keine gesetzestreuen Polizisten. Sie sind Kriminelle, und so sollte man sie auch behandeln. Außerdem: Wer ihr Rassismus vorwirft, sei es dienstlich oder privat, hat noch keine fünf Minuten mit ihr verbracht. Das ist alles, was ich zu sagen habe."

Lenore drängte sich durch die Menge zum Eingang und stand wenige Minuten später im Großraumbüro.

Sam verließ den Besprechungsraum, um ihre Freundin zu umarmen. „Vielen Dank."

„Ich habe keine Geduld für solchen Quatsch. Wie geht es dir?“

„Ich stelle gerade staunend fest, wie viele Freunde ich habe, und fühle mich geehrt, dass du ebenfalls dazugehörst.“

„Das ist das Mindeste, womit ich alles, was du für mich getan hast, vergelten kann – und jetzt komm mir bloß nicht damit, dass es zu lange gedauert hat. Du hast uns Gerechtigkeit verschafft und mir durch die Trauergruppe geholfen, eine Gemeinschaft von Gleichgesinnten zu finden, also sind wir quitt.“

Sam umarmte Lenore erneut. „Du bist wirklich die Beste.“

„Selber. Ich bin sicher, dass sich heute auch noch andere aus der Trauergruppe zu Wort melden werden. Danita ist genauso sauer wie ich.“

Danitas Sohn Jamal hatte während des Falls mit dem Scharfschützen, der zu Offenbachs Degradierung geführt hatte, sein Leben verloren.

„Du hast geholfen, diesen Tag zu retten, und das werde ich dir nie vergessen.“

„Wir alle lieben dich. Deshalb unterstützen wir dich. Wir sind dir zu großem Dank verpflichtet und werden dir nie vergessen, was du für uns getan hast.“ Lenore gab Sam einen Kuss auf die Wange und verschwand dann genauso schnell, wie sie aufgetaucht war.

Sam fächelte sich Luft zu. „Ach du meine Güte.“

„Du hast dir das verdient“, stellte Green fest.

„Nur zur Info: Das Team hat eine Erklärung vorbereitet, die ich im Namen aller verlesen werde“, verkündete Gonzo. „Ich mach mich jetzt auf den Weg.“

„Leute …“

„Wenn du erwartet hast, dass wir das alles einfach so unkommentiert stehen lassen, kennst du uns schlecht“, unterbrach Freddie sie. „Und dabei kennst du uns so gut wie niemand sonst. Los, kommt schon, Leute. Ziehen wir es durch.“

Als sie das Großraumbüro verließen, drückten sie ihr der Reihe nach im Vorbeigehen den Arm.

„Wir sind immer für dich da, Lieutenant“, versicherte ihr O'Brien.

# KAPITEL 32

Sam wollte auf keinen Fall verpassen, was jetzt geschehen würde, und begab sich in den Konferenzraum, um von dort aus die Berichterstattung zu verfolgen. Immerhin bedrohten zwei MPD-Beamte das Leben ihrer Kollegin, der First Lady, und ihres Gatten, des Präsidenten.

Sie hasste es, wenn sie selbst Teil einer Geschichte war, aber diesmal hatte sie damit ganz sicher nicht angefangen.

Ihr Team versammelte sich hinter Gonzo, der ans Podium trat. Sogar Carlucci und Dominguez waren da, obwohl sie jetzt eigentlich hätten schlafen sollen.

„Ich bin Detective Sergeant Tommy Gonzales, Stellvertreter von Lieutenant Holland bei der Mordkommission des MPD, und die Leute um mich herum sind unser Team. Sam Holland ist meine Vorgesetzte und eine meiner besten Freundinnen. Alle, die ihr unterstellt sind, würden das Gleiche über sie sagen: Sie ist uns allen Freundin, Mentorin und Vorbild. Wir treffen Menschen in der Regel am schwersten Tag ihres Lebens, wenn sie gerade eine furchtbare Nachricht erhalten haben. Von einer Minute auf die andere ist nichts mehr, wie es war, weil sie einen lieben Angehörigen durch ein Gewaltverbrechen verloren haben. Niemand setzt sich unermüdlicher dafür ein, für die Opfer und ihre Hinterbliebenen Gerechtigkeit zu erreichen, als Sam Holland.

Sie ist beharrlich, hartnäckig, manchmal aggressiv und oft geradezu unerträglich, wenn das nötig ist, um einen Fall zu lösen. Sie ist alles, was man sich nur wünschen kann, wenn jemand, der einem nahesteht, ermordet wurde. Für den Rest der Welt ist sie die First Lady der Vereinigten Staaten. Wenn Sie jedoch uns oder jemand anderen aus ihrem Umfeld fragen, würden Sie zu hören bekommen, dass sie in erster Linie Polizistin ist. Für sie ist das nicht nur ihr Beruf, es ist das, was sie ausmacht. Wir schätzen uns glücklich, für jemanden zu arbeiten, der sich so sehr in seinem Job engagiert, einem Job, den die meisten – einschließlich der beiden Feiglinge, die dieses Video gepostet haben – niemals ausüben könnten.

Als mein Partner im Dienst erschossen wurde, war Sam in jeder Sekunde dieses Albtraums für mich da, bis zur Verurteilung des Täters. Sie hat mich auch in der schweren Zeit danach unterstützt und mich nie aufgegeben, selbst als die meisten Chefs das getan hätten. Nur deshalb stehe ich heute hier vor Ihnen, und es geht mir vor allem dank ihrer verständnisvollen Unterstützung besser denn je. Wenn jemand von uns Hilfe braucht, ist sie unsere erste Anlaufstelle, weil sie immer für uns da ist – bei der Arbeit wie auch privat.

Meine Kollegen und ich sind stolze Mitglieder des Metropolitan Police Department, das aus mehr als viertausend Frauen und Männern besteht, Menschen, die wie alle anderen auch Fehler machen. Nur ein verschwindend kleiner Prozentsatz von ihnen sind Verbrecher, die sich hinter ihrer Dienstmarke verstecken. Es wäre falsch, all diese fleißigen Polizistinnen und Polizisten oder unsere Führung wegen der Sünden einiger weniger zu verurteilen. Niemand wünscht sich mehr als wir, dass diese Leute aus unseren Reihen entfernt werden. Wir werden rund um die Uhr daran arbeiten, unseren Kollegen vom FBI bei der Festnahme von Dylan Offenbach zu assistieren und dafür zu sorgen, dass er und Jim Ramsey den Rest ihres erbärmlichen Lebens im Gefängnis verbringen. Danke."

Sam wischte sich Tränen aus den Augen, während die Sender zurück zu ihren Moderatoren schalteten, die Gonzos Erklärung kommentierten.

„Eine engagierte Solidaritätsbekundung von Hollands engsten Kollegen und ein weiterer Beweis dafür, dass Ramsey und Offenbach sicher nicht für alle im MPD sprechen. Wir bleiben an diesem wichtigen Thema dran und werden Sie über die Entwicklungen bei der Fahndung nach Dylan Offenbach auf dem Laufenden halten."

Sam trat ins Großraumbüro, als ihr Team zurückkehrte, und umarmte jeden Einzelnen. „Danke."

„Nein, Lieutenant", entgegnete Neveah Charles vehement. „*Ich* danke *Ihnen* für alles, was Sie sind und was Sie tun, und auch wenn Sie mir dann wieder vorwerfen, ich wolle mich einschleimen, riskiere ich das, um Ihnen zu sagen, dass es mir eine Ehre und ein Privileg ist, unter Ihrem Kommando zu stehen."

„Vielen Dank, Neveah. Umgekehrt ist es mir eine Ehre und ein Privileg, mit Ihnen allen zusammenzuarbeiten. Jetzt sollten wir uns allerdings wieder unseren Aufgaben zuwenden und dem FBI helfen, diesen Kerl aufzuspüren."

„Ja, Ma'am", antworteten alle im Chor.

Sam ging zurück in ihr Büro, setzte sich hinter den Schreibtisch, lehnte den Kopf gegen die Nackenstütze und atmete tief durch. Als sie das Video zum ersten Mal gesehen hatte, hatte sie befürchtet, ihre Zeit beim MPD sei vorbei. Ihre Kollegen und Lenore hatten ihr klargemacht, dass dies nicht der Fall war. Sie war dankbar für die Unterstützung, doch sie würde nicht ruhen, bis der Mann, der sich mit Ramsey verschworen hatte, um sie – und Nick – zu bedrohen, sicher hinter Gittern war.

Archie saß mit Harlowe auf der Couch und verfolgte die Berichterstattung über die Fahndung nach Offenbach und die endlosen Wiederholungen des Videos, das dieser und Ramsey veröffentlicht hatten.

„Ich muss melden, dass du Offenbach erkannt hast", erklärte er, nachdem sie Gonzos leidenschaftliche Ansprache zu Sams Unterstützung angeschaut hatten.

„Wird die DNA das nicht für uns erledigen?"

„Schon, aber du musst trotzdem aussagen."

„Okay."

Er drückte ihre Hand. „Deine Tapferkeit ist wirklich beeindruckend."

„Ich will kein Opfer sein, und ich werde nicht zulassen, dass er das Schönste ruiniert, was mir je passiert ist. Also rufen wir Erica an und tun unseren Teil, um diesen Kerl dahin zu bringen, wo er hingehört, damit wir uns endlich um wichtigere Dinge kümmern können."

„Nämlich?" Archie lächelte, obwohl er immer noch innerlich bebte, seit er erkannt hatte, dass ihre Beziehung zu ihm die Ursache für ihre Entführung gewesen war und dass der Grund, warum sie ihm gegenüber so zurückhaltend gewesen war, in den Problemen mit ihrem Ex-Mann lag und nicht in irgendwelchen großen Geheimnissen, die sie vor ihm verbarg.

Sie winkte ihn mit einem Finger zu sich heran und raubte ihm den Atem, als sie die Hand an sein Gesicht legte und sich zu ihm beugte, um die Lippen auf seine zu pressen. „Hierum zum Beispiel", flüsterte sie. „Ganz viel davon."

Archie hätte vor Glück weinen können, weil er sie zum ersten Mal seit dem Überfall küsste, weil sie mit ihren Lippen über seine strich und weil sich ihre Mundwinkel zu einem Lächeln verzogen, das auch aus ihren Augen strahlte. Weil sie ihm keine Vorwürfe machte und ihn nicht von sich stieß.

„Nicht so voreilig, Liebling", flüsterte er. „Du bist noch dabei, dich zu erholen."

„Ich fühle mich wunderbar, stärker als je zuvor, und weißt du, was ich will?"

Er strich ihr eine seidige kastanienbraune Haarsträhne hinters Ohr. „Was?"

„Mit dir im Bett liegen. Ich möchte, dass du mich so hältst, wie du es tun würdest, wenn ich nicht verletzt wäre."

„Dafür bist du noch nicht bereit."

„Doch. Ich will und brauche es." Sie wandte den Blick ab, ehe sie sich offenbar zwang, ihn wieder anzusehen. „Ich möchte mich selbst zurückerobern. Verstehst du das?"

„Ja, aber wir sollten langsam machen, damit du keinen

Rückfall erleidest." Er sorgte sich um ihre psychische Gesundheit mindestens so sehr wie um ihre körperliche.

„‚Langsam' ist mir recht. Würdest du mich im Arm halten, Archie?"

Er stand auf und streckte ihr eine Hand hin. „Mit dem größten Vergnügen."

Sie verzog das Gesicht, als sie sich aufrichtete, bevor sie langsam mit ihm zu seinem Zimmer ging, was seine Vermutung bestätigte, dass sie noch lange nicht wieder genesen war.

Als sie auf dem Bett saß, holte er sein Handy heraus und schrieb Erica eine Nachricht, um sie darüber zu informieren, dass Harlowe in Dylan Offenbach den Mann erkannt hatte, der sie vergewaltigt hatte. *Sie ist bereit, eine Aussage zu machen und auch sonst alles zu tun, was nötig ist, doch könnten wir das vielleicht auf morgen verschieben? Es war für uns beide sehr schwer zu verkraften, dass a) er es war und b) es mit meinem Job zu tun hatte.*

Erica antwortete unverzüglich. *Gut zu wissen, ich werde es den anderen hier und dem FBI weitermelden. Ja, wir können morgen über eine Aussage sprechen, in der sie alles zu Protokoll gibt, woran sie sich erinnert. Ihre Eltern wohnen im Willard und haben darum gebeten, dass sie anruft, wenn sie sie sehen möchte.*

*Vielen Dank, Erica.*

Er zeigte Harlowe die Nachrichten.

„Okay. Aber jetzt genug davon. Darüber will ich erst wieder nachdenken, wenn ich es muss."

Archie half ihr, es sich in seinem Bett bequem zu machen.

*Harlowe liegt in meinem Bett!* Er musste diesen Augenblick genießen und irgendwie die Anspannung loswerden, die ihn seit Stunden im Griff hatte. Wenn sie nicht darüber nachdenken wollte, dann sollte er es auch nicht tun.

Als sie sich ausgestreckt hatte, begab er sich auf die andere Seite und legte sich neben sie.

„Komm näher. Hab keine Angst, mich zu berühren. Ich bin nicht aus Glas."

Archie rutschte über die Matratze und schmiegte sich an sie, legte ihr unterhalb der schlimmsten Prellungen den Arm um die Taille. „Ist das in Ordnung?"

„Du könntest noch näher kommen."

Er rückte die letzten Zentimeter an sie heran, presste sich an sie und lächelte, als sie seufzte.

„Viel besser. Du bist so schön warm. Wie ein Ofen."

„Das ist bei mir einfach so – ich friere selbst im tiefsten Winter nie. Meine Freunde machen sich über mich lustig, weil ich im Januar kurze Hosen trage."

„Das ist ideal – mir ist ständig kalt."

„Ab jetzt werde ich dich immer warm halten."

Sie drückte ihre kalten Füße an sein Bein und erschreckte ihn damit. Dann lachte sie und wärmte ihn so von innen. Eine Zeit lang hatte er sich gefragt, ob sie je wieder lachen würde.

„Das war kein Witz."

„Nein." Um ihre Worte zu unterstreichen, drehte sie sich vorsichtig auf die Seite und schob ihre eiskalte Hand unter sein T-Shirt.

„Soll ich die Heizung höher stellen?"

„Nein, gib mir einfach was von deiner Wärme ab."

Er sah ihr in die schönen braunen Augen. „Ich wärme dich, solange du es willst."

„Das könnte eine ganze Weile sein."

„Ist mir sehr recht."

Sam hatte gerade die SMS von Erica Lucas gelesen, der zufolge Harlowe Offenbach als ihren Peiniger erkannt hatte, als Gonzo und Freddie in ihr Büro kamen und die Tür hinter sich schlossen.

„Was sollen wir jetzt tun, nachdem das FBI unsere Mordermittlungen übernommen hat?", fragte Gonzo.

„Wir können die Kollegen unterstützen, indem wir Offenbach genauer unter die Lupe nehmen. Archies Freundin hat ihn als ihren Vergewaltiger identifiziert. Ich möchte alles wissen, was es über ihn zu wissen gibt, sowohl beruflich als auch über sein Privatleben. Machen wir es wie immer: soziale Kontakte, Finanzen, Befragungen und so weiter."

Freddie nickte. „Gute Idee. Ich bin sicher, dass das FBI ebenfalls daran arbeitet, aber aufgrund unserer Nähe zu seinen Kollegen finden wir vielleicht etwas, das sie übersehen."

„Richtig. Ich gehe fest davon aus, dass ihr auf etwas stoßt, das sie nicht haben. Setzt das komplette Team darauf an, und wenn wir schon dabei sind, schaut euch auch gleich Ramsey an. In beiden Fällen ist kein Detail zu unbedeutend. Ich möchte einen vollständigen Überblick darüber, was sie getrieben haben, während sie sich als anständige Polizisten ausgegeben haben."

„Dann mal los", sagte Gonzo, der durch die neue Aufgabe frischen Elan gewonnen zu haben schien.

Während er ins Großraumbüro zurückkehrte, blieb Cruz zurück. „Alles in Ordnung, Sam?"

„Ja, und bei dir?"

„Ich bin sauer und hab die Schnauze voll von dem ganzen Mist hier. Als ob wir mit unserem normalen Job nicht schon genug zu tun hätten, müssen wir uns jetzt auch noch mit diesem Blödsinn herumschlagen."

Sam wusste es zu schätzen, dass er ihretwegen fluchte. „Du hast in jeder Hinsicht recht. Es ist lächerlich, und so etwas sollte eigentlich überhaupt nicht möglich sein. Aber leider ist das die Welt, in der wir leben."

„Ich bin kein Fan dieser realen Welt."

„Glaub mir, ich auch nicht", erklärte sie lächelnd. „Das Beste, was wir tun können, um es einigermaßen zu überstehen, ist, den Kopf einzuziehen und unsere Arbeit so gut zu erledigen, wie es geht. So werden wir am Ende gewinnen."

Er seufzte. „Du hast natürlich wie immer recht."

„Logisch."

„Das musstest du jetzt sagen, oder?"

„Ich hatte das Gefühl, du musstest es mal wieder hören. Ich will ja nicht, dass du verweichlichst."

Freddie warf ihr einen Blick zu, den sie nur zu gut kannte. „Eigentlich ist es eine Erleichterung, dass du mich auf den Arm nimmst. Ich würde mir Sorgen machen, wenn du das nicht mehr tätest."

„Das musst du nicht, denn damit höre ich nicht auf. Es ist für mich ein täglicher Quell der Freude."

„Schön."

„Und jetzt hopp, hopp. Zurück an die Arbeit."

„Okay. Sag Bescheid, wenn du was brauchst."

„Du wirst der Erste sein, der es erfährt."

Ehe er das Büro verlassen konnte, erschien Malone in der Tür. „Der Chief fände es gut, wenn Ihre Kollegen weiterhin Erklärungen abgeben würden, um Sie und Ihre Arbeit hier zu unterstützen."

„Ich mache den Anfang", erbot sich Freddie.

„Das ist mir etwas peinlich", gestand Sam.

„Wir können in der Öffentlichkeit nicht den Eindruck entstehen lassen, dass die Leute hier Sie loswerden wollen", erwiderte Malone. „Denn das ist einfach nicht wahr. Also sollen sich Ihre Kollegen äußern."

„Wie Sie wünschen, Captain."

Malone blinzelte, sichtlich überrascht über ihr schnelles Einlenken. „Haben Sie Fieber, Holland?"

Sie lächelte. „Ganz so dramatisch ist es nicht, aber wenn meine Chefs es so wollen, werde ich mich nicht sperren."

„Wir wollen es, und Gonzos Erklärung vorhin war ein guter Anfang. Wenn die glauben, dass sie Sie auf ihrem Weg zu lebenslangen Haftstrafen noch mal eben kurz ruinieren können, dann haben sie sich getäuscht."

„Die Unterstützung durch alle hier ist einfach wundervoll. Dadurch bin ich innerhalb weniger Stunden von tiefer Verzweiflung zu totaler Euphorie gelangt."

„Wir stehen hinter Ihnen, genau wie Sie hinter uns." Malones Handy piepste, er hatte eine Nachricht bekommen. „Ha! Angesichts des Videos und von Ramseys Festnahme hat der Richter unseren Durchsuchungsbeschluss für sein Handy genehmigt. Ich setze Walters darauf an und halte Sie auf dem Laufenden."

„Das sind ausgezeichnete Neuigkeiten. Ich bin äußerst gespannt, was da drauf ist."

„Das bin ich auch."

Er machte sich auf den Weg, um dafür zu sorgen, dass das Handy zur IT-Abteilung gebracht wurde, während Sam einen

Anruf von Nick entgegennahm.

„Hallo."

„Ich wollte mich nur mal wieder bei dir melden. Gerade eben habe ich die Statements von Gonzo und Lenore gesehen. Ich wünschte, ich könnte jetzt bei dir sein."

„Das wäre schön, doch angesichts von so viel Unterstützung geht es mir schon wieder viel besser."

„Kommst du heute pünktlich nach Hause?"

„Ich glaube schon, da das FBI weite Teile unseres Falls übernommen hat."

„Normalerweise ist dir das gar nicht recht."

„Diesmal bin ich voll dafür."

„Ich hatte heute übrigens ein Treffen mit meiner Taskforce zur Waffenkontrolle. Wir sind bereit, unsere erste große Initiative zu starten – einen Meldemechanismus für Menschen, die sich Sorgen um Familienmitglieder machen, die eine Gefahr darstellen könnten. Wir setzen bei der psychischen Gesundheit an statt bei Verboten oder Strafen, zumindest fürs Erste. Ziel soll es sein, regionale Einsatzgruppen aufzubauen, die in diesem Zusammenhang besorgniserregende Situationen untersuchen."

„Das ist super. Hilfe schicken statt der Polizei."

„Genau das ist der Gedanke, und dein Dr. Trulo hat uns bei der Ausarbeitung des Plans maßgeblich unterstützt."

„Er ist einfach der Beste."

„Seit ich in diesem Projekt mit ihm zusammenarbeite, bin ich ein großer Fan von ihm."

„Er hat mir erzählt, er habe eine Organisation gefunden, die die Rampen aus der Ninth Street abholt."

„Wie fühlst du dich dabei, dass die jetzt wegkommen?"

„Es ist an der Zeit, und mein Vater würde wollen, dass sie an jemanden gehen, der sie braucht. Allerdings wird es schon seltsam sein, wenn sie nicht mehr da sind."

„Ja."

„Apropos Ninth Street, wir müssen da mal rüber, um unsere Sachen in den obersten Stock zu schaffen."

„Wir könnten ein Date daraus machen."

„Na, wenn das nicht verlockend klingt."

„Haha, aber wir müssen es ja erledigen, warum es also nicht mit etwas Spaß verbinden?"

„Ja, warum nicht? Vielleicht am besten gleich dieses Wochenende, damit Christina und Gonzo mit dem Umzug anfangen können."

„Ich spreche Brant an, er soll es für Samstag einplanen. Juhu, ein toller Abend mit meiner liebsten Freundin."

„Du bist echt leicht zu begeistern."

„Die Aussicht auf Zweisamkeit mit dir begeistert mich immer."

Jeannie kam zur Bürotür und tat, als würde sie klopfen.

Sam winkte sie herein. „Geht mir genauso. Ich muss auflegen. Doch ich bin bald zu Hause."

„Ich kann's kaum erwarten. Ich liebe dich."

„Ich dich auch."

# KAPITEL 33

„Nur ein kurzer Anruf von deinem Ehemann, dem Präsidenten?“

„Nein, das war meine Affäre.“

Jeannie nahm lachend Platz. „Als ob du je den Mann betrügen würdest, der so verrückt nach dir ist, dass sich *SNL* über euch beide lustig macht.“

„Das war so peinlich. Ich kann nicht mal an *SNL* denken, ohne mich in einem tiefen Loch verstecken zu wollen.“

„Das ist meine Lieblingssendung!“

„Wer das sagt, kann nicht meine Freundin sein.“

„Ups.“

„Was gibt’s, Deputy Chief McBride? Ja, ich genieße es immer noch, das zu sagen.“

„Und ich genieße es immer noch, es zu hören. Eigentlich wollte ich nur mal nachfragen, wie du dich schlägst. Es war ein schwieriger Tag.“

„Man sollte meinen, ich hätte mich nach all der Zeit an schwierige Tage gewöhnt, und dennoch …“

„Dieser war aber auch besonders schlimm. Dieses Fadenkreuz … Mein Gott.“

„Ja, das werde ich eine Weile nicht vergessen können, genau wie sie es beabsichtigt hatten. Und was mit Archies Freundin passiert ist … Das ist mehr als schrecklich.“

„Wie geht es ihr?“

„Etwas besser. Als sie Offenbachs Bild in den Nachrichten gesehen hat, hat sie ihn als ihren Vergewaltiger erkannt."

„Oh, das heißt, sie erinnert sich an den Überfall?"

„Offenbar ja."

„Glaubst du, sie wäre bereit, mit jemandem zu reden, der versteht, was sie durchmacht?"

„Es könnte sicher nicht schaden. Warum fragst du nicht mal bei Archie nach?"

„Werde ich. Aber eigentlich bin ich hier, um über dich zu sprechen. Ich hoffe, dass all das, zusammen mit dem ganzen Mist, der vorher passiert ist, dich nicht in eine existenzielle Krise stürzt, was die Fortführung deiner Arbeit betrifft."

„Ohne die Unterstützung meiner Freunde wäre das vielleicht passiert. Es war großartig, dass ihr alle vor die Tür getreten seid, um mich auf dem Podium zu unterstützen."

„Das war Lindseys Idee, und wir waren alle sofort Feuer und Flamme."

„Es hat mir im richtigen Moment sehr geholfen, genau wie Gonzos Erklärung im Namen des Teams und das, was Lenore gesagt hat. Malone steht voll hinter mir, ebenso wie der Chief. Auch das macht einen Unterschied."

„Nach dem Fall Deasly habe ich selbst eine schwere Zeit hinter mir. Ich habe mich gefragt, wie ich weiter meine Uniform tragen und meinen Job erledigen soll, nachdem wir diese Familie – und so viele andere – mehr als ein Jahrzehnt lang im Stich gelassen haben."

Jeannie hatte einen der ungelösten Fälle von Stahl untersucht, bei dem es um einen vermissten Teenager ging, und hatte dabei einen Menschenhändlerring entdeckt, der auch Monate später noch nicht vollständig aufgearbeitet war.

„Ich habe einige Sitzungen mit Dr. Trulo gebraucht und mit meiner Familie hier und daheim darüber gesprochen, um zu erkennen, dass es nichts gibt, was ich hätte tun können, um andere dazu zu bringen, sich nicht falsch zu verhalten", sagte Jeannie. „Indem ich die Schuld auf mich genommen habe, die eigentlich bei den Tätern liegt, habe ich mich selbst für die Sünden anderer bestraft. Oder so ähnlich."

„Das ist ein guter Punkt, und ich bin froh, zu hören, dass du dich wieder besser fühlst."

„Dr. Trulo hat mir zu der Erkenntnis verholfen, dass sich gewisse Dinge einfach unserem Einfluss entziehen. Wir können das Tun anderer nicht kontrollieren. Wir können nur entscheiden, wie wir darauf reagieren. Ich habe mich dafür entschieden, das Gute über das Böse zu stellen und möglichst immer das Richtige zu tun statt das, was mir die geringste Mühe verursacht."

„Ich hoffe, du weißt, wie sehr ich deine Tapferkeit und Widerstandsfähigkeit bewundere." Nachdem Mitchell Sanborn Jeannie entführt und vergewaltigt hatte, hatte Sam befürchtet, dass ihre Freundin nie wieder in den Polizeidienst würde zurückkehren können. Doch sie war nicht nur zurück, sondern heute stärker denn je und hatte im Fall Deasly einen spektakulären Erfolg erzielt.

„Das bedeutet mir viel, aber der größte Teil des Verdienstes dafür gebührt dir, denn du hast mich wieder zurückgeholt."

„Ich würde diesen Job ohne dich nicht machen wollen."

„Das gilt umgekehrt genauso. Bitte lass uns nicht hängen."

Sam lächelte. „Was sollte ich denn ohne die Verbrecherjagd mit mir anfangen?"

„Weiß ich auch nicht", sagte Jeannie mit einem Grinsen. „Vielleicht um die Welt reisen und Vorträge halten?"

„Dafür müsste man viel zu viel fliegen und wäre dauernd unter Menschen." Sam rümpfte die Nase. „Hier in diesem schäbigen Büro mit dem ramponierten Schreibtisch und dem verbeulten Aktenschrank bin ich viel glücklicher."

„Offen gestanden bin ich erleichtert, dass du durchhalten willst."

„Was hab ich denn für eine Wahl? Die Polizeiarbeit liegt mir im Blut."

„Das stimmt. Apropos Dinge, die du nicht magst: Meine Mutter und meine Schwestern planen eine Babyparty, zu der du ebenfalls eingeladen bist. Natürlich musst du nicht kommen."

„Das würde ich um nichts in der Welt versäumen."

„Sam, hast du Fieber oder so?"

„Du bist in der letzten Stunde schon die Zweite, die mich das fragt!"

Jeannie lächelte. „Nun, es ist zumindest ungewöhnlich, dass du so begeistert auf etwas wie eine Babyparty reagierst."

„Vielleicht werde ich langsam mal erwachsen."

„Nein, bloß nicht. Wir mögen dich so, wie du bist."

„Danke, dass du vorbeigeschaut hast und mich aufbaust, Jeannie. Das bedeutet mir viel."

„Für dich tu ich doch alles."

„Gleichfalls."

„Dein Vater hat einmal was zu mir gesagt, das ich nie vergessen werde", fügte Jeannie hinzu, während sie aufstand, um zu gehen.

„Was denn?"

„Wenn du Gutes in die Welt setzt, wird es tausendfach zu dir zurückkommen."

„Das klingt ganz nach Skip."

„Er hat nach diesem Grundsatz gelebt, und du tust das auch. Lass dir von niemandem etwas anderes einreden."

„Jawohl, Ma'am."

„Weitermachen."

*Das hätte Dad auch sagen können*, dachte Sam. Wenn man keine andere Wahl hatte, als weiterzumachen, dann sollte man das tun. Und genau das würde sie auch, egal welche Herausforderungen noch vor ihr lagen.

Ehe sie den Heimweg antreten konnte, musste Sam sich noch mit Faith Miller treffen, um ihre Aussage für den bevorstehenden Prozess gegen Christopher Nelson durchzusprechen.

Faith erschien auf die Minute pünktlich um sechzehn Uhr in Sams Büro. Sie trug die Stiletto-Absätze, für die sie und ihre Schwester Charity bekannt waren, während die Dritte im Bunde, Hope, einen eher lässigen Stil bevorzugte. Die Miller-Drillinge hatten braunes Haar, grüne Augen und einen scharfen Verstand.

Sam betrachtete die Schwestern sowohl als Freundinnen als auch als hervorragende Kolleginnen.

„Kommen Sie rein."

Faith schloss die Tür und ließ sich auf den Besucherstuhl fallen. „Ich war heute den ganzen Tag auf den Beinen. Es tut gut, mal zu sitzen."

„Wie läuft es?" Der Mord an ihrem Chef, dem Bundesstaatsanwalt Tom Forrester, hatte die Schwestern tief getroffen.

„Wir finden langsam wieder zur Normalität zurück. Aber ich ertappe mich immer wieder dabei, Tom etwas fragen zu wollen, und muss mir dann bewusst in Erinnerung rufen, dass er nicht mehr da ist."

„Das nennt man Trauer."

„Ich hasse es."

„Glauben Sie mir, ich auch. Was hört man über die neue Bundesstaatsanwältin?"

„In den nächsten Wochen wird der Senat über Catherine McDermotts Nominierung entscheiden. Wir rechnen mit bedeutenden Veränderungen, wenn sie ihr Amt antritt."

„Veränderungen hasse ich ebenfalls."

„Auch da stimme ich Ihnen zu. Wie geht es Ihnen nach allem, was heute passiert ist? Diese ganze Sache ist ein verdammter Skandal."

„In der Tat, und um Ihre Frage zu beantworten: Ich halte durch, dank der großartigen Unterstützung meiner Kollegen und Freunde."

„Ich hoffe, Sie wissen, dass wir ebenfalls hinter Ihnen stehen, selbst wenn wir das nicht öffentlich verkünden können."

„Das weiß ich, und es bedeutet mir viel. Danke."

„Diese Geschichte mit Conklin konnte ich kaum glauben."

„Ich bin eigentlich überrascht, dass er so lange gewartet hat, bevor er den Abgang gemacht hat. Die Schande muss für ihn schwer zu ertragen gewesen sein, nachdem er so viele Jahre lang so getan hat, als sei er einer von uns."

„Das stimmt, aber es ist trotzdem erschreckend. Wie auch immer, was unseren alten Freund Christopher Nelson betrifft ..."

„Müssen wir das jetzt besprechen?"

„Ich fürchte schon", seufzte Faith. Sie öffnete ihre Mappe und ging die Liste der Fragen durch, die sie Sam vor Gericht stellen würde, dabei hatten sie das bereits zweimal getan. „Ich möchte, dass Sie auf harte Attacken der Verteidigung vorbereitet sind, insbesondere in Bezug auf Ihre Beziehung zu Peter."

Nelson hatte Sams Ex-Mann ermordet, nachdem er ihn gefoltert hatte, um Informationen über Sam und Nick zu erhalten, die Peter nicht preisgeben wollte. Trotz allem, was er ihr angetan hatte, hatte ihr Ex auf diese Weise Ehrgefühl bewiesen, obwohl er sie jahrelang durch die Hölle geschickt und alles unternommen hatte, um zu verhindern, dass sie und Nick in Kontakt blieben, nachdem sie einander kennengelernt hatten.

„Ich bin auf alles vorbereitet, was sie mir um die Ohren hauen wollen. Zwar habe ich nie verhehlt, dass unsere Beziehung unglücklich war, doch Peter hatte keinesfalls verdient, was Nelson ihm angetan hat."

„Nein."

„Es wird langsam öde, ständig Angriffe abwehren zu müssen", erklärte Sam.

„Das kann ich mir lebhaft vorstellen, vor allem von den alten Seilschaften."

„Genau. Es reicht." Sam räumte ihre Sachen zusammen und verließ mit Faith, die versprochen hatte, sich am Abend vor Beginn des Prozesses noch mal zu melden, das Büro. „Bis dann."

Vernon, der im Flur Wache hielt, richtete sich auf, als er sie aus dem Büro kommen sah.

„Gibt's was Neues?", fragte sie.

„Nur eine bis auf Weiteres verstärkte Eskorte."

„Na wunderbar."

„Irgendwie wusste ich, dass Sie das sagen würden."

„Ich fürchte, dass sich das so schnell nicht wieder ändern wird. Offenbach weiß, wie man untertaucht."

„Mit diesem Video, in dem er das Leben des Präsidentenpaars bedroht, hat er sich auf der Liste der meistgesuchten Verbrecher der Vereinigten Staaten auf den Spitzenplatz katapultiert. Wir werden ihn finden."

„Redet Ramsey?", erkundigte sich Sam, während sie zum Ausgang der Gerichtsmedizin gingen.

„Nach allem, was ich gehört habe, ist er gerade erst aus dem OP raus. Das FBI wartet darauf, ihn befragen zu können."

„Er wird uns nicht helfen, Offenbach aufzuspüren."

„Man weiß nie, was jemand tut, wenn er die Todeszelle vor Augen hat."

„Schauen wir mal, aber ich wäre überrascht, wenn er etwas Hilfreiches preisgibt."

Die Lichter in der Gerichtsmedizin waren aus, was bedeutete, dass Lindsey schon Feierabend gemacht hatte. Sam nickte Agent Q zu, der am Ausgang stand. Das allein war schon eine Veränderung. Jimmy hatte immer draußen beim Auto gewartet.

Als er die Tür öffnete, sah Sam, dass Vernon nicht gescherzt hatte, was die verstärkte Eskorte anging. Die Anzahl der Fahrzeuge konnte sich mit der messen, die Nicks Begleitschutz ausmachte.

„Ach du liebe Güte."

Vernon hielt ihr die Tür auf, während er mit den Augen den Parkplatz absuchte. „Wir wollen nichts riskieren."

Auf dem Weg zum Weißen Haus erkundigte sich Sam nach Jimmy.

„Er hofft, dass er morgen nach Hause darf", antwortete Vernon.

„Das sind doch mal gute Nachrichten."

„Er treibt Liz noch in den Wahnsinn damit, dass er unbedingt so schnell wie möglich aus dem Krankenhaus rauswill."

„Das kann ich mir lebhaft vorstellen. Ich wäre da nicht anders."

Vernon warf ihr im Rückspiegel einen Blick zu. „Soweit ich mich erinnere, *waren* Sie nicht anders, als Sie sich die Hüfte gebrochen hatten."

„Halten Sie mir nicht den Spiegel vor. Das ist gegen die SUV-Regeln."

Vernons lautes Lachen schien Q zu verwirren.

„Keine Sorge, Q", sagte Sam. „Im SUV wird ausschließlich Klartext geredet."

„Sieht ganz so aus", meinte Q. „Ich hatte keine Ahnung, dass Sie alle so viel Spaß bei diesem Auftrag haben."

„Bekanntermaßen bin ich immer für jeden Spaß zu haben", erwiderte Sam.

Diesmal lachten beide Männer.

Ein kleiner Sieg für Sam.

Sie nahm einen Anruf von Detective Carlucci entgegen. „Was gibt's?"

„Ich habe noch mal nachgedacht. Keine Ahnung, ob es relevant ist, aber als ich mit Dylan Offenbach auf der Akademie war, hat er einmal eine Wochenendparty in einem Camp seiner Familie in den Shenandoahs organisiert. Ich weiß nicht mehr, wo genau das war, doch es gab dort Hütten, einen See, Wanderwege und Schießstände. Er hat uns erzählt, er habe da oben mit sieben oder acht Jahren schießen gelernt, und dort hat er seine Fähigkeiten auch weiter perfektioniert."

Sam lief ein Kribbeln über den Rücken. „Das ist eine sehr wichtige Information. Ich werde sie sofort an Avery weitergeben."

„Ich kann nicht glauben, dass Dylan in so etwas verwickelt ist. Er war damals so ein Musterschüler."

„Irgendwann ist er vom rechten Weg abgekommen und hat eine Reihe von Fehlentscheidungen getroffen, die ihn an diesen Punkt gebracht haben."

„Ich versuche das immer noch zu verstehen. Wirklich, ich hätte wetten können, dass er einer von den Guten ist."

„Es ist immer enttäuschend, wenn Menschen, die uns so lange auf unserem Weg begleitet haben, sich der Marke und all der Dinge, für die sie steht, als unwürdig erweisen."

„Ganz genau."

„Danke für deinen Anruf und die Informationen, Dani. Ich halte dich auf dem Laufenden."

„Danke, das wäre nett."

Sam legte auf und rief sofort Avery Hill an. „Ich habe gerade mit Detective Carlucci aus meinem Team gesprochen. Sie war mit Offenbach auf der Akademie." Sam berichtete ihm von dem Camp in den Shenandoahs, an das sich Dani erinnert hatte. „Sie sagte, es gehöre seiner Familie. Keine Ahnung, ob vonseiten seines Vaters oder seiner Mutter."

„Großartig. So einen Ansatz haben wir dringend gebraucht, denn im Moment führen all unsere Spuren in eine Sackgasse. Den Mädchennamen der Mutter krieg ich raus. Wenn ihnen das Grundstück noch gehört, finden wir es."

„Denk dran, mich über Neuigkeiten zu informieren, okay?"

„So gut es geht. Übermittle Carlucci meinen Dank. Das könnte der Durchbruch sein, auf den wir alle gewartet haben."

„Mach ich."

Sam beendete das Gespräch und schickte Carlucci eine SMS, um ihr Averys Dank auszurichten.

*Ich hoffe, es hilft.*

*Das hoff ich auch.*

„Gibt es eine neue Spur?", fragte Vernon.

Sam erzählte ihm und Q, was Carlucci ihr mitgeteilt und dass sie es an Hill weitergemeldet hatte.

„Ich stelle mir diesen Offenbach vor, wie er seine neuen Polizistenfreunde voller Stolz zum Haus seiner Familie in den Bergen eingeladen hat, um ihnen seine irren Schießkünste zu demonstrieren", sagte Vernon.

„Wäre es nicht passend, wenn genau dieser Ausflug zu seinem Untergang führen würde?"

„Absolut."

Der SUV bog gerade in die Einfahrt zum Weißen Haus ein, als Sams BlackBerry vibrierte. Eine SMS von Andy an Nick, Elijah und sie.

*Zwei tolle Neuigkeiten: Erstens hat der Richter den Termin für das Adoptionsverfahren auf den 20. April festgelegt, und zweitens ist es uns gelungen, Elijahs Jugendstrafregister in Kalifornien löschen zu lassen.*

Elijah antwortete als Erster. *JA! LOS GEHT'S!!!*

Sam reagierte als Nächste: *Ich bin so glücklich, das zu hören. Danke für alles, was du getan hast, Andy, um beides zu erreichen. Wir können es kaum erwarten, offiziell zu verkünden, was längst wahr ist: Elijah, Aubrey und Alden gehören zu unserer Familie.*

Nick schloss sich Sam an. *Ich bin über beides sehr erleichtert und warte jetzt ungeduldig auf den 20. April. Danke, Andy.*

*War mir eine Freude, euch zu helfen, alles unter Dach und Fach zu bringen,* erwiderte Andy.

„Wow", sagte Sam zu Vernon und Q. „Wollen Sie etwas streng Vertrauliches wissen, was niemand sonst erfahren darf?"

„Äh, ja, bitte", meinte Vernon.

„Am zwanzigsten April werden Nick und ich Elijah, Aubrey und Alden endlich offiziell adoptieren."

„Das ist ja ganz wunderbar", erklärte Vernon. „Herzlichen Glückwunsch, Mom."

Dass er sie so nannte, freute Sam riesig.

„Herzlichen Glückwunsch auch von mir", fügte Q hinzu. „Wie schön für Sie alle."

„Danke Ihnen beiden. Bitte das Ganze noch nicht einmal Ihren Partnerinnen gegenüber erwähnen. Ich bin sicher, dass es einen Plan dafür gibt, wie wir es bekannt machen, sobald alles offiziell ist." Unausgesprochen ließ sie, dass sie keinesfalls riskieren wollten, dass die geldgierigen Verwandten der Zwillinge davon Wind bekamen, bevor es zu spät war, um noch etwas daran zu ändern.

„Wir werden kein Wort darüber verlieren", versprach Vernon.

In nur wenigen Tagen würde Sam also offiziell Mutter von vier Kindern sein. Sie mussten Elijah nicht mehr als ihren Bonus-Sohn bezeichnen, sondern konnten ihn einfach ihren Sohn nennen. Sie, die einst geglaubt hatte, sie würde niemals Kinder haben, hatte nun drei Söhne und eine Tochter – und eine Schwiegertochter!

Dies war einer der wichtigsten Tage ihres Lebens, zusammen mit ihrer Hochzeit mit Nick, dem Tag, an dem sie Scotty offiziell adoptiert hatten, und ihrem ersten Arbeitstag. Wahrscheinlich sollte sie auch Nicks Wahl zum Präsidenten zu diesen bedeutendsten Tagen zählen. Komisch, dass ihr das im Vergleich zu ihren vier wunderbaren Kindern fast nebensächlich erschien.

Vernon öffnete ihr die Fondtür des SUVs und streckte ihr die

Hand zum Aussteigen hin. „Ich freue mich für Sie, Sam. Nach dieser absurden Woche haben Sie sich das wirklich verdient."

„Danke. Ich bin froh, dass ich es Ihnen erzählen konnte."

„Geben Sie mir Bescheid, wenn Sie den Zeitplan für morgen haben."

„Werd ich. Noch mal vielen Dank für alles."

„Es ist mir ein Vergnügen, mit Ihnen zu arbeiten."

„Das kann ich nur erwidern."

Sam war nicht überrascht, dass Nick im Foyer auf sie wartete. Mit einem Freudenschrei rannte sie zu ihm, ohne daran zu denken, dass jemand beobachten könnte, wie sie sich umarmten.

Das Klicken einer Kamera erinnerte sie daran, dass fast alles, was sie in diesem Gebäude taten, vor den Augen der Öffentlichkeit geschah. „Lass uns raufgehen und feiern", flüsterte sie ihm ins Ohr.

Ohne sie loszulassen, stieg er die Treppe hinauf, immer zwei Stufen auf einmal, um endlich mit ihr allein zu sein. *Saturday Night Live* würde das wahrscheinlich in ein oder zwei Wochen ausschlachten, aber das war ihr egal, als ihr Mann sie außen gegen die Wand des Lincoln-Schlafzimmers presste und auf den Mund küsste.

„Schau sich einer uns an", flüsterte er, während er sich Sams Hals zuwandte, was ihr ein sinnliches Stöhnen entlockte. „Eltern von *vier Kindern*."

„Ich kann es noch gar nicht glauben." Und sie würde nie vergessen, dass zwei besondere Menschen auf entsetzliche Weise hatten sterben müssen, um ihnen das zu ermöglichen.

„Es ist sehr real, und bald wird es offiziell sein."

„Was in Gottes Namen ist denn hier los?", ertönte plötzlich Scottys Stimme. „Ihr habt ein Schlafzimmer am Ende des Flurs und knutscht wie Teenager, wo euch jeder beobachten kann?"

Sie konnten nicht anders, sie brachen in lautes Gelächter aus.

„Das ist kein bisschen lustig! Was, wenn die Zwillinge hier vorbeigekommen wären?"

„Ich glaube, sie hätten den Schock überlebt", antwortete Nick, während er Sam vor sich zog, um die Spuren seiner Erregung zu verbergen. Er legte ihr die Hände auf die Schultern, während sie den Flur entlang zu ihrem Sohn gingen.

„Es gehört sich nicht, so heftig zu knutschen, als hättet ihr euch einen Monat lang nicht gesehen, und das direkt vor dem Lincoln-Schlafzimmer."

Sam gab ihm einen Klaps auf den Hinterkopf und dann einen Kuss auf die Wange. „Wir haben gerade ausgezeichnete Nachrichten erhalten."

„Scheint so."

„Tatsächlich sind es die allerbesten Nachrichten. Am zwanzigsten April ist der Gerichtstermin, bei dem die Adoption von Eli, Alden und Aubrey offiziell wird."

„Oh, wow, das sind wirklich gute Nachrichten." Er blickte sie an. „Heißt das, dass niemand mehr versuchen kann, sie uns wieder wegzunehmen?"

„Genau das", bestätigte Nick.

„Also werde ich Bruder."

„Das bist du doch schon", entgegnete Sam. „Dann ist es lediglich offiziell."

„Angesichts dieser großartigen Neuigkeiten werde ich euch euer ungebührliches Verhalten ausnahmsweise mal nachsehen."

„Mensch, danke, Kumpel", meinte Nick. „Bist ein echter Freund."

„Willst du dabei sein, wenn wir es den Zwillingen sagen?", schlug Sam vor.

„Na klar. Dann wollen wir mal."

# KAPITEL 34

Nachdem Sam Waffe und Handschellen im Nachttisch eingeschlossen hatte, gingen die drei nach oben in den dritten Stock, um den Zwillingen die Neuigkeiten mitzuteilen. Sam ärgerte sich über einen stechenden Schmerz in ihrer frisch verheilten Hüfte, der sie allerdings nur beim Treppensteigen störte.

Die Zwillinge kamen angerannt, als sie sie entdeckten. Sam nahm Alden auf den Arm, während Nick Aubrey an sich drückte. Bald würden sie zu groß sein, um sie hochzuheben, ein deprimierender Gedanke, den Sam beiseiteschob, um sich nicht die Feierlaune verderben zu lassen. Und sie wollte auch nicht daran denken, dass sie insgesamt erst spät in das Leben ihrer Kinder getreten war und sie viel zu schnell groß werden würden.

Nach ihrer brutalen Woche waren die fantastischen Neuigkeiten von Andy mehr als willkommen.

„Wie lautet die frohe Kunde?", fragte Nick.

„Sie wissen nicht, was das bedeutet, Dad", mahnte Scotty.

„Es bedeutet: Wie war euer Tag, was gibt es Neues und Aufregendes?", erklärte Nick.

„Viel besser", lobte Scotty.

„Gott sei Dank bist du da, um aufzupassen, dass wir keinen Mist bauen", bemerkte Sam.

„Das sage ich auch jeden Tag."

Die Zwillinge ergötzten sie mit einer Aufzählung der neusten Begebenheiten in der ersten Klasse, die ausnahmsweise einmal keine Körperflüssigkeiten beinhalteten. Ihr Freund Solomon würde einen Monat lang in der Schule fehlen, weil er mit seiner Familie Verwandte in Deutschland besuchte.

„Das ist cool", meinte Scotty. „Haben wir zufälligerweise auch Verwandte in Deutschland, die sich freuen würden, uns zu sehen?"

„Leider nicht", antwortete Nick. „Kein freier Monat für dich."

„Das Leben ist echt nicht fair."

Brenda stand lachend daneben. „Diese Familie verdient ihre eigene Reality-Show."

„Ich glaube, wir leben bereits in einer, Nana", warf Scotty ein.

„Stimmt."

Sie setzten sich aufs Sofa, die Zwillinge auf dem Schoß und Scotty zwischen sich.

Sam schaute zu Nick, der ihr bedeutete, den Zwillingen von der Adoption zu erzählen.

„Wir haben euch heute etwas Wichtiges zu sagen", begann sie.

„Was Gutes?", fragte Aubrey mit einer Beklommenheit, die Sam einen Stich ins Herz versetzte. Das arme Kind hatte in seinen wenigen Jahren schon so viel ausstehen müssen.

„Was *richtig* Gutes. Erinnert ihr euch? Wir haben darüber geredet, dass wir euch und Elijah adoptieren wollen, damit wir in jeder Hinsicht eine Familie sind, auch rechtlich."

„Ja", erwiderte Alden. „Aber unsere Mama und unser Papa bleiben unsere Mama und unser Papa, oder?"

„Für immer und ewig", versicherte Nick. „Nichts wird das je ändern, doch Sam und ich werden uns um euch kümmern, bis ihr alt genug seid, um für euch selbst zu sorgen."

„Genau", kam es von Aubrey. „Und Scotty wird unser anderer großer Bruder sein."

„Worauf ihr euch verlassen könnt", bestätigte Scotty und gab beiden Zwillingen einen Fistbump.

„Heute", fuhr Sam fort, „haben wir erfahren, dass wir schon sehr bald, am zwanzigsten April, vor einem Richter erscheinen, der das Ganze offiziell macht."

„Feiern wir dann eine Party?", bettelte Aubrey.

„Aber klar." Sam lächelte die beiden Kleinen an. „Du und Alden, ihr könnt das planen. Überlegt euch, was immer ihr wollt."

„Äh, das bedeutet Erdnussbutter und Marshmallow-Creme für alle", gab Scotty zu bedenken.

„Was immer die beiden möchten. Das wird ihr großer Tag."

„Du kannst uns gern bei der Planung helfen, Scotty", meinte Alden großmütig.

„Okay, ich sorge dafür, dass es auch was gibt, das man wirklich essen kann."

„Können wir Jack, Ella, Ethan und Abby einladen?", fragte Alden und nannte damit ihre Cousins und Cousinen.

„Klar. Die würden das nicht verpassen wollen!"

„Cool, und Alex und Noah und Baby Maisie!" Alden wollte auch Gonzos Sohn und Shelbys Kinder dabeihaben.

Sam fand es toll, dass die Kinder ihrer Freunde innerhalb weniger Monate Teil des Lebens der Zwillinge geworden waren. „Ihr könnt einladen, wen ihr wollt."

„Müssen wir dann jetzt unsere Namen ändern?", erkundigte sich Alden.

„Wir dachten an Armstrong-Cappuano, wenn ihr damit einverstanden seid", antwortete Nick. „Aber in der Schule reicht A.-C., damit ihr es nicht jedes Mal ausschreiben müsst."

„Das ist cool", zeigte sich Alden erleichtert, während Aubrey nickte.

„Gruppenkuscheln!", rief Sam und zog alle in einem großen Haufen auf dem Sofa zusammen, was zu viel Gelächter und Gekreische führte, weil Scotty alle kitzelte, die er erwischen konnte.

Nachdem sie die Kinder zum Spielen entlassen hatten, umarmte Brenda Sam. „Ich freu mich so für dich und Nick. Was für eine großartige Familie."

„Danke, Mom. Es ist definitiv nicht so gekommen, wie wir es uns vorgestellt hatten, doch ich würde diese Familie gegen nichts eintauschen wollen."

Die drei Kinder hatten Nick zu Boden gerungen und mühten sich ab, ihn dort festzuhalten, während er sich aus ihrem Griff zu befreien versuchte. Sam wünschte sich, der Rest der Welt könnte ihn in seiner Vaterrolle sehen. Dann würden die Menschen, die ihn unterstützten, ihn noch mehr lieben, als sie es ohnehin schon taten.

„Schau ihn dir an", flüsterte Sam. „So etwas hat er noch nie erlebt."

„Es ist wunderbar", erwiderte Brenda. „Er ist so glücklich über seine geliebte Familie, zu der er jeden Abend heimkehren kann."

„Weißt du, ich habe mich früher so nach einem Baby gesehnt. Aber mir ist klar geworden, dass sich die Versorgung eines so kleinen Kindes überhaupt nicht mit meinem Leben vereinbaren ließe. Ich würde die ganze Zeit mit ihm verbringen wollen, doch das geht ja gar nicht, es sei denn, ich würde meinen Job aufgeben, was für mich keine Option ist."

„Das Universum sorgt dafür, dass wir erhalten, was uns bestimmt ist."

„Richtig. Ich hätte Eli und den Zwillingen nie den Albtraum gewünscht, ihre Eltern zu verlieren. Aber wenn es schon so kommen musste, bin ich froh, dass sie bei uns gelandet sind."

„Sie können sich glücklich schätzen, dass sie euch haben."

„Nein, wir sind es, die sich glücklich schätzen dürfen."

Mit einem Schrei warf sich Nick auf seine kleinen Widersacher und überrumpelte sie. Ihr lautes Gelächter brachte auch Sam und Brenda zum Lachen.

„Geschickter Move, Babe", lobte Sam.

„Das wird er nicht mehr lange mit mir machen können", keuchte Scotty, während er sich aus Nicks Griff zu winden versuchte.

„Spuck nicht so große Töne", neckte ihn Nick. „Der Tag, an dem du mich besiegen kannst, liegt noch in weiter Ferne."

„Das wird nicht mehr lange dauern, alter Mann. Sei auf der Hut."

Nick verstärkte seinen Griff um Scotty, bis dieser keuchte: „Ich gebe auf!"

„Für dich heißt das: ‚Ich gebe auf, Mr President.'"

Scotty schnaubte entrüstet, als Nick ihn losließ. „Das war ein fieser Trick."

„Meine Spezialität."

„Wie gesagt, sei auf der Hut, alter Mann."

„Sollen wir für dich gegen ihn kämpfen, Scotty?", fragte Alden und spannte die Muskeln an.

„Nein, wir wollen ihn nicht überfordern. Er ist nicht mehr der Jüngste."

„Du nimmst den Mund ganz schön voll, Freundchen."

Außerhalb dieser geschichtsträchtigen Mauern war in den schrecklichen letzten Tagen vieles, woran Sam ihr Leben lang geglaubt hatte, gefährlich ins Wanken geraten. Aber hier, bei ihrer wundervollen Familie, entschied sie, sich nicht wegen Dingen aufzuregen, die sie ohnehin nicht ändern konnte.

Viel später hatte Nick auch Sam unter sich, doch sie versuchte nicht, sich ihm zu entwinden. Tatsächlich versuchte sie sogar, ihn enger an sich zu ziehen.

„Härter", flüsterte sie ihm ins Ohr, ehe sie ihm ins Ohrläppchen biss.

Das schien etwas in ihm zu entfesseln, und er gab ihr, was sie wollte, bis sie sich aneinanderklammerten und gemeinsam einem epischen Höhepunkt entgegenstrebten, einem Moment vollkommener Harmonie.

„Verdammt, Baby", keuchte er. „So heizt man mir richtig ein."

Sam lachte. „Hab ich das gerade getan?"

„Du weißt genau, was das mit mir macht."

„Was meinst du? Die Aufforderung oder der Biss?"

„Beides war verdammt heiß."

„Gut." Sie streichelte seinen Rücken und genoss die unglaubliche Befriedigung, die stets auf ihr Liebesspiel folgte. „Komisch, dass der Tag heute so ein Albtraum war, sich aber letztlich doch noch alles ganz positiv entwickelt hat, wenn man die Umstände bedenkt. Meine Kollegen haben sich für mich eingesetzt, und Andy hatte eine wunderbare Nachricht für uns."

„Klar. Ich bin auch froh, dass er Elis Vorstrafe in Kalifornien löschen lassen konnte. Das ist eine Riesenerleichterung. Es hat mich immer gestört, dass ihm das anhaften und am Ende seine vielversprechende Zukunft ruinieren könnte."

„Genau. Ich hab mir übrigens überlegt, wir könnten für ihn und Candace eine schicke Hochzeitsfeier im Weißen Haus ausrichten."

„Super Idee. Und es wäre eine Botschaft an ihre Eltern, dass man der wahren Liebe nicht im Weg stehen sollte."

„Absolut. Ich frage mich, wie sie es finden, dass sie zu ihm gezogen ist, sobald sie volljährig war."

„Bestimmt sind sie total entsetzt, aber was können sie schon tun? Sie haben den Jungen, den sie liebte, vor Gericht gezerrt, und daher spielen sie jetzt in ihrem Leben keine Rolle mehr. Das ist eine Lektion in Sachen Erziehung. Wenn man überreagiert, insbesondere wenn es um etwas ganz Normales beim Erwachsenwerden geht, läuft man Gefahr, seine Kinder für immer zu verlieren."

„Es wäre unerträglich für mich, wenn es zu so einer Entfremdung zwischen uns und unseren Kindern käme."

„Behalten wir das im Hinterkopf, wenn sie uns irgendwann mit etwas auf die Probe stellen, was uns jetzt nicht mal im Traum einfiele."

„Das würden sie niemals tun."

Nick lachte laut auf. „Rede dir das nur weiter ein."

„Woher sollen wir wissen, was das Richtige ist?"

„Ich erinnere mich, dass dein Vater, nachdem wir Scotty bei uns aufgenommen hatten, meinte, wir sollten nie vergessen, dass Kinder Individuen sind, die ihre eigenen Ideen und Meinungen haben, und dass sie nicht automatisch falschliegen, bloß weil wir anderer Ansicht sind. Wie Eli und Candace. Hätten ihre Eltern zehn Minuten mit den beiden verbracht, hätten sie vielleicht gemerkt, dass sie einander wirklich lieben. Waren die beiden zu jung für Sex? Möglicherweise. Doch was die Eltern getan haben, war wesentlich schlimmer. Warum haben sie sie nicht einfach getrennt, bis Candace älter war? Stattdessen haben sie die Polizei gerufen, obwohl es sich um eine liebevolle, einvernehmliche Beziehung gehandelt hat."

„Stimmt. Mein Vater hat auch immer gesagt, es bringe nichts, die Augen vor der Realität zu verschließen, wenn die Kinder groß werden. Sie werden trinken, rauchen, Sex haben, fluchen und Sachen tun, die uns nicht gefallen. Zu versuchen, den natürlichen Lauf der Dinge aufzuhalten, ist wie der Versuch, die Flut zu stoppen."

„Kannst du mir das alles aufschreiben, da ich nicht mein ganzes Leben mit Skip verbracht habe und all diese Weisheiten hören konnte?"

„Sie stehen dir jederzeit auf Abruf zur Verfügung."

„Gut zu wissen."

„Ich möchte bei der Erziehung unserer Kinder keine Fehler machen."

„Wirst du nicht. Sie lieben dich, und wenn du etwas sagst, hören sie dir wirklich zu, weil du das umgekehrt auch bei ihnen tust. Ich denke, wir halten die Kommunikationskanäle offen und lachen mit ihnen, sodass wir, wenn es um ernste Dinge geht, bereits die Weichen gestellt haben. Verstehst du?"

„Das leuchtet mir ein", erwiderte Sam. „Ich freue mich auf alles, was wir in Zukunft mit ihnen erleben werden. Sogar auf die schwierigen Dinge."

„Ich auch, solange du da bist, um mich vor schweren Fehlern zu bewahren."

„Ach komm, wer würde so was wohl eher in den Sand setzen? Ich oder du?"

„Muss ich die Frage beantworten?"

„Unbedingt!", rief Sam.

„Äh, nun, du weißt, wie sehr ich dich liebe, oder?"

Sam boxte ihm in die Schulter, woraufhin er wieder lachte.

„Ich mache von meinem Aussageverweigerungsrecht Gebrauch, da ich mit der Mutter meiner vier Kinder verheiratet bleiben möchte."

„Unsere *vier* Kinder. Das ist unfassbar."

„Zusammen mit dir das Beste, was mir je passiert ist."

„Seh ich genauso, Liebster. Ganz genau so."

~

Am nächsten Morgen erhielt Sam einen Anruf von Dani. „Guten Morgen."

„Morgen, Lieutenant. Ich wollte dich auf den neuesten Stand bringen, was die Suche nach Offenbach betrifft. Das FBI hat das Camp in den Shenandoahs gefunden, das seiner Mutter gehört. Die Beamten haben mich gebeten, ihnen alle Details zu Aufbau und Umgebung zu schildern, an die ich mich erinnern kann, also treffe ich mich nach meiner Schicht mit ihnen."

„Glauben die, dass er dort ist?"

„Sie versuchen, geheim zu halten, dass sie über das Lager informiert sind. Wenn alle Vorbereitungen getroffen sind, werden sie mit Infrarotkameras überprüfen, ob er dort ist."

„Das wird ihn aufscheuchen."

„Ja, genau deshalb warten sie damit."

„Gibt es sonst noch was Neues von letzter Nacht?"

„Wir haben an den vollständigen Berichten über Ramsey und Offenbach gearbeitet, die du angefordert hast, und Gigi schiebt mir gerade eine Notiz zu, dass Offenbachs Ex-Frau dich sprechen will. Sie befindet sich im GW."

„Was will sie von mir?"

„Das hat sie nicht gesagt, aber sie möchte ausschließlich mit dir reden."

„Ich fahre sofort hin."

„Gut. Ich halte dich auf dem Laufenden."

„Sollte er wirklich in dem Camp sein, wissen die FBI-Leute es hoffentlich angemessen zu schätzen, dass du sie auf die richtige Fährte geführt hast."

„Mir ist nur wichtig, dass sie ihn schnappen, ehe noch jemand zu Schaden kommt."

„Trotzdem … Wenn sie ihn dort schnappen, haben sie das allein dir zu verdanken."

„Wenn du meinst."

„Ich meine, und ich bin die Chefin."

Dani lachte. „Wir sind alle erleichtert, dass du den ganzen Mist nach allem, was diese Woche passiert ist, nicht einfach hingeschmissen hast."

„Offenbar bin ich masochistisch veranlagt. Bis später."

„Gott sei Dank bist du das, und ja, bis später."

Sam klappte ihr Handy zu und zog sich fertig an, um die Kinder bereit für die Schule an ihre Eskorte zu übergeben und dann zum Krankenhaus zu fahren, um zu sehen, was Offenbachs Ex-Frau von ihr wollte.

Auf dem Weg aus ihrer Suite fiel ihr Blick in Nicks kleines Büro. Aus einer Laune heraus trat sie ein, um ein paar Veränderungen vorzunehmen, damit er wusste, dass sie da gewesen war. In die Schreibtischschublade klebte sie einen Zettel, auf den sie „SAM LIEBT NICK MEHR ALS ER SIE" geschrieben hatte.

Grinsend ordnete sie die Gegenstände auf dem akribisch aufgeräumten Schreibtisch neu, ehe sie, zufrieden vor sich hin pfeifend, wieder ging. Sie liebte es, seinen Ordnungsfimmel zu torpedieren. In einer Zeit, in der sie das Gefühl hatte, dass sich alles um sie herum veränderte, mussten ein paar Dinge einfach so bleiben, wie sie waren.

Die Zwillinge stürmten in den Flur, in ihre Schuluniformen gekleidet und mit ihren Rucksäcken im Schlepptau.

„Ich wollte euch beide gerade wecken", sagte Sam.

„Wir haben uns selbst geweckt", verkündete Aubrey stolz.

„Das sehe ich", antwortete Sam und zog einen Schmollmund. „Heißt das, ihr braucht mich ab jetzt nicht mehr?"

„So ein Quatsch, Sam", meinte Alden. „Natürlich brauchen wir dich."

„Oh, ein Glück. Ich hatte schon Angst, ihr würdet mir als Nächstes mitteilen, ihr sucht euch eine eigene Wohnung."

Das Lachen der Kleinen versüßte ihr den Tag, und der hatte ja gerade erst begonnen.

„Du bist albern", kicherte Aubrey.

In diesen drei kleinen Worten glaubte Sam hören zu können, wie die dreizehnjährige Aubrey klingen würde – keck und mit einer Portion Sarkasmus, wenn es nach Sam ging.

„Was gibt's heute zum Frühstück?", fragte Alden.

„Was möchtet ihr denn?"

„French-Toast-Sticks!", riefen die Zwillinge wie aus einem Mund.

„Ach, Pfannkuchen, ja?"

„Nein!“

„Haben wir nicht gesagt.“

„Also, ich hab Pfannkuchen verstanden.“

Ihre Frotzeleien und das Gelächter hielten bis zu dem Moment an, in dem Sam sie mit ihrer Eskorte zur Schule schickte. Die Zeit, die sie morgens mit ihnen verbrachte, war zu einem Highlight ihres Tages geworden. Was sie immer wieder erstaunte, war, dass jeder Tag ein wenig anders war als der vorige, auch wenn der Ablauf immer der gleiche war.

Die Zwillinge waren ein solches Geschenk, und während sie das dachte, sprach sie ein stilles Gebet für Jameson und Cleo, die als ihre Eltern immer einen Platz in ihren Herzen haben würden. Ihr wurde klar, dass sich so wohl Empfänger einer Herztransplantation fühlen mussten … Jemand musste sterben, damit ihr Traum wahr werden konnte.

Nachdenklich stieg sie die Treppe hinunter zu Vernon und Q, die bereits auf sie warteten. „Guten Morgen, die Herren.“

„Guten Morgen“, antwortete Vernon. „Ich habe Ihre SMS erhalten, und wir sind bereit, Sie zum GW zu bringen.“

„Super. Die frühere Mrs Offenbach will mich sprechen.“

„Ist das seltsam?“

„Sehr. Ich bin gespannt, was sie mir zu sagen hat.“

Vernon hielt ihr die hintere Tür des SUVs auf. „Wir schicken ein Vorauskommando, um sicherzustellen, dass es sich nicht um eine Falle handelt.“

„An diese Möglichkeit hab ich gar nicht gedacht.“

„Immer das Schlimmstmögliche im Blick zu haben, ist ja auch unser Job, nicht Ihrer.“

„Ein Glück. Darf Jimmy heute nach Hause?“

„Sie haben ihn gestern Nachmittag entlassen, und heute Morgen ruht er sich laut Liz’ Bericht gründlich aus.“

„Das ist gut. Nick und ich möchten ihm etwas schenken, um ihm dafür zu danken, dass er mir das Leben gerettet hat. Haben Sie eine Idee?“

„Das müssen Sie nicht. Jimmy würde sagen, er habe schließlich nur seine Arbeit gemacht.“

„Ich weiß. Doch wir möchten ihm trotzdem etwas Gutes tun.“

„Er freut sich sicher über alles, auch wenn er einwenden wird, dass es nicht nötig ist."

„Ich werde mal Vorschläge sammeln – bei meinen beiden Schwestern und Shelby. Denen fällt sicher etwas Passendes ein."

„Ganz bestimmt."

Sam schickte den dreien eine SMS mit der Bitte um Ideen.

*Irgendwas mit Monogramm?*, schlug Shelby vor. *Kennen wir schon den Namen des Babys?*

„Gibt es schon einen Namen für das Kind?", fragte Sam Vernon.

„Ja, Austin Michael McFarland."

„Das finde ich schön." Sam gab den Namen an Shelby weiter.

*Ich werde mir etwas einfallen lassen.*

*Du bist die Beste, Shelby.*

Tracy antwortete nicht im Gruppen-Chat, sondern nur Sam. *Ich wollte dir erzählen, dass Ethan heute früh bei Dr. Christi war und danach gesagt hat, sie sei nicht ganz furchtbar. Noch mal vielen Dank für deine Hilfe – ohne dich hätten wir so schnell keinen Termin gekriegt. Ich fühle mich etwas besser, jetzt, wo ich weiß, dass er mit jemandem spricht, der sich auskennt.*

*Freut mich, dass es schon mal gut angefangen hat.*

Der Secret Service hatte das George Washington University Hospital in Erwartung ihrer Ankunft in eine Festung verwandelt.

„Also das nenn ich mal Overkill", stellte Sam trocken fest.

„Verwenden Sie das Wort ‚kill' nicht in Gegenwart Ihrer Eskorte", riet Vernon.

Sam lachte leise. „Tut mir leid, aber … das ist schon ein ziemliches Aufgebot."

„Ein exzellenter Scharfschütze bedroht Ihr Leben. Da gehen wir kein Risiko ein."

„Ja, schon klar."

„Unser Vorauskommando hat bereits den Weg zum Zimmer der ehemaligen Mrs Offenbach gesichert. Wir können rein."

# KAPITEL 35

Sam folgte Vernon ins Gebäude, dicht gefolgt von Q und einer Schar anderer Agenten. *Bitte, Gott, lass sie Offenbach schnell finden, damit ich das nicht zu lange aushalten muss.* Allein bei der Vorstellung, mit dieser riesigen Entourage im Hauptquartier aufzutauchen, wurde ihr schlecht.

Sie fuhren mit dem Aufzug ins dritte Obergeschoss, wo zwei FBI-Beamte Offenbachs Ex-Frau bewachten. Obwohl sie Sam erkannten, ließen sie sich ihren Ausweis zeigen. Sie wäre enttäuscht gewesen, wenn sie es nicht getan hätten. Nachdem sie alles gewissenhaft geprüft hatten, öffnete ihr einer von ihnen die Tür und sagte: „Sie erwartet Sie."

Im Zimmer lag eine Frau in einem Krankenhausbett, umgeben von sechs blonden Kindern – vier Jungs und zwei Mädchen –, die geschätzt zwischen einem halben Jahr und zehn oder elf Jahre alt waren.

Als die Frau Sam sah, wandte sie sich an den Ältesten: „Micha, bitte spiel mit den anderen."

In einer Ecke standen Spielsachen bereit, und der Junge ging mit seinen Geschwistern dorthin.

„Ich bin Lieutenant Sam Holland. Sie wollten mich sprechen?"

„Vielen Dank, dass Sie gekommen sind." Die Frau hatte strohiges blondes Haar und blaugraue Augen, unter denen sich dunkle Ringe abzeichneten. Ihr Gesicht wirkte abgekämpft und verhärmt.

„Darf ich fragen, wie Sie heißen?“

„Oh, entschuldigen Sie bitte. Laura. Im Moment heiße ich noch Offenbach, aber ich bin gerade dabei, meinen Mädchennamen wieder anzunehmen. Den Nachnamen der Kinder werde ich auch ändern.“

Sam senkte die Stimme, um die Kinder nicht zu beunruhigen. „Schön, Sie kennenzulernen, wobei es mir leidtut, dass es unter diesen Umständen geschieht. Geht es Ihnen und den Kindern gut?“

Die Frau im Bett antwortete, ebenfalls leise: „Das wird wieder. Dylan hatte uns drei Tage lang in diesem Zimmer eingesperrt, ohne Wasser, Essen oder Toilette. Er hatte sogar die Fenster vergittert. Als man uns gefunden hat, waren wir in einem erbarmungswürdigen Zustand.“ Sie zeigte auf die Infusionsnadel in ihrer Hand. „Ich war völlig dehydriert, genau wie zwei der Kinder, doch zum Glück haben sie sich schnell erholt.“

„Das muss entsetzlich gewesen sein.“

„Ich hab gedacht, wir würden sterben, aber natürlich durfte ich den Kindern meine Angst nicht zeigen.“

Sam holte Notizbuch und Stift heraus und setzte sich auf einen Stuhl neben dem Bett. „Wie sind Sie nach Herndon gekommen?“

„Dylan hatte Besuchszeit mit den Kindern und hat mich gefragt, ob ich sie zu ihm bringen könnte, weil er länger arbeiten müsse. Als wir dort eintrafen …“ Ihre Augen füllten sich mit Tränen, und sie schüttelte den Kopf. „Er hielt Micha eine Waffe an den Kopf und drohte, ihn zu erschießen, wenn ich nicht genau das täte, was er mir sagte.“

„Das tut mir so leid. Wie schrecklich.“

„Ich werde das mein Leben lang nicht vergessen, und ich fürchte, die älteren Kinder auch nicht.“

„Ihre Kinder scheinen sehr artig zu sein.“ Die sechs spielten ruhig in der Ecke, was auf Sam nicht ganz normal wirkte. Sie hätte deutlich mehr Lautstärke und Unruhe erwartet.

„Es sind brave Kinder.“ Lauras Augen füllten sich erneut mit

Tränen. „Sie haben im letzten Jahr viel durchgemacht: den Auszug ihres Vaters, die Scheidung und jetzt das."

„Ich hab gehört, Sie hätten noch mit niemandem vom FBI gesprochen."

„Weil ich nicht weiß, wem ich vertrauen kann. Deshalb habe ich um ein Treffen mit Ihnen gebeten."

„Ich fürchte, ich verstehe das nicht. Ihr Mann verabscheut mich. Er gibt mir die Schuld an all seinen Problemen."

„Ja, ironischerweise. Schließlich waren es ja nicht Sie, die mit einer anderen geschlafen hat, während Ihre Frau kurz vor der Geburt Ihres sechsten Kindes stand und Sie beruflich auf einer Konferenz sein sollten. Oder?"

„Nein."

„Ich wünschte, ich hätte einen Dollar für jedes Mal, wenn ich ihn daran erinnern musste, dass niemand außer ihm selbst schuld an seiner Lage ist. Doch davon will er nichts hören. Ich habe um ein Gespräch mit Ihnen gebeten, weil ich um Ihre Sicherheit besorgt bin. Er gerät jedes Mal völlig außer sich, wenn es um Sie und Lieutenant Archelotta geht."

„Wissen Sie, was mit Archelottas Freundin passiert ist?"

Sie riss die Augen auf. „Wie? Nein, was …"

„Es ist vielleicht besser, wenn Sie es nicht erfahren."

„Oh mein Gott. Ist sie … Ist sie tot?"

„Nein, er hat sie am Leben gelassen, aber nur gerade so. Sie sollte zu Archie zurückkehren, damit er erfährt, dass sie wegen etwas, was mit seiner Arbeit zu tun hat, entführt und vergewaltigt wurde."

Laura schüttelte den Kopf. „Es ist richtig, dass Dylan ziemlich extrem sein kann, aber ich hatte keine Ahnung, dass er zu so etwas fähig ist wie dem, was er jetzt getan hat. Ich hab mir allerdings auch nicht vorstellen können, dass er Micha eine Waffe an den Kopf halten und uns dann drei Tage lang in einem Raum einsperren könnte. Was für ein Mensch tut seinen eigenen Kindern so etwas an?"

Darauf hatte Sam keine Antwort. Also reichte sie Laura ein neues Taschentuch und wartete einen Moment, ehe sie weitersprach. „Hat er irgendwas gesagt, bevor er Sie in den Raum gesperrt hat – oder danach?"

„Nur dass er uns aus dem Weg haben wollte. Ich hab gefragt, was er damit meinte, doch dazu hat er sich nicht geäußert. Wie konnten wir im Weg sein, wo wir doch zu Hause waren und uns um unseren eigenen Kram gekümmert haben?"

„Er hat sich vermutlich gedacht, dass Sie die erste Anlaufstelle für die Polizei sein würden, sobald wir ihn mit den Drohnen und den anderen Verbrechen in Verbindung gebracht hätten."

„Was hat er mit Drohnen gemacht?", fragte Laura zögerlich.

„Er ist derjenige, der die bewaffneten Drohnen zum Ostereierrollen im Weißen Haus geschickt hat."

„Oh mein Gott …"

„Zum Glück ist nichts passiert. Wir haben in seinem Haus einen 3D-Drucker gefunden. Wir glauben, dass er sie damit hergestellt hat."

„Dieser gottverdammte Drucker." Ihre Miene wurde wütend. „Wissen Sie, wie viel so ein Ding kostet?"

„Ich habe keine Ahnung."

„Fünfundvierzigtausend Dollar."

„Woher hat er so viel Geld gehabt?"

„Aus einer Hypothek auf das Haus, das mir bei der Scheidung zugesprochen worden ist. Er hat das Geld noch vorher abgehoben. Es war eigentlich für Notfälle gedacht. Ich hab erst davon erfahren, nachdem er den Drucker schon gekauft hatte, und jetzt sitze ich auf den Schulden. Wenn ich geahnt hätte, was er damit vorhat …" Ihre Stimme brach, und sie schluchzte. „Ich wusste von nichts, sonst hätte ich etwas unternommen."

Sam legte eine Hand auf Lauras. „Niemand gibt Ihnen die Schuld an irgendwas davon."

„Mir hätte klar sein müssen, dass er etwas völlig Verrücktes tun würde. Dylan war so wütend, nachdem man ihn erwischt und degradiert hatte. Ich hätte etwas sagen sollen. Ja, ich hätte Sie warnen sollen. Vielleicht hätte man ihn dann aufhalten können, ehe es so weit gekommen ist."

Sam ließ sie los, um ihr ein weiteres Taschentuch zu reichen.

„Geht's dir gut, Mom?", fragte Micha.

„Ja, Süßer. Danke, dass du für mich auf die Kinder aufpasst."
Sie warf Sam einen Blick zu und sagte: „Er ist mir eine große
Hilfe, obwohl er erst elf ist. Ich fürchte, dass ihm die Verbrechen
seines Vaters die Kindheit rauben werden."

„Kinder sind außerordentlich widerstandsfähig."

„Nach dem, was wir in diesem Zimmer durchgemacht haben,
werden sie intensive Therapie brauchen."

„Ich werde unseren Polizeipsychiater Dr. Trulo bitten, sich
darum zu kümmern."

„Warum sollte er mir helfen, wo es doch mein Ex ist, der
solchen Schrecken verbreitet und so Furchtbares getan hat?"

„Weil Sie und Ihre Kinder keine Schuld trifft und er Ihnen
ganz bestimmt helfen möchte, wenn er kann."

„Das wäre sehr freundlich." Sie tupfte sich die Tränen ab. „Alle
sind so nett zu uns."

„Sie sind Opfer eines Verbrechens, Laura, und so wird man Sie
auch behandeln."

„Was hat er sonst noch getan? Das wüsste ich gerne."

„Ich fürchte, es ist besser, wenn wir Ihnen das erst erzählen,
nachdem sie sich etwas weiter erholt haben."

Laura sank in die Kissen, als sie begriff, dass es schlimm sein
musste, wenn Sam glaubte, sie könnte es nicht verkraften.

„Wir glauben, dass er sich auf dem Anwesen seiner Familie in
den Shenandoahs versteckt hält."

Laura blickte sie an. „Da ist er ausgesprochen gern. Es ist sein
Lieblingsort."

„Waren Sie schon einmal dort?"

„Oft."

„Wären Sie gewillt, dem FBI die Örtlichkeiten so genau zu
beschreiben, wie Sie können, damit alle bestmöglich für die Suche
nach ihm vorbereitet sind?"

„Wenn es hilft, diesen Albtraum zu beenden …"

Sam rief Avery an und berichtete ihm, wo sie war und wozu
Laura sich bereit erklärt hatte.

„Das ist großartig. Vielen Dank."

„Ich bin froh, wenn ich euch helfen kann. Wie weit seid ihr?"

Er wusste, dass sie damit meinte, wie weit sie mit der Suche nach Offenbach waren. „Wir sind auf dem Weg in die Shenandoahs, aber in Anbetracht seiner Fähigkeiten muss alles bis ins kleinste Detail geplant sein."

„Alles klar."

„Meine Kollegin Agent Colson wird in einer Viertelstunde bei euch sein. Sie kann sehr gut mit Verbrechensopfern umgehen."

„Ich werde auf sie warten und die beiden dann allein lassen."

„Sie ist super. Du wirst sie mögen."

„Ich mag grundsätzlich keine Menschen."

Avery lachte kurz, ehe er auflegte.

„Wenn Sie hier rauskommen", sagte Sam zu Laura, „würde ich Ihnen gern meine Freundin Roni vorstellen, die mit einer Gruppe junger Witwen in Kontakt steht. Die Frauen unterstützen sich gegenseitig."

„Ich bin doch keine Witwe."

„Aber eine alleinerziehende Mutter. Ich bezweifle, dass die Gruppe es so genau nimmt. Soll ich ihr Ihre Nummer geben?"

Laura dachte kurz nach. „Ja, warum nicht? Vielen Dank, Sie sind sehr freundlich. Ich habe nie geglaubt, was Dylan von Ihnen behauptet hat."

„Das freut mich. Das FBI schickt gleich eine Agentin vorbei, die alles zu dem Camp aufnehmen wird, was Ihnen einfällt. Sie wird Sie bestimmt darauf hinweisen, trotzdem erwähne ich es auch schon mal: In einer Situation wie dieser ist kein Detail irrelevant."

„Ich werde ihr alles erzählen, was ich weiß."

Während Colson mit Laura sprach, ging Avery zu Ramsey, der mittlerweile aus der Narkose aufgewacht war. Durch seine Verletzung hatte er viel Blut verloren, sodass er eine ganze Weile brauchen würde, um sich zu erholen. Seine Genesung würde in einem Bundesgefängnis stattfinden müssen, denn seine Tage in Freiheit waren jetzt endgültig vorbei.

Der ehemalige Polizeibeamte war mit Handschellen ans

Krankenhausbett gefesselt und wurde von zwei von Averys besten Agenten bewacht.

„Sie können eine Pause einlegen", teilte Avery den beiden mit, als er ins Krankenzimmer trat.

Ramsey verzog das Gesicht, als er erkannte, wer der Neuankömmling war. „Verpiss dich, Mann. Du spielst doch im Team Holland." Er fügte höhnisch hinzu: „Du wohnst ja sogar im Weißen Haus."

„Meine Frau ist eng mit den Cappuanos befreundet."

„Du auch, also versuch gar nicht erst, es zu leugnen. Das ist allgemein bekannt."

Avery zuckte die Achseln und setzte sich neben das Bett. „Es ist mir egal, was die Leute denken. Unsere Freundschaft mit Sam und Nick reicht eine ganze Weile zurück, in die Zeit, bevor die beiden überhaupt ins Weiße Haus eingezogen sind. Auch das ist allgemein bekannt."

„Wenn du dir das einreden willst."

„Ich schlafe nachts hervorragend. Sie auch?"

Ramseys Gesicht verzog sich zu einer hasserfüllten Grimasse. „Ihr alle – Farnsworth, Malone, McBride, Forrester, sogar das verdammte FBI ... Ihr steckt alle unter einer Decke und wollt eure kostbare Prinzessin beschützen. Es heißt, du hast ihre Freundin geheiratet, um ihr nahe sein zu können. Das wusstest du bestimmt noch nicht."

Avery kannte dieses Gerücht tatsächlich nicht, und es war schmerzlich, es zu hören, zumal es Unsinn war.

„Hast du gedacht, niemand wüsste, dass du insgeheim Gefühle für sie hast? Das ist das am schlechtesten gehütete Geheimnis der Stadt. Deine arme Frau war leider immer nur die Nummer zwei für dich."

Avery unterdrückte den Impuls, dem anderen ins Gesicht zu schlagen, weil er es gewagt hatte, Shelby zu erwähnen, und lachte bloß verächtlich. „Besser als Ihre Frau, die nicht nur einen Sohn, sondern auch ihren Ehemann durch deren Ego und deren Überheblichkeit verloren hat. Das muss eine bittere Pille für sie sein." Avery beugte sich vor. „Wissen Sie, wie lange Sie für die Drohung, den Präsidenten zu ermorden, in den Knast wandern werden? Sie werden keinen einzigen Tag mehr in Freiheit verbringen."

Ramsey zuckte die Achseln, als wäre ihm das egal, aber sein unsteter Blick verriet sein Unbehagen.

„Dass Sie so dumm waren, das im Video zu verkünden ..." Avery schüttelte den Kopf. „Ich wette, Sie hatten nicht auf dem Schirm, dass Offenbach sich gegen Sie wenden könnte. Wann genau ist das passiert? Gleich nach der Aufnahme? Hat er Sie sofort über den Haufen geknallt, nachdem er Sie dazu gebracht hatte, zu gestehen, was Sie beide getan haben?"

Ramseys Gesichtsausdruck verfinsterte sich. „Er hat mich nicht absichtlich angeschossen. Es war ein Unfall."

Avery lachte. „Glauben Sie das wirklich? Einer der besten Schützen der Welt macht keinen solchen Fehler, das muss Ihnen doch klar gewesen sein, als Sie gefesselt und blutend auf seinem Küchenboden gelegen haben. Im Übrigen frage ich mich wirklich, wie Sie es vor sich rechtfertigen konnten, mit dem Mann zusammenzuarbeiten, der Ihren Jungen erschossen hat."

Ramseys Gesichtsausdruck verriet, dass er Avery zu gerne an die Kehle gesprungen wäre, wenn er es denn gekonnt hätte. „Dylan hat lediglich Befehle befolgt. Shanes Tod war nicht seine Schuld, sondern die von Malone und Holland. Die beiden sind dafür verantwortlich. Und er wollte mich nicht treffen. Wir hatten etwas vor, neben dem Ruby Ridge wie ein Pfadfindertreffen aussehen würde. Dafür brauchte er meine Hilfe."

Avery lachte erneut. „Was für eine Hilfe könnten Sie jemandem mit seinen Fähigkeiten schon sein? Nein, nachdem er von Ihnen bekommen hatte, was er wollte, waren Sie für ihn nur noch ein Klotz am Bein, und deshalb hat er Sie niedergeschossen. Aber es ist schon großartig, dass er Sie vorher dazu gebracht hat, vor laufender Kamera ein Geständnis abzulegen, und Sie dann am Leben gelassen hat, damit Sie den Kopf für Ihre gemeinsamen Verbrechen hinhalten. Ich wette, Sie beide waren völlig aus dem Häuschen, als Sie diese Botschaft aufgezeichnet haben, in der Sie Holland mitteilen, dass ihre Zeit abgelaufen ist, weil zwei Clowns vom MPD hinter ihr her sind."

„Sie macht sich vor Angst in die Hose. Das Fadenkreuz auf dem Kopf ihres Mannes war ein netter Einfall, oder?"

„Sie ist überhaupt nicht eingeschüchtert. Sie hat im Gegenteil gerade Offenbachs Ex-Frau befragt und hilft uns, den Fall gegen Sie beide aufzubauen."

„Wie kann sie das, wenn sie suspendiert ist?"

„Oh, haben Sie das noch nicht gehört? Die Suspendierung ist längst wieder aufgehoben."

„Sie hat diesen Reese zusammengeschlagen!"

Avery zuckte die Achseln. „Ja und?"

Ramseys Gesicht war hochrot angelaufen, Speichel sammelte sich in seinen Mundwinkeln. „Sie hat einen Killer laufen lassen, genau wie ihr Arschloch von Vater!"

Er zuckte erneut die Achseln. „Ja und?"

„Dafür gehört sie vor Gericht!"

„Denken Sie wirklich, dass sich dafür noch jemand interessiert, nachdem Sie beide vier unschuldige Menschen getötet, eine Frau entführt und vergewaltigt, Drohnen gegen das Weiße Haus geschickt und den Secret-Service-Agenten niedergeschossen haben, der die First Lady beschützen sollte?"

„Ich habe diese Frau nie angefasst!"

„Mir fällt auf, dass Sie den Rest nicht leugnen." Avery stand auf, um zu gehen, nachdem er erfahren hatte, was er wissen wollte: Offenbach hatte vor, ein Blutbad anzurichten, das selbst das Fiasko von Ruby Ridge in den Schatten stellte.

„Ich habe überhaupt nichts zugegeben."

„Doch." Avery klopfte sich auf die Brust. „Gut, dass ich unser Gespräch mitgeschnitten habe. Ich bin sicher, die Bundesstaatsanwaltschaft wird es hilfreich finden."

„Sie können ein Gespräch mit mir nicht ohne meine Erlaubnis aufnehmen."

„Man hat Ihnen Ihre Rechte vorgelesen, und Ihnen kann ja nicht neu sein, dass wir alles, was Sie sagen, gegen Sie verwenden können und werden. Wir sehen uns vor Gericht. Ach ja, viel Spaß im Gefängnis. Die lieben dort Ex-Polizisten. Ich bin sicher, Sie kriegen die Behandlung, die Sie verdienen. Ein guter Rat: Passen Sie auf sich auf."

„Fick dich, Hill! Ich scheiß auf Holland und den ganzen Rest von euch!"

Avery verließ den Raum, während Ramsey weiterzeterte. „Er gehört Ihnen", sagte er zu den beiden FBI-Agenten und zückte sein Handy, um seinem Team die neuen Informationen durchzugeben. Für ihn konnte dieser Wahnsinn gar nicht schnell genug enden.

# KAPITEL 36

„Ich habe die letzten beiden Tage damit verbracht, Hector Reese ausfindig zu machen", sagte Gonzo. „Ich wollte wissen, wer ihn dazu angestachelt hat, ausgerechnet jetzt an die Öffentlichkeit zu gehen, auch wenn uns die Namen der Verantwortlichen bereits bekannt sein dürften. Interessanterweise ist er, nachdem er tagelang in allen Medien präsent war, unauffindbar, was wahrscheinlich Absicht ist. Aber ich bleibe dran."

„Danke." Sam war nicht überrascht, dass Reese abgetaucht war, nachdem er für so viel Wirbel gesorgt und Klage gegen sie und die Behörde eingereicht hatte. „Vielleicht kontaktierst du mal den Anwalt, der das Verfahren angestoßen hat."

„Ich hab ihm schon zwei Nachrichten hinterlassen."

„Auf Ihren Wunsch hin, Lieutenant", meldete Detective Charles, „haben wir so viele Informationen wie möglich über die beiden Männer zusammengetragen. Mit wem sollen wir anfangen?"

„Offenbach", entschied Sam, nachdem alle anwesenden Mitglieder ihres Teams um den Konferenztisch herum Platz genommen hatten.

„Über ihn wird uns Detective O'Brien informieren", gab Charles das Wort weiter. „Matt, bitte."

O'Brien stand auf und nahm von Charles die Video-Fernbedienung entgegen. Auf dem Bildschirm erschien das Foto des lächelnden Offenbach von der Website des MPD. „Dylan James Offenbach ist siebenunddreißig Jahre alt und war zwölf Jahre lang Mitglied des MPD, bis er diese Woche wegen Drohungen gegen den Präsidenten, die First Family und seine Kollegen beim MPD vom Dienst suspendiert wurde. Er ist der älteste von drei Söhnen von David und Ellen Offenbach. Sein Vater war Scharfschütze bei den Marines und wurde im Rang eines Obersts in den Ruhestand versetzt.

Vor seiner Tätigkeit beim MPD diente Dylan ebenfalls vier Jahre bei den Marines, wo er als Scharfschütze die höchste Auszeichnung erhielt, die das Marine Corps vergibt. Darüber hinaus war er zertifizierter Ausbilder der Armed Defense Training Association. Offenbach schloss die Polizeiakademie als Jahrgangsbester ab, und die National Rifle Association hat ihn als Distinguished Expert ausgezeichnet, was die höchste Auszeichnung dieser Organisation ist."

„Das wusste ich bisher alles nicht", erklärte Sam.

„Er heiratete seine Highschool-Liebe Laura Taylor, als beide einundzwanzig waren. Das Paar hat sechs Kinder und hat sich letztes Jahr scheiden lassen. Ihre Kinder heißen Micha, elf, Mathias, neun, Miranda, acht, Madeline, sechs, Maddox, vier, und Maverick, ein halbes Jahr alt."

„Die Armen", warf Freddie ein. „Jetzt müssen sie mit dem Makel dessen aufwachsen, was ihr Vater getan hat."

„Die Mutter ist sehr liebevoll", berichtete Sam. „Sie ist gerade dabei, ihren Namen und den ihrer Kinder zu ihrem Mädchennamen zu ändern. Ich bin sicher, dass sie sie so gut wie möglich vor den Schandtaten ihres Vaters abschirmen wird. Dr. Trulo wird ihr dabei helfen, Therapeuten für sich und die Kleinen zu finden. Ich denke, es wird vielleicht etwas dauern, aber sie werden es schaffen."

„Das hoffe ich sehr", antwortete Freddie.

Matt reichte Neveah die Fernbedienung und setzte sich.

„James Ramsey", übernahm seine Kollegin. „Siebenundvierzig Jahre alt, seit neunzehn Jahren beim MPD, davon dreizehn in der Sondereinheit für Sexualdelikte. Ehe er zur Polizei kam, hat er sechs Jahre lang in der Armee gedient, wo er Panzerfahrer in einer Infanterieeinheit war. Ramsey wurde nach zehn Dienstjahren Detective und nach sechzehn Sergeant. Mehrere Beamte, die etwa zur gleichen Zeit wie er in den Polizeidienst eingetreten sind, vermuten, man habe ihn aufgrund seines aggressiven Kommunikationsstils gegenüber Kollegen und Bürgern nicht schneller befördert.

Ein Kollege hat ihn als den Elefanten im Porzellanladen der Special Victims Unit bezeichnet, was darauf hindeutet, dass er sich nicht gut in die Einheit eingefügt hat. Ein anderer Kollege nannte ihn eine Belastung, da er die Situation für die Opfer, mit denen sie arbeiteten, oft verschlimmerte. Es gab mehrfach Beschwerden gegen ihn wegen unangemessenen Verhaltens.

Zum Zeitpunkt seiner Festnahme auf Offenbachs Farm in Herndon war er wegen zahlreicher schwerer Straftaten angeklagt, darunter das Rammen des SUVs der First Lady mit einem anderen Fahrzeug, die Störung des öffentlichen Friedens bei der Beerdigung von Tom Forrester sowie verschiedene weitere Delikte im Zusammenhang mit der unerlaubten Durchsuchung des Büros einer Kollegin und der Androhung von Gewalt gegen sie. Bis letztes Jahr war er dreißig Jahre lang mit Marlene Ramsey verheiratet. Neben ihrem Sohn Shane, den das MPD als Täter im Rahmen einer Geiselnahme erschossen hat und der wegen zahlreicher Verbrechen, darunter sexuelle Nötigung und Mord, angeklagt war, haben sie eine achtundzwanzigjährige Tochter namens Kerry, einen fünfundzwanzigjährigen Sohn namens William und eine zweiundzwanzigjährige Tochter namens Rachel."

Als Sam die Zusammenfassung über Ramsey hörte, verspürte sie Mitleid mit der Familie, die wegen eines Mannes, der es nicht ertrug, dass er beruflich nicht so erfolgreich war, wie er es seiner Meinung nach verdiente, durch die Hölle gegangen war. Das war alles so ermüdend, doch zum Glück würde er nun für immer aus ihrem Umfeld verschwinden, da er den Rest seiner Tage im Gefängnis verbringen würde. Nachdem er dem Präsidenten mit Mord gedroht hatte, war ihm eine lebenslange Haftstrafe sicher.

Wenn es bei dem Sachverhalt „Attentatsdrohung" einen Silberstreif am Horizont gab, dann war es dieser.

„Ihr alle habt bei diesen Berichten großartige Arbeit geleistet.

Wenn ihr sie mir schickt, leite ich sie an Hill weiter, damit er sie mit seinem Team teilen kann. Man weiß nie, welches Detail für die Ermittlungen entscheidend sein wird."

„Ich habe noch eine Frage", erklärte Charles. „Sie haben erwähnt, Ramsey und Offenbach hätten etwas geplant, neben dem Ruby Ridge wie ein Pfadfindertreffen aussieht. Was heißt das?"

„Oh Gott", ächzte Sam. „Jetzt fühle ich mich alt."

Charles lachte. „Tut mir leid."

„Schon gut. Wir haben das im Strafjustizstudium behandelt. Es bezieht sich auf einen Vorfall aus dem Jahr neunzehnzweiundneunzig, als es im Gebiet zwischen dem Ruby Creek und der Caribou Ridge in Idaho zu einer elftägigen Pattsituation kam, an der U.S. Marshals und das FBI sowie ein weißer Separatist namens Randy Weaver beteiligt waren. Die Marshals wollten Weaver verhaften, aber er hatte sich mit seiner Familie und einem Freund verschanzt und weigerte sich, sich zu ergeben. Am Ende fanden ein Marshal sowie Weavers Frau und sein Sohn den Tod. Die beteiligten Behörden gerieten wegen ihres Umgangs mit dem Vorfall in die Kritik, und es wurde eine landesweite Debatte über die Anwendung von behördlicher Gewalt losgetreten. Der Vorfall gilt zusammen mit einer ähnlichen Erstürmung in Waco, die noch schlimmer endete, als Motiv für den Bombenanschlag von Oklahoma City."

„Ach du meine Güte", sagte Charles.

„Sind Sie nicht froh, dass Sie gefragt haben?"

„Nein, nicht wirklich."

„Es versteht sich von selbst, dass Avery und die anderen in seinem Team alles daransetzen werden, eine ähnliche Katastrophe zu verhindern", fügte Sam hinzu.

„Hast du schon was aus den Shenandoahs gehört?", fragte Gonzo.

„Noch nicht, doch Avery hat versprochen, mich auf dem Laufenden zu halten."

„Ich weiß nicht, wie es euch geht, aber ich bin nicht unglücklich, dass wir diese Mission aussitzen", meinte Freddie.

„Stimmt", pflichtete ihm Sam bei. „Ausnahmsweise bin ich mehr als froh, das ganz dem FBI zu überlassen."

~

Avery gab nur ungern zu, dass Ramsey mit seiner Anspielung auf Ruby Ridge einen Nerv getroffen hatte. Die Lehren aus dem Vorfall genau wie aus dem in Waco waren jedem FBI-Beamten und U.S. Marshal in Fleisch und Blut übergegangen. Das Letzte, was sie wollten, war, etwas Ähnliches auszulösen. Doch Offenbach hatte sich mehr oder weniger sein ganzes Leben lang auf diesen Showdown vorbereitet, und langsam schien eine Wiederholung früherer Ereignisse beinahe unvermeidlich.

Avery hatte die ausführlichen Berichte von Sams Team gelesen, und die zusätzlichen Informationen, die er über Offenbach und dessen Fähigkeiten erhalten hatte, steigerten seine Nervosität weiter. Offenbach hatte sämtliche Vorteile auf seiner Seite, zumal er das Camp in den Shenandoahs seit seiner Kindheit kannte und wahrscheinlich mit jedem Quadratzentimeter des Geländes vertraut war.

Selbst wenn Averys Team ein Jahr lang Zeit hätte, sich mit den örtlichen Gegebenheiten vertraut zu machen, könnten sie Offenbachs Vorsprung niemals aufholen. Obwohl sie ihm zahlenmäßig haushoch überlegen waren – neben FBI-Agenten waren auch U.S. Marshals und die Polizei des Bundesstaates Virginia hinzugezogen worden, wohingegen er allein war –, boten sich mehr als genug Möglichkeiten, spektakulär zu scheitern. Sie wollten Offenbach lebend, damit er sich vor Gericht verantworten musste, aber ihnen war klar: Die Wahrscheinlichkeit, dass er diese Aktion überleben würde, war äußerst gering. Wenn er nicht bei einem Schusswechsel starb, würde er sich mutmaßlich lieber das Leben nehmen, als sich verhaften zu lassen.

In der mobilen Kommandozentrale, die sich anderthalb Kilometer vom Eingang des Camps entfernt befand, versammelte Avery sein Team, um das Vorgehen ein letztes Mal abzustimmen, bevor sie ihren Plan am nächsten Morgen in die Tat umsetzen würden.

„Was ist mit Drohnen?", fragte Averys Stellvertreter George Terrell.

Avery blickte seinen taktischen Koordinator an.

„Die Drohnenerkennungstechnologie und die Infrarotkameras, die wir über dem Gelände eingesetzt haben, haben nichts entdeckt."

„Er weiß, wie man sie verbirgt", entgegnete George. „Sind wir darauf vorbereitet, dass er sie gegen uns einsetzt?"

„Wir haben unsere Drohneneinheit in Washington in Bereitschaft, um sie bei Bedarf hinzuzuziehen."

„Ich würde sagen, wir brauchen sie auf jeden Fall", meinte George. „Wenn er Drohnen gegen das Weiße Haus schickt, warum dann nicht auch gegen uns?"

„George hat recht", pflichtete ihm Avery mit einem unguten Gefühl bei. Was hatte er noch übersehen? „Holen wir die Drohneneinheit her und halten sie bereit, nur für alle Fälle."

Während die anderen sich verteilten, um letzte Vorbereitungen zu treffen, schaute Avery zu George. „Gute Idee, das mit den Drohnen."

„Ich habe die Informationen gelesen, die Hollands Team uns geschickt hat. Der Kerl macht mir Angst, Avery."

„Mir auch."

Kurz nach Mitternacht kehrte Avery müde und so gestresst wie schon lange nicht mehr in sein Hotelzimmer zurück. Als Erstes schrieb er Shelby eine Nachricht, um festzustellen, ob sie noch wach war, weil er den ganzen Tag nicht mit ihr gesprochen hatte. Er hasste es, so viel Zeit mit seiner Familie zu versäumen, und hätte alles dafür gegeben, zu Hause zu sein, anstatt sich auf eine Mission vorzubereiten, die von Anfang an zum Scheitern verurteilt zu sein schien.

Avery wusste nicht genau, warum er so empfand. Offenbach war allein. Er selbst hatte eine ganze Armee zur Verfügung. Es waren die außergewöhnlichen Fähigkeiten dieses Mannes, die dies in die heikelste Mission verwandelten, an der er je beteiligt gewesen war, und das wollte etwas heißen, wenn man bedachte, was er in seiner Karriere schon alles erlebt hatte.

Shelby antwortete ein paar Minuten später, während Avery

sich kaltes Wasser ins Gesicht spritzte und versuchte, die Angst zu vertreiben, die ihn den ganzen Tag über begleitet hatte. *Ich stille gerade Miss Maisie.*

Avery rief sie sofort an.

„Hallo, Schatz", meldete sie sich mit gesenkter Stimme. „Wie läuft's bei euch?"

„Es läuft. Ich hoffe, es entwickelt sich alles nach Plan, und ich komme morgen wieder nach Hause." Er hatte ihr nicht erzählt, wohin er fuhr und warum, damit sie sich nicht aufregte, doch seit das Video viral gegangen war, musste sie wissen, woran er arbeitete und hinter wem er her war. Die Vorstellung, dass sich das hier noch länger hinziehen könnte, war für ihn unerträglich. „Und bei dir?"

„Wir hatten einen wunderschönen Tag. Noah konnte heute Nachmittag mit den Zwillingen spielen, was er immer liebt, aber heute Abend hat er seinen Daddy vermisst."

„Ich vermisse ihn auch, genau wie euch beide. Was macht Maisie?"

„Sie ist wie immer ganz zauberhaft."

„Das hat sie von ihrer Mutter."

„Oh, danke. Du klingst müde, Liebster."

„Ich bin total platt." Gleichzeitig war er so angespannt, dass er bezweifelte, dass er überhaupt schlafen konnte. Er freute sich auf den Tag, an dem dieser Mist nicht mehr sein Problem sein würde. Das war neu, seit diese Drecks-Peckhams in sein Haus eingebrochen waren, seine schwangere Frau und seinen Sohn bedroht hatten und ihn an jeder Entscheidung hatten zweifeln lassen, die er je in seinem Leben getroffen hatte.

„Warum versuchst du nicht, dich etwas auszuruhen, solange du Gelegenheit dazu hast?"

„Das werde ich. Ich wünschte nur, ich wäre bei euch."

„Dieser Wunsch beruht auf Gegenseitigkeit."

„Du hast die Alarmanlage eingeschaltet, oder?"

„Unmittelbar nachdem wir nach Hause gekommen sind."

Der Schrecken, den die Peckhams über Shelby und Noah gebracht hatten, würde für immer auf Avery lasten. Sie zu Hause allein zu lassen, fühlte sich jetzt ganz anders an als zuvor, selbst

wenn sie hinter einem Tor in einem alarmgesicherten Haus
waren. Gab es in dieser verrückten Welt überhaupt noch etwas,
das sicher war?

„Ich liebe dich."

„Ich dich auch."

„Gib unseren Kleinen einen Kuss von mir."

„Wird erledigt. Pass auf dich auf. Wir lieben dich sehr."

„Ich liebe euch genauso. Morgen melde ich mich, sobald ich
kann."

„Das wäre schön. Gute Nacht, Liebster."

„Dir auch eine gute Nacht."

Er stellte den Wecker, für den Fall, dass er doch einschlafen
sollte, streckte sich auf dem Bett aus und versuchte, den Sturm in
seinem Inneren zu beruhigen. Aber das Einzige, was ihn beruhigen würde, wäre der Anblick von Dylan Offenbach in
Handschellen. Bis es so weit war, würde er trotz aller
Erschöpfung keine echte Ruhe finden.

Während sie auf Neuigkeiten von Avery wartete, zog Sam am
Samstagmorgen das geplante Fotoshooting im Weißen Haus
durch. Um acht Uhr morgens ließ sie sich von Davida und Ginger
Haare und Make-up machen und von Kendra die Nägel lackieren.

Nick, der, kurz bevor Sam sich bei den Damen zum Styling
gemeldet hatte, zu seinem Sicherheitsbriefing gegangen war,
würde später zu ihr und den Kindern stoßen, damit sie auch ein
paar Familienfotos schießen konnten.

Sam war abgelenkt, weil ihre Gedanken immer wieder zu der
Aktion in Offenbachs Camp schweiften, auf die sich das FBI
vorbereitete. Außerdem hatte sie ständig das Gefühl, sie müsste
jemanden informieren oder Worst-Case-Szenarien durchspie-
len. Jedenfalls irgendetwas anderes tun, als still zu sitzen,
während ihre Friseurin, ihre Visagistin und ihre
Nageldesignerin sie für Fotos herrichteten, die ihr
Kommunikationsteam das ganze nächste Jahr über verwenden
würde, während sie so tat, als wäre sie eine superengagierte

First Lady, obwohl nichts weiter von der Wahrheit entfernt sein könnte.

Sie betete im Geiste, dass Avery und sein Team Offenbach ohne Verletzte oder gar Verluste festnehmen konnten.

Als ihr Handy klingelte, meinte sie: „Da muss ich leider ran."

Die Damen traten zurück, um ihr Raum zu geben, damit sie den Anruf einer unbekannten Nummer entgegennehmen konnte. „Sam Holland."

„Ich, ähm …", meldete sich eine Frau. „Ich … hab in Ihrem Büro angerufen, und man hat mir diese Nummer gegeben …"

„Wer sind Sie, und was kann ich für Sie tun?"

„Ich heiße Savannah und bin Dylan Offenbachs Freundin."

Sam setzte sich aufrechter hin und signalisierte den Frauen, dass sie einen Moment Zeit benötigte.

Am Telefon brach Savannah in Tränen aus.

„Haben Sie mit ihm gesprochen?"

„Ja. Ich habe solche Angst um ihn. Er sagt, das FBI wolle ihn umbringen."

„Die Beamten wollen ihn nicht töten. Sie wollen ihn festnehmen, ehe er jemand anderem etwas antut."

„Er ist … Er ist kein schlechter Mensch. Seine Frau hat ihm die Kinder weggenommen. Da ist etwas in ihm zerbrochen."

Sam hätte gerne darauf hingewiesen, die Tatsache, dass seine Ex-Frau das Sorgerecht für ihre Kinder beantragt hatte, ihm nicht das Recht gab, vier Unschuldige zu töten und eine weitere zu vergewaltigen – oder bewaffnete Drohnen auf das Weiße Haus loszulassen oder einen Secret-Service-Agenten niederzuschießen. Ganz zu schweigen davon, was er den Kindern damit angetan hatte, die er angeblich so liebte.

„Was kann ich für Sie tun?"

„Mir würde er vielleicht zuhören. Er … Er liebt mich. Wenn er glauben würde, dass mein Leben in Gefahr ist oder so, wäre er vielleicht bereit, sich zu stellen. Ich möchte nicht, dass er stirbt."

Sie weinte so heftig, dass Sam sie kaum verstehen konnte.

„Ich werde den mit dem Fall betrauten FBI-Agenten kontaktieren und ihn bitten, Sie anzurufen. Sind Sie unter dieser Nummer erreichbar?"

„Ja, bin ich."

„Bleiben Sie in der Nähe Ihres Handys."

Sam beendete das Gespräch und wählte Averys Nummer, in der Hoffnung, dass er rangehen würde, wenn er sah, dass sie es war.

„Hill hier."

„Offenbachs Freundin hat sich eben bei mir gemeldet. Sie glaubt, sie könnte helfen, weil er sie liebt und auf sie hört."

„Hast du ihre Telefonnummer?"

Sam diktierte sie ihm. „Die Frau heißt Savannah und hat Angst um sein Leben."

„Alles klar. Vielen Dank."

Nachdem sie getan hatte, was sie konnte, legte Sam ihr Handy beiseite und gab den Damen ein Zeichen, dass sie ihnen wieder zur Verfügung stand. Ihre Kehle war wie zugeschnürt, während sie wartete und darauf hoffte, dass dieser Albtraum ohne weitere Opfer zu Ende gehen würde.

„Mrs Cappuano", sagte Ginger. „Adrian ist jetzt da. Kann er kurz zu uns stoßen, während wir Sie fertig machen?"

„Klar."

Der Fotograf des Weißen Hauses trat ein, er trug eine Weste mit vielen Taschen über einem Jeanshemd und verwaschenen Jeans. Sein schulterlanges braunes Haar war aus dem markanten Gesicht zurückgekämmt, und seine grünen Augen funkelten, als er sie anlächelte. Wäre sie Single gewesen, er hätte ihr den Kopf verdrehen können.

Jetzt genoss sie einfach den Anblick eines attraktiven Mannes und kümmerte sich um das, was zu erledigen war.

„Adrian Fenty, Ma'am", stellte er sich mit einem Nicken vor, da Kendra Sam gerade die Nägel der rechten Hand in einem hübschen Rosé lackierte.

„Bitte nennen Sie mich Sam, schließlich verbringen wir den Tag miteinander."

„Gern. Ich wollte mit Ihnen den Zeitplan durchsprechen, wenn es passt."

„Sie sind der Chef. Was immer Sie für richtig halten, soll mir recht sein."

„Wunderbar. Wir beginnen draußen mit einigen zwanglosen Aufnahmen von Ihnen mit den Kindern an den Spielgeräten und gehen dann ins Haus, für ein paar Homestory-Fotos. Vielleicht helfen Sie den Kids bei den Hausaufgaben oder kochen oder malen mit ihnen. So was in der Art."

Sam musste schuldbewusst daran denken, wie selten sie solche Dinge mit ihren Kindern tat, nickte aber trotzdem.

„Gut. Dann lasse ich die Damen jetzt weiter ihren Zauber wirken und treffe Sie draußen, wenn Sie so weit sind."

„Prima. Bis gleich."

Scotty hatte die Aufgabe, sich selbst präsentabel zu machen und dafür zu sorgen, dass die Zwillinge das erste von drei Outfits trugen, die Shelby für sie zurechtgelegt hatte.

Sobald sie die Hände wieder einsetzen konnte, rief Sam ihn an, um ihm zu sagen, wo er in fünfzehn Minuten sein sollte.

„Alles klar, wir werden da sein. Die beiden sind echt zuckersüß."

„Ich kann es kaum erwarten, euch zu sehen."

„Das klingt, als wärst du einen Monat lang weg gewesen."

Sam grinste. „Eine Stunde, in der ich still sitzen muss, kommt mir wie ein Monat vor."

Die Frauen, die sich um ihr Äußeres kümmerten, lachten amüsiert.

„Dann bis gleich." Sie klappte das Handy zu. „Entschuldigen Sie, meine Damen. Geduld zählt nicht gerade zu meinen Stärken."

„Kein Problem", meinte Davida. „Wir verstehen, dass Ihnen das Stillsitzen nicht leichtfällt."

„Danke für die Aufhübschung."

„Sie sind nicht wirklich auf viel Hilfe von uns angewiesen", antwortete Ginger und trat zurück, um ihr Werk zu begutachten. „Ich erkläre Sie hiermit für fertig. Viel Spaß mit den Kindern."

„Vielen Dank." Sam freute sich auf den Tag mit den Kleinen und Scotty, auch wenn ein Fotograf dabei sein würde. „Den werde ich haben."

Als Sam zum Wohnbereich zurückging, war sie überrascht, Shelby mit Roni auf sich zukommen zu sehen.

„Was macht ihr denn an einem Samstag hier?", fragte sie.

„Dich beaufsichtigen", erwiderte Shelby.

Roni lachte. „Das hast du gesagt."

„Ach bitte, wenn hier jemand Aufsicht nötig hat, dann bin das definitiv ich. Du bist wirklich … mehr geworden seit unserer letzten Begegnung, Roni."

Die tätschelte ihren Babybauch. „Noch sechs Wochen, höchstens."

„Ich freu mich schon darauf, den neuen Erdenbürger kennenzulernen", erklärte Sam strahlend.

„Und ich erst."

Der Gedanke, dass Roni ohne ihren verstorbenen Mann an ihrer Seite ihr Kind auf die Welt bringen musste, brach Sam das Herz. Sie hoffte, dass Angela irgendwann Kontakt zu Roni aufnehmen würde, denn sie hatten sehr viel gemeinsam. Die beiden lebten Sams schlimmsten Albtraum. Sie bewunderte sie mehr, als sie in Worte fassen konnte – für ihren Mut, ihre Widerstandsfähigkeit und die Kraft, sich ohne ihre Liebsten der Zukunft zu stellen.

Sam hatte sich sehr gefreut, zu hören, dass Roni mehr Zeit mit

ihrem guten Freund Derek Kavanaugh verbrachte, dessen Frau
Victoria vor fast zwei Jahren ermordet worden war.

*Manchmal führt das Universum die richtigen Menschen zusammen,*
überlegte Sam, als sie mit ihren Freunden und Vernon, der heute
eine Sonderschicht einlegte, nach draußen zu den Kindern ging.

Es war ein herrlicher, sonniger Frühlingstag. Die Tulpen
standen in voller Blüte, und in der Luft lag süßer Blumenduft.

Zum ersten Mal, seit sie hier lebte, bewachten bewaffnete
Beamte das gesamte Gelände des Weißen Hauses. Bis zu
Offenbachs Festnahme galt für alle höchste Alarmbereitschaft.

Scotty und die Zwillinge kamen durch eine andere Tür,
zusammen mit ihren Leibwächtern vom Secret Service und
Skippy, dem Hund, der nie weit von ihnen entfernt war. Als die
Zwillinge Sam an der Schaukel stehen sahen, rannten sie in ihren
entzückenden marineblauen Outfits zu ihr. Aubrey trug einen
Pullover mit V-Ausschnitt zu einem Faltenröckchen und Alden
einen passenden Pulli und Shorts.

„Ihr seht so süß aus", rief Sam, während sie die beiden
umarmte und küsste.

„Shelby hat gesagt, wir dürfen uns nicht schmutzig machen,
weil wir fotografiert werden sollen", erzählte Alden. Seine
gerümpfte Nase verriet, was er davon hielt.

„Wenn wir fertig sind, müsst ihr nicht mehr aufpassen und
dürft einfach spielen", versprach Sam.

„Dann holen wir die Wasserpistolen raus", ergänzte Scotty.

Bei diesen Worten hellte sich Aldens Miene auf.

„Adrian, wir gehören ganz Ihnen", wandte sich Sam an den
Fotografen. „Was sollen wir tun?"

Sam konzentrierte sich auf die Kinder und vergaß darüber fast
die Anwesenheit des Fotografen. Sie schubste Schaukeln an,
wartete am Fuß der Rutsche und hielt am Klettergerüst Wache.
Mit ihnen zu spielen, war der größte Spaß, den sie seit Langem
hatte. Das Gelächter, das Skippy verursachte, als sie mit Alden,

Aubrey und Scotty über den Rasen jagte, trug weiter zur gelösten Stimmung bei.

Sie konnte es kaum erwarten, die Bilder zu sehen, die Adrian aufgenommen hatte.

Danach gingen sie ins Haus und zogen sich für die Fotos in der Wohnung um. Adrian machte Gruppen- und Einzelaufnahmen von Sam mit jedem der Kinder beim Lesen, Malen, Kochen und Kuscheln. Beim nächsten Mal würden auch Eli und Candace mit dabei sein.

Irgendwann lächelte Sam über etwas, das Scotty gesagt hatte, während er sie angrinste. Sie hatte das Gefühl, dass dieses Foto an prominenter Stelle in einem Bilderrahmen landen würde. Adrian fotografierte auf ihren Wunsch hin auch Scotty mit Skippy, was auf Skippys Instagram-Account sicher ein Riesenerfolg werden würde.

Kurz vor dem Mittagessen kam Nick dazu, damit Familienfotos und ein paar Bilder von ihm und Sam in unge-zwungener Pose aufgenommen werden konnten.

„Und? Bist du schon bereit, jemanden mit deinem rostigen Steakmesser zu erstechen?", flüsterte er ihr zu, während Adrian das Objektiv wechselte.

„Es war halb so schlimm. Ich wünschte nur, Avery würde sich melden."

„Bei der morgendlichen Besprechung hieß es, dass der Zugriff heute stattfindet."

„Ja, ich hab vorhin kurz mit Avery telefoniert." Sie legte sich eine Hand auf den Bauch. „Ich habe ein ganz furchtbar ungutes Gefühl in der Magengrube und kann es nicht erwarten, zu hören, dass mit ihm und seinem Team alles in Ordnung ist und sie Offenbach ausgeschaltet haben."

„Ich wünsche mir auch für alle Beteiligten, dass es endlich vorbei ist."

„Außerdem fühle ich mich schuldig dabei, hier in meinem goldenen Palast zu sitzen, umgeben von Sicherheitsleuten, während meine Kollegen sich großer Gefahr aussetzen."

Nick zog sie näher zu sich heran und küsste sie auf den

Scheitel. „Das verstehe ich, doch ich bin sehr froh, dass du hier in Sicherheit bist und nicht da draußen in Gefahr."

„Schon klar. Aber es fühlt sich trotzdem falsch an."

Mit jeder Minute, die verging, wurde sie unruhiger, weil sie nichts von Avery hörte.

Avery gab den Befehl zum Zugriff um genau elf Uhr elf, in der Hoffnung, dass dies die Operation, die jedes Quäntchen Glück brauchte, zu einem guten Ende führen würde.

Agenten stürmten das acht Hektar große Grundstück von allen Seiten, während Hubschrauber über ihnen kreisten und mithilfe von Infrarotkameras nach Personen suchten, die sich möglicherweise im dichten Wald verbargen.

Alles lief nach Plan, bis eine panische Nachricht über Funk kam, die auf die Anwesenheit von Hunderten von Drohnen hinwies. „Sie sind überall", rief der Agent, „und sie schießen auf uns."

*Verflucht.*

Der Leiter der Drohneneinheit antwortete mit beruhigender Stimme: „Wir kümmern uns darum. Wir schießen sie ab."

Avery hielt den Atem an, als über Funk Schüsse zu hören waren.

„Agent getroffen."

„Marshal getroffen."

„Verdammter Mist."

*Scheiße.*

Schmerzensschreie.

Stöhnen.

Laute Rufe.

Unablässiger Schusswechsel.

Avery warf George, der gemeinsam mit ihm den Fortgang der Operation beobachtete, einen Blick zu. Die Lage war zu unübersichtlich, um Sanitäter zu den Verletzten zu schicken, was seine Nervosität noch verstärkte.

„Verdammte Scheiße", fluchte George. „Das ist schnell aus dem Ruder gelaufen."

„Hol die Freundin her."

Sie hatten auf ihre Ankunft gewartet, ehe sie ihre Leute reingeschickt hatten.

Savannah war knapp eins sechzig groß, kurvenreich, jung und hübsch, mit hellbraunem Haar, braunen Augen und makelloser Haut.

George begleitete sie zum Einsatzleitwagen.

„Sie müssen mit ihm reden, Savannah", teilte ihr Avery mit. „Rufen Sie die Nummer an, unter der er Sie kontaktiert hat. Fordern Sie ihn auf, sich zu ergeben."

Sie wählte und schaltete auf Lautsprecher.

Es klingelte acht Mal, ehe Offenbach abnahm.

„Ich kann gerade nicht."

„Dylan, Schatz, bitte … Ich hab solche Angst um dich."

„Du solltest eher um die Angst haben."

„Ich dachte, du hast gesagt, du liebst mich", schluchzte sie.

„Das tu ich ja auch. Ich mach das hier für uns, damit wir eine Zukunft haben."

Avery warf George einen Blick zu und hob eine Braue. In welcher Welt glaubte er jetzt noch eine andere Zukunft haben zu können als eine Zelle im Todestrakt?

George schüttelte ungläubig den Kopf.

„Was ist mit deinen Kindern? Die liebst du doch auch. Wenn du rauskommst, lassen sie dich vielleicht die Kinder sehen – und mich."

„Meine Ex wird das niemals erlauben."

Über den Stöpsel in seinem Ohr hörte Avery einen seiner Männer erklären: „Sie soll weiter mit ihm reden. Wir hören ihn."

Avery bedeutete Savannah, das Gespräch mit Offenbach fortzusetzen.

„Dylan, die Kinder werden dich besuchen wollen, und das wird sie ihnen nicht verwehren. Ich werde dafür sorgen, dass sie treffen kannst, und mich auch. Ich werde dich niemals aufgeben. Bitte … Wenn du weiterkämpfst, werden sie dich töten. Ich will dich nicht verlieren."

„Ich dich auch nicht", antwortete er mit tränenerstickter Stimme. „Aber sie werden mich niemals lebend hier rauslassen."

Avery schrieb rasch etwas auf ein Stück Papier: *Sagen Sie ihm, das stimmt nicht. Wir wollen nicht, dass jemand stirbt. Doch er muss sich auf der Stelle ergeben.*

Savannah wiederholte die Nachricht. „Dylan? Hast du mich verstanden?"

„Ja."

„Wirst du dich ergeben? Bitte? Tu es für mich und deine Kinder. Wir brauchen dich."

„Ich weiß nicht. Ich muss nachdenken."

„Waffe runter und Hände hoch! Los!"

„Dylan! Bitte tu, was sie verlangen! Bitte!"

„Waffe runter! Sie sind umstellt!"

Avery hielt den Atem an, wagte kaum zu blinzeln und lauschte gebannt, bis einer seiner Agenten meldete: „Der Verdächtige ist festgenommen."

Savannah sackte in sich zusammen.

George ballte lächelnd die Faust.

Avery schloss die Augen und atmete auf. „Schickt den Rettungsdienst rein."

# EPILOG

Auf der Rückfahrt nach Washington erstattete Avery Sam einen vollständigen Bericht. „Offenbach hatte ein riesiges Waffenarsenal und Unmengen Drohnen sowie ausreichend Verpflegung und Wasser für mehrere Wochen. Er hatte sich auf eine lange Belagerung eingestellt."

„Gott sei Dank ist es dazu nicht gekommen. Wie geht es den Verletzten?"

„Eine Kugel hat einen von unseren Leuten erwischt und ihm trotz der schusssicheren Weste eine Rippe gebrochen. Marshal Memphis Rose Costello wurde am Oberschenkel getroffen und befindet sich gerade im OP. Sie wird voraussichtlich überleben, aber es war knapp."

„Arbeitet sie nicht für Best?"

„Sie ist eine seiner Stellvertreterinnen."

„Immerhin hat es keine Toten gegeben."

„Ja, das hätte deutlich schlimmer enden können."

„Ich bin so erleichtert, dass es vorbei ist."

„Nicht nur du", sagte Avery. „Sind wir schon in den Nachrichten?"

„Nonstop-Berichterstattung. Das meiste davon positiv über dich und dein Team. Allerdings auch Wiederholungen von all dem Mist über mich und meine Vorgeschichte mit ihm und Ramsey. Die Polizei muss mal wieder ordentlich einstecken."

Es gab ein tränenreiches Interview mit Lorraine Sweenys Hinterbliebenen, in dem sie sich beim FBI dafür bedankten, dass der Mann gefasst war, der ihnen ihre geliebte Angehörige genommen hatte. Sie äußerten außerdem ihre Verachtung über das Motiv für den Mord.

„Wir werden nie begreifen, warum unsere Frau, Mutter und Großmutter so sinnlos sterben musste", schluchzte Celeste Sweeny. „Wir sind zutiefst enttäuscht, dass Polizisten des MPD, die uns eigentlich beschützen sollten, stattdessen unschuldige Menschen kaltblütig getötet haben."

Die Polizei hatte eine Erklärung veröffentlicht, in der sie die Arbeit der FBI-Beamten lobte, die Offenbach und Ramsey hinter Schloss und Riegel gebracht hatten, sodass sie für ihre Taten zur Verantwortung gezogen werden konnten. Außerdem enthielt sie die Zusicherung, die Polizei werde sich dafür einsetzen, dass sie zur Höchststrafe verurteilt werden und den Rest ihres Lebens im Gefängnis verbringen würden.

„Danke für alles, was ihr getan habt, um diese Sache zu beenden, du und dein Team", sagte Sam zu Avery. „Wir schulden euch was."

„Ich hab nur meine Pflicht getan."

„Es war deutlich mehr als das."

„Ich will ehrlich sein: Diese verdammten Drohnen haben mir Sorgen bereitet. Doch unsere Leute hatten alles im Griff und haben sie abgeschossen, sobald er sie einsetzen wollte. Ich fürchte allerdings, dieser Fall wird als Blaupause für den Einsatz von Drohnen bei Straftaten dienen."

„Auf jeden Fall werden sie jetzt sicher zu einem viel größeren Problem werden."

„Das hat uns gerade noch gefehlt – größere Probleme."

„Zerbrich dir darüber heute nicht den Kopf, Avery. Fahr nach Hause zu deiner Familie. Im Namen meiner Familie und natürlich auch ganz persönlich danke ich dir dafür, dass du die Leute gefasst hast, die uns bedroht haben."

„Es tut mir leid, dass es ausgerechnet Leute waren, mit denen du zusammengearbeitet hast."

„Mir auch. Doch vielleicht ist das jetzt das Ende des

Albtraums beim MPD, und wir können uns wieder dem Kampf gegen Verbrecher außerhalb unserer eigenen Mauern widmen."

„Das hoffe ich für euch."

„Bis bald."

„Pass gut auf dich auf."

„Gott sei Dank ist es ausgestanden", seufzte Nick, als Sam ihr Handy zuklappte.

„Wird der Secret Service abgezogen?"

„Teilweise. Es gibt Befürchtungen wegen möglicher Nachahmungstäter."

Das hatte sie nicht hören wollen. „Ich muss Archie anrufen. Dann steht unserer Verabredung heute Abend nichts mehr im Weg."

Ihre Mutter würde heute Nacht im Weißen Haus übernachten und sich um die Kinder kümmern, solange sie in der Ninth Street waren. Da das Ende der Bedrohung durch Offenbach so nicht absehbar gewesen war, hatte man Scotty gebeten, auf die Teilnahme an Jonahs Pyjama-Party zu verzichten. Im Gegenzug war ihm versprochen worden, dass die Personenschützer dafür sorgen würden, dass er es nachholen konnte, sobald sich die Lage wieder normalisiert hatte.

Scotty war enttäuscht gewesen, hatte aber angesichts der aktuellen Ereignisse Verständnis gezeigt.

Eigentlich war er alt genug, um allein einen Abend lang zu Hause auf die Zwillinge aufzupassen, zumal ja ausreichend Sicherheitspersonal vor Ort war. Trotz allem lagen Sams Nerven nach den letzten Tagen blank, und sie hatte daher ihre Mutter gebeten zu kommen.

Sam rief Archie an, in der Hoffnung, dass er nach allem, was passiert war, noch mit ihr sprechen würde.

„Hey", meldete er sich nach dem vierten Klingeln.

„Hast du die Nachrichten gesehen?"

„Hab ich."

„Eine Riesenerleichterung."

„Das kannst du laut sagen."

„Wie geht es Harlowe?"

„Heute viel besser. Sie kann sich endlich bewegen, ohne ständig starke Schmerzen zu haben."

„Es freut mich sehr, das zu hören. Und wie sieht's bei dir aus?"

„Ich brauche noch etwas Zeit, um das alles zu verarbeiten."

„Es tut mir schrecklich leid, dass jemand, der dir wichtig ist, so leiden musste, nur weil wir unsere Arbeit erledigt haben."

„Mir auch, Sam. Das bringt mich dazu, ein paar Lebensentscheidungen zu überdenken."

„Wir brauchen dich bei der Arbeit. Es gibt keinen wie dich."

„Doch. In meinem Team gibt es viele, die mich ersetzen könnten."

„Die will ich nicht. Ich will dich. Du bist der Beste, das finden wir alle."

„Das hier hat mich bis ins Mark erschüttert, Sam. Dass mich jemand beobachtet hat und ich nichts davon gemerkt habe. Dass jemand, mit dem ich zusammengearbeitet habe, Harlowe das antun konnte …"

Sam seufzte tief. „Das verstehe ich, aber nimm dir etwas Zeit, und sprich mit Dr. Trulo und … Na ja, sprich mit mir, deinen Freunden, den Menschen, die dir wichtig sind. Wir sind in der Überzahl. Das weißt du, Archie."

„Das würden wir gern glauben, doch ich fange an, es ernsthaft infrage zu stellen."

„Es ist aber wahr. Ganz ohne Zweifel."

„Danke für deinen Anruf und für all die Unterstützung in dieser Woche. Das bedeutet mir wirklich viel."

„Melde dich, wenn du Redebedarf hast. Versprochen?"

„Ja, versprochen."

„Gut, dann hören wir uns morgen wieder. Richte Harlowe aus, dass ich mich sehr freue, dass sich ihr Zustand weiter bessert."

„Werde ich."

Sam ließ ihr Handy zuklappen und dachte voller Mitgefühl an ihren Freund und Harlowe. Was sie – und damit auch er – hatte durchmachen müssen, war ungeheuerlich. Sie hoffte, dass sie darüber hinwegkommen würden, um fortzuführen, was sich für sie beide zu einer wichtigen Beziehung zu entwickeln schien.

Sie erhielt eine SMS von Freddie. *Check mal deine E-Mails. Eine*

*Nachricht vom Chief an alle, die du lesen solltest, bevor sie an die Medien geht.*

*Danke für den Hinweis.*

Sie setzte sich aufs Bett und öffnete ihren Laptop.

*An alle:*

*Heute haben FBI- und Agenten anderer Bundesbehörden sowie U.S. Marshals mit Unterstützung der Virginia State Police und unseres MPD-Teams Dylan Offenbach festgenommen. Ich bin empört und enttäuscht über die Rolle, die zwei ehemalige Mitglieder des MPD bei einer Reihe von abscheulichen Verbrechen gespielt haben. Es sind die jüngsten in einer ganzen Reihe von abscheulichen Verbrechen von aktuellen und ehemaligen Mitgliedern dieser Behörde.*

*Die Schmach von Stahl, Conklin, Hernandez, Ramsey und Offenbach lastet auf mir und in gewisser Weise auf uns allen. Sie gehörten zu unserem Team und hätten das Gesetz verteidigen sollen, statt es zu brechen. Es widert mich an, mit Menschen zusammengearbeitet zu haben, die zu solchen Schandtaten fähig sind.*

*Lassen Sie mich jedoch klarstellen: Das Metropolitan Police Department duldet keine Kriminellen in seinen Reihen. Gegen jeden, der gegen das Gesetz oder seinen Eid, die Bürger dieser großartigen Stadt zu schützen, verstößt, werden wir mit aller Härte des Gesetzes vorgehen. Ich habe genug von Menschen, die ihre Dienstmarke missbrauchen, aber gleichzeitig ungerührt ihr Gehalt von der Stadt kassieren.*

*Das hat ein Ende. In Absprache mit der Gewerkschaftsführung werden wir ab sofort jeden, der eines Fehlverhaltens beschuldigt wird – egal ob Ordnungswidrigkeit oder Verbrechen –, bis zur Klärung der Angelegenheit ohne Bezahlung suspendieren. Wenn sich der Verdacht erhärtet, verliert die betreffende Person ihren Arbeitsplatz, und alle angesammelten Pensionsansprüche und Leistungen werden für wohltätige Zwecke gespendet. Ich werde außerdem nicht ruhen, bis die Pensionsansprüche der oben genannten Beamten gestrichen sind und das Geld stattdessen den Familien der Opfer zugutekommt.*

*Hier zu arbeiten, ist ein Privileg, kein Recht. Wenn jemand nicht in der Lage ist, der Polizei und dieser Stadt mit Ehre und Anstand zu dienen, soll der Betreffende sich einen anderen Job suchen. Solche Menschen sind in unseren Reihen unerwünscht.*

*Joseph Farnsworth*

*Polizeichef*

Sam wäre am liebsten aufgesprungen und hätte gejubelt, nachdem sie das gelesen hatte. Das sollte allen, die es wagten, unter dem Schutz ihrer Dienstmarke Straftaten zu begehen, eine Lehre sein.

*Bin beeindruckt,* schrieb sie Freddie.

*Ich auch. Das hat er gut gemacht.*

*Hoffentlich liegt das alles jetzt ein für alle Mal hinter uns.*

*Ja, das wäre schön. Außerdem haben sie anhand von DNA-Proben nachweisen können, dass Offenbach in der Tat Harlowes Vergewaltiger ist, und die Kugel, die Jimmy getroffen hat, passt zu der Munition, die bei ihm gefunden wurde.*

*Das ist alles so furchtbar. Kaum zu glauben, dass er so weit gegangen ist. Hat er wirklich geglaubt, er würde damit durchkommen?*

*Ich denke, er war sogar fest davon überzeugt.*

*Wahrscheinlich. Genieß den Rest deines Wochenendes. Danke noch mal für alles. Ich hab dich sehr, sehr gern.*

*Dito.*

Sie schickte auch eine Nachricht an den Chief. *Deine Erklärung ist perfekt. Danke für die großartige Unterstützung und Führung.*

Nachdem sie ihren Laptop wieder verstaut hatte, verschwand Sam in ihrem begehbaren Kleiderschrank, um sich eine schwarze Hose und eine pfirsichfarbene Seidenbluse für ihre Verabredung mit Nick herauszusuchen. Sie war fertig angezogen, als er aus der Dusche trat.

Er pfiff anerkennend. „Mein Date ist die heißeste Frau der Stadt."

„Wenn du das sagst."

„Ich sage es, und ich bin immerhin der Präsident der Vereinigten Staaten."

„Wunderbar, wie du das immer dann hervorkramst, wenn es dir passt."

„Das ist der einzige Zeitpunkt, zu dem es mir nützt."

Lächelnd meinte sie: „Ich schau mal nach den Kindern, während du dich anziehst."

„Okay, ich beeil mich."

Sam küsste ihn und ging. Die Kinder guckten oben im

Wintergarten einen Film, und sie hatten Pizza zum Abendessen bestellt, die in einer halben Stunde da sein müsste.

„Du siehst hübsch aus, Sam", erklärte Aubrey, als Sam sich neben sie auf die Couch setzte.

„Das ist noch vom Fotoshooting."

„Stimmt nicht. Du siehst immer hübsch aus."

Sam küsste sie auf den Scheitel. „Es ist so schön, dass es dich gibt, mein Schatz."

Von Aubreys kindlicher Liebenswürdigkeit wurde ihr ganz warm ums Herz.

„Du wirkst erleichtert", bemerkte Scotty.

„Ich *bin* so was von erleichtert. Gott sei Dank ist es vorbei, und alle sind unversehrt."

„Eine weitere Woche, ein weiterer Albtraum – oder zwei –, den meine Eltern mit Bravour bewältigt haben."

„Das fasst die Lage hier im Weißen Haus ziemlich gut zusammen. Wir fahren in die Ninth Street. Möchtest du noch was von dort haben, bevor wir alles einpacken?"

„Ich wüsste nicht, was. Nana hat gesagt, wenn ich sechs Monate problemlos ohne etwas leben konnte und es auch nicht groß vermisst habe, bedeutet das, dass ich es wahrscheinlich gar nicht wirklich brauche."

„Nana ist sehr weise. Also, Kinder. Scotty ist hier der Boss, bis Nana eintrifft."

„Und dann bin ich immer noch der Boss", stellte Scotty klar.

Alden lachte über Scottys vorlautes Mundwerk.

Sam küsste alle drei. „Bis morgen früh, wir haben euch lieb."

„Wir euch auch", antwortete Aubrey für alle.

Nick kam dazu, um sich umarmen und küssen zu lassen.

„Hey, Leute", erinnerte Scotty seine Eltern. „Wir haben noch gar nicht über das Thema ‚Weiterführende Schule' gesprochen."

„Ich hab es dir doch gesagt", entgegnete Sam. „Das ist geregelt. Man wollte dich auf eine Privatschule schicken. Wir haben das abgelehnt und bleiben dabei, du gehst auf die Eastern. Also sollen sie das möglich machen."

„Ihr seid die besten Eltern der Welt", erklärte Scotty erleichtert. „Privatschule … Das hätte ich gehasst."

„Glaubst du etwa, das wissen wir nicht, Kumpel?", fragte Nick. „Wir stehen in dieser Sache voll und ganz hinter dir."

„Danke. Für alles, was ihr für mich getan habt."

„*Wir* müssen dankbar sein", erwiderte Sam und drückte ihn. „Durch dich sind wir glücklich."

„Das freut mich zu hören."

„Tu nicht so, als wär' das irgendwie neu für dich."

„Nun, ich möchte eben nicht übermütig werden."

Wie immer brachte er sie zum Lachen.

„Seid brav, ihr drei."

„Wir sind immer brav, Sam", versicherte Aubrey.

„Ja, klar. Bis morgen früh."

Nick ergriff Sams Hand, als sie zusammen die Treppe hinuntergingen. „Die besten Kinder der Welt und ein Date mit meiner geliebten Ehefrau. Das Leben ist schön."

„Stimmt. Bis auf die Tatsache, dass wir unser altes Haus aufräumen müssen." Sam verzog das Gesicht. „Was für ein Spaß."

„Es wird Spaß machen, weil wir es zusammen tun."

„Ja. Danke, dass du mich daran erinnert hast, dass wir eigentlich nur einander brauchen, um Spaß zu haben."

Er tätschelte ihr den Hintern. „Seit wann muss ich dich denn daran erinnern?"

„Nach dieser Woche funktioniert mein Gehirn bloß noch rudimentär."

Die Medien hatten gnadenlos und ohne Pause über das ganze Chaos berichtet und brachten ständig die Geschichte um Hector Reese. Sam und Jeannie hatten den starken Verdacht, dass der angebliche Reporter, der sich mit Fragen zum Fall Fitzgerald bei Jeannie gemeldet hatte, wahrscheinlich entweder Offenbach oder Ramsey gewesen war, der seine Stimme verstellt hatte. Zum Glück hatten die Medien keinen Wind davon bekommen. Jedenfalls *noch* nicht. Die Tatsache, dass Ramsey und Offenbach dank Conklin davon gewusst hatten, hieß allerdings, dass es zu einem späteren Zeitpunkt durchaus an die Öffentlichkeit gelangen konnte, was wiederum bedeutete, dass sie sich weiterhin Sorgen machen musste. Darum war es den beiden vermutlich vor allem gegangen.

Nach Rücksprache mit Jeannie, dem Chief und Malone hatten sie vereinbart, sich „dumm zu stellen", falls das passieren sollte. „Wir haben keine Ahnung, wovon Sie reden. Etwas in dieser Art ist nie passiert." Oder so ähnlich.

Malone glaubte, wenn die beiden Männer alle Details zum Fall Fitzgerald gekannt hätten, hätten sie die Geschichte an die Medien weitergegeben, so wie sie es im Fall Reese getan hatten. Conklin hatte ihnen wohl nur erzählt, dass Skip – und später Sam und Jeannie – jemandem in einem Mordfall geholfen hatte, ohne dies mit dem Fall Tyler Fitzgerald, Steven Coynes Witwe Alice Fitzgerald oder der Familie, die sie mit ihrem zweiten Ehemann hatte, in Verbindung zu bringen. Das Letzte, was Sam wollte, war, dass Alice ein weiteres Mal so eine Tortur durchmachen musste, nachdem sie bereits mehr als genug gelitten hatte, als sie ihren ersten Mann und dann ihren Sohn durch Mord verloren hatte.

Als sie im Beast zur Ninth Street fuhren, war Sam entschlossen, all den Mist aus ihrem Kopf zu verbannen, um ein paar Stunden allein mit der Liebe ihres Lebens zu genießen.

Als Memphis Rose die Augen aufschlug, hatte sie keine Ahnung, wo sie war, und stellte überrascht fest, dass Jesse neben ihrem Bett saß und ziemlich mitgenommen aussah. Als sie versuchte, sich anders hinzulegen, gehorchte ihr rechtes Bein ihr nicht. Ein scharfer Schmerz durchzuckte sie, sodass sie unwillkürlich nach Luft schnappte.

„Ganz ruhig", sagte Jesse. „Versuch, dich nicht zu bewegen. Die Ärzte wollen, dass du still liegst."

„Was ist passiert?" Memphis Roses Mund war so trocken, dass sie kaum sprechen konnte.

„Er hat dich am Oberschenkel getroffen."

Ihre Erinnerung endete damit, dass sie mit Jesse und ihrem Team im Wald nach Offenbach gesucht hatte. „Es tut echt weh."

Er strich ihr zärtlich das Haar aus der Stirn. „Ja, ich weiß, Baby."

*Hat er mich eben* Baby *genannt? Was ist denn hier los?* „Kann ich etwas Wasser haben?"

„Klar." Er hielt ihr einen Becher mit Strohhalm hin, und sie trank den besten Schluck kaltes Wasser ihres Lebens.

„Haben wir ihn erwischt?"

„Haben wir."

„Irgendwelche Verluste?"

Jesse schüttelte den Kopf. „Ein FBI-Agent hat eine Kugel in die Weste bekommen. Sie hat ihm eine Rippe gebrochen, aber es geht ihm gut."

„Was ist mit Offenbach?"

„Wir haben ihn lebend gefasst."

„Sehr gut."

„Ja, der Kerl verdient es, für den Rest seines Lebens im Gefängnis zu verrotten, vor allem weil er auf dich geschossen hat."

„Du siehst nicht gut aus. Ist mit dir alles in Ordnung?"

„Jetzt geht es mir schon deutlich besser."

„Inwiefern?"

Er ließ den Kopf auf ihre Hände sinken, die er fest in seinen hielt. „Weil du nicht tot bist."

„Hattest du Angst, ich würde sterben?"

„Die Gefahr bestand. Du hast sehr viel Blut verloren. Es hat eine Ewigkeit gedauert, dich da rauszuholen, oder zumindest kam es mir so vor."

„Tut mir leid."

Als er den Kopf hob, schimmerten Tränen in seinen Augen, was sie schockierte. „Du musst dich nicht entschuldigen."

„Doch, ich hab dir Sorgen bereitet."

„Du hast mich sogar zu Tode erschreckt."

„Ich werde versuchen, das in Zukunft zu unterlassen."

„Das wäre nett. Ich habe diese Erfahrung nämlich kein biss-chen genossen."

„Machst du Witze?"

„Nein. Heute war einer der furchtbarsten Tage meines Lebens, weil ich dachte, ich würde … nun ja … dich verlieren."

„Wäre das so schlimm gewesen?"

„Oh ja. Es hätte eine Menge Papierkram bedeutet."

Ihr stand der Mund einen Augenblick lang offen, dann lachte er. Jesse Best *lachte*.

„Bist du irgendwie betrunken oder so?"

„Nein, aber ich wäre es gerne. Alles, was mir hilft, zu vergessen, wie nah wir einer Katastrophe gekommen sind, wäre gut."

„Mir geht es doch gut."

„Nein, aber das wird wieder. Deine Mutter und deine Großmutter sind übrigens auf dem Weg hierher."

„Was? Du hast sie angerufen? Warum das denn?"

„Das ist bei Verletzungen eines Agenten im Dienst nun mal so. Wir benachrichtigen die nächsten Angehörigen."

„Hast du sie persönlich angerufen?"

„Ja. Für was für einen Vollidioten hältst du mich?"

„Darf ich die Frage ehrlich beantworten?"

Mit finsterer Miene entgegnete er: „Nein, darfst du nicht."

„Gib mir mehr Wasser, bitte."

Er hielt ihr noch einmal den Becher mit dem Strohhalm hin, und sie trank gierig.

„Wann werden sie hier sein?"

„Sie landen um neun am DCA."

„Wie spät ist es jetzt?"

„Etwa halb acht."

„Du solltest vielleicht verschwinden, ehe sie kommen. Die treiben dich sonst in den Wahnsinn."

„Nein, ist schon gut."

Ihre Lider waren zu schwer, um sie offen zu halten. „Im Ernst, Jesse. Verschwinde, solange du das noch kannst."

„Ich geh nirgendwohin, also unterlass alle Versuche, mich loszuwerden."

Das waren die schönsten Worte, die er je zu ihr gesagt hatte. Vielleicht würde sich ihre Schussverletzung als das Beste entpuppen, was ihnen hatte passieren können. Wäre das nicht wundervoll?

~

„Was machen wir zum Abendessen?", fragte Sam auf der Fahrt zur Ninth Street. „Wollen wir irgendwo was bestellen?"

Nick verschränkte seine Finger mit ihren. „Uns wird schon was einfallen, da hab ich keine Zweifel." Er beugte sich in seinem Sitz nach vorn und spähte aus dem Fenster. „So sieht also die Welt aus. Ich habe darum gebeten, dass wir einen Umweg fahren, damit ich einen Blick auf die Kirschblüten werfen kann."

„Gute Idee. Ich habe dieses Jahr auch noch nicht bewusst darauf geachtet."

„Wenn sie blühen, muss ich jedes Mal an unseren Hochzeitstag denken."

„Wir hatten Glück, dass sie in dem Jahr so früh dran waren", sagte Sam und erinnerte sich an einen der schönsten Tage ihres Lebens.

„An dem Tag hatten wir in mehrfacher Hinsicht Glück."

„Es war der schönste Tag überhaupt. Zusammen mit Scottys Adoption und dem zwanzigsten April dieses Jahres."

„Noch fünf Tage, dann gehören sie für immer zu uns. Ich kann es kaum erwarten."

„Geht mir genauso. Aubrey ist schon ganz aufgeregt wegen der Party."

„Sie ist die süßeste Tochter der Welt."

„Wir sind Eltern von vier Kindern!"

Nick drückte sie an sich. „Kaum zu glauben."

„Manchmal, wenn ich daran denke, wie alles passiert ist, kommt es mir immer noch surreal vor. Als ich angeboten habe, Alden und Aubrey mit zu uns zu nehmen, hätte ich nie gedacht, dass sie für immer bei uns bleiben würden."

„Oder dass Elijah auch dazugehören würde."

„Stimmt, und eine Schwiegertochter haben wir noch als Dreingabe."

„Wir haben eine *Schwiegertochter*!"

Seine ehrliche Freude rührte sie. Alles, was sie sich je für ihn gewünscht hatte, war die Familie, die er nie gehabt hatte. Ihn als Vater zu erleben, war unbeschreiblich schön für sie.

„Ich möchte hiermit offiziell festhalten, dass ich es ihnen nie verzeihen werde, wenn sie mich vor meinem vierzigsten Geburtstag zur Großmutter machen."

Nicks Lachen war ansteckend. „Kannst du dir das vorstellen?"

„Absolut nicht. *SNL* würde sich gar nicht mehr einkriegen."

„Die wären gnadenlos. Hoffentlich lassen sich Elijah und Candace ein bisschen Zeit mit dem Schwangerwerden. Sie sind doch noch so jung."

„Himmel, ich habe bisher nicht mal an Enkelkinder gedacht. Diese Turbo-Elternschaft ist nichts für schwache Nerven."

„Das kannst du laut sagen."

„Ich hoffe, Jameson und Cleo würden es gutheißen, dass ihre Kinder bei uns leben", meinte Sam.

„Davon bin ich eigentlich überzeugt. Wenn sie uns von da oben zuschauen, sehen sie, dass unser ganzes Dorf ihre Kleinen sehr liebt."

„Sicher. Auch wenn sie sich vielleicht nicht dafür entschieden hätten, sie im Dorf des Weißen Hauses aufwachsen zu lassen."

„Aber was für eine coole und einzigartige Kindheit das für sie sein wird! Sie werden ihr Leben lang was zu erzählen haben."

„Ja, da hast du wohl recht."

„Apropos ‚cool und einzigartig': Ich habe eine Einladung des Königs und der Königin von England in den Buckingham Palace erhalten."

Sam setzte sich auf, um ihn anschauen zu können. „Nicht dein Ernst."

„Ich hab mich gefragt, ob du wohl mitkommen möchtest."
„Na klar!"

Lächelnd fügte er hinzu: „Ich dachte, wir könnten einen kurzen Abstecher nach Paris einbauen, um den französischen Präsidenten zu besuchen, wenn wir schon mal in Europa sind."

„Nach London *und* Paris? Träume ich? Wann?"
„Im Juni."

„Oh nein, da kommt Angelas Baby zur Welt, und Ronis auch."

„Es wäre Ende Juni, vielleicht haben wir Glück, und die Babys legen ihren großen Auftritt noch vor unserer Abreise hin."

„Das wäre super. Können wir die Kinder mitnehmen – da ist ja keine Schule?"

„Natürlich."

„Ich möchte mit Aubrey in London zum High Tea gehen."

„Wir machen alles, was du möchtest, Babe."

„Glaubst du, den Kleinen würde so ein Trip gefallen?"

„Sie sind normalerweise für alles zu haben, was wir planen, vor allem, wenn Eli und Scotty dabei sind und sich darauf freuen."

„Stimmt. Sie nehmen sich meistens ein Beispiel an ihren älteren Brüdern. Wow, das wird ja immer spannender! Nach London und Paris! Klar bin ich dabei!"

„Schön, dass du dich so darauf freust."

„Es ist sogar noch besser, weil wir die Kinder dabeihaben werden und sie nicht vermissen müssen."

„Was machen wir mit dem Terrorwelpen?"

„Ich bin sicher, dass meine Mutter sie nehmen würde. Sie liebt Skippy."

„Großartig. Für Scotty wäre es sicher einfacher, wenn er Skippy bei ihr lassen könnte."

Beim Einbiegen in die Ninth Street fuhr sich Sam mit den Fingern durchs Haar. Als der Wagen vor ihrem Haus hielt, fiel ihr als Erstes auf, dass die Rampe verschwunden war und sich an ihrer Stelle wieder eine Betontreppe befand. Einen Augenblick lang konnte sie nur auf die völlig veränderte Umgebung ihres ehemaligen Zuhauses starren. Dann öffnete Brant ihr die Tür, und Nick ergriff ihre Hand, um ihr aus dem Auto zu helfen.

„Das ging aber schnell", meinte sie, als sie auf dem Bürgersteig standen. Sie konnte den Blick nicht von der Stelle abwenden, wo die Rampe gewesen war.

„Craig hat es gestern noch erledigt. Ich hätte es dir sagen sollen."

„Ist schon gut. Ich wusste ja, dass es bald passiert." Sie schaute nach rechts und sah, dass die Rampe vor Skips Haus ebenfalls verschwunden war. „Jetzt ist alles anders."

Nick legte den Arm um sie. „Nein, nicht alles. Manche Dinge sind genau wie vorher, darunter auch seine überwältigende Liebe zu dir und uns allen. Er war ein so wichtiger Teil von uns, Sam, und das wird er immer bleiben."

Bewegt von seinen liebevollen Worten, nickte sie und folgte

ihm die Treppe hinauf in das Haus, das sie einst ihr Heim genannt hatten.

Es war völlig leer.

„Was zum Teufel …?", fragte Sam und drehte sich zu ihm um.

„Es hat sich herausgestellt, dass die Mitarbeiter des Weißen Hauses gerne bereit sind, dem Präsidenten ein wenig unter die Arme zu greifen, wenn er sie darum bittet."

„Also müssen wir es nicht ausräumen?"

„Nein, müssen wir nicht."

„Das ist die beste Nachricht des Tages."

Da alle Möbel im zweiten Obergeschoss standen, hallten ihre Schritte durch die leeren Räume. „Erstaunlich, nicht?", erkundigte sie sich. „Der Präsident bittet um Hilfe, und schon ist es getan. Einfach so."

„Die Mitarbeiter des Weißen Hauses sind in dieser Hinsicht wirklich erstklassig."

„Das sind sie in der Tat. Was müssen wir noch erledigen?"

„Die Schränke in unserem Zimmer und in den Kinderzimmern ausräumen. Gideon meinte, sie hätten Kartons für uns dagelassen."

„Sag mal, rieche ich Essen?"

Nick sah sie an und lächelte geheimnisvoll. „Möglicherweise."

„Okay, wo finde ich es?"

Er nickte in Richtung Treppe.

Gespannt ging Sam ins erste Obergeschoss, wo der Duft so intensiv war, dass ihr das Wasser im Mund zusammenlief. Als sie die Tür zum Schlafzimmer öffnete, begrüßte sie Kerzenschein. Inmitten des ansonsten leeren Raums stand ein für zwei Personen gedeckter Tisch mit einem Strauß roter Rosen. Als sie einen Freudenschrei ausstieß, musste er lachen.

„Wusstest du", fragte er, als er sie von hinten umarmte, „dass der Präsident einen persönlichen Koch hat, der sogar im Stadtgebiet ausliefert?"

„Jetzt nutzt du deine Privilegien aber schamlos aus."

„Zu irgendwas muss das Amt ja gut sein, und ich konnte doch nicht meine liebste Freundin zu einem Date einladen und ihr nichts zu essen anbieten."

„Wie ich sehe, hast du auch deine Floristin eingeschaltet."

„Ich wollte nicht, dass sie sich von unserem Date-Abend ausgeschlossen fühlt."

„Was gibt's zu essen?"

„Erst Lachs mit Risotto, was du so gerne magst, und dann Filet mignon und Gemüse. Ich hab all unsere Lieblingsgerichte bestellt. Ich wette, er hat auch Cookies mitgeschickt."

„Seine Cookies sind zum Sterben gut." Sam drehte sich zu ihm um, umarmte ihn fest und küsste ihn. „Das ist wundervoll. Danke, dass du das alles geplant hast."

„Gern geschehen, Liebste. *Ich* danke dir für alles."

„Haha, mit ‚alles' meinst du die ganze Sache mit dem Weißen Haus und der First-Lady-Geschichte?"

„Ja, aber auch deine unerschütterliche Liebe und Unterstützung, unsere vier wunderschönen Kinder – und unsere Schwiegertochter –, Skippy, meinen ersten Hund, und die große Familie, die du mir geschenkt hast. Ich habe jetzt Nichten und Neffen! Für einfach alles, für jedes einzelne Detail."

„Deine Freude ist meine Freude, Nick."

„Ich bin erfüllt davon, dank dir und den Kindern und der Familie, die wir uns mit ihnen und allen anderen, die uns auf dieser verrückten Reise begleiten, aufgebaut haben. Doch in erster Linie bin ich dir dankbar, dass du all das ermöglichst. Oh, und danke auch, dass du dich diese Woche nicht hast erschießen lassen. Das weiß ich wirklich sehr zu schätzen."

„Man tut, was man kann."

Er küsste sie sanft und zärtlich, woraufhin ihr innerhalb von Sekunden die Knie weich wurden. „Mehr davon gibt es nach dem Abendessen."

„Ja, unbedingt."

„Wir dürfen nicht vergessen, dass wir auch noch ein paar Sachen einpacken müssen", sagte er und versuchte, streng zu klingen, was sie sehr lustig fand.

„Werden wir nicht."

Er küsste sie zärtlich auf den Hals. „Die Gefahr besteht aber, wenn es so viele bessere Dinge zu tun gibt, als Klamotten zu packen."

„Was schwebt dir denn so vor, Mr President?"

„Das wirst du schon sehen. Zuerst essen wir." Er führte sie zum Tisch und hielt ihr den Stuhl, bis sie Platz genommen hatte. Dann öffnete er eine Flasche Rosé für sie und eine Flasche Cabernet für sich und schenkte ein, als wäre er ein Sommelier und nicht das Oberhaupt der freien Welt.

Sie musste wieder lachen.

„Was ist denn so lustig?"

„Ich hab mir gerade vorgestellt, du hättest den Beruf gewechselt und wärst jetzt Sommelier."

„Ach ja? Ich glaub, das würde mir tatsächlich besser gefallen als mein jetziges Amt."

„Alles ist besser als dein jetziges Amt. Verdammt, und es ist sogar alles besser als *mein* Job. Warum haben wir uns nur so furchtbare Berufe ausgesucht?"

„Das ist eine sehr gute Frage, mit der ein Psychologe bestimmt viel Spaß hätte."

„Historiker werden sich dereinst fragen, was zwei Karrieremasochisten wie uns zusammengebracht hat."

„Wir wissen genau, was uns zusammengebracht hat."

„Heißer Sex, zumindest laut *SNL*."

Lachend sagte er: „Ja, genau."

„Ich finde es seltsam, dass Historiker alles, was wir sind und tun, sezieren und analysieren und für alle Zeiten festhalten."

„Das Smithsonian wird deine Garderobe ausstellen."

„Ach, hör auf. Kommt nicht infrage."

„Doch. Es gibt eine Ausstellung über die First Ladys. Die haben wahrscheinlich schon das Kleid angefordert, das du beim Ball zu meiner Amtseinführung zum Vizepräsidenten getragen hast."

„Wie absurd. Wen interessiert denn bitte, was ich getragen habe?"

„Die Geschichte, Liebling."

„Die Geschichte ist schräg."

Nick verschluckte sich fast an seinem Wein. „So was kannst nur du sagen."

„Ich halte auch nicht viel von der Natur, falls es dich interes-

siert. All diese Brutalität, wenn Tiere sich gegenseitig auffressen."
Sie erschauerte. „Das mag ich nicht."

„Warum habe ich noch nie was von dieser Abneigung gegen die Natur gehört?", fragte er. „Wo du dir zudem ja gerade Lachs munden lässt, der aus ebendieser Natur stammt?"

Sie zeigte mit der Gabel auf ihn. „Sprich *nicht* darüber, woher unser Essen stammt. Ich hab schon genug Probleme mit Aubrey und ihren Fragen zum Thema Hühner und Eier. Warte, bis ihr jemand erklärt, dass auch Hühner Gefühle haben. Ich hab dir im Übrigen schon früher gesagt, dass ich mit Natur nichts am Hut habe."

„Das glaube ich nicht."

„Ist das ein Grund, unsere Beziehung zu beenden?"

„Nur wenn du dich aus Angst, etwas zu sehen, das du nicht mehr vergessen kannst, zukünftig weigerst, mit mir in Camp David spazieren zu gehen."

„Würdest du mich beschützen, wenn ein Gepard eine Antilope angreift?"

Er lachte Tränen. „An dieser Frage ist so vieles falsch, dass ich gar nicht weiß, wo ich anfangen soll."

„Es gibt nur eine richtige Antwort auf diese Frage", behauptete sie mit gespielter Empörung.

„Natürlich würde ich dich vor der Antilope und dem Geparden beschützen. Aber wenn wir sie in Camp David anträfen, hätten wir größere Probleme, als dass sie uns oder sich gegenseitig angreifen, da beide nicht in den Bergen Marylands heimisch sind."

„Woher willst du das wissen?"

„Äh, ich bitte dich, das weiß doch jeder."

„Sei still. Das weiß *nicht* jeder."

Er presste die Lippen zusammen, als wollte er ihr nicht ins Gesicht lachen.

„Ich hab gesagt, du sollst still sein."

„Jawohl, Babe."

„Deine Besserwisserei nervt."

„Dabei bin nicht einmal ich es, der direkt neben Maryland aufgewachsen ist."

„Du lehnst dich ganz schön weit aus dem Fenster, Mister."

„Dann hör ich lieber auf, solange es noch geht, und sage, dass ich dich stets vor allem beschützen werde, was dich auffressen will. Außer vor mir natürlich."

Sam verschluckte sich fast an ihrem Wein und prustete los vor Lachen. „Das war eklig."

„Das meinst du ja gar nicht ernst. Wenn ich mich recht entsinne …"

Sie warf ihm einen warnenden Blick zu, sodass er abbrach, ehe er den Satz beenden konnte.

Er konterte mit einem Blick, unter dem jede heterosexuelle Frau, die nicht gerade tot war, wozu sie zweifelsfrei zählte, dahingeschmolzen wäre. „Ich könnte dein Gedächtnis natürlich nach dem Abendessen auffrischen."

Das reichte aus, um ihre Fantasie bezüglich dessen anzuregen, was er sich als Dessert ausgedacht hatte.

„Wir sind hier, um Klamotten einzupacken."

„Ja, unter anderem. Iss auf. Wir haben noch Programm."

„Was für ein Programm?"

„Das weiß nur ich, aber du wirst es bald herausfinden."

Nick hatte diese Nacht mit ihr, fernab vom Weißen Haus, viel mehr gebraucht, als ihm bewusst gewesen war, bis sie an dem Ort saßen, den sie einst ihr gemeinsames Heim genannt hatten, und sich über Geparden und Antilopen unterhielten. Er erinnerte sich daran, wie sie sich geweigert hatte, mit ihm zusammenzuziehen, als er dieses Haus in der Nachbarschaft ihres Vaters gekauft hatte, weil sie das Gefühl hatte, ihre Beziehung entwickelte sich zu rasant. Als sie sich sechs endlose Jahre nach ihrem Kennenlernen wiedergetroffen hatten, war alles blitzschnell gegangen, und er würde keine Sekunde davon ändern wollen.

Komisch, wie albern das jetzt erschien, wo sie seit über zwei Jahren verheiratet waren und bald Eltern von vier Kindern sein würden. Alles, was sie waren, hatte an diesem Ort begonnen, und es war traurig, daran zu denken, dass sie hier nie mehr leben würden. Er bezweifelte, dass sie nach ihrer Zeit im Weißen Haus zurückkehren könnten, da der Secret Service einen sichereren Ort für sie suchen würde. Man hatte ihnen erlaubt, dort zu wohnen, sogar als er schon Vizepräsident gewesen war, weil sich das Haus in der Nähe von Sams invalidem Vater befunden hatte. Selbst damals war es nicht ideal gewesen, und später würde es völlig ausgeschlossen sein.

„Woran denkst du gerade?", fragte sie, während sie einen Bissen von dem Schokoladenkuchen aß, den er bestellt hatte, weil sie ihn so sehr mochte. Die Cookies hatte er für später aufgehoben.

„Ich denke daran, dass dies das erste richtige Zuhause war, das ich je hatte, und dass wir hier höchstwahrscheinlich nie wieder werden leben können."

„Stimmt dich das traurig?"

„Eher nachdenklich. Mein Zuhause ist dort, wo du und die Kinder seid, doch dieses Haus wird immer einen besonderen Platz in meinem Herzen haben, weil hier das mit uns angefangen hat – nachdem ich dich endlich überredet hatte, mit mir zusammenzuziehen."

„Haha, ich musste ja ein wenig Widerstand leisten, sonst hättest du vielleicht gedacht, ich wäre zu leicht zu haben."

Er lachte, wie er es immer tat, wenn sie behauptete, sie sei leicht zu haben. „Das ist etwas, was wirklich niemand über dich sagen würde."

„Was dich betrifft, bin ich in der Tat ziemlich leicht zu haben."

„In mancherlei Hinsicht ja. In anderer machst du es mir allerdings gar nicht leicht."

„Ach was. Das stimmt doch gar nicht. Ich war noch nie in meinem Leben bei jemandem so entspannt wie bei dir – in jeder Hinsicht."

„Wenn du das sagst."

„Ja, das sage ich, und wenn du willst, dass ich weiterhin entspannt bleibe, solltest du mir beipflichten."

„Wenn du noch entspannter wärst, würdest du wie Butter auf meiner Zunge schmelzen. Besser?"

„Das ist zwar etwas eklig, aber okay."

„Was ist eklig an Butter, die in meinem Mund schmilzt?"

Sam verzog das Gesicht. „Hör auf, das dauernd zu sagen."

Lachend fragte er: „Weißt du, was ich an dir am meisten liebe?"

„Ich kann es kaum erwarten, es zu erfahren."

„Dass ich nie, nie, *niemals* ahnen kann, was du als Nächstes sagen oder tun wirst."

„Auch das stimmt nicht. Ich bin die langweiligste und vorhersehbarste Person der Welt."

Er schaute sie groß an. „Ist das dein Ernst? Glaubst du das wirklich? Denn niemand, der dich kennt, würde das *je* von dir behaupten."

„Ach, bitte. Was mach ich denn schon, außer aufzustehen, zur Arbeit zu gehen, nach Hause zu kommen, mit euch zusammen zu sein, mich zu waschen und mir die Zähne zu putzen, mich ins Bett zu legen und damit dann am nächsten Morgen wieder von vorne anzufangen? Jeden gottverdammten Tag."

„Babe, du magst vielleicht einer Routine folgen, doch rein gar nichts an dir ist langweilig *oder* vorhersehbar. Vertrau mir. Aber wenn du mir nicht glaubst, frag ich gerne die Leute in unserem Umfeld nach ihrer Meinung. Ich bin sicher, dass sie mir alle zustimmen werden."

„Weil du der Präsident der Vereinigten Staaten bist."

„Nein, weil ich recht habe." Er griff über den Tisch hinweg nach ihrer Hand. „Du bist die faszinierendste, sexyeste, witzigste, komplizierteste, leidenschaftlichste, tollpatschigste und liebenswerteste Person, die wir alle je kennengelernt haben, und du sorgst dafür, dass alle in deinem Leben bestens unterhalten werden."

„Das mit der Tollpatschigkeit musstest du hinzufügen, oder?"

„Hast du etwas von den anderen Dingen gehört, die ich auch erwähnt habe?"

„Ja, und das meiste davon war nett, doch die Erwähnung der Tollpatschigkeit hat es für mich irgendwie ruiniert."

„Kann ich das wiedergutmachen?"

Sie zuckte die Achseln. „Möglicherweise schon."

„Hattest du genug Kuchen?"

„Vielleicht geht noch ein bisschen was rein, nachdem wir gepackt haben.“

Er erhob sich und reichte ihr die Hand, um ihr aufzuhelfen. „Komm, tanz mit mir.“

„Zu welcher Musik?“

Er merkte, dass sie überrascht war, als er sein iPhone aus der Tasche zog und mit der Musik-App einen Song auswählte.

„Ich dachte, du musstest das abgeben, als du den BlackBerry bekommen hast.“

„Es hat keine Telefonfunktion und kein Internet. Aber die Musik-App läuft noch.“ Er zog sie in seine Arme, als die ersten Töne des Bon-Jovi-Songs „Make a Memory“ begannen. „Erinnerst du dich an den Abend, als ich als Senator von den Dreharbeiten zum ‚Willkommen in Virginia‘-Video nach Hause kam und dieser Song durchs ganze Haus dröhnte, während du ‚Der Kongress für Dummies‘ gelesen hast?“

„Wie könnte ich das je vergessen? Das war die Nacht, in der ich vom Seersucker-Donnerstag erfahren habe.“

„Ja, das ist eine meiner schönsten Erinnerungen an diesen Ort. Was sind deine, Liebste?“

„Als ich dir gesagt habe, du sollst dich zurückhalten und mich nicht als dein Revier markieren, weil du Angst hattest, Avery Hill würde mich dir ausspannen.“

Er lachte spöttisch. „Davor hatte ich keine Sekunde lang Angst.“

„Nein, natürlich nicht.“

Er gab ihr einen spielerischen Klaps auf den Hintern. „Was noch?“

„Als Scotty zum ersten Mal bei uns war, um am Baseballcamp teilzunehmen, und wir total unsicher waren, aus welchen Nudeln wir Makkaroni mit Käse für ihn machen sollten.“

„Letztendlich haben wir genau die richtige Sorte für ihn gefunden.“

„Weil er genau der richtige Junge für uns ist.“

„Das stimmt. Ich werde mich immer daran erinnern, wie dein Vater in seinem Rollstuhl durch die Tür kam und bis über beide

Ohren strahlte, weil er endlich mal allein irgendwo hinfahren konnte."

„Dank dir und der Rampe, die ganz oben auf der Liste meiner Gründe steht, warum ich einen gewissen Nick C. so liebe."

„Weißt du noch, wie du dachtest, jemand hätte eine Bombe gelegt, und das Bombenkommando gerufen hast?"

Sam lachte laut. „Mann, war das peinlich."

„Hier hast du die Zwillinge in ihrer ersten Nacht bei uns untergebracht."

„Dann ist Ms Pichelstein aufgekreuzt, um zu entscheiden, ob unser vom Secret Service bewachtes Haus für sie der richtige Ort war, während sie die ganze Zeit krampfhaft versucht hat, dich nicht anzustarren. Als du ganz verschwitzt und ohne Shirt aus dem Fitnessraum gekommen bist, ist sie beinahe gestorben. Sie ist schließlich auch nur ein Mensch aus Fleisch und Blut."

„Hör auf."

„Dieser schweißglänzende Bizeps und die gestählten Bauchmuskeln." Sam erschauerte übertrieben. „Die Arme hatte keine Chance."

„Lalala, ich kann dich nicht hören."

Sie lachte, weil es ihm wie gewohnt unangenehm war, wenn sein gutes Aussehen Thema war. „Hier hab ich Harry und Lilia zusammengebracht. Und wir haben dieses Treffen inszeniert, um Melissa Woodmansee auszubooten. Das war eine unvergessliche Nacht."

„Tatsächlich würde ich lieber vergessen, wie irre es damals war."

„Das gehört zur Jobbeschreibung."

Das nächste Lied war ihr Hochzeitslied, „Thank You for Loving Me".

„Ah, ich liebe diesen Song", erklärte sie. „Er passt so perfekt zu uns."

„Stimmt."

„Wir sollten wirklich langsam anfangen zu packen."

„Wenn es sein muss …"

Nick ließ sie los, doch nur weil er wusste, dass sie schon in wenigen Minuten wieder in seinen Armen liegen würde. Als er ihr durch den Flur zu ihrem begehbaren Kleiderschrank folgte, war er direkt hinter ihr, als sie die Tür zu einem leeren Raum öffnete, in dem lediglich ein paar Dinge standen, die man auf seine Bitte hin zurückgelassen hatte.

Sie drehte sich zu ihm um. „Was zum Teufel …?"

Er legte die Hände auf ihre Hüften und küsste sie. „Hast du wirklich geglaubt, ich würde meine kostbare Zeit mit dir damit vergeuden, Kisten zu packen? Das ist alles längst erledigt."

„Du hast mich voll aufs Glatteis geführt."

„Nein, ich hab dafür gesorgt, dass wir eine Nacht allein miteinander verbringen können. Schau mal in den Karton dort."

Sie bückte sich, um ihn aufzuklappen, und fand die Kissen und die Decke, die dazulassen er das Umzugsteam gebeten hatte.

„Ich dachte, wir könnten unsere erste Nacht hier nachstellen, als wir uns vor dem Kamin ein improvisiertes Lager gemacht haben. Ich glaube, wir haben damals sogar diese Decke benutzt."

„Haben wir." Sam lächelte ihn an. „Das ist perfekt. Ich hasse es, Kisten zu packen, und ich hasse Umzüge."

„Glaubst du, ich wüsste das nicht?"

„Was ist mit den Sachen der Kinder?"

„Die sind schon drüben. Sie werden morgen in den Wohnbereich gebracht, damit sie aussuchen können, was sie behalten möchten und was wir spenden können."

„Du denkst wirklich an alles."

„Ich wollte eben keine Zeit mit dir verschwenden. Machen wir es uns bequem?"

„Ja, unbedingt."

Sie trugen die Kissen und die Decke in ihr Schlafzimmer. Nick schaltete den elektrischen Kamin an, während Sam die Kissen auf dem Boden verteilte.

„Ich erinnere mich, dass ich dachte, ein Kamin im Schlafzimmer sei das Luxuriöseste, was ich je in meinem Leben haben würde, aber natürlich konntest du es nicht dabei belassen und musstest du das noch übertrumpfen, mit Ushern, Butlern und Köchen."

Lächelnd knöpfte er die pfirsichfarbene Seidenbluse auf, die er ihr schon seit dem Moment, als sie darin aufgetaucht war, unbedingt ausziehen wollte. Ihre schwarze Hose landete eine Minute später daneben auf dem Boden, gefolgt von seinem Pulli und seiner Jeans. „Ich tue für meine Liebste, was ich kann."

„Markenrechtlich geschützt."

„Das ist nicht exakt der Ausdruck, also gilt der Markenschutz nicht."

„Hör auf, so ein Besserwisser zu sein, wenn du heute Nacht noch Sex haben willst. Mir ist klar, dass du der klügste Mensch in jedem Raum bist, in dem du dich befindest. Das musst du mir nicht ständig unter die Nase reiben."

„Ich sag doch nur …"

„Es gibt offenbar bloß einen Weg, dich zum Schweigen zu bringen." Sam stellte sich auf die Zehenspitzen, um ihn leidenschaftlich auf den Mund zu küssen. „Danke übrigens für all das hier."

„Für dich würde ich Berge versetzen."

Während die Musik im Hintergrund weiterlief, wirbelte er sie herum und beugte sie über seinen Arm zurück, bis er sie mit einer geschmeidigen Bewegung auf das Kissenlager am Boden gleiten ließ.

„Wow, cooler Move, Babe", sagte Sam, während er sich neben ihr ausstreckte und begann, ihre Brüste zu liebkosen.

„Den habe ich vorher extra visualisiert."

„Ich gebe dir eine glatte Eins für die Umsetzung – und du hast dir nicht den Rücken verrenkt. Beeindruckend."

„Ach komm, du bist leichter als eine Feder."

„Natürlich."

„Ich liebe jede einzelne deiner wunderschönen Kurven." Er öffnete den Verschluss ihres BHs und schob ihn aus dem Weg. „Ich liebe deine samtweiche Haut und deinen sexy Duft und wie du schmeckst. Alles an dir macht mich verrückt."

„Ich glaube, das habe ich schon einmal gesagt, aber du weißt, dass du dich bei mir nicht mehr so anstrengen musst, oder? Ich gehöre ohnehin ganz dir."

Lächelnd erwiderte er: „Unterbrich mich nicht, wenn ich dabei bin, alles aufzuzählen, was ich an dir liebe." Er lehnte sich zurück, um ihr den Slip und sich selbst die Boxershorts abzustrei-fen, bevor er sich wieder neben sie legte und sie küsste.

„Ich liebe es, hier ganz allein mit dir zu sein."

„Trotz der Agenten vor der Tür?"

„Pssst, wir sind so allein, wie wir nur sein können."

Sam umklammerte ihn mit Armen und Beinen, während er sie küsste und sich an sie schmiegte. Sie spürte, wie er sich voll-kommen entspannte, obwohl das Blut durch seine Adern pulsierte wie immer, wenn sie so zusammen waren. Sie war die Einzige, die ihn die unerbittlichen Anforderungen vergessen lassen konnte, denen er in jedem wachen Augenblick seines Lebens ausgesetzt war.

„Mmm, Samantha … Wie kann das immer besser werden?"

„Ich weiß es nicht, doch ich kriege nie genug davon."

Ihr Handy klingelte, und sie stöhnten beide.

„Ignoriere es. Ich rufe später zurück."

Er wünschte sich, die Außenwelt würde sie einfach mal ein paar Stunden lang in Ruhe lassen, damit sie die gemeinsame Zeit genießen konnten.

Das Handy klingelte erneut.

„Verdammt", brummte er, während er sich von ihr löste und sich auf den Rücken fallen ließ, wohl wissend, dass sie ein klin-gelndes Handy genauso wenig ignorieren konnte wie er.

Sie stand auf, um es aus ihrer Jackentasche zu holen. „Sorry."

„Ist schon gut." Er nutzte die Gelegenheit, um seinen Blick bewundernd über ihren nackten Körper gleiten zu lassen, während sie umherlief.

„Hey, Trace! Was liegt an?" Plötzlich erstarrte sie. „Was? Wie lange schon?" Sie hörte kurz zu und sagte dann: „Ich komme."

„Was ist los?", fragte Nick, alarmiert von ihrem Tonfall und ihrer Miene.

„Ethan ist verschwunden."

Hoppla, jetzt hab ich es schon wieder getan! Haha! Aber Sie wissen ja selbst, dass Sie meine spannenden Cliffhanger lieben, die in Ihnen den brennenden Wunsch wecken, *sofort* mit dem nächsten Buch anzufangen!

Vielen Dank, dass Sie „State of Retribution – Die Macht unserer Liebe" gelesen haben, den fünfundzwanzigsten Band der fortlaufenden Geschichte von Sam und Nick. Ich bin immer wieder erstaunt, wie viel Spaß es mir nach all dieser Zeit noch macht, über diese beiden zu schreiben, und wie sie mir immer wieder neue Geschichten, Wortgefechte und vieles mehr schenken. Ich freue mich riesig auf „State of Preservation – State of Preservation - Ein Versprechen für immer", den nächsten Band! Bestellen Sie ihn am besten jetzt schon vor.

Am dritten März war der fünfzehnte Jahrestag der Erstveröffentlichung der englischen Originalfassung von „Fatal Affair – Nur mit dir". Vielen Dank an alle, die Sam, Nick und mich in den letzten fünfzehn Jahren begleitet haben. Ohne Sie würde ich die Geschichte der beiden nicht mehr weitererzählen und nicht jeden Tag meinen Traum leben, in diese Welt einzutauchen. Es ist der beste „Job", den es gibt, und das habe ich Ihnen, meinen Leserinnen, zu verdanken.

Wie immer gilt mein Dank dem großartigen Team, das mich hinter den Kulissen unterstützt, darunter mein Mann Dan und meine fantastische HTJB-Crew: Julie Cupp, Lisa Cafferty, Jean Mello, Nikki Haley und Ashley Lopez sowie meine Tochter und rechte Hand Emily Force. Ein riesiges Dankeschön geht an den pensionierten Captain Russell Hayes vom Newport Police Department, der in all den Jahren mein Polizist auf Abruf war. Ohne seine Hilfe bei den polizeilichen Aspekten der Geschichte könnte und würde ich keins dieser Bücher schreiben.

Meinen Lektorinnen Linda Ingmanson und Joyce Lamb danke ich dafür, dass sie mir immer zur Seite stehen, wenn es ein neues Buch fertigzustellen gilt, und meinen wichtigsten Testleserinnen Anne Woodall und Kara Conrad für ihre vielen hilfreichen Kommentare. Gwen Neff liest die Texte auf Kontinuität, was bei dieser Serie eine enorme Hilfe ist, da sie mittlerweile unglaublich lang ist! Es ist unmöglich, sich all die Details zu merken, daher bin ich dankbar für Gwens Hilfe und die der anderen Beta-Leserinnen der Fatal-/First-Family-Serie, darunter Kelly, Kelley, Jennifer, Ellen, Sarah, Karina, Elizabeth, Viki, Maricar und Gina.

Vielen Dank für fünfzehn Jahre Sam und Nick. Ich werde allen, die die beiden genauso lieben wie ich, für immer dankbar sein.

Liebe Grüße
Marie

# WEITERE TITEL VON MARIE FORCE

**First Family**

State of Affairs – Liebe in Gefahr, Band 1

State of Grace – Für alle Ewigkeit, Band 2

State of the Union – Du und ich gemeinsam, Band 3

State of Shock - Meine Liebe, mein Leben, Band 4

State of Denial – Riskantes Spiel mit dir, Band 5

State of Bliss – Unser Traum von Liebe, Band 6

State of Suspense – Zwei Seelen, ein Herz, Band 7

State of Alert – Verheißung des Glücks, Band 8

State of Retribution – Die Macht unserer Liebe, Band 9

**Wild Widows**

Someone like you – Neues Glück mit dir

Someone to hold – Nur mit deiner Liebe

Someone to Love – Du mein Ein und Alles

Someone To Watch Over Me – Mein Weg zu dir

**Die Fatal Serie**

One Night With You – Wie alles begann (Fatal Serie Novelle)

Fatal Affair – Nur mit dir (Fatal Serie 1)

Fatal Justice – Wenn du mich liebst (Fatal Serie 2)

Fatal Consequences – Halt mich fest (Fatal Serie 3)

Fatal Destiny – Die Liebe in uns (Fatal Serie 3.5)

Fatal Flaw – Für immer die Deine (Fatal Serie 4)

Fatal Deception – Verlasse mich nicht (Fatal Serie 5)

Fatal Mistake – Dein und mein Herz (Fatal Serie 6)

Fatal Jeopardy – Lass mich nicht los (Fatal Serie 7)

Fatal Scandal – Du an meiner Seite (Fatal Serie 8)

Fatal Frenzy – Liebe mich jetzt (Fatal Serie 9)

Fatal Identity – Nichts kann uns trennen (Fatal Serie 10)

Fatal Threat – Ich glaub an dich (Fatal Serie 11)

Fatal Chaos – Allein unsere Liebe (Fatal Series 12)

Fatal Invasion – Wir gehören zusammen (Fatal Serie 13)

Fatal Reckoning – Solange wir uns lieben (Fatal Serie 14)

Fatal Accusation – Mein Glück bist du (Fatal Serie 15)

Fatal Fraud – Nur in deinen Armen (Fatal Serie 16)

**Miami Nights**

Bis du mich küsst

Bis du mich berührst

Bis du mich liebst

Bis du mich verzauberst

Bis du mit mir träumst

**Die McCarthys**

Liebe auf Gansett Island (Die McCarthys 1)

*Mac & Maddie*

Sehnsucht auf Gansett Island (Die McCarthys 2)

*Joe & Janey*

Hoffnung auf Gansett Island (Die McCarthys 3)

*Luke & Sydney*

Glück auf Gansett Island (Die McCarthys 4)

*Grant & Stephanie*

Träume auf Gansett Island (Die McCarthys 5)

*Evan & Grace*

Küsse auf Gansett Island (Die McCarthys 6)

*Owen & Laura*

Herzklopfen auf Gansett Island (Die McCarthys 7)

Magie auf Gansett Island (Die McCarthys 22)

*Jordan & Mason*

Sonnige Tage auf Gansett Island (Die McCarthys 23)

Versuchung auf Gansett Island (Die McCarthys 24)

*Cooper & Gigi*

Neubeginn auf Gansett Island (Die McCarthys 25)

*Jace & Cindy*

Sturmwolken über Gansett Island (Die McCarthys 26)

Zuflucht auf Gansett Island (Die McCarthys 27)

**Die Green Mountain Serie**

Alles was du suchst (Green Mountain Serie 1)

Endlich zu dir (Green Mountain Serie 1/Story *1*)

Kein Tag ohne dich (Green Mountain Serie 2)

Ein Picknick zu zweit (Green-Mountain-Serie/Story 2)

Mein Herz gehört dir (Green Mountain Serie 3)

Ein Ausflug ins Glück (Green-Mountain-Serie/Story 3)

Schenk mir deine Träume (Green-Mountain Serie 4)

Der Takt unserer Herzen (Green-Mountain-Serie/Story 4)

Sehnsucht nach dir (Green-Mountain Serie 5)

Ein Fest für alle (Green-Mountain-Serie 5/Story 5)

Öffne mir dein Herz (Green-Mountain-Serie 6/Story 6)

Jede Minute mit dir (Green-Mountain-Serie 7)

Ein Traum für uns (Green-Mountain-Serie 8)

Meine Hand in deiner (Green-Mountain-Serie 9)

Mein Glück mit dir (Green-Mountain-Serie 10)

Nur Augen für dich (Green-Mountain-Serie 11)

Jeder Schritt zu dir (Green-Mountain-Serie 12)

Ganz nah bei dir (Green-Mountain-Serie 13)

Meine Liebe für dich (Green-Mountain-Serie 14)

Eine Ewigkeit für uns (Green-Mountain-Serie 15)

**Die Neuengland-Reihe**

Vergiss die Liebe nicht (Neuengland-Reihe 1)

Wohin das Herz mich führt (Neuengland-Reihe 2)

Wenn das Glück uns findet (Neuengland-Reihe 3)

Und wenn es Liebe ist (Neuengland-Reihe 4)

Für immer und ewig du (Neuengland-Reihe 5)

**Die Quantum Serie**

Tugendhaft (Quantum-Serie 1)

Furchtlos (Quantum-Serie 2)

Vereint (Quantum-Serie 3)

Befreit (Quantum-Serie 4)

Verlockend (Quantum-Serie 5)

Überwältigend (Quantum-Serie 6)

Unfassbar (Quantum-Serie 7)

Berühmt (Quantum-Serie 8)

Erhaben (Quantum-Serie 9)

**Andere Bücher**

In the Air Tonight – Im Dunkel der Nacht

Sex Machine – Blake und Honey

Sex God – Garrett und Lauren

Five Years Gone – Ein Traum von Liebe

One Year Home – Ein Traum von Glück

Mein Herz für dich

Nicht nur für eine Nacht

Take-off ins Glück

The Fall – Du und keine andere

Dieses Mal für immer

Helden küsst man nicht

Küsse für den Quarterback

# ÜBER DIE AUTORIN

Marie Force ist New-York-Times-Bestseller-Autorin von zeitgenössischen Liebesromanen und Romantic Suspense. Zu ihren Büchern gehören unter anderem die beliebten Reihen „Fatal", „First Family", „Gansett Island", „Butler Vermont", „Neuengland", „Miami Nights" und „Wild Widows" sowie die erotische „Quantum"-Serie. Ihre Bücher haben sich weltweit bislang mehr als zehn Millionen Mal verkauft, wurden in ein Dutzend Sprachen übersetzt und standen über dreißigmal auf der New-York-Times-Bestseller-Liste. Außerdem ist sie USA-Today- und #1-Wall-Street-Journal-Bestseller-Autorin und in Deutschland Spiegel-Bestseller-Autorin.

Ihre Ziele im Leben sind einfach: Bücher zu schreiben, solange sie kann, ihre beiden Kinder weiter dabei zu unterstützen, glückliche, gesunde und produktive junge Erwachsene zu werden, und niemals in einem Flugzeug zu sitzen, das Schlagzeilen macht.

Tragen Sie sich in Maries Mailingliste ein, um alles Wichtige über neue Bücher und Veranstaltungen zu erfahren. Folgen Sie ihr auf Facebook und auf Instagram.